KATJA
JANSEN

SCHATTEN ÜBER YAGROLOR

Dieser Titel ist auch als E-Book erschienen

Vollständige Taschenbuchausgabe
Deutsche Erstausgabe

Umschlaggestaltung: Juliane Buser - www.jb-grafikdesign.de
Lektorat: Stephan Berg - www.lektorat-berg.de
Korrektorat: Veronika Moosbuchner - www.lektorat-moosbuchner.de
Satz: Ryvie Fux - www.ryviefux.com
Illustrationen: Aleksandra Gammer (Illustrationen) und Adriano Bezerra (Landkarte)
Druck: epubli - ein Service der Neopubli GmbH, Berlin

Der Brief

Der Angriff kam so unerwartet, dass David einen überraschten Aufschrei nicht unterdrücken konnte. Er duckte sich reflexartig und hob die Arme über den Kopf, obwohl er längst getroffen worden war. Seine verspätete und etwas übertriebene Reaktion wurde mit zwanzigstimmigem Gelächter und einem tadelnden Kopfschütteln seiner Philosophielehrerin quittiert. Beschämt ließ er seine Arme sinken und starrte auf das zusammengeknüllte Blatt Papier, das ihn wenige Sekunden zuvor am Kopf getroffen hatte.

»David Cervi, ich möchte gern wissen, was du von Lauras Interpretation hältst«, wiederholte Frau Graf ungeduldig.

David blickte hilfesuchend zu seiner Klassenkameradin, aber Laura lächelte nur amüsiert über seine Hilflosigkeit. Wahrscheinlich war sie es gewesen, die ihm das Papierknäuel an den Kopf geworfen hatte.

»Entschuldigung, Frau Graf«, sagte er. »Ich habe nicht aufgepasst.«

Seine Lehrerin war sichtlich enttäuscht. Es war bereits das dritte Mal in dieser Stunde, dass sie ihn dabei erwischte, wie er sich in seinen eigenen Gedanken verlor. »Laura stimmt La Mettrie zu, dass der Mensch im Prinzip ein rein körperliches Wesen sei und sich somit kaum von Maschinen unterscheiden lasse. Hast du den Auszug überhaupt gelesen, David?«

Er nickte schüchtern.

»Also, was sagst du dazu?«

David starrte betreten auf sein Arbeitsblatt und brachte kein Wort über die Lippen. Die Stille im Klassenzimmer und die auf ihn gerichteten Blicke waren beinahe unerträglich. Es kam ihm vor wie eine Ewigkeit, bis Frau Graf mit einem Seufzen aufgab und jemand anderen nach seiner Meinung fragte.

David war erleichtert, als die Aufmerksamkeit der Klasse nicht länger auf ihm lag, doch das Gefühl der Scham blieb an ihm haften. Nicht, weil er vor seinen Freunden bloßgestellt worden war oder den Auszug aus *Die Maschine Mensch* nicht gelesen hatte. Im Gegenteil, er hatte den Text regelrecht verschlungen. Er wusste, dass La Mettrie mit seiner Theorie die menschliche Seele und alle Geisteszustände auf messbare Nervenaktivitäten reduzierte und den Menschen damit für nichts anderes als eine Maschine hielt. Das Problem war nicht, dass er nicht wusste, worum es ging. Er wusste es wahrscheinlich sogar besser als Laura und alle anderen. Das Problem war vielmehr, dass er es nicht wagte, seine eigene Meinung zu bilden. Er schämte sich dafür, denn das gab ihm das Gefühl, seinen Vater zu enttäuschen – auch wenn er schon lange nicht mehr lebte.

David zog sein Portemonnaie aus der Hosentasche und fischte unauffällig das verblasste und arg zerknitterte Foto hervor, das wertvoller war als jeder Geldschein.

Ein letztes Mal hatte Gustav Cervi in die Kamera gelächelt, vor sechzehn Jahren, während er stolz seinen neugeborenen Sohn in den Armen hielt. Kurz nach Davids Geburt war er völlig unerwartet in ein rätselhaftes Koma gefallen und wenig später verstorben. Die Ärzte waren damals genauso ratlos gewesen wie seine Familie.

Vor allem Davids Mutter hatte unter dem plötzlichen Verlust ihres Mannes gelitten. Irgendwann hatte sie sich dazu entschieden, all dessen persönliches Hab und Gut in Kisten zu verstauen und auf den Dachboden zu verbannen, als hätte sie damit den Schmerz beseitigt. Sowohl Davids Mutter als auch seine Großeltern redeten selten über den Mann, der eine schreckliche Leere in ihren Leben hinterlassen hatte.

Dabei hatten sie immerhin ihre Erinnerungen an ihn, dachte David frustriert. Auch er spürte, dass ihm etwas Wichtiges in seinem Leben fehlte, obwohl – oder gerade weil – er keine eigenen Erinnerungen an seinen Vater hatte. Das Einzige, woran er sich klammern konnte, waren das Foto, die silberne Halskette, die er Tag und Nacht trug, und die Bücher seines Vaters.

Getreu dem Motto ›Zeig mir, was du liest und ich sage dir, wer du bist‹ hatte er über Monate hinweg die Büchersammlung studiert, die im Wohnzimmer seiner Großeltern verstaubte. Zu seiner Überraschung hatte er festgestellt, dass sie zum größten Teil aus psychologischen und philosophischen Fachbüchern bestand, von denen er kaum etwas verstand. Auch La Mettrie stand in dem Regal, gleich neben Descartes, Schopenhauer und Leibniz.

Obgleich es schwere Kost war, hatte David zumindest erkannt, dass sein Vater sich in metaphysische Themen vertieft hatte: Fragestellungen, die sich dem Übersinnlichen zu nähern versuchten, wozu auch das Leib-Seele-Problem gehörte. Dabei hatte Gustav Cervi als Polizist nichts mit solchen Themen zu tun gehabt. Er schien aus eigenem Interesse und mit ungewöhnlicher Leidenschaft eine Antwort auf die Frage gesucht zu haben, in welchem Verhältnis Körper und Geist zueinander stehen.

Doch David wusste weder woher diese Leidenschaft rührte, noch welchen Standpunkt sein Vater vertreten hatte. Die Tatsache, dass er nichts dergleichen herausfinden konnte, gab ihm das Gefühl, zu versagen. Er schämte sich dafür, seinen eigenen Vater nicht zu verstehen. Und er wagte es nicht, sich seine eigene Meinung zu dem Leib-Seele-Problem zu bilden, aus Angst, nicht die Ansicht seines Vaters zu teilen.

Als die Schulglocke das Ende des Unterrichts verkündete, war David der Erste, der sich seinen Mantel überzog, den Rucksack über die Schulter warf und aus dem Klassenzimmer eilte. Er hatte beschlossen, seine Mutter über seinen Vater und dessen außergewöhnliches Interesse auszufragen. Bisher waren sie und seine Großeltern den Fragen stets ausgewichen, vor allem wenn es um die Bücher ging. Doch dieses Mal würde er nachhaken. Er hatte das Recht, zu erfahren, wer sein Vater gewesen war und was ihn bewegt hatte. Sechzehn Jahre waren eine viel zu lange Zeit, in der er ein unvollständiges Leben geführt hatte. Er wollte keine Minute länger mit dieser an ihm nagenden Unwissenheit leben. Seine Füße trugen ihn so schnell durch die Straßen, dass es keine zehn Minuten dauerte, ehe er auf der letzten Stufe zu ihrer Wohnung stand.

Einen Moment verharrte er mit dem Schlüssel im Schloss. *Heute werde ich keine Ausreden gelten lassen*, dachte er entschieden. Er nahm einen tiefen Atemzug, ehe er die Wohnungstür aufschloss und in den Hausflur trat. Wie erwartet stand die Aktentasche seiner Mutter an der Garderobe, was bedeutete, dass sie von ihrem dreitägigen Kongress für Kardiologie zurückgekehrt war. »Mama?«

»Hallo, Schatz!«, rief sie aus der Küche. »Hast du Hunger? Ich mache uns gerade Sandwiches.«

David stellte seinen Rucksack neben ihrer Aktentasche ab und betrat zögernd die Küche, wo ihn der deftige Geruch von gebratenen Speckstreifen willkommen hieß.

»Wie war der Kongress?«, fragte er. Immerhin konnte er schlecht direkt mit der Tür ins Haus fallen. Erst Small Talk, dann Konfrontation.

»Es gibt neue Fortschritte in der Entwicklung künstlicher Herzklappen. Ich denke, dass wir in spätestens zwei Jahren mit den ersten klinischen Studien starten können.« Sie wendete die Speckstreifen, die mit einem lauten Zischen reagierten, während unzählige kleine Ölspritzer in alle Richtungen aus der Pfanne stoben. Dann drehte sie sich zu ihm um und lehnte sich gegen die Anrichte.

»Wie war es in der Schule diese Woche?«

»Gut. Am Montag haben wir in Philosophie diskutiert, ob es ein Leben nach dem Tod gibt«, sagte er. Ein guter Ausgangspunkt zur Überleitung. »Und heute haben wir das Leib-Seele-Problem aufgegriffen.« Er sah, wie sich ihre Gesichtszüge versteiften, aber sie erwiderte nichts. Also nahm er allen Mut zusammen. »Ich würde gerne wissen, warum dieses Thema meinen Vater so sehr angesprochen hat.«

»Ich habe keine Ahnung«, sagte sie und wandte sich demonstrativ dem Herd zu, sodass sie mit dem Rücken zu ihm stand.

David wusste, dass sie log. »Warum willst du es mir nicht erzählen?« Als sie ihn ignorierte, hakte er weiter nach. »Warum, Mama? Was verheimlicht ihr mir?«

Jetzt drehte sie sich doch zu ihm um. Ärger und vielleicht ein bisschen Sorge standen ihr ins Gesicht geschrieben, obwohl sie ihr Bestes gab, sich nichts anmerken zu lassen. »Schatz, ich habe keine Ahnung, wovon du redest«, erwiderte sie. »Dein Vater hatte einfach ein seltsames Hobby.«

»Ich bin mir ziemlich sicher, dass es mehr als ein Hobby war.«

Ihre Miene verdunkelte sich. Doch auch ihre Sorgenfalten schienen tiefer zu werden. »Ist das so?«, fragte sie mit der leisen und unterschwellig drohenden Stimme einer Mutter, die jedes Kind fürchtete.

Normalerweise hätte David spätestens jetzt aufgegeben. Aber nicht heute. »Ich glaube, dass er wissen wollte, was wir unter Wirklichkeit verstehen und wie Materie und Geist einander gegenüberstehen. Aber warum? Wollte er herausfinden, ob es ein Leben nach dem Tod gibt? Wollte er wissen, welchen Platz der Mensch im Universum einnimmt?«

Seine Mutter schnaubte. »Solche Fragen sind Unsinn. Wirklichkeit ist, was man wissenschaftlich beweisen kann. Und unser Bewusstsein entsteht durch die Interaktion unterschiedlicher Gehirnzentren. Alles andere ist Hokuspokus. Habe ich dir denn gar nichts beigebracht?«

David spürte, dass Zorn in ihm zu brodeln begann. »Ich möchte keine wissenschaftlichen Erklärungen haben, Mama.

Ich möchte wissen, was mein Vater darüber gedacht hat und warum.«

Sie seufzte. »Wie oft müssen wir noch darüber reden, David?«

»So oft, bis du mir Antworten gibst.«

»Ich gebe dir doch Antworten.«

»Du gibst mir *deine*! Ich will wissen, was *er* gedacht hat.«

Sie schlug die Hände über dem Kopf zusammen. »Was spielt das denn noch für eine Rolle? Dein Vater ist tot!«

David starrte sie ungläubig an und auch seine Mutter schien nicht fassen zu können, welch geschmacklose Bemerkung ihr soeben entglitten war. Sie setzte zu einer Entschuldigung an, doch noch ehe sie ein Wort herausbrachte, war David aus der Küche gestürmt, in der sich der Geruch nach verbranntem Speck verbreitete.

Wenig später saß er in einem der roten Ohrensessel im Wohnzimmer seiner Großeltern. Er lauschte dem Ticken der massiven Eichenholzstanduhr und wartete. Da seine Mutter sich starrköpfig weigerte, ihm Antworten zu geben, war er schnurstracks zu seinen Großeltern gelaufen, die nur ein paar Straßen von ihnen entfernt wohnten. Sie waren sichtlich überrascht gewesen, als er unangemeldet und dazu völlig aufgelöst auf der Matte stand. Während er ihnen vom Streit mit seiner Mutter berichtet hatte, war ihm der besorgte Blick nicht entgangen, den sie einander zuwarfen. Daraufhin hatte sein Großvater ihn aufgefordert, ins Wohnzimmer zu gehen und zur Ruhe zu kommen. Er versprach, sich bald zu ihm zu gesellen und ihm alle Fragen zu beantworten, die ihm auf der Seele lagen.

Sie hatten ihn schon zehn Minuten allein gelassen – auch wenn er sich in diesem Wohnzimmer niemals allein fühlte. Sein Blick wanderte zum Kamin. Wie immer sah ihn der Hirschkopf über dem Feuer an, als gäbe er einzig ihm die Schuld dafür, dass er dort hing.

Dabei wäre David der Letzte gewesen, der ihn dort platziert hätte. Die Reflexionen der Flammen tanzten in den dunklen Augen des Tieres und hauchten ihm auf unheimliche Weise Leben ein. Gleichzeitig ließ der Blick ihn – wie immer – eine unangenehme Kälte verspüren.

Er lehnte sich in die Polster zurück und seufzte. David wusste, dass es lächerlich war, aber dieser Hirschkopf beschäftigte ihn schon seit Jahren. Er hatte eine unerklärlich anziehende wie abstoßende Wirkung auf ihn. Da war nicht nur das furchterregende Leben in seinen Augen – auch seine Herkunft war ein einziges Mysterium. Vor einigen Jahren hatten seine Großeltern bei ihrem Umzug einige Besitztümer der Vormieter übernehmen dürfen. Damals war der Kopf in die Hände seines Großvaters gefallen. Das kolossale, golden schimmernde Geweih hatte ihn als passionierten Jäger so sehr in seinen Bann gezogen, dass er darauf bestanden hatte, ihn über den Kamin zu hängen, obwohl das Wohnzimmer dadurch wesentlich kleiner wirkte. Seltsam war, dass die Vormieter davon überzeugt waren, den Kopf noch nie zuvor gesehen zu haben. Für David war das der ausschlaggebende Beweis gewesen, dass etwas faul an der Sache war. Allerdings war er der Einzige, der sich Gedanken darüber machte.

Nachdenklich strich er mit seinen Fingern über den Anhänger der Halskette, die einst sein Vater getragen hatte.

Als kleiner Junge war er ohne die Erlaubnis seiner Mutter zum Spielen auf den Dachboden geklettert und dabei auf eine der verstaubten Kisten gestoßen, die Besitztümer seines Vaters enthielt Als sie ihn erwischte, hatte er gerade genug Zeit gehabt, die Kette herauszufischen. Er hatte so sehr darum gebettelt, dass sie letztlich nachgab und ihm die Kette schenkte. Sie hatte gesagt, dass sein Vater sicherlich nichts dagegen gehabt hätte. Der Anhänger war ein abstraktes Symbol, doch mit etwas Fantasie, so hatte er einmal mit Schrecken festgestellt, konnte man ein Hirschgeweih darin erkennen.

Er lächelte, als er sich erinnerte, wie verstört er nach dieser Erkenntnis gewesen war.

Dabei hätten es genauso gut zwei Blitze sein können, deren Spitzen einander trafen. Oder gezackte Engelsflügel.

Oder einfach nur ein bedeutungsloses Muster.

Endlich öffnete sich die Wohnzimmertür und Albert, sein Großvater, trat ein. David lächelte ihn an, doch er schien seinem Blick auszuweichen, während er zu seinem Sessel trottete und Platz nahm. Er öffnete das hölzerne Kästchen auf dem Tisch und holte seine Pfeife hervor. Alberts Pfeife, ein Erbstück der Jägerfamilie Cervi, dessen Ende, wie sollte es anders sein, in einen Hirschkopf mit weit aufgerissener Schnauze auslief. Er stopfte sie, blies ein paar Rauchringe in die Luft und starrte ins Kaminfeuer.

»Opa, warum hat mein Vater all diese Bücher gelesen?«, fragte David und wies zu dem rustikalen Bücherschrank, der eine komplette Wand in Beschlag nahm. »Und warum reagiert Mama so empfindlich auf dieses Thema?«

Albert zog kräftig an seiner Pfeife und blies eine dichte Rauchwolke aus, als wolle er sich dahinter verstecken. Als der Rauch ihn jedoch im Stich ließ und sich in dünnen Schwaden verzog, räusperte er sich verlegen. »Tu mir doch bitte einen Gefallen und schau dir eines der Bücher an«, sagte er.

David ging zum Schrank und zog das Buch heraus, das die meisten Gebrauchsspuren aufwies. »Abhandlung über die Methode des richtigen Vernunftgebrauchs und der wissenschaftlichen Wahrheitsforschung, von René Descartes«, las er vor.

Sein Großvater schnaufte leise und nickte leicht, als hätte er geahnt – oder befürchtet? –, dass er sich für dieses Buch entscheiden würde. »Wenn ich mir die Sache sorgfältig überlege, so finde ich kein Merkmal, worin Wachen von Träumen zu unterscheiden ist. So sehr gleichen sich beide, dass ich ganz stutzen muss und nicht weiß, ob ich nicht in diesem Augenblick träume.« Es dauerte einige Sekunden, ehe David begriff, dass er Descartes zitierte. »Dein Vater suchte in seinen Büchern nach Antworten, David. Er glaubte, dass etwas mit ihm nicht stimmte. Er hatte jede Nacht den gleichen ... Traum.« Er bedeutete ihm, sich wieder zu setzen.

David legte das Buch auf dem Wohnzimmertisch ab und ließ sich in den Sessel fallen. »Er suchte nach Antworten auf einen Traum?«, fragte er verwirrt.

Albert zog eine Grimasse, als schien er mit seiner eigenen Wortwahl nicht zufrieden zu sein. Er suchte nach einem neuen Ansatz. »Wenn du etwas geträumt hast, weißt du dann, dass ... es bloß ein Traum war?«

»Ich denke schon.« Er träumte oft, doch entwichen die Träume seinen Erinnerungen meist in dem Moment, in dem er seine Augen aufschlug. Und selbst wenn er sich daran erinnerte, so wusste er spätestens dann, dass es ein Traum war, wenn er sich in seinem Bett wiederfand. Auch tagsüber verfiel er regelmäßig Tagträumen, vorzugsweise während der Schulstunden. Doch wusste er gewiss, dass seine Schule nicht tatsächlich abfackelte und kein Außerirdischer jemals freiwillig seine Lehrer entführte.

Sein Großvater schien erleichtert über seine Antwort. »Nun, dein Vater hatte immerzu den gleichen Traum«, sagte er. »Nacht für Nacht, jahrelang.«

»Jede einzelne Nacht?«

Albert nickte. »Und nach jeder einzelnen Nacht zweifelte er daran, dass es nur ein Traum war. Wirklichkeit und Träume schienen für ihn ihre Grenzen zu verlieren. Er glaubte, dass sein Traum so wirklich war wie die Welt, in der er tagsüber lebte. Natürlich widerspricht das jeglicher Vernunft und das wusste er. So begann er an seinem Verstand zu zweifeln ... bis er auf die Philosophie von Descartes stieß.«

»Das Buch gab ihm die Antwort?«

»Descartes fragte sich, ob nicht alles in dieser Welt nur ein Traum sein könnte, einschließlich des eigenen Bewusstseins. Er hinterfragte, woher wir wissen können, was wirklich ist. Er fragte, ob *wir* wirklich sind.«

»Also wollte Descartes wissen, ob die Realität nur ein Traum sein könnte, während mein Vater wissen wollte, ob sein Traum real war?«

Albert nickte. »Beide fragten sich, wie wir die Wirklichkeit erkennen können. Descartes vertrat die Ansicht, dass es zwei grundlegende Arten des Seins gibt. Er behauptete, dass es auf der einen Seite die materielle Welt um uns herum gibt. Alles, was wir mit unseren Sinnen wahrnehmen können. Auf der anderen Seite gibt es die Seele, auch Vernunft genannt. Und er glaubte, dass Erkenntnis mithilfe der Urteilskraft der Vernunft möglich sei.«

David hob eine Augenbraue. »Das verstehe ich nicht.«

Albert lächelte verständnisvoll. »Selbst wenn wir alles um uns herum nur träumen sollten, bleibt etwas übrig, dass wir nicht bestreiten können. Wenn wir denken können, dass wir träumen, dann *denken* wir. Ganz unabhängig davon, ob der Traum nun wirklich oder unwirklich ist.«

»Du meinst, man kann nicht anzweifeln, dass man gerade am Denken ist?«

»Genau. Befindet man sich nun in der Wirklichkeit oder nur in einem Traum befinden, die Tatsache, dass man denkt, gibt einem die Sicherheit, dass man existiert. *Cogito ergo sum.*«

»Ah.« David erinnerte sich an das wohl bekannteste Zitat des Philosophen. »Ich denke, also bin ich«, übersetzte er.

Albert lächelte. »Richtig.«

»Und das war die Antwort, die mein Vater suchte?«

Sein Lächeln gefror. »Nun ja ... Descartes konnte ihm Seelenfrieden schenken, indem er ihm versicherte, dass er sich selbst nicht verlieren konnte, solange er zu denken imstande war. Nachdem dein Vater das Buch gelesen hatte, glaubte er jedoch auch Bestätigung darin gefunden zu haben, dass seine Träume der Wirklichkeit entsprechen konnten. Er ...« Albert schüttelte den Kopf.

»Was?«, fragte David. »Was ist los?« Er verstand nicht, worauf das ganze Gespräch hinauslaufen sollte.

»Er hat nie mit uns darüber geredet«, sagte sein Großvater.

Es war offensichtlich, dass diese Tatsache ihn noch immer verletzte. »Vielleicht hätten wir ihm helfen können.«

»Wie meinst du das?«

Er seufzte tief. »Ich weiß, dass deine Mutter etwas dagegen hat, aber du musst sie verstehen. Sie macht sich bloß Sorgen um dich, weißt du? Dennoch glaube ich, dass es am besten ist, wenn du ... es dir durchliest.« Er zögerte einen Moment und zog dann einen zerknitterten Umschlag aus seiner Hemdtasche.

»Was ist das?«, fragte David überrascht.

Sein Großvater sah ihn reumütig an. »Dein Vater hat einen Brief geschrieben, den wir erst nach seinem Tod fanden. Er ist an uns, deine Mutter ... und an dich adressiert.«

»An mich?« Eine jähe Welle der Gefühle erfasste David – Erstaunen, Erleichterung, Freude, Verwirrung und Wut kämpften allesamt um Vorrang. Nach sechzehn Jahren erfuhr er, dass es eine Nachricht seines Vaters an ihn gab? Er konnte es kaum fassen, doch ebenso wenig konnte er fassen, dass seine Familie es ihm die ganze Zeit verschwiegen hatte.

Albert legte den Brief auf den Tisch und schob ihn seinem Enkel zu, nahm seine Hand aber noch nicht fort. »Du wirst wahrscheinlich nicht glauben, was du liest. Wir hielten es auch für absurd. Vor allem deine Mutter. Aber der Brief ist das Einzige, was uns von deinem Vater geblieben ist. Er ging so unerwartet von uns und niemand konnte uns eine Erklärung geben. Mit der Zeit haben wir begonnen, die Geschichte deines Vaters zu akzeptieren. Vielleicht, weil sie die einzige Erklärung ist, die wir bekommen konnten. Vielleicht aber auch nur, weil wir nicht akzeptieren wollen, dass er ...« Er brachte den Satz nicht zu Ende und nahm seine Hand fort.

Davids Herz schlug spürbar gegen seine Brust, während er den vergilbten Umschlag anstarrte. Wie oft hatte er sich gefragt, ob es nicht eine letzte, persönliche Hinterlassenschaft seines Vaters für ihn gab? Nahezu ehrfürchtig griff er nach dem Umschlag. Er platzte schier vor

Neugierde und doch … es war, als würde ihn eine innere Stimme davor warnen, den Brief zu öffnen.

Lies ihn nicht.

Er verharrte mitten in der Bewegung und blickte seinen Großvater fragend an. Der nickte ihm ermutigend zu. David nahm den Brief in die Hand.

Lies ihn nicht.

»Was soll das?«, fragte er irritiert.

Albert betrachtete ihn besorgt. »David, ich verstehe, dass du aufgewühlt bist. Wenn du den Brief nicht lesen willst …«

»Natürlich möchte ich ihn lesen!« Er steckte den Finger in die Lasche.

Lies ihn nicht!

»Zum Teufel!« David sprang auf, legte den Brief aber nicht aus der Hand. »Willst du mich auf den Arm nehmen, Opa?«

Albert hob die Hände, wie um seine Unschuld zu unterstreichen, und stand auf, wenn auch ungeschickt und wesentlich langsamer als sein Enkel. »David, was meinst du denn?«, fragte er und machte einen Schritt auf ihn zu, als befürchtete er, dass David in Ohnmacht fiele.

David wich einen Schritt zurück. »Mir fehlt nichts. Aber warum gibst du mir den Brief, wenn ich ihn nicht lesen soll?«

»Wenn es dir nicht gut geht, dann lass es erst mal. Ich gebe dir den Brief mit nach Hause, damit du ihn lesen kannst, wenn du bereit dafür bist.«

David schüttelte heftig den Kopf und setzte sich wieder. »Ich will ihn hier und jetzt lesen.«

Auch sein Großvater setzte sich wieder, nickte und deutete ihm mit einer Handbewegung, den Brief zu öffnen.

David öffnete das Kuvert und zog den Brief heraus.

Lies ihn nicht, David.

David war im Begriff, den Brief auf den Tisch zu knallen und wü-

tend aus dem Wohnzimmer zu stürmen, als er stutzte.
Im Blick seines Großvaters standen Verwirrung und ehrliche Besorgnis geschrieben. Da wurde ihm bewusst, dass es gar nicht Alberts Stimme gewesen war. Er schauderte. Die Stimme schien mehr in seinem Kopf zu entstehen, und doch gehörte sie nicht zu ihm. Irritiert sah er sich um. Außer ihnen befand sich niemand im Wohnzimmer … oder? Sein Blick wanderte wie von selbst zum Hirschkopf, bevor er diesen unsinnigen Gedanken abschüttelte. Eines Tages würden seine Nerven vollkommen durchbrennen.

Plötzlich krachte und klirrte es in der angrenzenden Küche, als fielen sämtliche Inhalte der Küchenschränke zu Boden. Seine Großmutter schrie – und dann explodierte etwas. David glaubte zu spüren, wie seine Trommelfelle rissen. Instinktiv ließ er den Brief fallen, presste sich die Hände auf die Ohren und krümmte sich, als könnte er sich dadurch schützen.

Albert reagierte erstaunlich schnell. Er sprang auf und stolperte aus dem Wohnzimmer, um nach seiner Frau zu schauen.

David rannte ihm nach – und prallte so heftig zurück, als wäre er gegen eine unsichtbare Wand gelaufen. Lodernde Flammen warfen Schatten an die Wände und leckten gierig am Dielenboden – die Küche brannte! Das Feuer schwärzte die Decke und schien ihnen höhnisch zuzuwinken. Selbst auf dem Flur konnten sie die sengende Hitze spüren, die in der Küche herrschte.

»Elisabeth«, keuchte Albert.

Zu spät begriff David, was er vorhatte. »Nein!«, rief er und sprang vor, um seinen Großvater zurückzuhalten, doch Albert verschwand bereits in den schwarzen Rauchwolken. »Opa!« David starrte entsetzt in den sich immer mehr verdichtenden Rauch. Er musste helfen.

Entschlossen machte er einen Schritt vor, um in die Hölle zu treten, als er einen schemenhaften Umriss sah und Albert schon wieder auf den Flur hinausstürzte, begleitet von einer Hand aus Qualm, die ihre Beute nur widerwillig gehen ließ.

Er hatte seine Frau auf seine Schultern geladen und schien die Grenzen, die sein Körper ihm im hohen Alter setzte, schlicht vergessen zu haben.

»Ist sie in Ordnung?«, fragte David besorgt.

Albert hustete und deutete mit einem Kopfnicken zur Haustür am anderen Ende des Flurs. »Raus hier!«

David wollte ihm folgen, als er wie vom Blitz getroffen stehen blieb. Der Brief seines Vaters! Er konnte die einzige Nachricht, die er je bekommen sollte, nicht einfach den Flammen überlassen. Entschlossen eilte er zurück ins Wohnzimmer – und just in diesem Moment gab es eine weitere Explosion. Vielleicht war es eine Gasleitung, vielleicht aber auch etwas ganz anderes. Eine gewaltige Druckwelle erfasste David und er stürzte zu Boden. Vom Knall betäubt, blieb er einige Sekunden liegen, bis seine Sinne sich einigermaßen erholt hatten. Dann rappelte er sich auf, schnappte sich den Brief, wandte sich zurück zum Ausgang – und sah sich meterhohen Flammen gegenüber, die ihm den Ausweg versperrten. Er saß in der Falle!

Das Feuer schien ihn auszulachen und einen ekstatischen Opfertanz aufzuführen. Er wich vor der Hitze zurück, mahnte sich selbst zur Ruhe und sah sich um.

Die große Standuhr hatte ihre letzte Stunde geschlagen. Der Druckwelle zum Opfer gefallen, lag sie wie ein gefallener Soldat auf dem Boden und Flammen labten sich an ihr wie gierige Aasgeier. Sein Herz verkrampfte sich, als er sah, dass das Feuer bereits auf den Bücherschrank übergesprungen war und den unersetzbaren Schatz seines Vaters zerstörte. Das kleine Feuer, das im Kamin loderte, war ein Ausdruck purer Ironie. Auch das kolossale Geweih des Hirsches hatte Feuer gefangen und die Augen des Tieres glühten im Schein der Flammen. Qualm kräuselte sich um sein Haupt, als käme er aus dem Rachen eines geweckten Drachens. Das war keine Jagdtrophäe. Das war ein Geschöpf der Hölle. Der Hirsch sah ihm fest in die Augen – und neigte den Kopf.

Obgleich das Atmen ohnehin schon schwerfiel, stockte ihm der

Atem nun gänzlich. *Eine optische Täuschung*, dachte er und blinzelte.

Nein, der Hirsch senkte langsam sein Haupt, um ihn besser ansehen zu können. Er starrte ihn mit seinen nachtschwarzen, hasserfüllten Augen an. David fuhr sich mit dem Ärmel über die brennenden Augen. Als er wieder aufblickte, war der Hirsch verschwunden. Es lag nicht etwa daran, dass der Rauch ihm den Blick oder die Sinne vernebelte. Das Trophäenbrett hing noch immer über dem Kamin. Vom Kopf jedoch fehlte jede Spur.

Trotz der Hitze lief es David kalt den Rücken hinunter. Die Angst vor den Flammen war nichts im Vergleich zur Angst, die er nun verspürte. Panik übermannte ihn. Er musste hier raus!

Hinter ihm knarrte es. Erschrocken wirbelte er herum und wimmerte leise, als er die majestätische Gestalt eines Wildtieres erblickte.

Das goldene Geweih brannte nicht mehr, doch das Feuer tobte noch immer in seinen Augen. Wenn Augen die Fenster zur Seele waren, so waren diese die Pforten zur Hölle.

David konnte dem stechenden Blick des Hirsches nicht ausweichen. Er wollte sich in Sicherheit bringen, sich hinter einem der Ohrensessel verstecken, doch er war wie gelähmt. Er ging in die Knie, um sich unterwürfig zu zeigen. Es war, als würde das Tier ihm bis auf den Grund seiner Seele schauen und alles Lebendige in ihm zu einem Häufchen Asche verbrennen. Die Welt um ihn herum begann sich zu drehen, als kämen die Flammen zum wilden Höhepunkt ihrer Tanzdarbietung.

Die Lippen des Tieres bewegten sich und David glaubte eine Stimme zu vernehmen. Es war die Stimme, die ihn zuvor gewarnt hatte, den Brief seines Vaters zu lesen. »Es musste so kommen«, sagte der Hirsch. »Doch habe keine Angst, du bist noch ahnungslos. Also wird dir nichts geschehen.«

Diese Worte beruhigten David kein bisschen. Was sollte das bedeuten?

»Du fällst nun in einen tiefen Schlaf«, sagte der Hirsch. David wusste nicht, ob es eine Aussage oder ein Befehl war.

»Lass dich in die Decke des Vergessens hüllen und hüte dich davor, zu viel zu erfahren.«

Die Welt drehte sich immer schneller, sodass er kaum mehr wusste, wo oben und unten war. Er konnte nur Schemen erkennen, doch er sah, wie der Hirsch sich auf ihn zubewegte. Er wollte zurückweichen, fortkriechen, doch seine Glieder waren schwer wie Blei und gehorchten ihm nicht. Das Geweih des Hirsches schob sich unter ihn und hob ihn nahezu sanft an. David schrie. Trotz aller Behutsamkeit war es eine unangenehme Berührung voller Kälte. Er versuchte sich dem Geweih zu entwinden, doch da wurde ihm vollends schwarz vor Augen. Mit einem letzten Stöhnen fiel er in Ohnmacht.

Er lag auf einem kalten, ebenen Grund. Seine Kleider fühlten sich schwer und nass an. Er hob seine Lider. Es war dunkel. Nur aus Richtung seiner Beine drang rötliches Licht zu ihm. Angestrengt sah er auf. Im rötlichen Lichtschein stand ein gewaltiger, schwarzer Schatten. Doch noch bevor er mehr erkennen konnte, ging der Schatten im Licht auf. Kaum war er verschwunden, verblasste auch das Licht, sodass er völlig ratlos in der Dunkelheit zurückblieb. Erschöpft schloss er die Augen und fiel in einen traumlosen Schlaf.

Der Traum

Grelles Licht blendete ihn, sodass er die Augen stöhnend wieder zukniff. Er lag in einem Bett, aber die Härte der Matratze verriet ihm, dass es nicht sein eigenes war. Wo war er? Krampfhaft versuchte er sich zu erinnern, was geschehen war. Doch das Einzige, was er damit erreichte, waren pochende Kopfschmerzen. Er fühlte sich leer, als hätte man ihm einen Teil seines Gedächtnisses genommen. Es war ein bizarres Gefühl, das er so noch nie zuvor verspürt hatte, und es bereitete ihm Unbehagen.

Langsam ließen die Kopfschmerzen nach und er startete einen ersten Versuch sich aufzusetzen. Überrascht stellte er fest, dass man ihm ein weißes Nachthemd angezogen hatte. Oder hatte er das selbst getan? Er befand sich in einem seltsam sterilen Zimmer und über seinem Kopf hing ein dreieckiger Griff. Es dauerte einige Sekunden, bis er seine Gedanken ordnen konnte und begriff, dass er im Krankenhaus lag.

Es vergingen keine zwei Minuten, als seine Mutter mit einer Tasse Kaffee hereintrat. »Oh, David!«, rief sie, als sie sah, dass er wach war. Mit wenigen Schritten war sie an seinem Bett, stellte die Tasse ab und nahm ihn in die Arme. »Wie geht es dir, mein Schatz?«

»Ich bin müde«, antwortete David.

Und seltsam leer, fügte er in Gedanken hinzu. »Warum bin ich hier? Was ist passiert?«

Seine Mutter setzte sich zu ihm auf die Bettkante und strich ihm durch sein Haar. »Das ist eine natürliche Reaktion auf ein traumatisches Erlebnis. Man nennt es dissoziative Amnesie. Was du jetzt brauchst, ist vor allem ganz viel Ruhe.«

»Was ist geschehen?« David hatte das dringende Bedürfnis, die Lücken in seinem Gedächtnis zu füllen.

Sie zögerte kurz, begann dann aber doch zu berichten. »Du warst bei Albert und Elisabeth, als ein Feuer ausbrach. Keine Sorge, den beiden geht es gut. Sie werden noch für ein, zwei Tage zur Beobachtung hier im Krankenhaus bleiben. Zum Glück konnten sie das Haus schnell verlassen. Dich hingegen musste die Feuerwehr retten. Sie fanden dich bewusstlos im Badezimmer, wo du dich in nasse Handtücher eingewickelt hattest. Kannst du dich daran erinnern?«

Es war, als bekäme David durch die Erzählung seiner Mutter ein paar Erinnerungsschnipsel zu fassen, doch er konnte sie nicht zu einem Ganzen zusammenfügen. Er erinnerte sich an ein Feuer und daran, dass er auf kaltem Grund gelegen hatte. Der dunkle Raum, die nasse Kleidung, das rötliche Licht ... er hatte es für einen Traum gehalten, doch anscheinend war es eine Erinnerung. Und der Schatten? Hatte er nicht einen Schatten gesehen? Ein Feuerwehrmann, der ihn gerettet hatte? Warum hatte er das Haus nicht zusammen mit seinen Großeltern verlassen?

»David«, sagte seine Mutter und strich ihm zärtlich über die Wange. »Ich muss mich bei dir entschuldigen, mein Schatz. Ich habe dir unrecht getan, indem ich dir all die Jahre kaum etwas von deinem Vater erzählt habe. Weißt du ... du erinnerst mich so sehr an ihn, dass es nicht immer einfach für mich ist ... was natürlich keine Entschuldigung für mein Verhalten ist.« Sie lächelte verlegen. »Albert hat mir gesagt, dass er ... dir den Brief gegeben hat.«

»Verdammt, der Brief!« David fühlte sich wie vor den Kopf gestoßen. Natürlich war er für den Brief zurückgerannt.

Wie hatte er das vergessen können? »Ich habe ihn im Wohnzimmer liegen lassen. Er muss verbrannt sein. Papas einzige Nachricht an mich … ist für immer fort.« Er spürte, wie sich seine Augen mit Tränen füllten.

»O Schatz, nicht doch.« Seine Mutter nahm ihn in die Arme. »Ich werde dir zu gegebener Zeit erzählen, was in dem Brief stand und warum er all diese Bücher las, versprochen. Komm erst mal zur Ruhe und konzentriere dich auf deine Gesundheit.«

David löste sich aus ihrer Umarmung. »Ich kann nicht länger warten. Bitte, Mama, bitte!«

Erst wollte sie ihn zurückweisen, doch dann kullerte eine dicke Träne seine Wange hinab. Sie seufzte tief. Es fiel ihr sichtlich schwer, die richtigen Worte zu finden. »Dein Vater glaubte, dass er eine besondere Fähigkeit besäße«, sagte sie endlich. »Er war davon überzeugt … eine andere Welt betreten zu können.«

David starrte seine Mutter an. Sein erster Gedanke war, dass sie ihn auf den Arm nahm, aber das traute er ihr nicht zu. Da erinnerte er sich an das, was sein Großvater ihm erzählt hatte. Dass sein Vater Traum von Realität nicht zu unterscheiden gewusst hatte. Bedeutete das etwa, dass er den Verstand verloren hatte? David sträubte sich gegen diesen Gedanken. »Ich verstehe nicht«, stammelte er und sah seine Mutter nahezu flehend an.

»Du verstehst«, erwiderte sie leise. Er konnte nicht die geringste Spur von Spott in ihrer Stimme entdecken. »Es mag vielleicht zu viel auf einmal sein, aber du hast recht … du hast zu lange darauf warten müssen.«

David schluckte. Er war sich plötzlich nicht mehr sicher, ob er die Wahrheit erfahren wollte.

»Dein Vater behauptete, dass die Bewohner einer anderen Welt über seine Träume Kontakt zu ihm aufnahmen.« Ihre Lippen formten einen schmalen Strich, als sie sich zurückerinnerte. »Es könnte sein, dass er eine paranoide Schizophrenie entwickelt hat. Er hatte sich jedoch geweigert, medizinische Hilfe aufzusuchen. Stattdessen wollte er selbst Antworten finden. Also kaufte ich ihm ein paar Fachbücher über Neurologie und Psychologie, damit er sich mit der Krankheit auseinandersetzen konnte. Doch er vertiefte sich lieber in andere Bücher, philosophischer und spiritueller Art.«

David öffnete den Mund, doch er wusste nicht, was er sagen sollte. Also wartete er, bis seine Mutter fortfuhr.

»Die philosophischen Texte, die er las, stärkten ihn in seiner Annahme, dass er eine besondere Gabe besaß. Er nannte sich Weltenwanderer und fühlte sich berufen, dieser anderen Welt zu helfen. Doch all das habe ich erst nach seinem Tod erfahren, als wir seinen Brief fanden. Ich befürchte, dass er ...« Sie stockte und David sah, dass sie gegen Tränen ankämpfte. »Ich befürchte, dass er sich von mir nicht verstanden fühlte. Ich habe ihn zu sehr dazu gedrängt, zum Psychotherapeuten zu gehen und ihm nicht genug zugehört.« Sie schenkte David einen Blick, der ihm das Herz zerriss. Fast, als wollte sie ihn stellvertretend für seinen Vater um Vergebung bitten. »In seinem Brief schrieb er, dass er den Stimmen in seinen Träumen folgen und seine Gabe nutzen müsse, um eine Welt namens Yagrolor vor dem Untergang zu retten. Er wollte an ihrer Seite gegen ein böses Volk kämpfen. Er schrieb den Brief an uns für den Fall, dass er scheiterte. Und dann fiel er plötzlich ins Koma ... und starb. Einfach so.« Eine Träne rann ihre Wange hinab.

Davids Herz klopfte schmerzhaft gegen seine Brust. »Glaubst du, er ...« Seine Frage blieb ihm im Hals stecken. Er wollte nicht wahrhaben, dass sein Vater geistig krank gewesen sein könnte.

Sie lächelte traurig. »Es spielt keine Rolle, wer was glaubt, David. Das musste ich auch erst lernen. Ich habe mich viele Jahre mit Albert und Elisabeth darüber gestritten. Deine Großeltern klammern sich an seine Geschichte, weil sie das Einzige ist, was sie haben. Letztlich macht es keinen Unterschied, was wir glauben. Und deshalb will ich auch dir die Freiheit einräumen, an die Version zu glauben, die es dir einfacher macht, mit dem Verlust umzugehen. Es tut mir leid, dass ich dir all das jetzt erst erzähle.«

David schwieg. Er wusste nicht, ob er lachen oder weinen sollte. Sein ganzes Leben lang hatte er darauf gebrannt, zu erfahren, wer sein Vater gewesen und was mit ihm geschehen war. Jetzt wünschte er sich, die Zeit zurückdrehen zu können. Das sollten also die beiden Gründe sein, aus denen er wählen konnte? Entweder er hatte keinen Vater mehr, weil irgendwelche Fantasiewesen ihn dazu gebracht hatten, in einen Kampf zu ziehen, der nicht einmal sein eigener war, oder weil er schlichtweg krank gewesen war und letztlich den Verstand verloren hatte.

Seine Mutter sah den Schmerz in seinen Augen und gab ihm einen Kuss auf die Stirn. »Diese ganze Geschichte über andere Welten mag vielleicht nur ein Hirngespinst sein, aber wie sagt man doch so schön – Jede Geschichte hat einen wahren Kern. Ob er nun Kontakt zu einer anderen Welt hatte oder nicht, er hatte einen Weg gefunden, mit dieser ... außergewöhnlichen Situation umzugehen. Egal, ob er nun wirklich um Hilfe gebeten wurde oder nicht, was zählt ist, dass er sich bereiterklärt hatte, zu helfen wo er kann. Seine Hilfsbereitschaft und Selbstlosigkeit kannten bis zuletzt keine Grenzen. Das ist es, was deinen Vater ausgemacht hat.« Sie schenkte ihm ein aufmunterndes Lächeln.

David versuchte das Lächeln zu erwidern. »Danke, Mama.«

Einen Moment lang herrschte unangenehmes Schweigen, ehe seine Mutter die Stille mit einem Räuspern durchbrach. »Es ist wahrscheinlich besser, wenn ich jetzt gehe. Du solltest dich ausruhen.« Sie stand auf, zog sich ihren Mantel an und ging zur Tür. Ihre Hand lag schon auf der Klinke, als sie zögerte und sich noch einmal umdrehte. »Du weißt doch, dass du über alles mit mir reden kannst, oder?« Sie druckste herum. »Ich meine, solltest du irgendwann ...« Sie brach ab, schüttelte den Kopf und öffnete die Tür. »Ruh dich gut aus, mein Schatz. Ich komme morgen früh wieder.« Eilig verließ sie das Zimmer. Ihr Kaffee stand noch immer dampfend auf dem Beistelltisch.

David wusste, was sie hatte sagen wollen.

Solltest du auch irgendwann Halluzinationen haben wie dein Vater damals. Befürchtete sie etwa, dass auch er schizophren werden könnte? War diese Krankheit etwa vererblich? Er wollte nach seinem Smartphone suchen, als die Tür sich wieder öffnete.

Der Arzt, der zu ihm ins Zimmer trat, trug einen weißen Kittel, eine auffallend rote Fliege und eine Hornbrille mit viel zu dicken Rändern. David war es unmöglich, sein Alter zu schätzen. Sein dichtes Haar war schneeweiß, sein Körperbau gebrechlich und seine Falten tief. Allerdings trug er ein unpassend schelmisches Leuchten in seinen Augen, als versteckte sich die Jugend hinter der Maske eines alten Mannes. Er strahlte bis über beide Ohren.

»David Cervi, ich bin froh zu sehen, dass du wohlauf bist. Ich bin Doktor Rosenthal. Wie fühlst du dich? Kannst du dich erinnern, was geschehen ist?«

»Mir fehlt nichts, abgesehen von ein paar Erinnerungen. Ich kann mich an das Feuer erinnern, aber nicht daran, wie ich mich gerettet habe.«

»Kurios, nicht wahr? Manchmal steckt mehr in uns, als wir denken«, erwiderte der Doktor und zwinkerte ihm zu. »Hast du irgendwelche Fragen an mich?«

David schüttelte den Kopf. »Nein. Obwohl ... ich habe eine Frage, aber sie hat nichts damit zu tun, warum ich hier bin.«

»Was möchtest du von mir wissen?«

»Ich habe mich gefragt, ob Schizophrenie vererblich ist.«

Doktor Rosenthal nickte. »Das Risiko, an Schizophrenie zu erkranken, ist zu einem großen Anteil erblich bestimmt. Warum fragst du?«

»Es könnte sein, dass ... mein Vater schizophren war.«

»Und jetzt machst du dir Sorgen, dass du es auch sein könntest.«

David nickte.

»Hast du denn Wahnvorstellungen? Hast du Dinge gesehen oder gehört, die nicht der Realität entsprechen?«

David schüttelte den Kopf. »Ich glaube nicht.«

»Hast du jemals Stimmen gehört? Zum Beispiel eine Stimme, die in deinem Kopf zu entstehen scheint und doch nicht zu dir gehört?

Eine Stimme, die dich vor etwas gewarnt hat?«

David spürte, wie sich eine Erinnerung in ihm regte. Wie ein Fisch unter der Wasseroberfläche, von dem man nicht mehr als seine Konturen sah.

»Hast du jemals Dinge, Personen oder andere Wesen gesehen, die nicht deiner Auffassung von Realität entsprechen?«, fragte Doktor Rosenthal weiter. »Hast du jemals das Gefühl gehabt, nicht allein zu sein, obwohl niemand bei dir war?«

»Na ja«, sagte David. »Der Hirschkopf meiner ...« Die Erinnerung brach durch und traf ihn wie ein Keulenschlag. Der Hirschkopf seiner Großeltern hatte sich bewegt, während das Feuer um sie herumgetobt war. Er hatte David angesehen und sich schließlich von der Wand gelöst und in einen lebendigen Hirsch verwandelt. Zuvor hatte er David davor gewarnt, den Brief seines Vaters zu lesen, und ihm anschließend erzählt, dass ihm nichts geschehe, weil er ahnungslos sei. David erinnerte sich an die kalte Berührung, als der Hirsch ihn mit seinem gewaltigen Geweih aufgabelte, um ihn vor dem Feuer zu retten. Konnte das wirklich geschehen sein? Diese plötzlich zurückgewonnenen Erinnerungen fühlten sich so real an wie seine Erinnerungen an die Philosophiestunde am Morgen, der Streit mit seiner Mutter und das Gespräch mit seinem Großvater.

»David, ist alles in Ordnung?« Der Arzt sah ihn erwartungsvoll an.

David schluckte und nickte. »Ja. Ich ... bin nur erschöpft.«

Doktor Rosenthal kniff die Augen zusammen, als wüsste er, dass David ihm etwas verschwieg. »Gibt es etwas, worüber du mit mir reden möchtest?«

David schüttelte den Kopf. Wenn er dem Arzt von seiner Begegnung mit dem sprechenden Hirsch berichtete, würde er wahrscheinlich noch heute in die psychiatrische Abteilung verlegt werden.

»Nein, es ist alles in Ordnung.«

Doktor Rosenthal lächelte zufrieden. »Wenn das so ist, sehe ich keinen Grund, dich hier festzuhalten. Ich denke, du bist bereit, die Welt zu retten. Morgen werde ich dich entlassen.«

David hob eine Augenbraue. »Die Welt retten?«

Der Arzt sah ihn einen Herzschlag lang ausdruckslos an, bevor er herzhaft zu lachen begann. »Ich dachte, das sagt die Jugend heutzutage. Jedenfalls solltest du diese Nacht noch einmal ausgiebig schlafen, damit du ausgeruht bist, wenn du entlassen wirst.« Er lächelte. »Alles Gute.« Er gab ihm einen kräftigen Händedruck und verließ das Zimmer.

David war überfordert von all den Informationen, die er in so kurzer Zeit erhalten hatte. Er war ohne Erinnerung an jegliche Geschehnisse im Krankenhaus aufgewacht, um noch am selben Tag zu erfahren, dass das Haus seiner Großeltern gebrannt hatte, sein Vater verrückt gewesen war, er seine Krankheit vielleicht geerbt hatte und er allem Anschein nach zu halluzinieren begonnen hatte.

Den Rest des Tages verbrachte er allein im Krankenbett, während sich seine Gedanken im Kreis drehten. Immer wieder flackerte die Erinnerung an den Hirsch vor seinem inneren Auge auf und ließ ihn frösteln. Er war so real gewesen. Es kam ihm vor, als befände er sich in einem bizarren Albtraum, aus dem er nicht erwachen konnte. Es gab in Wirklichkeit keinen monströsen, sprechenden Höllenhirsch! War es das, was sein Vater durchgemacht hatte? Die Linie zwischen Traum und Realität hatte sich aufgelöst, während sein gesunder Menschenverstand ihm einzutrichtern versuchte, dass eine solche Linie existieren musste. Hatte er tatsächlich halluziniert? War er schizophren? Brach die Krankheit jetzt schon durch? Er fühlte sich doch gesund und normal.

Je mehr er darüber nachdachte, desto verzweifelter wurde er. Irgendwann beschloss er, dass er mit seiner Mutter darüber reden musste. Vielleicht wusste sie Rat.

Wenn er nicht aufhörte, sich seinen Kopf zu zerbrechen, würde er schon jetzt den Verstand verlieren.

Während der Himmel sich draußen langsam verdunkelte, legte sich die Decke der Müdigkeit bleiern über ihn. Er umarmte das Gefühl der Erschöpfung, um seinem Körper und Geist die Ruhe zu geben, die sie so dringend benötigten.

Er war allein. Alles um ihn herum war schwarz. Orientierungslos stand er da und wusste nicht, was er tun sollte. Das Nichts war grenzenlos. Und die Vorstellung, allein zu sein, schmerzte wie ein Brandmal in seinem Herzen. Dann, von einer Sekunde zur anderen, stand jemand vor ihm und der seelische Schmerz verschwand. Er wusste, dass er ins Leere greifen würde, *wenn er seine Hand ausstreckte. Und doch spürte er die Anwesenheit einer anderen Person mit derselben Gewissheit, die er jeden Abend hatte, wenn er wusste, dass er am nächsten Tag auch wieder aufwachen würde.*

»Wer bist du?«, fragte er. Seine Stimme klang anders im Nichts, seltsam dumpf, da sie sich in der Grenzenlosigkeit verlor.

»Jemand, der deine Hilfe benötigt, David Cervi«, erklang die Stimme eines Jungen seines Alters, die aus keiner bestimmten Richtung kam.

Sein Herz begann schneller zu schlagen. »Woher kennst du meinen Namen? Bist du eine Stimme in meinem Kopf? Bist du eine Halluzination?«

»Nein, ich bin so real wie du.«

»W*as willst du von mir?«*

»Ich brauche deine Hilfe. Wir *brauchen deine Hilfe.«*

»Wer seid ihr?«

»Wir sind Yagrolaner.«

Das Volk, das meinen Vater um Hilfe bat, dachte er. Und plötzlich ergab alles einen Sinn. Dies musste ein Traum sein, in den sein Gehirn die wahnsinnige Geschichte seines Vaters einzuweben versuchte, damit er sie verarbeiten konnte. Das bedeutete, dass all dies nicht real war.

Es fühlte sich so echt an.

Er kniff sich in den Arm und spürte den Schmerz. Oder träumte er nur, dass es wehtat? Er konnte sich nicht daran erinnern, jemals einen derart realen Traum gehabt zu haben. Genauso wenig, wie er sich daran erinnern konnte, jemals derart reflektiert zu haben, während er träumte.

»Wirst du uns helfen, wie es einst dein Vater tat?«, fragte die Stimme im Nichts.

Ob Wirklichkeit oder Traum, seine Neugierde war geweckt. »Wie konnte mein Vater euch helfen? Warum braucht ihr meine Hilfe?«

»Dafür muss ich dir die Geschichte unseres Volkes erzählen.«

Stille füllte das Nichts, als sein Gegenüber nicht direkt mit seiner Erzählung fortfuhr. Auf einmal begann die Schwärze vor ihm sachte zu wabern. Er glaubte zu sehen, wie blasse Farben hier und da aufglommen, auch wenn er seinen Blick auf nichts zu fokussieren vermochte. Trotzdem erkannte er Bewegungsmuster im Tanz der schwachen Lichter. Es formten sich verschwommene Umrisse von Körpern, die sich wie riesige Schatten vor ihm bewegten. Es kam ihm vor, als schaute er sich einen Film an, der mit Mondlicht und Schatten in den Nachthimmel projiziert wurde.

»Damals, vor vielen Jahrhunderten, lebten die Yagrolaner in Frieden und Freiheit«, begann sein Gegenüber. »Doch dann wurden ein paar von ihnen abtrünnig.«

Zwei, nein drei der wabernden Körper trennten sich von den anderen.

»Sie strebten nach Macht, schlossen sich zusammen und nannten sich Arya. Zuerst stellten sie keine Gefahr für die Gemeinschaft dar, doch die Zunge der Macht sprach süße Worte und überzeugte immer mehr Yagrolaner, sich ihnen anzuschließen. Sie bedrohten das friedliche Gleichgewicht, das seit jeher unser Volk zusammenhielt.«

Weitere Schattenfiguren trennten sich von den anderen. Sie schienen sich zu verdunkeln. Sie wuchsen. Sie wirkten bedrohlicher.

»Um den Frieden zu wahren, sandte der König sie in ein Land hinter den Bergen, wo sie die Möglichkeit bekommen sollten, einen Staat nach ihren Wünschen zu errichten: Árion.«

Die erste Gruppe der Schattenkörper wurde von wachsenden Bergen verdrängt und die dunklen Schatten wandten sich einander zu.

»In Árion herrschte ein Zustand völliger Regellosigkeit. Hatten sie sich in Yagrolor trotz egoistischer Ziele noch zusammenschließen können, da sie einen gemeinsamen Feind hatten, versuchten sie sich in Árion individuell an die Spitze zu kämpfen. Plötzlich war ein jeder des anderen Feind. Über Jahrhunderte herrschten Unruhe und Krieg hinter den Bergen. Diktaturen entstanden und fielen, die Schwachen mussten den Starken dienen. Das Leben dort war hart, denn man war hart zueinander. Die Arya lebten nach uneingeschränktem Macht- und Lustprinzip, auf sich allein gestellt und auf Kosten anderer.«

Das Schattenspiel wurde hektisch, er konnte kaum erkennen, was geschah. Schattenkörper stießen aneinander, stoben auseinander, verschmolzen miteinander und brachen entzwei. Instinktiv wollte er einen Schritt vor dem wabernden Chaos zurückweichen, doch er wagte nicht, sich im Nichts zu bewegen.

»Dennoch wuchs das Volk. Und je mehr Jahrzehnte vergingen, desto mehr wuchs der Hass auf die Yagrolaner auf der anderen Seite der Berge. Der Hass zog sich durch alle Generationen und wuchs beständig, so, wie auch das Volk weiter wuchs. Wiegenlieder erzählten davon, wie die Ahnen der Arya, die Ersten, aus dem friedlichen Land hinter die Berge verbannt worden waren. Man gab den Yagrolanern die Schuld an ihrem Elend. Und so entstand für die Arya ein gemeinsamer Feind, der sie wie damals dazu bewegte, sich zusammenzuschließen.«

Die Schattenkörper verschmolzen miteinander, wuchsen, wurden dunkler und dunkler – und ließen ihn in völliger Schwärze zurück.

»Was ... geschah dann?«, fragte er mit klopfendem Herzen.

»Es drohte ein gewaltiger Krieg zwischen zwei Weltenvölkern auszubrechen. Und es sollte der erste sein, dem sich die Yagrolaner in ihrer Geschichte hätten stellen müssen. Da die Yagrolaner seit jeher in Frieden und Harmonie miteinander lebten, hätten sie einem Krieg gegen

die Arya niemals standgehalten, die in Kriegszeiten geboren und aufgewachsen waren. Ihre einzige Chance bestand darin, jemanden auf ihrer Seite zu haben, der ihnen helfen konnte, den Krieg zu verhindern.«

»Mein Vater?«, fragte David zweifelnd. Er wusste, dass dies die Stelle war, an der er in die Geschichte treten sollte, doch er konnte sich beim besten Willen nicht vorstellen, wie ein einzelner Mensch einen Krieg in einer anderen Welt verhindern sollte. Sein Vater war zwar Polizist gewesen, aber doch kein Kriegsgeneral!

»Ja«, erwiderte sein Gegenüber ernst. »Gustav Cervi gab sein Leben, um unser Volk vor einem Krieg zu bewahren. Nun scheint sich jedoch erneut ein Schatten über unsere Welt zu legen. Wir sind auf deine Hilfe angewiesen, David Cervi, Sohn unseres Retters.«

»Ich soll einen Krieg verhindern?«, entfuhr es ihm. Er wollte lachen, aber der Ton, der seiner Kehle entrann, glich eher einem nervösen Quieken. »Wie soll ich so was denn schaffen? Ich bin bloß ein normaler Junge! Ich bin nicht … wie mein Vater. Ich …« Plötzlich fühlte *er sich klein und machtlos. Die Weite und Schwere des Nichts, in dem sie sich befanden, schien auf ihm zu lasten und ihn zu erdrücken.*

Auf einmal spürte er, wie sein Gegenüber ihm näher kam – und ihn berührte. Er nahm die Berührung nicht auf seiner Haut wahr. Es war eher, als griffe sein Gegenüber nach seinem Herzen, als es ihm zusprach: »Sein Blut fließt in deinen Adern.« Es war, als öffnete diese geistige Berührung ihm die Augen und nahm ihm seine Zweifel – Dies war kein Traum.

Die jähe Verantwortung, die mit dieser Erkenntnis einherging, versetzte ihm einen Schlag in die Magengrube. Wenn diese Welt tatsächlich existieren sollte, dachte er, verlassen sich diese fremden Wesen dann alle auf mich? Er spürte, wie Panik in ihm aufkam. Sie kroch sein Rückgrat empor wie eine kalte Hand, die ihn im Nacken packte und eisern festhielt. »Ich …« Er wusste nicht, wie er seinem Gegenüber gestehen sollte, dass sie den falschen Retter erwählt hatten. Sein Vater mochte vielleicht ein Held gewesen sein, aber doch nicht er! Das

Nichts begann sich um ihn zu drehen, sodass ihm schwindelig wurde. Er wusste nicht mehr, wo oben und unten war und hatte das Gefühl, sich übergeben zu müssen. Er griff um sich, aber es gab nichts, woran er sich hätte halten können.

»Bitte, komm nach Yagrolor und hilf uns!«, flehte sein Gegenüber. »Du bist unsere einzige Hoffnung. Ich warte auf dich.«

Der Boden unter seinen Füßen verschwand und er stürzte ins endlose Nichts.

Der Aufzug

David erwachte mit einem Schrei. Seine Finger gruben sich in seine Decke, dankbar für den Halt, den sie ihm bot. Draußen war es bereits hell, wodurch ihm das Krankenzimmer nach der vollkommenen Schwärze seines Traumes geradezu überbelichtet erschien.

Sein Herz klopfte wild gegen die Brust. War er vor wenigen Stunden noch mit der Überzeugung zu Bett gegangen, dass er langsam den Verstand verlor, so war er nun mit der Überzeugung aufgewacht, dass er sich diese absonderlichen Erlebnisse nicht nur eingebildet hatte. Er konnte plötzlich nachvollziehen, warum sein Vater von der Echtheit seiner Träume überzeugt gewesen war. Mit seinem Erwachen war David zurück in die wirkliche Welt gelangt, doch er hatte keine Linie zwischen Traum und Realität überschritten. Der *Traum* war vielmehr wie ein unbeleuchteter Teil der Wirklichkeit, von dessen Existenz er nichts gewusst hatte. Ein Yagrolaner hatte aus jenem Teil der Wirklichkeit Kontakt zu ihm aufgenommen. Er hatte ihn berührt und ihn damit eine Verbindung zwischen ihren Welten spüren lassen. Die Yagrolaner baten ihn um Hilfe – wie damals seinen Vater.

Die Panik, die er in seinem Traum gespürt hatte, verwandelte sich in

Aufregung. Er sprang aus dem Bett und suchte sein Smartphone, um seine Mutter anzurufen.

Wie sie reagieren würde, wenn er ihr erzählte, dass sein Vater damals nicht verrückt geworden war? Dass es Yagrolor wirklich gab und sie ihn dort als Helden feierten?

Er brach seine Suche ab. Sie würde ihn für verrückt erklären und voller Sorge zwangseinweisen lassen.

Plötzlich wurde ihm bewusst, dass es niemanden gab, mit dem er darüber reden konnte. Niemand würde ihm Glauben schenken – und wie sollte er es ihnen verübeln? Bis vor wenigen Minuten hatte er es nicht einmal selbst für möglich gehalten, dass Wesen aus anderen Welten über Träume mit ihm Kontakt aufnehmen konnten. Der Einzige, der ihn verstanden hätte, wäre sein Vater gewesen.

David strich mit dem Zeigefinger über seinen Kettenanhänger. Er hatte das Gefühl, ihm einen kleinen Schritt nähergekommen zu sein. All die Jahre hatte er dieses unerklärliche, unsichtbare Band zwischen ihnen gespürt. Endlich schien dieses Band Gestalt anzunehmen und er wollte nach ihm greifen, um zu sehen, wohin es ihn führte.

Er verspürte eine leichte Scham in sich aufkommen, als er sich erinnerte, wie angsterfüllt er im Traum auf das Bittgesuch reagiert hatte. Sein Vater hatte den Yagrolanern bestimmt ohne zu zögern seine Hilfe zugesichert. Am liebsten hätte er sich wieder schlafen gelegt, um zurück in die Traumebene zu gelangen und dem Yagrolaner seine Unterstützung anzubieten. Er hatte zwar keine Ahnung, wie er das anstellen sollte, doch dies war seine Chance, den Fußspuren seines Vaters zu folgen.

David war derart aufgeregt, dass es ihm unmöglich war, still sitzen zu bleiben – geschweige denn wieder einzuschlafen. Er zog sich an und verließ sein Zimmer, um sich an der frischen Luft die Füße zu vertreten.

Als er aus seinem Zimmer trat, blieb er verdutzt stehen. Der Korridor war vollkommen verlassen. Dabei hätte er zu dieser Uhrzeit von Besuchern und gestressten Pflegekräften buchstäblich überrannt werden müssen. Es brannte nicht einmal das Licht.

Verwirrt lief David Richtung Aufzug. Als er den Aufenthaltsraum des Pflegepersonals passierte, stellte er fest, dass auch dieser verlassen war. Es war ungewöhnlich still, sodass ihm sein eigener Atem vorkam wie das Schnauben eines Pferdes. Er konnte hören, wie sein Herz schneller zu schlagen begann, als ihn das Gefühl beschlich, dass etwas nicht stimmte.

»Hallo?«, rief er zögerlich in die unheimliche Stille.

Nichts.

David klopfte an die nächstgelegene Tür und trat ein. Das Zimmer war nicht belegt. Auch sein Klopfen am angrenzenden Krankenzimmer blieb unbeantwortet. Beim Eintreten fand er einen unbewohnten Raum vor. Er überprüfte noch drei weitere Zimmer, wobei er jeden Anstand vergaß und ohne Anklopfen hineinplatzte. Niemand war da, um sein unverfrorenes Verhalten zu rügen.

Die gesamte Station schien verlassen zu sein. Hatte man ihn bei einer Evakuierung vergessen? Er beschloss zur Rezeption zu gehen und eine Erklärung zu verlangen.

Am Aufzug angelangt, betätigte er den Knopf. Ein mechanisches Geräusch verriet, dass die Kabine sich in Bewegung setzte.

Er warf einen unruhigen Blick zurück in den verlassenen Flur. Er wusste, dass es keinen Grund gab, sich zu fürchten. Sobald er das Rezeptionspersonal sprechen würde, würde sich alles klären. Allerdings kamen ihm auf Anhieb zwei Horrorfilme in den Sinn, in denen eine verlassene Krankenstation einen perfekten Handlungsort geboten hatte. Er wandte den Blick wieder ab und trat nervös von einem Fuß auf den anderen.

Endlich ertönte ein *Bling* und die Türen des Aufzugs glitten auf. David beeilte sich, die Kabine zu betreten und mit einem Knopfdruck die Türen wieder zu schließen. Die Anzeigetafel verriet ihm, dass er sich im sechsten Stock befand. Er wählte das *E* für Erdgeschoss und mit einem Ruck setzte sich die Kabine in Bewegung.

Die Situation war zu absurd. Wie viele Gründe ihm für das plötzliche Verschwinden aller Menschen auch einfielen mochten, keiner war annähernd logisch genug, um in Erwägung gezogen zu werden. Als er bei dem Gedanken ankam, dass Außerirdische die Menschen entführt haben mussten, während er ahnungslos schlief und übersehen wurde, schüttelte er den Kopf und lächelte über seine eigene Fantasie.

Die Kabine passierte den zweiten Stock. Er fluchte über die Trägheit des Aufzugs. Hätte er die Treppen genommen, wäre er jetzt unten und würde sich mit dem Rezeptionspersonal über seine Dummheit amüsieren.

Auf einmal fühlte er sich beobachtet. Er spürte die Gegenwart einer Person so deutlich, als hätte sich eine Hand auf seine Schulter gelegt. Aus den Augenwinkeln vernahm er eine Bewegung. Er wirbelte erschrocken herum – und sah sich selbst in die Augen.

Fast hätte David laut aufgelacht. An der Wand des Aufzuges hing ein Spiegel, der vom Boden bis zur Decke reichte. Er hatte sich vor seinem eigenen Spiegelbild gefürchtet, denn der blasse Junge mit dem wirren blonden Haar und dem etwas gehetzten Blick war eindeutig er.

Und trotzdem – irgendetwas war seltsam. Vielleicht lag es nicht an seinem Spiegelbild, sondern am Spiegel selbst? David trat näher, um ihn genauer zu betrachten. Das Glas war etwas gewölbt, wodurch sämtliche Spiegelungen fremdartig verformt wirkten – aber es war ein gewöhnlicher Spiegel. Was hätte es auch sonst sein sollen?

Irritiert über sein unbegründetes Misstrauen gegenüber einem *Spiegel*, wandte David sich ab – und erstarrte mitten in der Bewegung. Gebannt blickte er auf den leuchtenden Buchstaben der Anzeigetafel über den Türen. Das *K* suggerierte, dass er schon im Keller angekommen war. Doch die Kabine bewegte sich unbekümmert weiter in die Tiefe.

Zuerst redete David sich ein, dass die Anzeigetafel defekt war. Doch das erklärte nicht, warum der Aufzug seit einer gefühlten Ewigkeit abwärtsfuhr. So träge der Aufzug auch sein mochte, so viele Stockwerke konnte es nicht geben! Hastig schob er die Plastikbedeckung der Knopfleiste beiseite und betätigte den Notfallknopf.

Nichts geschah.

Er drückte noch einmal mit mehr Kraft und für mehrere Sekunden, aber der Aufzug fuhr unbeirrt weiter, als würde er ihn verhöhnen, weil er glaubte, ihn mit einem Knopfdruck aufhalten zu können.

David begann mit beiden Händen gegen die Türen zu hämmern und versuchte, die aufkommende Panik zu unterdrücken. »Hilfe!«, brüllte er, obwohl er bezweifelte, dass jemand da war, der ihn hören könnte.

Ein harter Ruck brachte die Kabine zum Stillstand. Die Neonröhre an der Decke flackerte, als würde sie jeden Moment den Geist aufgeben und ihn in Dunkelheit hüllen. Die Türen öffneten sich nicht.

David holte tief Luft und zwang sich zur Ruhe. »Ist da jemand?«, rief er.

Nach einiger Zeit ertönte ein leises, kaum vernehmbares Scharren. Draußen hantierte jemand an den Türen! David fiel ein Stein vom Herzen. Es vergingen ein paar Augenblicke, bis sich ein erster Erfolg zeigte und die Türen sich mit einem widerspenstigen Knarren ein Stück auseinanderschoben. Zwei längliche Metallstäbe wurden durch den Spalt gedrückt, um ihn zu vergrößern. Erst hielt David sie für Brecheisen. Doch dann begriff er, dass er damit völlig danebenlag.

Als er sah, was es tatsächlich war, sprang er mit einem entsetzten Aufschrei in den hinteren Teil der Kabine und prallte gegen den Spiegel, auf dem sich durch den heftigen Aufschlag ein Netz aus feinen Rissen bildete. Doch darüber machte David sich keine Gedanken – entgeistert starrte er zu den Türen und zu dem, was versuchte, sie aufzubrechen. Es waren keine Brecheisen, die in den Händen seines Retters lagen, sondern die Klauen eines Armes, an dem sie *angewachsen* waren! Sie waren so lang wie die eines Riesenfaultiers, doch der muskulöse Arm war bedeckt mit dunkelgrünen Schuppen und er bewegte sich mit der Kraft eines Bären. Dieses *Ding* konnte in der Realität niemals existieren. Aber wenn er in den letzten Stunden eines gelernt hatte, dann, dass Realität ein dehnbarer Begriff war.

Das Monster schien jedenfalls kein Problem damit zu haben, dass es existierte.

Es hatte die Türen bereits um einige Zentimeter aufgebrochen, aber der Spalt genügte noch nicht, um einzudringen.

Das Gesicht des Wesens konnte man kaum als solches bezeichnen. Es war eine entstellte, schuppige Fratze mit einer breiten Schnauze, in der unzählige Fangzähne um ihren Platz kämpften. Das Furchterregendste an diesem Monstrum waren jedoch seine pupillenlosen Augen. Als das flackernde Licht der Aufzugskabine auf seine Netzhaut fiel, reflektierte sein Blick das Licht in einem unheimlichen Signalrot, als könnte er seine Opfer lediglich durch Blickkontakt mit Laserstrahlen verbrennen. Trotz der Leere seiner Augen waren sie nicht ausdruckslos und verrieten David nur allzu deutlich, mit welcher Absicht das Monster versuchte, die Türen zu öffnen. Ächzend schob es seine breiten Schultern durch den schmalen Schlitz.

David wurde bewusst, dass er in der Falle saß. Er versuchte, weiter von den Türen fortzurutschen, doch er saß bereits mit dem Rücken am Spiegel, sodass ihm nichts übrig blieb, als die Knie heranzuziehen, um die letzten Millimeter an Abstand zu gewinnen.

Glücklicherweise reichte dem Monster die Öffnung zwischen den Türen weiterhin nicht aus und es blieb stecken. Das Ungeheuer schien dies im selben Moment zu begreifen wie David, doch es war alles andere als glücklich darüber. Es stieß einen schrillen Schrei aus und tobte herum wie ein tollwütiger Affe, sodass es die Türen verbeulte und dadurch ein Stück weiter öffnete. Während es wild mit seinen langen, beschuppten Armen umherfuchtelte, verfehlte es David nur um Haaresbreite.

David schrie panisch um Hilfe, aber es sah nicht danach aus, als würde er sie bekommen. Er musste sich selbst befreien. Allerdings gab es nur einen einzigen Ausgang aus dieser höllischen Kabine – und der wurde von der Kreatur versperrt. Es konnte sich nur noch um Sekunden handeln, bis sie die Türen vollends aufgebrochen hatte, und dann ...

Seine einzige Chance bestand darin, an diesem Monster vorbeizukommen. Er hatte zwar keinen blassen Schimmer, wie er das anstellen sollte, doch er wusste, dass es keine Alternative gab. Er musste einen unachtsamen Moment ausnutzen und sich an dieser Kreatur vorbeidrängen, bevor sie ihn schnappen konnte.

Soweit die Theorie. Es blieb zu hoffen, dass sie sich in die Praxis umsetzen ließ.

Das Monster schien derweil bemerkt zu haben, dass es mit seinem strategielosen Herumtoben nicht weiterkam, denn es zog sich zurück und schlug stattdessen von außen auf die Türen ein, bis eine Seite aus den Schienen sprang und das Ungeheuer sie scheinbar mühelos herausreißen konnte.

Jetzt gab es kein Hindernis mehr zwischen ihm und David, der nunmehr schutzlos in der Ecke des Aufzugs saß und seinem Schicksal ausgeliefert war. Das Monstrum richtete sich vor ihm auf, das Gesicht zu einer triumphierenden Grimasse verzerrt. Siegessicher stand es breitbeinig vor ihm.

Davids Herz raste vor Angst, doch er erkannte die Chance, die sich ihm kein zweites Mal bieten würde. In dem Moment, in dem das Monster auf ihn zuschoss, stieß er entschlossen vor, streckte sich waagerecht in der Luft aus – und sprang zwischen seinen Beinen hindurch.

Das Glück stand auf Davids Seite. Das Monster schnaubte überrascht und versuchte ihn aufzufangen, doch seine Pranken griffen ins Leere.

Eine Welle stechenden Schwefelgestankes wehte David entgegen und nahm ihm zusätzlich zu seiner unsanften Landung den Atem. Er sprang sofort wieder auf, ignorierte die Schmerzen in seiner Brust und rannte blindlings geradeaus, in die einzige Richtung, die ihm übrig blieb.

Der unbeleuchtete Gang war definitiv kein Keller eines städtischen Krankenhauses. Der Boden, die Wände und die niedrige Decke bestanden aus rohem Gestein.

Es musste sich um eine Katakombe handeln, die man zur Zeit des Weltkrieges errichtet hatte.

Hinter ihm ertönte ein gellender Wutschrei, woraufhin David instinktiv zurücksah. Das Monster stand im Aufzug, wobei sein Körper die gesamte Kabine ausfüllte. Verwirrung und Wut standen in seinen roten Augen geschrieben, als es begriff, dass seine Beute ihm entkommen war. Es setzte zur Verfolgung an.

Das Licht der Aufzugskabine reichte nicht weit. Schnell war David von Dunkelheit umgeben und konnte kaum erkennen, wohin er rannte. Plötzlich blieb er mit seinem Fuß an einer Unebenheit im Boden hängen. Im letzten Moment versuchte er sein Bein hochzureißen, doch er kam aus dem Schritt und schlug der Länge nach hin. Er wollte aufstehen, als ein stechender Schmerz durch seine Schulter fuhr und er gequält zurücksank.

Das Monstrum schrie triumphierend auf und bewegte sich mit plumpen Schritten auf ihn zu.

David sah ihm angsterfüllt entgegen. Das Monster war nicht schnell, doch selbst wenn er den Schmerz ignorierte und aufstand, wäre es David unmöglich, in der Dunkelheit zu entkommen. Das war sein Ende. Er schloss stöhnend die Augen und verfluchte sich selbst für seinen Entschluss, den Aufzug anstelle der Treppen benutzt zu haben.

»David! Zurück! Zurück zur Metallkabine!«

David riss verwundert die Augen auf. Es kümmerte ihn nicht, wie verrückt diese Aufforderung klang und ob es vielleicht nur seine Todesangst war, die falsche Stimmen in seinem Kopf weckte – es war seine letzte Hoffnung, sich auf diesen Rat zu verlassen.

Er musste zurück und das bedeutete, dass er erneut an dieser Kreatur vorbeikommen musste. Dazu hatte er sogar eine verzweifelte Idee. David ignorierte den Schmerz in seiner Schulter, rappelte sich auf und tat, was man nur als lebensmüde bezeichnen konnte – er rannte geradewegs auf die Höllenkreatur zu.

Das Monster war sichtlich verwirrt, doch Angst vor einem

Zusammenprall hatte es nicht. Es rannte ihm unbeirrt entgegen. Erst im letzten Moment, gerade als das Ungeheuer seine langen Arme ausstreckte, um ihn zu schnappen, stürzte David zur Seite und presste sich gegen die Felswand.

Und das Wunder geschah. Mit vorgestreckten Armen schoss das Monstrum an ihm vorbei und stolperte dutzende Schritte weiter, bis es haltmachte und sich verwirrt herumdrehte.

David erwiderte den Blick nicht minder überrascht. Auch er konnte kaum begreifen, dass sein Plan aufgegangen war. Er fasste neuen Mut und stürmte zurück zur Aufzugskabine. Ein schriller Wutschrei erklang hinter ihm und er hörte, wie die Kreatur mit donnernden Schritten zur Verfolgung ansetzte, doch er drehte sich nicht um. Er sprintete zur Kabine, seinem buchstäblich einzigen Lichtblick. Eine kleine Kammer mit zerbeulten Türen, flackerndem Licht und keinem Ausweg ... Er verlangsamte seinen Schritt. Was zur Hölle tat er da?

»*David, komm schon!*«

David schrie erfreut auf, als die Stimme seine Zweifel übertönte. Ganz eindeutig, die Stimme entsprang nicht seinem eigenen Kopf. Er hatte sie mit seinen Ohren vernommen und sie kam aus dem Aufzug!

Das Monster heulte begeistert auf. Für es sah es so aus, als rannte sein Opfer geradewegs in die Falle.

David betete, dass es falsch lag. Er legte die letzten Meter mit übergreifenden Schritten zurück und sprang mit einem gewaltigen Satz in die Kabine.

Nichts geschah.

David blickte lediglich in sein eigenes leichenblasses Gesicht, das ihn mit panischem Blick aus dem zersprungenen Spiegel heraus anstarrte.

»Was jetzt?«, ächzte er. Vergeblich suchte er einen Ausweg. In der Decke befand sich eine Ausstiegsluke, doch er hätte es allein niemals rechtzeitig geschafft, durch diese zu entkommen. »Hilfe!«, schrie er. »Hilfe! Bitte!«

Er bekam weder Hilfe noch eine Antwort.

Entweder sein Helfer ließ ihn im Stich oder es hatte ihn nie gegeben.

Das Monster hatte ihn unterdessen beinahe erreicht. David schrie wütend auf und presste sich mit dem Rücken gegen die Spiegelwand – wo er von einer Sekunde zur anderen jeden Halt verlor.

Jäh wurde es dunkel, als hätte man ihm einen Sack über den Kopf gestülpt. Er stolperte rückwärts, verlor sein Gleichgewicht und fiel zu Boden.

Ruckartig wurde er in die Höhe gerissen. »Komm schon! Der Troll kann uns immer noch folgen, wir müssen hier weg!« Jemand packte ihn am Arm und zerrte ihn grob mit sich.

David konnte nichts sehen, doch sein Retter schien den Weg zu kennen. Sie stürmten durch die vollkommene Schwärze.

Der *Troll*?

Die Erkenntnis traf David wie ein Schlag ins Gesicht. Sobald das Monster einen Namen bekommen hatte, konnte er seine Erlebnisse ordnen. Ein Krankenhaus konnte nicht einfach leergeräumt werden. Es gab keine Aufzüge, die tiefer fuhren, als der Schacht es zuließ. Natürlich gab es auch keine geheimen Katakomben unter der Stadt, die nach Schwefel stanken – und vor allem gab es keine Trolle! Zumindest nicht in seiner Welt und somit blieb nur eine einzige Schlussfolgerung: David befand sich nicht länger in der Welt, die er kannte.

Er befand sich in Yagrolor.

Die Sonne

Der Tunnel schien kein Ende zu nehmen. David hatte das Gefühl, dass ihm tausend Messer in seiner Brust steckten, aber eine Pause wurde ihm nicht gegönnt. Er wurde erbarmungslos mitgerissen und wenn er sich seine Schulter nicht ausrenken wollte, hatte er keine andere Wahl, als blindlings zu folgen. Es dauerte eine gefühlte Ewigkeit, bis er endlich ein Licht am Ende des Tunnels sah – im wahrsten Sinne des Wortes.

Gleißendes Licht und sengende Hitze schlugen ihm entgegen, als sie ins Freie stürzten. Mit einem überraschten Aufschrei löste David sich aus dem Griff seines Retters und hob die Hände vor seine Augen. Er stolperte über seine eigenen Füße und schlug der Länge nach hin. Durch seinen Aufprall wirbelte er eine Menge Staub auf, der ihm Sicht und Atem nahm. Er hustete und wollte erschöpft liegen bleiben, doch der Boden unter ihm brannte auf seiner Haut. Fluchend sprang er auf und rieb sich den Staub aus den Augen. Sobald er sie einen kleinen Spalt zu öffnen versuchte, schmerzte das helle Sonnenlicht.

Seine Arme wurden mit sanfter Gewalt heruntergedrückt und er spürte, wie ihm etwas auf die Nase gesetzt und an seinem Kopf befestigt wurde. Vorsichtig öffnete er die Augen. Seine Sicht flimmerte eine

Weile, als würde er an einem hellen Sommertag in eine dunkle Kammer treten. Nur langsam gewöhnten seine Augen sich an die getönten Gläser, die man ihm aufgesetzt hatte.

Als sich die tanzenden Lichtblitze zurückzogen, gaben sie ihm die Sicht auf eine steile Steinwand frei. Sein Blick wanderte hinauf und er stellte fest, dass er am Fuß eines Berges stand, dessen Spitze in einen dichten schwarzen Wolkenring stach. Erst als er bemerkte, dass der Boden unter ihm pechschwarz und auch er selbst von Kopf bis Fuß mit schwarzer Asche bedeckt war, begriff er, dass es keine Wetterwolken waren. Er befand sich am Fuß eines aktiven Vulkans!

Fasziniert sah er sich um. Die schwarze leblose Einöde erstreckte sich in alle Himmelsrichtungen. Mit dem Vulkan in ihrer Mitte wurde sie von einem gewaltigen Gebirgsring eingekesselt, der den Himalaya wahrscheinlich in den Schatten stellen konnte. Doch weder die Tatsache, dass er vor einem aktiven Vulkan stand, noch der kolossale Umfang des Riesengebirges konnten David so beeindrucken wie das, was er entdeckte, als er zum Himmel hinaufsah.

Es war kein Wunder, dass das Sonnenlicht ihm ohne Sichtschutz beinahe die Augenhöhlen ausgebrannt hätte – es waren gleich *zwei* Sonnen die den Gebirgskessel schonungslos zum Kochen brachten! Eine der beiden glich der Sonne seiner eigenen Welt, doch die andere war doppelt so groß. Sie stand im Zenit wie ein monströser Feuerball, der der Erde unter ihm jegliches Leben versagte.

»Du solltest deine Haut mit einer Ascheschicht bedecken. Das wird dich schützen.«

David wirbelte herum. Dieser bizarre Ort hatte ihn derart in seinen Bann gezogen, dass er vergessen hatte, dass er nicht allein war. Vor ihm stand ein Junge mit blondem Pferdeschwanz und markanten Gesichtszügen. Er war höchstens ein oder zwei Jahre älter als David. Seine Augen waren hinter einer dem Steampunk stilgetreuen Schweißerbrille mit pechschwarzen Gläsern verborgen. Er trug eine stark abgenutzte Lederweste und ein langärmeliges Hemd, dessen

Kragen er hochgeschlagen hatte, um seinen Nacken vor der Sonne … *den Sonnen* zu schützen.

Der Junge griff demonstrativ nach einer Handvoll Asche, die er sich in sein Gesicht rieb. Die Asche vermischte sich mit seinem Schweiß zu einer schützenden Paste, die er sich über Nase und Wangen verteilte. Es glich einer Kriegsbemalung. Auf seinem Rücken trug er passend dazu einen großen Bogen und einen ledernen Köcher, aus dem etliche Pfeile ragten.

David tat es ihm gleich und schmierte sich Asche auf sämtliche nackte Hautstellen. »Bist du … ein Yagrolaner?«, fragte er. Er wusste nicht, was er erwartet hatte. Trotz seiner auffälligen Erscheinung sah der Junge aus wie ein Mensch. »Warst du es, mit dem ich in meinem Traum gesprochen habe?«

Der Junge lächelte. »Es ist mir eine Ehre, dich kennenzulernen, David Cervi. Mein Name ist Dimitrios. Aber du kannst mich Dimi nennen.«

»Das ist ein griechischer Name«, wunderte David sich. »Du trägst einen Namen aus meiner Welt?«

»Meine Eltern meinten, dass ein besonderes Kind einen besonderen Namen verdiene, also wählten sie einen außerweltlichen Namen. Los, lass uns von hier verschwinden.« Er bedeutete ihm zu folgen.

»Besonderes Kind?«, wiederholte David, während er ihm zögernd nachlief.

Sie hielten sich dicht an der Felswand, auch wenn der Vulkan aufgrund der beiden Sonnen, die aus verschiedenen Richtungen auf sie schienen, kaum Schatten spendete.

Dimitrios winkte ab. »Ist nicht jedes Kind besonders in den Augen seiner Eltern? Inzwischen geben viele Eltern ihren Kindern außerweltliche Namen. Aber über so etwas können wir uns später unterhalten. Wir sollten schnellstens von hier verschwinden. Dies ist kein guter Ort.« Er drehte sich mit ausgestreckten Armen um die eigene Achse und machte eine allumfassende Geste. »Herzlich willkommen in Árion, dem Reich der Arya.« Er lachte, als David wie angewurzelt stehen blieb. »Keine Sorge, es besteht keine unmittelbare Gefahr. Die Arya und ihre Trolle können den Vulkan nicht verlassen.«

»Bist du dir sicher?« Zweifelnd warf David einen Blick zurück in Richtung des Höhlenausgangs, während sie weiter entlang der Felswand liefen.

Dimitrios wies himmelwärts. »Das Licht und die Hitze halten sie dort gefangen«, erklärte er. »Sie leben seit Jahrhunderten in ihrem unterirdischen Höhlensystem. Ihre Körper haben sich dem Leben in der Dunkelheit angepasst. Um sie an einem Aufstieg zu hindern, hat ein sehr mächtiger Mann diese zweite Sonne erschaffen, die es den Arya seither unmöglich macht, ihre Löcher auch nur für eine Minute zu verlassen. Und die Nächte hier dauern höchstens eine Stunde. In dieser Zeit schaffen sie es niemals bis zu den Myrarbrunen.« Er deutete auf das Gebirge in der Ferne. »Die Myrarbrunen bilden die Grenze zwischen Yagrolor und Árion. Wie du siehst, haben wir also einen weiten Weg vor uns. Zum Glück haben wir zwei sehr schnelle Begleiter an unserer Seite.« In seiner Stimme schwang Stolz mit.

Sie erreichten eine Nische im Vulkanfelsen, in deren Schatten zwei prachtvolle Pferde auf sie warteten. Auch sie trugen schwarze Schutzbrillen gegen das Sonnenlicht.

David starrte den Yagrolaner an. »Ich ... kann nicht reiten.« Er erinnerte sich an den einzigen Tag, den er auf einem Reiterhof verbracht hatte. Als er in den Sattel hatte steigen wollen, war er auf der anderen Seite des Tieres wieder heruntergefallen. Dabei hatte er sich sein Handgelenk verstaucht und eine leichte Gehirnerschütterung zugezogen. Das war das Ende seines Ausflugs und seiner gesamten potenziellen Reiterkarriere gewesen.

Dimitrios winkte ab. »Yagrolaner lernen reiten, sobald sie laufen lernen. Du wirst den Dreh schnell raushaben, da bin ich mir sicher.« Er deutete auf die Stute, deren weißes Fell im hellen Licht blendete. »Das ist Enya«, sagte er. »Sie hat dich schon lange erwartet.«

Enya wieherte zur Begrüßung und stupste ihn sanft mit der Schnauze an.

David tätschelte ihr vorsichtig den Hals. »Sie gefällt mir«, sagte er.

Dimitrios grinste. »Ich sagte doch, wir reisen in bester Begleitung. Pass gut auf sie auf.« Sein Grinsen wurde breiter. »Worauf wartest du? Spring auf!«

David schluckte. »Können wir nicht zusammen auf ihr reiten?«

Dimitrios schüttelte den Kopf und wies auffordernd zum Sattel. »Sie ist für dich bestimmt. Jedes Pferd lässt sich nur von einem einzigen Reiter besteigen. Andere Wesen wird sie nur tragen, wenn du es erlaubst.« Er grinste und verschränkte die Finger zu einer Räuberleiter. »Aber ich lehne dankend ab, ich habe Taran. Komm her.«

David griff entschlossen nach dem Sattelknauf und stellte seinen linken Fuß in Dimitrios' verschränkte Finger. Als der Yagrolaner ermutigend nickte, schwang er sein rechtes Bein über Enyas Rücken und Dimitrios stemmte ihn mit erstaunlicher Leichtigkeit hoch.

Ehe David sich's versah, saß er auf ihrem Rücken. Ihn überkam ein gewisser Stolz; allerdings nur für einen kurzen Moment, denn dann sah er voller Neid zu, wie Dimitrios sich elegant in den Sattel des anderen Pferdes schwang. Taran war ein schwarzer Hengst mit außergewöhnlich muskulösen Beinen, die auf ein erlebnisreiches Leben schließen ließen. Anscheinend war Dimitrios häufig mit seinem Pferd unterwegs.

»Taran ist mein treuester Gefährte.«

»Und er gehört allein dir?« fragte David.

Dimitrios schüttelte heftig den Kopf. »Um der Elfen willen, nein! Pferde gehören niemandem, David. Sie sind zwar für einen Reiter bestimmt, aber sie sind ihr eigener Herr. Sie sind die engsten Verbündeten unseres Volkes. Unsere Freunde. Wir sorgen uns um sie und im Gegenzug gestatten sie uns, auf ihnen zu reiten. Behandelst du Enya gut, wird sie dich überall hintragen.«

David tätschelte Enya den Hals. »Ich werde dich gut behandeln«, versprach er und sie schnaufte.

Dimitrios lächelte und machte einen Schnalzlaut mit seiner Zunge. Sofort verließen die Pferde die Bergnische und fielen in einen lockeren Trab. Zu Davids eigener Verwunderung fiel er nicht aus dem Sattel. Er brauchte Enya nicht einmal eine Richtung anzugeben. Trotzdem hielt er die Zügel fest in der Hand, um nicht den Halt zu verlieren.

Dimitrios zwinkerte ihm zu. »Siehst du? Es ist …« Ein schriller Schrei unterbrach ihn. Er warf einen alarmierten Blick zurück zum Vulkan. Erschrocken riss er seine Augen auf und fluchte.

»Was ist los?«, fragte David angsterfüllt, den Blick weiterhin starr nach vorn gerichtet, weil er befürchtete, ansonsten das Gleichgewicht zu verlieren.

»Der … der Troll«, stammelte Dimitrios. Er klang, als konnte er seinen eigenen Worten keinen Glauben schenken. »Halt dich fest, David!« Er pfiff und ehe David reagieren konnte, preschten die Pferde los.

David schrie auf und dachte einen fürchterlichen Augenblick, er würde stürzen. Im letzten Moment klammerte er sich an Enyas Hals. Er klammerte sich so fest an sie, dass er befürchtete, sie zu erwürgen, doch er wagte es nicht, seinen Griff zu lockern. Er schloss die Augen, als könnte er sich so in Sicherheit bringen. »Ich dachte, sie verlassen den Vulkan nicht!«, rief er verzweifelt.

Hinter ihnen erscholl das wütende Kreischen des Ungeheuers, als wollte es ihm widersprechen. Kurz darauf ertönte ein leises Summen und das Kreischen wandelte sich in einen Schmerzenslaut.

David blickte zur Seite und sah, dass Dimitrios sich im Sattel gedreht hatte und bereits einen zweiten Pfeil auf die Sehne seines Bogens spannte. Während er sich weiterhin an Enyas Hals klammerte, lugte er unter seinem Arm nach hinten und sah den Troll, der auf sie zugerannt kam und sich mit schmerzverzerrter Miene seinen Arm hielt, in dem ein Pfeil prankte. Da schoss der zweite Pfeil auf ihn zu und traf ihn in die Kehle. Seine Wutschreie gingen in ein Gurgeln über und er kippte hintenüber.

David sah hastig fort und Dimitrios drehte sich mit einer geschickten

Bewegung im Sattel herum, mit der er sich gleichzeitig seinen Bogen über die Schulter hängte. »Das wäre erledigt«, meinte er. Doch er klang nicht zufrieden. Er gab ein kurzes Zeichen und die Pferde fielen zurück in einen Trab.

David atmete tief durch und löste seinen verkrampften Klammergriff um Enyas Hals. »Entschuldige«, murmelte er und tätschelte sie.

»Alles in Ordnung?« Dimitrios musterte ihn besorgt. »Selbst durch die Ascheschicht hindurch kann ich erkennen, dass dein Gesicht seine Farbe verloren hat.«

David nickte. »Warum konnte dieses Monster uns folgen? Du sagtest doch, sie seien in ihren Höhlen gefangen.«

Dimitrios hob ratlos die Schultern. »Vielleicht war seine Wut größer als seine Furcht vor der Sonne. Trotzdem hätte er es nicht so weit schaffen dürfen ...« Auf seiner Stirn zeichneten sich tiefe Sorgenfalten ab, während er darüber nachdachte.

David schauderte. Er spürte, dass Dimitrios trotz seines schnellen Sieges über den Troll Angst hatte. Doch er wagte es nicht, ihn darauf anzusprechen.

Er gewöhnte sich überraschend schnell an das Reiten, sodass er sich bald nicht länger verkrampft darauf konzentrieren musste, nicht zu stürzen. Sie ritten schweigend nebeneinanderher, während die Luft über der schwarzen Einöde flimmerte. Die Myrarbrunen waren noch weit entfernt, doch schon jetzt war ihre Größe überwältigend. David hoffte, dass die Bergspitzen bald ihre Schatten auf sie warfen, um sie vor der Hitze zu schützen. Die kleinere Sonne wanderte langsam gen Westen, doch die große Sonne stand unberührt im Zenit, als bewegte sie sich keinen Zentimeter. Schweißperlen liefen an seinem Körper hinab und hinterließen helle Spuren auf der Ascheschicht, die ihn vor einem Sonnenbrand schützte.

David dachte über die Geschehnisse der letzten Tage nach. Das Feuer, der Hirsch, die Geschichte seines Vaters, sein Übergang nach Yagrolor ... es gelang ihm nicht, einen Zusammenhang zwischen all diesen sonderbaren Ereignissen zu finden. Er fasste Mut und wandte sich an Dimitrios. »Haben das Feuer im Haus meiner Großeltern und der Hirsch etwas mit euch zu tun?«

Dimitrios sah ihn verblüfft an. »Was meinst du?«

»Ich bin mir sicher, dass der Hirsch das Feuer gelegt hat. Er ...« David sah dem Yagrolaner an, dass er nichts von alledem wusste, doch blickte er ihn seltsam alarmiert an. »Ist der Hirsch einer von euch?«, fragte er.

Dimitrios schüttelte den Kopf. »Wir kennen ihn, aber niemand weiß, woher er kommt. Eines Tages erschien er wie aus dem Nichts und trieb sein Unwesen in Yagrolor. Er erschien, als die Arya zu einer Bedrohung für uns wurden und wir die Hilfe deines Vaters brauchten. Deswegen sehen wir ihn als Boten des Unheils, auch wenn wir nicht wissen, ob er etwas mit den Arya zu tun hat.«

David glaubte ihm gerne, dass der Hirsch ein Bote des Unheils war, doch es ergab noch immer keinen Sinn. »Was hatte er dann in meiner Welt zu suchen?«

»Vielleicht ist er ein Weltenwanderer so wie du?«, schlug Dimitrios vor und zuckte mit den Schultern. »Ich weiß nicht, welche Rolle er in meiner oder deiner Welt spielt. Zwischenweltliche Beziehungen sind ... kompliziert. Es gibt interweltliche Gesetze, die eingehalten werden müssen. Eines davon besagt, dass ihr Menschen nichts von anderen Welten wissen dürft. Wenn Erdbewohner von uns erfahren, muss eingegriffen werden. Wir müssen ...«

»... sie umbringen?«, beendete David den Satz ungläubig.

»Um der Elfen willen, nein!«, erwiderte Dimitrios erschrocken. Er sah gekränkt aus. »So etwas würden wir niemals tun.«

»Der Hirsch hatte anscheinend keine Probleme damit«, gab David zu bedenken. Hatte dieses Höllentier interweltliche Gesetze umsetzen wollen, indem es ihn und seine Großeltern bei lebendigem Leib verbrannte? Er erinnerte sich daran, dass der Hirsch ihn vor dem Feuer gerettet hatte, weil er *ahnungslos* gewesen war. Allerdings hatte er nicht den Eindruck eines gerechtigkeitsliebenden Gesetzeshüters gemacht. David hatte das Gefühl, dass seine Absichten von sein persönlicher Natur waren. Was der Hirsch wohl davon halten würde, wenn er herausfand, dass er sich nun in Yagrolor befand?

Dimitrios seufzte. »Niemand weiß, woher der Hirsch kommt, wer er ist und welche Absichten er hegt«, wiederholte er. »Als er vor etwas mehr als sechzehn Jahren in Yagrolor auftauchte, hatte ich gerade erst laufen gelernt. Er trieb sein Unwesen hier, als Yagrolor sich vor den Arya fürchtete, und tauchte wieder unter, als das Problem gelöst war. Ich kenne ein paar Gruselgeschichten über ihn, aber ich wusste nicht, dass er dazu imstande ist, auch in deiner Welt Schaden anzurichten.«

Plötzlich fiel David ein Widerspruch auf. »Wenn Erdbewohner nichts von anderen Welten wissen dürfen, wieso darf ich dann von eurer Welt wissen?«

»Du bist ein Weltenwanderer.«

»Aber …«

»Diese interweltlichen Gesetze und Beziehungen sind kompliziert, David«, unterbrach Dimitrios ihn und winkte ab. »Auch der Schatten, der sich über Yagrolor gelegt hat, ist schwierig in Worte zu fassen. Zerbrich dir über solche Fragen nicht den Kopf. Vorerst lautet unser Ziel Ank-Liin. Sobald wir dort sind, wirst du Antworten erhalten.«

»Ank-Liin?«

Dimitrios nickte. »Ank-Liin ist unsere Hauptstadt. Man nennt sie auch das *Herz von Yagrolor*. Im Mittelpunkt unserer Welt steht Ank, der größte und prächtigste Turm der ganzen Welt. Ank-Liin wurde um Ank herumgebaut, es sprüht dort geradezu vor Leben. Ich verspreche dir, Ank wird dir den Atem verschlagen. Nicht wahr, meine Freunde?«

Taran und Enya wieherten zustimmend.

»Die Pferde verstehen, was wir sagen?«, rief David überrascht.

Dimitrios nickte. »Manchmal wissen sie sogar, was du denkst.«

David wusste nicht, ob Dimitrios scherzte und beschloss, diese Aussage zu ignorieren. »Und wann werden wir Ank-Liin erreichen? Morgen?«

Dimitrios schüttelte sich vor Lachen. »Morgen? Ich habe fast zwei Wochen für den Hinweg benötigt!«

David hätte vor lauter Überraschung beinahe das Gleichgewicht verloren. »Zwei Wochen?«, fragte er bestürzt. »Das sind vierzehn Tage!«

Dimitrios nickte. »Korrekt. Wir werden sehen, wie lange wir für den Rückweg benötigen.«

»Aber warum hast du mich nicht direkt nach Ank-Liin geholt?«, fragte David verzweifelt.

»Warum bist du nicht direkt nach Ank-Liin gekommen?«, entgegnete Dimitrios lachend. »Ich musste mich beeilen. Beinahe wäre mir der Troll zuvorgekommen.«

David schauderte, als er sich ausmalte, was passiert wäre, wenn Dimitrios ihn nicht rechtzeitig gefunden hätte. Die Grimasse des Trolls und seine roten Augen würde er sein Leben lang nicht mehr vergessen. »Was sind das für Ungeheuer, diese Trolle?«

»Sie lebten bereits in diesem Teil des Landes, bevor die Arya hierher verbannt wurden. Irgendwann haben sie sich miteinander verbündet und die Trolle wurden für die Arya, was die Pferde für uns sind«, erklärte Dimitrios. »Aber Trolle besitzen keinen Verstand. Es bleibt mir ein Rätsel, wie die Arya sie bändigen konnten. Die wahre Gefahr aus Árion sind nicht nur die Arya, sondern ihre Intelligenz und die Kraft der Trolle vereint.« Er wies auf den Köcher auf seinem Rücken. »Unsere Pfeile sind mit einem Zauber belegt, der sie treffsicher und tödlich macht.«

»Die Pfeile sind mit einem Zauber belegt?«

Dimitrios nickte. »Es ist ein Elfenzauber, der ihnen Präzision und überweltliche Kraft verleiht. Doch aus irgendeinem Grund scheint ihre Stärke nachzulassen.« Er seufzte tief. »Manche Yagrolaner glauben nicht mehr an die Allmacht ihrer Magie. Manche glauben nicht einmal mehr an die Existenz der Elfen selbst.« Er sah David entrüstet und gleichzeitig erwartungsvoll an, als erhoffte er sich zustimmende Empörung von ihm.

»Hast du die Elfen schon mal gesehen?«, fragte David neugierig.

Dimitrios schüttelte den Kopf. »Niemand hat die Elfen je gesehen. Wir glauben, dass sie über unsere Welt wachen. Aber seit einiger Zeit spüren wir, dass etwas Eigenartiges in Yagrolor vor sich geht. Viele sind beunruhigt und manche Yagrolaner nehmen dieses Gefühl zum Anlass, gegen die Elfen zu hetzen. Sie behaupten, dass sie uns den Rücken gekehrt hätten, während andere gar glauben, dass es sie niemals gegeben habe.« Er wirkte verbittert und David wusste nicht, was er darauf antworten sollte.

Eine lange Zeit ritten sie nebeneinanderher, ohne dass jemand etwas sagte. Die kleinere Sonne erwies sich derweil so gütig, langsam hinter die Berge zu ziehen, sodass nur noch die große Sonne mit voller Kraft auf sie hinabstrahlte. Einerseits spürte David, dass die Temperatur auf ein erträgliches Maß sank, doch die Helligkeit blieb nahezu unverändert – wie er schmerzhaft feststellte, als er einen Versuch unternahm, die drückende Schutzbrille abzunehmen. »Dimi, wann wird es dunkel?«

Dimitrios sah ihn spöttisch an. »Fürchtest du dich vor der Dunkelheit?«

»Unsinn!« Es ärgerte ihn, dass Dimitrios einen solchen Eindruck von ihm haben könnte. »Diese Brille ist nur sehr unbequem. Ich habe keine Angst«, bekräftigte er.

Dimitrios schüttelte tadelnd den Kopf. »Es gibt bei uns ein Sprichwort – Angst bringt Vorsicht und Vorsicht bringt Verstand, Verstand bringt Strategie und Strategie bringt Erfolg. Nur ein Narr behauptet, keine Furcht zu kennen.«

Nun kam David sich kindisch vor.

Dimitrios blickte zum Himmel hinauf, ehe er auf seine ursprüngliche Frage zurückkam. »Auf der anderen Seite der Myrarbrunen bricht bald die Nacht an, aber hier vergehen noch Stunden, ehe es dunkel wird.

Wir sollten uns dennoch beeilen. Ich …« Er verstummte, als Taran und Enya auf einmal stehen blieben. Die Pferde begannen nervös auf der Stelle zu tänzeln.

Angst machte sich in David breit und strafte seine Aussage über seine angebliche Furchtlosigkeit Lügen. »Was ist los?«, fragte er.

Dimitrios hob nur den Finger an die Lippen. Er glitt aus dem Sattel und schlich auf Zehenspitzen vor.

David beobachtete ihn beunruhigt. Sie waren noch immer von derselben einsamen Einöde umgeben, die sie seit Stunden durchquerten – weit und breit ein ebener, unfruchtbarer Boden, bedeckt von einem schwarzen Leichentuch aus Asche. Er spürte, dass es kein guter Ort war. Doch er konnte beim besten Willen keine Gefahr entdecken.

Taran schnaubte, als wollte er Dimitrios warnen. Auch Enya bewegte sich unruhig auf der Stelle. David ließ sich von ihrer Nervosität anstecken. »Warum verhalten sich die Pferde so seltsam?«, fragte er unsicher.

Dimitrios drehte sich zu ihnen um. »Hier ist nichts«, behauptete er.

Taran wieherte, als wollte er widersprechen.

Der Blick des Yagrolaners tastete aufmerksam den Boden vor seinen Füßen ab. Dann weiteten sich seine Augen vor Schrecken. »Um der Elfen willen«, hauchte er – und dann war er verschwunden.

David schrie entsetzt auf. Er wollte aus dem Sattel springen, verhakte sich im Steigbügel und stürzte. Adrenalin pumpte durch seine Adern und ließ ihn die Schmerzen ignorieren. Er spuckte Asche, sprang auf und stolperte zu der Stelle, an der Dimitrios eben noch gestanden hatte.

Vor ihm klaffte ein riesiges schwarzes Loch auf und Enya wieherte warnend. »Dimi!«, rief er in die Schwärze. Er bekam keine Antwort. Vorsichtig kniete er sich am Rand des Kraters nieder und lehnte sich so weit vor wie es ihm möglich war, ohne dass er selbst in die Tiefe stürzte.

Obwohl die große Sonne fast senkrecht hineinschien, konnte David nichts erkennen, was weiter als einen Meter entfernt war. Die Schwärze schien das Sonnenlicht regelrecht zu absorbieren. Und doch … es war, als bewegte sich dort unten etwas. Als ob die Dunkelheit selbst sich bewegte, wie ein Strudel schwarzen Lichts, der ihn in die Tiefe ziehen wollte.

»Dimi?«, fragte David. Sein Ruf klang gedämpft, als er von der Finsternis verschluckt wurde, bevor er richtig erklingen konnte.

Er bekam wieder keine Antwort.

Alles in ihm sträubte sich gegen die einzige Möglichkeit, die ihm blieb, um seinen Gefährten zu finden. Doch er hatte keine andere Wahl. Er gab sich einen Ruck und begann den Abstieg.

Enya wieherte protestierend, machte aber keine Anstalten, ihn aufzuhalten. Die Pferde standen wie angewurzelt mit angelegten Ohren da. David hatte das unangenehme Gefühl, dass sie mehr über dieses seltsame Phänomen plötzlich auftauchender Erdlöcher wussten als er.

Er legte sich mit der Brust flach auf den Ascheboden, schob sich mit den Beinen voran Richtung Krater, suchte mit seinen Fußspitzen nach Stützpunkten an der Wand und prüfte, ob sie sein Gewicht halten würden. Sobald er sicheren Halt vermutete, schob er sich ein Stückchen weiter in den Krater hinein, bis er sich nur noch mit den Händen am Rand festhielt. Nur ein einziger Fehltritt und er würde hilflos in die Tiefe stürzen.

Er blickte hinab und sah seine eigenen Füße nicht mehr. So absurd ihm der Gedanke auch vorkam, es war, als stiege er in ein mit Teer gefülltes Becken.

Plötzlich packte ihn etwas am Bein. Mit einem überraschten Aufschrei riss er seinen Fuß reflexartig zurück, doch etwas hielt dagegen.

David unterdrückte seine Panik und verharrte mitten in der Bewegung. Nichts geschah.

Tief durchatmen, mahnte er sich selbst. Er musste sich irgendwo verfangen haben. Vielleicht handelte es sich um verdorrte Wurzelreste einer alten Pflanze, die aus der Wand hervorstachen. Kein Grund zur Panik.

Er versuchte sein Bein ein zweites Mal zu heben, dieses Mal mit Bedacht, doch er kam nicht frei. Er fluchte und zog es mit Gewalt heran, aber die Wurzel hielt noch immer mit unheimlicher Kraft dagegen. Und dann, als hätte seine Handlung die unsichtbaren Fußfesseln aufgeweckt, begannen sie sich zu bewegen. Sie schlängelte seine Wade hinauf bis zum Knie, wo sie ihm das Blut abdrückten.

David keuchte. Er glaubte nicht länger, dass es sich nur um eine Wurzel handelte – dort unten war etwas.

»Hilfe!«, schrie er verzweifelt. Plötzlich ging ein harter Ruck durch sein Bein, als wollte das *Ding* es ihm abreißen. David schrie schmerzerfüllt auf, verlor den Halt und stürzte in die Tiefe.

Der Krater über ihm verwandelte sich in einen schrumpfenden Lichtpunkt, während er tiefer und tiefer fiel. Er versank in der Dunkelheit wie ein Stein in einem Brunnen, dessen Aufklatschen sich über Sekunden hinauszögern konnte, irgendwann jedoch unweigerlich ertönen würde. David war sich schmerzlich bewusst, dass er sich alle Knochen brechen würde, sobald er auf dem Grund des schier bodenlosen Lochs aufschlug.

Er landete so sanft wie ein Akrobat nach einem gescheiterten Drahtseiltanz. Ein riesiges Netz fing die Wucht seines Sturzes auf und schwang wild auf und ab, bis es sich von Davids Aufprall erholte und zur Ruhe kam.

David selbst brauchte wesentlich mehr Zeit als das Netz, um zur Ruhe zu kommen. Mit geschlossenen Augen lag er da und wartete, bis sein Herzschlag einen Rhythmus einnahm, der Pausen zwischen den einzelnen Schlägen zuließ.

Asche, die auf ihn hinabgerieselt war, kitzelte in seiner Nase. Er wollte sich über sein Gesicht wischen – doch er konnte seinen Arm nicht bewegen. Er versuchte all seine Gliedmaßen heranzuziehen. Lediglich sein linker Arm war noch frei beweglich. Der Rest seines Körpers klebte fest. Ein grausiger Verdacht machte sich in David breit.

Plötzlich begann neben ihm etwas zu zappeln, wodurch das Netz samt David in Schwingung gebracht wurde. »Verschwinde, du Monster!«, schrie eine bekannte Stimme.

»Dimi?«

Die Bewegungen brachen abrupt ab. »David?« Der Yagrolaner klang alles andere als erfreut. »Bei den Elfen, was machst du hier?«

»Dir helfen!«, erwiderte David verärgert. Allerdings wusste er nicht, wie er das anstellen sollte – und auch Dimitrios schien mit dieser Erklärung nicht zufrieden zu sein.

»Bist du lebensmüde?«, fuhr der Yagrolaner ihn an. Seine Stimme kam von links. »Glaubst du, du hilfst mir, indem du dich kopfüber in ein Erdloch stürzt?«

David ging darauf nicht ein. »Was ist das für ein Netz?«, fragte er stattdessen und versuchte seinen rechten Arm mit Gewalt zu lösen.

»Beweg dich nicht so heftig!«, warnte Dimitrios. »Das ist das Netz einer Rauchspinne. Wenn du dich bewegst, verstrickst du dich nur hoffnungslos und gibst der Spinne ein Zeichen, dass sie etwas gefangen hat!«

David erstarrte. »Das ist ein Spinnennetz?«, keuchte er erschrocken. Er fürchtete sich normalerweise nicht vor Spinnen. Aber wenn man bedachte, dass sie zu zweit in diesem Netz festsaßen, dann war es sicherlich nicht dafür angelegt worden, um Stubenfliegen zu fangen. Und wenn man das gewöhnliche Größenverhältnis von Beutetier zu Raubtier in Betracht zog ... Auf einmal hatte er das unangenehme Gefühl, dass haarige Beine an ihm vorbeistreiften und ihm brach kalter Schweiß aus. »Was sind das für Tiere, diese Rauchspinnen? Sind sie ... harmlos?«

»Dreimal darfst du raten«, erwiderte Dimitrios bitter.

David schluckte. »Und was machen wir jetzt?«

Statt eine Antwort zu geben, fragte Dimitrios: »Kannst du einen Arm oder ein Bein heben?«

»Mein linker Arm ist weitestgehend frei«, erwiderte David.

Dimitrios stieß einen erleichterten Seufzer aus und David hoffte inständig, dass der Yagrolaner einen Plan hatte. »David, hör zu. Dass du gestürzt bist, war eine Illusion.«

»Illusion?«, wiederholte David zweifelnd. Für eine Illusion war ihm sein metertiefer Sturz verdammt realistisch vorgekommen.

»Die Spinne nutzt eine Art Magie, um ihre Beute zu verwirren. Rauchspinnen graben etwa zwei bis drei Meter tiefe Löcher, die sie anschließend mit einer dünnen Gesteinsschicht bedecken. Wenn ihre Beute durch diese Schicht fällt, setzt die Illusion eines Sturzes ein und die Ascheschicht verschließt sich wieder, wodurch du den Eindruck bekommst, dich immer weiter von der Oberfläche zu entfernen. Damit soll verhindert werden, dass das Opfer noch zu flüchten versucht«, erklärte er. »In Wahrheit liegt die Decke jedoch nur einen Meter über uns.«

»Das heißt, wir haben eine Chance zu entkommen?«

»Versuch zunächst die Decke durchzubrechen«, forderte Dimitrios. »Rauchspinnen meiden das Licht. Wenn du das schaffst, haben wir Zeit, uns zu überlegen, wie wir uns aus diesem Netz befreien können.«

David hob seinen Arm an, soweit er konnte. Er griff ins Leere. Selbst als er sich so weit streckte, dass er das Gefühl hatte, sich die Schulter auszurenken, war das einzige Ergebnis ein sinnloses Handwedeln in der Dunkelheit. »Ich komme nicht dran«, bedauerte er.

»Versuch es mit einem meiner Pfeile«, schlug Dimitrios vor. »Ich komme selbst nicht mehr an meinen Köcher.«

David streckte seine Hand in die Richtung, aus der die Stimme des Yagrolaners erklungen war. Seine Fingerspitzen berührten klebrige Fäden. Erschrocken riss er seinen Arm zurück. »Sprich mit mir, damit ich anhand deiner Stimme erahnen kann, wo ich deinen Köcher finde.«

»Komm schon! Ich bin hier, du Tollpatsch. Hier!«

David griff ihm mitten ins Gesicht, tastete sich an seiner Schulter entlang und fand den Köcher. Die Befiederung umschmeichelte seine Fingerspitzen. Vorsichtig zog er einen Pfeil heraus, doch er war länger und seine Spitze war schwerer als erwartet. Er hatte den Pfeil zu weit außen am Federschaft gepackt, sodass der Pfeil durch das unerwartete Gewicht der Spitze seinen Fingern entwischte. Der Pfeil landete mit einem metallischen Klirren auf dem Boden. Ein Zischen folgte.

»Was hast du getan?«, fragte Dimitrios nervös.

»Mir ist der Pfeil aus der Hand gefallen«, gestand David. »Ich brauche einen neuen.« Er fand den Köcher und zog einen zweiten Pfeil bis zur Hälfte heraus, bevor er die Pfeilmitte mit seiner Hand fest umschloss und ihn dann sicher herauszog.

Unter ihnen schabte Metall gegen Gestein. Das Geräusch wurde lauter, oder eher: Es kam näher.

»Beeil dich«, hauchte Dimitrios.

Seine Aufforderung war überflüssig. David wusste selbst, was das Geräusch bedeutete und er hatte keine Lust, dem dritten Wesen in diesem Erdloch zu begegnen. Er umgriff den Pfeil noch fester und stieß ihn gewaltsam über sich. Er stieß ins Nichts. »Ich komme nicht hoch genug!«, schrie er. Als hätte die Spinne ihn verstanden, erklang ein hämisch klingendes Zischen unter ihnen.

»Versuch es noch einmal«, beharrte Dimitrios.

Auch sein zweiter Vorstoß blieb ergebnislos. »Es bringt nichts, ich komme nicht dran!«

»David, das Sonnenlicht ist unsere einzige Chance!«

»Was soll ich denn tun?«, schrie David verzweifelt. Es konnte nicht mehr lange dauern, bis die Spinne bei ihnen anlangte und mit haarigen Stelzenbeinen nach ihnen tastete. Allein bei dem Gedanken überkam ihn schaudernder Ekel. Er wollte sich nicht ausmalen, wie sie ihr geiferndes Mundwerkzeug an seinem Hals ansetzte, um ihm mit ihrem lähmenden Gift das Leben zu nehmen, bevor sie ihn vertilgte. Ihm wären auf Anhieb hundert angenehmere Todesarten eingefallen.

»Bei den Elfen!« Dimitrios begann verzweifelt zu zappeln, wodurch das Netz in heftige Schwingungen versetzt wurde.

Da kam David die rettende Idee. »Vielleicht erreiche ich die Decke, wenn wir das Netz zusammen zum Schwingen bringen.«

Sogleich wurde Dimitrios' panisches Zappeln gleichmäßiger und David passte sich ihm an. Als sie einen gemeinsamen Rhythmus gefunden hatten, schwang das Netz immer stärker in die Höhe. David streckte seinen Arm mit dem Pfeil aus und stieß gegen Widerstand. Asche rieselte auf ihn herab. »Es funktioniert!«, rief er aufgeregt.

Mit dem nächsten Aufschwung konnte er ein kleines Loch in die Decke stechen. Die Pfeilspitze drang knirschend in die verhärtete Asche ein und ein kleiner aber intensiver Lichtstrahl fand seinen Weg in die Dunkelheit.

Ein schrilles Kreischen erklang, als kratzte jemand mit Fingernägeln über eine Schiefertafel. David wandte erschrocken seinen Kopf und entdeckte einen schwarzen, behaarten Ball unter ihnen, der sich hastig vor dem Lichtstrahl zurückzog. Die Spinne war zwar nicht so groß, wie er befürchtet hatte, doch groß genug, um sein Herz einen Moment aussetzen zu lassen und einen Würgereiz hervorzurufen.

»David, du musst das Loch vergrößern«, drängte Dimitrios.

Gemeinsam brachten sie das Netz in stärkere Schwingung. Durch das Licht, das von oben herabstrahlte, konnte David nun erkennen, wohin er zielen musste.

Die Spinne schien sich unterdessen von ihrem Schrecken zu erholen, denn dem metallischen Klirren nach zu urteilen, krabbelte sie wieder auf sie zu.

»Wirf den Pfeil, so fest du kannst!«

David gehorchte und warf den Pfeil wie einen Speer in die Höhe. Er prallte nicht so fest gegen die Decke, wie er es sich erhofft hatte, aber er traf die Nähe des kleinen Durchbruchs und das genügte, um den Großteil der Decke zum Einsturz zu bringen. Er presste die Lippen zusammen, als eine Ladung Sand und Asche auf ihn herabfiel. Seine Augen waren glücklicherweise durch seine Brille geschützt.

Dimitrios prustete, spuckte und stieß einen Freudenschrei aus. Die Spinne indessen, keifte gequält und zog sich zurück.

Dadurch, dass das Netz nunmehr gänzlich mit Sand und Asche

bedeckt war, konnte David die Fäden berühren, ohne daran kleben zu bleiben. Hastig riss er seine Arme und seinen Oberkörper frei und wandte sich zu Dimitrios.

Der Yagrolaner hatte sich so sehr verstrickt, dass er vollkommen in einem Kokon aus Spinnenfäden gefangen war. Lediglich sein Kopf, seine rechte Hand und – das Schicksal hatte es gut mit ihnen gemeint – der Köcher kamen teilweise zum Vorschein. David sah, dass die Situation seinem Gefährten peinlich war. Er besaß genug Anstand, um sich jeglichen Kommentar zu verkneifen, obschon ihm die ein oder andere Bemerkung auf der Zunge lag, nachdem Dimitrios ihn zuvor für seine angebliche Tollpatschigkeit gerügt hatte.

David kroch vorsichtig zu ihm hinüber, wobei das Netz bedrohlich zu schwanken begann. Er bemerkte, dass ihre Befreiungsversuche und der herabgefallene Sand das Netz stärker beschädigt hatten, als ihm lieb war. Es genügte ein kleiner Fehltritt und sie würden der Spinne in ihre acht Arme fallen und ihr einen köstlichen Gefallen tun.

Als er bei Dimitrios ankam, zog er einen Pfeil aus dem Köcher und versuchte, die Stricke zu zerschneiden, doch es war, als bestünden die Fäden aus Stahl. So würde er seinen Freund nicht befreien können.

Dimitrios setzte dazu an, etwas zu sagen, als ein Wiehern sie aufsehen ließ. Ein schwarzer und ein weißer Pferdekopf lugten über dem Kraterrand hervor.

»Enya, Taran! Vielleicht könnt ihr uns helfen!«, rief David erleichtert. »Ich werfe euch ein paar Stricke zu und ihr zieht uns hoch.«

Als Enya nickte, verlor David die letzten Zweifel daran, dass die Pferde ihn verstanden. Er nahm ein paar lose Fäden von Dimitrios' Kokon, drehte sie zusammen und band ihre Enden zu einer großen Schlaufe. Dann warf er sie wie ein Lasso in die Höhe und das Wunder geschah – er traf Enyas Hals beim ersten Versuch. Er band ein paar weitere Fäden zusammen und bald hatte er genügend Stricke um Enyas Hals geworfen, um einen Rettungsversuch zu wagen.

Enyas Kopf verschwand aus ihrer Sicht und die Fäden strafften sich. Das gesamte Netz spannte sich unter ihrer Zugkraft und erste Fäden lösten sich wie Peitschenhiebe von der Wand. Und dann riss das gesamte Netz auseinander.

David schrie erschrocken auf. Im letzten Moment klammerte er sich an den Kokon. Durch die plötzliche Gewichtszunahme wurde Enya ruckartig vorgezogen und der Kokon sackte ein Stück in die Tiefe. Doch das war nur der Moment der Überraschung. Das Pferd hatte die Last schnell unter Kontrolle und zog sie binnen weniger Augenblicke an die Oberfläche. David zog sich aus eigener Kraft aus dem Loch und half Enya, Dimitrios über die Kante zu ziehen.

Er stöhnte erleichtert, als sie sich beide auf festem Boden und außer Reichweite der Rauchspinne befanden. Er legte sich mit ausgestreckten Armen auf den Rücken, schloss erschöpft die Augen und dankte Gott, den Elfen und jeglicher anderen Allmacht dafür, nicht als Opfer dieses Monsters geendet zu sein. Wenn dies nur der Anfang ihrer langen Reise war, würde er entweder von irgendwelchen Naturgewalten oder Monstern überwältigt werden, bevor sie Ank-Liin erreichten, oder einfach nur an Überanstrengung sterben.

Er setzte sich auf und sah, wie Taran vergeblich versuchte, den Kokon zu zerbeißen. Er seufzte. Er würde sich etwas einfallen lassen müssen, um Dimitrios zu befreien.

Der Yagrolaner blickte ihn an und wedelte ungeduldig mit seiner freien Hand. »David, gib mir einen Pfeil«, bat er.

»Das wird nicht funktionieren«, erinnerte David. Trotzdem legte er Dimitrios einen Pfeil in die Hand – und sah sprachlos zu, wie der Yagrolaner die Fäden zerschnitt, als bestünden sie aus warmer Butter. »Wie machst du das?«, fragte er fassungslos, hatte er zuvor doch selbst vergeblich versucht, die Fäden zu zerschneiden.

Dimitrios grinste und wischte sich die zerschnittenen Fäden von seinem Körper. »Die Pfeile entfesseln ihren Elfenzauber nur in den Händen ausgebildeter Yagrolaner. Schließlich könnten sie in den falschen Händen Schaden anrichten.« Er stand auf, klopfte sich die restlichen Fäden und Asche von seiner Kleidung und deutete eine kleine Verbeugung an. »Danke, David«, sagte er. »Ohne dich hätte ich mich nicht befreien können.«

David spürte, wie er leicht errötete. Er winkte ab. »Du hättest für mich dasselbe getan.«

Ein Grinsen umspielte Dimitrios' Lippen, während er zwei Wasserflaschen aus Tarans Satteltasche kramte und ihm eine zuwarf. »Vorhin dachte ich noch, du würdest viel lernen müssen, um hier zu überleben. In dir scheint mehr zu stecken, als man dir ansieht.«

So sehr Dimitrios' Dankbarkeit David geschmeichelt hatte, so sehr kränkten ihn diese Worte. »Du wirst schon sehen, dass du mich unterschätzt.«

Dimitrios lachte. »Bis Ank-Liin ist es noch ein weiter Weg.« Er ließ Wasser in seine Handflächen laufen, sodass die Pferde daraus trinken konnten. »Trotzdem«, sagte er. »Ich stehe in deiner Schuld.« Er sah zum Himmel hinauf und verzog das Gesicht. »Wir sollten uns beeilen.« Er packte die Flaschen zurück in die Tasche und sprang leichtfüßig in den Sattel. Seine Augen funkelten amüsiert und er deutete mit einer Kopfbewegung zu Enya. »Worauf wartest du?«

Verärgert über seine Provokation stapfte David zu Enya, griff zum Sattelknauf und zog sich hoch. Ehe er sich's versah, saß er im Sattel.

Dimitrios lachte, als er Davids verblüfften Gesichtsausdruck sah. »Ich bin anscheinend nicht der Einzige, der dich unterschätzt hat.« Er schnalzte mit der Zunge und die Pferde starteten mit einem leichten Trab. »Traust du dir mehr Geschwindigkeit zu?«

David fühlte sich herausgefordert. Er nickte und lehnte sich tief nach vorn, um sich vor dem Wind zu schützen.

Dimitrios schnalzte erneut mit der Zunge. »Auf meine Freunde!

Wir wollen die Myrarbrunen erreichen, bevor die Cervi-Sonne hinter den Bergen verschwindet!«

Die Pferde preschten los und Davids gesamte Konzentration galt, nicht von Enyas Rücken zu fallen. So blieb ihm keine Möglichkeit mehr, zu fragen, warum die Sonne seinen Nachnamen trug.

Der Preis

Stundenlang ritten sie auf die Grenze zwischen Árion und Yagrolor zu und erst als David glaubte, vor Erschöpfung aus dem Sattel zu fallen, wurden Taran und Enya auf Dimitrios' Zeichen hin langsamer.

Sie hatten den Fuß der Gebirgskette beinahe erreicht. Die Spitzen der Myrarbrunen ragten hoch in den Himmel hinauf, bis in dichte Wolkenschwaden hinein, sodass ihre wahren Höhen nur zu erahnen waren. Der Himmel über Árion hingegen war noch immer wolkenlos.

David fragte sich, ob die Wolken sich hinter den Bergen auflösten oder ob die große Sonne etwas damit zu tun hatte, dass sie es nicht nach Árion schafften. Sie hatte endlich den Zenit verlassen und färbte die Einöde in flammendes Rot. Es würde nicht lange dauern, bis die Nacht in Árion anbrach.

»Wir rasten hier für ein paar Stunden«, bestimmte Dimitrios. Man konnte ihm ansehen, dass er ein wenig müde war. Er ließ die Pferde halten, stieg von Tarans Rücken und begann mit dem Aufbau ihres Nachtlagers.

David war zu erschöpft, um aus dem Sattel zu steigen. Er ließ sich auf Enyas Hals sinken und versuchte, seine verkrampften Muskeln zu entspannen. Als Dimitrios ihn aufforderte, abzusteigen, murrte er ohne aufzusehen in Enyas Mähne. Erst als der Yagrolaner ihn ausdrücklich darum bat, auch Enya ihre verdiente Pause zu gönnen, stieg er widerwillig aus dem Sattel. Jeder Muskel seines Körpers schien aufzuschreien, als er auf dem Boden aufkam. Er brach zusammen und machte nicht einmal den Versuch, aufzustehen. Er wollte nur noch liegen bleiben und schlafen.

Dimitrios lächelte dünn, während er ihm unter die Schultern griff und ihn auf die Füße zerrte. »Der Ritt war anscheinend etwas zu viel für dich. Komm, leg dich wenigstens unter deine Decke.« Er brachte ihn zu ihren Schlafplätzen und half ihm, sich in die Wolldecke zu hüllen, die er für ihn ausgelegt hatte.

Sobald die Decke sich um Davids Körper schmiegte, gewann seine Erschöpfung die Oberhand und er schlief ein.

Als er erwachte, war sein Körper starr vor Muskelkater und Kälte. Mit den Sonnen war auch die Hitze aus der Einöde verschwunden. Er sah nichts als Schwärze, bis ihm auffiel, dass er noch immer seine Schutzbrille trug. Er löste den Lederriemen, hängte sie sich um den Hals und krabbelte stöhnend unter der Decke hervor, um sich seine Beine zu vertreten, die aus einem einzigen Krampf zu bestehen schienen.

Zuerst war es selbstverständlich für ihn, dass er erkennen konnte, wohin er lief, nachdem er seine getönte Brille abgenommen hatte. Doch dann bemerkte er, dass der Himmel pechschwarz war, als wäre die Asche der Einöde aufgestoben, um die Welt auch oberhalb des Horizonts zu schwärzen. Nicht ein einziger Stern, von einem Mond ganz zu schweigen, schmückte das Himmelszelt. Das matte Licht, das ihm erlaubte, etwas zu sehen, kam von … den Myrarbrunen. Das Gebirge strahlte ein sacht milchiges Licht aus, als hätte es tagsüber das überreichliche Sonnenlicht absorbiert, um es in der Nacht wieder abzugeben.

David war trotz seiner Verblüffung über dieses Phänomen zu müde, um sich darüber den Kopf zu zerbrechen. Immerhin befand er sich in einer anderen Welt – warum sollte es so etwas wie schimmernde Berge nicht geben dürfen? Er konnte froh sein, dass die Luft hier die gleiche Zusammensetzung wie auf der Erde zu besitzen schien und die Schwerkraft ihn nicht zermalmte. Wenn er es so betrachtete, glich es einem Wunder, dass die Lebensverhältnisse dieser Welt so gut auf seine Bedürfnisse abgestimmt waren.

Er lief zu den Pferden, die etwas abseits ihres Lagers standen. Es erleichterte ihn, dass auch die Lebewesen in Yagrolor ihm vertraut vorkamen. So fiel es ihm nicht schwer, eine Bindung zu ihnen aufzubauen. Wie hätte er wohl reagiert, wenn er statt auf einem Pferd auf einem schleimigen Monster hätte reiten müssen?

Zu dem Gefühl der Erleichterung mischte sich plötzlich ein Gefühl des Misstrauens. Es galt nicht seinen Gefährten, sondern vielmehr dieser Welt. Wie hoch war schon die Wahrscheinlichkeit, dass eine andere Welt sich genauso entwickelte wie die Erde?

David war ein überzeugter Verfechter der Evolution. Er war sich sicher, dass günstige Umstände auf der Erde vor Milliarden von Jahren den Beginn des Lebens ermöglicht hatten. Seither entwickelten sich Lebewesen nach den Prinzipien des Zufalls und der natürlichen Selektion, wodurch sich die atemberaubende Artenvielfalt entfacht hatte, die der blaue Planet zu bieten hatte. Doch ... wie hoch war die Wahrscheinlichkeit, dass für Milliarden von Jahren ebenjene Umstände für eine zweite Welt galten, in der sich Lebewesen entwickeln konnten, die denen der Erde geradezu identisch waren? Wo war Yagrolor überhaupt? War diese Welt ein Planet in einem anderen Sonnensystem und hatte Dimi ihn hierhergebeamt? Nein, sie würden wohl kaum zu Pferd unterwegs sein, wenn Yagrolaner über solch fortgeschrittene Technologie verfügten. War es ... Magie? Konnte Dimi zaubern? War die Erscheinung des Yagrolaners, der Pferde und alles um ihn herum nur eine Illusion?

Enya schnaubte leise und riss David damit aus seinen Gedanken. Er nahm ihr die Schutzbrille von den Augen und tätschelte ihre Nüstern, woraufhin sie ihre Schnauze an ihn schmiegte. Er lächelte. Der Gedanke, dass sie nur eine Illusion war, kam ihm plötzlich lächerlich vor. »Was würdest du sagen, wenn ich dir erzähle, dass es in einer anderen Welt Lebewesen gibt, die genauso aussehen wie du?«

Enyas Augen schimmerten im Licht der Myrarbrunen und sie stupste seine Schulter an, als wollte sie ihm sagen, dass er sich darüber nicht zu sehr den Kopf zerbrechen sollte.

David hatte vergessen, dass sie jedes Wort verstand. Er nickte. »Nur weil du so aussiehst, bedeutet das nicht, dass du so bist wie sie«, murmelte er und entschied, dass er es für den Moment bei diesem Gedanken belassen wollte.

»Du solltest dir ein wenig Ruhe gönnen, David.«

Er wirbelte herum und fand sich Dimitrios gegenüber, der sich lautlos genähert hatte. Der Yagrolaner legte David freundschaftlich eine Hand auf die Schulter.

Dimitrios war so kalt wie Eis. David zuckte zusammen und wollte die Hand von seiner Schulter schlagen, doch Dimitrios zog sie selbst hastig fort. »Du bist ja total heiß!«, erschrak der Yagrolaner.

Einen Augenblick lang sahen sie einander verwirrt an.

Zögerlich berührte Dimitrios Davids Wange. Seine Augen weiteten sich. »Deine Körpertemperatur verändert sich nicht«, stellte er verblüfft fest. »Bedeutet das, ihr Erdbewohner passt euch nicht der Außenwelt an?«

David starrte Dimitrios an. Er mochte so aussehen wie ein Mensch, doch das bedeutete nicht, dass er einer war. Dimitrios war ein fremdes Wesen, über das David so gut wie nichts wusste. »Erzähl mir von euch«, bat er. »Was ... seid ihr für Wesen?«

Dimitrios zuckte mit den Schultern. »Yagrolaner.«

David zog eine Grimasse. »Was sind Yagrolaner?«

»Das Hauptvolk in Yagrolor. Es gibt noch andere Wesen, aber sie leben in ihren eigenen Gebieten und zeigen sich anderswo selten.« Er deutete ein erneutes Schulterzucken an. »Ich weiß nicht, was ich dir erzählen soll, David.«

»Dann verrate mir, warum ich hier bin.«

»Wir sind auf deine Hilfe angewiesen.«

»Und was muss ich tun, um euch zu helfen?«

»Ich bin mir nicht sicher. Irgendetwas scheint unsere Welt aus dem Gleichgewicht zu bringen. Frag mich nicht, was es ist und wie wir es verhindern können. Ich bin mir nicht sicher, ob das überhaupt jemand weiß. Der Große Rat hofft deshalb auf deine Unterstützung.«

David blinzelte. »Ihr verlangt von mir, dass ich das Problem finde und löse? Ganz allein?«

Dimitrios zuckte mit den Schultern. »Diese Fragen sind Angelegenheit des Großen Rates. Aber mach dir keine Sorgen, David.« Er lächelte aufmunternd. »Ich stehe dir zur Seite. Sobald wir in Ank-Liin eingetroffen sind, wird die weitere Vorgehensweise beschlossen.«

David seufzte und versuchte die Magenschmerzen zu ignorieren, die ihm die Verantwortung bereitete, die man ihm aufbürdete. »Ich habe noch eine andere Frage«, wechselte er das Thema. *Tausend andere Fragen*, korrigierte er sich gedanklich. Doch diese eine Frage brannte ihm auf der Zunge: »Woher hat die große Sonne ihren Namen?«

Dimitrios grinste. »Sie ist nach deinem Vater benannt.«

David war nicht überrascht. Doch der Yagrolaner fügte etwas hinzu, was ihn sprichwörtlich überrollte: »Dein Vater war es, der die Sonne erschuf.«

David riss ungläubig die Augen auf. »Wie ... hat er das geschafft?« Er spürte, wie er eine nahezu beängstigende Ehrfurcht vor seinem eigenen Vater entwickelte.

»Ich war noch zu jung, als dass ich mich selbst daran erinnern könnte. Aber jedes Kind kennt seine Geschichte. Dein Vater ist eine Legende.« Dimitrios deutete zu ihrem Nachtlager. »Ich erzähle sie dir, aber danach brauchen wir unbedingt ein wenig Schlaf, ehe die Sonnen zurückkehren.«

Davids Aufregung, mehr zu erfahren, ließ ihn seine Schmerzen vergessen. Er rannte förmlich zu ihrem Lager, um sich in seine Wolldecke zu hüllen. Er konnte kaum fassen, dass er endlich die Geschichte seines Vaters zu hören bekommen würde. In seinen gut sechzehn Jahren auf der Welt hatte er nicht viel über ihn erfahren. Natürlich hatte seine Familie ihm erzählt, dass er ein guter Mann gewesen war, freundlich und stets gerecht. Doch all das, was David von seinem Vater wusste, traf auch auf viele andere Männer zu. Gestern hatte man ihn glauben lassen, dass sein Vater den Verstand verloren hatte. Jetzt aber erfuhr er, dass er der Schöpfer einer Sonne gewesen war! Stolz nahm er seinen Kettenanhänger in die Hand und sah ungeduldig zu, wie Dimitrios sich in seine Wolldecke wickelte, ehe er zu erzählen begann.

»Erinnerst du dich noch daran, wie das Volk der Arya entstand?«

»Es waren aufständische Yagrolaner, die hinter dieses Gebirge verbannt wurden.« David blickte zu den Myrarbrunen. Es war ein seltsames Gefühl, eine fantastische Geschichte zu hören und sich am folgenden Tag an genau jenem Ort wiederzufinden.

Dimitrios nickte. »*Arya* ist ein Wort der alten Sprache, die gesprochen wurde, bevor wir die Sprache der Herzen lernten, um mit allen Wesen kommunizieren zu können. Sie lehnten die Sprache der Herzen ab, da sie kein Interesse daran hatten, mit anderen Wesen zu sprechen. *Arya* bedeutet *die Edlen.*« Er schüttelte den Kopf, als wollte er damit seine Ablehnung ihrer Ideologien unterstreichen. »Schon damals mussten sie in ihrem unterirdischen System unter dem Vulkan leben, denn zu jener Zeit war dieses Land ein riesiges Moor, in dem die Trolle lebten. Die Arya mieden sie und fanden Schutz, Wärme und Grundwasser in ihrem Höhlensystem.«

»Aber warum kehrten sie nicht einfach dahin zurück, wo sie herkamen, wenn es dort viel besser war?«

»Weil sie den Rückweg durch die Berge nicht kennen. Außerdem waren sie zu wenige und es gab zu viele innere Unruhen. Vergiss nicht, dass die Arya eine Gruppe von Lügnern, Betrügern und Mördern waren, die allesamt Macht anstrebten. Die Schwachen mussten den Starken dienen und es vergingen Jahrzehnte, in denen sie versuchten, sich in ihrem unterirdischen Lebensraum miteinander zu arrangieren. Doch irgendwann schafften sie es anscheinend und verbündeten sich sogar mit den Trollen. Und mit den Jahren wuchs ihre Zahl.

Niemand weiß, wie stark sie heute sind, doch vor einigen Jahren wurden die Yagrolaner unruhig und spürten die potenzielle Gefahr, die von Árion ausging. Der Große Rat traf zusammen und überlegte, wie sie die Arya im Zaum halten konnten, bevor es zu spät war. Sie ließen Stadtmauern errichten, um die Städte westlich der Myrarbrunen vor Angriffen schützen zu können. Doch schnell kamen sie zu dem Schluss, dass sie sich im schlimmsten Fall auch würden verteidigen müssen. Da sie jedoch keine Ahnung von Kampf und Kriegsführung hatten, brauchten sie Rat von außerhalb.«

»Mein Vater«, sagte David. »Aber wie konnte er euch helfen?«

»Das wusste niemand, auch er nicht. Obwohl er selbst nichts von Krieg hielt, verstand er zumindest die Not der Yagrolaner. Aber er wusste keine Lösung. Der Große Rat sprach oft zu ihm, bis sie sich darauf einigten, die allmächtigen Elfen um Hilfe zu bitten. Dein Vater kam nach Yagrolor, um sie zusammen mit ein paar Yagrolanern zu suchen. Weltenwanderer wie er – und du – haben die Gabe, jedes Wesen zu finden. Alte Legenden besagen, dass es früher viele von euch gab, doch heutzutage gibt es kaum mehr welche.«

»Wie hat mein Vater die Elfen gefunden?«, fragte David aufgeregt.

»Niemand weiß, wie man die Elfen finden kann. Selbst Gustav Cervi wusste es nicht.«

David sah den Yagrolaner verwirrt an. »Aber ... wie hat er es dann geschafft? Er hat sie doch gefunden?«

Dimitrios nickte und zuckte dann mit den Schultern. »Davon gehen wir zumindest aus, denn er brachte uns die Geschenke der Elfen ... wenn auch nicht persönlich.«

»Was ist passiert?«, fragte David zögernd, als Dimitrios nicht weitersprach. Er wusste, dass die Geschichte kein gutes Ende nahm, doch er wusste noch immer nicht, was seinem Vater zugestoßen war.

Sein Herz begann schneller zu schlagen.

»Irgendwie musste er sie gefunden haben. Seine Gefährten kamen ohne ihn nach Ank-Liin zurück, denn er war eines Nachts einfach verschwunden. Kurz darauf erschien wie aus dem Nichts die zweite Sonne über Árion und unsere Pfeile wurden treffsicher und tödlich. Die Magie unserer Waffen ist ein nützliches und gütiges Geschenk der Elfen. Die Sonne ist jedoch besonders raffiniert, so etwas können sich nur die Elfen ausdenken. Da die Arya seit Jahrhunderten unter der Erde lebten, hatten sie sich an die Dunkelheit angepasst. Ihre Augen, ihre Haut und ihre Körpertemperatur haben eine solche Sensibilität entwickelt, dass sie das grelle Licht der zwei Sonnen nicht aushalten können. Die Cervi-Sonne hält sie in ihrem Höhlensystem gefangen, sodass es gar nicht erst zum Krieg kommt.«

»Was ist mit meinem Vater geschehen?«

Dimitrios seufzte. »Alles hat seinen Preis, wie wir erst später durch alte Schriften über Elfenbegegnungen in unserer Bibliothek herausgefunden haben. Scheinbar musste dein Vater im Gegenzug für die magischen Geschenke der Elfen mit dem Leben bezahlen. Er war ein guter Mann, David. Er wollte nicht mit leeren Händen zurückkehren.«

»Also ... opferte er sich selbst?«

Dimitrios nickte mitfühlend.

Zunächst überrollte David eine Welle glühenden Stolzes, denn das bedeutete, dass sein Vater ein wahrer Held gewesen war. Doch dann spürte er, wie sich tiefe Trauer in ihm aufbaute und eine eisige Hand sein Herz umschloss. Er begann am gesamten Leib zu zittern. Für einen Moment versuchte er, seine Gefühle zu unterdrücken, doch dann umarmte er sie. Er wollte die Trauer spüren, denn es war das erste Mal, dass er um seinen Vater trauern *konnte*. Endlich wusste er, warum er keinen Vater mehr hatte. Er schluchzte und heiße Tränen rannen über seine Wangen.

»Es tut mir leid, David«, flüsterte Dimitrios und grub sich in seine Decke. Die Situation war ihm sichtlich unangenehm.

»Wir … sollten jetzt besser schlafen.« Er schien nach Worten zu suchen, denn seine Lippen bewegten sich, ohne dass er etwas sagte. Doch dann schloss er nur die Augen.

David wischte sich die Tränen fort. »Danke«, sagte er. »Endlich weiß ich, wer mein Vater wirklich war.« Er kuschelte sich tiefer in seine Decke, schloss die Augen und dachte an seinen Vater. Den Schöpfer einer Sonne, den selbstlosen Retter einer ganzen Welt. Und er war hier, um in seine Fußstapfen zu treten.

Jemand riss die Decke von seinem Kopf und grelles Licht umflutete ihn. David war sofort hellwach, im wahrsten Sinne des Wortes. Er fluchte und zog sich seine Schutzbrille über, die um seinen Hals hing. »Was ist los?«

»Ich habe das Lager abgebaut, wir können sofort aufbrechen. Wir sollten die Lichtverhältnisse ausnutzen, um die Myrarbrunen hinter uns zu bringen, bevor es wieder dunkel wird.«

David stöhnte. Widerwillig setzte er sich auf und fluchte. Es gab keine Stelle an seinem Körper, die nicht schmerzte. Ächzend stand er auf und rollte seine Wolldecke zusammen. Nach wenigen Minuten setzten sie die Reise fort.

Die Cervi-Sonne stand tief und rot am Himmel – trotzdem schien sie bereits heller als die Mittagssonne, die David aus seiner Welt kannte. Wenn sich erst die zweite Sonne blicken ließ, würde auch die Hitze zurückkehren.

»Hast du Hunger?«, fragte Dimitrios. Er zauberte ein grünes Ei mit dem Durchmesser eines Fußballs aus seiner Satteltasche. »Auf Ank gibt es einen Mondfalkenturm«, erklärte er, während er die dicke Schale mithilfe eines Pfeils vom Ei pellte. »Es ist eine Kunst, den Mondfalken ihre Eier wegzunehmen. Sie gelten als Delikatesse, weil sie so schwierig zu ergattern sind und lange über niedrigem Feuer gekocht werden müssen. Man muss sogar eine Ausbildung ablegen, um den Mondfalken ihre Eier zu stehlen.«

»Es gibt professionelle Eierdiebe?«, scherzte David.

Dimitrios nickte.

David lachte. Das grüne Ei hatte seine Neugierde geweckt, aber vor allem seinen Hunger. Er löste vorsichtig seinen Griff von den Zügeln und nahm die Hälfte des Eis an, die Dimitrios ihm reichte. Der erste Bissen erwies sich als Enttäuschung, als sich der ihm bekannte Eiergeschmack auf seiner Zunge ausbreitete. Es mischte sich lediglich ein leicht blumiger Geschmack hinzu. Erneut wurde ihm bewusst, wie unheimlich ähnlich Yagrolor und seine Welt einander waren. Das Ei unterschied sich zwar in Farbe und Größe von den Eiern, die Vögel auf der Erde legten – aber auch hier gab es Vögel, deren Eier gekocht und gegessen wurden. Es hätte David nicht verwundert, wenn die Yagrolaner auch Milch trinken und Brot essen würden.

Er nahm einen zweiten Bissen, als er sich plötzlich fragte, ob sein Magen die Nahrung einer anderen Welt überhaupt vertrug. Vielleicht beruhten die Verdauungssysteme der Yagrolaner, genauso wie die Regulierung der Körpertemperatur, auf anderen Grundsätzen als die der Menschen. Das könnte bedeuten, dass er sich gerade versehentlich vergiftete! Doch dann fiel ihm ein, dass sein Vater einst hier war und wahrscheinlich ebenfalls in den Genuss eines Mondfalkeneis gekommen war. Dieser Gedanke ließ den nächsten Bissen gleich besser schmecken.

Während sie ihren Hunger stillten, begann ihr Weg sachte anzusteigen und der schwarze Lavaboden und die Asche wichen normalem Steinboden und Geröll. »In ungefähr einer Stunde werden wir den Eingang erreichen«, schätzte Dimitrios. »Früh genug, um der Hitze zu entgehen und das Licht der Myrarbrunen zu nutzen.«

»Eingang? Wir nehmen einen Weg *durch* das Gebirge?«

Dimitrios lachte. »Willst du die Myrarbrunen etwa erklimmen? Du würdest der Cervi-Sonne viel zu nahe kommen.«

In der nächsten Stunde verfielen sie in Schweigen. Enyas sanft rhythmischer Gang machte David müde, sodass er bald in die verschwommene Zone zwischen Wachen und Schlafen trat, in der man sich bewusst war, dass man etwas dachte, Sinn und Unsinn jedoch nicht mehr voneinander unterscheiden konnte. So hatte er einen Augenblick lang das Gefühl, beobachtet zu werden. Er stellte sich vor, wie der Hirsch ihnen folgte, um ihn bei lebendigem Leib zu verbrennen, da er nicht länger ahnungslos war. Doch der Gedanke, möglicherweise in Gefahr zu sein, entglitt ihm, kaum dass er ihn gefasst hatte. Er legte sich auf Enyas Hals und es dauerte keine Minute, da schlief er ein.

»Wir sind da.«

David öffnete die Augen. Vor ihnen ragte eine hohe Steinwand empor. Sie standen in einer Bergnische. »Und ... wo ist der Eingang?«, fragte er verwirrt.

Dimitrios sprang aus dem Sattel, lief zur Felswand und begann sie prüfend abzuklopfen.

David sah eine Weile neugierig dabei zu, wie der Yagrolaner auf den massiven Fels klopfte, als erwartete er, dass man ihm eine unsichtbare Tür öffnete. Wenn dem so war, war niemand zu Hause.

Dimitrios drehte sich zu ihm um und zog ein verzweifeltes Gesicht. »Die Kombination funktioniert nicht.« Er wandte sich wieder dem Gestein zu.

David stieg vorsichtig vom Pferd. »Welche Kombination?«

»Die Klopfkombination, mit der sich diese Felswand öffnen lässt. Hier befindet sich einer der Zugänge in die Myrarbrunen, aber anscheinend benutze ich die falsche Kombination. Taran!«

Der Hengst gesellte sich zu ihnen.

Dimitrios kramte in einer seiner Satteltaschen, zauberte ein Stück vergilbtes Pergament zum Vorschein, strich es am Sattel glatt und las.

David schaute ihm neugierig über die Schulter und stellte überrascht fest, dass der Zettel vor lauter Tintenflecken unlesbar war. Erst auf den zweiten Blick erkannte er ein Muster in den Flecken, und ihm wurde klar, dass es die Tintenflecke waren, die Dimitrios studierte. »Was steht da?«

»Die Kombination, aber ... das kann es nicht sein. Ich habe exakt diese Kombination angewendet.« Dimitrios widmete sich wieder der Wand, schaute auf das Pergament, klopfte, schaute wieder auf das Pergament, klopfte, und so fuhr er fort.

David betrachtete die massive Felswand. Er hatte nicht den Eindruck, dass sich mehr hinter ihr verbarg als tonnenschweres Gestein, aber warum sollten Felswände sich in fremden Welten nicht bewegen können?

Dimitrios klopfte dreimal hintereinander und trat zurück. Nichts geschah. »Bei den Elfen!« Impulsiv trat er gegen die Wand, als wollte er sie kurzerhand eintreten. »Verdammt!« Er hüpfte mit schmerzverzerrtem Gesicht auf der Stelle. »So kommen wir nicht weiter. Es gibt noch einen weiteren Eingang, eine Stunde entfernt von hier.«

»Hast du einen solchen Eingang schon mal benutzt? Vielleicht müssen wir ein bisschen länger warten«, gab David zu bedenken. »Der Mechanismus könnte eingerostet sein.« Er konnte sich nicht vorstellen, dass der Eingang oft genutzt wurde. Immerhin war es ein geheimer Eingang, da niemand aus Árion entkommen sollte. Und wer wollte Árion schon betreten, außer man musste einen unerfahrenen Weltenwanderer abholen, der sich in die hinterste Ecke der Welt verirrte?

Dimitrios schüttelte den Kopf, sprang behände auf Tarans Rücken und winkte ungeduldig. »Dieser Eingang scheint kaputt zu sein. Komm schon, wir suchen den anderen.«

David eilte zu Enya und kletterte ungelenk auf ihren Rücken. Immerhin schaffte er es allein in den Sattel. Enya folgte Taran aus der Bergnische, sobald David die Zügel in die Hand genommen hatte.

Er wollte noch einen letzten Blick zurückwerfen, um zu sehen, ob der Eingang sich verspätet öffnete, aber er war sich sicher, dass er bei seinem Versuch aus dem Sattel geplumpst wäre. Also sah er nach vorn. Der andere Eingang würde bestimmt funktionieren und ihnen einen Weg aus dieser trostlosen Gegend öffnen.

Der Bergstutzen

Dimitrios sprang aus dem Sattel. »Wenn sich auch dieser Eingang nicht öffnet, grabe ich uns mit bloßen Händen zur anderen Seite hindurch«, versprach er. Wieder klopfte, hämmerte und strich er über die Felswand.

Als in David bereits die Befürchtung aufkam, es würde auch hier nicht weitergehen, begann die Wand zurückzuweichen. Zuerst dachte David sich zu täuschen, doch … eindeutig, sie bewegte sich langsam und lautlos zurück! Mit dem Rückzug der Felswand entstanden in den Ecken der Bergnische zwei schmale Eingänge. David konnte nicht fassen, was vor seinen Augen geschah. Der Yagrolaner konnte buchstäblich Berge versetzen. Doch seine Verwunderung schlug alsbald in Unbehagen um, als er die Eingänge betrachtete, die sie in vollkommene Dunkelheit einluden. Die Vorstellung, in diese Schwärze einzutauchen, ohne zu wissen, was sie dort erwartete, bereitete ihm Gänsehaut.

Der Yagrolaner schien seine Furcht nicht zu teilen. Er nahm die Zügel der Pferde in die Hand und führte sie zu einem der Eingänge.

David spürte wie kühle, muffige Luft aus der Dunkelheit kroch, als wollte sie dem Gebirgsinneren entfliehen.

Er hätte sich ihr am liebsten angeschlossen.

Bevor sie eintraten, nahm Dimitrios den Pferden die Brillen ab und auch David löste zögerlich seinen Riemen.

»Es kann eine Weile dauern, bis du dich an die Dunkelheit gewöhnst.« Dimitrios nahm seine Brille entgegen und verstaute sie in der Satteltasche. »Die Höhlengänge werden tagsüber durch einen Nebel erleuchtet. Allerdings ist die Dichte des Nebels in jedem Gang anders. Aber keine Angst, die Pferde haben gute Augen, du kannst dich auf sie verlassen.« Er sprang zurück auf Tarans Rücken und leitete sie durch den schmalen Felsspalt.

Davids Griff verkrampfte sich um die Zügel, als Enya ihm folgte. Sobald sie den Eingang passiert hatten, schloss sich die Wand hinter ihnen wie von Geisterhand. Er atmete tief durch, als völlige Schwärze ihn umarmte. »Ganz schön dunkel«, sagte er und lachte nervös. Sein Lachen hallte wider als lachte das Gebirge ihn aus.

Dimitrios zischte. »Sei leise, wenn du nicht willst, dass sie uns hören.«

»Dass *wer* uns hört?«, fragte David alarmiert.

»Hatte ich das noch nicht erwähnt? Die Myrarbrunen sind das Reich der Gnome. Es sind lästige Biester, denen willst du lieber nicht begegnen.«

David stöhnte. Trolle, Spinnen, Gnome. »Hast du denn ausnahmslos Feinde hier?«

»Die Gnome sind keine Feinde, sie sind lediglich ein fieses Pack. Allerdings befinden wir uns in ihrem Territorium, deshalb sollten wir ... pass auf!«

Etwas Hartes stieß gegen Davids Kopf, sodass er beinahe rücklings aus dem Sattel fiel. Er keuchte und duckte sich instinktiv. »Was war das?«, fragte er erschrocken und rieb sich die schmerzende Stirn.

»Die Felsendecke ist stellenweise niedrig.«

Dimitrios schien verwundert zu sein. »Siehst du das etwa nicht?«

Es war so dunkel, als hätte David seine Augen geschlossen. »Es ist stockduster«, sagte er und hörte selbst, wie ängstlich er klang. Ihn beschlich das ungute Gefühl, dass sich an seiner Blindheit in nächster Zeit nichts ändern würde. Seine Stirn schien ihn dafür verhöhnen zu wollen, denn sie pochte unangenehm. Er wagte es nicht sich auszumalen, was geschehen würde, wenn die Gnome sie erwischten und er sie nicht einmal sehen konnte. Er fragte sich, wie die Gnome aussahen. Die ihm bekannten Gestalten der Märchenpalette reichten von Glückskobolden mit Kleeblatt und Geldtopf über Gartenzwerge mit Spitzhut bis hin zu braunen Erdgeistern mit überproportional großen Köpfen und Knollnasen.

»Listige Rübenköpfe«, sagte Dimitrios, als David ihn fragte. »Und sie stinken wie längst vergessene Ernte.«

Die Zeit verging, ohne dass sich etwas an seinem Sehvermögen änderte. David spürte Enyas rhythmische Bewegungen und glaubte, dass seine sämtlichen Sinne diesen Rhythmus übernahmen, um seinen Sehverlust auszugleichen. Doch dann bemerkte er, dass der Rhythmus, den er hörte, einen anderen Ursprung hatte. Er spitzte die Ohren und erkannte Trommeln. Viele Trommeln. »Dimi?«, wisperte er beunruhigt.

»Sie wissen, dass wir hier sind«, flüsterte der Yagrolaner. »Sie kommen uns immer näher. Wir werden versuchen, sie abzuhängen. Beug dich vor und halt dich fest, David.«

David klammerte sich an Enyas Hals. Keine Sekunde zu früh, denn das Pferd schwenkte urplötzlich nach rechts. Waren sie bisher bloß geradeaus gelaufen, so trabten die Pferde nun und wechselten mehrmals die Richtung. Bald hatte David völlig die Orientierung verloren, doch seine Ohren verrieten ihm, dass die Gnome die Verfolgung aufgenommen hatten ... und schnell näher kamen.

Dimitrios bestätigte seinen Verdacht. »Sie sind nicht schnell, aber haben sich anscheinend aufgeteilt und nähern sich aus mehreren

Richtungen, um uns aufzuholen oder abzufangen. Wir müssen uns verstecken. Dort, hinter dem Felsvorsprung!«

Die Pferde stürmten los, als hätten sie auf dieses Zeichen gewartet. Dem Geräusch nach rannten sie durch Wasser und wie zur Bestätigung wurden Davids Beine nass. Enya wurde langsamer und blieb schließlich stehen.

»Dimi?«, fragte David, um sicherzugehen, seinen Gefährten nicht verloren zu haben.

»Ich bin hier. Keinen Laut jetzt!«

Das Trommeln kam näher. Als es so laut wurde, dass David das Gefühl hatte, es entstünde direkt in seinen Ohren, schwellte der Ton an und hörte dann schlagartig auf. Der letzte Paukenschlag hallte gebrochen von den Höhlenwänden wider – dann war es still.

David hielt den Atem an.

»Wo sind sie?«, krächzte eine schrille Stimme.

»Gulag weiß es nicht. Gulag kann sie nicht mehr hören.«

»Wir haben ihre Spur verloren!«, rief jemand. Es konnte der erste Gnom gewesen sein, genauso gut aber auch ein dritter. David konnte nicht sehen, ob es sich um zwei, zwanzig oder zweihundert Gnome handelte, die in ihrer Nähe standen und sich fragten, wo sie waren.

»Gulag kann sie noch riechen«, schrillte Gnom Nummer zwei.

»Wo sind sie denn, Blödmann?«

»Vielleicht sind sie durch den See geflüchtet, auf die andere Seite.«

David erschrak. Er wusste, dass sie sich hinter einem Felsvorsprung versteckt hielten, aber sie waren nicht sehr tief ins Gewässer eingedrungen und standen den Stimmen nach in der Nähe der Gnome. Wenn die Gnome auf die Idee kamen auch nur ein paar Schritte ins Wasser zu laufen, würden sie David und seine Gefährten unweigerlich entdecken.

»Nein, das kann nicht sein«, meinte ein Gnom. »Und wenn doch, dann sind sie tot.«

David hätte am liebsten gefragt, warum. Zum Glück schien auch einer der Gnome nicht zu verstehen. »Wieso?«, erscholl es.

»Gulag, Blödmann. Bist du denn völlig hohl in der Birne? Der See und die andere Seite sind das Gebiet des Bergstutzen. Der hätte die Eindringlinge erledigt, noch bevor sie einen Schritt in sein Revier gewagt hätten.«

Die anderen Gnome gackerten vergnügt. Mit Schrecken stellte David fest, dass es am ehesten die befürchteten zweihundert Gnome waren.

»Sie müssen in diese Richtung geflüchtet sein«, schlussfolgerte ein Gnom. »Los, sie können nicht weit entfernt sein!« Das Trommeln setzte wieder ein und ihre Verfolger nahmen die falsche Fährte auf.

Minuten verstrichen, in denen David bewegungslos in der Dunkelheit verharrte. Erst, als der Paukenschlag so leise geworden war, dass sie meilenweit entfernt sein mussten, wagte er aufzuatmen. Nur eine Sorge blieb. »Was ist ein Bergstutzen?«

»Ein Tatzelwurm«, erklärte Dimitrios mit gedämpfter Stimme. »Ein uraltes Ungeheuer, das in den Myrarbrunen leben soll. Aber keine Sorge, die Höhlendecke ist zu niedrig, als dass es uns erwischen könnte.«

David streckte seine Hand in die Höhe, doch er konnte die Decke nicht berühren. Als er daraufhin auf die Größe des Ungeheuers schloss, beruhigte ihn Dimitrios' Aussage nicht im Geringsten. »Lass uns von hier verschwinden«, bat er.

Die Pferde verließen ihr Versteck – und sogleich ertönte ein triumphierender Schrei, der David vor Schrecken mit einstimmen ließ.

Zweihundert weitere Schreie machten es ihm nach.

»Bei den Elfen!«, keuchte Dimitrios. »Sie haben uns aufgelauert! Diese hinterlistigen Biester!«

Auf einmal hörte David viele Füße ins Wasser patschen und er glaubte zu sehen, wie die Dunkelheit sich bewegte. »Dimi!«, ächzte er.

Plötzlich krallte sich etwas an sein Bein. Mit einem Aufschrei riss er seine Füße hoch, doch er wurde von unzähligen kleinen Händen gepackt, die ihn von beiden Seiten aus dem Sattel zu zerren versuchten. »Hilfe!«, rief er panisch.

»David, wehre dich nicht! Egal was passiert, egal wo sie dich hinbringen, hab keine Angst. Das Wichtigste ist, dass du mitspielst. Tu ihnen nichts, dann ... Ah, verdammtes Mistvieh ... dann lassen sie dich am Leben. Ich werde uns schon irgendwie ...« Er verstummte.

»Dimi!«, schrie David entsetzt.

Keine Antwort.

»Dimi!«

Das Einzige, was David hörte, waren das panische Wiehern der Pferde, die schrillen Schreie der Gnome, unzählige patschende Füße und der langanhaltende Hall seines verzweifelten Rufes.

Hände begrapschten ihn, zogen an seinen Kleidern und zerrten an seinen Armen und Beinen, als hätten sie Spaß daran, ihn zu zerreißen. David schlug dahin aus, wo er eines dieser Biester vermutete und traf. Mit einem gellenden Schrei flog der Gnom davon, doch David konnte sich kaum über seinen kleinen Triumph freuen, denn er hatte dutzende weitere Biester an seinem Leib hängen. Verzweifelt schlug er aus und nicht selten traf er einen der Körper, die an ihm hafteten wie Kletten. Doch so oft er auch zuschlug, es nutzte wenig. Traf er einen Gnom, wurde dieser sofort von einem anderen ersetzt, der an seiner Stelle weiter an ihm zu nagen, beißen und kratzen begann – also kurzum all das tat, was David Schmerzen zufügte.

Plötzlich wurde ruckartig an seinem linken Bein gerissen. Damit hatte er nicht gerechnet. Überrascht schrie er auf und versuchte noch, sich am Sattelknauf festzuhalten, doch er griff ins Leere. Rücklings fiel er von Enyas hohem Rücken – und ins knietiefe Wasser, das ihn vor dem befürchteten Aufprall bewahrte.

Einen Moment versank David völlig unter Wasser – doch die Sekunden zogen sich zu einer Ewigkeit. Beim Aufprall versagte ihm jede Kraft, als löste sie sich im Wasser auf wie eine Brausetablette, und er war unfähig, sich zu regen. Zu allem Übel stieß er sich außerdem den Kopf, sodass er einen Moment befürchtete, sein Bewusstsein zu verlieren und zu ertrinken. Die Geräusche oberhalb der Wasseroberfläche gelangten nur gedämpft an seine Ohren, sodass ihm die Realität seltsam verzerrt vorkam und er nicht wusste, wie nahe er der Ohnmacht war. Er wusste, dass seine Sinne ihm etwas vorspielen mussten, denn obwohl es unter Wasser mindestens so dunkel sein musste wie an der Oberfläche, konnte David absurderweise etwas sehen.

In direkter Nähe zu seinem Gesicht stampften unzählige graue Beine auf dem Boden auf, doch sie bewegten sich allesamt in gedehnter Zeitlupe, sodass sie für David uninteressant waren. Auf sein Desinteresse hin schienen sie sich vor seinen Augen aufzulösen und seine Aufmerksamkeit wurde stattdessen tiefer ins Zentrum des Sees gezogen.

Kristallklares Wasser gestattete eine Aussicht, wie sie eigentlich nur bei Tageslicht in der Außenwelt möglich sein sollte. Trotzdem bot sich ihm der fantastische Anblick einer wunderschönen, gänzlich anderen Welt.

Gewaltige Felsvorsprünge und Stalagmiten ragten aus unschätzbarer Tiefe des Seegrundes empor und bildeten einen steinigen Unterwasserwald. Ihre Oberflächen waren glatt und glänzten wie Kristalle. Es funkelte und glitzerte an allen Ecken und selbst das Wasser strahlte ein silbrig schimmerndes Licht aus. David hätte die Schönheit dieser Welt bestaunen müssen, befände er sich nicht in der Situation, unter Wasser nicht atmen zu können. Seine Lungen begannen sich schon zu beschweren – und dann sah er sie: eine gewaltige, schlangenartige Gestalt.

Sie hatte sich um die steinernen Unterwasserbäume geschlungen und starrte zu ihm herüber. Bewegungslos hing sie da und wartete darauf, dass sich jemand unwissentlich tiefer in den See und somit in den Tod bewegte. Sobald ihr jemand nahe genug kam, das wusste David, würde sie ihn binnen Sekunden mit ihren gewaltigen Kiefern zermalmen. Die Kreatur strahlte ein Alter aus, das ihr unerschöpfliche Geduld verlieh. Jahrzehnte mussten für sie Sekunden sein. Diese Urgestalt musste der Tatzelwurm sein.

Er hätte geschrien, hätte er es gekonnt, doch er hatte keine Kontrolle über sich selbst. Er schaffte es nicht einmal, seinen Blick von dieser Kreatur abzuwenden. Der Tatzelwurm starrte ihn mit seinen pupillenlosen milchigen Augen an und schien ihn regelrecht aufzusaugen.

Davids Lungen brannten und verlangten nach Luft. Er wollte auftauchen – nein, er *musste* auftauchen, wenn er nicht vorhatte zu ertrinken. Sein Blick verschleierte sich, als würden seine Augen den gleichen milchigen Ton annehmen wie die des schlangenähnlichen Geschöpfes. Alles um ihn herum verschwamm zu einem undeutlichen Durcheinander – außer der Tatzelwurm selbst. Er schien hämisch zu grinsen, als genösse er, was David gerade durchmachte.

Mit Sicherheit dauerte dieser Augenblick nur den Bruchteil einer Sekunde, doch für David war es, als spielte sich ein ganzes Leben ab, in dem er dieses *Ding* sah und er von ihm gesehen wurde. Es fühlte sich an wie das Fallgefühl, das einen ab und an kurz vor dem Einschlafen ereilte; nur wachte er nicht mit einem Schrecken auf. Stattdessen fiel er tiefer und tiefer in diese andere Ebene des Bewusstseins. Alles verschwand, außer der Blickkontakt zwischen ihm und dem Tatzelwurm, und David war nicht mehr länger er selbst. Er war auch niemand anderes und doch war er noch irgendjemand. Er wusste nicht mehr, wer oder was er war. Es war, als hätte ihn ein fremdes Bewusstsein eingenommen und sein altes *Ich* ausgelöscht wie ein ausgebranntes Teelicht. So musste es sein, denn sein neu erlangtes Wissen war zu grotesk, als dass es seinem eigenen *Ich* entspringen konnte. Er war beraubt, berauscht und erfüllt vom Hass des Tatzelwurms, sodass es keinen Platz mehr in ihm gab für sein eigenes *Ich*. Es löste sich auf und verwandelte sich in die dunkelste Materie, die die Existenz zu bieten hatte. Stattdessen spürte er, dass seine Gedanken ersetzt wurden und er gänzlich die Kontrolle verlor. Seine eigenen Gedanken waren für diese Ebene unbedeutend. Hier gab es einzig und allein den Tatzelwurm und seinen Hass – alles andere brannte nieder in der Flamme der Zeitlosigkeit.

Vielleicht war es das, was man Hölle nannte. Vielleicht war es auch schlimmer. Jähzorn loderte in ihm auf, der größer war als er selbst. Er spürte den unaufhaltsamen Fortschritt seiner Transformation zu dem, was er unweigerlich werden musste, wollte er nicht ausgelöscht werden. Er war im Begriff, sich selbst zu verlieren und zum Hass zu mutieren.

Nein! Er sträubte sich mit aller Gewalt gegen die schreckliche Wandlung. Um keinen Preis wollte er sich selbst aufgeben und geistig verschlungen werden. All die Kraft, die er eigentlich nicht mehr besaß, nutzte er, um sich zu wehren. Auch wenn er dadurch sterben würde, war dieses Schicksal erträglicher, als selbst zu diesem grauenhaften *Ding* zu werden.

Es war ein Gnom, der David das Leben rettete. Indem der Gnom ihn am Haarschopf packte und grob an die Wasseroberfläche zerrte, zog er ihn zurück in seine Welt und zurück in Davids eigenes, erträgliches Bewusstsein.

Die Zeit nahm wieder ihren gewohnten Lauf, die Schreie der Gnome waren schrill und nicht länger verzerrt und David konnte sich bewegen, dafür aber nichts mehr sehen. Für den Bruchteil einer Sekunde war er froh darüber, nichts als Schwärze zu sehen. Er war wieder Herr seines Körpers, seiner Sinne und vor allem seiner Gedanken. Die Kratzer und Bisse der Gnome, die sich über ihn hermachten, waren schmerzhaft, doch sie ließen ihn seinen Körper spüren, fast so, als hätte seine Seele sich den Körper wie ein Schutzschild übergezogen, um nicht länger entblößt zu sein.

David hatte zurück zu sich selbst gefunden und er lebte … die Frage war: Wie lange noch?

Ein Pferd wieherte gellend auf. Enya! David schickte ein Stoßgebet zum Himmel, dass sie ihn in ihrer Angst nicht versehentlich niedertrampelte. Welch ironisches Schicksal wäre es gewesen, unter den Hufen eines panischen Pferdes zu sterben, nachdem er kurz zuvor noch der Hölle entkommen war? Instinktiv hob er seine Arme zum Schutz und rief nach Enya, um auf sich aufmerksam zu machen, als ihm jemand einen dreckigen Lappen in den Mund stopfte. Der Lappen schmeckte nach Moder und David musste unwillkürlich gegen einen Würgereiz ankämpfen. Angewidert spuckte er den Knebel aus und wehrte sich gegen seine Angreifer, doch die Gnome verhielten sich wie ein lästiger Mückenschwarm. Da erinnerte er sich an Dimitrios' Warnung.

Widerwillig entspannte er seine Muskeln und nahm eine defensive Haltung ein, um sich vor den Angriffen seiner Gegner zu schützen. Die Gnome kratzten, bissen und traten ungerührt auf ihn ein. Sie fügten ihm zwar keine tiefen Wunden zu, aber trotzdem schmerzten ihre Angriffe. David musste all seine Willenskraft aufbringen, um alles über sich ergehen zu lassen. Auch wenn er nicht wusste, was ihm das nutzen sollte.

Auf einmal biss ihn eines der Biester genüsslich in den Finger. David schrie schmerzerfüllt auf und drückte den Gnom unter Wasser, bis er von ihm abließ.

Das war ein Fehler. Als die anderen Gnome sahen, was er mit ihrem Artgenossen anstellte, wurde er von allen Seiten mit einer neuen Welle der Wut angegriffen.

Davids Lage war aussichtslos. Da er nichts sehen konnte, konnte er sich kaum verteidigen. Hob er seine Arme, um sein Gesicht zu schützen, wurde ihm kräftig gegen das Schienbein getreten. Hielt er sich das Schienbein, um den pochenden Schmerz zu lindern, kratzte ihm eine Klaue quer durch sein Gesicht. Er spürte, wie ihm langsam die Kräfte versagten, doch er konnte nicht aufgeben. Selbst wenn er jetzt wieder aufhörte sich zu verteidigen, bezweifelte er, dass sie ihn verschonen würden.

Auf einmal sprang ein Gnom auf seinen Kopf und biss ihm in den Nacken. David schrie auf, riss seine Hände nach oben und wollte nach dem kleinen Biest schlagen. Doch die Gnome kamen ihm zuvor, indem sie jeweils zu viert an seine Arme sprangen und sie hinunterrissen. Wieder wurde ihm in den Nacken gebissen, nicht weniger fest als beim ersten Mal. David spürte, dass der Biss zwar keine tiefen Wunden hinterließ, trotzdem trieb er ihm Tränen in die Augen. Er schüttelte die Gnome von den Armen, wirbelte auf einem Bein herum, verlor das Gleichgewicht und fiel mit einem Klatschen ins Wasser.

Sofort sprangen die Gnome auf ihn. Davids Kopf wurde unter Wasser gedrückt, ohne dass er vorher Luft holen konnte. Er schluckte Wasser und zappelte panisch wie das Gegenstück eines an Land geratenen Fisches. Die Gnome sprangen wieder auf ihn sobald sie abfielen, sodass er keine Möglichkeit fand, an die Oberfläche zu kommen. Er versuchte, dem Druck in seinen Lungen standzuhalten, und gerade als er kurz davorstand, atmen zu *müssen*, ergriff ihn erneut jemand am Haar und zog ihn in die Höhe.

David spuckte und keuchte. Dann wurde er wieder unter Wasser gedrückt. Es dauerte lange, bis er abermals hochgezogen wurde – allerdings nur, um gleich darauf wieder untergetaucht zu werden.

Er musste handeln. Dauerte das Spiel noch länger an, würde er ertrinken. Da kam ihm eine verzweifelte Idee. Er entspannte sich und täuschte Bewusstlosigkeit vor. Und seine Rechnung ging auf – wieder ergriff ihn jemand am Haar und riss ihn hoch. Er spielte weiterhin den Bewusstlosen und diesmal wurde er nicht erneut untergetaucht.

Die Gnome ließen einer nach dem anderen von ihm ab.

»Ist er tot?« Eine kalte, raue Hand griff unter sein Kinn und hob prüfend seinen Kopf an.

»Das werden wir herausfinden«, sagte ein anderer und boxte ihm kräftig in den Magen.

David gluckste und schlug impulsiv zurück. Der Gnom flog in hohem Bogen davon und schlug mit einem lauten Klatschen auf dem Wasser auf.

Die Gnome kreischten entsetzt. »Er kann nicht schwimmen!« – »Er geht unter!« – »Er fällt dem Bergstutzen zum Opfer!«

Das Wasser explodierte, als erwachte ein riesiger Geysir zum Leben. Das Getöse kam von der Mitte des Sees und riesige Wellen schwappten bis zu ihnen ans Ufer.

Die Gnome schrien, als sie allesamt davongespült wurden, und auch David wurde von einer Welle mitgerissen.

Dann zog das Wasser sich zurück und es wurde still. So still, als hätte der Tatzelwurm nicht nur den Gnom verschlungen, sondern auch jedes andere Lebewesen um ihn herum.

Doch diese Stille hielt nicht lange an. Nach dem Moment des Schreckens ächzte ein Gnom: »Der Bergstutzen!« und dann schimpften sie alle wild durcheinander. Nicht selten fiel der Ausdruck: »Mörder!«

David verfluchte sich für sein Missgeschick. Warum hatte er zurückschlagen müssen? Jetzt waren die Gnome noch wütender als zuvor und seine Masche war aufgeflogen. Ein zweites Mal würden sie nicht darauf reinfallen, wenn er den Bewusstlosen spielte. Er hatte nur noch eine Wahl.

David setzte alles auf eine Karte. Er stand hastig auf, bevor die Gnome ihre Fassung wiederfanden und sich auf ihn stürzten. Er schlug diejenigen nahe bei sich buchstäblich blind beiseite. Dann rannte er in eine wahllose Richtung davon. Die Gnome schrien überrascht auf und folgten ihm, wie er an den patschenden Schritten hinter sich erkannte. Da er nichts sehen konnte, stolperte er geradeaus. Er hoffte inständig, nicht gegen eine Felswand zu rennen und sich selbst schachmatt zu setzen. Er wollte sich gar nicht erst ausmalen, was die Gnome mit ihm anstellten, wenn sie ihn in ihre dreckigen Finger bekämen.

Seine Angst trieb ihn an und das Glück blieb ihm treu. Er rannte weder gegen eine Wand noch stolperte er über Unebenheiten. Doch er wollte sich nicht zu früh freuen. Wie hoch war die Wahrscheinlichkeit, blind und trotzdem unversehrt aus diesem Labyrinth zu entkommen? Er zog es vor, nicht darüber nachdenken. Um sein Glück nicht auf die harte Probe zu stellen, tastete er nach einer Wand, um einen Halt in der Dunkelheit zu haben. Auf diese Weise fand er Abzweigungen, die er wahllos nahm oder ausließ. Nach einigen Minuten hatte er völlig die Orientierung verloren.

Die Gnome schienen zurückzufallen. Ihre Schreie waren wutverzerrt, doch kamen sie aus einiger Entfernung. Irgendwann waren sie gar nicht mehr zu hören, aber das hatte nichts zu bedeuten. David würde kein zweites Mal auf ihren Trick hereinfallen. Er hatte Seitenstechen und die Kratzwunden, die sie ihm zugefügt hatten, machten sich auf schmerzliche Weise bemerkbar, doch an eine Pause wollte er nicht denken. Alle Schmerzen missachtend, rannte er immer tiefer in das Gebirge hinein.

Die Befreiung

Er lehnte sich an eine Felswand und rang erschöpft nach Atem. Sein Herz raste. Schweiß, Wasser und wahrscheinlich auch Blut tropften an ihm herunter. Seine nassen Kleider hingen wie eine schwere Last an seinem Körper. Er gönnte sich ein paar Minuten, um zu Atem zu kommen.

Kaum hatte er Zeit, darüber nachzudenken, was er als Nächstes tun sollte, überschlugen sich seine Gedanken. Seine Lage war, wenngleich er es sich nicht eingestehen wollte, aussichtslos. Er war zwar den Gnomen entkommen, doch das bedeutete nicht, dass sie keine Gefahr mehr darstellten. Außerdem war er in einem riesigen Höhlenlabyrinth gefangen, ohne Licht, Wasser und Nahrung, tief in irgendeinem Gebirge und vollkommen auf sich allein gestellt.

Er musste unbedingt Dimitrios finden. Vielleicht hatten er und die Pferde fliehen können? David betete, dass sich das Höhlensystem nicht durch die gesamte Gebirgskette erstreckte, denn je größer das Ausmaß, desto größer auch die Wahrscheinlichkeit, dass sie sich allesamt hoffnungslos verirrten. Dann konnten sie jahrelang aneinander vorbeilaufen, ohne aufeinanderzutreffen; wenn sie nicht vorher verhungerten oder den Gnomen in die Arme liefen. Im Prinzip konnte er sich auch auf den Boden setzen und hoffen, dass Dimitrios ihn eher fand als die Gnome. Doch Davids Angst machte es ihm unmöglich, einfach nur abzuwarten. Er setzte seinen Weg fort.

Irgendwann bemerkte er, wie ihn eine gräuliche Helligkeit einhüllte, die es ihm erlaubte, den Weg vor sich zu erkennen. Es war ein schwaches Licht, das keiner Quelle zu entstammen schien, und David wurde bewusst, dass das der leuchtende Nebel sein musste, von dem Dimitrios gesprochen hatte. Er schien sich in diesem Teil des Gebirges zu verdichten, sodass er sogar für menschliche Augen genug Licht spendete. Ihm fiel auf, dass es dieselbe Art von milchigem Licht war, das er letzte Nacht von außen gesehen hatte.

David erfreute sich an diesem buchstäblichen Lichtblick, als er ein leises Wimmern vernahm. Zuerst dachte er, seine überstrapazierten Nerven spielten ihm einen Streich, doch das Wimmern hielt an. War das Dimitrios? Neugierde und Hoffnung führten ihn weiter in den Gang hinein.

Nach einigen Metern erschienen in der rechten Wand Nischen, die mit Gitterstäben vom Gang abgetrennt waren. David erkannte ihren Zweck sofort: Es waren Zellen. Hatten sie Dimitrios gefangen genommen und in eines dieser Gefängnisse gesperrt? Die Zellen, an denen er vorbeikam, waren allesamt leer, doch zumindest eine von ihnen musste belegt sein.

Er kam dem Wimmern langsam näher, als ihn seine innere Stimme immer eindringlicher zu warnen begann. Woher sollte er wissen, dass es kein Gnom war, der Alarm schlagen würde, sobald er David entdeckte? Er ließ Vorsicht walten und setzte seinen Weg auf Zehenspitzen, dicht an die feuchte Wand gepresst fort. Als er in die nächste Zelle spähte, entdeckte er tatsächlich einen Gnom, der dort gefangen gehalten wurde. Es war das erste Mal, dass David eines dieser Biester *sah*. Es lag zusammengekauert auf einem kleinen Haufen Moos, mit dem Rücken zum Gang gekehrt, sodass es David nicht bemerkte. Aufrecht würde der Gnom ihm nicht einmal bis zur Hüfte reichen. Er hatte eine gräulich braune Lederhaut und einen überproportional großen Kopf mit riesigen, spitz zulaufenden Fledermausohren, die fast so groß waren wie der Kopf selbst. Es war ein abschreckendes Geschöpf, doch was David am meisten erschreckte, war sein Zustand. Der Gnom war schmutzig und so dürr, dass sich all seine Rippen einzeln auf seiner Haut abdrückten. Die Krallen seiner knöchrigen Hände waren allesamt abgebrochen und ein dreckiger Lendenschurz war das einzige Kleidungsstück, das über seine spitzen Hüftknochen geknotet war.

David war sich bewusst, dass dies eines der Biester war, die ihn beinahe umgebracht hätten, und doch verspürte er nur Mitleid und den Drang, diesem Häufchen Elend zu helfen. Selbst wenn der Gnom es gewollt hätte, hätte er David in seinem Zustand nichts antun können.

David räusperte sich leise.

Der Gnom wirbelte herum und hob die Arme vor sein Gesicht. »Nein, lasst Gazzel in Ruhe«, flehte er. »Gazzel war es nicht!«

David hatte die Gnome bereits während des Tumults am See sprechen hören, doch nun wurde er sich zum ersten Mal der Tatsache bewusst, dass er sich mit ihnen unterhalten konnte. Anscheinend sprachen sie die Sprache der Herzen, wie Dimitrios sie genannt hatte.

»Gazzel war es nicht«, wiederholte der Gnom.

»Schon gut, ganz ruhig.« David hob seine Hände zu einer beruhigenden Geste, doch der Gnom schien ihn gar nicht anzusehen.

»Gazzel bittet um Vergebung, auch wenn Gazzel nichts getan hat«, jammerte er mit heiserer Stimme. »Gazzel hat wirklich nichts getan!«

»Beruhige dich, ich tu dir nichts. Aber du musst leise sein, sonst kann ich dir nicht helfen.«

Der Gnom verstummte, ließ überrascht seine Hände sinken und sah ihn mit einem großen Auge an. Das andere war zugeschwollen. »Wer ... bist du?«, fragte er verwundert.

»Mein Name ist David«, antwortete er. »Warum bist du eingesperrt? Hast du etwas angestellt?«

Der Gnom schüttelte heftig den Kopf, sodass seine Ohren

schlackerten. »Sie glauben, Gazzel habe einem Eindringling zur Flucht verholfen. Aber das stimmt nicht, Gazzel hat ihn nur gesehen. Gazzel hat nicht geholfen, das stimmt nicht. Das stimmt nicht!« Die Verzweiflung bauschte seinen Ausruf zu einem Wehgeschrei. »Das stimmt nicht! Das stimmt nicht! Das …«

»Ich glaube dir«, versicherte David dem Gnom hastig. »Aber was sagtest du, du hast den Eindringling gesehen?« Das musste Dimitrios gewesen sein! »Wann? Wo?«

Der Gnom schüttelte schwach den Kopf. »Du musst von hier verschwinden. Wenn sie dich sehen, werden sie glauben, dass Gazzel erneut einem Eindringling hilft. Bitte, geh!«

Jetzt war es David, der den Kopf schüttelte. »Ich werde dir helfen.«

Auf Gazzels schmutzigem Faltengesicht machte sich ein Ausdruck großer Verblüffung breit. Dann verengte sich sein Auge misstrauisch. »Warum solltest du Gazzel helfen wollen?«

David zuckte mit den Achseln. »Ich befreie dich aus diesem Gefängnis und du hilfst mir, einen Weg aus diesem Labyrinth zu finden. Abgemacht?«

Gazzel zögerte.

»Wie lässt sich diese Zelle öffnen?« Er rüttelte prüfend an den Gitterstäben.

Gazzel stützte sich mit zittrigen Händen am Boden ab und erhob sich umständlich. Er schien all seine Kraft zu benötigen, um sich auf den Beinen halten zu können. »Du musst das Gitter anheben«, erklärte er. »Schau.« Er deutete hinauf zur Höhlendecke. Die Stäbe endeten dort in einem eisernen Gehäuse. »Wenn man die Stäbe aus dem Boden hebt, schnellen sie in die Höhe. Gnome schaffen es nur durch Zusammenarbeit, aber ein Yagrolaner könnte genug Kraft haben, sie allein zu lösen.«

»Ich bin kein Yagrolaner«, entgegnete David.

Gazzel schüttelte den Kopf. »Du siehst aus wie ein Yagrolaner, also bist du ein Yagrolaner«, stellte er fest und legte seinen Kopf schief.

»Wie ein Arya siehst du jedenfalls nicht aus.«

David zog es vor, nicht weiter darauf einzugehen und versuchte stattdessen, das Gitter zu heben. Er griff nach dem unteren Ende eines Stabes, stemmte sich gegen den Boden und zog ihn mit aller Kraft in die Höhe.

Zumindest war das der Plan. Seine Hände glitten ab, er verlor den Halt und landete unsanft auf dem Hosenboden. Leicht beschämt rappelte er sich auf und versuchte es noch einmal. Vergebens. Der Stab war wie einbetoniert und ließ sich keinen Millimeter bewegen. »Ich schaffe es nicht«, gestand er.

»Dann bist du vielleicht doch ein Arya«, überlegte Gazzel.

David zog eine Grimasse. »Ich bin ein Mensch. Allerdings einer, der nicht stark genug ist.«

»Ein Mensch?« Der Gnom runzelte seine ohnehin schon faltige Stirn und schüttelte den Kopf. »Das hat Gazzel noch nie gehört. Du musst von sehr weit her kommen.«

David seufzte. »Das kann man so sagen.« Er rüttelte ungeduldig an den Stäben. »Meinst du, du kannst mir helfen?«

Gazzel taumelte zum Gitter. Er krächzte vor Anstrengung und David biss die Zähne zusammen, während sie zu zweit an dem Gitterstab zerrten. Er befürchtete, dass auch ihr gemeinsamer Versuch vergebens war, als plötzlich das Gitter wie ein Geschoss in die Höhe schnellte. Mit einem überraschten Aufschrei ließ David gerade noch rechtzeitig los. Der Gnom reagierte jedoch zu spät. Er wurde in die Höhe gerissen, bis er gegen die Höhlendecke stieß, hilflos herunterplumpste und mit einem Japsen auf dem Boden aufschlug. Reglos blieb er liegen.

David sprang mit einem Satz zu ihm und rüttelte an seinen dürren Schultern. »Gazzel?«, fragte er besorgt, doch der Gnom war bewusstlos. Einzig ein schwaches Atmen verriet, dass er noch lebte. David nahm ihn vorsichtig auf die Arme, als plötzlich ein Paukenschlag aus der Richtung einsetzte, aus der er gekommen war.

Sein Herz machte einen Sprung und schlug mit vielfacher Geschwindigkeit weiter. Das Trommeln war nahe, die Gnome konnten jeden Moment bei ihnen auftauchen. Er zögerte keine Sekunde und flüchtete mit Gazzel über der Schulter.

So abgemagert wie er war, stellte der Gnom keine große Last dar. David achtete lediglich darauf, dass er seinen Kopf stützte, damit er ihm im Sprint nicht versehentlich das Genick brach. Er warf einen nervösen Blick über seine Schulter, konnte seine Verfolger jedoch nicht erblicken. Allerdings hatte das nicht viel zu bedeuten; der Lichtnebel erlaubte ihm zwar, etwas zu sehen, doch da es Nebel war, war seine Sichtweite eingeschränkt.

Er bog zufällig in Seitengänge ein und rannte so schnell ihn seine Beine trugen. Der Trommelschlag schien leiser zu werden. Hatte er sie abgehängt? Er hoffte, dass die Gnome keinen so ausgeprägten Geruchssinn besaßen wie Spürhunde, denn dann war seine Taktik völlig umsonst. Wenn er bloß wüsste, wohin er gehen musste!

Er blieb wie vor eine Wand gelaufen stehen. Er hatte jemanden bei sich, der das vielleicht wusste! Er ging in die Knie und lud den Gnom sanft von seiner Schulter ab. »Gazzel?« Das Wesen lag auf dem Boden wie ein schlafendes Kind. Welch absurde Situation, in der er sich befand. Er war auf der Flucht vor dämonischen Monstern und gleichzeitig in Sorge um eines von ihnen. Er hatte keine Ahnung, was er tun sollte, um ihn aus der Bewusstlosigkeit zu holen. Unsicher rüttelte er den Gnom an der Schulter. »Gazzel, hörst du mich?« Er gab ihm eine leichte Ohrfeige. »Gazzel!«

Der Gnom stöhnte. Träge hob er einen Arm an, um sich vor einem zweiten Schlag zu schützen. »Gazzel war es nicht«, murmelte er.

»Das weiß ich, Gazzel. Ich bin es, David!«

Das magere graue Wesen öffnete das gesunde Auge halb und blinzelte. »Was ist passiert?«, fragte Gazzel benommen und rieb sich seinen Hinterkopf.

»Wir sind auf der Flucht vor deinen Kollegen.« Obgleich der Paukenschlag aus der Ferne kam, war er immer noch hörbar. »Wie fühlst du dich?«

Gazzel setzte sich auf. »Wie von tausend Füßen niedergetrampelt und neben dem Paukenschläger liegengelassen, während er zum Angriff schlägt.«

David lächelte. Der Gnom schien glimpflich davongekommen zu sein. Er hielt ihm seine Hand entgegen. »Kannst du aufstehen?«

Gazzel nickte und versuchte, selbstständig aufzustehen, doch dafür hatte David keine Geduld. Er packte ihn kurzerhand unter den Schultern, stellte ihn auf seine Füße und ließ ihn vorsichtig los, darauf gefasst, ihn auffangen zu müssen. »Weißt du, wo wir sind?«, fragte er hoffnungsvoll.

Der Gnom fand sein Gleichgewicht und nickte zu Davids Erleichterung. »Gazzel lebt seit einhundertzweiunddreißig Jahren in den Myrarbrunen, Gazzel kennt jeden Winkel hier.«

David fiel ein Stein vom Herzen. »Dann weißt du sicherlich auch, wo ihr Eindringlinge gefangen haltet?«

Der Gnom beäugte ihn misstrauisch und kniff seinen Mund zusammen, als wollte er verhindern, dass er etwas ausplapperte. »Warum willst du das wissen?«, fragte er argwöhnisch und wich einen Schritt zurück.

»Ich …« David mahnte sich selbst, seiner Beziehung zu Gazzel nicht gutgläubig zu vertrauen. Auch wenn sie denselben Gegner hatten, bedeutete das nicht, dass sie auf einer Seite standen. Gazzel war einer von ihnen und ihre minutenlange Freundschaft beruhte lediglich auf gegenseitiger Abhängigkeit.

Trotzdem hatte David das Gefühl, dem Gnom vertrauen zu können. »Ich habe meine Freunde verloren«, erklärte er wahrheitsgemäß. Als sich die Miene des Gnoms verdüsterte, fügte er unsicher hinzu: »Einen Yagrolaner und zwei Pferde. Wenn wir sie finden, bräuchtest du nicht zu laufen und wir könnten deinen Peinigern entkommen.«

Gazzels Gesichtsausdruck hellte sich schlagartig auf. »Du meinst, Gazzel darf reiten? Gazzel darf auf dem Rücken eines Pferdes sitzen wie die großen Helden in unseren Liedern?« Seine Augen leuchteten wie die eines Kindes zu Weihnachten.

David konnte sich ein Grinsen nicht verkneifen. »Kannst du mich zu ihnen führen?«

Gazzel antwortete nicht, sondern marschierte demonstrativ los. Es verging eine Ewigkeit, in der sie durch das Labyrinth wanderten. Gazzel war noch immer geschwächt, wodurch sie in regelmäßigen Abständen Pausen einlegen mussten, in denen David ungeduldig von einem Bein auf das andere trat. Er hatte dem Gnom angeboten, ihn zu tragen, doch der beharrte darauf, selbst zu laufen. Immerhin schien der Gnom den Paukenschlag mit seinen Fledermausohren besser zu orten als David und konnte dementsprechend Wege wählen, um den anderen zu entgehen.

Irgendwann, nach unzähligen Abbiegungen und Pausen, erschienen die ersten Zellen in den Tunnelwänden. Sie waren größer als jene, bei denen David Gazzel aufgelesen hatte – groß genug, um Pferde zu beherbergen.

Der Gnom wurde langsamer und blieb schließlich stehen. »Sie müssen hier sein«, behauptete er. »Aber David und Gazzel sollten vorsichtig sein, sie könnten bewacht werden. Kannst du kämpfen?«

David zögerte. Er hatte sich auf dem Schulhof zwar gelegentlich in kleinere Raufereien verwickeln lassen, aber hierzu gab es einen kleinen, entscheidenden Unterschied: Diesmal waren es keine hormongesteuerten Klassenkameraden, die sich mit ihm messen wollten, sondern gnadenlose Biester mit messerscharfen Krallen und Zähnen. Außerdem gab es keine Schulaufsicht, die den Streit beenden konnte, bevor es ernst wurde. Hier ging es um Leben und Tod. Er hatte zwar bereits eine Konfrontation mit Gnomen überstanden, aber nur weil er wegrennen konnte. Nun sollte er die Rolle des Angreifers übernehmen und er würde es nicht vermeiden können, seine Gegner bewusst zu verletzen.

David wurde nervös. Auch wenn sie ihm Böses wollten, es waren ebenso Lebewesen. Es kam ihm falsch vor, seine Hand gegen sie zu erheben.

Gazzel musterte ihn. »Du hast große Hände. Du wirst schon wissen, wie du sie einsetzen musst.« Er schlich voran.

David folgte ihm widerwillig, bis der Gnom stehen blieb und einen Finger an seine Lippen hob.

David kniff die Augen zusammen, doch ihre Umgebung verschwamm nach wenigen Metern im milchigen Nebel.

»Zwei Wachposten ... das schafft Gazzel auch allein.«

David bemerkte den Spott in der Stimme des Gnoms, der ihn offensichtlich herausfordern sollte. Er betrachtete den dürren Körper seines Mitstreiters, der ihm nicht einmal bis zu seiner Hüfte reichte, und fragte sich, wie lange es wohl dauern würde, ehe sich das Blatt wenden und sie zu den Opfern wurden, wenn sie ihren Angriff einmal gestartet hatten. Noch ehe er einen Plan schmieden konnte, um genau das zu verhindern, spurtete Gazzel mit einem ohrenbetäubenden Kampfschrei los. Die zwei Wächtergnome erwiderten den Schrei mit einem überraschten Quieken.

David fluchte und eilte Gazzel nach. Als er nahe genug war, um die Gnome durch den Nebel hindurch erkennen zu können, hatte er zum Glück keine Schwierigkeiten, Freund und Feind auseinanderzuhalten. Die Wächter trugen ärmellose Tuniken, die wahrscheinlich im Gegensatz zum Lendenschurz eine Art Rang darstellen sollten. Doch Davids Meinung nach verfehlten sie ihr Ziel, denn sie glichen eher verdreckten Putzlappen, die man nur mit ausgestreckter Hand und zugehaltener Nase anfasste. Außerdem waren die Wächter noch abschreckender als Gazzel. Sie waren kräftiger gebaut – und trotzdem war es Davids grauem Mitstreiter gelungen, einen von ihnen zu überfallen. Als David heraneilte, hockte der magere Gnom auf seinem überrumpelten Opfer und drosch wild auf ihn ein, während der andere Wächter versuchte, ihn von seinem Kameraden zu zerren.

David packte den zweiten Wächter im Nacken und hob ihn in die Höhe. Er wog nicht mehr als ein Kleinkind. Der Gnom starrte ihn überrascht aus seinen großen Glubschaugen an, bleckte seine verfaulten Zähne und versuchte mit einer wilden Kratzattacke, sein Gesicht zu erreichen. Er erwischte ihn an der Wange, woraufhin David ihn erschrocken von sich stieß.

Der Gnom prallte quiekend gegen die Steinwand, stieß dabei unglücklich mit seinem Schädel gegen einen spitzen Vorsprung, fiel zu Boden und blieb reglos liegen.

David hielt sich seine blutige Wange und starrte das graue Bündel zu seinen Füßen an. Er konnte kaum fassen, was er da angerichtet hatte. Er drehte sich zu den anderen um, als erwartete er eine Strafpredigt, und schrie überrascht auf. Zu seinem Entsetzen war es nun der magere Gnom anstelle des Wächters, der auf dem Rücken lag und sich einem Hagel aus Faustschlägen ausgesetzt sah.

David versetzte dem Wächter einen so derben Tritt in die Seite, dass seine Rippen knackten, er sofort von Gazzel abließ und stöhnend neben seinem Partner liegen blieb. David erschauderte bei dem Anblick des reglosen Körpers und seiner eigenen Brutalität.

»David! Den Elfen sei Dank!«

Erst jetzt nahm David die Gefangenen in der Zelle wahr. Es waren tatsächlich Dimitrios und die Pferde!

»David, ich dachte schon, du …« Dimitrios verstummte, als er sah, wie David dem erschöpften Gazzel auf die Beine half. Ungläubig riss er die Augen auf. »Was machst du da?« Er klammerte sich an die Gitterstäbe, als wollte er sie auseinanderbiegen und David aufhalten. »Das ist ein Gnom!«, rief er, als hätte er den Verstand verloren.

David schüttelte den Kopf. »Er gehört nicht zu den anderen. Er hat mir bei der Flucht und der Suche nach euch geholfen. Ohne ihn hätte ich euch nie gefunden.«

Dimitrios blinzelte und ließ langsam seine Arme sinken. »Bedeutet das, dieses Monster gehorcht dir?«

David zog die Augenbrauen hoch, als er seinen Freund abwertend über Gazzel sprechen hörte. Der Begriff *Monster* kam ihm nicht länger richtig vor. »Er hat sich mir aus freiem Willen angeschlossen. Er kann uns helfen, zu fliehen und den Ausgang zu finden«, erwiderte er.

Dimitrios schnaubte. »Noch nie war ein Gnom dazu bereit mit anderen Wesen zu kooperieren. Sie sind hinterlistig. Du darfst ihm keinen Glauben schenken, David. Lieber würde er an einem qualvollen Tod zugrunde gehen, als sein Volk zu verraten.«

Gazzel legte die Ohren an und schlang seine Arme um seinen dürren Körper, als hätte er Bauchschmerzen. Er blickte David flehend an. »Gazzel möchte nicht an einem qualvollen Tod zugrunde gehen«, jammerte er.

David deutete demonstrativ auf seinen kleinen Partner und grinste Dimitrios an. »Siehst du?«

Doch der Yagrolaner blieb seiner Überzeugung treu. »Ausgeschlossen. Noch nie hat es eine Beziehung zwischen Yagrolanern und Gnomen gegeben. Unsere Völker leben seit jeher nebeneinander, nicht miteinander. Unsere Wertesysteme sind viel zu verschieden, als dass sie vereinbar wären. Diese Biester sind verschlagen, David. Er würde uns niemals helfen. Sieh ihn dir doch an, das sind Dämonen!« Die Verachtung in seiner Stimme war kaum zu überhören.

David betrachtete den eingeschüchterten Gnom an seiner Seite. Die beiden Wächter mochten vielleicht aussehen wie Dämonen, doch wenngleich Gazzel äußerlich unverkennbar zu ihnen gehörte, fehlte ihm die Bissigkeit in den Augen. David konnte sich kaum vorstellen, dass Gazzel eine Gefahr für sie darstellen sollte. Er verschränkte die Arme vor der Brust. »Sei nicht so voreingenommen, Dimi. Er kann uns helfen und wir sollten für jede Hilfe dankbar sein.«

»Warum sollte er uns helfen wollen?«, fuhr Dimitrios verzweifelt fort. »Er ist ein Gnom und wir sind Eindringlinge in seinem Territorium.«

»Er war selbst ein Gefangener«, entgegnete David aufgebracht.

»Ich habe Gazzel befreit und im Gegenzug hilft er uns.«

Dimitrios' Augen wurden groß. »Du nennst ihn beim Namen und hast ihn *gerettet*?« Er fasste sich fassungslos an die Stirn. »Das hier ist nicht deine Welt, David. Du hast keine Ahnung, wie das hier abläuft. Du musst auf mein Urteilsvermögen bauen, man kann Gnomen nicht trauen.«

»Gazzel schon«, widersprach David trocken.

»Es sind egozentrische, hinterlistige Mistviecher«, redete Dimitrios unbeirrt weiter. »Dieses Biest nutzt dein Vertrauen aus und wird dich zum Dank hintergehen. Gnome stellen ständig Fallen. Denk doch nur an den Vorfall am See!«

David bekam eine Gänsehaut, als er an den See dachte. Jedoch nicht wegen der Gnome, die sie dort überfallen hatten. Die plötzliche Erinnerung an den Tatzelwurm schlängelte sich wie ein Aal durch seine Gedanken. Sie war wie ein Fremdkörper, den sein Bewusstsein abzustoßen versuchte. Als hätte er keinen Anspruch auf diese Erinnerung, weil er dem Tatzelwurm niemals hätte begegnen dürfen. Es war, als wären die Hüter des Schicksals einen Moment unachtsam gewesen. Und nun wollten sie ihren Fehler beheben, indem sie seine Erinnerung auslöschten. Doch sie saß zu tief, als dass sie ihm genommen werden konnte.

»Es sind hinterlistige Monster, denen man nicht trauen kann«, bekräftigte Dimitrios seine eigenen Worte und riss David damit aus den Fängen seiner unheimlichen Erinnerung.

David hatte den Faden ihrer Diskussion verloren und wusste nichts zu erwidern. Es ärgerte ihn, dass Dimitrios nicht einmal dankbar zu sein schien, dass Gazzel und er zu ihrer Rettung gekommen waren. Er hätte ihn gern auf seine Respektlosigkeit aufmerksam gemacht, doch er wusste, dass er damit alles nur noch schlimmer machen würde. »Gazzel gehört zu uns«, bestimmte er nur. Er presste die Lippen aufeinander und starrte seinen Freund düster an.

Nach etlichen Sekunden des wortlosen Blickduells schien der Yagrolaner einzusehen, dass er Davids Entschluss nicht beeinflussen konnte und rollte stöhnend die Augen. »Also gut«, murmelte er resigniert. »Aber *du* bist für dieses Vieh verantwortlich. Wehe, es krümmt einem von uns auch nur ein Haar. Ich schwöre, ich werde ihm mit bloßen Händen den Hals umdrehen.«

David nickte.

»Gut«, sagte Dimitrios, obwohl seine Miene das Gegenteil zum Ausdruck brachte. Er rüttelte am Gitter. »Weißt du, wie sich diese Zellen öffnen lassen? Sie haben weder Tür noch Schloss!«

David warf einen Blick zur Decke und fand das gleiche eiserne Gehäuse wie bei Gazzels Zelle vor. »Wir müssen das Gitter gemeinsam aus dem Boden heben«, erklärte er.

Dimitrios begann an einer der Stangen zu zerren. David packte mit an und nach kurzem Zögern half auch Gazzel. Mit vereinten Kräften zogen sie an den Gitterstäben wie an einer widerspenstigen Möhre und schon bald reagierte der Mechanismus. Erst erklang ein leises Klicken und die in dem Gehäuse verborgene Maschinerie schien gespannt zu werden. Dann schnellten die Stangen in die Höhe und gaben den Weg frei. Dimitrios seufzte erleichtert, führte die Pferde aus der Nische und stieg in den Sattel.

David streichelte Enya zur Begrüßung die Nüstern und beeilte sich, es Dimitrios gleichzutun.

Gazzel stand starr da, den Kopf in den Nacken gelegt, um zu ihm hinaufschauen zu können. Sein zum Rest des Körpers unverhältnismäßig großes Glubschauge, mit dem er noch sehen konnte, glotzte ihn ehrfürchtig an.

»Komm«, forderte David ihn auf und reichte ihm die Hand. Gazzel kam einen Schritt näher und versuchte, an Enyas Vorderbein hinaufzuklettern. Die Stute wieherte schmerzerfüllt auf und schüttelte ihn ab, wobei der Gnom quiekend auf seinem Hinterteil landete und entgeistert sitzen blieb. »Gazzel! Du kannst doch nicht einfach deine Krallen in Enyas Bein stoßen«, sagte David erschrocken. Rasch stieg er ab, griff dem Gnom unter die Achseln und hievte ihn in den Sattel.

Enya blieb erstaunlicherweise ruhig.

Dimitrios schnaubte. »Eine Schande«, murmelte er, »dass du diesem Vieh tatsächlich erlaubst auf Enya zu reiten.«

David ignorierte ihn und tätschelte dem Pferd dankend die Flanke, ehe er zu Gazzel in den Sattel stieg.

»Kann er uns wenigstens zum nächsten Ausgang nach Yagrolor führen?«, fragte Dimitrios ungeduldig.

Gazzel setzte sich kerzengerade auf, als hätte er auf dieses Signal gewartet. »Natürlich, Gazzel lebt seit einhundertzweiunddreißig Jahren hier.« Er deutete in die Richtung, aus der sie gekommen waren. »Der kürzeste Weg führt durch das Hauptlager. Aber dort würden David und seine Begleiter auffallen. Gazzel ist sich ziemlich sicher, dass der nächste Ausgang fünf Stunden entfernt ist, in diese Richtung.« Er deutete in die entgegengesetzte Richtung, in der der Lichtnebel sichtlich schwächer wurde.

Die Pferde setzten dazu an, seiner Anweisung zu folgen, doch Dimitrios zog an den Zügeln. »Wir haben keine Zeit für solch einen Umweg. Außerdem ist es wahrscheinlich eine Falle. Wir nehmen diesen Weg.« Er deutete in die andere Richtung, in der der Lichtnebel anhielt.

Gazzel sog pfeifend die Luft ein. »Der Ausgang liegt am Ende des Hauptlagers, da führt kein Weg drumherum.« Er deutete mit seinem langen Mittelfinger in die andere Richtung. »Dieser Weg führt erst tiefer in die Myrarbrunen und ist länger, aber viel unauffälliger.« Als Dimitrios ihn ignorierte und Taran umkehren ließ, legte Gazzel die Ohren an wie ein geprügelter Hund.

»Dimi, ich halte das für keine gute Idee«, wandte David an seiner Stelle ein. »Ich glaube kaum, dass Gazzel uns in eine Falle führen würde. Er wurde ausgestoßen, er würde sich nur selbst in Gefahr bringen.«

Dimitrios schüttelte verständnislos den Kopf. »Er hat dir einen Floh ins Ohr gesetzt, David. Sollten wir tatsächlich auf Gnome stoßen, dann können wir ihn als Geisel nutzen.« Er gab Taran ein Zeichen und ritt in die Richtung, in der Gazzel das Hauptlager beschrieben hatte.

Enya schnaubte leise, als wollte sie sich bei David entschuldigen und folgte dem Hengst. »Was für ein Blödmann«, murmelte Gazzel. »Auf direktem Wege ins Verderben.«

Ihr Weg endete auf einem Vorsprung, der in etwa zehn Metern Höhe in eine gigantische kesselförmige Höhle ragte, die sich so weit vor ihnen erstreckte, wie der Lichtnebel sie sehen ließ. Der Abgrund des Vorsprungs war mit Felsen gesäumt, die eine Mauer bildeten, damit man nicht in die Tiefe stürzte. Rechts und links vom Vorsprung führte jeweils ein Seitenweg an der Höhlenwand entlang, hinunter in das Hauptlager. Unten trafen die beiden Wege aufeinander und führten als breiter Hauptweg in die Höhle hinein. Alle paar Meter zweigten kleinere Straßen nach rechts und links ab, die sich wiederum in kleinere Pfade verzweigten. Entlang dieser Pfade standen ausgehöhlte Steinbrocken, die zweifellos als Häuser dienten für die unzähligen Gnome, von denen es dort unten wimmelte. Es mussten abertausende sein, die auf den zahllosen Wegen und Pfaden entlangliefen und emsig ihren Beschäftigungen nachgingen.

Dimitrios war alle Farbe aus dem Gesicht gewichen. Sein Blick hatte sich derart verdüstert, dass David dem Yagrolaner nicht vorzuhalten wagte, Gazzel und ihm nicht vertraut zu haben. Stattdessen hatte er angemerkt, dass sie immer noch Gazzels Wegbeschreibung folgen konnten, doch Dimitrios schüttelte entschieden den Kopf. »Uns bliebe nicht genug Zeit, um den anderen Ausgang zu finden, ehe draußen die Nacht einbricht. Wenn die Sonne untergeht, verlässt der Lichtnebel die Myrarbrunen. Wir wären in absoluter Dunkelheit gefangen und müssten Stunden auf einer Stelle ausharren, während die Gnome alle Gänge durchkämmen.«

David schluckte. Also führte im wahrsten Sinne des Wortes kein Weg daran vorbei, diese Höhle – diese *Stadt* – irgendwie unbemerkt zu durchqueren.

»Der Gnom geht vor und sucht einen verborgenen Weg zur anderen Seite«, forderte Dimitrios plötzlich.

Gazzel quiekte entsetzt und zog den Kopf ein.

»Das kommt gar nicht in Frage«, erwiderte David und legte dem Gnom schützend die Hand auf seine knochige Schulter.

Dimitrios verdrehte die Augen. »Dann gehe ich den Weg erkunden.« Er machte Anstalten, aus dem Sattel zu springen.

»Nein!« David schüttelte energisch den Kopf. »Wir werden uns nicht noch einmal trennen.« Ihm grauste es allein bei dem Gedanken.

»Einer von uns muss hinunter und einen geeigneten Weg erkunden. Oder hast du einen besseren Plan?«

»Vielleicht habe ich den tatsächlich.«

Der Yagrolaner zog überrascht seine Augenbrauen hoch.

David deutete auf das Gewimmel unter ihnen. »Wir werden niemals einen Weg finden, den zwei Pferde unbemerkt begehen können. Aber ... Gnome sind nicht besonders schnell. Ich konnte ihnen entkommen.«

Dimitrios hob eine Augenbraue. »Worauf willst du hinaus?«

»Wir könnten den Moment der Überraschung nutzen und mit voller Geschwindigkeit durch die Höhle reiten. Vielleicht schaffen wir es bis zur anderen Seite. Ich meine, die Gnome müssten es erst mal schaffen, zwei Pferde zu übermannen.«

Dimitrios verzog zunächst keine Miene und David glaubte einen Moment lang, er würde ihn für verrückt erklären. Sein Vorschlag war eher der Verzweiflung entsprungen und klang selbst in seinen Ohren wahnwitzig – aber sie hatten keine andere Wahl, wenn sie keine Zeit verlieren wollten.

»Der Plan ist verrückt, aber er muss funktionieren, wenn wir keine Zeit verlieren wollen«, fasste Dimitrios dieselben Gedanken in Worte.

Gazzel quiekte. »Nein! David und seine Freunde haben keine Chance ...«

»... wenn wir das Risiko nicht eingehen«, führte Dimitrios den Satz zu Ende. Damit überwand er seine eigenen letzten Zweifel und nickte entschlossen. »Also gut, versuchen wir es.« Als Gazzel versuchte, ihn mit tausend Gründen auf einmal davon zu überzeugen, dass ihr Plan lebensmüde war, brachte Dimitrios ihn mit einem einzigen Blick zum Schweigen.

Sie hielten den Atem an, während die Pferde sie im Schutz der steinernen Balustrade über einen der Seitenwege hinunter in die Höhle trugen. Unten angekommen, verharrten sie hinter dem letzten Felsen und warteten auf Dimitrios' Zeichen. Vor ihnen lag das offene Hauptlager, in dem man keinen Schritt tun konnte, ohne gesehen zu werden. Schon gar nicht, wenn man keine graue Lederhaut besaß und auf zwei Pferden ritt.

»Gnom, wo befindet sich der Ausgang?«, fragte Dimitrios.

»Die Hauptstraße führt geradewegs zum großen Tor«, erwiderte Gazzel. »Aber es ist viel zu weit weg, das funktioniert niemals!«

Dimitrios ignorierte den letzten Satz. »Immer geradeaus. Also dann, haltet euch gut fest.«

David ordnete Gazzel an, sich an den Sattelknauf zu klammern und nahm selbst die Zügel in die Hände. Er beugte sich vor, bis er Gazzels Ohren mit seinem Kinn berührte. Sein Herz schlug ihm bis zum Hals.

Dimitrios nickte ihm zu. »Mögen die Elfen uns beistehen. *Hü*!«

Die Pferde galoppierten los. David durchfuhr ein harter Ruck, als Enya plötzlich vorwärts sprang. Er klammerte sich so fest an die ledernen Zügel, dass er befürchtete, seine Handflächen daran aufzuschneiden. Er duckte sich noch tiefer, wodurch er Gazzel regelrecht unter sich begrub. Der Gnom grunzte und schlug sich eine Hand vors Gesicht. Vielleicht aus Angst vor dem Ritt, vielleicht aber auch aus Angst, erkannt zu werden. Mit der anderen Hand klammerte er sich an den Sattelknauf, wobei sich seine Krallen tief in das Leder bohrten.

Sie hatten ihre Deckung kaum verlassen, als der erste Gnom sie bemerkte und überrascht aufkreischte. Mit zittrigem Finger deutete er auf die Eindringlinge, die ihm entgegenpreschten. Die Gnome in seiner Nähe hielten mitten in ihrer Arbeit inne und starrten sie verstört an. Wäre David bei diesem Geschehen bloß Zuschauer gewesen, hätte er über die fassungslosen Blicke gelacht. Nun machten sie ihm Angst.

Denn als die Gnome begriffen, was ihr Auftauchen bedeutete, erklangen mehrstimmige Schreie aus allen Richtungen. Erst waren es Schreie der Überraschung, doch schnell wurden sie zu schrillen Wutschreien, gefolgt von hektischem Handeln. Die ersten Gnome überwanden ihre Starre und stürzten sich ihnen wagemutig entgegen. Donnernder Paukenschlag setzte ein und David wusste sehr genau, was das zu bedeuten hatte. Wie zur Bestätigung stürmten aus zahlreichen Felsenhäusern und Höhleneingängen Gnome herbei.

»Das funktioniert niemals«, jammerte Gazzel in Davids Schoß.

David konnte nicht antworten und das wollte er auch gar nicht, denn er hätte ihm zugestimmt. Erschüttert stellte er fest, dass die Höhle geradezu überfüllt wurde von grauen Wesen, die aus allen Ecken krochen wie Ameisen, auf deren Hügel man getreten war.

Er zwang sich, nach vorn zu schauen. Taran hatte etwas Vorsprung zu ihnen, sodass David sehen konnte, wie Dimitrios einen seiner Pfeile aus dem Köcher zog und ihn auf die Sehne seines Bogens legte. Kaltes Entsetzen packte David. »Nein! Du darfst nicht schießen«, brüllte er gegen den Lärm der Gnome, der so laut war, dass er seine eigenen Worte kaum verstand. Dimitrios hielt trotzdem inne und sah ihn über seine Schulter hinweg an. David schüttelte heftig den Kopf. »Nicht schießen!«

Vielleicht war es der Ernst in seinem Gesichtsausdruck, der Dimitrios im ersten Moment davon abhielt, zu schießen. Aber dann erreichten sie die ersten Gnome. Zwar wurden sie von Taran und Enya einfach überrannt, doch der Yagrolaner warf einen nervösen Blick auf die graue Masse zu ihren Hufen und spannte seinen Bogen.

»Nein!« Er hatte das ungute Gefühl, dass ein Pfeilschuss fatale Konsequenzen hätte. Dimitrios durfte unter keinen Umständen seine Waffe gegen die Gnome richten.

Der Yagrolaner zögerte, doch seine Finger spielten unruhig an der Sehne, während der Angriff der Gnome aggressiver wurde.

Auf einmal wieherte Enya erschrocken auf und kam aus dem Tritt.

David klammerte sich an die Zügel und lehnte sich vorsichtig zur Seite, um zu sehen was geschehen war. Ein Gnom hatte es geschafft, sich an ihr Vorderbein zu klammern. Obwohl der kleine Dämon durch die schnellen Schritte des Pferdes kräftig durchgeschüttelt wurde, grinste er David hämisch an und begann zügig zu ihm hinaufzuklettern. Enya versuchte das Monster abzuschütteln, doch bei der hohen Geschwindigkeit und mit David als Amateur auf ihrem Rücken gelang es ihr nicht. Unfreiwillig verlangsamte sie ihr Tempo. Taran schien zu bemerken, dass sie zurückfiel und hielt sich automatisch an ihre Geschwindigkeit.

Dimitrios bemerkte das Problem und zielte.

»Nein!«, schrie David aus Leibeskräften. »Nicht schießen!«

Einen Moment zögerte Dimitrios, doch dann schüttelte er den Kopf. Er spannte den Bogen straffer und ließ die Sehne los.

Der Pfeil flog mit unheimlicher Präzision auf sie zu. David schrie, als wäre er das Ziel. Einen Sekundenbruchteil später durchbohrte die Pfeilspitze den Gnom zwischen den Schulterblättern. Er riss den Mund auf, doch der Schrei kam nicht mehr über seine Lippen. Er war tot, noch bevor er von Enyas Bein abfiel.

Die Schreie der Gnome schwellten an und eine graue Welle der Wut ergoss sich über sie. Dimitrios fluchte und langte blitzschnell nach einem neuen Pfeil. Er traf einen weiteren Gnom, der mit einem Hechtsprung auf ihn zugeflogen kam. Das Monster wurde mitten in der Luft getroffen und zurückgeschleudert. Es überschlug sich dreimal bevor sein toter Körper einen anderen Gnom unter sich begrub.

Der Tod des einen trieb die Wut der tausend anderen ins Unermessliche. Dimitrios' Finger schnellten wieder und wieder zum Köcher, doch er konnte noch so schnell sein – es war, als kämpfte er mit Nadeln gegen einen Mückenschwarm.

Sie ritten durch ein graues Meer, das toste und sich aufbäumte, um sie zu verschlingen. Viele Gnome wurden schlicht über den Haufen geritten, doch sie machten nur einen geringen Anteil ihrer Angreifer aus. Die anderen sprangen die Pferde hinauf und krallten sich in die Kleidung ihrer Reiter.

Plötzlich versperrte ihnen eine dichte Masse aus Gnomen den Weg. Wiehernd stoppte Taran und bäumte sich vor ihnen auf. Dimitrios konnte sich geübt im Sattel halten – doch Enya reagierte zu spät. Sie drohte, auf Taran aufzulaufen und hielt so abrupt an, dass David hilflos vornüberfiel und mit dem Kopf auf dem Boden aufschlug. Er sah noch, wie sich zwischen den tausend Sternen vor seinen Augen Dutzende graue Körper auf ihn stürzten, ehe aus dem Grau Schwarz wurde und er sein Bewusstsein verlor.

Der Schlüssel-meister

Ein Monster sprang auf seine Brust und presste ihm die Luft aus den Lungen. Keuchend riss er die Augen auf und sah direkt in zwei große Glubschaugen. Da erkannte er das Ungetüm – es war Gazzel. Trotz seiner abgemagerten Figur wog er so viel wie ein Elefantenkalb.

»Gazzel, geh runter, du tust mir weh!«, stöhnte er.

»Es tut weh? Gut so!«, spottete er. Amüsiert sprang er auf und ab.

David schrie auf und versuchte, den Gnom fortzustoßen, doch Gazzel bewegte sich keinen Millimeter. »Was soll das? Geh runter, ich bitte dich!«

»Gazzel bringt dich um!«, entgegnete der Gnom mit einem breiten Grinsen.

»Ich habe dir vertraut! Ich dachte, wir wären Freunde!« Er spürte, wie sich seine Augen mit brennenden Tränen füllten.

Gazzel stieß ein gehässiges Lachen aus, das nicht zu ihm passte. »Gazzel hat dein Vertrauen wirklich genossen. Und zum Dank bringt Gazzel alle um. Du hättest auf deinen Freund hören sollen«, tadelte er.

»Er hatte von Anfang an recht. Gazzel ist ein Gnom und es gibt keine Freundschaft zwischen Gnomen und euch!«

»Du hinterlistiger Verräter!« Er hätte Dimitrios vertrauen müssen, nicht diesem kleinen Dämon. Jetzt musste er für seinen Fehler büßen.

»Da wir gerade von deinem Freund sprechen«, fuhr der Gnom fort, »Er ist schon tot. Es wird Zeit, dass du ihm einen Besuch abstattest, wo auch immer er jetzt sein mag.«

»Nein!«, brüllte David. »Dimi ist nicht tot, du lügst!«

Gazzel lachte und holte zum Schlag aus. »Sag auf Wiedersehen, Blödmann.«

»Nein!« Er riss die Augen auf und blickte in das Gesicht des Gnoms, der auf seiner Brust saß. David schubste ihn grob von sich, sodass er mit einem überraschten Aufschrei über den Boden davonschlitterte.

David sprang auf, und auch der Gnom erhob sich und rieb sich das schmerzende Hinterteil.

»Komm mir bloß nicht zu nahe!« David ballte seine Hände zu Fäusten.

Gazzels gesundes Auge wurde groß und er wich hastig zurück. »Gazzel hat sich bloß Sorgen gemacht.«

Etwas bewegte sich zu Davids Füßen. Erschrocken sprang er zur Seite, doch es war nur Dimitrios, der offenbar neben ihm geschlafen hatte. »Was …«, begann der Yagrolaner, brach jedoch ab, als er Davids geballte Fäuste sah.

»Du hattest recht«, rief David aufgebracht. »Gazzel ist ein Verräter!« Er stürzte sich auf den Gnom.

Obwohl Dimitrios vor wenigen Sekunden noch geschlafen hatte und der Rest der Schläfrigkeit in seinen Gliedern sitzen musste, fegte er David mit einer blitzschnellen Bewegung sein Bein weg. Kaum war dieser zu Boden gestürzt, warf Dimitrios sich auf ihn und drehte ihm geschickt den Arm auf den Rücken. »Es war bloß ein Traum.

Dein Freund wird niemanden umbringen«, beruhigte er ihn. Als David aufhörte, sich zu wehren, ließ er von ihm ab.

David setzte sich auf und starrte den Gnom an, der wiederum ihn anstarrte. In seinem Auge stand Sorge geschrieben, keine Mordlust. Verwirrt sah David sich um. Dimitrios, Gazzel und er saßen in einer Zelle. Die Pferde waren nirgends zu sehen. Er erinnerte sich an die Flucht durch das Hauptlager, doch danach folgte Schwärze. »Was ... ist passiert?«

Dimitrios seufzte. »Du bist von Enyas Rücken gefallen. Es waren zu viele, als dass wir uns hätten verteidigen können.«

David schlug sich die Hände vor sein Gesicht. Also war es seine Schuld, dass sie gefangen worden waren. Er blickte Dimitrios an. »Lass uns die Zelle aufbrechen und den Weg nehmen, den Gazzel vorgeschlagen hat. Wann bricht die Nacht herein? Wir haben keine Zeit zu verlieren.«

Dimitrios schüttelte müde den Kopf. »Die Gnome haben aus ihrem Fehler gelernt. Diese Zelle lässt sich nur mit einem Schlüssel öffnen. Wir sitzen fest.«

David ächzte. »Und was geschieht jetzt mit uns?«

»Der Häuptling wird über das Schicksal von David, seinen Freunden und Gazzel entscheiden«, antwortete Gazzel und ließ mutlos die Ohren hängen.

David beschloss, sich nicht nach der Barmherzigkeit des Häuptlings zu erkundigen. Er fühlte sich schlecht. »Und ... wie lange war ich ohnmächtig?«

»Die gesamte Nacht«, antwortete Dimitrios und seufzte. »Auf jeden Fall lange genug für mich, um über mein Verhalten nachzudenken und einzusehen, dass ich ungerecht zu euch beiden war.« Er deutete mit einem Kopfnicken zu Gazzel. »Er scheint sich aufrichtig vor den anderen zu fürchten. Außerdem haben sie ihn ziemlich grob behandelt und ich wüsste nicht, warum sie ihn nun noch mit uns gefangen halten sollten. Bitte entschuldigt mein Fehlverhalten.«

Bevor David etwas erwidern konnte, sprach Dimitrios weiter: »Wie dem auch sei, hier ist dein Frühstück.« Er schob ihm eine Schüssel Brei entgegen.

David beäugte den Brei angewidert, doch sein Hunger half ihm, die miefende Masse zu schlucken. »Wann wird der Häuptling entscheiden, was mit uns geschieht?«

Gazzels Miene verdüsterte sich. »Hoffentlich niemals. Eine zweite Folter hält Gazzel nicht aus.«

Dimitrios sah überrascht auf. »Du wurdest gefoltert?«

Gazzel nickte traurig. »Sie denken, dass Gazzel einem Eindringling zur Flucht verholfen hat. Aber Gazzel hat ihn nur gesehen, mehr nicht!«

David war verwirrt. Er war davon ausgegangen, dass Gazzel Dimitrios gesehen hatte. »Wie hat der Eindringling ausgesehen?«

Gazzel wollte antworten, doch plötzlich spitzte er seine Ohren. Auch Dimitrios setzte sich auf.

»Was ist los?«, fragte David alarmiert.

»Da kommt jemand.«

Das Einzige, was David hörte, war fernes Wassertropfen und seinen eigenen Atem. Es dauerte, bis er Schritte vernahm. Kurz darauf erschienen fünf Gnome vor ihrer Zelle. Vier von ihnen waren kräftig gebaut und mit Dreizacken bewaffnet. Der fünfte war dürr und hielt einen großen Schlüsselbund in der Hand. Niemand sagte etwas. Der Schlüsselmeister steckte einen rostigen Schlüssel in das Schloss ihrer Zelle und vier Gitterstäbe schossen mit einem Quietschen in die Höhe. Die vier Wächter bauten sich vor ihnen auf und hielten ihnen die Spitzen ihrer Dreizacke entgegen.

»Du.« Der Schlüsselmeister zeigte mit seinem Mittelfinger auf David. »Mitkommen. Sofort.«

David tauschte einen raschen Blick mit Dimitrios. Der Yagrolaner deutete ein Nicken an. »Bleib ruhig«, warnte er. »Folge ihnen und wehre dich nicht.«

David schluckte und stand zögerlich auf. Das letzte Mal, das Dimitrios ihm diesen Ratschlag gegeben hatte, war in einer Katastrophe geendet.

»Schneller!«, herrschte der Schlüsselmeister ihn ungeduldig an.

David verließ die Zelle, die ihm auf einmal nahezu heimisch vorkam, und ließ widerwillig seine Freunde zurück. Die vier bewaffneten Gnome umkreisten ihn wie eine Schar Leibwächter, nur dass ihre Dreizacke nach innen statt nach außen gerichtet waren. Er hätte keinen einzigen Schritt wagen können, ohne aufgespießt zu werden. Der Schlüsselmeister schloss die Zelle und gab den Wächtern einen Wink, woraufhin sie David den Gang entlang trieben.

»Wohin gehen wir?«

»Zum Häuptling«, antwortete der Schlüsselmeister.

»Zum Häuptling?«

»Bist du schwer von Begriff?«, keifte ein anderer Gnom und stach ihm den Dreizack in den Rücken. Es tat nicht weh, doch es kam so unerwartet, dass David einen überraschten Schrei ausstieß.

Die Gnome kicherten. Für einen Außenstehenden musste es lächerlich aussehen, wie er von vier verschrumpelten Wesen umringt war, die bis zu seinen Hüften reichten und ihn mit überdimensionalen Gabeln in Schach hielten.

»Warum will der Häuptling mich sehen?«

»Der Häuptling wird sein Urteil über dich fällen«, sagte der Schlüsselmeister. »Du hast einen von uns getötet.«

»Aber das stimmt doch gar nicht!« Er blieb entrüstet stehen – allerdings nur, um sich einen weiteren, diesmal schmerzhaften Stich in die Seite einzuhandeln.

»Du hast Gulag in den See geworfen. Der Bergstutzen hat ihn erwischt.«

»Das war ein Unfall«, erklärte David betroffen. »Ich wollte ihn doch nicht umbringen ...«

»Jetzt ist er aber tot. Du bist ein Mörder!«

David bekam das ungute Gefühl, dass seine Audienz beim Häuptling kein gutes Ende nehmen würde. Er überlegte kurz, ob er einen Fluchtversuch wagen und dabei dem Schlüsselmeister die Schlüssel aus der Hand reißen sollte. Immerhin war er größer und stärker, und die Gnome ausnahmsweise *nur* zu fünft. Doch der Schlüsselmeister lief einige Meter voraus und die Dreizacke besaßen außerordentlich scharfe Spitzen, mit denen er nicht noch einmal Bekanntschaft machen wollte.

Sie erreichten das Hauptlager durch denselben Eingang, durch den er zuvor mit seinen Gefährten gekommen war. Als sie über einen der Seitenwege unten anlangten und den Hauptweg betraten, warfen ihm Gnome von allen Seiten verachtungsvolle Blicke zu. Manche flüsterten hinter vorgehaltener Hand, während andere keinen Hehl aus ihrer Missbilligung machten und ihm unanständige Worte an den Kopf warfen.

»Du scheinst nicht sehr beliebt zu sein«, stellte einer seiner Wächter belustigt fest. Als David nicht auf seine Stichelei reagierte, stieß der Gnom ihm enttäuscht den Dreizack in die Seite.

»Lass das«, fuhr der Schlüsselmeister seinen Kameraden an. »Dazu wirst du später noch Zeit haben.«

Der Wächter zog dem Schlüsselmeister hinter seinem Rücken eine Grimasse und die anderen kicherten vergnügt.

David sah sich um, soweit der Lichtnebel es zuließ. Je mehr er vom Hauptlager zu sehen bekam, desto mehr bemerkte er, dass es einer vollwertigen Stadt glich. Die Straßen waren gepflastert und wurden für zahlreiche Karren genutzt, die von jeweils zwei oder vier Gnomen gezogen wurden. Mit den Zweierkarren wurden Berge von knorrigen Wurzeln transportiert. David vermutete, dass sie die Hauptzutat des grauen Breis waren, den er zum Frühstück bekommen hatte. Auf den Viererkarren waren vorwiegend gemeißelte Steine getürmt, aus denen auch die Felsenhäuser gebaut worden waren. Die Häuser waren im Prinzip genauso konstruiert, wie David es aus seiner Welt kannte: Es gab Türen und Fenster, sogar Schornsteine ragten aus den Dächern. Manche Häuser waren so hoch, dass David vermutete, dass sie – zumindest für

Gnome – mehrstöckig waren. Als er einen Blick durch das Fenster eines nahestehenden Hauses erhaschte, entdeckte er niedrige Tische, Stühle und Regale. Doch sobald er seinen Schritt verlangsamte, um mehr über das häusliche Leben der Gnome in Erfahrung zu bringen, wurde er unsanft von seinen Wächtern weitergedrängt und mit schmerzhaften Stichen daran erinnert, dass sie ein anderes Ziel hatten.

Anscheinend näherten sie sich dem Zentrum des Lagers, denn es herrschte immer regeres Treiben auf der breiter werdenden Straße. David fiel auf, dass Gnome Wert auf soziales Verhalten legten – zumindest ihresgleichen gegenüber. Sie begrüßten einander und entschuldigten sich höflich, wenn sie jemandem im Weg standen. David bewarfen sie hingegen mit Schimpfwörtern. Gefiel den Gnomen eine Beleidigung besonders gut, gab es Beifall und kollektives Gelächter. Ein Gnom warf sogar einen Stein nach ihm. Zum Glück fand er keine Nachahmer.

David fühlte sich immer unwohler. Doch als er erneut eine Flucht zu erwägen begann, ragte vor ihnen ein besonders großes und prächtiges Gebäude aus dem Lichtnebel auf, und er wusste, dass sie ihr Ziel erreicht hatten. Eigenständig beschleunigte er seine Schritte, um der spottenden Menge zu entkommen.

Der Palast des Häuptlings war ein architektonisches Meisterwerk. Am bemerkenswertesten war die Armee aus steinernen Statuen. Manche standen auf kleinen Sockeln oder Vorsprüngen in der Fassade, andere machten gar Teile der Steinmauern aus, als trügen sie die Last des Gebäudes auf ihren starken Schultern. Auf ihren Köpfen thronten goldene Kronen, die keinen Zweifel daran ließen, dass es sich um Ehrenmäler ehemaliger Häuptlinge handelte.

»Die Residenz unseres großen Häuptlings, Häuptling Ghob«, erklärte einer der Wächter, der es nicht lassen konnte, ihm bei jedem Wort einen kleinen Stich mit seinem Dreizack zu verpassen. Sie führten ihn zum Haupttor – selbst David konnte aufrecht hindurchlaufen. Drei andere, mit Dreizacken bewaffnete Gnome erwarteten sie.

»Ist er das?«, fragte einer von ihnen und hielt die Spitzen seines

Dreizacks gefährlich nahe an Davids Gesicht. Der wich einen Schritt zurück, wobei er sich einen Stich in den Rücken einhandelte.

Der Schlüsselmeister trat vor. »Der Eindringling, den Häuptling Ghob zu sehen wünscht.«

Die Mienen der drei Torwächter verdüsterten sich. »Gulags Mörder«, zischte der Torwächter wütend, der seine Waffe auf Davids Gesicht gerichtet hielt. »Das wird Folgen haben.«

»Schwere Folgen«, ergänzte der zweite Torwächter, während der dritte heftig nickte. Er blickte David böse an und hob provozierend seine Waffe.

»Schluss jetzt«, sagte der Schlüsselmeister. »Lasst ihn in Ruhe und bringt ihn hinein, der Häuptling erwartet ihn.«

»Bring du ihn doch hinein, Gazuri«, meckerte der erste Torwächter. »Oder hast du Angst, dem Häuptling gegenüber zu treten?«

Die Wächter fingen lauthals an zu lachen.

Der Schlüsselmeister legte die Ohren an und bleckte die Zähne. »Ihr Blödmänner«, schimpfte er. »Dann macht Gazuri es eben selbst!«

»Oh«, tönte der erste Torwächter. Er ließ von David ab und baute sich stattdessen vor dem Schlüsselmeister auf. »Schaut sie euch an, Gazuri will Mut beweisen.«

David sah Gazuri überrascht an. Er hatte angenommen, dass alle versammelten Gnome männlich waren. Er konnte am Körperbau des Schlüsselmeisters – der Schlüsselmeisterin – nichts ausmachen, was auf ihr weibliches Geschlecht schließen ließ. Leichte Scham kroch in ihm empor, als ihm bewusst wurde, wie er nach Brüsten oder anderen Geschlechtsmerkmalen suchte.

»Wieso will Gazuri Mut beweisen?«, fragte ein anderer Torwächter verwirrt.

Der erste rollte mit den Augen. »Jeder Gnom weiß, dass Gazuri nicht besonders gut auf unseren großen Häuptling Ghob zu sprechen ist, du Blödmann. Schließlich kommt Gazuri aus demselben Schlag wie der Verräter.«

Der dritte Torwächter lachte. »Es gibt tatsächlich noch mehr aus dieser misslungenen Brut. Wie hieß der Verräter doch gleich?«

»Gazzel.«

David wurde hellhörig.

»Gazzel«, fuhr der dritte Torwächter auf. »Dieser trottelige Dummkopf, der diesem Eindringling zur Flucht verholfen hat. Was für ein Verräter.«

Der erste Torwächter spuckte auf den Boden. »Und jetzt wurde er zum zweiten Mal auf frischer Tat ertappt. Was für ein Blödmann. Gräkum möchte nicht in seiner Haut stecken.« Die anderen pflichteten ihm bei. »Aber in Gazuris Haut zu stecken, ist auch nicht angenehm. Vor allem bei den neuesten Gerüchten …« Der Torwächter grinste überlegen und die anderen Gnome kicherten. Inzwischen hatten sie Gazuri als ihr neues Opfer auserkoren, während sie David kaum noch Aufmerksamkeit schenkten.

»Welche Gerüchte?«, fragte Gazuri. Sie reckte demonstrativ ihr Kinn empor, doch David bemerkte, wie eingeschüchtert sie war.

Gräkum schien seine Überlegenheit und die Aufmerksamkeit der anderen Wächter sichtlich zu genießen. »Manche behaupten, Gazuri habe Gazzel aus seiner Zelle befreit.«

Panik füllte Gazuris große Augen. »Nicht wahr, gar nicht wahr!«

»Erklär das dem Häuptling«, gluckste Gräkum.

Gazuri schluckte nervös. »Häuptling Ghob wird die Wahrheit kennen«, flüsterte sie, wie um sich selbst zu beruhigen. Sie wendete sich mit stolzgeschwellter Brust zu David. »Du. Mitkommen!«

David neigte respektvoll den Kopf und folgte Gazzels Schwester. Als er die Torwächter passierte, versuchte Gräkum, ihm ein Bein zu stellen. David bemerkte seinen Plan jedoch frühzeitig und trat dem Gnom vor sein knolliges Knie. Gräkum schrie schmerzerfüllt auf und David entschuldigte sich übertrieben höflich. Die anderen Gnome lachten kurz, doch dann kassierte David Stiche von sieben Dreizacken ein. Er beeilte sich, Gazuri nachzulaufen, die es genauso eilig zu haben schien wie er.

Sie betraten den Palast und durchquerten einen langen Korridor. Gazuri lief zwar neben David, achtete aber darauf, dass sie ihm nicht zu nahe kam. Sie hatte die Ohren angelegt und ihre Arme um den Körper geschlungen.

Jetzt, da David von ihrer Verwandtschaft wusste, fiel ihm auf, wie sehr die Schlüsselmeisterin Gazzel ähnelte und er verspürte den absurden Drang, ihr Mut zuzusprechen. »Hast du Angst?«, fragte er leise.

Gazuri sah ihn erschrocken an, als hätte David nach ihr geschlagen.

»Du bist Gazzels Schwester?«, versuchte David es erneut.

Gazuri antwortete nicht, aber ihr Blick verriet, dass sie sich schuldig fühlte. Sie nahm einen weiteren Meter Abstand von ihm und beschleunigte ihre Schritte.

Schweigend liefen sie weiter, bis sie vor einem großen Tor standen. »Der Thronsaal«, erklärte Gazuri. David sah ihr an, dass es ihr unangenehm war, mit ihm zu sprechen. »Du wirst bis auf zehn Schritte vor den Thron laufen und langsam auf die Knie gehen. Steh erst wieder auf, wenn der Häuptling es dir erlaubt.«

Als sie das Tor öffnete, erstreckte sich vor ihnen eine große Halle. Ein roter Teppich, gesäumt von steinernen Gnomen im Spalier, führte bis zum hinteren Ende, wo niedrige Stufen auf ein Podium führten. Auf dem Podium stand ein gewaltiger Thron. Und auf dem Thron saß Ghob. Durch die Mächtigkeit des Throns erschien der Häuptling winzig. Er glich einem Kind, das König spielte. Einem hässlichen Kind, das König spielte.

»Sieh ihn nicht direkt an«, mahnte Gazuri, senkte gleichzeitig ihren Kopf und lief auf den Thron zu.

David folgte ihr und ahmte all ihre Bewegungen nach. Er wollte den Häuptling unter keinen Umständen mit einer falschen Gestik provozieren. Denn wie lächerlich Ghob auch aussehen mochte, David war sein Gefangener. Sein Schicksal lag in des Häuptlings Händen, also tat er gut daran, sich unterwürfig zu zeigen.

Als sie sich bis auf zehn Schritte genähert hatten, ließ Gazuri sich auf ihr linkes Knie nieder und streckte ihrem Häuptling die leeren Hände entgegen.

David tat es ihr gleich und wartete.

Eine Weile geschah nichts. Erst, als Davids Knie zu schmerzen begann und sein Fuß einschlief, ertönte ein leises Kichern. »Eindringling«, sagte Ghob endlich und wedelte mit seiner Hand. »Versuch nicht, den Eindruck zu erwecken, dass du Ghob dienst und mit leeren Händen deine Unschuld beweisen könntest. Steh auf und sieh Ghob an.«

David erhob sich. Stehend befand er sich mit dem Gnom auf dem Thron fast auf Augenhöhe.

»Du weißt, was dich erwartet?«, fragte Ghob. Die metallene, leicht verrostete Krone auf seinem Kopf war viel zu groß und rutschte ihm fast über die Augen.

David schüttelte den Kopf. »Nein.«

»Nein, *Eure Hoheit*!«, keifte Ghob.

»Nein, *Eure Hoheit*«, wiederholte David hastig.

»Du weißt es nicht.« Ghob schürzte die wulstigen Lippen. »Gazuri!«, rief er. »Steh auf.«

Gazuri sprang auf, als hätte sie die sprichwörtliche Tarantel gestochen. »Eure Hoheit«, antwortete sie und verbeugte sich so tief, dass ihre Ohren in ihr Gesicht klappten.

»Du hast dem Eindringling nicht erzählt, was ihn erwartet?«

»Nein, Eure Hoheit«, gestand Gazuri. »Gazuri ist nur Wärterin. Gazuri ist nicht befugt, Auskunft zu geben. Gazuris Auftrag lautete, den Eindringling zum Thronsaal zu bringen.«

Ghob klatsche ein paar Mal in die Hände. »Gut gemacht, Gazuri«, lobte er. »Vielleicht hat Ghob sich ja doch in dir getäuscht.«

Gazuri sah schüchtern auf. »Ist es Gazuri erlaubt zu fragen, wie Eure Hoheit das meint?«

Der Häuptling seufzte und wedelte mit der Hand. »Es sei dir erlaubt.«

»Was meint Eure Hoheit damit?«

»Ghob sind Gerüchte zu Ohren gekommen. Aber du hast deine Aufgabe als Wärterin erfüllt und die Gefangenen gefangen gehalten. Ghob dachte schon, du würdest Gefangene freilassen, wie böse Zungen behaupten.«

»Gazuri dankt Eurer Hoheit für das Vertrauen«, stammelte Gazuri und verbeugte sich noch tiefer.

Der Häuptling richtete sich auf. »Ghob kann sich vorstellen, dass der Eindringling wissen möchte, warum er hier ist. Gazuri, erzähl es ihm.« Er stützte seinen Kopf auf die Hand und drehte die andere ungeduldig im Kreis.

David sah Gazuri an, die seinen Blick verlegen erwiderte. »Gazuri hat dich hergebracht, damit du dein Urteil erfährst.«

»Das Urteil!« Ghobs Miene erhellte sich und er stellte sich auf seinen Thron, damit er auf David herabblicken konnte. »Wir sind in geschlossener Runde zusammengekommen, um über das Urteil einig zu werden, das dem Angeklagten erteilt werden soll. Der Angeklagte ist«, er deutete auf David, »der Eindringling. Der Richter ist«, er deutete mit geschwellter Brust auf sich selbst, »der große Häuptling Ghob. Sonstiger Teilnehmer, die Gefängniswärterin Gazuri. Kommen wir zur Verhandlung. Gesteht der Angeklagte, dass er einen von Ghobs Dienern ertränkt hat?«

»Ich ...«

»Gut«, übertönte der Häuptling ihn. »Der Angeklagte gesteht.«

David wollte widersprechen, doch Ghob ließ ihn nicht zu Wort kommen. »Dann steht das Urteil fest«, fuhr er fort. »Zwölf Stunden Folter, anschließend Hinrichtung. Das Geständnis mildert die Strafe, was bedeutet, dass der Angeklagte über die Art der Hinrichtung entscheiden darf.« Der Gnom grinste selbstzufrieden.

David fiel die Kinnlade herunter. Die Situation war lächerlich. Ghob hatte niemals vorgehabt, ihm einen gerechten Prozess zu gewähren. David stand vor einem selbstverliebten Halbstarken, der ihm lediglich seine Autorität demonstrieren und das Todesurteil persönlich verkünden wollte. Er erinnerte sich an das, was Dimitrios ihm über Gnome erzählt hatte. Gemeinsam waren sie wie die Pest, allein jedoch schwach und feige. Vielleicht konnte er sich Gehör verschaffen, indem er dem Häuptling zeigte, dass er die Rechtmäßigkeit dieser Rangordnung nicht anerkannte. Was hatte er schon zu befürchten? Das aktuelle Urteil war ohnehin Folter und Tod.

Er verschränkte die Arme vor der Brust. »Ich erhebe Einspruch.«

Ghob machte große Augen. »Noch nie hat jemand Einspruch erhoben«, maulte er. »Das geht nicht!« Er sprang wütend von seinem Thron und rannte auf David zu. Der blieb jedoch unbeirrt mit verschränkten Armen stehen. Ghob machte kurz vor ihm halt. »Du«, keifte er und stach ihm seinen spitzen Mittelfinger gegen die Brust, wofür er sich auf die Zehenspitzen stellen musste. »Du hast kein Recht auf Einspruch. Du musst dich Ghob unterwerfen. Und du musst Ghob *Eure Hoheit* nennen. Hast du das vergessen, du Yagrolaner mit Trollhirn?«

»Nein, das habe ich nicht vergessen«, erwiderte David und schob den Arm des Gnoms beiseite. »Ich habe diese unsinnige Regel absichtlich missachtet.«

Ghob schrie zornig auf und hüpfte vor Raserei auf und ab, als wollte er den Boden plätten. Die Krone fiel beinahe von seinem Kopf. »Nein! Nein! Das darfst du nicht! Fünfzehn Stunden Folter und dann Hinrichtung. Und Ghob entscheidet über die Art der Hinrichtung.« Schwer atmend richtete er sich die Krone, ging zurück zu seinem Podium und kletterte den Thron empor. »Gazuri«, rief er außer Atem.

»Eure Hoheit?« Gazuri verbeugte sich tief.

»Das Urteil ist gefällt und unanfechtbar. Bring den Eindringling zurück zu seiner Zelle. Und er soll kein Essen mehr bekommen.«

Gazuri nickte eifrig und machte Anstalten, ihren Gefangenen hinauszuführen, doch David blieb störrisch stehen. »Du hast mich noch nicht angehört, Ghob. Ich habe ein Recht darauf, mich zu verteidigen! Ich …«

»Bitte nicht«, wisperte der Gnom an seiner Seite. David blickte die Wärterin an und bemerkte, dass in ihren Augen unterdrückte Panik flackerte. »Bitte folge Gazuri.«

Der flehende Unterton in ihrer Stimme verunsicherte David. Widerwillig verneigte er sich vor dem Häuptling und folgte der Wärterin aus dem Thronsaal.

»Was hast du getan?«, fuhr Gazuri ihn an, kaum dass sie das Tor geschlossen hatte. Sie schlug sich ungläubig die Hand vor die Stirn. »Gazuri hat dir doch gesagt, was du tun sollst.« David hätte schwören können, dass der Gnom kurz davor stand zu weinen.

»Ich lasse mir keine Folter und Hinrichtung aufdrücken, wenn ich nichts getan habe«, entgegnete David. »Dieser Häuptling ist eine Witzfigur. Er ist ungerecht und selbstverliebt.«

»Das mag ja sein«, erwiderte die Wärterin und ließ die Schultern hängen. »Aber mit deinem törichten Verhalten hast du Gazuri in Schwierigkeiten gebracht.«

»Was meinst du damit?«

»Gazuri hat dich in den Thronsaal geführt, also trägt Gazuri Verantwortung für das, was du sagst und tust.«

»Was? Das ist doch Unsinn.« David wollte auffahren. Ihm war zum Schreien und zum Weinen zumute. Reichte es nicht aus, dass ihm selbst Folter und Tod bevorstanden? Er wusste, dass es keinen Zweck hatte, sich vor Gazuri über die Beliebigkeit und Ungerechtigkeit von Ghobs Entscheidungen und Regeln zu beschweren. Sie sah ihn an wie ein Hund, auf dessen Schwanz er versehentlich getreten war. Und er konnte nichts tun, um es wiedergutzumachen. »Es tut mir leid«, sagte er nur.

Gazuris schmaler Mund verzog sich ebenfalls zu einer Grimasse der Verzweiflung. Dann winkte sie ab und bat ihn, ihr zu folgen. »Gazuri bringt dich jetzt zurück zu deinen Freunden.« Sie lief Richtung Ausgang.

»Und zu deinem Bruder«, sagte David.

Gazuri blieb wie angewurzelt stehen.

»Er benötigt deine Hilfe, sonst werden sie ihn umbringen. Willst du das zulassen?«

Gazuri kam hastig zurück und blickte sich nervös um, als befürchtete sie, ihr Gespräch könnte von den falschen Ohren gehört werden. »Gazuri kann Gazzel nicht helfen«, flüsterte sie. Ihre Ohren fielen schlaff herab. »Das wäre Hochverrat am Häuptling und dem gesamten Volk. Gazuri steckt doch jetzt schon in Schwierigkeiten. Gazuri würde gefoltert und getötet werden!«

»Das ist dasselbe Schicksal, das deinem unschuldigen Bruder bevorsteht, wenn du ihn im Stich lässt«, beharrte David. »Du hast die Wahl, Gazuri. Verrat an einem schlechten Führer oder Verrat an deinem eigenen Bruder.«

Gazuri senkte betroffen den Blick und ihre Ohren sanken noch ein Stück tiefer herab. »Gazuri wünschte, Gazuri könnte etwas tun. Aber Gazuri ist doch ... nur die Gefängniswärterin.« Damit drehte sie sich um und ging, ohne darauf zu achten, ob ihr Gefangener ihr folgte.

David lief ihr nach. Als sie das Tor zur Hauptstraße durchschritten, wurden sie von den Wächtern erwartet, die sich ihnen mit rüden Worten anschlossen. Selbst wenn sie ihn nicht mit ihren Dreizacken eingekreist hätten, hätte David keinen Fluchtversuch unternommen. Er hätte es nicht übers Herz gebracht, der Gefängniswärterin noch mehr Schwierigkeiten zu bereiten.

Gazuri lief mit hängenden Schultern voraus und David sah in ihr nicht länger ein Monster, sondern vielmehr die verzweifelte Schwester eines Freundes.

Der Mord

Schweigend saßen sie in ihrer Zelle und hingen ihren Gedanken nach. David hatte den anderen nur mit knappen Worten von seinem Urteil berichtet. Sein Wissen über Gazuri hatte er noch nicht mit ihnen geteilt. Er fühlte sich niedergeschlagen. Dabei war er relativ gefasst, wenn man bedachte, dass ihm Folter und Hinrichtung bevorstanden. Ihre Situation kam ihm zu grotesk vor, als dass er imstande war, sich eine solche Zukunft auszumalen. Vielmehr beschäftigte ihn das Gespräch mit Gazuri. Er hoffte, mit seinem Appell an ihre Loyalität einen Kampf zwischen Engelchen und Teufelchen auf ihren knochigen Schultern ausgelöst zu haben. Er setzte all seine Hoffnung in das Engelchen – denn dessen Sieg war ihre einzige Möglichkeit, diesem ganzen Schlamassel zu entkommen. Wenn Gazuri sich dazu entschloss, ihren unschuldigen Bruder und sie zu befreien, könnte sie sie auch zu den Pferden führen. Mit der Macht über die Schlüssel stünden ihnen wortwörtlich alle Türen offen.

Plötzlich zuckte Gazzel mit seinem Ohr. »Da kommt jemand.«

Ein Funken Hoffnung glomm in David auf.

»Zwei … Nein, es sind drei«, fügte der Gnom hinzu, und Davids Funken verglomm so schnell wie er entstanden war. Gazuri würde kaum in Begleitung kommen, wenn sie die Absicht hegte, die Gefangenen zu befreien.

»Gazzel glaubt zu hören, dass es der große Häuptling höchstpersönlich ist«, wisperte Gazzel ehrfürchtig. Er klappte sein Ohr über das Auge, mit dem er noch sehen konnte, als wollte er sich verstecken.

Seine Befürchtung bewahrheitete sich – es war Ghob, der ihnen einen Besuch abstattete. Die anderen beiden Gnome hielt David zunächst für seine Leibwächter, doch dann stellte er fest, dass es sich bei einem von ihnen um Gazuri handelte. Selbst ohne die Schlüssel an ihrer Hüfte hätte er sie an der Verlegenheit in ihrem Blick erkannt.

Der dritte Gnom klopfte mit seinem Dreizack auf den Boden. »Der große Häuptling Ghob ist persönlich erschienen, um sein Urteil zu verkünden«, meldete er und trat einen Schritt zurück.

Ghob richtete sich seine Krone und trat an ihr Gitter. »In der Regel werden die Gefangenen einzeln in den Thronsaal gebeten, um ein gerechtes Urteil für ihre Taten zu fällen.« Er warf David einen geringschätzigen Blick zu. »Aber Ghob lässt sich nicht auf der Nase herumtanzen. Wenn die Gefangenen die Güte des Häuptlings nicht zu schätzen wissen, wird über das Urteil nicht weiter verhandelt.«

Dimitrios warf David einen fragenden Blick zu, doch der presste nur die Lippen aufeinander.

»Fangen wir mit dem Verräter an«, wandte Ghob sich an Gazzel. »Nach deiner Schandtat solltest du dich geehrt fühlen, deinem Häuptling überhaupt noch einmal ins königliche Antlitz sehen zu dürfen. Ghob hätte dich nicht für so dumm gehalten, dass du fliehst und dich sogleich ein zweites Mal erwischen lässt.« Er schnalzte tadelnd mit der Zunge und schüttelte mit gespielter Ungläubigkeit den Kopf. »Ghob wird sich etwas anderes für dich ausdenken müssen. Folter war dir anscheinend keine Lehre.«

Gazzel schniefte und vergrub sein Gesicht in den Händen.

Ghob wandte sich an David und sein Blick verdüsterte sich. »Nun zu dir, unverschämter Eindringling. Ghob hat entschieden, dass dir das gleiche Schicksal zuteilwerden soll wie Gulag. Wir werden dich dem Bergstutzen zum Fraß vorwerfen!«

Der Name der Urkreatur traf David wie eine Ohrfeige. Plötzlich an den Tatzelwurm erinnert, begannen sich jene fremdartigen Gedanken in Davids Kopf zu winden – doch dieses Mal bekam er einen von ihnen zu fassen.

Die Gnome waren Eindringlinge in seiner Welt, ohne jemals wissentlich in sie eingedrungen zu sein. Sie lebten in ihrer eigenen Welt, und doch waren sie wie aus dem Nichts in seiner erschienen. Damit hatten sie sein Naturgesetz aus den Angeln gehoben. Seit der Entstehung seiner Welt hatte der Tatzelwurm allein gelebt, denn für anderes Leben gab es keinen Platz. Dies war das einzige Gesetz der Natur – bis die Gnome erschienen, die Konstante zu einer Variablen wurde und der Tatzelwurm nicht mehr allein war.

Eine zwischenweltliche Verbindung, ein Unfall der Natur, hatte ein Ungleichgewicht in sein System gebracht. Bisher hatte seine Welt kein Gleichgewicht benötigt, hatte es seit jeher doch lediglich den Tatzelwurm gegeben. Erst seit der Verbindung ihrer Dimensionen gab es ein Gegengewicht zu ihm – und das hatte den Tatzelwurm aus der Bahn seines Millionen Jahre alten Lebens geworfen. Er war ein mächtiges Geschöpf, doch gegen solche Fügungen war selbst ein Leviathan machtlos. Aus seiner gewohnten Ordnung herausgerissen, hatte er keine andere Wahl, als die neue Existenz anderen Lebens in seiner Welt zu akzeptieren. Niemand sollte es jedoch wagen, ihm zwischen die Zähne zu greifen. Kamen die Gnome ihm zu nahe, vernichtete er sie. Die Eindringlinge hatten dies schnell gelernt und hielten seither Abstand. Keiner von ihnen war so kühn, ihn zu reizen.

Einst ein Naturgesetz, war die Einsamkeit des Tatzelwurms nunmehr ein Naturrecht, das die Gnome akzeptierten. Dennoch, die Einsamkeit, die er nun zugestanden bekam, war eine andere als jene, in der er einst zu leben gepflegt hatte. Der Tatzelwurm verachtete Mächte wie das Schicksal, die höher waren als seine eigene Macht. Und er hasste die Wesen, die das Schicksal ihm aufgehalst hatte. Als Leviathan, der Herr seiner eigenen Welt, konnte er nicht überleben, wenn die Ordnung der Welt nicht mehr die seine war.

Mit dem Verlust des inneren Zusammenhalts seiner Welt ging auch der Zerfall seiner Identität einher. Er hatte sich selbst verloren und ließ sich von einer Macht übernehmen, die stärker war als er. So wurde er zu dem, was ihn bis zuletzt erfüllte: Hass. Durch diese Transformation sicherte er den Fortbestand seiner Welt; verloren war sie dennoch.

Auf einmal verstand David. Der Tatzelwurm verkörperte nicht nur den Hass, er *war* der personifizierte Hass. Es war ein ungeschriebenes und doch ewig geltendes Gesetz, dem Tatzelwurm niemals zu begegnen – ewig geltend, bis ihm das Gesetz durch die höchste Macht genommen wurde, die dazu befähigt war. Manche nannten diese Macht Gott, andere Schicksal oder Bestimmung. Sie hatte dem Tatzelwurm die Grundfeste seines Lebens entzogen. Wenn einem Wesen die Fundamente seiner Existenz genommen wurden, konnte es nur überleben, indem es von etwas Mächtigerem übernommen wurde. Und so kam es, dass sein Hass auf anderes Leben ihn erst überkam und dann übernahm. Der Tatzelwurm wurde zum Hass.

Er hatte das Recht, dass ihm niemand begegnete, doch David hatte es getan. Er war ihm begegnet, dem Garanten des Todes. Er hatte den Tatzelwurm mit seinen eigenen Augen gesehen, obgleich er nichts hätte sehen dürfen. Und mehr noch, er hatte es überlebt. In dem Moment, in dem sich ihre Blicke trafen, hätte er sterben oder zum Hass werden müssen. Vielleicht – nein, *bestimmt* – gab es einen Grund für sein Überleben, doch David wusste ihn nicht zu deuten. Er wusste allerdings, dass eine zweite Begegnung ein anderes Ende nehmen würde.

Ghob grinste, als er die Furcht in Davids Augen sah und wandte sich mit Genugtuung an seinen letzten Gefangenen. »Kommen wir nun zu unserem Ehrengast. Ghob kann sich nur selten an solch hohem Besuch erfreuen.« Er stellte eine übertrieben tiefe Verbeugung dar. »Herzlich willkommen in Häuptling Ghobs bescheidenem Reich, Königssohn aus Ank-Liin.«

David sah überrascht auf. Dimitrios verzog keine Miene.

»Die Berge gehören nicht zu Eurem Reich, Königssohn. Dies ist Ghobs Reich und Ihr habt Euch Ghob zu unterwerfen. Ihr habt zwei Dutzend von Ghobs Untertanen getötet, doch aus Respekt vor Eurem Königshaus will Ghob die Strafe mildern. Drei statt fünf Stunden Folter, und dann Tod durch den Bergstutzen!« Er lachte schrill auf, bevor sein Blick wieder auf Gazzel fiel. »Du bist es nicht einmal mehr wert, gefoltert zu werden. Tod durch den Bergstutzen.« Der Häuptling wedelte mit der Hand, drehte auf der Ferse um und marschierte fort. Der Gnom mit dem Dreizack folgte ihm unverzüglich. Gazuri zögerte noch einen Moment und versuchte, Gazzels Blick aufzufangen, doch ihr Bruder vergrub jammernd das Gesicht in seinen Händen. Ehe ihr Zögern auffiel, eilte Gazuri ihrem Häuptling mit schlaffen Ohren hinterher.

Als sie fort waren, hob Gazzel sein Gesicht aus seinen Händen, sah Dimitrios ehrfürchtig an, ging langsam auf ihn zu und kniete in einer tiefen Verbeugung nieder, während er die Hände ausstreckte, so wie Gazuri es vor Ghob getan hatte. »Gazzel wusste nicht, dass Ihr der Königssohn seid und bittet um Vergebung, Eure Hoheit.«

Dimitrios zog die Augenbrauen hoch.

»Du bist ein Königssohn?«, fragte David.

Dimitrios winkte ab. Er ließ sich auf seinem Haufen Moos nieder und schloss die Augen.

»Dimi, du willst jetzt nicht ernsthaft schlafen?«, fragte David ungläubig. Schlaf war das Letzte, woran er gerade denken konnte.

»Sie werden ihr Urteil nicht sofort vollstrecken. Aber wenn sie uns holen, ist es unsere einzige Chance zu entkommen. Also ruht euch aus, solange ihr könnt.« Schon bald verriet ein regelmäßiger Atem, dass der Yagrolaner eingeschlafen war.

Auch wenn seine Aufforderung logisch klang, machte David kein Auge zu. Gazzel wurde ebenfalls durch seine Angst wach gehalten, obgleich er bei seinem körperlichen Zustand dringend etwas Erholung benötigt hätte. Lange Zeit saßen sie schweigend da und hörten Dimitrios beim Schlafen zu, bis Gazzel plötzlich die Ohren spitzte.

»Da kommt jemand.« Seine Stirn legte sich in Falten. »Seltsam, normal gehen wir niemals allein in die Stollen …«

Dimitrios setzte sich auf, als hätte er keine Sekunde geschlafen.

Eine dürre Gestalt erschien vor ihrer Zelle. Sie hielt sich geduckt und in ihren großen Augen war noch größere Angst abzulesen. An der Hüfte klimperte ein Schlüsselbund.

»Gazuri?«, entfuhr es Gazzel überrascht.

Gazuri hielt sich ihren knochigen Mittelfinger vor die Lippen und blickte sich angstvoll um.

»Was machst du hier?« Gazzel ging zum Gitter zu seiner Schwester. »Wenn der große Häuptling Ghob erfährt, dass du dich hier allein herumtreibst …«

Gazuri band mit zittrigen Händen den Schlüsselbund von ihren Hüften und machte sich stumm am Schloss zu schaffen.

»Was hat das zu bedeuten?«, fragte Dimitrios verwirrt.

»Sie hilft uns.« David hätte am liebsten einen Freudensprung gemacht.

Der Yagrolaner blieb misstrauisch. »Woher willst du das wissen?«

David wollte antworten, als plötzlich ein ohrenbetäubendes Quietschen erklang, als kratze ein Riese mit seinen Fingernägeln über eine Schieferplatte. Das Echo des Quietschens hallte gebrochen an den Höhlenwänden wider. »Nicht doch«, quiekte Gazuri entsetzt. »Das war der falsche Schlüssel!« Mit fliegenden Fingern wählte sie einen anderen Schlüssel und diesmal schnellten vier Gitterstäbe in die Höhe.

»Schnell!«, rief Dimitrios und stürmte auf den Gang hinaus.

Paukenschläge ertönten. Allein das Geräusch genügte, um Davids Nackenhaare zu Berge stehen zu lassen. Er packte Gazzel unter den Achseln, lud ihn wie einen Mehlsack auf seine Schulter und stürmte aus der Zelle.

»Hier entlang, Eure Hoheit«, schrie Gazuri.

Dimitrios sah den Gnom an und schien innerlich mit sich zu kämpfen.

»Du kannst ihr vertrauen«, versicherte David ihm und stürmte in die vorgegebene Richtung.

Dimitrios nickte entschlossen. Er nahm Gazuri auf den Arm, die erschrocken quiekte, und holte David mit wenigen Schritten ein.

Etliche Minuten rannten sie durch die Gänge, die Gazuri ihnen vorgab. Die Paukenschläge klangen bedrohlich nah, egal, in welche Richtung sie auch liefen. Irgendwann erschienen Zellen in den Seitenwänden, doch sie rannten weiter. David begann sich über die Vielzahl der Zellen zu wundern, als sie endlich an zwei benachbarten anlangten, die besetzt waren.

»Taran! Enya!«, rief Dimitrios und setzte Gazuri ab, damit sie die Zellen öffnen konnte. Der Yagrolaner fiel dem Hengst kurz um den Hals, bevor er sich Köcher und Bogen schnappte, die glücklicherweise in Tarans Zelle aufbewahrt wurden, und sich in den Sattel schwang.

David verfrachtete Gazzel auf Enyas Rücken und stieg auf. »Dimi!« Er deutete mit einer Kopfbewegung zu Gazuri, die mit großen Augen die Pferde anstarrte.

Äußerst widerwillig lehnte Dimitrios sich zur Seite, packte den Gnom an seinen Lumpen und hob ihn zu sich in den Sattel. Als Gazuri in Dimitrios' Schoß saß, nahm sie den Sattelknauf in die Hände und strahlte bis über beide Fledermausohren.

»In welche Richtung liegt das Hauptlager?«, fragte Dimitrios.

»Links, Eure Hoheit.«

»Du willst zurück zum Hauptlager?«, fragte David entsetzt.

Dimitrios nickte grimmig. »Der Lichtnebel wird bereits schwächer.

Der nächste Ausgang ist zu weit entfernt, wir würden es nicht vor Sonnenuntergang schaffen.«

Bald bot sich David zum dritten Mal derselbe Anblick des Hauptlagers, diesmal in seiner bevorzugten Begleitung. Jedoch hatte er die folgende Szene bereits vor Augen – Gnome blickten überrascht auf, schrien, griffen an, zwangen ihn aus dem Sattel, und er würde dem Tatzelwurm vorgeworfen, wenn nicht gar auf der Stelle getötet.

»Gazuri hat einen Plan«, kam es plötzlich aus Dimitrios' Schoß.

David und Dimitrios blickten sie gleichsam überrascht an.

Gazuri klopfte auf ihre Brust. »Gazuri *ist* der Plan.«

David verstand nicht, was der Gnom damit sagen wollte. »Wie meinst du das?«

»Lasst euch von Gazuri führen und sie werden denken, die Gefängniswärterin habe den Auftrag, die Gefangenen zum Palast zu bringen.«

Dimitrios starrte den Gnom einen Herzschlag lang an. Dann hoben sich seine Mundwinkel zu einem Lächeln. »Der Plan ist genial.«

Gazuris Augen funkelten vor Stolz. »Gazuri wird ein paar Wächter herbeirufen, um das Volk zu schützen. Gazuri kann euch dann bis zum Palast in die Mitte des Hauptlagers führen.«

Dimitrios nickte. »Von dort aus können wir fliehen.«

»Da gibt es nur einen kleinen Haken«, gab David zu bedenken und zeigte auf Gazuri. »Was ist mit ihr? Wenn wir flüchten, muss es schnell gehen. Wie soll sie da mitkommen?«

»Lass das meine Sorge sein.« Dimitrios setzte Gazuri ab. »Lasst es uns versuchen.«

Gazuri führte sie hinunter ins Hauptlager. Sie betraten kaum den Hauptweg, als sämtliche Gnome ihre Arbeit abbrachen und sie entsetzt anstarrten.

Gazuri hob die Arme. »Gazuri braucht Wächter!«

Drei, nein vier mit Dreizacken bewaffnete Gnome kamen sichtlich verärgert aus dem Lichtnebel auf sie zugerannt. »Gazuri, was soll das?«, fragte einer von ihnen.

»Der Häuptling wünscht die Gefangenen zu sehen«, log Gazuri. »Gräkums Wächtertrupp hat Gazuri die Begleitung verwehrt. Der Gerüchte wegen. Unser großer Häuptling Ghob wird nicht erfreut sein, wenn er mitbekommt, dass die Wächter bei ihrer Arbeit schlampen.«

Die Wächter starrten Gazuri skeptisch an.

»Na los, ihr Blödmänner, helft Gazuri, sie zum Palast zu führen.«

Die Wächter stellten sich hastig an die Seite der Pferde und hielten ihnen ihre Dreizacke an den Leib. »Warum sitzen die Gefangenen auf den Pferden?«, fragte einer von ihnen.

»Weil ihr zu wenige Wächter seid, um alle Gefangenen einzeln im Zaum zu halten«, improvisierte Gazuri und lief voraus, um der Diskussion keinen Raum zu geben. Die Pferde setzten sich in Bewegung und die Wächter beeilten sich, ihnen mit grimmigen Mienen und erhobenen Dreizacken zu folgen.

Gnome, deren Weg sie kreuzten, wichen respektvoll zur Seite. Niemand sagte etwas oder beschimpfte sie gar, wie sie es getan hatten, als David allein zum Palast geführt worden war. Auch David, Dimitrios und Gazzel sagten kein Wort und mieden jeden Blickkontakt. Gazuri spielte ihre Rolle äußerst glaubhaft. Sie schenkte ihnen keinen Blick, der sie hätte verraten können.

Bald erreichten sie die Stelle, an der die ersten Gnome sie angegriffen hatten. David sah sich die Wächter an, die sie begleiteten. Sie glichen einander wie Tonfiguren aus einer Massenproduktion. Obgleich sie sich Mühe gaben, es zu verbergen, sah David ihnen an, dass sie Angst vor ihnen hatten. Sie hielten ihre Dreizacke fest umklammert und streckten sie so weit wie möglich von sich, um den Abstand zwischen den Pferden und sich möglichst groß zu halten. Die Wächter zu überrumpeln, dürfte kein allzu großes Problem für sie darstellen. Der kritische Moment würde der sein, in dem sich das gesamte Volk auf sie stürzte. Allein feige, gemeinsam wie die Pest.

»Warum wünscht der große Häuptling Ghob die Gefangenen zu

sehen?«, fragte plötzlich der Wächter, der zuvor bereits misstrauisch gewesen war.

Gazuri drehte sich nur halb zu ihm um und deutete ein Schulterzucken an. »Gazuri ist nur die Gefängniswärterin. Gazuri führt nur den Befehl aus.« Bevor der Wächter zu einer weiteren Frage ansetzen konnte, drehte sie ihm wieder den Rücken zu. David dankte dem Gnom innerlich für diese Schauspielkünste.

Dimitrios räusperte sich leise. David sah ihn an, doch der Yagrolaner blickte starr vor sich. David folgte seinem Blick und entdeckte im Lichtnebel die Schemen des Palastes.

»Wir sind gleich da«, sagte Gazuri, als sie nur noch wenige Meter vom Eingangstor trennten. In den Ohren der Wächter mochte diese Aussage überflüssig geklungen haben, und David bemerkte, wie ein paar von ihnen verwirrt die Stirn runzelten. Doch er begriff, dass es ein Zeichen für sie war, sich auf die Flucht vorzubereiten. Sein Herz begann schneller zu schlagen, während er sich unauffällig vorbeugte. Jeden Moment konnte Enya lossprinten, und er durfte unter keinen Umständen den Halt verlieren. Gazzel klammerte sich so fest an den Sattelknauf, dass sich seine Krallen ins Leder bohrten. Selbst wenn er gewollt hätte, hätte er den Griff wahrscheinlich gar nicht mehr lösen können.

Der Palast wuchs über ihre Köpfe hinaus. Gazuri verlangsamte unmerklich ihre Schritte, sodass sie in Dimitrios' Reichweite kam. »Wir sind da«, meinte sie und schielte zum Yagrolaner hinauf. Der deutete ein kaum sichtbares Nicken an. Er lehnte sich leicht zur Seite, streckte langsam seinen Arm nach unten ...

»He, was machst du da?«, keifte einer der Wächter alarmiert.

»Jetzt!« Mit einer blitzschnellen Bewegung packte Dimitrios Gazuri im Nacken und hievte sie in den Sattel. In der gleichen Sekunde stürmte Taran, dicht gefolgt von Enya, mit einem entschlossenen Wiehern los.

Die Wächter stießen einen einheitlichen Schrei aus, doch statt sie anzugreifen, zogen sie ihre Waffen erschrocken zurück und machten ihnen bereitwillig Platz, um sich keinen schmerzvollen Hufabdruck auf ihren Gesichtern einzuhandeln.

David wurde durch Enyas Sprint kräftig durchgeschüttelt. Doch die Angst, erneut in ein Meer aus Dämonenklauen zu fallen und anschließend in den See eines Ungeheuers geworfen zu werden, schärfte seinen Gleichgewichtssinn.

Ihre Wächter hatten sie längst hinter sich gelassen. Auch wenn sie nun wütend und mit erhobenen Dreizacken zur Verfolgung ansetzten, würden sie es niemals schaffen, sie einzuholen. Allerdings lag die Gefahr gar nicht *hinter* ihnen, sie lag *vor* ihnen. Denn obwohl sie bereits weitergekommen waren als bei ihrem ersten Fluchtversuch, lag noch ein weiter Weg bis zum Ende des Hauptlagers vor ihnen. Und diese Hälfte war nicht weniger dicht bevölkert als der erste Teil. Die Gnome griffen an.

David hatte plötzlich das Gefühl, dass für jeden Schritt, den die Pferde taten, ein neuer Gnom aus dem Lichtnebel auftauchte. Die meisten von ihnen wurden niedergetrampelt oder sie beseitigten sie mit einem derben Tritt. Doch die Attacken der Gnome häuften sich rapide und wurden gefährlicher, da unter ihnen viele Wächter mit Dreizacken waren. Die anderen Gnome bewaffneten sich mit Harken und Schaufeln.

Dimitrios spannte seinen Bogen.

»Nein!«, schrie David, als ein Gnom auf den Yagrolaner zugesprungen kam. In der letzten Sekunde entspannte Dimitrios seine Sehne und schlug dem Monster im Flug das Ende seines Bogens auf den Schädel.

Die Gnome waren nicht dumm. Sie begriffen schnell, dass sie den Tritten und Schlägen der Reiter ausweichen mussten und konzentrierten sich stattdessen auf ihren Schwachpunkt: Sie krallten sich mit ihren Klauen in das Fell der Pferde. Als ein Gnom seine Krallen in Tarans Hinterleib grub, bockte der Hengst kurz und schüttelte ihn ab. Es war kein Problem für Dimitrios, sich und Gazuri im Sattel zu halten.

David klammerte sich angsterfüllt an Enyas Zügel, da er befürchtete, dass sie ähnlich reagierte, wenn die Gnome den Angriff auf sie richteten. Doch das Pferd schien zu wissen, dass David sich und den Gnom in seinem Schoß nicht würde halten können. Es versuchte, den Gnomen auszuweichen und sie mit Schwanzhieben zu verscheuchen. David schlug und trat nach denen, die Enya mit ihrem Schweif nicht erreichte.

»Dort!«, rief Gazuri. »Der Stollen führt dort vorne aus den Myrarbrunen heraus.« Ein breites Tor erwartete sie wie das sprichwörtliche Licht am Ende des Tunnels – auch wenn der Tunnel dunkel war und dort erst begann.

David wollte aufjubeln, als Enya plötzlich wieherte und mit aufgerissenen Augen den Kopf in den Nacken warf. Alarmiert wandte David sich um und sah, wie ein kräftiger Gnom an ihrem Schwanz hinaufkletterte. David holte zum Schlag aus – und hielt vor Überraschung inne.

Ghob grinste gehässig zu ihm herauf und nutzte sein Zögern aus. Er sprang ihm auf den Rücken und klammerte sich an seinen Nacken. David schrie schmerzerfüllt auf und riss instinktiv die Schultern hoch, doch er wagte es nicht, den Griff von den Zügeln zu lösen. Ghob umschloss Davids Hals mit seinen langen Fingern und drückte zu. Dabei schwenkte er seinen Körper hin und her, um ihn vom Pferd zu reißen.

»Gazzel!«, ächzte David erstickt.

Gazzel sah zu ihm hinauf und stieß einen langen, spitzen Schrei aus. Vor Angst wie gelähmt, war der Gnom ihm keine Hilfe. Sein Schrei hatte allerdings Dimitrios' Aufmerksamkeit auf sie gelenkt. Er sah sich um und reagierte sofort. Mit fliegenden Fingern zückte er einen Pfeil, spannte den Bogen und schoss.

Der Pfeil surrte so nah an Davids Gesicht vorbei, dass der Federschaft seine Wange strich. Ghobs Griff löste sich prompt von seinem Hals. Er flog davon, verlor im Flug seine verrostete Krone und überschlug sich mehrmals, bevor er regungslos im Staub liegen blieb.

Das gesamte Hauptlager verfiel in Schockstarre, als ihnen der leblose Körper ihres Häuptlings zu Füßen fiel. Auf ihren grauen Gesichtern stand die gleiche Fassungslosigkeit geschrieben, die David erfüllte.

Entgeistert starrte er auf das Chaos, das sie angerichtet hatten, während die Pferde sie in rasendem Tempo forttrugen. Alsbald umschloss und verbarg der Lichtnebel das Verbrechen, das Dimitrios begangen hatte – aber das Entsetzen, das David gepackt hatte, kroch nur tiefer in sein Herz. Obwohl sein Hals wieder frei war, kam es ihm vor, als wäre seine Kehle zugeschnürt.

Seine Gedanken überschlugen sich. Das hätte nicht passieren dürfen. Sein Freund hatte den Häuptling der Gnome getötet. Dimitrios hatte gemordet! Wo war er da bloß hineingeraten? Er war nach Yagrolor gekommen, um den Spuren seines Vaters zu folgen. Er hatte wissen wollen, wer sein Vater gewesen war. Er hatte dieselben Abenteuer erleben wollen wie er ... doch dies war nicht das Abenteuer, das er sich vorgestellt hatte. Seit er hier war, hing sein Leben am seidenen Faden. Er wäre beinahe von einem Troll erwischt, von einer Riesenspinne gefressen und von einem Tatzelwurm einverleibt worden. Auch jetzt war er nur knapp Folter und Hinrichtung entkommen – doch für welchen Preis? In dieser Welt wurden sie vor die Wahl gestellt: Sie konnten ihr eigenes Leben verlieren oder anderes Leben auslöschen. David konnte nicht sagen, was schlimmer war.

Plötzlich wurde es dunkler um sie, als die Pferde den Stollen am Ende des Hauptlagers erreichten, der sie geradewegs aus den Myrarbrunen führen sollte. David hätte sich darüber freuen müssen, doch sein Herz schlug schmerzhaft gegen seine Brust und seine Atemnot wurde immer größer. Er wollte nicht mehr hier sein, in einer Welt, die nicht seine war. Die Tunnelwände schossen an ihm vorbei und schienen ihn zu erdrücken. Irgendwann vermischte sich der Lichtnebel mit einer anderen Lichtquelle, die Davids Augen natürlicher vorkam.

Da verschwanden die erdrückenden Wände und es wurde hell.

David riss instinktiv die Hände vor sein Gesicht, verlor den Halt und stürzte. Ein stechender Schmerz durchfuhr seinen Rücken, als er auf dem Boden aufschlug. Er hielt seine Augen geschlossen, blieb schwer atmend liegen und zwang sich zur Ruhe. *Die Sache ist ganz einfach,* dachte er. Er war im Krankenhaus. Seine Mutter hatte ihm von den Wahnvorstellungen seines Vaters erzählt. Sein Unterbewusstsein hatte daraus einen Albtraum kreiert, der ihn hatte glauben lassen, selbst ein Weltenwanderer zu sein. Einen irrwitzigen Albtraum über eine fremde Welt und fremde Wesen. Er musste sich wegen dieses Albtraums in seinem Bett umhergewälzt haben. Und jetzt war er aus dem Bett gefallen. Wenn er die Augen öffnete, würde er die Decke des Krankenzimmers sehen.

»David, ist alles in Ordnung?«

Er öffnete die Augen und seufzte. Dimitrios stand über ihn gebeugt und hinter ihm standen die Pferde, die jeweils einen Gnom auf ihren Rücken trugen. Gab es Träume, aus denen man nicht erwachen konnte?

Dimitrios grinste ihn an und machte eine ausgiebige Geste. »Herzlich willkommen in Yagrolor!«

David setzte sich ächzend auf. »Du hast Ghob getötet«, murmelte er.

Dimitrios zog eine Augenbraue hoch. »Ich habe dir dein Leben gerettet.«

»Und ein anderes Leben genommen. Und nicht irgendeines – du hast den Häuptling der Gnome ermordet.« Wut stieg in ihm auf, da der Yagrolaner anscheinend ohne Gewissensbisse hinnahm, dass er ein Mörder war.

Dimitrios legte den Kopf schief. »Was erwartest du von mir? Ich bin sicherlich nicht stolz darauf, den Häuptling getötet zu haben. Hättest du lieber an seiner Stelle sterben wollen?«

»Nein, aber …« David wusste, dass der Yagrolaner keine andere Wahl gehabt hatte, um ihn zu schützen. Ghob war ihm im wahrsten Sinne des Wortes an die Kehle gesprungen. Trotzdem war David davon überzeugt, dass es ein Fehler war, ihn getötet zu haben. Die Gnome waren so … menschlich. Er warf einen nervösen Blick zurück in den Tunnel. »Sie werden sich sicherlich rächen wollen.«

»David hat recht, Eure Hoheit«, mischte Gazzel sich schüchtern ein. »Es ist Brauch, dass der Rächer des Häuptlings der neue Häuptling wird. Man wird Euch verfolgen, um den neuen Häuptling zu küren. Eure Hoheit, David, Gazuri und Gazzel sollten so schnell wie möglich fortreiten.«

David fühlte sich elend. Was für ein Albtraum! Er warf einen Blick zum Himmel und betrachtete die tiefrote Abendsonne am Horizont. Auf dieser Seite der Myrarbrunen gab es immerhin nur eine einzige Sonne, doch auch diese war David fremd. Er befand sich in einer anderen Welt. In einer anderen Realität. Oder ... »Bilde ich mir das alles vielleicht doch nur ein?« Er sah seine Gefährten einen nach dem anderen verzweifelt an und hoffte insgeheim, dass sie sich als Wahnvorstellungen zu bekennen gaben. So musste es sein. Doktor Rosenthal hatte ihm bestätigt, dass Schizophrenie eine erbliche Krankheit war. Er musste verrückt geworden sein. Genau wie sein Vater.

Dimitrios sah ihn besorgt an. »Man sagte mir bereits, dass dich irgendwann Zweifel überkommen würden.« Er setzte sich zu ihm, als hätte er auf diesen Moment gewartet. »David, Yagrolor existiert. Ich kann es dir leider nicht beweisen und auch du selbst wirst niemals einen Beweis dafür finden können. Alles außerhalb deines eigenen Bewusstseins könnte Einbildung sein, mich eingeschlossen. Aber, spielt das wirklich eine Rolle?«

»Natürlich spielt das eine Rolle!«, antwortete David verzweifelt. »Wenn Yagrolor nicht existiert ... du nicht existierst ... dann bedeutet das, dass ich verrückt geworden bin.«

Dimitrios schüttelte den Kopf. »Das Einzige, dessen wir uns wirklich bewusst sein können, ist unsere eigene Existenz. Und selbst dieses Wissen ist nur intuitiv. Die Frage, ob alles um dich herum wirklich existiert, hättest du dir auch in deiner Welt nicht beantworten können. Wer sagt dir, dass dein gesamtes Leben mehr ist als Einbildung? Vielleicht war alles, was du bisher erlebt hast, Einbildung – deine Familie, deine Freunde, alles.«

»Das ist absurd«, entgegnete David.

Dimitrios zuckte mit den Schultern. »Genauso absurd ist es für mich, die Existenz Yagrolors anzuzweifeln. Yagrolor ist die Welt, in der ich lebe. Yagrolor ist meine Realität. Allerdings scheint sie nicht in deine Realität zu passen. Sie ist ein neues Wissen für dich, das in Widerspruch zu deinem bisherigen Wissen steht. Aber Widersprüche gibt es in der Wirklichkeit nicht. Sie entstehen nur durch die Grenzen unseres Verstandes.« Als David ihn nur verständnislos ansah, presste der Yagrolaner die Lippen aufeinander. Dann schien ihm etwas einzufallen. »*Cogito ergo sum*.«

Seine Worte schlugen ein wie ein Blitz. »Descartes«, sagte David. »Mein Vater hat seine Bücher gelesen, um sich selbst davon zu überzeugen, dass ... Yagrolor real ist.«

»Du musst auf deine Wahrnehmungen und Intuition vertrauen. Dein Vater wusste es, und tief in dir weißt auch du, dass all das hier real ist.«

David berührte den Kettenanhänger auf seiner Brust und nickte.

»Wenn wir Ank-Liin erreicht haben, solltest du mit Thilo reden. Er ist ein sehr weiser Mann und er kannte deinen Vater.« Er stand auf und bot David seine Hand. »Komm schon, wir haben noch eine lange Reise vor uns.«

Und tausend mordlustige Feinde im Nacken, fügte David gedanklich hinzu. Es war ihm nur recht, möglichst schnell von diesem Ort zu verschwinden.

Ein starker Wille

Die Sonne war längst untergegangen, doch Dimitrios hatte kein Wort über ein Nachtlager verloren. Auch wenn er es nicht zugab, schien er sich vor dem Gnomenvolk zu fürchten. David erging es nicht anders, daher beschwerte er sich nicht. Sie alle wollten den Abstand zwischen sich und den rachsüchtigen Gnomen so weit vergrößern wie nur möglich.

Sie waren umgeben von Sand, Sand und noch mehr Sand. Es war, als ritten sie durch eine Wüste, aber die dazu passende Hitze hatten sie glücklicherweise hinter den Bergen zurückgelassen. Ein riesiger Mond, umgeben von Millionen von Sternen, spendete ihnen Licht. David erfreute sich an dem Anblick der nächtlichen Himmelskörper, vor allem da sie dem Mond und den Sternen seiner Welt so ähnelten. Obwohl der Mond keine bekannten Kraterstrukturen aufwies und die Sterne rosa schimmerten, spendete ihm jede Parallele zu seiner eigenen Welt ein wenig Trost und besänftigte sein Verlangen, aus diesem bizarren Traum aufwachen zu wollen. Er warf einen vorsichtigen Blick über die Schulter. Hinter ihnen schimmerten die Schemen der Myrarbrunen, von denen der sanfte Lichtnebel aufstieg. Hinter den erhellten Silhouetten der Berge herrschte die Nacht, obgleich David wusste, dass in

Árion die Cervi-Sonne weiterschien. Vielleicht gab es eine magische Barriere über den Bergspitzen, die das Licht der Cervi-Sonne auf Árion begrenzte. Er fragte Dimitrios nicht danach. Diese Welt überforderte ihn ohnehin schon genug.

Davids Magen knurrte. Seit er hier war, hatte er nur ein Ei und Brei in den Mund bekommen, sah man vom dreckigen Lappen ab, mit dem die Gnome ihn bei ihrer Begegnung am See geknebelt hatten. Sobald er an den See dachte, fanden seine Gedanken ihren Weg zurück zur Begegnung mit dem Tatzelwurm.

Er konnte das Leid des Tatzelwurms regelrecht selbst spüren. Das Wissen über die Leidensgeschichte des Leviathans war nicht sein eigenes Wissen, und Gleiches schien für seine Gefühle zu gelten. Es war, als wäre er während ihrer Begegnung teilweise mit ihm verschmolzen, so, wie es das Naturrecht des Tatzelwurms vorsah. Doch statt von ihm verschlungen zu werden, schien David sich einen Teil des Leviathans einverleibt zu haben. Die Vorstellung, fremde Gedanken in seinem Kopf zu haben und fremde Gefühle in seinem Herzen zu tragen, ließ ihn frösteln. Aber nur so konnte er sich erklären, warum er Zugriff auf fremdes Wissen hatte und warum er das Leiden des Tatzelwurms teilte, obwohl der ihn gewissenlos getötet hätte.

»Wir schlagen hier unser Nachtlager auf«, bestimmte Dimitrios plötzlich. Man konnte ihm ansehen, dass er am liebsten die gesamte Nacht durchgeritten wäre, doch Hunger und Müdigkeit quälten sie alle, und wenn sie sich ihnen nicht ergeben wollten, brauchten sie eine Rast.

Dimitrios stieg vom Pferd und setzte Gazuri ab, die sich in den Sand legte und glücklich in den Nachthimmel starrte. »Gazuri ist auf einem Pferd geritten«, murmelte sie.

Als David Gazzel unter die Arme griff, um ihn abzusetzen, schien er Tonnen zu wiegen. Ihre Flucht hatte mehr an seinen Kräften gezehrt, als er sich eingestehen wollte.

Dimitrios schlug ihr Lager auf. Nachdem er ihre Wolldecken und etwas Brennholz aus den Satteltaschen herausgeholt hatte, schienen die Taschen beinahe leer zu sein. »Unser Vorrat neigt sich dem Ende zu«, bestätigte er, als er Davids besorgten Blick bemerkte. »Man hat nie genügend Proviant bei sich, wenn man die Endlose Ebene durchquert. Der Hinweg kostete mich fünf Tage. Und jetzt haben wir zwei zusätzliche Mägen zu füllen. Wir müssen sparsam mit dem umgehen, was wir noch haben.«

»Endlose Ebene? Fünf Tage?«, wiederholte David. »Wir brauchen fünf Tage, um diesen riesigen Sandkasten zu durchqueren?«

»Für manche Reisende ist die Endlose Ebene tatsächlich endlos«, antwortete Dimitrios ernst. »Wenn wir Glück haben, finden wir morgen schon ihr Ende. Wenn wir jedoch unser Ziel nicht kennen, werden wir nie wieder etwas anderes erblicken als Sand.«

David blinzelte. »Aber … du kennst den Weg doch, oder nicht?«

Zu seiner Verwunderung schüttelte Dimitrios den Kopf. »Es ist möglich, dass wir die Grenze der Ebene niemals finden, weil es sie für uns nicht gibt.« Er deutete um sie herum. »Die Endlose Ebene kann überall aufhören … und überall sein. Daher der Name *Endlose* Ebene.«

David starrte seinen Freund an. »Das bedeutet, dieser Ort hat … bewegliche Grenzen? Grenzen, die unerreichbar und zur gleichen Zeit schon vor unseren Füßen sein können?«

»Genau.«

David wollte seine Ungläubigkeit äußern, doch Dimitrios hatte ihm bereits den Rücken gekehrt, um die Pferde abzusatteln.

Das Konzept der Endlosen Ebene bereitete David Kopfschmerzen. Doch letztlich war es nur eine weitere sonderbare Information über diese fremde Welt, in die er geraten war. Welche Wahl blieb ihm schon, außer die Kuriositäten Yagrolors hinzunehmen?

Bald war ein kleines Lagerfeuer entfacht und sie saßen schweigend auf den Decken, jeder mit einem Stock in der Hand, auf den sie einen gepökelten Fisch gespießt hatten, den sie im Feuer rösteten. Die Flammen warfen huschende Schatten auf ihre müden Gesichter. Die

Atmosphäre erinnerte David an die gemütlichen Abende am Kamin seiner Großeltern. Albert hatte immer behauptet, man sollte dankbar sein für solche Zeiten, in denen man Wärme und friedliche Stille genießen konnte. David wünschte sich zurück in das Wohnzimmer, in die Gesellschaft seiner Familie. Meistens hatte sein Großvater die Stille am Kamin mit einer Geschichte unterbrochen. Manchmal waren es Märchen und fantastische Geschichten, die David durchaus zu schätzen gewusst hatte. Sich allerdings *in* einer dieser Geschichten wiederzufinden, war eine komplett andere Sache. »Dimi, erzähl uns von der Endlosen Ebene«, bat er, um auf andere Gedanken zu kommen. »Wie kann es sein, dass sie endlos ist?«

Dimitrios nahm einen Bissen von seinem Fisch, der ihm die Zunge verbrennen musste. Doch er kaute genüsslich, ehe er antwortete. »Keine Karte der Endlosen Ebene ist korrekt. Sie ist ein kleiner Streifen entlang der Myrarbrunen und endlos zugleich. Manche brauchen eine Stunde für die Durchquerung, andere kommen niemals zurück.« Er schluckte und senkte seine Stimme. »Der Legende nach hängen die Grenzen der Endlosen Ebene vom Reisenden selbst ab. Es heißt, man müsse sein Ziel kennen, um ihr Ende zu finden. Und je stärker der Wille, das Ziel zu erreichen, desto eher wird man die Ebene durchquert haben.«

»Ist das wahr?« fragte Gazuri verblüfft. »Gazuri hat ein paar Mal Fuß in die Ebene gesetzt, ist aber immer in Sichtweite des Stollens geblieben, der zurück zum Hauptlager führt.«

Ihre Aussage wunderte David. Wenn die Gnome die Myrarbrunen noch nie verlassen hatten, musste Yagrolor auch für sie eine gänzlich neue Welt sein. Die Vorstellung tröstete ihn ein wenig.

»Niemand weiß, ob das stimmt. Deshalb ist es eine Legende«, entgegnete Dimitrios kurz angebunden. David konnte ihm ansehen, dass sich seine Begeisterung über seine neuen Gefährten noch immer in Grenzen hielt. Doch der Yagrolaner hatte keine andere Wahl gehabt, als sie mitzunehmen. Immerhin hatten die beiden Gnome ihnen die

Flucht überhaupt erst ermöglicht und sich damit von ihrem eigenen Volk abgewendet. Dimitrios beendete mit seiner Aussage das Gespräch und nahm einen herzhaften Bissen vom Fisch, den er Sekunden zuvor noch ins Feuer gehalten hatte.

David nahm ebenfalls einen Bissen. Es war, als nähme er ein glühendes Stücke Kohle in den Mund. »Ah!« Hastig spuckte er aus und streckte seine Zunge heraus, um sie zu kühlen.

Dimitrios sah ihn verwirrt an. Dann begriff er. »Ich habe ganz vergessen, dass du seltsam auf Temperaturen reagierst. Du hast Schmerzen?«

David zog eine Grimasse. »Nach was sieht es denn sonst aus?«

Dimitrios griff nach einer Satteltasche und kramte ein tellergroßes Pflanzenblatt hervor. Es war saftig grün, als hätte er es frisch gepflückt. »Die Blätter der Sendazeasträucher aus den westlichen Regionen unterstützen die Wundheilung«, erklärte er, riss ein Stück vom Blatt ab und reichte es ihm. »Kau ein bisschen darauf rum, dann müsste es besser werden.«

David nahm das Stück entgegen und steckte es sich zögerlich in den Mund. Als er auf das Blatt biss, kam ein leicht bitterer Pflanzensaft frei, das seinen Mund sofort kühlte. Er seufzte erleichtert.

Dimitrios rutschte näher zu ihm und zerdrückte das Sendazeablatt, wodurch es an mehreren Stellen brach und Pflanzensaft hervorquoll. »Komm her.« Er verteilte den Saft auf seinen Handflächen und begann sämtliche Kratzer auf Davids Armen, Gesicht und Nacken einzuschmieren.

Erst jetzt wurde David bewusst, wie viele kleine Wunden er von seinen Konfrontationen mit den Gnomen davongetragen hatte. Die kühlende Wirkung des Pflanzensafts war erquickend. Er spuckte die Reste des Blattes aus und deutete auf Gazzel, der sein geschwollenes Auge noch immer nicht öffnen konnte. »Kannst du auch Gazzel mit diesen Wunderblättern versorgen?«

Dimitrios sah den Gnom widerstrebend an, doch dann holte er ein weiteres Sendazeablatt und eine Schnur aus seiner Tasche, knetete das Blatt um den Saft zu entlocken und verband Gazzel damit das geschwollene Auge.

Der Gnom sah aus wie ein schrumpeliger Pirat mit grüner Augenklappe. »Vielen Dank, Eure Hoheit«, sagte er.

Dimitrios nickte und setzte sich zurück auf seinen Platz, um den letzten Rest seines Fisches zu essen. »Esst auf und dann lasst uns schlafen«, sagte er. »Wir werden unsere Kräfte morgen brauchen.«

Schon bald lauschte David dem regelmäßigen Atmen seiner Gefährten. Er schloss die Augen, doch seine Gedanken fanden keine Ruhe. Er fragte sich, welchen Hindernissen sie sich auf ihrer Reise als nächstes würden stellen müssen. Er fragte sich, ob ihre Reise weitere Leben kosten würde. Und ob er all dem gewachsen war …

Am nächsten Tag ritten sie fortwährend geradeaus. Ihre Umgebung blieb stets dieselbe, sodass sie das Gefühl hatten, keinen Meter voranzukommen. Einzig die Sonne wanderte den Himmel entlang und zielsicher dem Horizont entgegen.

»Gazuri findet, dass es Zeit für ein Lied ist.«

»O ja!«, rief Gazzel und klatschte begeistert in die Hände. »Das Lied vom großen Häuptling Gulrad«, schlug er vor und begann mit schiefem Ton zu trällern. Gazuri stimmte mit ein.

»In der Hoffnung, dass man Árion erobern kann,
zog das mächtigste der mächtigen Heere voran.
Giggel an der Spitze, der Häuptlingsmann,
mit ihm der Sieg ganz sicher gelang.
Doch die Arya waren gewappnet,
zogen ihnen entgegen mit gewaltigem Heer,

bis an die Zähne bewaffnet,
mit Dolchen, Schwert und Speer.
Giggel an der Spitze, er wehrte sich vergeblich,
ein Arya tötete ihn mit dem vierzehnten Stich.
Der kleine Gulrad galt immer als der Schwächste,
und doch war er es, der den Häuptling rächte.
Er tötete den Arya mit dessen eigener Waffe,
wie es nur ein rechtmäßiger Häuptling schaffte.
Das Heer bestaunte Gulrads andere Seite,
und suchte unter seinem Kommando das Weite.
In den Myrarbrunen wurde Gulrad zum Häuptling gekrönt,
Hurra, Hurra, es sei ihm gegönnt!
Hurra, Hurra, es sei ihm gegönnt!«

»Ist diese Geschichte wahr?«, fragte Dimitrios.

Gazzel nickte heftig. »Es ist zweihundertzwei Jahre her. Man wird der neue Häuptling, wenn man im Namen des Volkes Rache verübt. Und man wird zu einer Legende, wenn es mit der Waffe des Mörders geschieht.«

»Häuptling Gulrad starb vor dreißig Jahren«, erzählte Gazuri. »Stirbt ein Häuptling eines natürlichen Todes, ist sein Sohn der Thronfolger. Aber Ghob muss adoptiert sein. Er hatte nichts mit seinem Vater gemein.«

Gazzel pflichtete seiner Schwester bei. »Früher konnten wir allein durch die Stollen streifen, heute traut sich das niemand mehr. Ghobs Gesetze sind gemein und seine Wächter moralisch verdorben.« Er seufzte. »Früher war alles besser.«

»Jetzt ist Ghob ja tot«, sagte Dimitrios. Es war ein kläglicher Versuch der Aufmunterung, wie er selbst zu bemerken schien, denn er wechselte schnell das Thema. »Das Heer der Arya, war es wirklich so stark?«

Gazzel zuckte mit den Achseln. »Gazzel kennt nur das Lied. Gazzel hat noch nie einen Fuß außerhalb der Stollen gesetzt. Die Endlose Ebene hat uns nichts zu bieten, und in Árion ist es seit ein paar Jahren viel zu hell und heiß. Keiner von uns hat das Land seither betreten. Aber manche behaupten, dass die Zahl der Arya die Zahl der Gnome bereits um ein Vielfaches übertrifft.«

Dimitrios verfiel in nachdenkliches Schweigen.

So ritten sie weiter, bis der Tag sich dem Ende neigte. Als die Sonne als roter Feuerball den Horizont berührte, breiteten sie ihre Decken aus und Dimitrios verteilte trockenes, mürbes Brot. »Dieses Brot ist praktisch für lange Reisen«, erklärte er. »Es verdirbt nicht, nimmt kaum Platz im Gepäck ein und macht in kleinen Portionen satt.«

»Das ist Zwieback«, stellte David fest. »Das gibt es auch in meiner Welt. Aber ich finde nicht, dass es sonderlich satt macht.«

»Dann ist es nicht dasselbe«, entgegnete Dimitrios überzeugt.

David nahm einen Bissen. Ein Gefühl angenehmer Wärme entwickelte sich auf seiner Zunge, tastete sich wie ein Fluss aus Honig seinen Rachen entlang, und füllte seinen Magen, als hätte er zehn Zwiebacke gegessen. Mit Mühe schluckte er den Bissen hinunter und sah Dimitrios ungläubig an, der amüsiert grinste. »Das ist erstaunlich!«, rief David. »Wieso sorgst du dich um unseren Vorrat, wenn wir so etwas haben?«

»Sie verlieren ihre Wirkung, wenn man sie zweimal hintereinander isst.«

»Oh.«

Dimitrios blickte zur roten Abendsonne im Westen. »Ich hatte gehofft, dass wir die Ebene heute schon verlassen würden«, gab er zu. »Je nachdem, wo wir rauskommen, könnten wir Wild jagen oder Beeren sammeln. Im Dorf könnten sie uns mit frischen Speisen versorgen.«

David sah den Yagrolaner verwirrt an. »Sagtest du nicht, du hättest fünf Tage gebraucht?«

Dimitrios nickte. »Ehrlich gesagt hatte ich die Hoffnung, dass an der Legende des starken Willens etwas dran ist. Der Wille von sechs Wesen vereint müsste viel stärker sein als der von den Pferden und mir allein, denkst du nicht? Vielleicht zählt nur der schwächste Wille.« Er schielte kurz zu den Gnomen. »Wie dem auch sei, wir …« Er stockte. Auch die Gnome sahen überrascht auf.

»Was …«, begann David, doch dann stutzte auch er. Das Beben war kurz und sachte. Er war sich nicht sicher, ob er es sich nur eingebildet hatte, doch dann wiederholte es sich. Und noch einmal. Und noch einmal.

»Wir sollten noch ein wenig weiterziehen«, sagte Dimitrios plötzlich und sprang auf die Beine.

David stand alarmiert auf. »Was ist los, Dimi? Was ist das?«

Statt zu antworten, scheuchte Dimitrios die Gnome von der Decke, um sie aufrollen zu können. Auch wenn David gern gewusst hätte, was das Beben und ihr vollkommen übereilter Aufbruch zu bedeuten hatten, begriff er, dass er keine Zeit mit diesen Fragen verschwenden durfte. Also packte er mit an und verstaute seine Decke in der Satteltasche. Als er den restlichen Zwieback in das Leinentuch einwickeln wollte, winkte Dimitrios ab. »Lass es liegen, vielleicht kann es als Ablenkung nutzen.«

David starrte seinen Gefährten an. »Ablenkung wofür?«

Dimitrios ignorierte die Frage und hob Gazuri in Tarans Sattel. »Komm schon, worauf wartest du?«

David beeilte sich, Gazzel in Enyas Sattel zu setzen und hinterherzuklettern.

»Konzentriert euch auf unser Ziel«, erinnerte Dimitrios sie und tippte sich an die Stirn. »Euer Wille ist unser Weg hinaus.«

Die Pferde jagten durch die Endlose Ebene, als wollten sie den tiefroten Feuerball am Horizont erreichen, bevor er unterging. Taran sprintete voran, sodass David den Yagrolaner nicht weiter fragen konnte. Zumindest eines stand jedoch fest: Sie waren auf der Flucht.

Er warf einen vorsichtigen Blick über seine Schulter. Genau wie vor ihnen erstreckte sich auch hinter ihnen die grenzenlose Weite der Ebene, die mit ihren Dünen im Abendlicht aussah wie ein rotes Meer. Und dann erspähte er einen Punkt inmitten der sandigen Wellen.

Zuerst dachte er, dass es das Nachbild der Sonne auf seiner Netzhaut war. Aber der Punkt blinkte nicht. Er war schwarz und blieb bestehen. »Dimi, was ist das?«

Dimitrios sah nicht zurück und spornte Taran stattdessen nur weiter an.

Immer wieder warf David einen Blick zurück. Und immer wieder erschrak er. Obgleich die Pferde so schnell galoppierten wie der Wind, wuchs der Punkt unablässig heran. Oder besser gesagt, er *kam näher*. Schließlich wurden Konturen eines menschlichen Körpers deutlich. Ein Riese. Und er näherte sich ihnen im wahrsten Sinne des Wortes mit Riesenschritten.

Da die Ebene endlos war, konnten die Pferde diesen Wettlauf nicht gewinnen. Der Riese hinter ihnen kam immer näher, während der Horizont vor ihnen unerreichbar blieb. Letztlich bat Dimitrios die Pferde, zu halten. Er stieg ab, ließ seinen Bogen von der Schulter in die Hand gleiten und zog einen Pfeil aus dem Köcher. »Zeit für eine Konfrontation«, sagte er entschlossen.

»Und was soll ich tun?«, fragte David unsicher.

»Nichts.«

»Nichts? Wir sollen zusehen, wie …«

»Ihr sollt nicht zusehen. Ihr verschwindet von hier, so schnell ihr könnt. Nimm Gazuri zu dir in den Sattel. Ich werde ihn aufhalten und nachkommen.«

»Das kommt gar nicht infrage.« David war empört über diesen Vorschlag. Ihren magischen Zwieback zurückzulassen war die eine Sache – einen Kameraden zurückzulassen eine ganz andere. »Wir lassen dich nicht im Stich.« Um seine Worte zu bekräftigen, sprang er aus Enyas Sattel. Seine Beine versagten beim Aufkommen ihren Dienst und er fiel unbeholfen vor die Füße des Yagrolaners.

Dimitrios half ihm auf. »Du brauchst nicht den Helden zu spielen, David. Enya bringt euch in Sicherheit, und ich werde euch später mit Taran einholen.«

David schüttelte entschieden den Kopf. »Ich werde dir nicht von der Seite weichen.«

Dimitrios lächelte dünn. »Du vertrittst die moralischen Grundsätze eines wahren Ankschen Kriegers. Treue, Mut und eine große Portion Dummheit. Man könnte fast meinen, du wärst einer von uns.«

David starrte den Yagrolaner an und irgendwo in seinem Herzen löste sich bei diesen Worten ein Knoten. Er nickte entschlossen, dann wandten sie sich der Riesengestalt zu. Sie waren bereit, ihn in Empfang zu nehmen.

Dumm

Der Riese war so groß, dass er sie mühelos hätte zertreten können. Er trug grob genähte Kleidung, die aus vielen verschiedenen Stoffen und Fellen zu bestehen schien und, dem Aussehen und Geruch nach zu urteilen, dringend eine intensive Reinigung benötigte. Er kniete sich vor ihnen nieder, um sie besser ansehen zu können. Zerzaustes, fettiges, schwarzes Haar und ein mächtiger Vollbart umkleideten sein rundes Gesicht wie ein undurchdringliches Gewächs. »Was haben wir denn da?«, fragte er mit dröhnender Stimme. Ein Schwall heftigen Mundgeruchs haute die Gefährten beinahe von den Socken. »Schmeckt ihr gut?«, fragte er interessiert. Dass Dimitrios einen Pfeil auf ihn gerichtet hielt, schien ihn nicht zu beeindrucken.

David wich unweigerlich ein paar Schritte zurück. Nicht nur der Mundgeruch, auch die schiere Größe des Riesen verschlug ihm den Atem. Dass er kniete, ließ ihn nicht minder gewaltig aussehen. David fühlte sich so schwach und zerbrechlich wie nie zuvor in seinem Leben.

»Wollt ihr mir nicht antworten?«, fragte der Riese enttäuscht. »Dann werde ich es selbst herausfinden.« Er machte Anstalten, nach Enya zu greifen.

Dimitrios spannte seinen Bogen. »Verschwinde!«, befahl er scharf.

Der Riese verharrte in seiner Bewegung und verzog sein Gesicht. »Du bist aber unfreundlich.« Er ließ sich auf seinen meterbreiten Hintern plumpsen, wodurch er ein kleines Beben verursachte. Er blickte auf sie herab wie ein beleidigtes Mädchen, dessen Puppen zu einer Tea Party geladen wurden, nun aber keinen Tee trinken wollten. »Ich erzähle euch ein Geheimnis, denn weitersagen könnt ihr es ohnehin nicht mehr.«

David tauschte einen nervösen Blick mit Dimitrios.

»Ich gönne mir einen kleinen Spaß mit meinem Essen. Meine Mutter vergaß mir bei meiner Geburt einen Namen zu geben, deshalb nehme ich immer den Namen meiner letzten Mahlzeit an. Heute heiße ich Dumm.«

»Wie passend«, murmelte Dimitrios.

Dumm sah ihn verwirrt an. Sarkasmus schien nicht zu seinem Wortschatz zu gehören. Nach einigen Sekunden zuckte er mit den Schultern und fuhr fort. »Jetzt habe ich sechs Namen zur Auswahl. Verratet mir, wie ihr heißt.«

»Verschwinde!«, wiederholte Dimitrios. Seine Stimme schien ruhig, doch das Funkeln seiner Augen verriet, wie angespannt er war.

Der Riese zog einen Schmollmund. »Du bist unfreundlich. Deinen Namen werde ich auf jeden Fall nicht annehmen. Trotzdem lade ich euch alle zu mir nach Hause ein. Ihr kommt pünktlich zur Essenszeit.«

Als er nach ihnen griff, reagierte Dimitrios blitzschnell. Sein Pfeil traf Dumm genau zwischen den buschigen Augenbrauen. Der Riese brüllte auf und schlug sich die Hände vor sein Gesicht.

Auch Dimitrios stieß einen Schrei aus. Zuerst dachte David, dass es ein Freudenschrei war, doch der Yagrolaner wirkte fassungslos. Er zückte einen neuen Pfeil und spannte seinen Bogen.

»Dimi, warte!« Wie zuvor im Hauptlager der Gnome hatte David das Gefühl, seinen Freund davon abhalten zu müssen, seine Waffe gegen den Riesen einzusetzen.

Dimitrios ignorierte ihn und traf den Handrücken des Riesen.

»Das tut weh!«, brüllte Dumm und riss sich die Pfeile aus der Haut, um sie auf Dimitrios zu werfen.

Der Yagrolaner spannte bereits den nächsten auf die Sehne. Er zielte auf Dumms Herz.

»Nein!« Wut flammte in David auf. Diese Pfeile hatten bereits zu viele Leben auf ihrem Gewissen. Das musste ein Ende haben – und zwar sofort. Er stürzte sich auf Dimitrios, um ihm den Bogen aus den Händen zu schlagen. Der Pfeil entglitt seinen Fingern und sauste kurz vor ihren Füßen in den Sand.

»Was soll das?«, schrie Dimitrios.

Ein Schatten senkte sich auf sie. Fünf Finger, jeder so dick wie ein Baumstamm, nahmen David und Dimitrios auf, noch bevor sie begriffen, wie es um sie geschah. Der Riese pflückte die Gnome von den Pferden und ließ sie zu David und Dimitrios in die Hand fallen, ehe er die Pferde aufgabelte, die erschrocken wieherten.

»Das werde ich euch heimzahlen«, versprach Dumm. »Ich werde euch alle fressen. Die Grauen brate ich, die Vierbeiner grille ich, und die anderen zwei fresse ich roh.«

Sie saßen in den ruckenden und schaukelnden Händen des Riesen fest, als der sich auf den Heimweg machte. Davids Gedanken überschlugen sich. Es war seine Schuld, dass Dumm sie erwischt hatte. Was hatte er sich dabei gedacht, der einzigen Person, die sie verteidigen konnte, die Waffe aus den Händen zu schlagen?

Mit jedem Schritt des Riesen wurde der Kopf des einen Gnoms in Davids Magen gerammt, während ihm die hornhäutigen Füße des anderen über das Gesicht schmirgelten wie Sandpapier. Bald wurde ihm übel. Es fühlte sich an wie Stunden, in denen Dumm mit ihnen durch die Ebene marschierte.

Irgendwann hörten sie das Knarren alter Türangeln. Es folgten ein paar Schritte, dann verlor David jeglichen Halt. Eine Sekunde später schlug er hart auf dem Boden auf. Stöhnend stand er auf und überprüfte, ob sich alle Knochen noch an ihrem Platz befanden. Sein Arm schmerzte, aber er war nicht gebrochen.

Die anderen schienen den Sturz ebenfalls unversehrt überstanden zu haben. Gazzel kam taumelnd zu ihm. Seine Augenklappe war heruntergerutscht, und David fiel auf, dass der Gnom sein geschwollenes Auge endlich wieder öffnen konnte. »Wo sind wir hier?«, fragte Gazzel benommen.

Sie standen auf poliertem Holzboden und es dauerte, ehe David begriff, dass sie sich auf einem überdimensionalen Tisch befanden. Mit dem Bewusstsein, dass alles um sie herum Übergröße hatte, erkannte er eine spärlich eingerichtete Küche. Dumm stand mit dem Rücken zu ihnen gekehrt an einer Anrichte und holte Geschirr und Besteck aus einer Schublade. Seine Messer und Gabeln glichen Schwertern und überdimensionalen Dreizacken.

»Was sollen David, Eure Hoheit, Gazzel und Gazuri jetzt tun?«, fragte Gazuri zitternd. Sie rieb sich den Kopf, auf dem ihr bereits eine dicke Beule wuchs.

»Da weitermachen, wo wir aufgehört haben«, entgegnete Dimitrios grimmig. Er griff nach seinem auf dem Boden liegenden Bogen und hob ihn auf – doch eine Hälfte blieb liegen. Dimitrios keuchte und ließ entsetzt den anderen Teil des Bogens fallen, als hätte er sich daran die Finger verbrannt. Er starrte die zwei Stücke Holz vor sich auf dem Boden erschüttert an. »W... was ...?«, war das Einzige, was er hervorbrachte. Er kniete nieder und hob die beiden Hälften behutsam auf wie ein Kleinkind mit gebrochenem Arm. »Um der Elfen willen«, hauchte er. »Das ist unmöglich.« Einen langen Augenblick betrachtete er, was in seinen Händen lag. Dann sah er auf und blickte David an.

Einen schrecklichen Moment hatte David das Bild eines gebrochenen Kriegers vor sich. Das war doch nur ein Bogen ... oder?

Dimitrios schüttelte den Kopf, als hätte er die Frage laut ausgesprochen. »Das darf nicht wahr sein«, wisperte er. »Unsere Bögen sind unzerstörbar. Sie ... sie sind doch magisch! Ich ...« Er brach ab. Plötzlich spiegelte sich Wut auf seinem Gesicht wider. Er schleuderte seinen Köcher zu Boden und die Pfeile rollten in alle Richtungen fort, als wollten sie vor ihm fliehen. Der Königssohn starrte die Pfeile zu seinen Füßen an, als wollte er sie mit seinen Blicken zerbrechen, da sie nunmehr nutzlos waren.

Der Riese schien sich um den Lärm nicht zu kümmern. Er war damit beschäftigt, riesige Wurzeln zu waschen. Dass seine Gefangenen fliehen könnten, schien er gar nicht erst für möglich zu halten.

David fühlte sich verpflichtet, einen Ausweg zu finden. Immerhin war es seine Schuld, dass sie sich in dieser Lage befanden. Leider hatte er keinen Schimmer, wie sie aus diesem Gefängnis ohne Gitter und Wände entkommen konnten.

Enya kam zu ihm und stupste ihn an der Schulter. Als David ihr nur geistesabwesend die Nüstern streichelte, blies sie ihm kräftig warme Luft ins Gesicht. Sie blickte ihn mit ihren dunklen Augen an, und plötzlich verstand er. »Du hast einen Plan?«

Enya schwenkte den Kopf. Erst beim dritten Mal verstand David, dass sie ihn damit anwies, auf ihren Rücken zu steigen. Dann wies sie mit ihrer Schnauze zu einem der Stühle und hob ein paarmal abwechselnd die Vorderbeine an.

»Die Pferde können den Stuhl zum Abstieg nutzen!«, rief David begeistert.

»Glaubst du, dass du dich bei solch einem Sprung im Sattel halten kannst?«, zweifelte Dimitrios.

»Ich breche mir lieber sämtliche Knochen bei einem Sturz, als dass ich sie mir von Riesenzähnen zermalmen lasse.«

Dimitrios zögerte einen Augenblick, doch dann seufzte er nur und setzte Gazuri auf Tarans Rücken, bevor er selbst aufstieg. »Dann lasst es uns versuchen.«

David stieg auf Enya und klemmte Gazzel zwischen seine Oberschenkel, um ihnen beiden mehr Halt zu geben. Sollte er dieses

Abenteuer überleben, würde er in seiner eigenen Welt wahrscheinlich Karriere im Profi-Reitsport machen können.

Ehe er es sich anders überlegen konnte, sprinteten die Pferde los und näherten sich mit rasender Geschwindigkeit der Tischkante. Zwischen Tisch und Stuhl gähnte ein Abgrund. David kniff die Augen zu – doch der erwartete Absprung blieb aus. Plötzlich hörte er ein lautes *Rums* und Enya legte eine Vollbremsung ein. Haltlos flogen er und Gazzel über ihren Kopf hinweg, überschlugen sich in der Luft – und knallten mit dem Rücken gegen eine gepolsterte Wand, die verhinderte, dass sie über die Tischkante hinaus in den Abgrund stürzten.

David sah einen Moment lauter bunte Sterne, die sich jedoch schnell wieder lichteten. Sie machten dem Anblick seiner Gefährten Platz, die einige Meter von ihm entfernt mit Schrecken auf etwas hinter ihm starrten. Er drehte sich um und blickte gegen eine rosafarbene Wand. Und als er seinen Blick anhob, stellte er fest, dass sie Teil einer riesigen Gestalt war, die am Tisch stand und wütend zu ihm herabblickte.

Im gleichen Moment wie David, schien auch Gazzel zu begreifen, was diese Wand in Wirklichkeit war. Der Gnom schrie gellend auf und stolperte zu den anderen, während David sich angstgelähmt nicht von der Stelle rühren konnte.

Dumm ging in die Hocke, um ihm auf Augenhöhe zu begegnen. »Wenn man eingeladen wird, bleibt man aus Höflichkeit bis zum Essen«, raunte er. Noch bevor David reagieren konnte, packte er ihn mit zwei Fingern am Kragen und hob ihn in die Höhe.

David wollte schreien, doch sein Kragen legte sich wie ein Galgenstrick um seinen Hals. Einen Moment hoffte er, Dimitrios würde den Riesen mit gespanntem Bogen dazu zwingen, ihn wieder abzusetzen, aber dann fiel ihm ein, dass der Bogen zerbrochen war. Dimitrios konnte ihm nicht helfen.

Dafür tat es Enya. Sie stellte sich wiehernd auf ihre Hinterbeine, als wollte sie dem Riesen den Kampf ansagen. Dann raste sie geradewegs auf Dumm zu, der noch immer vor ihnen in der Hocke saß. Als sie die Tischkante erreichte, hob sie mit einem kräftigen Sprung ab. Ein normales Pferd hätte einen solchen Sprung niemals gemeistert, doch Enya – das hatte David bereits viele Male erleben dürfen – war kein normales Pferd. Sie landete auf seinem Kopf und seine wilde Mähne verhinderte, dass sie abrutschte. Der Riese wusste nicht, wie es um ihn geschah, als sie kräftig mit den Hufen aufschlug und an seinen Haaren zog wie an widerspenstigem Gras. Erschrocken ließ er David fallen, der mit dem Rücken auf den Tisch fiel und ächzend liegen blieb.

»Fiese Hauptspeise!«, brüllte Dumm und schlug blindwütig nach Enya. Sie reagierte gerade noch rechtzeitig, um abzuspringen und unversehrt auf dem Tisch zu landen, als der Riese sich zu Boden schmiss. Er schien noch nicht bemerkt zu haben, dass er seinen Plagegeist losgeworden war.

David kämpfte derweil gegen die Ohnmacht. Er spürte, wie ihn jemand hochhievte, und kurz darauf hatte er einen fantastischen Moment lang das Gefühl, er könnte fliegen.

»Das werdet ihr mir büßen!«, donnerte der Riese. »Ich fresse euch bei lebendigem Leibe!«

Die Pferde flüchteten in einen Spalt hinter dem Küchenschrank.

Krachender Lärm verriet Dumms Wut. Er brüllte und fluchte, und etwas fiel mit einem lauten Klirren zu Boden. Dann wurde es von einer Sekunde zur anderen still.

Bewegungslos und mit angehaltenem Atem verharrten die Gefährten in ihrem Versteck. Minuten vergingen, in denen weder Dimitrios, die Pferde und Gnome noch Dumm ein Geräusch von sich gaben. David verdrängte indessen die drohende Ohnmacht und wurde seiner Umgebung gewahr. Es war dunkel und still. Einen herrlichen Moment dachte er, er befände sich bäuchlings in seinem Bett und erwachte endlich aus einem unheimlichen Albtraum. Dann spürte er, wie unbequem er lag. Als er sich aufsetzen wollte, zog ein stechender Schmerz durch seinen Rücken, der ihn aufschreien ließ.

Mehrere Personen sogen Luft ein und jemand legte ihm erschrocken eine Hand auf den Rücken.

Es erklang ein triumphierendes Grölen. »Hab ich euch!«

David sah auf, als der Boden bebte. Am beleuchteten Ende ihres Verstecks erschien ein riesiges, wütendes Auge. Instinktiv wollte er zurückweichen, doch er war zwischen den Gnomen und Dimitrios eingeklemmt. Erst jetzt wurde ihm bewusst, dass sie sich zu viert auf Tarans Rücken befanden. Hastig ließ er sich vom Pferd gleiten und ging zu Enya, die halb hinter Taran stand. Der Schrank stand etwas schief, wodurch sich die Nische hinter ihr so weit verengte, dass sie eine Sackgasse darstellte. Somit gab es nur einen Ausgang, und der wurde vom Riesen versperrt.

Er kletterte auf Enyas Rücken und sah dem Riesenauge entgegen. »Was jetzt?«, fragte er.

»Kommt freiwillig her und ihr dürft euch aussuchen, wie ich euch fresse«, brummte Dumm und versuchte, sie mit seinem klobigen Finger zu erreichen. Zum Glück war sein Finger zu kurz. Doch es war nur eine Frage der Zeit, bis er auf die Idee kam, den Küchenschrank zur Seite zu schieben.

»Wir müssen ihn überlisten«, sagte Gazzel.

David sah den Gnom überrascht an. Nicht nur, weil er eine Idee zu haben schien, sondern weil er zum ersten Mal das Wort *Wir* in Bezug auf seine Gefährten nutzte.

»Wenn wir schwächer sind als unser Gegner, müssen wir ihm zahlenmäßig überlegen sein«, erklärte der Gnom. »Wenn das nicht genügt, bleibt nur noch die List.«

Das klang logisch. »Wovor fürchten sich Riesen?«, fragte David leise.

»Ich weiß nicht, ob es auf diesen Riesen zutrifft, aber für gewöhnlich fürchten Riesen sich vor Zauberei«, antwortete Dimitrios. »Schon die kleinsten Zaubertricks überfordern sie. Aber das bringt uns jetzt nichts …«

»Doch, ich bin ein Zauberer«, entgegnete David.

»Wirklich?«, entfuhr es Gazzel. Seine Augen wurden groß.

David schüttelte den Kopf. »Aber das weiß der Riese nicht.« Er formte seine Hände zu einem Trichter und rief: »Dumm, wenn du uns nicht sofort gehen lässt, werde ich dich mit einem Fluch belegen!«

Der riesige Finger erstarrte mitten in der Bewegung und zog sich zurück, um einem riesigen Auge Platz zu machen, das sich misstrauisch verengte. »Und wie willst du das anstellen?«

»Ich bin ein Zauberer ersten Grades und der dunklen Künste mächtig«, antwortete David mit dramatisch gesenkter Stimme.

»Was willst du mir denn antun?«

»Ich werde dich verwandeln! In ... eine ... auf ewig hungernde ... Spinne!«

»Spinne?«, flüsterte Dimitrios verwirrt.

»Spinne?«, fragte Dumm nicht weniger verwirrt. »Warum löst du mich nicht einfach in Luft auf, wenn du ein echter Zauberer bist?«

»Ja, ich könnte dich auch in Luft verwandeln ...«

»Lass dich nicht verunsichern«, warnte Dimitrios.

Der Riese blinzelte. »Du kannst mich in ewig hungernde Luft verwandeln?«

»Was? Ich meine, ja! Ich werde dich in ewig hungernde Luft verwandeln!«

»Wie kann Luft denn hungern, wenn sie keinen Magen hat?«

»Äh, ... weil ...«

Dimitrios schlug sich die Hand vor die Stirn. »Bei den Elfen!« Er formte die Hände zum Trichter und übernahm das Gespräch. »Wenn du uns nicht sofort den Weg freigibst, wirst du am eigenen Leib spüren, ob Luft hungern kann!«

Das Auge wurde groß vor Schreck. »Aber ... ich kann euch nicht gehen lassen«, jammerte Dumm. »Ich habe doch jetzt schon Hunger!«

»Wenn du uns freilässt, werde ich deine Güte belohnen«, antwortete David. »Ich werde dir eine Entschädigung herbeizaubern, die viel besser schmeckt als wir!«

Dimitrios blickte David irritiert an. »Hast du vergessen, dass du nicht wirklich zaubern kannst?«

»Einverstanden«, entgegnete Dumm. »Wenn du mir Essen herbeizaubern kannst, das mich sättigt, dann lasse ich euch gehen.«

»Da gibt es nur ein kleines Problem«, gab David zu. »Ich ... kann nicht in der Nähe von Wesen zaubern, die größer sind als ich. Du müsstest erst das Haus verlassen.«

»Dann kannst du mich auch nicht in Luft verwandeln«, wandte der Riese ein. Er wurde misstrauisch und ungeduldig.

»Oh, ich ...« David sah Dimitrios hilfesuchend an.

Der Yagrolaner übernahm wieder. »Der Magier kann in deiner Anwesenheit nicht zaubern, aber er kann dich durchaus mit einem Fluch belegen.«

Dumm brummte etwas Unverständliches und kratzte sich am Kopf.

Da hatte David die rettende Idee. »Folge den Spuren im Sand und du wirst ein Leinentuch finden, das ein verzaubertes Gebäck enthält. Nimm nur einen Bissen und ich schwöre beim Orden der Großen Magier, du wirst keinen Hunger mehr haben!«

Dumm überlegte. »Also gut«, meinte er schließlich. »Wenn ich finde, was du mir versprichst, lasse ich euch gehen. Wenn du aber lügst, werde ich euren Spuren folgen, euch einfangen und bei lebendigem Leibe fressen.« Er erhob sich und ging fort. Eine Tür knarrte und dann rief er: »Ich bin draußen, du kannst jetzt zaubern.« Sanfte Beben verrieten, dass er sich vom Haus entfernte.

Sie warteten eine Weile, ehe sie es wagten, ihm nach draußen zu folgen. Es war dunkel, doch im Mondschein konnten sie eine riesige Silhouette im schwarzen Meer der Ebene erkennen. Mit seinen Riesenschritten hatte Dumm bereits einen beträchtlichen Weg hinter sich gebracht.

»Das ist gerade noch einmal glimpflich verlaufen«, murmelte Dimitrios. Er schien es kaum zu fassen, dass sie den Riesen hatten überlisten können. »Die Legende scheint also tatsächlich wahr zu sein.«

David sah den Yagrolaner an. »Was meinst du damit?«

Auch die Gnome in Dimitrios' Schoß blickten interessiert zu ihm auf.

Der Yagrolaner seufzte tief. »Ich habe euch nicht alles über die Legende der Endlosen Ebene erzählt. Es heißt, dass diejenigen, die keinen starken Willen haben, sich auf ewig in der Endlosen Ebene verirren. Irgendwann liest der Riese der Endlosen Ebene sie auf, um sie zu fressen. In der Legende hat er viele Namen, und jetzt wissen wir auch warum. Sein Erscheinen gibt den verirrten Reisenden den Willen, ihm zu entkommen. Dadurch können sie die Grenzen der Endlosen Ebene finden … doch für die meisten ist es bis dahin zu spät.«

David fröstelte. »Hättest du uns das nicht eher erzählen können?«

Dimitrios zuckte mit den Schultern. »Ich dachte nicht, dass der Riese tatsächlich existiert. Ich frage mich, warum wir ihm begegnet sind.«

»Was zählt ist, dass wir ihm entkommen konnten«, antwortete Gazzel. »Warum auch immer unser Wille vorher nicht ausreichte, jetzt haben wir auf jeden Fall alle einen starken Willen.«

David lächelte. Beim *Wir* wurde ihm warm ums Herz.

Dimitrios nickte. »Du hast recht, Gazzel. Wir sollten uns beeilen. Immerhin … sind wir jetzt unbewaffnet.« Er sah aus, als trauerte er um seinen Bogen wie um einen gefallenen Freund.

David sah zum Horizont, wo sich ihnen exakt dasselbe Bild bot wie vor ihrem Zusammentreffen mit dem Riesen. Die Ebene erstreckte sich in schier endlose Weiten, egal wohin er blickte. Er wusste insgeheim, dass es seine Schuld gewesen war, dass sie dem Riesen begegnet waren. Die Vorstellung, dass sie den Weg vielleicht auch jetzt nicht finden würden, weil er zu sehr an sich selbst zweifelte, bereitete ihm Bauchschmerzen.

»Eure Hoheit?«, meldete Gazzel sich plötzlich. »Darf Gazzel wieder mit David reiten?«

Dimitrios blickte den Gnom verwirrt an. Dann grinste er. »Natürlich. Aber nur, wenn ihr beiden mich endlich Dimi nennt.«

Gazzel neigte respektvoll den Kopf. »Wie Ihr wünscht, Dimi.«

Dimitrios lachte, packte den Gnom unter den Armen und überreichte ihn David.

»Hallo«, sagte Gazzel fröhlich in Davids Schoß, während er sich halb den Nacken verrenkte, um ihn ansehen zu können. Er entblößte seine gelben Zähne für ein Grinsen.

»Hallo«, erwiderte David und lächelte zurück. Und auf einmal wurde ihm bewusst, dass er in seinen Gefährten Freunde gefunden hatte. Die kleinen Wesen waren ihm ans Herz gewachsen. Er erinnerte sich an Dimitrios' Worte, kurz bevor sie Dumm begegnet waren. *Man könnte fast meinen, du wärst einer von uns*. Er war zwar keiner von ihnen, doch nun begriff er, dass dies keine Bedingung war für ein Gefühl der Zugehörigkeit. Ihre Reisegruppe bildete einen bunten Haufen, doch selbst die Gnome identifizierten sich inzwischen als Teil von ihnen. Als Mensch gehörte David vielleicht nicht in diese fremde Welt – aber als Freunde gehörten sie zusammen. Er war nicht allein. Und er war hier, um Freunden zu helfen.

Es war, als zöge sich ein Nebel zurück, der sein Herz seit dem Vorfall im Hauptlager wie eine kalte Hand umschlossen hatte. Endlich hatte er das Gefühl, frei atmen zu können. Das Lösen der unsichtbaren Ketten, die Befreiung von seiner Beklemmung und das Wissen, dass er Freunde hatte, gaben ihm das, was ihm bisher gefehlt hatte – einen starken Willen.

»Schaut! Was ist das?« Gazuri deutete zum Horizont, an dem vor wenigen Augenblicken noch nichts anderes als Sand zu sehen gewesen war. Nun ragten dort dunkle Schwaden empor.

Dimitrios wurde bleich. »Das Dorf des alten Mannes ... Es brennt!«

Das Feuer

Als hätte der Anblick des feurigen Infernos nicht genügt, wehten ihnen erstickender Rauch und verzweifelte Rufe entgegen, sodass sie mit all ihren Sinnen das Chaos zu spüren bekamen, welches das Dorf im Griff hatte. Bald überschritten sie die ersehnte Grenze, die den Sand der Endlosen Ebene und das Kopfsteinpflaster des Dorfes in gerader Linie voneinander trennte.

Es war, als ritten sie gegen eine kochende Wand. Der Rauch brannte auf Davids Haut und in seinen Augen, als stünde er selbst in Flammen. Hustend hielt er sich den Arm vor sein Gesicht und versuchte, sich ein Bild von der Lage zu machen.

Das Dorf brannte lichterloh. Das Stroh, das den kleinen Lehmhäusern als Bedachung diente, bot dem Feuer den perfekten Nahrungsgrund. Ein kleiner Funke eines brennenden Hauses genügte, um das nächste zu entzünden. Doch das Feuer war nicht alles. Taran und Enya mussten unzähligen umgeworfenen Karren, aber auch Stühlen und anderem Hausrat ausweichen, die mitten auf der Straße lagen. David beschlich das Gefühl, dass mehr hinter diesem Chaos steckte als ein außer Kontrolle geratenes Feuer.

Dimitrios schwang sich noch im Ritt aus Tarans Sattel und rannte auf einen hochgewachsenen Mann zu, der mit einem gefüllten Holzeimer zu einem brennenden Haus rannte. »Was ist geschehen?«, rief er ihm über das Prasseln der Flammen zu.

Der Dorfbewohner beachtete Dimitrios nicht. Er schubste ihn grob zur Seite, schüttete den Inhalt seines Eimers ohne sichtbaren Effekt in die Flammen und stürmte zurück zu einem nahegelegenen Brunnen.

Dimitrios fasste sich schnell und rannte zurück zu seinen Gefährten. »David, wir müssen helfen! Gazzel, Gazuri, ihr versteckt euch irgendwo. Ich weiß nicht, wie die Dorfbewohner auf euch reagieren werden, wenn sie euch zu Gesicht bekommen.« Er hob die Gnome von den Pferden, die sofort nach einem sicheren Unterschlupf Ausschau hielten.

David sprang von Enyas Rücken und rannte mit Dimitrios zum Brunnen, an dem die Dorfbewohner sich ihre Holzeimer auffüllen ließen. Sie sammelten zwei Eimer ein, von denen es mehr gab als Helfer, ließen sie sich füllen und machten sich an die Löscharbeit.

Schon nach wenigen Minuten verlor David seinen Freund aus den Augen. Er konzentrierte sich auf jeden seiner Schritte, um nicht versehentlich von Flammen eingekesselt zu werden, die ihn von allen Seiten in ihre Arme nehmen wollten. Er ließ sich auf einen verbitterten Kampf gegen einen Gegner ein, dem er als einzelne Person nicht gewachsen war. Wenn er das Wasser über die Flammen ergoss, verdampfte es zischend, als lachten die Flammen über seinen lächerlichen Angriffsversuch. Wenn er zurück zum Brunnen rannte, warteten bereits andere Dorfbewohner vor ihm auf ihre Eimerfüllung. Kostbare Minuten verstrichen, ehe er an der Reihe war. Indes wuchsen die Flammen und winkten ihm höhnisch zu.

Der hagere Dorfbewohner, der das Wasser für sie schöpfte, stöhnte bei jedem Zug, mit dem er die Eimer aus den Tiefen des Brunnens an die Oberfläche beförderte. Der kräftige Mann, der als nächster in der Reihe auf seinen Eimer wartete, übernahm kurzerhand das Seil, woraufhin der schlanke sich erschöpft auf der Brunnenwand abstützte. Sein Hemd war am Kragen zerrissen. Es glitt halb von seiner Schulter herab und David konnte an den schnellen Bewegungen seiner Brust darunter erkennen, wie sehr er diese Atempause benötigte.

David hatte erwartet, dass es nun schneller voranging, doch selbst für den muskulöseren Mann stellte jeder Zug einen Kraftakt dar. Es war offensichtlich, dass die Dorfbewohner am Ende ihrer Kräfte waren. Beim Füllen des zweiten Eimers entglitt ihm das Seil, und der Eimer fiel mit einem Platschen zurück in die Tiefe.

Wie aus dem Nichts erschienen Enya und Taran am Brunnen. Enya stieß den Dorfbewohner beiseite, nahm das Seil in die Schnauze und suchte Davids Blick.

David verstand. Er befestigte das Seil an ihrem Sattelknauf. Enya lief ein paar Schritte rückwärts, das Seil spannte sich und der gefüllte Eimer erschien am Brunnenrand. David reichte ihn dem muskulösen Dorfbewohner, der dankend nickte und sofort zu den Flammen rannte. »Ein zweites Seil«, rief David, während er einen neuen Eimer an das Seil hängte.

Jemand konnte einen weiteren Strick auftreiben, den sie an Tarans Sattel befestigten. Schnell fanden die Pferde einen gemeinsamen Rhythmus – kaum hatte David einen leeren Eimer an Tarans Seil befestigt und in die Tiefe geschmissen, zog Enya ihren gefüllten Eimer an die Oberfläche.

Eine Hand legte sich auf Davids Schulter. Es war der schlanke Mann, der vor ihnen die Eimer gefüllt hatte. »Vielen Dank, Kleiner. Ich übernehme.«

David begriff, dass der Mann sich nützlich machen wollte, jedoch keine Kraft mehr hatte, um die schweren Eimer zum Feuer zu tragen. Er nickte, nahm Enyas Eimer und rannte los, um den ungleichen Kampf gegen die Flammen wieder aufzunehmen.

Irgendwann geriet er in eine Art Trance, während er seinen Eimer leerte, füllen ließ, leerte, füllen ließ und wieder leerte. Schweiß tropfte von seiner Stirn, während der Rauch seine Kehle austrocknete. Seine Gliedmaßen wurden immer schwerer, doch er gab nicht auf.

Niemand gab auf. Dabei kämpften sie nicht einmal mehr um Sieg oder Niederlage. Sie kämpften lediglich gegen das Ausmaß ihrer Niederlage.

»Der Finsterwald!«, rief jemand, als David am Brunnen auf seinen Eimer wartete. »Das Feuer springt über!«

Die wenigen Männer, die sich in Davids Nähe befanden, stürmten sofort in Richtung des Rufenden. David löste rasch seinen gefüllten Eimer vom Seil und hetzte ihnen hinterher. Er sah noch, wie die Dorfbewohner in einer Seitengasse verschwanden. Als er ihnen nacheilte und um die Ecke bog, wurde er von einer dichten Rauchwolke verschluckt. Durch die schwarzen Schwaden konnte er nicht sehen, wohin er lief. So blieb er mit seinem Fuß an einem Hindernis hängen, das daraufhin lautstark zu fluchen begann. David glitt der Eimer aus den Händen, als er über den vor ihm gestürzten Mann flog, bevor er selbst mit einem überraschten Keuchen der Länge nach hinschlug. Das zeitgleiche Aufklatschen des Wassers ging im Prasseln des Feuers unter.

Der Mann rappelte sich schimpfend auf und half David zurück auf die Beine. Schon schnappte er sich seinen Eimer und rannte zurück zum Brunnen, um ihn sich füllen zu lassen. David wollte ihm nachrufen, auf ihn zu warten, als die Welt sich um ihn herum zu drehen begann. Sein Ruf verwandelte sich in einen Hustenkrampf, während der dichte Rauch wie Gift durch seine Atemwege zog und seine Lunge schmerzen ließ, als würde sie in Flammen stehen. Er ging in die Knie und rang erstickt nach Luft. Abertausende Funken führten einen wilden Totentanz auf und das rote Licht verwandelte seine Umgebung in eine schauerliche Kulisse.

David fühlte sich, wie ins brennende Wohnzimmer seiner Großeltern zurückversetzt. *Ein Abenteuer, das in einem Feuer begann und nun in einem Feuer endet,* dachte er bitter.

Plötzlich glaubte er seinen Namen zu hören. Er hatte keine Ahnung, wer nach ihm rief, oder ob es nur Einbildung war, aber es zwang ihn zurück auf seine Beine. Er konnte sich nicht einfach den Flammen geschlagen geben. Das Dorf brauchte ihn. Die ganze Welt brauchte ihn!

In diesem Moment kamen die Dorfbewohner, denen er ursprünglich gefolgt war, zurück und rannten mit ihren leeren Eimern an ihm vorbei. David taumelte ihnen nach. Endlich am Brunnen angelangt, ließ er sich an der Mauer hinabgleiten und schloss für einen Moment die Augen. Das bedrohliche Flackern der Flammen drang selbst durch seine Lider. Er hielt sich seine Hände vor sein Gesicht und biss die Zähne zusammen, um Tränen der Verzweiflung zu unterdrücken, die ohnehin in der Hitze sofort vertrocknet wären.

Auf einmal traf ihn Kälte wie ein eisiger Blitz. Erschrocken riss er die Augen auf und fuhr sich durch sein nasses Gesicht. Der hagere Mann, der das Wasser schöpfte, stand mit einem leeren Eimer in der Hand über ihm und schenkte ihm ein ermutigendes Lächeln. »Besser?«

David nickte dankbar und zwang sich zu einem Lächeln. Als der Mann ihm einen vollen Eimer hinhielt, schöpfte er eine Hand voll Wasser, um seine trockene Kehle zu befeuchten. Das Wasser strömte wie neue Energie in seinen Magen.

»Danke«, sagte er, stand auf und schloss sich den Dorfbewohnern an, die sich zum zweiten Mal auf den Weg zum Wald machten.

David begriff das Ausmaß ihrer Notlage, als er die riesigen Laubbäume vor sich aufragen sah. Sie waren ihrem Schicksal hilflos ausgeliefert. Rauchstriemen umgarnten die knorrigen Stämme wie die sanften Finger des Todes. Die Blätter wedelten in der Hitze, als versuchten sie, zu entkommen.

»Hier drüben!«, rief ihnen jemand zu. Es war der hochgewachsene Dorfbewohner, der Dimitrios bei ihrer Ankunft von sich gestoßen hatte. David folgte seiner Anweisung und goss seinen Eimerinhalt in den Teil der Flammen, der dem Wald am nächsten war.

Im Nachhinein konnte er sich nicht mehr daran erinnern, wie oft sie zwischen Wald und Brunnen hin- und herrannten, um das Feuer unter Kontrolle zu bringen. Ebenso wenig wusste er, wie er die Kraft dazu hatte aufbringen können, und wie es ihnen gelungen war, nach quälenden Stunden der Ungewissheit die Flammen so weit zurückzudrängen, dass sie keine Gefahr mehr für den Wald und den Rest des Dorfes darstellten. Letztlich flogen nur noch wenige Funken durch die Luft, als wären sie auf der Suche nach letzten Nährböden, bis auch sie verglühten.

Erschöpft setzte David sich an die Brunnenmauer und schloss die Augen. Minutenlang saß er da, vielleicht auch Stunden, ohne sich zu regen.

Enya stupste ihn mit der Schnauze an. Er streichelte sie geistesabwesend.

Irgendwann kam Dimitrios zu ihm. Sein Gesicht war schwarz vor Ruß. »Alles in Ordnung?«, fragte er. Schweißperlen rannen seine Schläfen hinab und nahmen den Ruß auf ihrem Weg mit sich, wodurch sie verschmierte Spuren hinterließen.

David nickte stumm.

Dimitrios setzte sich zu ihm und lehnte seinen Kopf gegen die Brunnenwand. »Ich hätte dich nicht allein lassen dürfen.«

David blickte ihn irritiert an. »Wieso? Ich kann auf mich selbst aufpassen.«

Dimitrios lächelte schwach. »Das glaube ich dir, aber es geht nicht nur um dich. Es geht um uns alle.« Er legte David eine Hand auf die Schulter und sah ihn eindringlich an. »Du musst dir bewusst werden, wie viel du für Yagrolor bedeutest, David. Wenn ich sterbe, wird Ank-Liin um einen verlorenen Königssohn trauern. Aber an meiner Stelle wird mein Bruder Kaspar die Thronfolge antreten und die Welt bleibt in ihrer gewohnten Ordnung. Wenn dir aber etwas zustößt, gerät unsere Welt aus ihrer Bahn. Wir sind auf deine Hilfe angewiesen.«

David antwortete nicht. Natürlich hatte er gewusst, dass man Erwartungen an ihn hatte, doch erst jetzt drang zu ihm durch, welche Bürde man ihm damit auferlegt hatte. Was würde geschehen, wenn er ihre Erwartungen nicht erfüllen konnte? Trug allein er dann die Schuld an ... an was? Nicht einmal das wusste er. Wie sollte ein gewöhnlicher Junge wie er dafür sorgen können, dass eine Welt im Gleichgewicht blieb?

Inzwischen hatten sich immer mehr Dorfbewohner um den Brunnen versammelt. Wären ihre Gesichter nicht verrußt gewesen, hätten vermutlich tiefe Schatten in ihren Zügen für einen mindestens ebenso düsteren Anblick gesorgt. Niemand sagte ein Wort. Sie waren zu erschöpft, um Verzweiflung oder Fassungslosigkeit zum Ausdruck zu bringen.

Ein gebeugter alter Mann trat aus der Menge hervor. Seine tiefschwarz verrußten Falten hoben sich vom Schwarz des restlichen Gesichtes ab. Auch sein Haar und sein langer Bart waren verschmutzt, doch David erkannte an ein paar Strähnen, die hier und da hindurchblitzten, dass sie normalerweise strahlend weiß waren. Er machte einen derart gebrechlichen Eindruck, dass David sich kaum vorstellen konnte, dass dieser alte Mann imstande war, einen Wassereimer zu heben. Gleichzeitig strahlte er eine Aura aus, die ihm verriet, dass er noch lange nicht am Ende seines Lebens angelangt war.

Dimitrios erhob sich, um sich vor ihm zu verbeugen.

Der alte Mann erwiderte die Verbeugung mit einem Kopfnicken, sowohl an Dimitrios als an David gerichtet. Etwas an seinem Blick ließ David glauben, dass der alte Mann wusste, wer sie waren.

»Ihr habt es geschafft, aus der Endlosen Ebene zurückzukehren«, erklärte er nahezu feierlich. »Ihr habt Mut und eisernen Willen bewiesen. Nur durch diese Eigenschaften findet man sowohl den Weg hinein als auch hinaus.« Er hielt kurz inne. »Es ist Brauch des Dorfes, Reisende wie euch mit einem Fest zu empfangen, doch leider ist uns etwas dazwischengekommen.«

»Etwas dazwischengekommen?«, rief jemand entrüstet. Der hochgewachsene Dorfbewohner drängte sich zu ihnen durch und stemmte seine Hände in die Hüften. »Ein Großteil unseres Dorfs liegt in Schutt und Asche«, sagte er verdrießlich. »Und ich befürchte, wir können unseren Gästen nicht trauen.«

David sah den Mann überrascht an. Trotz der schwarzen Asche im Gesicht, war an seinen harten Zügen und dem angespannten Kiefer zu erkennen, dass er es ernst meinte. Genügte es ihm nicht, dass sie ihnen geholfen hatten, das Feuer zu löschen? Argwohn und aufsteigender Trotz brachten David dazu, die bleierne Schwere seiner Glieder zu vergessen. Er stand auf und stellte sich an Dimitrios' Seite.

»Wir haben euch geholfen, das Dorf zu retten«, erinnerte Dimitrios den Dorfbewohner, nicht weniger irritiert als David.

»Retten?« Der Mann lachte abfällig. »Sieh dich um, was haben wir hier denn gerettet? Das Dorf ist zerstört!« Er wandte sich an den alten Mann. »Sie sind nicht, wer sie vorgeben zu sein. Sie ...«

Der alte Mann unterbrach ihn mit einer beschwichtigenden Geste. »Dies ist kein angemessener Zeitpunkt für derartige Unterstellungen, Mo. Unsere Gäste ...«

»Was geben wir denn vor zu sein?«, hakte Dimitrios nach und reckte herausfordernd sein Kinn hoch. »Ihr erkennt mich nicht, oder? Für wen haltet Ihr uns?«

»Ihr könnt mir nichts vormachen.« Überlegenheit spiegelte sich in Mos Augen wider. »Eure beiden Freunde haben bereits zugegeben, dass ihr mit ihnen unter einer Decke steckt.« Er wandte sich mit stolzgeschwellter Brust an den alten Mann. »Ich habe zwei Gnome in die Finger gekriegt. Sie behaupten, zu diesen beiden Fremden hier zu gehören.«

Der alte Mann zog seine buschigen Augenbrauen zusammen. »Entspricht das der Wahrheit?« Seine Stimme war sanft und dennoch mit einem Unterton behaftet, der David schaudern ließ. Es war, als spräche er auf zwei Ebenen mit ihnen.

»Ja«, antwortete David. »Aber ...«

Dimitrios blickte ihn warnend an.

Der alte Mann strich sich über seinen langen Bart, wodurch eine kleine Rußwolke entstand. »Eure Ehrlichkeit in Ehren, in welcher Beziehung steht ihr zu diesen Wesen?«

Davids Mund reagierte schneller als sein Kopf. »Sie sind unsere Freunde.«

Seine Aussage verursachte ein Raunen in der Menge. Auch der alte Mann hob überrascht seine Augenbrauen. Misstrauen trübte seinen zuvor freundlichen Blick. Sofort bereute David seine Aussage. Vielleicht war dies nicht der richtige Zeitpunkt für eine solch explizite Loyalität.

»Sie sind nicht unsere Freunde«, widersprach Dimitrios eilig. »Sie …«

Mo packte David am Kragen und riss ihn grob in die Höhe. Sein Gesicht war trotz des Rußes eindeutig gerötet und seine Augen funkelten gefährlich. »Du gibst also zu, dass du ein Verbündeter dieses fiesen Packs bist, Bursche?«

»Lasst ihn runter!«, befahl Dimitrios scharf.

Mo zog David so dicht an sich, bis sie Stirn an Stirn waren. »Sag schon, Bursche! Ist all das eure Schuld?« Er spuckte vor Wut.

David wandte angeekelt sein Gesicht ab. Als es ihm nicht gelang, sich aus dem Griff des Mannes zu befreien, trat er ihm mit voller Kraft gegen sein Schienbein.

Mo schrie auf und ließ ihn fallen. Davids Beine waren zu schlaff, um ihn aufzufangen. Er sackte zusammen wie eine Marionette mit zerschnittenen Fäden.

»Du Mistkerl!«, keifte Mo und hielt sich mit schmerzverzerrter Grimasse das Schienbein. »Ergreift sie!«

So entkräftet die Dorfbewohner vor wenigen Sekunden noch ausgesehen hatten, so plötzlich entwickelten sie eine erstaunliche Dynamik, der David und Dimitrios nichts entgegensetzen konnten. Zahlenmäßig weit überlegen, übermannten die Männer sie. Den Pferden banden sie flink die Seile um den Hals, die bereits an ihren Sattelknäufen befestigt waren, um sie im Zaum zu halten.

David hörte, wie der alte Mann versuchte, die Menge zu beruhigen, doch die Männer waren von erschreckender Wut getrieben. Je zwei Männer packten David und Dimitrios unter den Armen und zerrten sie vom Brunnen fort.

»Wartet«, rief Mo und wies auf David. »Mit dem habe ich noch eine Rechnung offen.« Er holte aus und gab ihm eine saftige Ohrfeige.

David schrie schmerzerfüllt auf. Tränen schossen ihm in die Augen und ließen Mos schadenfrohes Grinsen vor seinem Gesicht verschwimmen. Er holte zu einem erneuten Schlag aus, als ein schlanker Dorfbewohner ihm die Hand auf die Schulter legte. »Lass es, Bruder«, mahnte er ihn. An seinem hageren Körperbau und dem Riss an seinem Kragen erkannte David, dass dies der Mann war, der ihnen am Brunnen das Wasser gereicht hatte.

»Er hat mich zuerst angegriffen, Wren!«

Wren schüttelte verständnislos den Kopf. »Sieh ihn dir an, der Junge ist doch schon am Ende seiner Kräfte.« Er wandte sich an die Dorfbewohner, die David und Dimitrios noch immer an den Armen festhielten. »Es liegt nicht an uns, über sie zu urteilen. Außerdem haben wir jetzt dringendere Aufgaben. Wir müssen dafür sorgen, dass alle Frauen und Kinder in Sicherheit sind und Unterschlupf finden. Und wir müssen nach dem ... Ihr-wisst-schon-was sehen. Bringt die beiden zum Haus des alten Mannes. Er wird sich um sie kümmern, nachdem man sich um ihn gekümmert hat.«

Die Männer nickten gehorsam und zerrten sie fort.

»Lasst uns los«, sagte Dimitrios verärgert und versuchte, sich loszureißen. »Das ist alles ein Missverständnis, ich bin Prinz Dimitrios aus Ank-Liin!«

Die Dorfbewohner hielten ihn eisern fest. »Der Sohn des Königs?«, bezweifelte einer von ihnen. »Ohne Cervi-Bogen und in Begleitung von Gnomen?«

Dimitrios knurrte wütend. »Fragt den alten Mann, er weiß wer ich bin.«

Der Mann blieb unbeeindruckt. »Der alte Mann steht unter Schock und muss erst mal versorgt werden. Er wird euch noch früh genug aufsuchen. Dann könnt ihr ihm selbst erklären, warum der angebliche Königssohn aus Ank-Liin mit Gnomen unter einer Decke steckt.«

Erst auf dem Weg zum Haus des alten Mannes wurde David das

Ausmaß der Zerstörung bewusst. Das Dorf war größer, als er dachte, aber die meisten Häuser hatten das Feuer nicht überstanden. Verkohlte Balken stachen aus der Asche hervor wie die Masten eines gesunkenen Schiffes, das das schwarze Kohlemeer niemals mehr an die Oberfläche lassen würde. Dorfbewohner standen verstreut in den häuslichen Überresten und gruben nach Wertgegenständen, die den Brand überlebt hatten. Sein Herz verkrampfte sich bei dem Anblick. Sie hatten zwar eine Katastrophe verhindern können, indem sie das Feuer daran gehindert hatten, den Wald zu erreichen, doch der Großteil des Dorfes war vernichtet.

Die Männer brachten sie zu einem der wenigen Häuser, das unversehrt geblieben war. Sie stießen Dimitrios und David hinein und schlossen die Tür. Den polternden Geräuschen nach verbarrikadierten sie den Ausgang von außen.

»Ihr Narren!« Dimitrios trat wuchtig gegen die Tür.

David hatte keine Kraft mehr, um sich über ihre Situation zu ärgern. Als er ein Bett in der Zimmerecke entdeckte, war die Verlockung zu groß. Er kroch unter die Decke und fiel vor Erschöpfung in einen tiefen Schlaf.

Der alte Mann

Als er aufwachte, hatte er einen bitteren Geschmack im Mund und sein Hals kratzte, als hätte er eine kleine Katze verschluckt, die versuchte, seinen Rachen emporzuklettern. Er hatte dumpfe Schmerzen in all seinen Gliedern – und an seiner Wange. Gedanklich verwünschte er diesen selbstgefälligen Dorfbewohner Mo. Hätte Wren nicht rechtzeitig eingegriffen, hätte Mos Rache ihm vielleicht noch einen Zahn gekostet.

David war sich sicher, dass Wren ihnen Gehör schenken würde. Er hoffte, dass sie diese unglückselige Situation bald würden klären können. Und er hoffte, dass es Gazzel und Gazuri gut ging. Er konnte sich nicht vorstellen, dass die Dorfbewohner ihren Freunden etwas antun würden, doch mit Gastfreundschaft konnten sie sicherlich auch nicht rechnen.

»Wie fühlst du dich?« Dimitrios saß an einem Tisch in der Mitte des einfachen Hauses.

David stand auf, zuckte mit den Achseln und setzte sich zu ihm. »Das geschieht in Yagrolor also, wenn man eine gute Tat vollbringt. Man wird verprügelt und eingesperrt. Ich kann es kaum erwarten, der ganzen Welt zu helfen.« Auch wenn die Geschehnisse lediglich auf

Missverständnissen beruhten, fühlte er sich ungerecht behandelt. »Vor allem von Mo wäre eine Entschuldigung angebracht.«

Dimitrios zeigte ein kleines Lächeln. »Hast du Schmerzen?«

David deutete wieder ein Schulterzucken an. Wie, um ihn daran zu erinnern, dass sie auch noch da war, kratzte die Katze in seinem Hals. »Gibt es hier Wasser?«, fragte er und blickte sich suchend um.

Dimitrios stand auf und öffnete eine hölzerne Truhe, die in einer Ecke des Raumes stand. Er holte einen großen Trog, einen Becher und eine Schüssel heraus und lud alles auf dem Tisch ab. Er goss Wasser in den Becher und reichte ihn David.

Es war eine Wohltat, als er das Vieh in seiner Kehle mit gierigen Schlucken fortspülte. Nachdem er den Becher in einem Zug geleert hatte, zog er die Schüssel zu sich und kostete das sämige Mus, mit dem sie bis zum Rand gefüllt war. Er hätte zwar das Festessen vorgezogen, von dem der alte Mann gesprochen hatte, aber das orangerote Mus schmeckte gut. Es kombinierte den säuerlichen Geschmack von Hagebutten mit der intensiven Süße von Datteln.

Während er aß, las Dimitrios ein Buch. Es hatte handbeschriebene Pergamentseiten, so dünn wie die Seiten eines Kirchengesangbuchs.

»Was ist das?«, fragte David neugierig. »Eine Bibel?«

Dimitrios sah ihn verwirrt an.

»Die Heilige Schrift«, half David nach. »Das Wort Gottes?«

Dimitrios' Stirn legte sich in Falten. »Und wer soll das sein?«

David lachte. »Wovon handelt es?«

Dimitrios schwieg und hob das Buch leicht an, als wollte er den Inhalt vor ihm verbergen.

»Warum tust du so geheimnisvoll? Es gehört dem alten Mann, nicht wahr? Ist es ein Tagebuch? Was schreibt er?« David beugte sich halb über den Tisch, um die Schrift entziffern zu können.

Dimitrios klappte das Buch direkt vor seiner Nase zu, als wäre es sein eigenes Tagebuch, gefüllt mit brisanten Geheimnissen. »Nichts Wichtiges«, meinte er eine Spur zu schnell. »Er beschreibt ... seine täglichen

Erlebnisse.« Er stand auf und stellte das Buch zurück in das Regal, das eine komplette Wand des Raumes einnahm und überfüllt war mit Büchern, die dem Tagebuch identisch waren.

»Der Mann muss ziemlich alt sein, wenn das alles seine Tagebücher sind«, scherzte David.

»Er ist tatsächlich sehr alt.« Dimitrios setzte sich wieder zu ihm.

»Du sprichst über ihn, als würdest du ihn kennen.«

»Ich kenne ihn, und er kennt auch mich. Mo hingegen habe ich bisher noch nicht persönlich getroffen. Er hat sich dem alten Mann in den letzten Jahren als Berater aufgedrängt, und jetzt glaubt er, dass er das Sagen hat. Die Situation am Brunnen ist völlig aus dem Ruder gelaufen. Sobald der alte Mann herkommt, wird sich alles klären.«

»Ich hoffe, du hast recht. Wie lange sind wir schon hier?«

»Es ist Mittag des Folgetages.« Dimitrios seufzte. »Wir könnten schon längst auf dem Weg nach Ank-Liin sein, hättest du deinen Mund gehalten.«

David schüttelte entschieden den Kopf. »Gazzel und Gazuri sind unsere Freunde. Dazu hättest du stehen sollen. Sie werden ihnen doch nichts antun, oder?«

Dimitrios antwortete nicht.

»Dimi, glaubst du etwa, dass sie ihnen etwas angetan haben?« Er stand so abrupt auf, dass sein Stuhl umfiel. »Dann müssen wir ihnen helfen!« Er rannte zur Tür und rüttelte am Knauf. Natürlich waren sie noch immer eingeschlossen.

Dimitrios kam zu ihm und drückte seine Hände mit sanfter Gewalt hinunter. »Gib den Dörflern nicht noch mehr Gründe, uns für Feinde zu halten. Lass uns warten, bis wir das Problem diplomatisch klären können.«

»Während sie Gazzel und Gazuri umbringen, weil sie sie für Monster halten?« David schüttelte energisch den Kopf. Er trat ein paar Schritte zurück, und ehe Dimitrios sein Vorhaben begriff, rammte er mit aller Kraft seine Schulter gegen die Tür. Das dünne Holz barst und die Tür wurde aus ihren Angeln gerissen. David stolperte durch seinen Schwung nach draußen – und wurde von vier überraschten Augenpaaren angestarrt.

»Gazzel, Gazuri!«, rief David überrascht.

Die beiden Gnome kamen auf ihn zugerannt und umarmten jeweils eines seiner Beine.

»Hat man euch etwas angetan?«

Beide schüttelten den Kopf. »Uns geht es gut«, sagte Gazzel und grinste. »Der große Mann war gemein, aber der alte Mann war nett zu uns und hat uns zugehört.«

David lächelte erleichtert und rubbelte dem Gnom über seinen ledrigen Kopf, sodass seine Ohren schlackerten.

»Welch freudiges Wiedersehen zwischen ungewöhnlichen Freunden«, sagte der alte Mann lächelnd. Sein Haar und sein langer Bart waren nicht länger verdreckt und strahlten so weiß wie Enyas Fell. Er sah ungetrübt aus, als hätte er das Drama der Nacht nicht mitbekommen.

Mo hingegen sah so missmutig aus, wie David ihn kennengelernt hatte. Die Miene des Dorfbewohners verdüsterte sich noch weiter, als der alte Mann ihn auffordernd ansah. »Entschuldigt mein Verhalten gestern«, murmelte er verdrossen. Als Dimitrios durch den Türrahmen nach draußen trat, sah er betreten zu Boden. »Verzeiht, dass ich Euch nicht erkannt habe, mein Prinz.«

Dimitrios nahm die Entschuldigung mit einem Nicken an.

»Nun gut, lasst uns hineingehen. Es gibt viel zu besprechen«, sagte der alte Mann und wies ins Haus. »Wie ihr seht, die Tür steht euch offen.«

»Ich werde Euch den Schaden selbstverständlich entschädigen«, antwortete Dimitrios verlegen.

»Das ist nicht der Rede wert, stellt man ihn diesem Schaden gegenüber.« Er wies über seine Schulter, ohne selbst einen Blick zurück zum Dorf zu werfen.

Dimitrios nickte bestürzt. »Verzeiht, das war unangemessen.«

»Selbsterkenntnis ist eine Tugend, die im Herzen wohnt und sonst nirgends.« Er legte sich die Hand auf die Brust. »Und dieser Ort ist wichtiger als irgendwelche vier Wände.« Er bat seine verwirrten Gäste erneut mit einer Geste ins Haus.

»Ihr wollt sicherlich wissen, was geschehen ist«, begann der alte Mann das Gespräch, als sie Platz genommen hatten. »Nun, schön.« Er stutzte und schüttelte den Kopf. »Eine unpassende Wortwahl«, korrigierte er sich. »Der Überfall war gewiss nicht schön.«

»Ein Überfall?«, ächzte Dimitrios. »Es war Brandstiftung? Wurde das Dorf ausgeraubt?«

Der alte Mann hob beruhigend die Hände. »Ich wäre Euch sehr verbunden, wenn Ihr ein wenig Geduld aufweisen würdet, Prinz Dimitrios.«

Dimitrios presste die Lippen aufeinander. »Verzeiht mir.«

Der alte Mann nickte. »Geduld und Mäßigung sind ebenfalls Tugenden, die dem Herz eines Yagrolaners innewohnen sollten. Aber ja, Prinz Dimitrios, es war Brandstiftung, jedoch keine Plünderung.« Er seufzte tief und sein Blick verlor sich, als sich die Szenen anscheinend in seiner Erinnerung abspielten. »Sie kamen aus der Endlosen Ebene. Wir waren erfreut, als wir sahen, dass es so viele waren. Wir hegten die kurze Hoffnung, dass es all die Dorfbewohner waren, die als verschollen galten.« Er lächelte traurig. »Die Aufregung im Dorf war groß. Sie …« Er unterbrach seine Erzählung, als sein Blick auf die beiden Gnome fiel. »Wo sind denn meine Manieren geblieben? Wir schulden Euren Gefährten unsere Gastfreundschaft.« Er füllte zwei Becher mit Wasser und reichte sie den Gnomen, die sie ihm förmlich aus den Händen rissen und gierig tranken. Dann wandte er sich wieder an David und Dimitrios. »Es war ein Überfall.«

Dimitrios nickte ungeduldig. »Das sagtet Ihr bereits.«

»Geduld ist eine Tugend, in der Ihr Euch mehr üben solltet, Prinz Dimitrios. Verzeiht meinem Gedächtnis, ich bin nicht mehr der Jüngste.«

»Wie alt seid Ihr denn?«, fragte David. Es war eine unpassende, vielleicht sogar unhöfliche Frage, doch er war zu neugierig.

Der alte Mann starrte ihn verwirrt an, als hätte er sich über diese Frage noch nie Gedanken gemacht.

»Es ist nicht wichtig, wie alt der alte Mann ist«, warf Mo ein.

»Warum nennt ihr ihn überhaupt so ... *alter Mann*?«

Auch wenn er der Dorfälteste war, kam es David respektlos vor, ihn so zu nennen. Er sah den alten Mann fragend an. »Habt ihr keinen Namen?«

Der alte Mann sah ihn verdutzt an. »Das ist mein Name.«

»Ihr heißt *alter Mann*?«, fragte David ungläubig. »Aber Ihr wart doch nicht immer alt?«

Der alte Mann zog verwirrt die Augenbrauen hoch.

Mo wurde sichtlich nervös. »Alter Mann, erzählt unseren Gästen, was geschehen ist.«

Der alte Mann schien noch immer etwas verwirrt zu sein, doch dann sammelte er sich und sagte: »Es war ein Überfall. Es waren mehrere tausend Gnome, die uns völlig überrumpelt haben.«

Gazuri spuckte einen Schluck Wasser in weitem Bogen über den Tisch und Gazzel riss seine Augen so weit auf, dass sie ihm beinahe aus den Höhlen fielen. Auch David war nicht weniger überrascht.

»Das hätte ich mir denken können«, seufzte Dimitrios. Er fuhr sich durch sein Gesicht. »Bei den Elfen ...«

Der alte Mann presste die Lippen zu einem schmalen Strich zusammen. »Wir steckten inmitten der Vorbereitungen des großen Festes. Als so viele Ankömmlinge am Horizont erschienen, beschlossen wir, dass es das größte Fest aller Zeiten werden sollte.« Seine Augen nahmen einen seltsamen Glanz an. »Zu spät bemerkten wir, dass es keine verschollenen Dorfbewohner waren. Die Gnome griffen das Dorf an, als die Überraschung auf ihrer Seite lag. Sie legten das Feuer, und die Flammen griffen schnell um sich ... Sechs Dorfbewohner sind dem Feuer zum Opfer gefallen.«

Mo grunzte. »Wären diese Dämonen nicht so schnell weitergezogen, hätte ich ihnen allen einzeln den Hals umgedreht.«

»Es gab jedoch keine Plünderungen, keine Entführungen, keine Morde«, fuhr der alte Mann fort. »Sie waren auf der Suche nach zwei Yagrolanern mit hellem Haar. Sie seien unterwegs auf einem schwarzen und einem weißen Pferd, in Begleitung zweier Verräter.«

»Also haben sie tatsächlich die Myrarbrunen verlassen und die Endlose Ebene durchquert«, murmelte Dimitrios. »Ich hatte gehofft, dass sie es nicht wagen würden, das Gebirge zu verlassen. Wie sehr ich mich geirrt habe. Ihr Verlangen nach Rache ist so groß, dass sie die Endlose Ebene schneller durchquerten als wir. Sie haben uns nicht eingeholt, sie haben uns *über*holt.«

Mo sah ihn misstrauisch an. »Was wisst Ihr über die Absichten dieser Monster?«

»Wir sind in ihre Gefangenschaft geraten«, berichtete David, als Dimitrios nicht sofort antwortete. »Mit der Hilfe von Gazzel und Gazuri konnten wir entkommen. Allerdings tötete Dimi auf der Flucht ihren Häuptling, und nun wollen sie sich rächen.«

Der alte Mann nickte, als wäre er dabei gewesen.

»Der Verzicht auf Rache ist eine schwierig zu beherrschende Tugend«, sagte er nur.

Mo hingegen schlug mit den Fäusten auf den Tisch.

»Also haben wir es euch zu verdanken, dass unser Dorf zerstört wurde.«

Der alte Mann legte ihm eine Hand auf seine Faust. »Beruhige dich, Mo. Sonst muss ich dich leider bitten, mein Haus zu verlassen.« Seine Stimme klang freundlich, aber bestimmt.

Mo sah sie zwar weiterhin an, als würde er am liebsten über den Tisch springen und ihnen die Köpfe abreißen, doch er schien den Worten des alten Mannes Respekt zu zollen.

»Die Gnome durchsuchten jede Gasse nach euch«, fuhr der alte Mann fort. »Ich denke, dass die Brandstiftung nur Mittel zum Zweck war, denn das Feuer zwang alle Dorfbewohner aus ihren Häusern.

Hättet ihr euch im Dorf versteckt, hätten die Flammen euch in ihre Arme getrieben.«

Dimitrios seufzte. »Das bedeutet, sie werden das gesamte Land verwüsten, bis sie mich gefunden haben. Wie viele waren es?«

Mo lachte trocken. »Es waren Abertausende. Die Brandstifter waren bloß die Vorhut. Das Dorf stand bereits lichterloh in Flammen, während diese Dämonen in endlosen Reihen durch die Straßen zogen. Es war das gesamte verdammte Gnomenvolk!«

Dimitrios vergrub sein Gesicht in den Händen. »Dann müssen wir sie einholen. Wenn das Heer der Gnome so stark ist wie ihr behauptet, wird es sogar Ank-Liin überlaufen. Vor allem, wenn die Stadt nicht vorbereitet ist.« Er sprang auf. »Das Herz Yagrolors ist in Gefahr.«

»Prinz Dimitrios, bitte setzt Euch«, sagte der alte Mann. »Ihr solltet nicht voreilig handeln.«

Dimitrios zog eine Grimasse. »Uns bleibt keine Zeit, wir …«

»Voreilige Schlüsse und planlose Handlungen führen meist in die falsche Richtung. Vernunft und Selbstbeherrschung sind die Tugenden, die nun von Euch gefordert werden. Für einen direkten Aufbruch nach Ank-Liin seid ihr nicht vorbereitet.«

»Ank-Liin ist nicht vorbereitet auf das, was ihnen bevorsteht!«

Der alte Mann schüttelte sanft den Kopf. »Die Zunge der Sturheit spricht aus Eurem Munde, Prinz Dimitrios. Ihr müsstet die Gnome umgehen, was bedeutet, dass ihr einen weiten Bogen um sie schlagen müsstet. Es ist ein langer Weg. Was würde es Ank-Liin nutzen, wenn Ihr ohne Proviant aufbrecht und es nicht einmal bis zur Stadt schafft, um Eure Warnung auszusprechen?«

Der Prinz verdrehte die Augen und setzte sich widerwillig wieder. »Hierbleiben bringt in jedem Falle nichts.«

»Bedenkt, dass Ihr mehrere Mägen zu füllen habt. Wollt Ihr nicht nur Euer Leben, sondern auch das Leben Eurer Gefährten riskieren?«, fragte der alte Mann.

Dimitrios starrte ihn an, als hätte er ihn erst mit diesen Worten zur Besinnung gebracht. »Ihr habt recht, alter Mann.«

Der alte Mann nickte vergnügt. »Selbsterkenntnis ist eine Tugend. Und Ihr wisst selbst, wie wichtig es ist, dass David unversehrt zum Herzen Yagrolors gelangt.«

In David wuchs das Gefühl heran, dass dieser alte Mann mehr über ihn wusste, als er wissen konnte. Hatte Dimitrios ihn bereits vor seiner Ankunft eingeweiht? Er hatte nicht den Eindruck, als hätten die beiden sich vor wenigen Tagen erst gesehen.

»Um Ank-Liin trotzdem vor der Gefahr zu warnen«, sagte der alte Mann, »unterbreite ich Euch folgenden Vorschlag: Wir werden einen Boten entsenden. So ist die Eile von euch genommen. Bevor ihr durch den Grünen Teppich zieht, benötigt ihr Proviant, und euren Pferden würde eine Rast nicht schaden. Ich kann Euch nicht garantieren, dass unser Bote schneller sein wird als die Gnome, aber schneller als ihr wird er in jedem Falle sein.« Er wartete gar nicht auf eine Zustimmung und wandte sich an Mo. »Bring Rhithik her. Sag ihm bitte, dass ich einen wichtigen Auftrag für ihn habe.«

Mo verließ murrend das Haus. Es dauerte nur wenige Minuten, bis er in Begleitung eines drahtigen Mannes zurückkehrte.

Der alte Mann erhob sich, um seinen Gast zu empfangen. »Das Gnomenvolk ist auf dem Weg nach Ank-Liin«, erklärte er. »Du musst schneller sein als sie. Der König muss gewarnt werden.«

Rhithik wechselte einen kurzen Blick mit Mo, der unmerklich nickte. Dann willigte er ein.

Der alte Mann deutete eine Verbeugung an. »Rhithik, ich schätze deine Hingabe und Ausdauer, zwei wichtige Eigenschaften eines guten Boten. Die Elfen sollen dir beistehen.«

Rhithik nickte und verschwand.

Der alte Mann setzte sich wieder. »Wir haben bereits einen Boten nach Nundor gesandt, um Hilfe zu erbitten. Wir werden baldmöglichst mit dem Wiederaufbau des Dorfes beginnen, und Nundor wird uns in den kommenden Tagen mit den nötigsten Waren versorgen. Selbstverständlich steht es Euch frei, als Gäste in unserem Dorf zu verweilen, bis wir Euch Proviant mitgeben können.«

Dimitrios schüttelte den Kopf. »Wir werden selbst nach Nundor reiten und uns dort um Proviant kümmern. Wir haben euch bereits genug Umstände bereitet, alter Mann. Vielen Dank für Euren Boten, durch ihn können wir uns diesen Umweg leisten.«

Der alte Mann lächelte und wandte sich an Mo, der noch immer im Türrahmen stand. »Wirst du deine Tochter zu ihren Großeltern bringen?«

Mo schüttelte den Kopf. »Ich werde hier im Dorf gebraucht«, sagte er. »Mein Bruder bringt Luna nach Nundor.«

»Dann würde ich gern Wren sprechen«, sagte der alte Mann, woraufhin Mo die Schultern hängen ließ und sich stöhnend umdrehte, um den nächsten Dorfbewohner in das Haus des alten Mannes zu bestellen.

Sie verfielen in Schweigen, während sie auf seine Rückkehr warteten. David nutzte diesen Moment, um auf seine Frage zurückzukommen. »Wieso heißt Ihr denn nun *alter Mann*?« Es war eine lächerliche Vorstellung, dass Eltern ihr Neugeborenes auf einen solchen Namen tauften.

Der alte Mann sah David verwirrt an. »Wieso heißt du David? Und wieso bist du der Mensch, auf dessen Schultern die schwere Bürde lastet, unsere Welt zu retten?«

Jetzt war es David, der verwirrt dreinschaute. »Woher …«

»Du trägst eine große Verantwortung, deshalb möchte ich dir einen Rat geben: Behalte deine Identität für dich und bleibe dir selbst stets treu. Wenn nur wenige wissen, wer du bist, gibt es nur wenige, die etwas von dir erwarten. Und es gibt nur wenige, die dir zum Hindernis werden können. Aber allen voran, scheint mir, bist du derjenige, der dir selbst im Weg steht. Du musst deine eigene Identität wahren – Selbstachtung ist eine Tugend, die neben so vielen anderen in deinem Herzen wohnen muss. Das Herz beherbergt mehr, als wir ahnen. Vertraue auf dein Können und dein Urteilsvermögen. Das ist alles, was zählt.«

David rang sich zu einem Lächeln durch. Er wusste, dass der Rat des alten Mannes gut gemeint war, aber Geheimhaltung und Treue zu seiner eigenen Identität änderten nichts an der Tatsache, dass die Welt dem Untergang geweiht war, wenn er versagte. Und wie sollte er sich selbst davon überzeugen, dass er die Welt retten konnte, wenn niemand ihm sagen konnte, was er dafür tun musste? Wie sollte er ein Problem lösen, das er nicht einmal kannte?

Draußen ertönten Schritte. Als Wren hinter Mo eintrat, lächelte er ihnen kurz zu, bevor er sich an den alten Mann wandte. »Was kann ich für Euch tun?«

»Ich möchte dich darum bitten, unsere Gäste nach Nundor mitzunehmen.«

Wren sah Dimitrios und David an, dann fiel sein Blick auf die Gnome, und seine Gedanken waren nur zu deutlich von seinem Gesicht abzulesen.

»Sie gehören zu uns«, stellte David klar, um jegliche Diskussion im Keim zu ersticken. »Sie werden niemandem etwas tun, das schwöre ich.«

Wren tauschte einen kurzen Blick mit dem alten Mann. Als der nickte, nickte auch Wren. »In Ordnung«, sagte er. »Wann gedenkt ihr aufzubrechen?«

»Am liebsten sofort«, erwiderte Dimitrios, als hätte er nur auf diese Frage gewartet. Schon stand er auf und schob seinen Stuhl an den Tisch.

Wren zuckte mit den Schultern. »Meinetwegen.« Er lief zur Tür. »Ich werde Luna holen.«

Der alte Mann erhob sich ebenfalls. »Wir treffen uns am Waldweg«, bestimmte er. »Mo wird euch eure Pferde bringen.«

Mo verdrehte die Augen und verschwand.

Es dauerte nur wenige Minuten, bis die drei Pferde und ihre Reiter wie vereinbart am Waldrand standen.

David streichelte Enya die Nüstern, erfreut sie wiederzusehen, und auch die Stute schmiegte sich an seine Schulter. David hätte niemals gedacht, ein derart inniges Verhältnis zu einem Pferd aufbauen zu können. Er gab ihr einen schnellen Kuss auf die Schnauze und stieg auf.

Neben Enya und Taran stand ein kräftiges Pferd, das Wren ihnen als Minneyar vorstellte. Ihr Fell war weiß-braun gescheckt und ihre lange wollige Mähne hing wie ein Vorhang über ihren Augen. David fragte sich, wie sie den Weg erkennen sollte, ohne über jeden Stein zu stolpern.

Luna, ein sechs-, höchstens siebenjähriges, aufgewecktes Mädchen, hatte ebenso struppiges Haar wie das mollige Pferd. Sie lächelte fröhlich, als sie Minneyar die Nüstern streichelte und ihr liebevolle Worte zusprach. Wren setzte das Mädchen auf den Sattel und stieg selbst auf. »Wir können aufbrechen«, sagte er.

Der alte Mann nickte. »Im Namen des Dorfes möchte ich mich noch einmal für eure Hilfe bedanken«, sagte er zu David und Dimitrios. »Ihr habt Mut und Selbstlosigkeit bewiesen, das werden wir euch nie vergessen.« Er trat dichter an Enyas Seite, stellte sich auf Zehenspitzen und flüsterte: »Es gibt immer Antworten, David. Wenn man sie nirgends findet, sollte man sie in sich selbst suchen. Das Herz beherbergt mehr, als wir ahnen.« Er trat ein paar Schritte zurück und sprach mit erhobener Stimme: »Ich wünsche euch viel Glück! Wir alle können es brauchen, denn schwierige Zeiten stehen bevor. Doch es gibt Hoffnung. Auf Wiedersehen, meine Freunde.«

Die Pferde folgten dem Weg am Waldrand, der fort vom niedergebrannten Dorf führte. Minneyar trabte voran, gefolgt von Taran und Enya, die Seite an Seite liefen.

Als sie das Dorf hinter sich ließen, empfing sie eine ungewöhnliche Ruhe. Der Finsterwald zu ihrer Rechten machte seinem Namen alle Ehre und schien sämtliche Laute zu verschlucken. Selbst das Hufgetrampel der Pferde war gedämpft, als liefen sie über ausgelegte Watte.

»Wir werden Nundor kurz nach der Dämmerung erreichen«, rief Wren über seine Schulter hinweg.

Seine Worte klangen seltsam hohl, als spräche er durch eine Wand zu ihnen.

»Kann mir bitte jemand verraten, wer oder was der alte Mann ist?«, bat David übergangslos. Er fühlte sich nicht dazu imstande, ein neues Ziel ins Auge zu fassen, ohne dieses Geheimnis gelüftet zu haben. Sein Name, sein Alter, sein tiefgehender Blick und weitreichendes Wissen ... Außerdem konnte David sich keinen Reim auf seine Abschiedsworte machen. *Das Herz beherbergt mehr, als wir ahnen.* War das eine Anspielung auf die Tugenden, auf die er offensichtlich so viel Wert legte?

Wren sah ihn argwöhnisch über die Schulter an. »Es gibt nichts über ihn zu erzählen«, entgegnete er und wandte ihm wieder den Rücken zu.

»Warum heißt er *alter Mann*? Wie alt ist er?«, hakte David weiter nach, aber Wren ignorierte ihn. »Dimi, du bist mir Antworten schuldig«, versuchte er es bei seinem Gefährten.

Dimitrios seufzte. »Erinnerst du dich an das Buch, das ich im Haus des alten Mannes las? Ich habe nicht die ganze Wahrheit gesagt«, gestand er. »Du hattest recht, es war eine Art Tagebuch, aber er beschreibt nicht nur seine eigenen täglichen Erlebnisse ...«

Wren drehte sich zu ihnen und starrte Dimitrios entrüstet an. »Ihr hegt doch nicht etwa die Absicht, ihm das Geheimnis des alten Mannes zu erzählen? Ihr wisst sehr gut, dass es strenge Gesetze gibt, Prinz Dimitrios!«

»Wren, ich kenne die Gesetze ...«

»... die auch für einen Königssohn gelten, da gibt es keine Ausnahmen. Außer den Dorfbewohnern und den hohen Damen und Herren auf Ank, darf niemand die Wahrheit erfahren. Selbst Luna ...«

Das Mädchen sah neugierig auf. »Worum geht es?«

Dimitrios nickte verständnisvoll. »Ihr habt recht, Wren, und ich verstehe Eure Aufregung. Aber David ist ... eine Ausnahme.«

»Eine Ausnahme?«, entgegnete Wren misstrauisch. »Wer soll David sein, dass er eine Ausnahme darstellt? Er kommt aus einer weit entfernten Region, das ist unverkennbar. Der erstgeborene Königssohn begleitet ihn auf einer Reise quer durch Yagrolor, auf der sie von einem Gnomenheer gejagt werden, das die Myrarbrunen seit jeher nicht verlassen hat. Prinz Dimitrios, die Gnome haben einen Großteil des Dorfes zerstört, beinahe sogar das …« Er brach ab, rang eine Weile nach Worten und setzte neu an. »Das Feuer hätte fast in einer Katastrophe geendet. Die Gnome sind schuld daran, und trotzdem werdet Ihr von zwei von ihnen als *Gefährten* begleitet! Außerdem bezweifle ich, dass Ihr so töricht seid, das Geheimnis des alten Mannes einem dahergelaufenen Bekannten zu verraten.« Er wandte sich erregt an David. »Bei den Elfen, *wer bist du*?«

David erschrak. »Wer … wer sollte ich schon sein?«, erwiderte er. Er lächelte nervös, während er versuchte, Dimitrios einen hilfesuchenden Blick zuzuwerfen.

»Er ist ein entfernter Verwandter«, sagte Dimitrios. »Und somit Mitglied des Königshauses. Er ist berechtigt, das Geheimnis zu erfahren.«

Wrens Grimasse machte nur allzu deutlich, dass er dieser Aussage keinen Glauben schenkte. »Eure Reise ist eine private Angelegenheit«, sagte er. »Aber sie ist auch der Grund, warum ich kein Zuhause mehr habe.« Er presste die Lippen aufeinander. »Erzählt ihm die Wahrheit, wenn Ihr es für unbedingt nötig haltet. Für Luna ist es allerdings noch zu früh.« Er hielt seiner Nichte die Ohren zu, die enttäuscht jammerte. »Außerdem glaube ich kaum, dass Ihr auch mit diesen beiden Gnomen verwandt seid«, fuhr Wren fort.

Die Gnome tauschten einen traurigen Blick miteinander aus, doch sie hielten sich ohne Einwände die Ohren zu.

Wren gab sich damit nicht zufrieden. »Gnome sind bekannt für ihre Arglist und Intrigen, sie werden jedes Wort mithören«, klagte er.

»Wren, ich weiß Eure Loyalität zum alten Mann und dem Dorf sehr zu schätzen«, antwortete Dimitrios sanft. »Aber Gazuri und Gazzel sind treue Begleiter. Sie werden nicht zuhören. Ich bürge für sie.«

David sah Dimitrios verwundert an. Wer hätte gedacht, dass der Yagrolaner in solchen Tönen von ihren grauen Begleitern sprechen würde.

Wren schürzte die Lippen, erwiderte aber nichts mehr.

Dimitrios wandte sich an David. »All die Tagebücher, die du gesehen hast, waren nur ein winziger Bruchteil der Bücher, die der alte Mann verfasst hat«, fuhr er leise fort, sodass David sich anstrengen musste, ihn zu verstehen. »Unter dem Dorf befindet sich ein riesiges Archiv, das, den Elfen sei Dank, von den Flammen verschont wurde. Es ist ein gigantisches unterirdisches Gewölbe, gefüllt mit zahllosen Tagebüchern. Die Dorfbewohner sind die Wächter des Archivs ... Nur sie und das Königshaus wissen von seinem Bestehen. Nicht einmal ich weiß, wo genau sich der Eingang zum Archiv befindet. Dabei ist der Legende nach selbst dieses Archiv nur ein kleiner Teil dessen, was sich das Werk des alten Mannes nennt. Manche Dorfbewohner gehen davon aus, dass es noch weitere, längst verschollene Archive gibt, die so alt sind wie Yagrolor selbst. Verstehst du, David? Der alte Mann hat kein Alter.« Er verstummte, um David Zeit zu geben, diese Worte zu verarbeiten.

Doch das war ein zu großer Brocken. »Er ist unendlich viele Jahre alt?«

»Niemand weiß, wie alt er ist. Wahrscheinlich ist er älter als Yagrolor. Manche behaupten sogar, dass er Yagrolor geschaffen habe.«

David starrte seinen Freund verstört an. »Ist er ... Gott?«

Der junge Yagrolaner zuckte mit den Schultern. »Den Namen habe ich noch nie gehört. Er ist der alte Mann, der Großvater unserer Welt.«

»Das ... kann ich nicht glauben«, gestand David. Er konnte sich einfach nicht vorstellen, dass der alte Mann schon immer dagewesen sein sollte. »Alles Leben muss einen Anfang haben. Und das Sterben ist ein unzertrennlicher Teil des Lebens. Diese Welt und ihre Geschichte ist so komplex. Der alte Mann kann unmöglich all das kreiert, mitgemacht und *aufgeschrieben* haben. Es sei denn ... er ist Gott.« Unwillkürlich bekam er bei dem Gedanken eine Gänsehaut.

Dimitrios zuckte mit den Schultern. »Er ist der alte Mann, er war schon immer da und wird für immer da sein.«

David konnte beim besten Willen nicht nachvollziehen, wie sein Freund diese Tatsache so leichtfertig hinnehmen konnte. »Er ist also unsterblich?«, fragte er ehrfürchtig.

Dimitrios nickte. »Es ist seine Lebensaufgabe, die Geschichte Yagrolors niederzuschreiben. Er wird erst aufhören zu sein, wenn es Yagrolor nicht mehr gibt.«

David schauderte bei dem Gedanken. »Ist es nicht fürchterlich, zu wissen, dass man auf ewig zum Schreiben verdammt ist?«

»Absolut«, pflichtete Dimitrios ihm bei und sah ihn durchdringend an. »Es gibt kein Wesen, das diesem Wissen standhalten könnte.«

»Wie schafft der alte Mann es dann?« David erinnerte sich, wie sorgenfrei der alte Mann aufgetreten war. Das Wissen über sein Schicksal schien ihn kein bisschen gezeichnet zu haben. David bewunderte ihn dafür – bis Dimitrios antwortete: »Auch er würde es nicht schaffen, daher weiß er es nicht.«

»W... wie?«, stammelte David, als hätte der Yagrolaner das Band eines Heldenfilms vor seinen Augen zerschnitten. Nun hatte David gar kein Bild mehr vor sich und er wusste nicht, was er denken sollte.

»Der alte Mann denkt, er führe ein normales Leben. Das Schreiben erfolgt aus einem Instinkt heraus, und sein hohes Alter verleiht ihm ein anderes Zeitgefühl als uns. Er isst, trinkt, schläft und schreibt. Wüsste er jedoch, dass er dies bis in die Ewigkeit tun muss, würde es ihn innerlich zerstören. Auf der Suche nach einem Ausweg würde er sich selbst verstümmeln und in den Wahnsinn treiben.«

David antwortete nicht. Er hatte Bilder eines körperlich und seelisch zerstörten alten Mannes vor Augen, der einsam und schmerzerfüllt über sein Schicksal wimmerte. »Kann man ihm nicht helfen?«, fragte er verzweifelt.

»Die Dorfbewohner hüten ihn vor Themen wie Leben und Tod, Schicksal, Alter und Zeit. Sie verhindern, dass der alte Mann mit

Fragen konfrontiert wird, die ihn zur Wahrheit führen könnten. Er protokolliert die Geschichte der Welt, kann aber nicht seine eigene reflektieren.«

David schluckte. Das Schicksal des alten Mannes zeigte ihm erneut, dass Yagrolor nicht nur ein anderer Ort, sondern eine fremde Welt war. Es gab so viele Rätsel, deren Lösungen er sich nicht erschließen konnte. So viele Gegebenheiten, die er nicht begreifen konnte, weil sie nicht der Logik entsprachen, die er kannte. Er begriff, dass er seinen Blick auf Yagrolor mit seinen eigenen Gedanken einschränkte. Er kam sich vor wie ein Fisch, der sein Leben in einer Pfütze verbracht hatte und durch einen Regensturm in ein Meer gespült worden war. Das Schicksal hatte ihm einen Weg gepflastert, den ein normaler Mensch nicht gehen konnte – doch er begriff, dass es noch viel härtere Schicksale als das seine gab.

Der Überfall

Gazzel begann leise zu summen.

»Was ist das für ein Lied?«, fragte David, da die Melodie nicht zu dem Lied passte, das sie in der Endlosen Ebene gesungen hatten.

»Eine zweite Ode an den großen Häuptling Gulrad!« Er entblößte seine spitzen Zähne durch ein Lächeln und begann schrill zu singen, wobei Gazuri sofort mit einstimmte:

»Gulrad, Gulrad, großer Häuptlingsmann,
kümmert sich um jeden, so gut er kann.
Egal wie, egal wann, und egal wo,
jeder ist über seine Herrschaft froh!

Rechtmäßig wurde er zum Häuptling gepriesen,
denn er hatte großen Mut bewiesen.
Trolltöter nannte man ihn,
obwohl er darüber unglücklich schien.

So abscheulich diese Biester auch waren,

immer wieder hörte man Gulrad sagen:
›Getötet hat Gulrad, und das vielleicht zurecht,
doch schlechtem Gewissen ist sein Herz nun Knecht.‹

Dabei sind Trolle grauenhafte Gestalten,
mit stinkendem Atem und widerwärtigem Verhalten,
mit pupillenlosen Augen und fleischzerreißenden Zähnen,
und …«

»Aufhören!« Wren starrte die Gnome mit deutlicher Abneigung an. »Ich will nicht, dass meine kleine Nichte Geschichten der anderen Seite vernimmt.« Als die anderen ihn erschrocken ansahen, seufzte er. »Ich habe ja nichts gegen Gesang, aber ich bitte um angemessene Lieder.«
Dimitrios räusperte sich verlegen. Dann begann er zu singen:

»Es gibt uns Kraft und Leben,
lässt uns nach Glück und Liebe streben.
Ratet, oder wisst ihr schon, wovon ich rede?
Ein Tipp – ein jeder hat es, und eine jede.

Es steckt in uns allen,
lauscht in euch, und hört es erschallen!
Auch Yagrolor trägt es in seinem Mittelpunkt,
wie eine Feder, in des Himmels blaue Tinte getunkt.

Wird es geliebt,
so macht es uns frei.
Doch wird es verletzt,
so bricht es entzwei.

Es gibt uns Kraft und Leben,

lässt uns nach Glück und Liebe streben.
Ratet, oder wisst ihr schon, wovon ich rede?
Es ist das Herz – ein jeder hat es, und eine jede.«

»Wie schön!«, rief Luna.

Auch Wren lächelte. »Macht Euch keine Sorgen, Prinz Dimitrios. Rhithik ist ein schneller Bote. Er wird das Herz Yagrolors schon bald erreichen und sie frühzeitig warnen.«

Die Sonne senkte sich langsam dem Horizont entgegen, während sie noch immer von einer ungewöhnlichen Ruhe umgeben waren, die einerseits friedlich wirkte und doch eine bedrückende Wirkung ausübte, als bestünden Gründe dafür, dass hier kein reges Leben herrschte. Nur einmal kreuzten sie zwei Kutschen, die Waren zum Dorf brachten.

Irgendwann wurde David auf Wrens seltsames Verhalten aufmerksam. Der Dorfbewohner warf immer wieder nervöse Blicke in den Wald zu ihrer Rechten, doch wenn David seinen Blicken nachschaute, entdeckte er nichts als stumme Bäume und ihre langen Schatten. Trotzdem ließ er sich von seiner Unruhe anstecken und er sah sich ihre Umgebung etwas genauer an.

Zu ihrer Linken breitete sich eine weite Graslandschaft aus. Sachter Wind ließ die langen Halme hin- und herschwenken und das Feld wie ein grünes Meer erscheinen. David fiel auf, dass die Pferde sich auffallend weit links hielten und auf bereits zertrampeltem Gras liefen statt auf dem sandigen Weg, der am Waldrand entlangführte. Es schien, als mieden sie die Nähe des Waldes, und als wären sie nicht die Ersten, die dies taten.

Wrens Blick haftete noch immer an den Bäumen.

»Was ist los, Wren?«, rief David.

Der Dorfbewohner zuckte sichtlich zusammen. »Nichts«, antwortete er, ohne sich umzudrehen. David wusste, dass er log.

Dimitrios schien sein ungewöhnliches Verhalten ebenfalls bemerkt zu haben. »Schleppt mich gefesselt zum Riesen der Endlosen Ebene und gebt ihm meinen Namen, wenn das wahr ist«, rief er. »Wren, es ist Eure Pflicht, uns auf jegliche Gefahren hinzuweisen, wenn es welche gibt.«

Wren seufzte. »Wisst Ihr denn nicht, wo wir uns befinden?«, fragte er, als wäre dies Antwort genug.

Dimitrios sah sich unschlüssig um. David kam es vor, als hätte die Sonne einen riesigen Sprung gemacht. Auf einmal umschlangen verzerrte Schatten die knorrigen Baumstämme, hinter denen sich undurchdringliche Dunkelheit verbarg. Aber auch der Anblick des Waldes selbst hatte sich verändert.

»Die Bäume stehen hier dichter beieinander«, bemerkte Wren. Tatsächlich, Bäume ragten aus dem Boden, wo sie nur konnten. Ihre Wurzeln wucherten wie gebrochene Spinnenarme aus dem Boden und verrenkten und verknoteten sich in einem undurchdringlichen Durcheinander. Das Licht der Abendsonne hatte kaum mehr eine Chance, in den Wald einzudringen, und kein einziger Laut drang heraus, als läge der Wald selbst auf der Lauer.

»Aber worum sorgt Ihr Euch?«, fragte David unsicher. Der Finsterwald war zwar unheimlich – aber das allein machte ihn nicht *gefährlich*. Es musste noch etwas anderes geben, was Wren solche Sorgen bereitete.

Auf einmal fühlte David sich beobachtet. Das Gefühl war so intensiv, dass er für den Bruchteil einer Sekunde die entsetzliche Vision einer auf sie zustürmenden Armee von Spinnen hatte, doch als er blinzelte, waren die Spinnen nicht mehr als verknotete Baumwurzeln. Trotzdem blieb ihm das beklemmende Gefühl, beobachtet zu werden. Er schauderte.

»Dies ist das Gebiet des Ayatsuriyaa-Gefolges«, erklärte Wren.

»Natürlich«, raunte Dimitrios.

»Was ist das für ein Gefolge?«, fragte David.

Wren sah ihn über die Schulter hinweg an.

»Du kennst die Legende um Ayatsuriyaa nicht?«

David schüttelte den Kopf. Den Namen hatte er nie zuvor gehört. Er konnte ihn ja kaum aussprechen.

»Die Legende besagt, dass vor Tausenden von Jahren große Aufruhr im Elfenvolk geherrscht habe«, erzählte Dimitrios. »Einer Elfe wurde Mord zur Last gelegt. Dabei hatte noch nie zuvor eine Elfe eine Missetat begangen, denn es sind reinherzige Wesen. Deshalb verehren wir sie so sehr.«

»Auch wenn niemand weiß, ob es sie wirklich gibt«, sagte Wren.

»Stellt niemals die Existenz der Elfen infrage«, zischte Dimitrios.

Wren zuckte mit den Schultern. »Jedenfalls war es laut Legende das erste Mal, dass eine Elfe eine Missetat begangen hatte«, übernahm er die Erzählung. »Ihr Name war Ayatsuriyaa. Sie wurde aus der Elfenwelt verstoßen und sollte fortan ohne ihre Elfenkräfte in einer Zwischenwelt leben.«

»Aber das ist noch nicht das Ende der Legende«, vermutete David.

»Ayatsuriyaa gelang es, eine ihrer Kräfte zu behalten.«

»Welche?«

»Gedankenmanipulation.«

»Elfen können Gedanken manipulieren?« David schauderte. Er hatte durch den Tatzelwurm bereits erfahren, wie es sich anfühlte, fremde Gedanken in sich zu haben. Wie mochte es sich wohl anfühlen, wenn jemand Fremdes seine Gedanken steuerte? Würde er das überhaupt merken?

»Die Elfen machen niemals Gebrauch von dieser Kraft«, versicherte Dimitrios ihm. »Doch Ayatsuriyaa hatte kein reines Herz mehr. Es ist naheliegend, dass sie nicht davor scheuen würde, auch diese Kraft zu missbrauchen.«

»Aber welche Gedanken sollte sie manipulieren, wenn sie in einer Zwischenwelt lebte?«, warf Gazzel ein.

»Es ist nur eine Sage«, erinnerte Wren.

»Lücken in der Logik sind dabei vorherbestimmt.«

»Elfen sind so mächtig, dass sie Einfluss auf andere Welten nehmen können«, warf Dimitrios ein. Er klang dabei so überzeugt, dass David ihm glauben wollte. Warum auch nicht? Wenn es Yagrolor gab, warum dann nicht auch die Elfenwelt? Zudem basierte die Heldengeschichte seines Vaters auf ihrer Existenz. Wenn es die Elfen nicht gab, wie sollte er dann sein Opfer gebracht haben, um die Cervi-Sonne zu erschaffen? Er griff nach seinem Kettenanhänger. Er glaubte an die Geschichte seines Vaters, also glaubte er auch an die Elfen.

»Jedenfalls soll es Ayatsuriyaa irgendwie möglich gewesen sein, die Gedanken von ein paar Yagrolanern zu manipulieren«, fuhr Wren fort. »Sie soll ihre Gedanken mit Schwärze gefüllt und ihnen jegliche Zivilisiertheit genommen haben. Über viele Generationen hinweg treiben die Nachkommen dieser Yagrolaner, bekannt als das Ayatsuriyaa-Gefolge, ihr Unwesen in den Tiefen des Finsterwaldes. Sie verlassen den Wald so gut wie nie, doch in diesem Gebiet hier werden sie des Öfteren gesichtet und manchmal ... kommt es zu Überfällen.«

David fröstelte. Er glaubte, dass der Wind merklich kühler geworden war. Sie hatten leichten Rückenwind, als würde Mutter Natur versuchen, ihre Kinder von diesem unheilvollen Ort fortzutreiben. »Ayatsuriyaa hat also immer noch die Kontrolle über das Gefolge?«

Wren schüttelte erst den Kopf, doch dann nickte er. »Ayatsuriyaa selbst ist schon lange tot, doch das finstere Gedankengut, das sie den Yagrolanern damals eingeflößt hatte, beherrscht sie noch immer.«

Die Äste am Wegrand bewegten sich durch einen jähen Windstoß, als wollten sie die Gefährten von diesem Ort vertreiben. Die Blätter sangen dazu einen Klagegesang, der selbst dann nicht abzuflauen schien, als der Wind sich wieder legte. Auf einmal hatte David den Eindruck, ein paar der Blätter würden die richtige Tonlage nicht finden. Es war nicht der Wind, der sie bewegte.

David war nicht der Einzige, der es hörte.

»Schneller!«, spornte Wren seine Stute an. Doch statt zu

gehorchen, wieherte Minneyar erschrocken auf, hielt abrupt an und tänzelte nervös auf der Stelle.

David beugte sich zur Seite und sah ein unerkenntliches Knäuel, das ihnen den Weg versperrte. Es bäumte sich auf und gab sich als gebückter Mann zu erkennen, der ihnen wagemutig in den Weg gesprungen zu sein schien.

Voller Entsetzen starrte David den Räuber an, der einen Dolch zwischen seine verfaulten Zähne geklemmt hatte und hämisch grinste. Seine Knie waren gebeugt, als stünde es in seiner Absicht, sich wie ein Raubtier auf sie zu stürzen. Doch noch rührte er sich nicht. Er beobachtete lediglich jede ihrer Bewegungen mit seinen aufmerksamen dunklen Augen.

Bevor David sich's versah, waren weitere Räuber wie aus dem Nichts erschienen und hatten sie umzingelt. Er saß wie gelähmt auf Enyas Rücken und suchte angsterfüllt nach einem Fluchtweg, doch sie saßen in der Falle. Sicherlich hätten sie lospreschen und den Anführer über den Haufen reiten können; doch ebenso sicher hätte einer der anderen Räuber schnell genug reagiert und einen von ihnen verletzt oder gar vom Rücken des Pferdes gezerrt. Auch seine Freunde schienen keine Lösung zu wissen. Stattdessen beobachteten sie tatenlos, wie immer mehr Räuber aus ihren Verstecken kamen und sie umzingelten.

Enya schnaubte. David tätschelte ihr beruhigend den Hals, wobei er selbst dringend Beruhigung benötigt hätte. Verstohlen beobachtete er die Räuberbande, ohne einem von ihnen direkt in die Augen zu sehen. Ein Gefühl des Ekels stieg in ihm auf. Es war ein dreckiges Pack, das sie aus gierigen Augen musterte. Ihre Gesichter waren mit Schmutz beschmiert, um zwischen den Bäumen nicht aufzufallen, und ihr Haar war verfilzt und ohne Schnitt. Sie trugen Kleidung aus Blättern und Rinde, und waren allesamt mit stählernen oder geschnitzten Dolchen bewaffnet.

»Im Namen unserer Herrin«, zischte der Anführer, »verlangen wir alles, was ihr bei euch habt.«

»Im Namen unserer Herrin«, zischten die anderen, während sich der Kreis um sie herum verdichtete. Sie erinnerten David an sprechende Schlangen und er hatte das Gefühl, als würden sie sich langsam um seine Kehle schlingen.

Wren streckte abwehrend eine Hand aus und versuchte damit den Räubern Einhalt zu gebieten. Mit der anderen hielt er seine Nichte dicht an sich gedrückt. Luna hatte ihr Gesicht in seinem Ärmel vergraben und wimmerte.

»Wir haben nichts Wertvolles bei uns«, versprach er mit fester Stimme.

»Lüge!«, sagte der Anführer. Er nahm den Dolch aus dem Mund und hielt ihn drohend auf Wren gerichtet. »Wertsachen«, verlangte er. »Wir wollen eure Wertsachen!«

»Ich schwöre bei den Elfen, wir haben nichts, was für euch von Belang wäre.«

Der Anführer schüttelte den Kopf, sodass ihm Dreck aus den Haaren fiel. »Bei den Elfen«, äffte er Wren nach und spuckte auf den Boden. »Ein Schwur bei den Elfen ist wertlos. Es gibt nur die eine, *Ayatsuriyaa.*«

Die anderen Räuber gaben wüste Beschimpfungen von sich.

»Ich spreche die Wahrheit«, erklärte Wren möglichst ruhig. »Wir haben nichts bei uns. Bitte lasst uns weiterziehen.«

»Lüge! Lüge! Lüge!«

»Bei den ...«, begann Wren und brach ab.

Der Anführer erstarrte in seinem zornigen Gezappel und zog eine Grimasse der Entrüstung. »Es gibt nur die eine, *Ayatsuriyaa*. Und jetzt gebt eure Wertsachen her.« Als niemand der Umzingelten reagierte, schloss sich der Kreis der zischenden und knurrenden Bande. In ihren dunklen Augen loderte Gier und angsteinflößende Wildheit, die David an ihrer Menschlichkeit zweifeln ließ. Sie sahen fremdartig aus – anders als die Yagrolaner, denen er bisher begegnet war. Und sie benahmen sich sonderbar – tierisch.

David sah Dimitrios an. Der Yagrolaner nickte kaum merklich und David wurde nervös. Wollte sein Freund ihm damit etwas sagen? *Was?*

Plötzlich zischte etwas nahe bei ihm und ließ ihn zusammenzucken. Ein Räuber war lautlos näher gekommen und schielte zu ihm herauf. Sein Blick war gierig und gleichzeitig leer. *Seelenlos*, schoss es David durch den Kopf. Das war kein Yagrolaner, der ihnen Böses wollte. Das war ... etwas anderes.

David verspürte Angst und Abscheu, jedoch keine Feindseligkeit. Es war, als würde er von einem zähnefletschenden Hund bedroht werden. Er konnte Angst vor dem Hund haben, aber er konnte ihn nicht *hassen*. Hassen konnte er nur den Besitzer, der dieses Monster auf ihn hetzte.

»Durchsucht sie«, befahl der Anführer und griff selbst nach Luna. Das Mädchen schrie auf, doch Wren ließ zu, dass der Räuber sie betastete, obgleich ihm anzusehen war, wie schwer es ihm fiel.

Der Gefolgsmann an Enyas Seite griff nach Gazzel. Er hätte schon beim bloßen Hinblick erkennen müssen, dass der Gnom nichts als seinen abgewetzten Lendenschurz bei sich trug. Doch seine Gier schien ihm den Zugriff zum logischen Denken zu verwehren. Gazzel wich quiekend vor ihm zurück und wäre beinahe vom Pferd gestürzt, hätte David ihn nicht festgehalten. Verängstigt kniff der Gnom die Augen zu und wandte sein Gesicht so weit ab, wie es ihm möglich war. David sah hilflos zu, wie der Räuber den Gnom grob abtastete. Er hätte ihm am liebsten die Hand fortgeschlagen, doch er wusste, dass das ein Fehler gewesen wäre.

Der Räuber grunzte verärgert, als er feststellte, dass Gazzel wertlos war und wandte sich hoffnungsvoll an David. Als er seinen Arm berührte, zuckte David zusammen und bekam Gänsehaut. Die rauen Schmutzfinger des Räubers waren eiskalt und Davids Haut begann unter seinen Fingerkuppen unangenehm zu prickeln. Die Finger glichen den Beinen einer Spinne, die seinen Arm hinaufkrabbelte und mit jedem Schritt ihr Gift hinterließ, das tief in sein Gewebe drang. Plötzlich wurde ihm schwindelig, als zeigte das Gift seine Wirkung. Alles um ihn herum begann sich zu drehen, sodass der Gefolgsmann in Kreisen um ihn tanzte und unmögliche Grimassen schnitt. Grauer Nebel begann ihm die Sicht zu nehmen, als würde ein milchiger Mantel über ihn fallen. Das Grau vermehrte sich rasant und hüllte alles ein – ihn, den Räuber, Gazzel und Enya, bis sie skurril verwobene Farbkleckse auf grauem Hintergrund bildeten.

Entgegen seiner Befürchtung wurde David nicht bewusstlos. Es war vielmehr, als glitte er in eine surreale Traumwelt. Oder eher – eine surreale Albtraumwelt. Alles war schwarz. Wo eben noch Enya gewesen war, glaubte er Boden unter seinen Füßen zu spüren, um sich selbst Halt zu geben, wo es in Wirklichkeit keinen mehr gab. *Wo war er?* Da erinnerte er sich. Er hatte sich schon einmal in dieser Situation befunden – in seinem Traum, in dem er Dimitrios das erste Mal begegnet war.

Allerdings war dies definitiv kein Traum. David erinnerte sich leibhaftig, wie dieser Gefolgsmann ihn vor wenigen Sekunden berührt hatte. Er konnte dabei doch nicht ernsthaft eingeschlafen sein! Da war es wahrscheinlicher, dass seine Berührung ihn tatsächlich vergiftet hatte.

Also ... war er vielleicht tot? Er zwickte sich in den Arm und spürte den Schmerz. Nein, er lebte noch. Ob das allerdings eine gute Nachricht war, wagte er nicht zu beurteilen.

Auf einmal glomm ein kleiner Funke vor ihm auf. Und dann, von einem Moment zum anderen, sah er ein Wesen vor sich, das fast schüchtern in das *Nichts* unter sich blickte, als vermiede es Blickkontakt mit ihm.

Das Geschöpf war ehrfurchteinflößend schön. Menschenähnlich, jedoch eindeutig nicht menschlich. Es hatte langes weißes Haar, das bläulich schimmerte, als würde es die blassen Farben eines klaren Sommerhimmels reflektieren. Ein seidenes Gewand fiel in wogenden Falten bis zu seinen nackten Füßen und verbarg dadurch die meisten Körperkonturen. Trotzdem vermochte es die Anmut und betörende Eleganz der menschlichen Gestalt nicht zu verhüllen, und David war überzeugt, dass das Geschöpf weiblich war. Seine Gesichtszüge waren markant und sanft zugleich, sie verrieten Zeitlosigkeit.

Sie bewegte sanft ihre Finger. Seidene Fäden aus Licht umgarnten ihre Spitzen, als spönne sie feine Spinnweben mit jedem einzelnen Glied. Die Fäden wuchsen in die Länge, erstreckten sich im dunklen Nichts und schwebten, von einer schwachen Brise getragen, in Davids Richtung.

Da schlug das Wesen die Augen auf, und David wurde in den Bann der goldgelben Katzenaugen gezogen. Er wollte die Schönheit dieser Augen kommentieren, doch als er seinen Mund bewegte, blieb das, was er sagen wollte, unausgesprochen. Anscheinend war es ihm nicht erlaubt, zu reden. Einen intensiven Moment lang sahen er und das Geschöpf einander an, ohne dass etwas geschah ... bis die Lichtfäden ihn erreichten, die Katzenaugen golden zu glühen begannen und ein herzloses Lächeln die Mundwinkel umspielte.

Plötzlich begriff David, dass sie gefährlich war. Er wollte sich den Lichtfäden entwinden und sich von ihr abwenden – doch er war gelähmt. Er hätte geschrien, hätte er es gekonnt. Das Wesen hatte die totale Kontrolle über ihn. So wie der Tatzelwurm seine Gedanken übernommen hatte, übernahm dieses Wesen seinen Körper!

Ein kalter Wind peitschte David entgegen, wie um ihn für seine Naivität zu bestrafen. Ihre Haare stoben auf, als wäre sie die Quelle des Windes. Dunkle Schatten zogen über die eben noch so schön anzusehenden Gesichtszüge, bis das Gesicht kaum mehr zu erkennen war. Einzig die glühenden Katzenaugen starrten ihn aus der Dunkelheit heraus an, und darunter kräuselte sich der schmale Mund zu einem hämischen Grinsen. Die Lippen formten Worte, doch David vernahm sie, als entstünden sie in seinem Kopf. *»Du gehörst mir.«*

David erschauderte. *Wer bist du?*, dachte er. Zum ersten Mal in seinem Leben wurde aus seinem gedanklichen Monolog ein Dialog.

»Ayatsuriyaa.«

Wäre er seines Körpers eigener Herr gewesen, wäre er erschrocken vor ihr zurückgewichen. So aber stand er noch immer regungslos da und erwiderte ihren Blick, während das eigentliche Geschehen in seinem Kopf stattfand.

Wie kann das sein?, dachte er. *Ayatsuriyaa ist doch schon lange tot.*

Die Augen des Wesens glommen auf und David hörte ein Lachen in seinem Kopf. *»Tot oder nicht, du unterliegst fortan meinem Willen. Du gehörst mir.«*

Nein! David suchte panisch nach einer Möglichkeit, sich von der Elfe zu lösen, doch er konnte sich weder abwenden, noch die Augen schließen oder Ohren zuhalten.

»Du kannst dich nicht widersetzen.«

David wollte sich an den Kopf fassen und schreien. Sie war ein Fremdkörper, den er nicht abstoßen konnte. Stattdessen entzündete sie seinen Verstand. Sein Körper gehörte bereits ihr, und wenn er nichts unternahm, würde sie auch seinen Verstand schon bald zu ihrem Besitz zählen können. Aber ... wäre das so schlimm? Er verspürte einen Moment den Drang, nachzugeben. Es wäre so viel einfacher, sich ihr zu überlassen. Sie würde Sorge dafür tragen, dass es ihm gut ging.

Nein! Das waren nicht seine eigenen Gedanken! Er wollte – er *durfte!* – nicht aufgeben. Wenn er an sich zweifelte, hatte er sein Schicksal nicht länger in der eigenen Hand. Sein Körper gehorchte ihm zwar nicht mehr, doch seinen Verstand hatte er noch unter Kontrolle – und somit war er noch er selbst.

»Es ist zwecklos, du gehörst mir.«

Auf einmal leuchteten die Lichtfäden auf und David hob seine Hände. Nein – das war nicht er. *Sie* hob seine Hände! Er griff sich an die Kehle ...

Nein!, dachte David verzweifelt. *Nein!* Er stemmte all seine mentale Kraft auf, um seine Hände zu senken, doch seine Finger umschlossen seinen Hals – und drückten zu.

»Gib auf. Du gehörst mir.«

Er versuchte Ayatsuriyaas Stimme auszublenden und konzentrierte sich nur auf ein Wort: Nein!

Die Windstöße, die von ihr ausgingen, wurden stärker. Ihr Haar stob auf, als führte es ein Eigenleben.

»Du gehörst mir!«, drängte die Elfe. Sie war eindeutig ungeduldig, doch in ihren Tonfall mischte sich ein weiterer Klang. Sie war ... nervös. War es möglich, dass Ayatsuriyaa seinen Körper nicht ewig beherrschen konnte und ihn gehen lassen musste, wenn er ihr nur lange genug widerstand?

Als hätte David ihren Schwachpunkt durchschaut, wurde Ayatsuriyaa nahezu hysterisch. *»Du gehörst mir!«*, kreischte sie. *»Gib auf!«* In ihren Augen loderte Wut, und ihre Haare schlugen wie knallende Geißeln empor.

Nein!, dachte David verzweifelt. Diese Hexe würde nicht gewinnen.

Der Wind entwickelte sich zum Sturm. David spürte die scharfen Schnitte der Luft wie feine Rasiermesser auf seiner Haut. Ayatsuriyaas schimmerndes Haar peitschte mit den kräftigen Windstößen und wehte ihr ins Gesicht. Es verdeckte ihre brennenden Augen – und das genügte.

David entriss sich sowohl ihrem mentalen als auch seinem eigenen Würgegriff. Er keuchte und warf sich herum, um der Elfe den Rücken zu kehren. Hinter ihm, nicht *in* ihm, gellte Ayatsuriyaas Schrei. Es war ein langer, schriller Schrei, der David bis ins Mark erschütterte und ihn gleichzeitig erleichterte, denn es war der Schrei einer Hexe, die verloren hatte.

Auf einmal hüllte grauer Nebel ihn ein und lichtete sich dann langsam, um Farben Platz zu machen. Die Farben setzten sich nach und nach zu Gebilden zusammen, und plötzlich fühlte David wieder das Zaumzeug in seinen Händen, Enya unter sich und Gazzel in seinem Schoß.

Der Gefolgsmann schreckte entsetzt vor ihm zurück. Furcht loderte in seinen gelben Katzenaugen auf, bevor sie wieder zu seinen schwarzen Knopfaugen wurden und die Furcht in enttäuschte Wut überging. Er bleckte die Zähne und knurrte leise.

David erschrak. Er würde doch nicht etwa ... Der Räuber brüllte zum Angriff und riss seine Faust in die Höhe. Silber blitzte im Licht der schräg stehenden Sonne und raste direkt auf David zu.

David schrie auf und duckte sich.

»Los!«, schrie Dimitrios, und sofort preschten die Pferde los. Minneyars Angst verlieh ihr eine Geschwindigkeit, die sich keiner zu erträumen gewagt hätte, und Taran und Enya hatten bereits mehrfach bewiesen, wozu sie imstande waren.

In seiner vorgebeugten Haltung gelang es David, sich und Gazzel trotz des unerwarteten Rucks auf Enyas Rücken zu halten. Der Gefolgsmann hingegen realisierte zu spät, dass sein Opfer ihm entkam. Von seinem eigenen Schwung nach vorn gerissen, stürzte er haltlos zu Boden.

Die unvorhergesehene Flucht verursachte ein heilloses Durcheinander unter dem Gefolge. Die meisten sprangen vor Schreck zurück und standen sich dann für einen schnellen Angriff selbst im Weg, während dem Anführer nur noch Zeit blieb, seine Augen überrascht aufzureißen. Dann wurde er durch Minneyars Brust zu Boden geschlagen und derbe Huftritte an Kopf und Schläfen trieben ihm sein Leben aus dem Leib.

David konnte kaum fassen, dass sie entkommen waren. Er war sich sicher gewesen, durch den Dolchstich sterben zu müssen. Stattdessen galoppierten sie unversehrt in rasendem Tempo davon und sahen Ayatsuriyaas Gefolge hinter sich immer kleiner werden. Selbst als die Räuber sie schon längst nicht mehr hätten einholen können, trieben Angst und Schrecken die Pferde und ihre Reiter an. Schließlich aber wurde Minneyar langsamer, und David bemerkte, dass das Pferd lahmte und ... War das Blut?

Genau in diesem Moment brach das Pferd zusammen. Erstaunlicherweise reagierten sowohl Wren als auch Luna schnell genug, um sich geschickt abzurollen und Verletzungen zu vermeiden. Es war offensichtlich, dass Yagrolaner von Kindesbeinen an lernten, zu reiten – und richtig zu fallen, wenn es darauf ankam.

Wren rappelte sich hastig auf. »Bei den Elfen!«

Minneyar lag mitten auf dem Weg und schnaufte. Eine dunkelrote Pfütze breitete sich langsam unter ihrem Körper aus.

Luna quiekte erschrocken, krabbelte auf allen vieren zu Minneyar und warf sich ihr an den Hals.

Dimitrios sprang von Tarans Rücken und schob vorsichtig seine Hand unter Minneyars massigen Leib. Das Pferd protestierte mit einem leisen Wiehern, blieb jedoch bewegungslos liegen. Als Dimitrios seine Hand wieder hervorzog, tropfte ihm Blut von den Fingern. »Sie hat eine lange und tiefe Schnittwunde am Bauch. Der Anführer der Räuberbande muss sie ihr im letzten Moment noch zugefügt haben, bevor sie ihn niedertrampelte.« Er sah Wren mitleidig an und schüttelte den Kopf.

Luna schluchzte und vergrub ihr Gesicht in Minneyars wollige Mähne. »Du darfst nicht sterben, Minneyar«, weinte sie. »Onkel, sag doch was …«

Wren stand regungslos da, während eine einzelne Träne über seine Wange rann.

Da sie kein geeignetes Werkzeug für ein Begräbnis bei sich hatten, schleiften sie Minneyars Körper unter Mühen ein kleines Stück weit in das hohe Gras am Wegrand. Wren und Luna bekamen ein wenig Zeit, um Abschied zu nehmen, doch letztlich drängte Dimitrios dazu, ihren Weg fortzusetzen, da sie sich noch immer in Reichweite des Gefolges befanden und er sie unter sicherem Dach wissen wollte, bevor die Sonne unterging.

Glücklicherweise war Taran groß und kräftig, sodass Luna, Wren und Dimitrios zu dritt auf seinem Rücken Platz fanden. David hatte nun zwei Gnome in seinem Schoß und redlich Mühe, sich im Sattel zu halten.

Schwermut hing über ihnen wie ein schweres Netz, geflochten

aus Erschöpfung, Trauer und Niedergeschlagenheit, während sie schweigend den Waldrand entlangtrabten.

David hatte den anderen nichts von seiner Begegnung mit Ayatsuriyaa erzählt und beschloss, es zunächst dabei zu belassen. Die Stimmung war bedrückend genug. Er bekam eine Gänsehaut, als er daran dachte, wie er durch die Lichtfäden mit dieser unheimlichen Kreatur verbunden gewesen war und keine Kontrolle über seinen eigenen Körper gehabt hatte. Er rieb sich über die Arme, um die Gänsehaut und das Gefühl von seidenen Fäden auf der Haut loszuwerden. Er würde Dimitrios später unter vier Augen davon berichten.

Aus den Tiefen des Finsterwaldes ertönte das langgezogene Heulen eines Wolfes. Davids Blick wanderte automatisch gen Himmel, doch er entdeckte keinen Vollmond, wie er im ersten Moment befürchtet hatte. Er fragte sich, ob es in Yagrolor Werwölfe gab, doch er traute sich nicht, danach zu fragen. Er wollte keine schlafenden Hunde wecken.

Ein knackendes Geräusch ließ ihn aufschrecken. Er spähte in den Wald, doch er konnte nichts erkennen.

»Gazzel hat es auch schon ein paar Mal gehört«, flüsterte Gazzel.

»Gazuri auch.« Sie legte ihre Ohren an. »Ist es das Ayatsuriyaa-Gefolge?«

»Wir sind der Stadt zu nahe. Das Gefolge und andere zwielichtige Gestalten meiden diese Gegend«, sagte Wren. »Es wird ein fallender Ast gewesen sein.«

Wie um seine Aussage zu dementieren, wiederholte sich das Knacken, diesmal nahe bei ihnen. Das Geräusch war alarmierend genug, um Dimitrios instinktiv zu seinem Bogen greifen zu lassen. Als seine Hand ins Leere griff, zog er eine Grimasse und änderte seine Strategie von Verteidigung zu Flucht. »Taran, Enya, schneller!«, trieb er die Pferde an, die sogleich in einen Galopp verfielen.

Wie zur Antwort wurde das Knacken im Unterholz häufiger und blieb auf ihrer Höhe.

Mit wachsender Angst hielt David nach Bewegungen zwischen den

Bäumen Ausschau. Sein Blick wurde von starrender Lichtlosigkeit erwidert, aber eines war klar: Was auch immer die Dunkelheit als Versteck nutzte – es verfolgte sie.

Da erblickte er das Geweih. David konnte fühlen, wie ihm alle Farbe aus dem Gesicht wich. Er wollte seine Gefährten warnen, doch er bekam keinen Ton heraus. Seine Gedanken überschlugen sich. Das war unmöglich!

Als wäre es seine einzige Absicht gewesen, von ihm erkannt zu werden, fiel der Hirsch zurück und David verlor ihn aus den Augen. Er atmete tief durch und merkte erst jetzt, dass er die ganze Zeit über die Luft angehalten hatte.

»Es ist weg«, stellte Dimitrios fest.

David sagte nichts. Wie zur Hölle hatte der Hirsch es nach Yagrolor geschafft? Wie hatte er ihn ausfindig machen können? Er sah Dimitrios an, wollte ihn warnen ... Nein, er musste es unter vier Augen tun. Er hatte das Gefühl, dass es etwas Persönliches war und wollte die Dorfbewohner und Gnome nicht mit hineinziehen.

Ihr Weg machte eine Biegung nach rechts. Die dichten Bäume gaben die Sicht frei und der Weg verwandelte sich in eine gepflasterte Straße, die bald von Häusern gesäumt war. Die Pferde verlangsamten ihr Tempo.

»Willkommen in Nundor«, sagte Wren, hörbar erleichtert.

In Sicherheit

David fühlte sich wie ins Mittelalter zurückversetzt. Sie passierten das offene Tor einer Stadtmauer, vor der sich ein kleiner Graben erstreckte. Hinter der Stadtmauer reihten sich hohe Fachwerkhäuser dicht aneinander, ab und zu unterbrochen durch enge Gassen, die von der mit Kopfstein gepflasterten Hauptstraße wegführten. Sie trafen kaum auf andere Personen. Qualmende Schornsteine und warmes Licht in den Häusern verrieten, dass die Bewohner der Stadt die spätabendlichen Stunden an ihren Kaminen verbrachten.

»Gleich lernt ihr Oma kennen«, rief Luna. Mit der Ankunft in der für sie vertrauten Stadt schien sie den größten Kummer hinter sich gelassen zu haben. »Sie kocht den besten Eintopf auf der Welt!«

»Gleich links«, warnte Wren vor. »Es ist eine kleine Seitengasse, leicht zu übersehen.«

Die Gasse führte an den Seiten zweier Häuserblöcke vorbei, bis diese vor einem kleinen, alten Häuschen als Sackgasse endete. Die unzähligen Blumen an den Fenstern und auf der Veranda verwandelten das Haus in eine kleine, der Stadt verborgenen Oase; ein gemütliches Heim für ein älteres Paar.

»Oma! Opa!«, rief Luna. Ihre Stimme hallte von den engen Hausmauern wider.

»Luna, du weckst ganz Nundor mit deinem Gebrüll«, schimpfte Wren.

»Oma, wir sind da!«, rief Luna, nicht minder laut.

Es dauerte nicht lange, da wurde die kleine Holztür geöffnet und eine mollige Frau in weitem Nachthemd lugte hinaus. Als sie ihre Enkelin erkannte, hellte sich ihre Miene auf. Sie riss die Tür auf und kam ihren Gästen mit ausgestreckten Armen entgegen, als wollte sie alle zugleich umarmen. Ihre nächtliche Tracht schien sie nicht zu hemmen. »Luna, mein Kind. Wie schön, dass du uns besuchen kommst«, sagte sie. »Opa wird sich freuen. Und, ach, wen hast du da denn alles mitgebracht? Das ist ja das halbe Dorf.« Sie lachte ein warmes Lachen, das David sie sofort ins Herz schließen ließ.

Dimitrios ließ die zappelnde Luna hinunter, die sich, kaum dass ihre Füße den Boden berührten, in die Arme ihrer Großmutter warf. »Es ist so schön, dich wiederzusehen, Oma«, freute sie sich. »Es ist so viel geschehen. So viel Schlimmes …« Ihre Freude wandelte sich jäh in Wehmut und sie drückte sich tief in die Umarmung der alten Frau.

Die Großmutter strich ihrer Enkelin durch das blonde Haar. »Jetzt seid ihr ja hier, meine Kleine. Und ihr seid unversehrt, den Elfen sei Dank. Ich koche euch ein feines Abendessen und dann könnt ihr mir alles erzählen.« Als sie aufblickte und die erwartungsvollen Gesichter sah, lachte sie herzhaft. »Steigt ab und seid unsere Gäste. Opa wird sich freuen über solch reichlichen Besuch.«

Sie gehorchten bereitwillig und stiegen ab. Gazuri und Gazzel hielten sich hinter David versteckt, der sich sicher war, dass Lunas Großmutter sie noch nicht bemerkt hatte – immerhin hatte sie keinen Schrei losgelassen.

Wren gab der Frau einen flüchtigen Kuss auf die Wange.

»Guten Abend, Mutter.«

»Gute Nacht trifft es wohl eher«, sagte sie und lächelte augenzwinkernd.

Taran und Enya legten sich in den kleinen Vorgarten. Es gab zwar einen kleinen angebauten Stall, aber der bot nur Platz für ein Pferd, und David bezweifelte, dass die beiden sich trennen ließen.

»Verzeiht uns«, sagte Lunas Großmutter und nahm ihre Enkelin bei der Hand. »Wir kriegen selten Besuch zu Pferde, abgesehen von Wren mit unserer guten Minneyar.« Sie sah sich verwundert um. »Wo steckt sie überhaupt?« Sie verstand sofort, als sie die niedergeschlagenen Blicke ihrer Gäste sah. »O nein«, flüsterte sie betreten. David sah, wie sich ihre Hand fester um Lunas schloss und er erinnerte sich an Dimitrios' Worte, dass Yagrolaner eine enge Beziehung zu den Pferden pflegten. »Lasst uns hineingehen und ihr erzählt uns, was geschehen ist.«

Als er über die Türschwelle trat, wehte David ein angenehmer Duft von Zimt und Kaminfeuer entgegen. Vor dem Kamin standen zwei Schaukelstühle. Einer von ihnen war besetzt.

»Opa!«, rief Luna. Mit wenigen Schritten war sie am Stuhl angelangt. Ihr Großvater hatte kaum Zeit, sich umzusehen, als sich seine Enkelin auch schon in seinen Armen befand und der Stuhl durch ihren Schwung heftig ins Schaukeln versetzt wurde.

Ihr Großvater lachte. »Wen haben wir denn da?«, fragte er und drückte sie an sich. »Schön, dass du uns besuchen kommst, Kleines.«

Luna gab ihm einen Kuss auf die Wange und kletterte wieder zu Boden, um Wren Platz zu machen.

Dieser wiederum begrüßte seinen Vater mit einem Handschlag. »Guten Abend, Vater.«

Die Stirn seines Vaters legte sich in Falten. »Deine Freude hält sich aber in Grenzen«, bemerkte er. »Wie schlimm ist es?«

Wren berichtete mit knappen Worten, was geschehen war. »Sechs Männer verloren ihr Leben im Feuer. Und die eigentliche Misere beginnt erst jetzt. Fehlende Unterkünfte, wenige Lebensmittel, und die Brunnen sind erschöpft. Viele von uns müssen am Rande des Waldes Schutz suchen.«

»Im Finsterwald?«, fuhr sein Vater auf. »Das ist viel zu gefährlich.«

»Wir haben keine andere Wahl«, entgegnete Wren. »Der Großteil des Dorfes ist unbewohnbar. Wir hatten Glück, dass ...« Er warf einen Seitenblick auf seine Nichte. »... dass das Du-weißt-schon-was von den Flammen verschont wurde.«

Sein Vater nickte ernst. »Glück im Unglück. Und wie geht es dem alten Mann?«

»Ihm fehlt nichts.«

Wrens Vater schien durch diese Nachricht beruhigt zu sein. Er nickte und sein Blick fiel auf David und Dimitrios, die etwas verloren an der Haustür standen. »Wie unhöflich von mir«, schalt er sich selbst. »Verzeiht mir, euch nicht hereingebeten zu haben.« Er versuchte stöhnend aufzustehen.

»Vater, bleib sitzen«, sagte Wren und drückte ihn zurück in die Polster, bevor er seine Füße auf dem Boden aufgesetzt hatte. »Du weißt, dass du dir damit nur schadest.«

»Aber wir haben Gäste!«

Lunas Großmutter hastete aus der Küche zu ihnen. »Samoël, du sollst sitzen bleiben, oder willst du bald gar nicht mehr laufen können?«

Samoël verschränkte die Arme vor der Brust. »Was bringt es mir noch laufen zu können, wenn ich es ohnehin nicht mehr darf«, murmelte er beleidigt.

Seine Frau schüttelte verständnislos den Kopf. »Du bist ein hoffnungsloser Fall. Ich sollte mich um unseren Besuch kümmern, nicht um dich. Wie viele Portionen Eintopf benötigen wir denn?« Sie wollte ihre Gäste abzählen, als sie einen spitzen Schrei ausstieß. Mit zitternder Hand wies sie auf die Gnome, die sich hinter Davids Beinen versteckt hielten und erschrocken hinter sich schauten, als sie nicht begriffen, dass die Frau auf sie deutete. »Was ist das?«, rief sie und wich mit einem grotesken Hüpfer zurück.

Ein Stuhl scharrte über die Holzdielen. Es war Samoël, der ungelenk an die Seite seiner Frau hastete. »Minerva, ich bin bei dir.« Er griff nach einem Kerzenständer und hielt ihn vor sich, um die Gnome auf Abstand zu halten.

Wren hob beruhigend die Hände. »Keine Angst, die Gnome sind harmlos.«

Minerva war keineswegs überzeugt. David konnte es ihr nicht verübeln. Er stellte sich vor, wie seine Mutter reagieren würde, wenn er zwei Taranteln zu ihr brächte und ihr weiszumachen versuchte, dass sie harmlos waren.

Minerva schüttelte heftig den Kopf. »Unter unser Dach kommen doch keine ungestümen Kreaturen, die in Höhlen hausen.«

Zu ihrer Überraschung ließ Samoël den Kerzenständer sinken. »Wir sollten unserem Sohn ein wenig mehr Vertrauen schenken, Minerva. Wren wird schon wissen, wen er uns ins Haus bringt. Und wir sollten niemandem wegen seines Aussehens oder seiner Lebensweise unsere Gastfreundschaft verwehren.«

Minerva schien dem etwas entgegensetzen zu wollen, doch dann bemerkte sie die erwartungsvollen Blicke der anderen. »Also gut«, sagte sie widerwillig. »Dann ... acht Portionen.«

Samoël lächelte, bevor aus seinem Lächeln eine schmerzverzerrte Miene wurde und er sich stöhnend den Rücken hielt.

»Bei den Elfen, du solltest doch sitzen bleiben.« Minerva hakte sich unter Samoëls Arm und führte ihn mit Wrens Hilfe zu einem Stuhl am Esstisch. Dann verschwand sie schnellen Schrittes in der Küche.

Samoël winkte die anderen zu sich. »Bitte, seid unsere Gäste.«

Wenige Minuten später brachte Minerva frisches Brot und einen dampfenden Topf aus der Küche. Sie schenkte jedem eine kräftige Portion einer braunen Brühe in eine Schüssel, die stark nach Zimt roch.

»Guten Appetit«, sagte Samoël und schlürfte genüsslich.

David setzte seine Schüssel an die Lippen – und verbrannte sich die Zunge. Erschrocken spuckte er sie aus.

Minerva blickte ihn bestürzt an. »Schmeckt es nicht?«

David schüttelte hastig den Kopf. »Ich habe mir nur die Zunge verbrannt.«

Minerva schaute ihn so verständnislos an, als hätte sie den Eintopf aus dem Kühlschrank geholt. Und sie war nicht die Einzige, die ihn so ansah.

David warf Dimitrios einen hilfesuchenden Blick zu.

»Weil der Eintopf heiß ist wie Feuer?« Sein Freund lachte los. »Ein guter Scherz.«

David erzwang sich ein Lächeln. »Ja, ein Scherz.«

Die anderen schauten noch immer verwirrt drein und eine unangenehme Stille erfüllte den Raum.

»Ich kenne einen besseren Witz«, sagte Dimitrios und sah Luna an. »Wann haben Pferde acht Beine?«

Luna kicherte hinter vorgehaltener Hand. »Wann?«

»Wenn sie zu zweit sind.«

Das Mädchen lachte glockenhell, sodass alle anderen mit einstimmen mussten. Damit schien Davids seltsames Verhalten vergessen zu sein.

Er warf Dimitrios einen dankbaren Blick zu, setzte die Schüssel erneut an die Lippen und pustete unauffällig, bevor er trank.

Den Rest des Abends unterhielten sie sich über alles Mögliche, doch fiel kein einziges Wort über das Feuer, den Überfall, Minneyars Tod oder den unheimlichen Verfolger im Wald. Und das war David nur recht. Sie alle konnten diesen heiteren Abend gut gebrauchen.

Irgendwann stand Minerva auf, um abzuräumen. »Wren, sei so lieb und zeig unseren Gästen ihr Zimmer.«

Wren nahm drei Kerzenleuchter mit und führte sie eine schmale Treppe hinauf. »Prinz Dimitrios, wünscht Ihr ein Einzelzimmer?«

Dimitrios winkte ab. »Ich teile mir ein Zimmer mit David.«

Wren öffnete die Tür zum ersten Raum. Es gab nichts als zwei Matratzen und einen kleinen Tisch, auf den Wren einen der Kerzenleuchter abstellte. Er bedeutete den Gnomen, einzutreten.

Gazzel sprang mit einem freudigen Schrei auf eine der beiden Matratzen. »Gazzel hat … noch nie … auf einer … weichen … Matratze geschlafen!«, erklärte er hüpfend. Gazuri gesellte sich lachend zu ihm.

»Na, dann … gute Nachtruhe«, sagte Wren und schloss die Tür. Er deutete zum gegenüberliegenden Raum. »Hier ist euer Zimmer.« Er reichte Dimitrios einen Leuchter und zündete die Kerzen mit seinem an. »Wenn ihr etwas benötigt, findet ihr mich nebenan.« Er nickte beiden zu und folgte seiner Nichte, die bereits im benachbarten Raum verschwunden war.

David ließ sich auf seine Matratze fallen und schloss die Augen. Er hörte, wie Dimitrios den Kerzenleuchter abstellte und sich ebenfalls hinlegte.

David war müde, doch ihm lag noch so vieles auf der Seele, was er mit Dimitrios besprechen wollte. Er wusste gar nicht, womit er anfangen sollte. Stattdessen fragte er: »Warum hat niemand verstanden, dass ich mir die Zunge verbrannt habe?«

»Hitze scheint dir Schmerzen zuzufügen, nicht wahr? Wir spüren Wärme, aber wir spüren keinen Schmerz.«

David sah ihn erstaunt an. »Bedeutet das, du könntest durch Feuer gehen?«

Dimitrios lachte. »Nein, dann würde ich verbrennen. Wir nehmen Wärme anscheinend nur anders wahr als du.«

»Was spürt ihr dann?«

Dimitrios zuckte mit den Achseln. »Ich befürchte, dass man nur als Yagrolaner weiß, wie es ist, Yagrolaner zu sein. « Er grinste schadenfroh. »Und nur als Mensch weiß man, wie weh es tut, sich die Zunge zu verbrennen.«

David streckte ihm die Zunge raus.

»Du solltest darauf achten, was du sagst oder tust. Du nimmst diese

Welt anders wahr als wir, das dürfen wir nicht vergessen.«

David setzte sich auf. »Vorhin«, begann er unsicher. »Während des Überfalls ... hast du sie auch gesehen?«

Dimitrios setzte sich ebenfalls auf und blickte ihn fragend an.

»Ayatsuriyaa«, flüsterte er. Die Erinnerung an den schauerlichen Anblick dieser Hexe mit ihren leuchtenden Katzenaugen ließ ihn erschaudern.

Dimitrios riss ungläubig die Augen auf. »Du hast sie gesehen?«

David nickte und erzählte ihm von seinem Erlebnis. Als er endete, schwieg Dimitrios für eine Weile. »Ich habe noch nie eine solche Geschichte gehört«, gab er zu. »Bei den Elfen, ich weiß nicht, was das zu bedeuten hat ... Ich kann nur wiederholen, wir müssen vorsichtig sein.«

David seufzte. »Da ist noch etwas. Ich weiß, wer uns im Wald verfolgt hat.« Er biss sich auf die Unterlippe. »Es war ein Hirsch, aber nicht irgendeiner. Ich bin mir ziemlich sicher, dass es der Hirsch war, der das Feuer im Haus meiner Großeltern entfacht hat.«

»Was? Er ist wieder aufgetaucht? Hier, in Yagrolor? Er wurde seit Jahren nicht mehr gesichtet! Wir dachten, dass er mit den Arya in Árion gefangen ist.«

»Er scheint einen Weg nach Yagrolor gefunden zu haben. Wir haben doch auch einen Weg gefunden.«

»Wir haben einen Geheimgang benutzt.«

»Vielleicht hat der Hirsch herausgefunden, dass es diese Wege gibt?«

»Dann müsste er die Kombination kennen, um sie zu öffnen«, zweifelte Dimitrios.

»Der erste Eingang ... vielleicht hat er sich doch geöffnet.«

Dimitrios' Gesicht versteinerte sich. »Bei den Elfen«, entfuhr es ihm, als fiele ihm etwas ein. »Ich bin gleich wieder da.« Er sprang auf, hastete aus dem Zimmer und ließ David verwirrt zurück. Als er nach wenigen Minuten zurückkehrte, war er leichenblass. »Gazzel war des

Verrats bezichtigt, weil er angeblich einem Fremden bei der Flucht geholfen hat. Dreimal darfst du raten, wer dieser Fremde war.«

David stöhnte. »Natürlich ...«

»Er war schneller als wir«, fuhr Dimitrios fort. »Er hatte einen Vorsprung und ist nicht wie wir in die Gefangenschaft der Gnome geraten. Und nur die Elfen wissen, welcher Wille ihn durch die Endlose Ebene gebracht hat. Ich frage mich, ob wir ihn zufällig eingeholt haben, oder ob er ...«

»... auf uns gewartet hat? Glaubst du, er ... hat es auf mich abgesehen?«

Dimitrios seufzte. »Vielleicht hat er nur die Gelegenheit genutzt, um aus Árion zu fliehen. Vielleicht weiß er nicht, dass du hier bist.«

David wusste, dass das nicht stimmte. Er warf einen beunruhigten Blick zum Fenster. Draußen war es stockdunkel. »Was machen wir, wenn er hier auftaucht?«, fragte er leise. Ihm war kalt.

»Mach dir keine Sorgen«, erwiderte Dimitrios und legte sich zurück auf die Matratze. »Der Hirsch würde es nicht wagen, sich der Stadt zu nähern. Wenn du irgendwo sicher bist, dann hier. Lass uns schlafen.«

Seufzend ließ David den Kopf auf sein Kissen fallen. Es dauerte lange, bis seine Sorgen ihm erlaubten, einzuschlafen. Er träumte von glühenden Augen und brodelnden Schatten.

Der Markttag

Es waren die ersten Sonnenstrahlen am nächsten Morgen, die ihn von seinem Albtraum erlösten. Als er sich gähnend aufsetzte, fand er Dimitrios' Matratze leer vor. Er stand auf und bemerkte erfreut, dass man ihm frische Kleider bereitgelegt hatte: ein weißes Leinenhemd, eine braune Hose und einen Taillengürtel, wie Dimitrios ihn trug.

Die anderen saßen unten an einem reich gedeckten Tisch. »Guten Morgen, Schlafmütze«, grüßte Dimitrios, als er ihn die Treppe herunterkommen sah. »Beeil dich, nach dem Frühstück wollen wir zum Fluss gehen.«

»Schlag zu, bis nichts mehr übrig ist«, forderte Minerva, und das ließ David sich nicht zweimal sagen. Neben Brot und süßen Früchten gab es wieder den Zimteintopf, nur dass er diesmal gekühlt war und er sich nicht die Zunge verbrannte. Er aß von allem, bis er befürchten musste, nicht mehr in sein neues Hemd zu passen.

Als David sich zufrieden in seinen Stuhl zurücksinken ließ, stand Minerva auf. »Dann will ich mal abräumen und danach gehen wir zum Fluss. Wren, hilf deinem Vater doch bitte in seinen Ausgehstuhl.« Sie nahm ein paar Schüsseln in die Hand und trug sie routinierten Schrittes in die Küche. David nahm ebenfalls ein paar Schüsseln und trug sie ihr hinterher.

Als Minerva bemerkte, dass er ihr in die Küche folgte, stockte sie. Dann aber umspielte ein warmes Lächeln ihre Lippen. »Das ist lieb von dir«, meinte sie. Er stellte die Schüsseln auf eine hölzerne Ablage und kehrte zurück, um das restliche Geschirr zu holen.

»Du kommst von weit her, nicht wahr?«, fragte Minerva.

»Woher wisst Ihr das?«

Minerva lächelte. »Wren hat es mir erzählt. Außerdem hast du beim Abräumen geholfen, das ist für Männer bei uns sehr unüblich. Woher kommst du?«

David setzte ein nervöses Lächeln auf. Erst gestern Nacht hatten sie festgestellt, dass er vorsichtiger sein musste und schon am nächsten Morgen war er in das nächste Fettnäpfchen getreten. Er suchte nach einer passenden Antwort, als Luna ihn rettete.

Sie kam in die Küche gestürmt und ihre Miene hellte sich auf, als sie David entdeckte. »David, soll ich dir ein Handtuch geben?«

David nickte heftig und folgte Luna. Das Mädchen gab ihm ein Handtuch und führte ihn nach draußen, wo die anderen bereits auf sie warteten. Samoël saß in einem hölzernen Rollstuhl. Als Minerva als Letzte nach draußen kam, wünschten Gazzel und Gazuri ihnen viel Spaß und versteckten sich wie verabredet im Stall, da Minerva nicht wohl bei dem Gedanken war, sie allein im Haus zu lassen. Zum Glück zeigten die beiden Gnome Verständnis für das Unbehagen der Frau.

Als sie die Gasse verließen, verschlug es David den Atem. Die Straße, die nachts noch verlassen gewesen war, war nun überfüllt mit Yagrolanern, die sich dicht gedrängt in dieselbe Richtung bewegten. »Was ist denn hier los?«, fragte er verblüfft.

»Markttag«, sagte Wren. »Nundor ist bekannt für seine Markttage.«

Samoël sah David ungläubig an. »Du musst tatsächlich von sehr,

sehr weit her kommen, wenn du noch nie von unserem Markttag gehört hast.«

Bevor jemand weitere Fragen über Davids Herkunft stellen konnte, mischte Dimitrios sich ein. »Wir sollten uns beeilen«, sagte er. »Wir wollen doch nicht zu spät kommen.«

»Wohin?«, fragte David, während sie sich unters Volk mischten.

»Zum Markt natürlich«, antwortete Luna. »Ich habe Prinz Dimitrios dazu überredet, dass ihr euch die Haokah anschaut, bevor ihr uns verlasst.«

»Die Haokah?«, fragte David.

Luna strahlte. »Die mit Abstand beste Gauklergruppe der ganzen Welt! Sie spielen sogar regelmäßig auf Ank, der riesigen Burg in Ank-Liin.«

Dimitrios nickte. »Ihre Vorstellungen sind fantastisch. Außerdem können die Pferde noch ein wenig Rast gebrauchen und auf dem Markt können wir uns für die Weiterreise ausstatten.«

Bald erreichten sie den Fluss. Er war breit, aber flach und ruhig, wodurch man sich nicht sorgen musste, dass die Strömung einen unachtsamen Badenden mit sich zog. Minerva setzte sich mit Samoël ans Ufer, um sich im knietiefen Wasser zu waschen. Luna hingegen rannte kichernd in die sanften Wellen, bis sie nicht mehr stehen konnte. Wren folgte ihr und sah sich sogleich einer Wasserschlacht ausgesetzt.

Die ersten Schritte in das kühle Wasser prickelten auf Davids Haut, doch schon bald tauchte er mit dem Kopf unter und genoss es, sich den Dreck der letzten Tage von der Haut zu waschen.

Nach einem ausgiebigen Bad verstauten sie die Handtücher in einem Jutebeutel, der an Samoëls Ausgehstuhl hing, und kehrten zur Hauptstraße zurück. David hätte es nicht für möglich gehalten, aber die Besuchermasse schien sich noch einmal verdichtet zu haben. Sie hielten sich an den Händen, um einander nicht zu verlieren, während sie sich vom Strom in die Stadtmitte treiben ließen.

Der Marktplatz war riesig und noch überfüllter als die Hauptstraße. Im Zentrum war eine große Bühne aufgebaut, die von allen Seiten überschaubar war. Rundherum standen Verkaufsstände, an denen die Händler lautstark feilschten.

Verführerische Düfte von Süß- und Backwaren und gebratenem Fleisch drangen David in die Nase. Viele Stadtbewohner hatten sich an Schankwagen versammelt, wo trotz der frühen Mittagsstunde bereits eine ausgelassene Stimmung herrschte. Ihr weinseliges Gelächter mischte sich mit den melodischen Tönen der Straßenmusik, die an jeder Ecke gespielt wurde.

David hätte gern einen Blick auf die kuriosen Waren der Verkaufsstände geworfen, die sie passierten, doch Wren beeilte sich, sie zu einem Ort zu führen, von dem aus sie eine gute Sicht auf die Bühne hatten, ohne von allen Seiten angerempelt zu werden.

Samoël bedankte sich unentwegt, während er mit seinem Ausgehstuhl eine Schneise durch die Menge für sie bahnte. Die Yagrolaner machten ihm anstandslos Platz und grüßten ihn beim Namen. David hatte bemerkt, dass Samoël nach dem Bad ein reich verziertes Gewand angelegt hatte. Er musste eine bekannte Persönlichkeit in Nundor sein.

Als sie eine ruhige Ecke erreichten, atmete Minerva auf. »Dieses fürchterliche Gedränge jeden Monat«, stöhnte sie. »Wenn mein Mann nicht wäre, würde ich mir das nicht mehr antun.«

Wren gab ihr einen Kuss auf die Wange. »Wir treffen uns nach der Eröffnung hier.« Er gab Luna ebenfalls einen Kuss und verabschiedete sich von Dimitrios und David, bevor er Samoël Richtung Bühne schob und sich die Menge vor ihnen teilte.

»Wohin gehen sie?«, fragte David verwundert.

Minerva zwinkerte ihm zu. »Das wirst du gleich sehen.«

Sie warteten ein paar Minuten, bis es merklich leiser wurde auf dem Platz. Die Musik verklang und die Yagrolaner wandten sich dem Podium zu, auf das ein paar Männer den Mann im Ausgehstuhl hinaufhievten.

»Meine Damen und Herren«, rief Samoël mit dröhnender Stimme

über den Platz. »Nachbarn und Gäste von nah und fern, Yagrolaner aus allen Winkeln dieser Welt. Herzlich willkommen auf dem Nundorer Markt!« Er bekam stürmischen Beifall. »Wie jeden Monat bin ich erfreut über den überwältigenden Andrang. Er bestätigt, dass der Nundorer Markttag ein kultureller Schatz ist. Darauf bin ich als Stadtpräsident sowie als Bewohner Nundors unglaublich stolz.«

Die Feiernden an den Schankwagen grölten zustimmend, hoben ihre Kelche und stimmten einen Lobgesang für ihre Stadt an, den jeder Yagrolaner auf dem Markt zu kennen schien. »Nundor, mit offenem Tor, lädt monatlich ein, beisammen zu sein!« Die Straßenmusiker an allen Ecken sorgten für spontane instrumentale Begleitung und auch Samoël auf der Bühne sang fröhlich mit seinen Mitbürgern mit.

David sah Minerva an. »Dein Mann ist der Stadtpräsident?«

Minerva nickte stolz. »Seit sechsundsechzig Jahren.«

Als die Yagrolaner den Lobgesang beendete hatten, fuhr Samoël mit seiner Rede fort: »Unser Dank gilt Nundor und all jenen, die den Markttag ermöglichen. Hiermit erkläre ich den Markt offiziell für …« Er wurde von Wren unterbrochen, der auf das Podium sprang und ihm etwas ins Ohr flüsterte.

Die eben noch heitere Stimmung ging über in ein aufgeregtes Tuscheln, als der Blick des Stadtpräsidenten sich verhärtete. Samoël hatte Mühe, die Fassung zurückzuerlangen. »Es gibt eine Änderung in unserem Programm«, verkündete er. »Zu meinem Bedauern muss ich euch mitteilen, dass wir die geplante Vorführung der Haokah auf einen unbestimmten Zeitpunkt verschieben müssen.« Er bekam enttäuschte Buhrufe zur Antwort. Samoël hob besänftigend die Hände und bat die Menge um Ruhe.

»Was ist los?«, rief jemand aus der Menge.

»Leider wurden die Haokah auf ihrer Reise aufgehalten«, antwortete Samoël ausweichend. Sein Gesichtsausdruck verriet, dass er mehr wusste, als er preisgab, doch er schloss seine Rede mit knappen Worten. »Ich erkläre den Markttag offiziell für eröffnet.« Er bekam zögerlichen

Applaus, während Wren und die anderen Yagrolaner Samoël von der Bühne trugen.

»Da beiße mich doch ein Steinbeißer, irgendetwas stimmt da nicht«, murmelte Minerva. Sie nahm Lunas Hand und wandte sich an David und Dimitrios. »Schaut euch doch ein wenig auf dem Markt um. Wir treffen uns später wieder hier, einverstanden?«

So trennten sich ihre Wege. David und Dimitrios mischten sich unter das Volk, das sich inzwischen wieder ihren Getränken und den Verkaufsständen zugewendet hatte. Auch die Musik hatte wieder eingesetzt.

Am nächstliegenden Stand warf David einen neugierigen Blick auf das reiche Angebot an Gläsern und Töpfen voller goldenem und rötlichem Sirup. »Honig der Finsterbienen und der Dreiklauennektar aus dem der Honig geschaffen wird«, erklärte Dimitrios. »Beides wird aus den Tiefen des Finsterwaldes gewonnen. Für die Imker ist es ziemlich gefährlich, so tief in den Wald vorzudringen, was den Honig sehr kostbar macht. Komm.« Er lief zielstrebig zum zweiten Stand. Dort gab es Früchte in allen Formen und Farben, von denen er für fünf Silberlinge ein paar für ihre Reise kaufte. Außerdem kaufte er gedörrtes Fleisch.

Als sie weiterliefen, passierten sie einen Stand, der auf dem geschäftigen Markplatz aussah wie eine grüne Oase. Blätter, getrocknete Sträucher und knorrige Wurzeln waren mit Tauen an den Balken und der Decke des Standes befestigt, während die Regale durch zahllose Fläschchen, Tiegel und Döschen besetzt wurden. Es roch intensiv nach Kräutern und Gewürzen.

Dimitrios erwarb einen Stapel der tellerrunden Sendazeablätter, von denen David aus eigener Erfahrung wusste, dass sie die Wundheilung förderten. »Ich glaube nicht, dass wir sie brauchen, aber es kann nie schaden, genügend Sendazeablätter im Gepäck zu haben«, kommentierte Dimitrios.

David konnte sich nicht sattsehen an all den wundersamen Waren, die sie passierten, und war selbst von den Spielsachen so begeistert wie die Kinder, die sich in Trauben vor den Ständen drängten.

»Sag mir Bescheid, wenn du etwas siehst, das dir gefällt«, sagte Dimitrios. »Ich möchte dir ein Geschenk machen.«

David riss seinen Blick von einem undefinierbaren Gegenstand los und sah den Yagrolaner überrascht an. »Wieso?«

Dimitrios wirkte beinahe beleidigt. »Das macht man so unter Freunden.«

»Dann würde ich dir auch gern ein Geschenk geben«, erwiderte David. »Aber ich habe kein Geld.«

»Du machst mir ein Geschenk, indem du meines annimmst.«

Sie liefen an einem Stand entlang, dessen Edelsteine im Sonnenlicht in allen Farben glitzerten und funkelten, während der nächste Stand sie bereits mit dem Duft frischen Brotes lockte. Es gab reichlich Essen und Trinken, Trinkhörner, Lederbeutel, Binsenhüte, Helme, Gugel, Wappenröcke und andere Gewänder, Brettspiele, Spielfiguren, feine Schnitzereien und unzählige Objekte, deren Zweck David sich nicht erschloss. Er hätte so gern so vieles mitgenommen und konnte sich kaum entscheiden, was er sich von Dimitrios schenken lassen wollte.

»Ah!« Dimitrios deutete auf einen Stand nicht weit von ihnen entfernt. David konnte noch nicht erkennen, welche Ware dort angeboten wurde.

Mühsam bahnten sie sich einen Weg durch die dichte Masse, die sich immer mehr lichtete, je näher sie ihrem Ziel kamen. Einmal angekommen wusste David auch, warum die Yagrolaner einen Bogen um diesen Stand machten – hier wurde nichts anderes angeboten als ein wahres Waffenarsenal.

Ein breitschultriger Glatzkopf stand mit verschränkten Armen dahinter und starrte sie finster an, als sie bei ihm stehen blieben. David fühlte sich klein unter seinem Blick und wollte am liebsten weitergehen, doch Dimitrios schien gar nicht zu bemerken, dass sie skeptisch beobachtet wurden.

Er musterte halb kritisch, halb fasziniert das Angebot.

David schauderte, als er sich die Waffen anschaute, die teilweise direkt in seine Richtung zeigten. Es gab alles: von Schwertern, Dolchen und scharfen Messern über Speere, Lanzen, Pfeil und Bogen, bis hin zu Waffen, deren Anwendung er sich gar nicht erst vorzustellen wagte.

»Hier gibt es nichts für kleine Möchtegernkrieger«, grollte der Glatzkopf. Spätestens jetzt wäre David abgehauen, doch Dimitrios ignorierte ihn und wandte sich interessiert einem prächtigen Bogen zu.

Der Glatzkopf zog die Augenbrauen zusammen. »Den brauchst du dir gar nicht erst anzuschauen, Bursche«, meinte er, als er Dimitrios' Blick folgte. »Erstens bist du zu jung und zweitens könntest du ihn dir ohnehin nicht leisten, selbst wenn du das gesamte Vermögen deiner Eltern stibitzt hast. Macht gefälligst einen Abflug, bevor die Glaubwürdigkeit meiner Ware in Frage gestellt wird, weil sich Kinder dafür interessieren!«

Nichts lieber als das, dachte David. Aber Dimitrios regte sich nicht. »Was ist das für einer?«, fragte er und deutete auf den Bogen. »Woher habt Ihr ihn?«

Der Glatzkopf beugte sich drohend zu ihnen herunter. Schatten legten sich über seine Augen. »Das geht dich gar nichts an«, flüsterte er. »Und jetzt zieht Leine, bevor ich euch Beine mache.«

»Der ist aus Ank, nicht wahr?«

Der Glatzkopf wirkte überrascht. David glaubte sogar für den Bruchteil einer Sekunde Schrecken in seinen Augen zu lesen. Doch der Verkäufer fasste sich schnell wieder. »Möglich«, sagte er nur. »Und jetzt haut ab!« Er klang nicht mehr ganz so drohend. Das schien auch er selbst zu bemerken, denn auf seinem Gesicht erschienen Ausdrücke, die nicht zu ihm passen wollten. Er wurde nervös. David beobachtete das Schauspiel erstaunt.

»Er ist aus Ank«, beantwortete Dimitrios sich seine Frage selbst. »Das ist ein Cervi-Bogen.«

David horchte auf. Das war einer der magischen Bögen, den die

Yagrolaner durch die Hilfe seines Vaters von den Elfen bekommen hatten?

»Wie gelangt dieser Bogen in Eure Hände?« Dimitrios sprach mit fester Stimme, die nicht nur David beeindruckte.

Der Glatzkopf ließ seinen Blick nervös über die anderen Passanten gleiten, als befürchtete er, dass ihr Gespräch belauscht wurde. »Was willst du von mir, du Rotzbengel?«, fragte er leise.

»Ich will wissen, wie ein Cervi-Bogen in Eure schmutzigen Hände geraten konnte«, entgegnete Dimitrios. »Der Verkauf von Cervi-Bögen ist verboten. Das Gesetz dürfte Euch bekannt sein. Genauso wie die Strafe, die auf illegalem Waffenverkauf steht.«

In den Augen des Mannes flackerte Wut. »Was willst du von mir?«, wiederholte er.

Dimitrios zeigte auf den Cervi-Bogen. »Den.«

Der Glatzkopf machte große Augen. »Das geht nicht. Du ... bist zu jung für eine Waffe. Außerdem hat mich der Bogen ein Vermögen gekostet!«

Dimitrios zuckte ungerührt die Schultern. »Das ist nicht mein Problem. Aber dieser Bogen könnte für Euch zu einem Problem werden, wenn ich dem Stadtpräsidenten berichte, dass Ihr illegale Waffen verkauft.«

Der Waffenverkäufer verschränkte trotzig die Arme. »Das würdest du nicht wagen.« Er gewann einen Teil seiner Selbstsicherheit zurück. »Du würdest doch nicht einmal bis zum Stadtpräsidenten durchkommen. Warum sollte er einem Rotzbengel wie dir zuhören wollen?«

Dimitrios lachte. »Weil er, im Gegensatz zu Euch, weiß wer ich bin.«

Die Augen des Verkäufers verengten sich. »Und ... wer soll das sein?«

Dimitrios lächelte schelmisch. »An wen erinnere ich Euch denn? Ich habe schon öfter gehört, dass meine Gesichtszüge denen meines Vaters sehr ähneln. Und den kennt Ihr garantiert. Ich gebe Euch einen Hinweis: Er ist derjenige, der Euch auch vom Ankschen Markt verbannen wird, wenn er erfährt, dass Ihr mit Cervi-Bögen feilscht.«

Dem Glatzkopf wich alle Farbe aus dem Gesicht, als er begriff, wen er vor sich hatte. »Prinz Dimitrios«, stammelte er. Plötzlich sah er aus, als wollte er weinen. »Selbstverständlich bekommt ihr den Bogen, mein Prinz! Ihr bekommst alles, was Ihr möchtest. Aber bitte, habt Erbarmen! Dieser Stand ist mein Lebensunterhalt.« Es fehlte nur noch, dass er sich mit gefalteten Händen auf die Knie niederließ.

»Habt Ihr nur diesen einen Cervi-Bogen?«

Der Glatzkopf nickte heftig. »Ja«, beteuerte er.

»Gebt mir diesen Bogen und ...« Er blickte David an. »Such du dir noch etwas aus.«

»Eine *Waffe*?«, entfuhr es David.

Dimitrios nickte. »Das bedeutet nicht, dass du sie jemals benutzen wirst, aber es ist ein gutes Gefühl, sie bei sich zu tragen.«

David schaute sich mit gemischten Gefühlen das Angebot an. Irgendetwas in ihm sträubte sich dagegen, eine Waffe auszuwählen. Doch es war ein Geschenk, das er seinem Freund unmöglich abschlagen konnte.

»Vielleicht kann ich Euch bei der Auswahl behilflich sein«, schlug der Glatzkopf mit übertriebener Freundlichkeit vor. »Habt Ihr schon Erfahrung mit einem Schwert gemacht?«

»Ich habe keine Erfahrung mit Waffen.«

»Dann würde ich Euch dieses hier empfehlen.« Er deutete auf ein schlichtes Kurzschwert.

David musterte das Schwert. Er konnte nicht behaupten, dass es ihm gefiel, aber er zog die Schlichtheit des Schwertes den anderen Foltergeräten vor.

»Wollt Ihr es ausprobieren?«, fragte der Verkäufer.

David sah sich um. Obgleich die Yagrolaner einen Bogen um den Stand machten, bot sich ihm kaum Platz, um ein Schwert zu schwingen. »Hier?«

Der Glatzkopf nickte. »Wo sonst?«

David zog eine Grimasse. »Lieber nicht. Ich nehme es.«

Der Mann schien erleichtert.

Vermutlich hatte er ihm damit etwas angedreht, was keinen großen Verlust für ihn bedeutete.

Dimitrios räusperte sich. »Dann nehmen wir das Kurzschwert, den Cervi-Bogen und die Cervi-Pfeile.« Der Glatzkopf seufzte. Offenbar hatte er gehofft, wenigstens die Pfeile behalten zu dürfen. »Im Gegenzug behalten wir Euer kleines Vergehen für uns«, versprach Dimitrios. »Einverstanden?«

»Einverstanden«, murrte der Glatzkopf. Widerwillig händigte er die Waffen aus.

Als sie außerhalb seiner Hörweite waren, prustete David los. »Den hast du aber ganz schön um deinen Finger gewickelt.«

Der Yagrolaner lachte nicht. »Das war eine ernste Angelegenheit. Er hätte niemals im Besitz eines Cervi-Bogens sein dürfen.«

»Wegen ihres Zaubers?«

»Auch wenn die Cervi-Waffen ihre Magie nur in den Händen eines ausgebildeten Ankschen Kriegers oder Jägers entfalten, hätte er ihn nicht besitzen dürfen.«

David zuckte die Schultern. »Sieh es positiv, jetzt hast du wieder einen Bogen.«

Dimitrios Miene blieb unverändert. »Eigentlich hätte ich niemals nach einem Ersatz suchen dürfen. Cervi-Bögen und ihre Pfeile sind unzerstörbar. Das, was in der Endlosen Ebene passiert ist, hätte nicht passieren dürfen.« Als er selbst merkte, wie grimmig er war, winkte er ab und entspannte sich. »Du hast recht, ich sollte froh sein, dass ich einen neuen Bogen habe und er nicht länger in den falschen Händen umherwandert. Und du bist auch nicht mit leeren Händen ausgegangen.« Feierlich überreichte er David das Kurzschwert, das in einer ledernen Scheide steckte. »Es gehört dir.«

David nahm es in die Hand. Es war leichter und handlicher, als er gedacht hatte.

»Binde es an den Gürtel«, forderte Dimitrios ihn auf, als er etwas verloren dastand. Er zeigte ihm, wie er es zu befestigen hatte. Als das

Kurzschwert an Davids linker Hüfte hing, spürte er das Gewicht kaum.

»Gefällt es dir?«

David hob kurz die Schultern. »Soweit Waffen mir gefallen können, ja.«

Dimitrios lächelte. »Eine gute Einstellung«, sagte er und hängte sich Bogen und Köcher über die Schulter.

Auf einmal wurde es leise auf dem Platz und die Yagrolaner begannen aufgeregt miteinander zu flüstern.

Davids Blick wanderte automatisch zur Bühne. »Was ist da los?«

Ein Yagrolaner, der mit einem Trinkhorn in der Hand neben ihm stand, antwortete: »Die Haokah sind eingetroffen, aber es scheint etwas vorgefallen zu sein.«

Als Samoël auf die Bühne gehoben wurde, wurde es still. »Meine lieben Bewohner und Besucher Nundors«, sprach er. »Ich bitte um eure geschätzte Aufmerksamkeit.« Eine überflüssige Bitte, denn jeder einzelne Yagrolaner auf dem Platz schaute gespannt zu ihm hinauf. »Wie ihr vielleicht mitbekommen habt, sind die Haokah eingetroffen. Leider wird die versprochene Vorführung heute dennoch nicht stattfinden können.«

Enttäuschte Pfiffe ertönten, und der Yagrolaner neben David buhte.

Samoël schüttelte traurig den Kopf. »Die Haokah sehen sich nicht in der Lage, ihre Vorstellung darzubieten, da ihnen auf dem Weg hierher etwas zugestoßen ist. Obwohl sie uns keine Rechenschaft schuldig sind, wünscht Haokah Colin euch Bericht zu erstatten.« Er winkte jemanden auf das Podium.

Als Colin mit einem graziösen Sprung auf der Bühne erschien, bekam er verhaltenen Applaus. Der Haokah hob die Hände zur Begrüßung. »Verzeiht, dass wir euch heute nicht mit unserer Vorstellung begeistern können. Meine lieben Yagrolaner von nah und fern, hört mich an ... Es ist etwas Schreckliches passiert.« Er senkte nahezu theatralisch den Blick, trat bis zum Rand der Bühne und schaute auf die Menge herab. »Meine Frau Haryana, unsere Kinder Benji und Mila, mein Bruder

Sergej und ich ... wir waren auf dem Weg durch den Grünen Teppich, als sie kamen ... aus dem Nichts ...«

»Als wer kam?«, rief jemand.

Colin hob die Arme wie ein Bär. »Wir wurden überfallen!«

David tauschte einen Blick mit Dimitrios. Der Yagrolaner packte ihn am Ärmel. »Lass uns näher zur Bühne gehen«, sagte er und zog ihn mit sich. Als sie näher kamen, bemerkte David die vielen Kratzer auf Colins Armen und seinem Gesicht.

»Es war in der Nacht und das Gras stand hoch«, fuhr der Gaukler fort. »Daher sahen wir sie zu spät. Es waren Hunderte, nein, Tausende!« Er ließ den Kopf hängen. »Zu viele. Ich konnte mich kaum wehren, geschweige denn meine Familie schützen.«

»Wer waren sie?«, rief jemand.

»Ich kenne sie nur aus Erzählungen dunkler Zeiten. Unsere Gegenwart scheint die Dämmerung zu sein. Irgendetwas geht in unserer Welt vor sich, meine Freunde. Wir haben die Zeichen schon lange gespürt, doch jetzt können wir sie nicht länger leugnen. Sie kamen aus ihren dunklen Höhlen gekrochen, um Unheil über unser Land zu bringen. Sie sind nur die erste Plage, die die Endzeit verkündet!«

»Wer?«, drängte ein Zuhörer ungeduldig.

»Gnome!«, brüllte Colin.

Im ersten Moment herrschte Stille, doch dann brach Tumult los. Als David sich umblickte, sah er Verwirrung und Ungläubigkeit in den Gesichtern geschrieben, die sich nach und nach in Sorge und schließlich in Angst verwandelten.

Samoël ließ sich in die Bühnenmitte schieben und hob die Arme. »Bitte, liebe Bewohner und Gäste, bewahrt Ruhe! Hört zu, was Colin zu berichten hat. Er ...«

Der Gaukler schüttelte den Kopf, sprang vom Podium und rannte davon. Samoël sah ihm verwirrt nach. Und dann brach ein Chaos auf dem Marktplatz aus, das der Stadtpräsident nicht mehr unter Kontrolle bringen konnte.

»Komm mit«, zischte Dimitrios und drängte sich durch die Menge, in die Richtung, in die Colin verschwand. Als sie den Marktplatz hinter sich ließen, konnten sie sich frei bewegen, denn die meisten Yagrolaner hatten sich auf dem Platz versammelt. Sie rannten durch ein paar Straßen und Gassen, bis ihr Weg in einer Seitengasse endete, in der zwei große Planwagen standen. Sie sahen gerade noch, wie Colin unter einer der Planen verschwand.

»Dimi, was willst du hier?«, fragte David leise.

»Ich muss mit Colin reden. Er hatte recht damit, dass in Yagrolor etwas vorgeht. Vielleicht weiß er mehr darüber. Außerdem war es das Gnomenheer, das sie überfiel. Wenn wir Ort und Zeitpunkt des Überfalls erfahren, können wir ungefähr ausrechnen, wie nah die Gnome Ank-Liin sind.«

Die Pferde der Haokah schnaubten, als sie sich ihnen näherten. Sie waren noch immer an die Wagen gespannt. Colin musste unmittelbar nach ihrer Ankunft zum Podium gegangen sein, um das Volk zu informieren.

Dimitrios streichelte die Pferde und deutete mit einer Kopfbewegung und einem vielsagenden Blick auf die Planen. Sie waren schmutzig und vollkommen verkratzt. »Colin«, rief er. Er bekam keine Antwort. »Colin! Hier ist Dimitrios aus Ank-Liin, Sohn des Königs Amunh!«

Es dauerte zwar eine Weile, aber dann erschien Colins Kopf aus dem Spalt in der Plane. »Prinz Dimitrios, was im Namen der Elfen tut Ihr hier?«

»Ich bin auf einer wichtigen Reise«, behauptete Dimitrios knapp.

Colin machte große Augen. »Mein Prinz, die Zeiten sind schlecht, das Land nicht mehr sicher. Ihr solltet nach Ank-Liin zurückkehren.« Er bemerkte, dass Dimitrios nicht der einzige Besucher war und nickte David kurz zu. »Wie kann ich Euch helfen?« Er klang etwas ungeduldig.

Dimitrios ließ vom Pferd ab, das enttäuscht schnaubte. »Ich muss mit Euch reden, Colin.«

Colin zog eine Grimasse. »Das ist gerade sehr schlecht. Das Volk ist in Aufruhr und meiner Familie geht es nicht gut. Vor allem Mila ... Ich habe keine Zeit, vergebt mir.« Er zog seinen Kopf wieder zurück ins Innere des Wagens und war verschwunden.

»Es ist wichtig, Colin!«, rief Dimitrios ihm nach. »Es geht um den Überfall!« Als der Gaukler sich nicht mehr zeigte, schlug er sturköpfig die Plane zur Seite und kletterte in den Wagen. Hastig folgte David ihm.

Von innen sah der Wagen größer aus, als es von außen den Anschein hatte. Er war bequem eingerichtet und David zweifelte nicht daran, dass dieser Wagen die Wohnung der Haokah war. Er bekam ein schlechtes Gewissen. Sie begingen Hausfriedensbruch.

Colin stand ihnen mit verschränkten Armen gegenüber. »Auch wenn Ihr der Königssohn seid, so habt Ihr nicht das Recht, ungebeten in mein Heim zu platzen. Die Umstände sind ungünstig für ein Gespräch.« Er warf einen flüchtigen Blick nach rechts neben sich.

David folgte dem Blick und entdeckte ein Mädchen seines Alters, das dort schlafend in einem Bett lag. Es gab zwei weitere Betten, in denen eine Frau und ein kleiner Junge schliefen, doch Davids Blick war einzig auf das Mädchen geheftet. Es schien ihr nicht gut zu gehen, denn Schweißperlen standen auf ihrer blassen Stirn und das rabenschwarze Haar klebte in feuchten Strähnen an ihrem zerkratzten Gesicht. Trotzdem konnte David nicht umhin, die Schönheit des Mädchens zu bewundern.

Colin bemerkte, dass David sie anstarrte. »Das ist Mila, meine Tochter«, sagte er knapp. »Sie benötigt dringend Ruhe, deshalb möchte ich euch bitten, zu gehen.« Er machte eine Handbewegung, als wollte er sie fortscheuchen.

Als wären seine Worte der Auslöser, verkrampften sich Milas Finger plötzlich um ihre Decke und sie stöhnte. Colin war mit zwei großen Schritten bei ihr und wollte ihr sanft über die Stirn streichen, um sie zu beruhigen, als sie ihre Augen schreckensweit aufriss und sich kerzengerade aufsetzte. Ihre stahlblauen Augen waren angsterfüllt – und direkt auf David gerichtet.

»Mila?«, fragte Colin beunruhigt.

»Ich ... ich tu dir nichts«, stammelte David unsicher.

Colin sah ihn irritiert an. »Geht jetzt!«

Doch Mila schüttelte energisch den Kopf. »Nein!«, rief sie. »Er darf nicht gehen! Wir brauchen ihn.«

Colin legte ihr seine Hand auf die Schulter und versuchte sie mit sanfter Gewalt zurück ins Kissen zu drücken. »Du weißt nicht, was du da redest, Mila. Leg dich hin und ruh dich ein wenig aus.«

Mila schlug seine Hand zur Seite. »Nein«, beharrte sie. »Du darfst David nicht fortschicken.«

David starrte das Mädchen an und auch Colin war sichtlich verwirrt. Der Gaukler wandte sich an Dimitrios. »Kommt in etwa einer Stunde wieder.«

»Einverstanden«, erwiderte er und sprang sogleich aus dem Wagen. David beeilte sich, ihm nachzugehen, jedoch nicht, ohne noch einen letzten Blick auf Mila zu werfen. Die Tatsache, dass sie wiederkehren würden, schien sie befriedigt zu haben, denn sie hatte sich zurück in ihre Kissen gelehnt und die Augen geschlossen.

»Wir sollten zu den anderen zurückkehren«, sagte Dimitrios, als David hinaus in die Gasse sprang.

David nickte stumm und folgte ihm, während er sich wunderte, woher dieses Mädchen seinen Namen kannte.

Das Mädchen

Als sie von der leeren Gasse auf den Marktplatz zurückkehrten, war es, als beträten sie eine andere Welt. Der Marktplatz war so überfüllt, wie sie ihn verlassen hatten, doch anstelle der Rufe der Marktfeilscher, Musik und ausgelassener Gespräche dominierten nun an allen Ecken heftige Diskussionen über den Bericht der Haokah. Die Marktbesucher waren in heller Aufregung.

Als sie den Treffpunkt erreichten, wartete Wrens vollzählige Familie auf sie. »Wo wart ihr?«, fuhr der Dorfbewohner sie an. »Wir warten bereits seit einer halben Ewigkeit auf euch.«

»Verzeiht uns«, bat Dimitrios, ohne ihre Verspätung zu begründen.

Samoël wedelte ungeduldig mit der Hand. »Wir haben keine Zeit für Beschuldigungen. Ich muss unbedingt ins Rathaus. Wir müssen besprechen, wie wir als Stadt auf die Neuigkeiten der Haokah reagieren, und was wir tun können, um die Sicherheit unserer Mitbürger zu gewährleisten. Wren wird mich begleiten. Prinz Dimitrios, seid doch bitte so freundlich und geleitet meine Frau und Luna nach Hause. Selbstverständlich steht es euch frei, danach noch einmal auf den Markt zu gehen. Auch wenn ... heute alles anders ist.«

Sie trennten sich. Dimitrios und David brachten Minerva und

Luna nach Hause. Sie ließen ihre Besorgungen im Haus, informierten Gazzel und Gazuri über alles, was sie auf dem Marktplatz erfahren hatten und begaben sich kurz darauf erneut auf den Weg zu den Haokah.

»Dimi, dieses Mädchen der Haokah, Colins Tochter …«, begann David.

»Du meinst Mila? Sie ist sehr hübsch, nicht wahr?«

David sah seinen Gefährten verdutzt an, und der grinste breit. »Stimmt doch, oder nicht?«

»Ja, schon«, gab David zu und merkte, wie er rot anlief. »Aber das meinte ich gar nicht. Woher wusste sie meinen Namen?«

»Vielleicht hat sie ihn unterbewusst mitbekommen.«

»Das ist unmöglich, ich hatte mich gar nicht vorgestellt.«

»Vielleicht habe ich deinen Namen genannt«, spekulierte Dimitrios und damit schien das Thema für ihn beendet zu sein.

Doch David war überzeugt, dass das nicht stimmte. Er bekam Mila nicht mehr aus seinem Kopf. Der Moment, in dem sie auf ihn gezeigt und gesagt hatte, dass er bleiben müsste, spielte sich immer wieder vor seinem inneren Auge ab. Ihm war klar, dass Mila etwas über ihn wusste. Er wusste nur nicht, ob ihn das freuen oder beunruhigen sollte.

Sie fanden die Seitengasse mit den zwei Planwagen unverändert vor. Nur die Pferde waren abgespannt worden.

»Colin, seid Ihr da?«, rief Dimitrios.

Er bekam Antwort, allerdings von einer Frauenstimme. »Kommt herein, Prinz Dimitrios.«

Die Haokah hatten einen runden Tisch in der Mitte des Wagens aufgestellt und Kissen ausgelegt. Eine schlanke, schwarzhaarige Frau – unverkennbar Milas Mutter – saß auf einem der Kissen. In ihren Armen saß ihr Sohn, er musste ungefähr so alt sein wie Luna. Die Frau schenkte Tee in drei Gläser und bat sie, sich zu ihr zu setzen. »Bitte entschuldigt, dass Colin euch nicht persönlich empfängt.

Er hat noch eine Unterredung mit dem Stadtpräsidenten, aber er müsste bald zurückkehren.« Sie schenkte David ein warmes Lächeln. »Wir kennen einander noch nicht«, stellte sie fest.

»Ich bin David.« Er reichte ihr über den Tisch hinweg die Hand.

»Mein Name ist Haryana. Und das hier ist mein Sohn Benji.«

Benji schenkte ihnen einen mürrischen Blick, bevor er sein Gesicht in Haryanas Schulter vergrub.

»Verzeiht ihm, er steht noch unter Schock«, erklärte Haryana. »Wir können von Glück reden, dass er nur mit einem Schrecken davongekommen ist. Mila hat es schlimmer erwischt.« Sie wies zu dem Bett, in dem ihre Tochter in derselben Position lag wie vor einer Stunde.

Man hatte Mila den Schweiß von der Stirn getupft und die Haarsträhnen aus dem Gesicht gestrichen. Sie sah friedlicher aus, stellte David fest. Obgleich sie noch sehr blass und schwach wirkte.

»Was hat sie?«, fragte er.

Haryana seufzte. »Wenn wir das wüssten. Schon ein paar Tage vor dem Angriff bekam sie Fieber und hatte ständig Albträume. Sie redet viel im Halbschlaf von irgendwelchen Gefahren und dass endlich jemand käme, um uns zu helfen. Der Überfall hat ihr zusätzlich zugesetzt.«

Dimitrios setzte sich auf. »Von welchen Gefahren redet sie?«

Haryana winkte ab. »Sie fantasiert.«

»Ich würde es trotzdem wertschätzen, wenn Ihr uns mehr darüber erzählt.«

Haryana zögerte. Sie gab aber schließlich nach, auch wenn David ihr das Unbehagen ansehen konnte. »Sie sprach von einem Schatten, der sich auf Yagrolor gelegt habe und von einem Jungen, der Einsicht bringe. Ich glaube nicht, dass wir zu viel in diese Aussagen hineininterpretieren sollten, Prinz Dimitrios. Das Fieber hat sie viel Energie gekostet. Und dann kamen die Gnome … Das war zu viel für sie. Es war zu viel für uns alle. Es war so fürchterlich.« Ihr Blick verlor sich, als sie sich an den Überfall zu erinnern schien.

Dimitrios war taktvoll genug, nicht näher auf das Thema einzugehen. Er sah David an und sein Blick verriet, dass er drauf und dran war, ihm recht zu geben. Mila wusste mehr, als sie wissen durfte.

Plötzlich wurde die Plane zurückgeschlagen und Colin sprang in den Wagen. »Ich dachte mir bereits, dass ihr schon hier seid«, sagte er, als er seine Gäste erblickte. Er setzte sich zu ihnen, nachdem er Haryana einen Kuss auf die Wange gegeben und Benji über den Kopf gestreichelt hatte. »Der Stadtpräsident hat Sergej die Adresse eines fähigen Heilers gegeben«, berichtete er seiner Frau. Dann wandte er sich an Dimitrios. »Kommen wir zu Eurem Anliegen.«

Dimitrios nickte. »Es geht um den Überfall. Ihr müsst natürlich nicht darüber sprechen, wenn es zu schwierig für Euch ist.«

Colin winkte ab. »Diese grauen Monster haben uns aus dem Nichts angegriffen, mitten in der Nacht. Als sie in unseren Wagen einfielen, wehrten wir uns, doch es waren zu viele. Letztlich stellte sich heraus, dass wir nicht von Interesse für sie waren. Zum Glück, denn ansonsten wären wir jetzt nicht hier.«

»Wann ist es passiert und wie weit wart ihr von Ank-Liin entfernt?«

Colin verstand, worauf er hinauswollte. »Wenn sie auf dem Weg nach Ank-Liin sind, werden sie bald dort sein. Vielleicht schon in zwei Tagen.«

Dimitrios seufzte. »Ihr sagtet auf dem Podium, dass die Gnome die Endzeit verkünden. Was soll das bedeuten?«

»Prinz Dimitrios, Ihr sitzt falschherum im Sattel, wenn Ihr die Zeichen noch nicht gesehen habt«, flüsterte Colin. »Eine zweite Sonne scheint über einem Teil dieser Welt, trotzdem liegt ein Schatten auf ihr.«

»Du interpretierst zu viel in Milas Träume, Colin«, schaltete sich Haryana in die Diskussion ein. »Oder bist du vielleicht der Grund, warum sie solch einen Unsinn redet?«

Colin schüttelte heftig den Kopf. »Mila spürt es, ich spüre es. Haryana, du sagtest doch selbst, dass sich diese Saison anders anfühlt. Das

Volk springt weniger auf unsere Vorstellungen an. Die Stimmung ist gedrückt. Ich glaube, dass sie alle es spüren. Sie wollen bloß nicht sehen, was hier vor sich geht.«

»Eure Mahnungen rühren lediglich von Eurem Gefühl her?«, fragte Dimitrios.

»Wenn ich Euch noch nicht überzeugt habe, dann habe ich noch einen weiteren Beweis.« Er beugte sich halb über den Tisch, als verrate er ihnen ein Geheimnis. »Das Geschenk Eures Vaters für unsere Vorstellungen, mein Cervi-Bogen ...«

»Die Pfeile verfehlen ihr Ziel?«, vermutete Dimitrios. »Oder ist der Bogen zerbrochen?«

Colin blickte ihn ungläubig an. »Woher wisst Ihr das?«

Dimitrios seufzte. »Es scheint, als würden sie ihre Kraft verlieren.«

Colin schlug so heftig mit der Faust auf den Tisch, dass Tee aus ihren Gläsern schwappte und Benji erschrocken aufsah. »Dann wisst Ihr, wovon ich rede. Die Zeichen offenbaren sich überall. Ihr wisst von Milas Gabe, mein Prinz, das sind nicht nur Träume. Wir ...«

Die Plane wurde beiseitegestoßen und ein schlanker Mann sprang herein. Die Selbstverständlichkeit, mit der er in den Wagen platzte, legte nahe, dass es sich um Sergej handelte, dem einzigen Mitglied der Haokah, den David noch nicht kennengelernt hatte. Nach ihm, wesentlich ungelenker, kletterte ein zweiter Mann mit einem Köfferchen in das Wageninnere. Sergej fuhr sich durch sein wildes schwarzes Haar und deutete auf den Fremden, der sich völlig aus der Puste an einer Truhe abstützte. »Ich habe den Heiler mitgebracht.«

Der Heiler warf ihm einen eisigen Blick zu. »Wo ist denn nun der Notfall, für den Ihr mich durch halb Nundor gejagt habt?«

Sergej deutete zu Mila. »Meine Nichte. Sie ist krank.«

»Ob Ihr wohl einen fachkundigen Blick auf meine Tochter werfen könntet?«, bat Haryana den Heiler. »Ihre Haut ist seit einigen Tagen wärmer als die Luft und sie ist kaum ansprechbar.«

Der Heiler kniete sich mit seinem Medizinkoffer neben Milas Bett.

Er berührte ihre Stirn – und runzelte seine eigene. Er berührte prüfend ihre Wange, als Mila ihre Augen aufschlug. Ihr Blick fiel sofort auf David und blieb an ihm haften. »David«, flüsterte sie.

David war wie gelähmt, als stünde er Ayatsuriyaa gegenüber statt einem geschwächten Mädchen. Er spürte nahezu körperlich, wie sich die Blicke aller Anwesenden in ihn bohrten.

Und dann geschah etwas, womit keiner gerechnet hätte – Mila lächelte. »Du bist hier«, sagte sie mit heller Stimme.

»Oh, Mila.« Haryana setzte Benji ab und war innerhalb eines Augenaufschlags am Bett, um ihre Tochter mit einem erleichterten Schluchzen in ihre Arme zu nehmen. Mila ließ die Umarmung zu, solange ihre Sicht zu David nicht gestört wurde.

Colin sah David an. Sein Gesichtsausdruck spiegelte Verwirrung und einen Hauch von Misstrauen wider. »Was hat das zu bedeuten?«, fragte er.

»Ich habe keine Ahnung«, gestand David.

Der Heiler räusperte sich. »Ich würde die Patientin gern untersuchen«, sagte er. »Die Herren?«

»Selbstverständlich.« Dimitrios nutzte das Stichwort, um David am Arm zu packen und aus dem belebten Wagen zu flüchten. »Vielen Dank für die Gastfreundschaft, Haryana und Colin«, rief er und hüpfte hinaus.

»Das war seltsam«, sagte David, als sie die Seitengasse verließen.

»Du hattest recht. Ich glaube, sie weiß, wer du wirklich bist.«

»Aber woher?«

»Ich weiß es nicht, aber wir müssen sichergehen, dass sie ihrer Familie nicht zu viel erzählt. Colin predigt der Öffentlichkeit den Weltuntergang. Wenn er erfährt, wer du bist, weiß es bald ganz Yagrolor. Das müssen wir verhindern.«

»Und wie?«

»Wir werden ihr noch mal einen Besuch abstatten müssen.«

David nickte zustimmend. »Wann?«

»Ich bezweifle, dass Colin uns heute noch einmal zu ihr lässt. Außerdem wird sie ein paar Medikamente bekommen, die sie schlafen lassen. Morgen früh sprechen wir mit Mila. Dann verabschieden wir uns von Wren und seiner Familie und brechen auf. Einverstanden?«

»Einverstanden.«

Das Wiedersehen

Als er erwachte, dachte er, wieder verschlafen zu haben. Zu seiner Überraschung sah er die Schemen seines leise schnarchenden Freundes neben sich und Dunkelheit verriet, dass es noch mitten in der Nacht war. Dann hörte er, warum er aufgewacht war: Von draußen ertönte ein scharrendes Geräusch. Er vermutete, dass es das Hufgescharre von Taran und Enya war und zog sich die Decke über den Kopf.

Das Scharren wiederholte sich, es klang eindringlicher. David seufzte. Er stand auf, schlich zum Fenster und spähte hinaus.

Eine kleine Fackel hing neben der Haustür, die die unmittelbare Nähe beleuchtete. Er entdeckte die Pferde im Vorhof. Enya starrte mit großen Augen zu ihm herauf. David wollte sie fragen, was los war, befürchtete jedoch, dass er Dimitrios wecken würde. Also zog er sich kurzerhand seine Kleidung vom Vortag an und schlich die Treppe hinunter, darauf bedacht, auf keine knarzende Stufe zu treten, die jemanden wecken würde.

Damit er sich nicht aussperrte, klemmte er den Kerzenständer, der nachts zuvor noch zu Minervas Verteidigung gegen die Gnome gedient hatte, zwischen Tür und Rahmen.

Das Licht der Fackel reichte nicht so weit, wie es von oben schien. Statt die Umgebung zu beleuchten, erreichte das wenige Licht eher das Gegenteil – der rötliche Flammenschein gab dem Vorhof eine noch düsterere Stimmung, als es die Dunkelheit allein schon tat.

David huschte zu den Pferden im Vorhof. Enya kam ihm schnaubend entgegen und stupste ihn mit der Schnauze an. »Was habt ihr?«, fragte er und streichelte ihre Nüstern.

Enya stieß ihm erneut vor die Brust, und David stolperte einen Schritt zurück. »Was ist denn los?« Eine solche Grobheit war er von Enya nicht gewohnt.

Taran wieherte leise und Enya blickte alarmiert zur Seite.

David folgte ihrem Blick. Er sah zwar nicht, was die Pferde sahen, doch ihre Angst steckte ihn an. Auf einmal verspürte er den Drang, zurück ins Haus zu rennen, die Nacht auszusperren und sich unter seine Bettdecke zu verkriechen. Doch er wollte die Pferde nicht allein lassen.

Da hörte er Schritte, die sich ihnen näherten. In der nächtlichen Stille hallten sie seltsam hart von den Hauswänden wider. Der Fremde musste schwere Stiefel tragen, oder ... Jeder Schritt war wie ein Schlag in Davids Magen, sodass ihm übel wurde. »Wer ... wer ist da?«

Keine Antwort.

Die Pferde stampften nervös auf dem Rasen auf, der im Schein der Fackel geplättet liegen blieb, als wollten sich selbst die Grashalme vor den unsichtbaren Augen in der Dunkelheit verstecken.

Der Fremde schien stehen geblieben zu sein, denn das Geräusch der Schritte war verklungen. Stille füllte den Moment. Im Einklang mit der Dunkelheit jagte sie David einen Schauder über den Rücken. »Wer ist da?«, rief er nervös. *Dass* jemand vor ihnen stand, getarnt in der starrenden Lichtlosigkeit, daran bestand kein Zweifel.

Er bekam Antwort, wenn auch nicht auf seine Frage. »Hallo, David.«

»Wer ist da?«

»Spürst du nicht, wer ich bin?« Die Stimme war ruhig, doch sie hatte einen Unterton, der die Ruhe zu etwas Bedrohlichem machte. »Ich habe dich gesucht. Es ist an der Zeit, dass wir uns vereinigen.«

»Was meinst du damit?« David fröstelte. Bildete er es sich nur ein oder war es kälter geworden? »Wer bist du? Komm und zeig dich!«

»Mir wäre es lieber, du kämst zu mir.«

Spätestens jetzt war es höchste Zeit, sich in Sicherheit zu bringen. Er hätte nur auf den Fersen kehrtmachen oder nach Dimitrios rufen müssen, aber irgendetwas hielt ihn davon ab. Es war, als hätte Ayatsuriyaa erneut Kontrolle über ihn ergriffen, auch wenn diesmal keine seidenen Lichtfäden aus der Dunkelheit kamen, um sich an seinen Leib zu heften. Er wollte sich umdrehen und fortrennen, aber sein Körper schien vergessen zu haben, wie er diese Handlungen auszuführen hatte. Er war nicht vollkommen gelähmt, wie bei seiner Begegnung mit der verbannten Elfe, denn er konnte seine Arme und seinen Kopf noch bewegen – auch wenn sie sich so starr anfühlten, als befänden sich seine Gelenke im Prozess der Versteinerung.

»Komm zu mir.«

Auf einmal glaubte David einen Sog aus der Dunkelheit zu spüren, der mit wachsender Kraft an ihm zu zerren begann. Er wollte aufschreien, doch alles, was er zustande brachte, war ein heiseres Wimmern. Der Sog wurde stärker und bald musste er sich gegen den Boden stemmen, um nicht hilflos vornüber zu kippen. »Hilfe«, ächzte er und wand seinen Kopf unter Mühen zu den Pferden. »Enya, hilf mir.«

Enya starrte ihn ängstlich aus ihren schwarzen Augen an. Sie schien ihn gehört zu haben. Aber hatte sie ihn auch verstanden?

David fühlte, wie sich seine Fersen aufgrund des Drucks in die Erde gruben. Es musste grotesk aussehen, denn er stand in einer Schräglage, als lehnte er sich gegen eine unsichtbare Wand. »Enya«, presste er hervor. »Ich kann mich nicht mehr halten.« Er stolperte zwei Schritte vor, bis er wieder Kraft fand, sich gegen den Sog zu stemmen.

Enya schnaubte. Eines ihrer Vorderbeine zuckte und in ihren Augen stand Verzweiflung geschrieben. Da begriff er, dass sie ihm nicht helfen *konnte.* Wahrscheinlich wurde sie von derselben unsichtbaren Kraft, die ihn in die Dunkelheit zog, davon abgehalten, einzugreifen. Bekam Dimitrios denn nicht mit, dass dort unter seinem Fenster buchstäblich die Hölle los war?

»Komm zu mir!«, rief sein Gegenüber. »Du hättest gar nicht herkommen sollen. Ich habe dich gewarnt.«

Der Sog war inzwischen so stark, dass David sich kaum mehr dagegen wehren konnte. Seine Knie schmerzten und er hatte das Gefühl, dass die unsichtbare Zugkraft sein Herz als Zentrum erwählt hatte und es ihm wahrlich aus der Brust reißen wollte. Er starrte in die Dunkelheit und bekam den Eindruck, dass sie noch dunkler, noch schwärzer, noch ... endgültiger geworden war. Da entdeckte er eine Bewegung – und erkannte, wen er vor sich hatte.

Groß und übermächtig stand er vor ihm. Sein Anblick verschlug David den Atem wie bei ihrem ersten Treffen im brennenden Haus seiner Großeltern. Doch diesmal, das wusste er, würde der Hirsch ihn nicht verschonen.

Seine Panik wuchs. Er konnte nichts gegen diesen Sog unternehmen. Die Pferde waren paralysiert und konnten ihm nicht helfen, und Dimitrios schlief seelenruhig und ahnungslos eine Etage über ihnen. Überleben oder sterben, es lag allein an ihm.

»Komm her und lass es uns hinter uns bringen.«

»Nein!«, schrie David. Mit einem Ruck versuchte er, sich hintenüber zu werfen, doch der Sog hielt ihn eisern fest. Lediglich sein Arm strich an seiner Seite entlang. Seine Hand streifte dabei ein ledernes Objekt, das an seiner Hüfte hing. Sein Herz machte einen Hüpfer und begann schneller zu schlagen als ohnehin schon. Das Schicksal gab ihm eine letzte Chance.

Er war inzwischen nur wenige Schritte vom Hirsch entfernt. Mit einem stummen Schrei griff er nach seinem Kurzschwert, das noch am Gürtel befestigt war, und riss es aus der Lederscheide. Er gab den Widerstand auf und sprang vor, sodass er durch die starke Anziehung eine außerordentliche Geschwindigkeit erreichte. Mit vorgestreckter Klinge stürzte er auf den Hirsch zu.

Als der Hirsch das Schwert in seiner Hand sah, ließ die magnetische Wirkung abrupt nach. Die Schwerkraft übernahm und riss David zu Boden. Mit dem Wegfallen des Sogs erlangte er allerdings auch die Kontrolle über seinen Körper wieder. Er schrie und streckte seine Hände aus, um den Sturz abzufangen. Sein Kurzschwert schlitterte laut klirrend außer Reichweite.

Erschrocken sah er auf und befürchtete einen Moment, der Hirsch würde sich auf ihn stürzen. Doch bevor der Hirsch oder er reagieren konnte, ertönte ein kurzes Surren. Ein brennender Schmerz durchfuhr Davids linken Arm, und ein Pfeil bohrte sich kurz vor dem Hirsch in den Boden.

Der Hirsch wirbelte auf seinen Hinterbeinen herum und flüchtete in die Dunkelheit. David schaute ihm fassungslos hinterher und hielt sich wimmernd seinen Arm. Als er seine Hand zurückzog, klebte Blut an seinen Fingern.

»Bei den Elfen!« Dimitrios kam aus dem Haus gerannt und ließ sich vor ihm in die Hocke nieder. »Habe ich dich verletzt?« Er inspizierte Davids Arm. »Den Elfen sei Dank, ein Streifschuss«, sagte er, während Fassungslosigkeit in seinen Augen flackerte. »Ich habe keine Ahnung, wie das passieren konnte, aber die Wunde lässt sich immerhin mit einem Sendazeablatt behandeln.« Seine Sorge schlug um in Wut. »Was fällt dir ein, mitten in der Nacht draußen herumzugeistern? Habe ich dir nicht gesagt, wir müssen vorsichtiger sein?«

David schwieg betreten. Er wusste selbst nicht, warum er so leichtsinnig gewesen war. Der Schreck saß ihm weiterhin in den Knochen und er spürte, wie Tränen seine Augen füllten.

»Nicht doch«, seufzte Dimitrios. Sein Zorn verflog, doch sein Gesicht blieb ernst. »Versprich mir nur, dass du fortan bei mir bleibst.« Er bot ihm seine Hand an. »Komm.«

Nachdem sie sich vergewissert hatten, dass mit den Pferden alles in

Ordnung war, kehrten sie zurück in ihr Zimmer. Dimitrios verarztete Davids Arm mit einem der Sendazeablätter, die sie am Vortag erst erworben hatten.

Der Yagrolaner sprach kein Wort. Eine steile Falte zwischen seinen Augenbrauen verriet David, dass er noch immer verdrossen war. Wenngleich ein Teil seiner Wut vermutlich nach wie vor ihm und seiner Leichtsinnigkeit galt, wähnte David, dass Dimitrios sich auch selbst Vorwürfe machte. Beinahe wäre er zu spät gewesen, und er hatte David zudem am Arm verletzt – und das mit einer Waffe, mit der es niemals hätte möglich sein dürfen.

Als Dimitrios ihm den Arm verbunden hatte, legte er sich zurück auf seine Matratze und schloss die Augen. Sie redeten kein Wort mehr über das, was soeben geschehen war.

David lag lange mit offenen Augen da. Er verfluchte sich selbst für seine Unüberlegtheit, die ihm beinahe das Leben gekostet hätte. Gleichzeitig ließen ihm die Fragen, die in seinem Kopf umherschwirrten, keine Ruhe. Wie hatte der Hirsch es hierhergeschafft? War er ein Geschöpf aus Yagrolor? Warum war er hinter ihm her? Es war offensichtlich, dass er ihn daran hatte hindern wollen, nach Yagrolor zu kommen. Aber warum? Stand er auf der Seite der Arya und sah eine Gefahr in ihm? David wusste selbst kaum, wie er es anstellen sollte, eine ihm fremde Welt zu retten. Und was würde geschehen, wenn er dem Hirsch nachgab? Würde er ihn töten? *Es ist an der Zeit, dass wir uns vereinigen.* Was hatte das zu bedeuten?

David hätte wetten können, keine Minute Schlaf in dieser Nacht zu finden, doch irgendwann rüttelte Dimitrios ihn an der Schulter, um ihn zu wecken. »Es gibt Frühstück.«

Er gähnte und stand auf. Seine Knie und sein Arm schmerzten. Dennoch war es ein erleichterndes Gefühl, seine Glieder zu spüren – und zu beherrschen. Umständlich zog er sich an und legte sich den Gürtel um. Die Lederscheide an seiner linken Hüfte war leer. »Mein Schwert«, bemerkte er. »Ich habe es verloren, als …« Es lief ihm eisig über den

Rücken. Er war dem Hirsch schutzlos ausgeliefert gewesen. In jenem Moment wäre die Entscheidung über ihren ungleichen Kampf gefallen, wäre Dimitrios nicht gewesen.

Der Yagrolaner schaute aus dem Fenster. »Da liegt es. Ich hole es, du bleibst drinnen.«

Erst wollte David protestieren, doch dann schluckte er seinen Einspruch hinunter. Nach alldem, was in dieser Nacht geschehen war, wäre es eine Unverschämtheit gewesen, Dimitrios zu widersprechen. »Ich möchte mich für meine Leichtsinnigkeit entschuldigen und dir danken«, sagte er stattdessen. »Ich bin dir etwas schuldig.«

Der Yagrolaner schüttelte den Kopf. »Es steht in meiner Verantwortung, dich zu beschützen.« Er sah ihn forschend an. »Die Frage ist, ob du dir deiner eigenen Verantwortung bewusst bist. Du hast uns alle in Gefahr gebracht, nicht nur dich und mich. Das Schicksal aller Yagrolaner hängt von deinem ab.«

David schaute zu Boden. »Es tut mir leid.«

Bedrückendes Schweigen setzte ein und David wagte es kaum, seinen Freund anzusehen.

Schließlich seufzte Dimitrios. »Nein, mir tut es leid. Ich bin dir dankbar, dass du hier bist, um uns zu helfen. Da sollte ich dir keine Vorwürfe machen. Pass nur ein bisschen besser auf dich auf. Die Welt ist ... gefährlich geworden.«

David nickte. »Was will der Hirsch von mir? Warum hat er es auf mich abgesehen?«

Dimitrios presste die Lippen zu einem schmalen Strich. »Ich weiß es nicht. Wie ich dir bereits sagte, wir sehen den Hirsch als Boten des Unheils. Dass er erneut sein Unwesen in Yagrolor treibt, ist ein schlechtes Omen. Auch wenn es mich nicht überrascht ... er ist ein weiteres Zeichen dafür, dass sich ein Schatten über unsere Welt gelegt hat. Wir glauben, dass der Hirsch im Zusammenhang mit den Arya steht. Als dein Vater die Gaben der Elfen brachte und die Bedrohung aus Árion bekämpfte, verschwand auch er. Wir hatten vermutet, dass er sich nach ihrer Niederlage nach Árion zurückgezogen hatte. Jetzt scheint er die Chance genutzt zu haben, zu entkommen, als wir den Geheimgang öffneten.«

David dachte über die Vermutungen seines Freundes nach. Obwohl sie logisch klangen, wurde er das Gefühl nicht los, dass mehr hinter dem Konflikt zwischen ihm und dem Hirsch steckte. Sie kratzten lediglich an der Oberfläche der Wahrheit. »Aber was hat das alles mit mir zu tun? Wieso konnte er in meiner Welt erscheinen, wenn er in Árion gefangen war?«

Dimitrios zuckte mit den Schultern. »Ich denke, er will dich daran hindern, uns zu helfen. Doch welche Macht er hat, wird dir niemand sagen können. Was mich beunruhigt, ist, dass er bis in die Stadt vorgedrungen ist, um dich zu finden. Wir sollten auf der Hut sein und schnellstmöglich nach Ank-Liin reisen.« Er machte eine auffordernde Geste zur Tür. »Lass uns frühstücken. Dann reden wir mit Mila und brechen so früh wie möglich auf.«

Colin und Sergej waren gerade dabei, die Pferde an die Wagen zu spannen, als David und Dimitrios in die Seitengasse bogen.

»Prinz Dimitrios«, grüßte Colin. »Was führt Euch hierher?«

Dimitrios deutete mit einem Nicken zu den Wagen. »Ihr reist schon ab?«

»In wenigen Minuten«, sagte Sergej und zog einen Gurt fest. »Es sei denn, wir werden von unserer Arbeit abgehalten.«

»Wie geht es Mila?«, fragte David.

»Besser. Seid ihr nur gekommen, um euch nach ihrem Befinden zu erkundigen?«

»Nein«, gestand Dimitrios. »Wir müssen mit ihr reden.«

Sergejs Blick verriet nur allzu deutlich, was er davon hielt.

Auch Colin schien wenig begeistert. »Worum geht es?«

»Verzeiht mir, aber das ist eine Sache zwischen Mila und uns.«

David war sich nicht sicher, ob diese Gradlinigkeit der richtige Weg war. Seine Befürchtung wurde bestätigt, als Colins Gesicht sich verfinsterte.

»Ich bitte Euch, Colin«, sagte Dimitrios. »Nicht als junger Yagrolaner, sondern als Königssohn von Ank-Liin.«

»Welches Anliegen kann ein Gespräch haben, von dem der Vater nichts erfahren darf?« Colin verschränkte seine Arme und baute sich vor ihnen auf.

Dimitrios blieb gelassen. »Ich bitte um Euer Vertrauen, Colin.«

David konnte regelrecht sehen, wie es hinter der Stirn des Mannes arbeitete. Es war ein stummer Kampf zwischen der Pflicht eines Vaters, sich um sein krankes Mädchen zu sorgen, und der Treue eines Mannes, der seinem Land und Thronfolger loyal gegenüberstand. Er seufzte, als Letztere gewann. »Bitte fasst Euch kurz und vermeidet Aufregung.«

Dimitrios bedankte sich mit einer leichten Verbeugung. »Wir werden Euch nicht lange aufhalten.«

Zu ihrem Glück waren Haryana und Benji nicht im Wohnwagen. Einzig Mila lag in ihrem Bett, noch immer etwas blass, aber unverkennbar in besserer Verfassung als bei ihrem letzten Treffen. Sie war wach und sah die beiden an, als hätte sie sie erwartet. Nein, sie sah nicht beide an. Sie sah David an. Ihre hellen Augen blitzten auf, als er sich schüchtern dem Bett näherte. »David«, sagte sie fröhlich.

David nickte. »Wie geht es dir?«

Mila setzte sich auf, zog ihre Knie an die Brust und fuhr sich durch ihr zerzaustes Haar. »Wirst du uns helfen?«, fragte sie erwartungsvoll, ohne auf seine Frage einzugehen.

David warf Dimitrios einen Blick zu, ehe er bejahte. Mila stieß einen spitzen Freudenschrei aus und sprang mit einer erstaunlichen Gelenkigkeit aus dem Bett und ihm um den Hals. David, der gar nicht wusste wie es um ihn geschah, versuchte sich verlegen aus ihrer Umarmung zu lösen. Hastig ließ Mila von ihm ab. »Entschuldige«, meinte sie beschämt.

»Nicht schlimm. Ich war nur … überrascht.«

Als peinliches Schweigen eintrat, meldete sich Dimitrios zu Wort, der dem Schauspiel verwirrt zugeschaut hatte. »Mila, wir müssen mit dir reden.«

Mila sah Dimitrios an, als hätte sie gar nicht mitbekommen, dass er auch anwesend war. »Ach?«, machte sie nur und setzte sich auf die Bettkante.

Dimitrios deutete auf David. »Woher weißt du, wer er ist?«

Sie tat, als überraschte die Frage sie. Sie pustete sich eine Haarsträhne aus dem Gesicht. »Woher sollte ich das wissen?«

»Du hast von ihm geträumt«, vermutete Dimitrios.

David wurde rot bei diesen Worten.

Mila lächelte schalkhaft. »Du kennst meine Gabe.«

»Was hat dein Traum dir gezeigt?«

Sie zuckte mit den Achseln. »Nicht viel. Ich bin keine Wahrsagerin, Prinz Dimitrios. Ich weiß nur, dass es wichtig ist, dass David hier ist.«

»Du musst uns versprechen, dass du Davids Identität geheim hältst. Wenn das Volk erfährt, wer er ist, muss es nur eins und eins zusammenzählen, um zu verstehen, dass unsere Welt in Gefahr schwebt. Es kam bisher nur einmal vor, dass der König Hilfe aus einer anderen Welt erbat. Es würden weitere Unruhen entstehen. Das können wir uns nicht leisten. Hast du Colin etwas davon erzählt?«

Mila zuckte mit ihren schmalen Schultern. »Noch nicht. Aber hat Yagrolor nicht ein Recht auf die Wahrheit?« Ein, zwei Sekunden vergingen. Dann erschien ein unschuldiges Lächeln auf ihren Lippen. Auch wenn es ohne Zweifel entzückend war, war es David nicht geheuer. »Ich werde niemandem etwas erzählen«, beteuerte sie. »Aber ihr müsst mir auch etwas versprechen.«

Dimitrios zögerte. Er schien Ungutes zu ahnen.

Milas Grinsen wurde breiter. Sie umwickelte ihren Finger mit einer

Haarsträhne, als wollte sie demonstrieren, dass sie auch den Königssohn um den Finger wickeln konnte. »Ihr müsst mich mitnehmen.«

David stutzte. Es war ein schöner Gedanke, von Mila begleitet zu werden, doch gleichzeitig war ihm bewusst, dass das niemals funktionieren konnte. Colin hatte ihnen kaum erlaubt, mit seiner Tochter zu sprechen – wie würde er erst reagieren, wenn sie ihn baten, sie mitzunehmen!

Auf einmal wurde die Plane zur Seite geschlagen. »Wir sind startklar«, sagte Sergej ungeduldig. »Bitte verlasst nun unseren Wagen.«

Dimitrios war sichtlich erleichtert über die Aufforderung des Haokah. »Es ist alles besprochen.« Er packte David am Ärmel und zog ihn aus dem Wagen. »Wohin führt Euer Weg?«, fragte er Sergej, als sie draußen waren.

»Ank-Liin. Colin will um Audienz bei Eurem Vater bitten, um ihn vor der Endzeit zu warnen.« Er seufzte, bevor er hinzufügte: »Er sagte, ich solle Euch anbieten, mit uns zu reisen.«

Dimitrios schlug dankend ab. »Unsere Pferde sind schneller und wir werden quer durch den Grünen Teppich reiten. Wir sind in Eile. Aber ich werde eure Ankunft auf Ank melden und dafür sorgen, dass ihr die Audienz bekommt.« Er ging an Sergej vorbei und verließ die Gasse.

David eilte ihm nach. »Was ist mit Mila?«

»Was soll mit ihr sein? Wir haben alles geklärt.«

»Aber sie wollte doch ...«

»... dass wir sie mitnehmen, was unmöglich ist.«

»Hast du keine Angst, dass sie ihrem Vater verrät, wer ich bin?«

»Sie hat es faustdick hinter den Ohren, aber sie ist nicht dumm.« Er blieb stehen und sah David direkt in die Augen. »Was ist das zwischen euch beiden?«

»Was ... meinst du?« Er erwartete eine Stichelei über die Tatsache, dass sie sich um seinen Hals geworfen hatte, aber Dimitrios blieb ernst.

»Ich hatte das Gefühl, dass ihr irgendwie ...« Er machte eine unbeholfene Geste mit seinen Händen, als er nicht die richtigen Worte fand. »Es fühlt sich an, als bestünde da irgendeine Verbindung zwischen euch.«

»Ich weiß nicht, was du meinst.« David spürte, wie ihm das Blut ins Gesicht schoss.

Dimitrios zog eine Grimasse und winkte ab. »Schon gut. Komm, wir sollten aufbrechen.«

Minerva hatte darauf bestanden, dass ihre Gäste das frisch gebackene Haferbrot aßen, ehe sie sie verabschiedete. Nachdem sie gemeinsam das Brot bis auf den letzten Krümel verspeist hatten, gab sie David und Dimitrios eine warme Umarmung. Dann warf sie einen verhaltenen Blick auf die Gnome, von denen sie noch immer respektvollen Abstand hielt. »Alles Gute«, sagte sie.

»Vielen Dank für Eure Gastfreundschaft«, sagte Gazuri höflich.

Gazzel nickte zustimmend. »Vielen Dank. Das Brot und Euer Eintopf waren hervorragend.«

Minerva lächelte verlegen. Sie stapelte die leeren Teller und verschwand in der Küche.

Samoël saß in seinem Schaukelstuhl und reichte Dimitrios die Hand. »Prinz Dimitrios, ich habe ausreichend Vertrauen in Euch, nicht zu fragen, warum Ihr in Begleitung zweier Gnome reist, während ihre Artgenossen unser Land verwüsten. Allerdings möchte ich Euch eine Warnung mitgeben. Der Haokah Colin hat recht, die Gnome sind ein weiteres Zeichen des Unheils. Als alteingesessener Stadtpräsident spüre ich es, wenn unsere Bewohner unruhig werden. Sie alle spüren, dass irgendetwas in unserer Welt vorgeht. Ich habe bereits vor einigen Tagen einen Boten nach Ank-Liin geschickt, um Eurem Vater meine Sorgen mitzuteilen.«

Dimitrios nickte. »Ich möchte Euch bitten, die Antwort aus Ank-

Liin abzuwarten und bis dahin Ruhe zu bewahren. Wir danken Euch für die Gastfreundschaft.«

Samoël nickte. »Ich wünsche euch eine gute Reise, seid vorsichtig.«

Enya und Taran standen startklar im Vorhof, bepackt mit reichlich Essen, das Minerva ihnen großzügig mit auf den Weg gegeben hatte. David und Dimitrios stülpten ihre Hemden über die Gnome, um kein Aufsehen zu erregen. Luna winkte ihnen hinterher, bis sie die Gasse verlassen hatten.

Als sie das Stadttor passierten, verwandelte sich die gepflasterte Straße bald in einen gepflegten Sandweg, der sich in zwei Richtungen gabelte. Während der linke Weg südlich, entlang des Waldes zum Dorf führte, verlief der andere Zweig westlich. Zwischen den beiden Wegen erstreckte sich eine weite Graslandschaft, auf die die Pferde geradewegs zusteuerten. »Wir reiten durch den Grünen Teppich nach Ank-Liin, das ist der kürzeste Weg«, erklärte Dimitrios.

Sie ritten für einige Zeit tiefer in die Graslandschaft hinein, ehe sie es wagten, die Gnome aus ihren Hemden zu befreien.

»Grün so weit das Auge reicht«, staunte Gazzel. David wurde erneut bewusst, dass die beiden Gnome ihr gesamtes Leben in den tiefen Stollen der Myrarbrunen verbracht hatten. Diese Welt war genauso wundersam für sie wie für ihn.

Sie waren umgeben von Gras, das sich vor ihnen bis zum Horizont erstreckte. Hinter ihnen bildeten die Baumkronen des Finsterwaldes einen schmalen, schwarzen Strich am Horizont, als verließen sie das Ufer und trieben hinaus auf ein weites, grünes Meer. Die Sonne schien kräftig vom wolkenlosen Himmel herab, sodass es angenehm warm, aber nicht zu heiß war. Die Stille, die sie umgab, wurde nur unterbrochen vom Rauschen des Windes, der sanft über die Halme strich.

»Der Grüne Teppich erstreckt sich in weiten Teilen des Landes«, informierte Dimitrios seine Gefährten. »Die Gnome halten sich wahrscheinlich eher im unteren Teil zwischen dem Dorf und Ank-Liin auf, deshalb gehe ich davon aus, dass wir das Herz Yagrolors ohne Zwischenfälle in etwa drei Tagesritten erreichen werden.«

»Gibt es, abgesehen von den Gnomen, irgendwelche Gefahren in dieser Graslandschaft, von denen wir wissen sollten?«, fragte David.

Dimitrios schüttelte den Kopf. »Die Chancen, hier auf Leben zu treffen, sind gering.«

»Warum?«, fragte David überrascht.

»Schau dir das Leben hier an.«

David sah seinen Gefährten verwirrt an. Er sah kein Leben außer ihnen und konnte nicht einmal Geräusche vernehmen, die die versteckte Anwesenheit anderer Wesen verrieten. »Welches Leben?«

Dimitrios lachte. »Schau dich doch um, du bist umgeben von Leben!« Er deutete mit einer ausladenden Geste auf die weiten Wiesenflächen. »Gras, wohin das Auge reicht. Es hat diesen Teil Yagrolors komplett eingenommen. Es ist jedoch das Einzige, was hier wachsen *kann*. Der Boden ist nicht fruchtbar genug für andere Pflanzenarten, abgesehen von ein paar störrischen, flachwurzelnden Hainbuchen. Deswegen gibt es keine Ansiedlungen hier und man trifft auch sonst kaum auf Lebewesen. Sogar für Pferde ist das Gras nur bedingt genießbar.«

»Was ist denn dann das dort hinten?« Gazzel wies aufgeregt nach Westen. In weiter Ferne, inmitten des wogenden Grases, war die Silhouette einer Person zu erkennen. »Sagest du nicht, hier lebt nur Gras?«

»Das muss ein Reisender sein«, antwortete Dimitrios. »Allerdings wundert es mich, dass er allein ist. Und dann auch noch zu Fuß.«

»Vielleicht mag er das Wandern?«, schlug Gazuri vor.

»Es ist viel zu riskant, allein durch den Grünen Teppich zu wandern, wenn man keine kleine Vorratskammer mit sich trägt.«

»Er kommt auf uns zu«, bemerkte Gazzel. Er stellte seine großen Ohren auf. »Und er ruft etwas.«

David vernahm nur das Rauschen des Windes, doch die Miene

des Yagrolaners verdunkelte sich. Er lenkte die Pferde in Richtung der Person.

Als sie sich ihr näherten, sah David, dass sie eine schmächtige Figur hatte und leichtfüßig auf und ab hüpfte, um auf sich aufmerksam zu machen. Ihr rabenschwarzes Haar wehte wie eine Fahne zur Begrüßung. »Das ist Mila!« Vor Überraschung wäre er beinahe aus dem Sattel gepurzelt.

Als sie sich ihr bis auf einige Meter genähert hatten, ließ Dimitrios die Pferde anhalten. »Ihr bleibt hier.« Er sprang aus dem Sattel und lief die letzten Meter auf sie zu.

David ignorierte seine Anordnung, sprang ab und lief ihm nach.

»Was im Namen der Elfen tust du hier?«, fuhr Dimitrios das Gauklermädchen an. »Wo ist deine Familie?«

»Sie sind unterwegs nach Ank-Liin. Ich bin vom Wagen gesprungen.«

»Du bist *was*?«

»Ich bin vom Wagen gesprungen.« Sie lächelte unschuldig. »Manchmal muss man rückwärtsgehen, um an sein Ziel zu gelangen, weißt du?«

»Bist du wahnsinnig?« Dimitrios' Ungläubigkeit schlug in Zorn um. »Du dummes Mädchen!«, schrie er sie an. »Das ist der Grüne Teppich! Stell dir vor, wir hätten dich nicht gefunden. Du hättest dich verlaufen, wärst verdurstet, oder ...«

»Wir hatten eine Abmachung«, fiel Mila ihm ins Wort. »Ich verrate niemandem, wer David ist, dafür nehmt ihr mich mit. Ich habe meinen Teil der Abmachung eingehalten. Jetzt seid ihr an der Reihe.«

Dimitrios sah aus, als hätte man ihn geohrfeigt. »Was?«, krächzte er.

»Das war unsere Abmachung.«

»Unsere *Abmachung*?«

»Unsere Abmachung.« Sie verschränkte die Arme vor der Brust und der Schalk schaute ihr aus den Augen.

Dimitrios schien vor Zorn innerlich zu brodeln, doch bevor er etwas erwidern konnte, wies Mila zu den Pferden. »Brechen wir auf? Ich denke, wir haben es eilig.« Ohne eine Antwort abzuwarten, lief sie an ihnen vorbei auf die Pferde zu – doch auf halbem Wege blieb sie wie vor eine unsichtbare Wand gelaufen stehen. »Da … sitzen Gnome auf euren Pferden!«

Dimitrios passierte sie mit offensichtlicher Genugtuung und hob Gazuri aus Tarans Sattel, um sie auf Enya umzusetzen. »Das sind Gazuri und Gazzel. Mit denen wirst du dich anfreunden müssen, wenn du dich uns anschließen willst«, erklärte er und stieg auf.

Mila war kreidebleich. »Das ist nicht dein Ernst.«

»Doch.« Dimitrios hielt ihr mit einem übertrieben freundlichen Lächeln seine Hand entgegen.

Mila fasste sich, ignorierte seine Hand und sprang beschwingt hinter ihm auf. Sie blickte zu David und lächelte ihm zu. »Jetzt sind deine Gefährten komplett, David. Komm, lass uns gemeinsam die Welt retten.«

Der Traum

Seit ihrem Zusammentreffen war ein Tag vergangen, und auch der zweite Tag neigte sich dem Ende. Wenn die Sonne den Horizont berührte, würden sie ihr Lager aufschlagen, hatte Dimitrios ihnen versprochen. Sie verharrte allerdings gefühlt seit Stunden an derselben Stelle.

David schielte zu Mila hinüber. Als sie seinem Blick begegnete und lächelte, sah er hastig fort. Das war bereits das zweite Mal innerhalb kürzester Zeit, dass sie ihn dabei erwischte, wie er sie verstohlen betrachtete.

Dimitrios' Bemerkung, dass eine Verbindung zwischen ihnen zu bestehen schien, ging ihm nicht aus dem Kopf. Sein Kommentar war zu einer selbsterfüllenden Prophezeiung geworden, denn David fühlte sich zu Mila hingezogen. Dabei hatten sie kaum ein Wort miteinander gewechselt, seit sie zu ihrer bunten Reisegruppe gestoßen war. Wenn tatsächlich eine Verbindung zwischen ihnen bestehen sollte, hoffte er, dass er sich bald in ihrer Gegenwart weniger gehemmt fühlte. Er vermochte diese Anziehungskraft, die von ihr ausging, nicht zu deuten, deshalb wollte er sie unbedingt näher kennenlernen. Das wäre einfacher gewesen, wenn sie zusammen auf Enya ritten. Stattdessen musste er sich mit zwei Halbstarken begnügen, die schrille Lieder trällerten.

Dimitrios machte hingegen den Eindruck, als wären ihm die beiden Gnome lieber gewesen. Er war noch immer wütend auf Mila und warf ihr Leichtsinn und Verrat an ihrer Familie vor. »Sie werden krank vor Sorge sein«, hatte er ihr des Öfteren gepredigt. »Sie werden umgekehrt sein, um dich zu suchen. Sie müssen denken, dass du tot bist!«

David fand Dimitrios' unverblümte Vorwürfe unsensibel, wenngleich berechtigt. Mila hatte zwar immer nur mit den Augen gerollt und behauptet, dass ihre Familie es schon überstehen würde, aber innerlich machte sie sich selbst Vorwürfe. Das spürte er. Er konnte sein Gefühl an nichts festmachen, denn Mila war die gesamte Reise über aufgeweckt und heiter, und doch ... War das vielleicht die Verbindung zwischen ihnen, von der Dimitrios gesprochen hatte? Oder redete er sich selbst bloß Unfug ein?

Sein Blick wanderte erneut zu Mila. Sie sah geistesabwesend und mit einem leichten, andauernden Lächeln auf den Lippen dem Horizont entgegen. Sie schien unbeschwert. Weder vom schlechten Gewissen, noch von der Krankheit, an der sie bis vor Kurzem gelitten hatte, war etwas zu erkennen.

Irgendwann berührte die Sonne doch noch den Horizont und Dimitrios verkündete, dass es Zeit war, zu rasten. Sie schlugen ihr Nachtlager auf, machten ein kleines Feuer und aßen die letzten Reste von Minervas Zimteintopf.

Als die Dämmerung bereits fortgeschritten war, schlummerten die Gnome auf ihrer Decke. David, Mila und Dimitrios starrten schweigend ins Feuer.

Irgendwann brach Mila die unangenehme Stille. »Erzähl uns von deiner Welt, David. Du lernst unsere Welt mit deinen eigenen Augen kennen, aber wir wissen gar nichts von deiner.«

Dimitrios sah ihn genauso interessiert an wie das Gauklermädchen.

David wurde nervös, denn er hatte keine Ahnung, was er ihnen erzählen sollte. Er wollte seine Welt nicht als langweilig darstellen, doch was konnte schon mit Fabelwesen, endlosen Ebenen und zahllosen Legenden mithalten? Beschämt dachte er an seinen müden Alltag von Schule, Hausaufgaben und Tagträumen, in denen er seine *Abenteuer* erlebte. »Da gibt es nichts zu erzählen«, gab er zu.

»Blödsinn«, winkte Dimitrios ab. »Erzähl uns von euren Völkern. Gibt es auch ein Volk, das den Gnomen ähnelt?«

»Nein. Es gibt viele Wesen auf unserer Erde, aber die Menschen sind das mächtigste Volk. Wir sind die einzigen Erdbewohner, die Sprachen beherrschen und Städte errichten. Durch Digitalisierung machen wir große Fortschritte, und wir ...«

»Digi... was?«, fragte Dimitrios.

»Digitalisierung«, wiederholte David. »Die gesamte Welt ist miteinander vernetzt, und immer neue Technologien revolutionieren die Wirtschaft, die Wissenschaft und unseren Alltag.«

»Ich ... verstehe nicht.«

»Wir ... haben Maschinen entwickelt, die Informationen speichern, verarbeiten und wiedergeben können. Wir haben ganz viele verschiedene Maschinen. Smartphones ermöglichen es uns, mit jemandem zu reden, der weit weg wohnt. Und wenn man dorthin gehen möchte, kann man ein Auto benutzen. Autos sind fünfmal schneller als das schnellste Pferd.«

Enya und Taran hoben ihre Köpfe und blickten ihn nahezu beleidigt an. Auch Dimitrios schien wenig begeistert zu sein. »Das ist unmöglich. Bei solchen Geschwindigkeiten würdest du vom Auto fallen. Du kannst dich doch kaum auf Enya halten.«

David lachte. »Man sitzt nicht auf Autos, man sitzt *in* ihnen. Es sind Kutschen, die von selbst fahren.«

»Gibt es denn keine Pferde in eurer Welt?«

»Doch, manche Menschen haben Pferde oder besitzen andere Haustiere.«

»Ihr *besitzt* sie?«, warf Mila verwundert ein.

»Ihr stellt andere Wesen unter euch?«, entrüstete sich Dimitrios.

David stutzte. »Menschen lieben ihre Haustiere über alles. Aber ja ... wir stehen gewissermaßen über ihnen.«

»Dann seid ihr nicht besser als die Arya.«

David sah den Yagrolaner betroffen an, erwiderte jedoch nichts. Im Prinzip hatte er recht. Die Arya hatten die Macht angestrebt, die die Menschen in seiner Welt bereits besaßen. Menschen hatten andere Tiere aus ihren Lebensräumen verdrängt und Städte errichtet, die nur für sie gedacht waren. Sie hatten sich den Gesetzen der Natur entzogen und sich selbst die Macht zugesprochen. Sie schlachteten Tiere, rodeten Wälder, stauten Seen. Hunde nannten sie ihre besten Freunde, doch letztlich mussten sie ihnen gehorchen. Zudem hatten Menschen es nicht bei der Verdrängung und Unterordnung anderer Tiere belassen. Seit jeher unterdrückten sie Minderheiten und Andersdenkende. Rassismus, Diskriminierung und Krieg standen in seiner Welt noch immer auf der Tagesordnung.

In Yagrolor lebten die Wesen mit- oder zumindest nebeneinander, hatte Dimitrios gesagt. Die meisten Yagrolaner, denen David bisher begegnet war, waren Gazzel und Gazuri zwar mit Argwohn begegnet, aber das konnte er ihnen nicht verübeln. Immerhin waren sie Gnomen nie zuvor begegnet – oder sie waren von ihnen überfallen worden. Normalerweise hatten die Yagrolaner ihre Städte und Dörfer, die sie mit den Pferden teilten, während die Gnome friedlich in den Myrarbrunen lebten. Sogar der Tatzelwurm duldete die Gnome in seiner Nähe, obwohl er mächtig genug war, das gesamte Gebirge zu beherrschen. Jedes Wesen hatte seinen Platz.

David fragte sich, ob Yagrolor zu einer zweiten Erde werden würde, wenn die Arya sich auflehnten und gewannen. Zwar war schon jetzt das Gnomenheer im Begriff, das Herz Yagrolors anzugreifen – aber das war allein ihre Schuld. Sie hatten mit dem Mord an Ghob das fragile Gleichgewicht dieser Welt endgültig aus den Fugen gebracht. Dabei sollte David derjenige sein, der das Gleichgewicht wiederherstellt. Hatte er als Mensch nur noch mehr Unheil in diese Welt gebracht?

Er erschauderte bei dem Gedanken.

Dimitrios räusperte sich und schaute in den schwarzen Himmel. »Vielleicht sollten wir uns schlafen legen.« Es war offensichtlich, dass er kein Interesse mehr an Davids Erzählungen hatte.

David ließ sich seufzend auf die Decke sinken. Es war nicht nur körperliche Erschöpfung, die an ihm zehrte. Die Erkenntnis, dass Menschen den Arya glichen, erschütterte ihn. Natürlich hatte er schon vorher gewusst, dass Menschen machtgierig waren und die Welt über ihre Maße ausbeuteten. Und natürlich wusste er, dass nicht alle Menschen gleich schlecht waren. So zählte er sich selbst sicherlich nicht zu der bösen Sorte Mensch – doch das tat niemand. War es nicht naiv, die Schuld auf die gesamte Menschheit zu schieben, sich selbst aber nicht als Teil davon zu sehen? Ob er es wollte oder nicht, auch er genoss die Vorzüge des Wohlstands und des Menschseins im Allgemeinen, und das geschah auf Kosten anderer Menschen und Tiere. David fragte sich, ob Menschen von Grund auf schlechte Wesen waren und inwiefern er sich dazu zählen musste. War er selbst ein schlechtes Wesen, ohne sich dessen bewusst gewesen zu sein?

Mit diesen wirren Gedanken schlief er ein.

Die Fackel an der Hauswand beleuchtete seine Umgebung. Trotzdem konnte er nichts erkennen. Er war blind und taub, doch es lag nicht an der Dunkelheit und an der Ruhe der Nacht. Sein Atem kondensierte vor seiner Nase und er zitterte am ganzen Leib. Es war kalt, doch es war nicht die Kälte der Nacht, die er spürte. Es war die Kälte des Bösen. Es rief nach ihm, es verlangte, dass er sich mit ihm vereinte. Es wartete in der Dunkelheit, um ihn zu verführen. Es fiel ihm schwer, der Anziehungskraft zu widerstehen.

Das Böse hätte gewonnen, wäre da nicht der Pfeil gewesen, der aus dem Nichts erschien. Der Cervi-Pfeil, sein Retter. Er wollte jubeln, doch da brach der Pfeil entzwei. Das Böse lachte.

Er riss die Augen auf. Über ihm erstreckte sich ein sternenklarer Himmel. *Das Böse hatte gewonnen*. Der Gedanke klebte an ihm wie widerspenstige Spinnweben. Er schüttelte sich, um ihn loszuwerden. Ein Albtraum, mahnte er sich und setzte sich auf, um nicht zurück in den Traum zu sinken.

»Alles in Ordnung?« Mila saß neben ihm und blickte ihn besorgt an. Das Mondlicht funkelte in ihren Augen.

David wischte sich Schweiß von der Stirn und lächelte verlegen. »Ich hatte nur einen schlechten Traum.«

Mila kroch näher zu ihm. »Du solltest Träume niemals unterschätzen. Sie könnten eine Warnung sein.«

»Das war keine Vision, falls du das meinst. Ich habe von etwas geträumt, was ich bereits erlebt habe. Nur dass es diesmal ... ein anderes Ende nahm.«

»Ging es wieder um den Pfeil?«

David sah sie überrascht an.

»Du hast letzte Nacht im Schlaf geredet.«

»Oh.« Er spürte, wie er rot wurde.

»Vielleicht ist der Traum ein Zeichen, das dein Unterbewusstsein dir geben möchte.«

Er seufzte. »Es war doch nur ein Traum.«

»Nur ein Traum? Und wie erklärst du dir dann, dass ich weiß, wer du bist? Das habe ich auch *nur* geträumt.« Mila sah ihm fest in die Augen. »Erzähl mir, wovon der Traum handelte«, bat sie.

David zögerte einen Moment, doch dann erzählte er ihr die Geschichte des Hirsches; vom Brand im Haus seiner Großeltern, seiner Flucht aus Árion, ihrer Begegnung in Nundor und seinem Traum, der darauf aufbaute. Er warf einen Blick zu seinem Freund, der seinen Cervi-Bogen im Schlaf umklammert hielt. »Dimis Pfeil hat mir das Leben gerettet, doch in meinem Traum zerbrach er.«

»Dann scheint der Pfeil keine Rettung mehr zu sein.«

»Ich hoffe doch nicht, dass das ein Zeichen ist«, scherzte David.

»Auch wenn du nicht weißt, was dein Traum zu bedeuten hat, solltest du ihn als Zeichen betrachten und darüber nachdenken.« Sie strich mit ihren kühlen Fingern über seine Wange – und zog ihre Hand zurück, als hätte sie sich verbrannt. »Du bist ja ganz heiß.«

Obwohl seine Wange wärmer war als ihre Finger, hatte er das Gefühl, als hätten sie eine angenehm prickelnde Wärme auf seiner Haut hinterlassen. Er versuchte, sich seine Enttäuschung über ihre Reaktion nicht anmerken zu lassen und legte sich wieder hin. »Das ist normal, keine Sorge. Wir sollten schlafen.«

Mila legte sich ebenfalls hin, schloss ihre Augen aber nicht.

»Schläfst du mit offenen Augen?«, bemerkte David und hätte sich am liebsten auf die Zunge gebissen. Das war der falsche Moment für schlechte Witze. Ihm fiel auf, dass sie etwas bedrückte. »Du machst dir Vorwürfe«, vermutete er.

»Ich hätte ihnen wenigstens eine Nachricht hinterlassen sollen, bevor ich abgehauen bin. Sie machen sich bestimmt große Sorgen.«

David schenkte ihr ein aufmunterndes Lächeln. »Natürlich machen sie sich Sorgen, sie lieben dich. Und deshalb werden sie dir auch verzeihen.«

Mila erwiderte sein Lächeln und berührte seine Wange, diesmal ohne die Hand sofort zurückzuziehen. »Ich bin froh, dass du hier bist«, flüsterte sie. Dann schloss sie die Augen. »Schlaf gut. Morgen ist ein neuer Tag.«

Auch David schloss die Augen. Und diesmal träumte er nicht von Dunkelheit, sondern von einer Schwalbe, die ihm einen grünen Zweig in die Hand legte.

Etwas tropfte auf seine Wange. David stöhnte. Regen, das hatte ihm gerade noch gefehlt. Er öffnete die Augen und starrte in eine grinsende

Fratze, die dicht über ihm hing. Speichel tropfte von den Mundwinkeln herab auf sein Gesicht. »Gazzel!«, keuchte er angewidert.

Der Gnom grinste und entblößte seine Zähne, die nicht mehr als ein paar faulige Stummel waren und verzweifelt nach einem Zahnarzt schrien. Das war nicht sein kleiner Gefährte.

In den Augen des fremden Gnoms funkelte es spöttisch. Mit einer blitzschnellen Bewegung, die David nicht einmal kommen sah, schnellte sein Schädel hinab und knallte dumpf gegen seine Stirn.

»Mistvieh!« David bäumte sich auf, um den Gnom von sich zu werfen, sprang hastig auf und trat ihm in den Magen. Der Gnom sackte mit einem Japsen in sich zusammen.

David verschaffte sich einen Überblick ihrer Lage.

Der Gnom, der auf ihm gesessen hatte, war der einzige gewesen, der sich für ihn interessiert hatte. Drei andere Gnome hielten Mila, Gazuri und Gazzel in ihrer Gewalt, während sich gleich dutzende auf Dimitrios gestürzt hatten. Die Pferde versuchten vergeblich, die Gnome von ihm zu pflücken, wurden dabei jedoch selbst von allen Seiten angesprungen.

David fluchte und eilte seinem Gefährten zu Hilfe. Als er den grauen Haufen erreichte, packte er zwei Gnome gleichzeitig im Nacken und stieß sie fort. Doch die anderen begriffen schnell, was geschah. Sie ließen von Dimitrios ab, um sich gegen den neuen Gegner zur Wehr zu setzen.

David stieß einen Kampfschrei aus, der sich schnell in einen Aufschrei der Überforderung verwandelte und schließlich überging in Schmerzensschreie. Die Gnome bissen, schlugen, kratzten und traten auf ihn ein, und das von allen Seiten gleichzeitig. Die Situation glich dem Vorfall am See des Tatzelwurms, nur dass David die Angreifer diesmal sehen konnte. Allerdings wusste er nicht, ob er sich darüber freuen sollte; ihre Krallen und Zähne waren überall.

Dimitrios hatte sich derweil aus dem Gnomenhaufen befreien können. Reflexartig griff er zu seinem Köcher, der in der Nähe lag – doch der Köcher war leer. »Hinterlistiges Pack!«, fluchte er.

Die Gnome bewiesen erneut ihre Arglist, indem sie seine Pfeile gestohlen hatten, während er noch geschlafen hatte. Einige von denen, die Dimitrios umzingelten, hielten Pfeile in ihren Händen. Gulrads Lied hatte David gelehrt, was diese Biester vorhatten. »Dimi, pass auf!«, rief er.

Als die Gnome sich mit den Pfeilen wie mit Speeren auf ihn stürzten, schlug Dimitrios kurzerhand mit seinem Bogen wie mit einer Sense um sich. Reihum flogen die Gnome fort, und Dimitrios holte zu einem zweiten Streich aus, um David von den Gnomen zu befreien, die ihm wie Kletten am Leib hingen.

»David! Hilfe!« Mila lag unter zwei Gnomen begraben und Panik brannte in ihren Augen. Er eilte zu ihr und befreite sie mit zwei kräftigen Faustschlägen.

Mit gemeinsamen Kräften gewannen sie die Kontrolle über die Situation zurück. Sie hielten einander den Rücken frei und so plötzlich der Angriff gekommen war, endete er. Zum Schluss standen nur noch zwei Gnome auf ihren Beinen, und das waren ihre beiden Freunde.

Gazuri sah aus, als hätte sie der Blitz getroffen. Sie starrte auf einen bewegungslosen Gnom vor ihren Füßen. »Einige von ihnen waren Gazuris Freunde.«

Dimitrios zeigte wenig Mitgefühl. »Hoffentlich betrachtest du sie nicht länger als Freunde.«

Gazuri blickte betrübt zu Boden.

»Gazzel wundert es, dass es nur zwanzig waren.«

»Vielleicht wurden sie entsendet, um die Umgebung zu erkunden«, spekulierte Dimitrios, während er seine Pfeile aus den Klauen der Gnome einsammelte. »Das Heer wird Ank-Liin aus südöstlicher Richtung erreicht haben, vielleicht senden sie nun kleine Patrouillen in andere Richtungen aus. Wir werden uns heute ein bisschen westlicher halten, um …« Er verstummte und starrte auf etwas vor seinen Füßen.

»Was hast du?«, fragte David, dem die Sicht durch das Gras verwehrt war. Er, Mila und die Gnome gingen zu ihm.

Zu Füßen des Yagrolaners entdeckten sie einen Haufen zerbrochener Pfeile.

Mila legte David eine Hand auf den Arm. »Dein Traum«, flüsterte sie.

Eine Flut von Gefühlen überschwemmte David, während er auf den Pfeilhaufen starrte, als wäre es ihr Scheiterhaufen.

»Erst brach mein Bogen und jetzt meine Pfeile. Das waren Cervi-Pfeile.« Dimitrios griff nach den Überresten, als müsste er sich davon überzeugen, dass es keine Illusion war. »Was geschieht hier bloß?«

Die anderen schwiegen.

»Es ist unbestreitbar. Unsere Waffen verlieren ihren Zauber«, beantwortete Dimitrios seine eigene Frage. »Um der Elfen willen …« Er umklammerte einen der zerbrochenen Pfeile, als suchte er Halt. »Es wird Zeit, dass der Große Rat zusammentrifft. Es wird Zeit, dass wir das Herz Yagrolors erreichen.«

Nachdem sie die Wunden, die die Gnome ihnen zugefügt hatten, mit dem Saft ihrer Sendazeablätter versorgt hatten, ritten sie fast den ganzen Tag im Galopp. Bald erreichten sie einen Bach, an dem sie ihre Trinkflaschen auffüllen konnten, doch nach wenigen Minuten scheuchte Dimitrios sie weiter. Ihr Weg führte sie am Bach entlang, als ein schmaler, senkrechter Strich am Horizont erschien. David wusste sofort, dass es sich um Ank handeln musste. Die prächtige Burg, das Herz Yagrolors, schien wie ein Finger in die unendlichen Weiten des Universums zu weisen.

»Warte ab, bis du direkt am Fuße des Herzens stehst«, sagte Dimitrios.

»Wie hoch und wie alt ist diese Burg?«

»Niemand weiß, wie hoch sie ist.

Und sie ist so alt wie Yagrolor selbst.«

»Und wer soll sie dann errichtet haben? Der alte Mann?« Es sollte ein Scherz gewesen sein, doch Dimitrios lachte nicht.

»Das glaube ich nicht«, antwortete er. »Ank ist das Herz Yagrolors, nicht nur im übertragenen Sinn. So wie die Berge, Wälder und Felder seit jeher existieren, so existiert auch Ank seit es Yagrolor gibt.«

Es fiel David schwer, zu glauben, dass Ank eine Schöpfung der Natur sein sollte. Ank erhob sich vor ihm wie ein tadelnder Finger. Er beschloss, diesen unglaublichen Fakt einfach hinzunehmen.

Sie ritten für ein paar weitere Stunden auf Ank zu, ehe Dimitrios entschied, dass sie eine letzte Rast einlegen und für den restlichen Weg auf die Nacht warten würden. David saß mit Dimitrios und Mila am Bachufer und aß ein paar der saftigen Früchte vom Nundorer Markt. Gazuri und Gazzel hatten sich mit ihren Früchten etwas abseits niedergelassen, wo sie leise miteinander tuschelten. Ihm war aufgefallen, dass sie seit dem Überfall am Morgen bedrückt waren. Hatten sie ein schlechtes Gewissen, weil sie durch ihresgleichen angegriffen worden waren? Oder hatten sie ein schlechtes Gewissen, weil sie sich gegen ihre Freunde gewandt hatten? Gazzel und Gazuri waren Flüchtlinge in einem Land, das für sie genauso fremd war wie für ihn. Gab es hier einen Platz für sie? David hatte sich bisher noch keine Gedanken darüber gemacht, welche Zukunft die beiden hatten. Er selbst hoffte, nach der Erfüllung seiner Aufgabe in seine eigene Welt zurückkehren zu können. Doch wo sollten die beiden Gnome hin? Zerbrachen sie sich ihre Köpfe über solche Fragen?

»Vier Stunden nach Einbruch der Nacht ziehen wir los«, entschied Dimitrios und riss David damit aus seinen Gedanken. »Das Heer der Gnome wird vor den Stadtmauern lungern. Ich gehe davon aus, dass sie die Stadt von allen Seiten umzingelt haben. Ich hoffe, dass sie schlafen werden, damit wir ungesehen an ihnen vorbeikommen. Bis die Nacht jedoch hereinbricht, sollten wir uns ein wenig Ruhe gönnen. Ich übernehme die erste Wachschicht.

Nach mir kann Mila Wache halten.«

Das ließ David sich nach dem langen Ritt nicht zweimal sagen.

Es dauerte nicht lange, bis das sanfte Rauschen des Grases und das leichte Plätschern des Baches ihn einschlafen ließen.

Wieder machte ihn das Böse blind, doch diesmal war er nicht taub. Er hörte eine Stimme. Was sie sagte, ließ sein Herz zu kaltem Stein gefrieren:

»Weigerst du dich, das Werk gemeinsam zu verrichten,
werde ich die ganze Welt durch dich vernichten.
Da allein an dir ihr Schicksal hängt,
bekommst du von mir den Tod geschenkt.«

Seine Wange brannte wie Feuer. Keuchend riss er die Augen auf und gewahrte den Übeltäter, dem er den Schmerz zu verdanken hatte. Mila stand über ihn gebeugt und holte erneut zu einer saftigen Ohrfeige aus. »Ich bin wach!«, versicherte er ihr mit tränenden Augen.

»Du hast wild um dich geschlagen. Was hast du geträumt?«

»Nichts«, log er, während sein Herz ihm aus der Brust springen wollte. Er sah sich um. Dimitrios, die Gnome und die Pferde schliefen, ansonsten waren sie allein … doch der Schein trog. Jedes einzelne Wort der Traumbotschaft hallte in seinen Gedanken wider, als würde er den Albtraum ein zweites Mal durchleben. Der Hirsch war hier. Er war hier, um ihn zu töten.

»Was hast du?«, fragte Mila, die seine Angst bemerkte.

»Wir … müssen fliehen«, flüsterte er. »Dimi!« Er sprang auf und rannte zu den Pferden, die müde ihre Köpfe hoben. »Wir müssen fort von hier!«

Dimitrios war sofort hellwach. Ohne weitere Fragen packte er ihre Sachen und in wenigen Sekunden saßen sie auf den Pferden. »Los!«, rief er, kaum dass er selbst auf Tarans Rücken gesprungen war – aber die Pferde rührten sich nicht von der Stelle.

»Los, Taran!« Er hieb dem Hengst seine Fersen in die Seite.

Taran schnaufte nur.

»Was ist mit ihnen?«, fragte Mila mit unterdrückter Panik in ihrer Stimme.

David wusste genau, was gerade geschah. Die Pferde konnten sich nicht bewegen, selbst wenn sie es wollten. Eine Kraft hatte die Kontrolle über ihre Körper erlangt, so wie er es selbst vor wenigen Tagen noch am eigenen Leib gespürt hatte. »Oh nein«, hauchte er.

Es wurde kalt. Es war keine Kälte, vor der man sich schützen konnte, indem man sich tiefer in seine Kleider vergrub oder die Hände kräftig aneinander rieb. Sie baute sich im Inneren auf, kroch langsam den Rücken hinauf und ließ den Körper samt Geist erstarren.

Es wurde dunkel. Die natürliche Dämmerung ging über in eine unnatürliche Schwärze. Sie grabschte nach allen Seiten, sodass das Gras um sie herum schwarz wurde und sich in ein Meer aus Teer zu verwandeln schien.

Und dann, wie aus dem Nichts materialisiert, erschien er. Mit majestätisch erhobenem Haupt stand er vor ihnen.

David erwartete, dass Dimitrios einen Pfeil zog und auf ihn zielte, um ihn auf Abstand zu halten, doch seine Gefährten starrten bloß in den dunklen Himmel hinauf und regten sich nicht. Ihre Blicke waren auf unheimliche Weise ... leblos.

»Sie sehen mich nicht.«

David atmete tief durch; ein kümmerlicher Versuch, sich selbst etwas von der Angst zu nehmen, die seine Seele mehr und mehr erfüllte. »Was willst du?«, wisperte er. Es fiel ihm schwer, zu sprechen und seine Stimme klang seltsam hoch. David wusste, dass das Teil des Spiels war, das der Hirsch mit ihm spielte.

»Erinnerst du dich etwa nicht?« entgegnete er tadelnd. »Weigerst du dich, das Werk gemeinsam zu verrichten, werde ich die ganze Welt durch dich vernichten.«

Natürlich erinnerte er sich.

Er erinnerte sich an jedes Wort, als wären sie seine eigenen.

Trotzdem sagte er: »Ich weiß nicht, was du von mir willst.«

»David, David, David … Du kannst mich nicht belügen.« Die Art, wie er seinen Namen aussprach, klang wie eine Beleidigung.

David warf einen verstohlenen Blick zu seinen Freunden. Sie starrten unverändert gen Himmel.

»Sie können dir nicht helfen.«

»Hör auf damit!«, rief David. Er war sich nicht sicher, ob der Hirsch nur auf seine Blicke reagierte, oder ob er auf seine Gedanken zugreifen konnte.

»Was denkst du?«, fragte er spöttisch, wie um damit seine Frage zu beantworten.

»Lass mich in Ruhe!«

Plötzlich loderten die Augen des Todesboten vor Boshaftigkeit auf; die Spiegel seiner Seele zeigten das Feuer des Hasses, der ihn beherrschte. Als würden die Flammen alles um sie herum verbrennen, reduzierte sich das Dasein auf ihren Blickkontakt. David hatte das Gefühl, als griffe eine eisige Hand nach seinem Herzen, um ihm das Leben auszuquetschen. Eisern hielt er dem Höllenblick stand, denn würde er wegschauen, würde er verlieren. Es wäre jedoch so leicht gewesen, sich dem Hirsch hinzugeben … einfach die Augen zu schließen, wegzuschauen … Nein! Er durfte sich nicht kleinkriegen lassen. Er hatte in dieser Welt eine Aufgabe zu erfüllen. Für den Hirsch gab es keinen Platz in dieser Angelegenheit.

Der Hirsch blinzelte – und das Feuer erlosch. »Du bist stark«, gestand er. »Ich sehe, du und ich sind unvereinbar geworden. Ich könnte dich töten, hier und jetzt. Doch ich lasse dich gehen, damit du ihnen erst noch meine Botschaft überbringen kannst. Berichte ihnen, das Ende sei nah und unabwendbar. Sie sollen wissen, was ihnen bevorsteht. Und du sollst spüren, dass du bereits verloren hast.«

David antwortete nicht. Er blickte dem Tier starr und entschlossen in die Augen.

Doch als er blinzelte, war der Hirsch auf einmal verschwunden.

Das schwarze Meer verwandelte sich zurück in Gras, der Himmel nahm normale Dämmerungsfarben an und die Kälte zog sich zurück; bis auf einen letzten Rest, der David in den Knochen stecken blieb.

Gazzel quiekte. »Was war das?«

»Vielleicht eine Sonnenfinsternis?«, vermutete Dimitrios. Er sah David an. »Meintest du deswegen, wir müssten fort von hier?«

»Ich ... ähm ... ja«, log David und kratzte sich verlegen am Hinterkopf. »Es wurde plötzlich so schnell dunkel, das hat mir einen Schrecken eingejagt. Entschuldigt meinen Fehlalarm.«

Er sah, dass Mila ihm kein Wort glaubte und zum Widerspruch ansetzte. Er schenkte ihr einen flehenden Blick, der sie zum Glück schweigen ließ.

Dimitrios sah ihn forschend an, aber im Vergleich zum Blickduell mit dem Hirsch, war es für David eine Leichtigkeit, seinem Blick standzuhalten. Der Yagrolaner seufzte und sah zum Himmel auf. »Es ist noch zu früh, um aufzubrechen. Ruht euch noch eine Stunde aus.«

Sie rollten ihre Decken wieder aus, und Mila bot an, ihre Wachschicht fortzuführen.

»Was ist geschehen?«, fragte sie David, kaum dass Dimitrios neben ihnen leise schnarchte. »Der Hirsch war hier, nicht wahr?«

David sah sie verwundert an. Woher wusste sie das? »Ich glaube, dass er wollte, dass ich mich ihm anschließe. Doch er scheint eingesehen zu haben, dass ich nicht auf seiner Seite stehe, und jetzt will er ...«

»Was will er?«

»Er wird mich töten, sobald ich dem Großen Rat seine Botschaft überbracht habe, dass es keine Hoffnung mehr für sie gibt.«

»Und? Wirst du ihnen davon berichten?«

»Ich weiß es noch nicht«, antwortete er wahrheitsgemäß. Er wollte nicht als einziger Hoffnungsträger vor den Großen Rat treten und alle enttäuschen. Außerdem hatte er das Gefühl, dass die Fehde zwischen ihm und dem Hirsch etwas Persönliches war.

Mila nickte, als hätte sie diese Antwort erwartet. Sie legte ihre Hand auf seine. »Ich wünschte, ich könnte dir helfen, David.«

»Das tust du schon«, sagte er und lächelte verlegen.

Auch Mila lächelte. Dann zog sie ihre Hand zurück und legte sich hin. »Ich habe es mir anders überlegt, du bist mit der Wache dran.«

Das Meer

David schreckte auf, doch wider Erwarten wurden sie von keinen dämonischen Gnomen umzingelt. Er schalt sich selbst in Gedanken. Als Wachposten war seine einzige Aufgabe gewesen, die letzte Stunde vor Aufbruch wach zu bleiben.

»Das kann jedem passieren.«

David zuckte zusammen, woraufhin Dimitrios ihm ein spöttisches Grinsen schenkte. Dann blickte er empor zum nachtschwarzen Himmelszelt. »Diese Sonnenfinsternis schien den Himmel noch schwärzer gefärbt zu haben als die Nacht«, sagte er mit auffällig beiläufigem Tonfall.

David antwortete nicht.

»Vertraust du mir?«

»Natürlich.«

»Ich meine, vertraust du mir wirklich?«

»Wenn ich jemandem vertrauen kann, dann dir.«

»Dann verrate mir, was diese Finsternis zu bedeuten hatte.«

David zögerte. Obwohl der Yagrolaner sein engster Verbündeter in dieser Welt war, sträubte sich etwas in ihm, von der Botschaft des Hirsches zu erzählen. Er hatte das seltsame Gefühl, sich selbst bloßstellen zu müssen, als gäbe er damit sein größtes Geheimnis preis. Aber gab ihm ein solches Gefühl das Recht, dem Königssohn das Schicksal seiner Welt zu verheimlichen? Er beschloss, seiner inneren Stimme mehr zu vertrauen als seinem Gewissen. »Ich weiß nicht, was das war«, antwortete er. Er glaubte ein stummes Flehen in Dimitrios' Augen zu erkennen, doch er blieb bei seiner Antwort.

»Du weißt, dass du mir alles erzählen kannst.« Es war offensichtlich, dass er wusste, dass David ihn anlog. Und David wusste, dass er ihn verletzte. Doch er erwiderte nichts. Dimitrios seufzte und erhob sich. »Es wird Zeit.«

Sie ritten eine knappe Stunde durch die Nacht, durchquerten ein flaches Flussbett und ritten weiter auf Ank-Liin zu, bis es sich vor ihnen erstreckte – ein Meer aus grauen Körpern, in dem Ank wie der Leuchtturm einer verlorenen Insel wirkte. Beinahe hätten sie die Gnome übersehen, da sie sich kaum von dem Grau der Nacht abhoben. Sie lagen im Gras verteilt und schliefen. Die Anzahl der Körper verdichtete sich, je weiter man sich der Stadt näherte. Das Meer war ruhig, doch sobald der Morgen graute, würde es sich auftürmen und gegen Ank-Liins Stadtmauern schlagen.

David musste unwillkürlich an Belagerungs- und Schlachtfeldszenen aus epischen Filmen wie *Der Herr der Ringe* denken, auch wenn die Angreifer wesentlich kleiner und harmloser waren als Orks. Außerdem waren sie völlig übereilt aus den Myrarbrunen aufgebrochen, um dem Mörder ihres Häuptlings zu folgen. Dementsprechend unvorbereitet war dieses Heer nun für die Belagerung einer Stadt. Sie hatten keine Katapulte oder andere gefährliche Ausstattung bei sich, die ihnen hätten behilflich sein können, die Stadtmauern zu bezwingen. Sie hatten nicht einmal Zelte oder andere Unterschlüpfe bei sich.

Trotzdem war allein der Anblick der schieren Anzahl an Belagerern atemberaubend.

»Bei den Elfen«, hauchte Dimitrios.

»Gazuri wusste gar nicht, dass wir so viele sind … waren.«

»Das sind mindestens zehn Millionen.« Gazzels Schätzung war maßlos übertrieben, aber sie kam der tatsächlichen Anzahl näher als ihnen lieb war.

»Das schaffen wir niemals«, sprach Mila den Gedanken aller aus. »Wie sollen wir da ungesehen durchkommen?« Sie bekam ein beklemmendes Schweigen als Antwort.

Immerhin schienen die Gnome nicht nur schlecht ausgestattet, sondern auch schlecht organisiert zu sein. Zumindest von ihrem Standpunkt aus konnten sie keine Wachen ausmachen. Die Gnome schliefen tief und fest. Sie schienen nicht zu erwarten, von hinten angegriffen zu werden.

»Möge die Nacht uns verbergen und die Elfen uns beistehen«, sagte Dimitrios und bat die Pferde, lautlos voranzuschreiten.

Zunächst lief alles gut. Die Pferde stiegen über die schlafenden Gnome hinweg, während ihre Reiter gespannt den Atem anhielten. Irgendwann aber erspähten sie verstreute Wachposten – oder zumindest Gnome, die nicht schliefen. Sie versuchten, diese Posten so weit wie möglich zu umgehen, doch bald wurde es unmöglich, außerhalb der Sichtweite des einen zu sein, ohne in das Blickfeld des nächsten zu geraten.

Schließlich blieben die Pferde stehen. Als David sich umsah, lief ihm ein Schauder über den Rücken. Er kam sich vor wie ein Schiffbrüchiger auf offenem Meer. Er blickte zu seinen Freunden und sah ihnen dieselbe Verlorenheit an, die er verspürte. Die beiden Gnome in seinem Schoß hatten ihre Ohren vor die Augen gezogen wie kleine Kinder, die sich vor Monstern unter einer Bettdecke verkrochen. Milas Augen waren hingegen schreckensweit geöffnet. Ihre Haut schimmerte im Mondlicht noch fahler, als sie ohnehin schon war.

»Was machen wir jetzt?«, wisperte sie.

»Ich hätte eine Idee«, meinte Dimitrios und deutete auf die beiden Gnome in Davids Schoß. »Sie können die Wachen außer Gefecht setzen. Sie müssen nur unbemerkt zum Posten schleichen und ihn mit nur einem Schlag ins Land der Träume befördern.«

»Was, wenn sie vorher bemerkt werden?«, zweifelte David.

»In der Dunkelheit kann man sie doch kaum von den anderen unterscheiden. Sie werden sie für ihresgleichen halten.«

»Gazzel wird es versuchen«, sagte Gazzel tapfer. »Gazuri?«

Sie schwieg.

»Du musst Gazzel helfen, lass es uns gemeinsam versuchen.«

Ihr Blick flackerte vor Furcht. »Gazuri hat Angst«, flüsterte sie.

»Gazzel hat auch Angst, aber Gazzel tut es für unsere Freunde.«

Gazuri starrte ihn sekundenlang an, bis sie endlich nickte.

Dimitrios war sichtlich erleichtert. »Am besten schleicht ihr euch von hinten an, damit der Posten euch nicht sieht. Ihr müsst ihn erledigen, ehe er einen Laut von sich geben kann. Wenn etwas schiefgeht, werden Taran und Enya uns schneller zu euch bringen, als der Alarm des Postens verklingt.«

David half den beiden, abzusteigen. Als sie dort unten zu Enyas Hufen standen, sahen sie klein und verloren aus. Welchen Mut sie besaßen, sich in solche Gefahr für sie zu begeben. Wollten sie damit nach dem Angriff durch ihresgleichen am Morgen ihre Loyalität unter Beweis stellen?

Die Gnome schlichen auf Zehenspitzen fort.

»Wenn sie unsere Hilfe benötigen, zählt jede Sekunde«, sagte Dimitrios. »Mila, du solltest mit David auf Enya reiten. Im Gegensatz zu ihm, kann ich die beiden im Ritt aufgabeln.«

David spürte, wie sich neben der allgemeinen Anspannung eine andere Art der Nervosität in ihm ausbreitete. Er streckte seine Hand aus, um Mila in seinen Sattel zu helfen. Als sie vor ihm saß, hielt er sich verlegen an ihrer Hüfte fest.

»Sie sind beinahe da«, sagte Dimitrios, der zu ahnen schien, dass

David in der Dunkelheit nicht mehr als Schemen erkannte. »Sie nähern sich ihm von hinten. Sie …« Er entspannte sich sichtlich. »Sehr gut.«

Automatisch setzten die Pferde ihren Weg fort, um die Gnome aufzusammeln.

»Das war einfach«, flüsterte Gazzel, während Dimitrios ihn und Gazuri auf Tarans Rücken hob.

»Ihr habt Mut bewiesen«, antwortete Dimitrios nahezu feierlich, womit er ein breites Grinsen heraufbeschwor. »Würdet ihr euch das noch einmal zutrauen?«

Gazzel nickte zuversichtlich. »Gazzel kann sich für die Folter rächen.«

Mila sah ihn tadelnd an. »Rache ist niemals ein guter Beweggrund.«

Gazzel ließ wie ein getretener Hund die Ohren hängen. »Natürlich nicht.«

Mila lächelte ihn an. »Wären alle Gnome so einsichtig wie du, hätten wir ein Problem weniger.«

Sie ritten weiter auf die Stadtmauer zu, doch schon bald standen sie vor einem neuen Problem. Die nächsten Wachposten standen in solch geringem Abstand zueinander, dass sie gezwungen waren, ihre Strategie zu ändern – Gazzel und Gazuri mussten sich trennen, um sie gleichzeitig auszuschalten. Das war eine durchaus prekäre Situation, denn sollte einer von ihnen auffliegen, müsste der andere Gnom auf seine Rettung warten.

»Ich habe kein gutes Gefühl bei der Sache«, gestand David, während die Gnome in verschiedene Richtungen davonschlichen.

»Ich auch nicht«, flüsterte Mila. »Das wird nicht gut ausgehen.« David hoffte, dass es nur ein Bauchgefühl war und nicht eine ihrer Visionen.

Gazzel erreichte als erster sein Ziel. Er stand dicht hinter dem Wächter, holte aus und traf mit einem gezielten Schlag in den Nacken – doch allein war er zu schwach. Sofort schlug er ein zweites Mal nach, aber dem Wächter blieb genügend Zeit, um einen schrillen Schrei loszulassen, der sämtliche umliegenden Gnome aus ihrem Schlaf riss.

Noch bevor Gazzel aus voller Kehle nach ihnen rief, waren die Pferde losgeprescht. David hörte ersticktes Keuchen und schmerzverzerrte Schreie, als die ersten ahnungslosen Gnome niedergetrampelt wurden.

»Sie sind es!«, rief eine schrille Stimme.

Und dann erwachte das gesamte Meer zum Leben.

Panisch hielten sie Ausschau nach Gazzel. Wie sollten sie ihren grauen Freund in der Dunkelheit unter so vielen anderen Gnomen ausfindig machen?

Da rief Dimitrios: »Ich hab ihn!«

Just in dem Moment gruben sich Krallen in Davids rechte Wade. Er fluchte und versuchte, den Gnom abzuschütteln, der grinsend an seinem Bein hochkletterte. Er löste seinen Griff von Milas Hüften und schlug nach dem Gnom, der seine Krallen bereits in seinen Oberschenkel bohrte, als ihm jäh eines der Biester auf den Rücken sprang. Durch das unerwartete Gewicht verlor er seinen Halt und wäre beinahe gestürzt, hätte Mila sich nicht in letzter Sekunde umgedreht und ihn am Kragen gepackt, um ihn zurückzuziehen. Er nutzte den Moment, in dem sie ihm Halt gab, um über seine Schultern zu greifen, den Gnom von seinem Rücken zu ziehen und ihn auf den anderen an seinem Oberschenkel zu werfen. Zusammen fielen sie wie Steine vom Pferd.

»David, Hilfe!« Die Wut der Gnome galt Dimitrios. Der Großteil stürzte sich auf Taran und seinen Reiter, der sich einen Gnom von seiner Brust riss, während zwei weitere auf seinen Kopf und an seinen Rücken sprangen.

Enya rannte dicht an Tarans Seite, damit David dem Yagrolaner helfen konnte. Doch kaum holte er zum Schlag gegen den Gnom auf Dimitrios' Rücken aus, da sprang ihm eines der Biester direkt ins Gesicht. Er sah nur noch Schwarz und konnte weder schreien noch nach Luft schnappen. Er spürte, wie sich Krallen in seinen Nacken gruben, doch er wagte es nicht, seinen Griff um Milas Hüften zu lösen.

Auf einmal durchfuhr ihn ein heftiger Ruck, als wäre er mit dem Gnom vor dem Gesicht gegen eine Wand gerannt. Er spürte wie seine Nase zu bluten begann, doch immerhin ließ der Gnom von ihm ab. Er fiel in Davids Arme, und da sah er, was ihn getötet hatte. Im Rücken des Gnoms prangte ein langer Pfeil.

David wagte es nicht, sich vorzustellen, was passiert wäre, wenn der Pfeil den Gnom komplett durchstoßen hätte. Dann erst realisierte er, was der Pfeil bedeutete. Ank-Liins Krieger hatten sie im tosenden Dämonenmeer entdeckt! Er sah über Milas Schulter hinweg und erblickte ein riesiges Stadttor, auf das die Pferde zustürmten.

Er wollte jubeln, als ihm ein Gedanke durch den Kopf jagte, als hätte ihm ein Pfeil den Schädel durchbohrt. Aus seinem Jubel wurde ein ersticktes Keuchen. »Gazuri.« Das war der letzte Gedanke, den er fassen konnte, als ein graues Knäuel seitlich auf ihn zuflog und ihn aus dem Sattel riss. Er bekam noch mit, wie er von grauen Händen aufgefangen wurde – dann wurde alles schwarz.

Das Abbild

Ihre *Augen sandten ein letztes Flehen. Sie waren weit aufgerissen, Furcht und bitterer Vorwurf spiegelten sich in ihnen wider, und das Schlimmste: Sie waren einzig und allein auf ihn gerichtet. Gazuri wusste, dass er nichts für sie tun konnte, sie musste es wissen! Doch ihre Augen sprachen Bände. Er wollte den Namen seiner grauen Freundin rufen, als das graue Meer den Gnom verschlang und sie hilflos in der tobenden Meute versank. David ertrug den Anblick nicht länger, drehte sich ruckartig um* – und fiel aus dem Bett. Er sprang mit erhobenen Fäusten auf, während Traum und Wirklichkeit gegeneinander um Vorherrschaft kämpften.

Letztlich gewann die Wirklichkeit. Langsam ließ er seine Fäuste sinken und entspannte sich.

Dann schien auch sein Körper zu begreifen, dass er den Weg in die Realität zurückgefunden hatte, denn ihm wurde mit einem Schlag schwindelig. Er setzte sich auf die Bettkante und schloss für einen Moment die Augen, um der Schwärze zuvorzukommen, die sein Sichtfeld von außen her einzuschränken begann. Einen Augenblick lang befürchtete er, sich übergeben zu müssen. Aber nach einigen tiefen Luftzügen beruhigten sich sein Körper und seine Gedanken.

Irgendwie hatte er ihre Reise nach Ank-Liin überlebt, und man hatte ihn gut versorgt: Er war bis auf seine Unterwäsche entkleidet und seine Waden und Arme waren mit Sendazeablättern verbunden.

Er sah sich um. Auf einem kleinen Tisch stand eine gefüllte Wasserschale und über den Lehnen zweier Stühle hingen ein Handtuch und frische Kleidung. Das Zimmer hatte nichts Außergewöhnliches an sich, und doch gab es ihm ein Gefühl der Geborgenheit. Trotz seiner Wunden und aufwühlenden Erinnerungen an die Geschehnisse vor den Stadtmauern fühlte er sich zum ersten Mal seit langer Zeit entspannt. Es war, als hätte man seinen Kopf leergefegt und als wäre er seinen Erinnerungen gegenüber distanziert.

Die Zimmertür wurde geöffnet und eine mollige Frau lugte herein. Als sie sah, dass David wach war, verschwand ihr Kopf so schnell, wie er erschienen war. Er vermutete, dass er bald Besuch bekommen würde, also wusch er sich und zog sich an.

Es vergingen keine fünf Minuten, bis es klopfte und Dimitrios eintrat. Er trug ein königliches Wams mit feinen silbernen Stickereien, und sein Haar trug er zum ersten Mal offen. Er sah ausgeruht aus und strahlte regelrecht, als er David entgegentrat. »Willkommen auf Ank, mein Freund.«

David lächelte. »Wo sind die anderen?«

»Gazzel streunt auf Ank herum. Das letzte Mal, als ich ihm begegnet bin, rannte er mit ein paar Mondfalkenkeulen aus der Küche. Mila ist bei ihrer Familie. Die Haokah sind einen Tag nach uns eingetroffen. Sie haben das nördliche Stadttor genutzt, vor dem sich weniger Gnome befinden als östlich. Sie hatten sich in ihrem Wagen verschanzt und konnten mithilfe der Ankschen Krieger relativ unversehrt passieren.«

»Und … Gazuri?«

Dimitrios sah betreten zu Boden. »Es war unmöglich, sie unter all den Gnomen ausfindig zu machen. Ich weiß nicht, wo sie ist und ob sie noch …«

David nickte geistesabwesend. Die Ungewissheit über das Schicksal ihrer Freundin bedrückte ihn und er hatte ein schlechtes Gewissen, weil sie sie zurückgelassen hatten ... und doch waren seine Gewissensbisse für seinen Geschmack zu schwach. Es war, als nagten sie an einem faden Gedanken, der bereits in seinen Hinterkopf rückte. Dabei wollte er trauern und sich schlecht fühlen, damit sie etwas unternahmen, um ihre Freundin zu finden – auch wenn sie wussten, dass eine Suche nach ihr aussichtslos war. Stattdessen dominierte eine nahezu unpassende Ruhe sein Gemüt.

»Was ist das?«, fragte er. »Ich fühle mich so seltsam ... gefasst.«

Dimitrios nickte verständnisvoll. »Das ist Ank, das Herz unserer Welt. Die Burg ist uralt, und das strahlt sie auch aus. Ihr Alter und ihre Beständigkeit wirken auf dich.«

»Das gefällt mir nicht.«

»Keine Sorge, Ank hat keinen direkten Einfluss auf dich. Du bist immer noch Herr deiner Gedanken und Gefühle. Ank erlaubt dir lediglich, klarer zu denken, weil deine Gemütslage hier weniger Gewicht trägt. Ank nimmt dir deine Emotionalität nicht weg, sie wird eher ... besänftigt. Das macht Ank zum perfekten Ort für Versammlungen des Großen Rates, der oft Beschlüsse für das Allgemeinwohl fällen muss.«

David fühlte sich überfordert, weil seine Gedanken ihn nicht überforderten. Er vergrub sein Gesicht in den Händen. »Das fühlt sich seltsam an.«

Dimitrios nickte verständnisvoll. »Nimm dir noch ein wenig Zeit, um dich an Ank zu gewöhnen und dich ein wenig auszuruhen. Ich werde dir ein üppiges Abendmahl bringen lassen und Gazzel Bescheid geben, dass du wach bist. Ank soll dir ein Zuhause sein, du kannst dich gern umschauen, wenn dir danach ist. Morgen findet dann die Versammlung des Großen Rates statt. Ich werde dich abholen, wenn es so weit ist.« Damit ließ er David allein, der dasaß und keine einzige Träne für seine verlorene Freundin vergießen konnte.

»Es tut mir leid«, sagte er, als zwei große Glubschaugen durch den Türschlitz spähten.

Gazzel trat ein. »Du hättest nichts für Gazuri tun können. Genauso wenig wie Gazzel. Als die anderen erwachten, versank alles im Chaos.«

»Ich hätte nicht zulassen dürfen, dass ihr euch trennt. Wir haben nicht einmal versucht, Gazuri zu retten.«

Gazzel presste seine Lippen zu einem dünnen Strich zusammen. »Es war schwierig genug, selbst am Leben zu bleiben. In dem Durcheinander hätten wir eher den Tod als Gazuri gefunden.«

David seufzte. Er wusste, dass sein kleiner Freund recht hatte. »Und wie geht es dir? Wie ist die Burg, hast du dich schon umgesehen?«, fragte er, um sie beide auf andere Gedanken zu bringen.

Auch Gazzel war sichtlich erleichtert über den Themenwechsel. »Gazzel schläft in einem richtigen Bett, in einem eigenen Zimmer. Gazzel hat sogar eine Waschschüssel, und Gazzel darf überall hin.« Seine Augen glänzten. »Sogar in die Küche.«

David lachte. »Möchtest du mich vielleicht herumführen?«

Auf dem Korridor stellte er fest, dass die gesamte Burg aus einem einheitlichen Fels bestand, als hätte ein göttlicher Steinhauer sie aus einem rohen Berg gefertigt. Auch die großen Fenster schienen eher in der Felswand *entstanden* als erschaffen zu sein. Die Felswand war so eben, dass David kaum glauben konnte, dass sie ein Werk der Natur sein sollte. Doch er hatte keine Zeit, die wundersame Architektur der Burg zu bestaunen, denn Gazzel jagte ihn durch die Korridore und eine lange Treppe hinab. Bald hörte er auf, die Stufen zu zählen und allein bei dem Gedanken, all diese Stufen auf dem Rückweg hinaufgehen zu müssen, schrien seine Oberschenkel förmlich auf.

Sie begegneten ein paar Yagrolanern auf den Gängen, die ihnen eilig den Weg frei machten, als Gazzel wie der Blitz an ihnen vorbeiflitzte. David rief ihnen eine schnelle Entschuldigung zu und hastete seinem Freund nach, der sich in den Gängen der Burg auskannte, als wohnte er seit Jahren hier. Das mochte vermutlich daran liegen, dass er über hundert Lebensjahre in den tiefen Stollen der Myrarbrunen verbracht hatte.

»Wo führst du mich hin?«, stöhnte David.

»Zum Königssaal«, antwortete Gazzel mit glänzenden Augen. »Du wirst begeistert sein!«

Irgendwann gelangten sie in ein riesiges Foyer, in dem Gazzel lächerlich winzig wirkte. Er drehte sich zu ihm um und grinste bis über beide Ohren, als David sich staunend umsah.

Die Eingangshalle hatte die Form eines riesigen Halbkreises, an dessen runder Seite ein gewaltiger Torbogen nach draußen auf einen offenen Platz führte. Dort herrschte reges Treiben in strahlendem Sonnenschein, während die Eingangshalle selbst kühl im Schatten lag und die Schritte der Yagrolaner draußen leise widerhallten. Der Boden war mit winzigen Mosaikfliesen verlegt, die in allen Farben funkelten. Erst bei näherem Hinsehen bemerkte David, dass es keine Fliesen, sondern geschliffene Edelsteine waren.

»Warte ab, bis du den Saal siehst«, sagte Gazzel. Er führte ihn zu dem gewaltigen Bronzetor, das die flache Seite des Halbkreisfoyers einnahm.

David erkannte, dass in den Torflügeln die Landkarte Yagrolors eingraviert worden war. Ank-Liin befand sich im Zentrum des Kunstwerks, wodurch Ank sich entlang der Kanten der beiden Torflügel bis zu ihren hohen Enden erstreckte. Auf dem rechten Tor war der Grüne Teppich eingraviert, der durch abgrenzende Wege die Form eines rechteckigen Teppichs erhielt. Weiter rechts identifizierte David den gestreckten Finsterwald, sowie die Endlose Ebene als schmalen Strich vor den mächtigen Myrarbrunen. Dahinter blieb die Pforte glatt, als hörte die Welt dort auf zu existieren.

Der linke Torflügel zeigte zahllose Wälder, Berggruppen und viele eingesetzte Edelsteine, die mit zahllosen Wegen miteinander verbunden waren. Auch im rechten Flügel waren ein paar Edelsteine eingelassen, wenn auch deutlich weniger. Ein großer und ein kleiner Edelstein befanden sich jeweils oberhalb und unterhalb des Finsterwaldes. Da begriff David, dass sie das Dorf und Nundor symbolisierten. Das bedeutete, dass all die funkelnden Edelsteine des linken Flügels ihm unbekannte Städte darstellten. Wie wenig er über dieses Land wusste! Welche Wesen im Westen Yagrolors leben mochten?

Gazzel beschloss, dass er ausreichend Zeit bekommen hatte, die Karte zu bestaunen, denn er lehnte sich mit seinem gesamten Körpergewicht gegen die rechte Pforte und ächzte. Natürlich bewegte sie sich keinen Millimeter. Seine Füße rutschten auf dem Boden aus und sein schrumpeliges Gesicht verzog sich vor Anstrengung. »Du musst Gazzel schon helfen«, keuchte er.

Gemeinsam gelang es ihnen einen kleinen Spalt zu schaffen, durch den David gerade so mit eingezogenem Bauch durchschlüpfen konnte. Als er mit hallenden Schritten den marmornen Steinboden des Königssaals betrat, verschlugen dessen Höhe und Weite ihm die Sprache. Die gewölbte Decke schwebte meterweit über ihnen wie ein künstliches Himmelsdach. Quer durch den Saal, vom Tor bis zur anderen Seite, stand eine langgestreckte Tafel, an der sicherlich mehr als zweihundert Gäste Platz finden konnten. Am Ende der Tafel posierte, flankiert von vier prunkvollen Sitzen, ein gewaltiger Thron aus Fels, der wie aus dem Boden gewachsen schien, als wäre er Teil der Burg. Durch zahlreiche Fenster schienen Sonnenstrahlen auf die Tafel wie ewig leuchtende Scheinwerfer für Momente, in denen in diesem Saal Geschichte geschrieben wurde. Meterlange Teppiche schmückten die Wände, die mit prachtvollen Bildern Geschichten der Vergangenheit erzählten. David war sich sicher, dass selbst König Artus für einen solchen Königssaal seine Tafelrunde eingetauscht hätte. »Wahnsinn«, hauchte er.

»Gazzel hat dir nicht zu viel versprochen, nicht wahr?«

Seine Augen leuchteten, als würde auch er den Saal zum ersten Mal erblicken.

»Und es gibt noch etwas, das dich interessieren könnte.«

David fuhr herum. Dimitrios hatte sich unbemerkt zu ihnen in den Saal geschlichen. Er wies zu einem der riesigen Wandteppiche, der zwischen zwei Fenstern bis unter die Decke reichte.

Mit geweckter Neugierde betrachtete David den Teppich. Er zeigte einen kräftigen Mann, dessen Pose widersprüchlich wirkte. Er stand aufrecht wie ein stolzer Krieger, die Hände gen Himmel gestreckt, als gehörte ihm die Welt. Sein Kopf hing jedoch schlaff auf der Brust, sodass man das Gesicht und seinen Ausdruck nicht erkennen konnte. An der Stelle seines Herzens war ein roter Kreis mit einem Pfeil in der Mitte. Er war getroffen und blutete. Die Handflächen waren zueinander gerichtet, und zwischen ihnen schwebte ein großer, goldener Ball. »Das ist …«

»Der Sonnenschaffer«, sagte Dimitrios. »Der Mann, der sich opferte, um eine Welt zu retten, die nicht seine eigene war.«

David hatte sich schon immer mit seinem Vater verbunden gefühlt, obgleich er sich nicht an ihn erinnern konnte. Doch nun spürte er diese Verbindung so stark wie nie zuvor. Es schien ihm, als läge sie greifbar in der Luft. Seine Hand wanderte unter seinen Kragen und umfasste den Kettenanhänger seines Vaters. Sein Blick klebte am Teppich, der ihm nicht nur die Geschichte eines Helden erzählte. Er war ein Flicken für die leere Stelle seines Herzens. Ein Puzzlestück, das ihm bisher gefehlt hatte. Dies war ein Abbild der wahren Persönlichkeit, die sein Vater gewesen war.

»Wir verehren ihn. Dein Vater war ein Mann von wahrer Größe, David.«

»Was hat der Pfeil in seiner Brust zu bedeuten?«

»Wie du weißt, brachte dein Vater uns neben der Sonne noch den Zauber unserer Waffen, damit wir uns gegen die Arya verteidigen können, sollten sie der Cervi-Sonne trotzen und die Myrarbrunen überqueren. Er schenkte uns sein Leben, damit wir unsere Leben in Frieden weiterführen konnten. Damit brachte er das größte Opfer, das er hätte erbringen können.«

David strich sanft über die dicken Teppichfasern. »Ich hätte ihn so gern kennengelernt.« Es tat weh, erst nach sechzehn Jahren zu erfahren, was von Anfang an zu seinem Leben hätte gehören müssen. Dimitrios hatte ihm die Geschichte schon in der ersten Nacht in Árion erzählt. Nun unter dem Abbild seines Vaters zu stehen, verdeutlichte das Ausmaß seines Heldentums. Er stand ihm nicht persönlich gegenüber, doch David hatte ihn erstmals in wahrer Gestalt vor Augen.

Er hatte eine fremde Welt bereisen müssen, um zu verstehen, wer sein Vater war. Tränen liefen über seine Wangen. Seine Gefühle waren so stark, dass selbst der besänftigende Einfluss von Ank sie nicht mehr unter Kontrolle halten konnte. Wellen von Emotionen überschwemmten ihn und er schämte sich nicht, sich vor den Augen seiner Freunde von ihnen treiben zu lassen. Erleichterung und Freude mischten sich mit Trauer und Schmerz. David wusste, dass er seinem Vater niemals gegenüberstehen konnte, um ihm zu sagen, wie stolz er auf ihn war. Die einzige Möglichkeit, seinen Stolz zum Ausdruck zu bringen, bestand darin, in seine Fußstapfen zu treten.

Plötzliche Entschlossenheit verdrängte all seine Gefühle. Es war seine Pflicht, den Yagrolanern in ihrer Krise beizustehen, damit das Opfer seines Vaters nicht umsonst gewesen war. Er wischte sich die Tränen mit seinem Ärmel fort und blickte den Königssohn neben sich an. Auf dessen Lippen kräuselte sich ein unscheinbares Lächeln.

David nickte. »Ich bin der Sohn des Sonnenschaffers, und ich bin hier, um sein Werk weiterzuführen.«

Er ließ sich zurück auf sein Zimmer bringen, um sich schlafen zu legen. Er wollte ausgeruht sein für den nächsten Tag. Den Tag, an dem er erfahren sollte, wie er seinem Vater die ihm zustehende Ehre erweisen konnte. Den Tag, an dem er beweisen konnte, dass er es im Blut hatte – dass er der Sohn eines Helden war. Es war Zeit, sein Erbe anzutreten.

Der Große Rat

Das Frühstück stand unberührt auf dem Tisch. Immer wieder warf er einen Blick zur Tür, doch sie blieb geschlossen. Er vergrub sein Gesicht in den Händen. Mit jeder Minute steigerte sich seine Nervosität. Er fragte sich, wie der König und die anderen Yagrolaner reagieren würden, wenn er ihnen zum ersten Mal unter die Augen trat. Würde ihnen die äußerliche Ähnlichkeit zu seinem Vater auffallen? Würden sie ihn voller Argwohn empfangen, wenn sie sahen, dass er noch so jung war? Rechneten sie damit, in das Antlitz eines selbstbewussten Helden zu blicken, der wusste, wie die ungreifbare Gefahr aus dieser Welt zu schaffen war? Würden sie enttäuscht sein, wenn ein ahnungsloser Junge den königlichen Saal betrat, der nicht einmal wusste, was das Problem war? Sein Magen verkrampfte sich. Was würde geschehen, wenn die Yagrolaner, die all ihre Hoffnung in ihn setzten, ihm nichts zutrauten?

Er hatte keine Zeit mehr, sich darüber Gedanken zu machen. Die Tür öffnete sich und Dimitrios trat ein. »Hallo, David. Wie fühlst du dich?« Seine Stimme klang belegt.

»Nervös«, gab David zu. Er sah Dimitrios schüchtern an. Die Tatsache, dass auch der Königssohn angespannt aussah, half nicht sonderlich. »Was muss ich gleich tun?«, fragte er und hörte Unbehagen in seiner eigenen Stimme schwanken.

»Zweihundert neugierige Blicke ertragen.« Der Yagrolaner winkte ab. »Der erste Teil der Versammlung besteht nur aus Berichterstattungen, um sich ein besseres Bild der Lage zu machen. Folge mir einfach, setz dich neben mich und hör zu, was die anderen zu berichten haben.«

Schon bald betraten sie die Eingangshalle, wo ihnen ein zweihundertstimmiges Gemurmel aus dem Königssaal entgegenschallte. Das Bronzetor stand offen, sodass David die vollbesetzte Tafel sehen konnte. Er hätte am liebsten auf dem Absatz kehrtgemacht, um auf der anderen Seite der Halle durch den großen Torbogen zu fliehen.

»Bereit?«, fragte Dimitrios, doch er wartete Davids Antwort nicht ab und betrat den Saal.

Als David ihm mit klopfendem Herzen folgte und sich neben ihn stellte, brachen die Gespräche ab. Alle Anwesenden starrten ihn mit unverhohlener Neugierde an. Davids Blick hingegen fiel sofort auf den König, der auf dem steinernen Thron am Ende des Tisches saß. Obwohl er saß, konnte David erkennen, dass er ein Hüne war. Er trug dieselbe Festkleidung wie Dimitrios und auf seinem roten, etwas wüsten Haar thronte eine mit Edelsteinen besetzte Krone. Mit seiner Haltung strahlte er eine beneidenswerte Selbstsicherheit aus, ohne jedoch einschüchternd zu wirken. Er sah aus wie ein Mann, dem man es zutraute, ein Land zu regieren.

Der König erhob sich von seinem Felsenthron und zweihundert Yagrolaner folgten seinem Beispiel, um ihren Prinzen und den Sohn eines Helden mit einer Verbeugung zu begrüßen. »Herzlich willkommen, David Cervi«, sagte der König feierlich. Seine Stimme füllte den Saal. »Bitte, nehmt Platz an meiner Seite.« Er deutete auf die freien Stühle zu seiner Rechten.

Dimitrios schritt voran und David hastete ihm nach. Fast wäre er dabei über seine eigenen Füße gestolpert.

Als sie sich setzten, setzten sich auch die Gäste.

Vom Podium aus hatte David einen guten Überblick, doch andersherum hatten die Gäste ebenso einen guten Blick auf ihn – und das nutzten sie schamlos aus. In jedem einzelnen Gesicht standen dieselben drei Gefühle geschrieben. Mit deutlicher Neugierde spießten sie ihn förmlich auf seinem Stuhl auf. Der zweite Ausdruck in ihren Augen war ... Erwartung. Natürlich erwarteten sie etwas von ihm, denn ihr Leben lag praktisch in seinen Händen! Diese Tatsache erklärte sogleich den dritten Ausdruck: Ehrfurcht.

Beschämt schaute David zur Seite und bemerkte, dass auch der Blick des Königs auf ihn gerichtet war.

Der Yagrolaner lächelte ihn an. »David Cervi, im Namen des Volkes möchte ich dich herzlich willkommen heißen im Herzen Yagrolors. Wir sind höchst erfreut, dass du zu uns gekommen bist. Lass mich dir meine Familie vorstellen.« Er klopfte Dimitrios auf die Schulter. »Meinen ältesten Sohn, Dimitrios, hast du bereits kennengelernt. Ich hoffe, er hat dich sicher durch unser Land geleitet, und dir vielleicht das ein oder andere von unserer Welt zeigen können.« Dann deutete er nach links zum jungen Mann auf dem äußeren Stuhl. Er hatte kurzes rötliches Haar wie sein Vater. Seine markanten Gesichtszüge machten die Verwandtschaft mit ihm und Dimitrios unverkennbar. »Kaspar, mein zweiter Sohn. Und an der Seite meines Herzens sitzt Zerameda, meine bezaubernde Gemahlin.«

Die beiden winkten ihm freundlich zu und David winkte schüchtern zurück. Seine Kehle war zu trocken für ein Grußwort.

Der König legte sich die Hand auf die Brust. »Ich bin der Vierte im Bunde, Amunh.« Er deutete eine Verbeugung an, bevor er mit einer ausladenden Geste in den Saal wies. »Und schließlich sind hier noch sämtliche Mitglieder des Großen Rates und Repräsentanten aus nahen und fernen Regionen anwesend. Sie einzeln vorzustellen würde zu lange dauern«, entschuldigte er sich lächelnd.

»Doch ich möchte es nicht versäumen, dir Thilo vorzustellen, meinen engsten Berater und den weisesten Mann auf Ank.«

David hatte einen Greis erwartet, doch ein junger Mann erhob sich von einem Stuhl nahe dem Podium. Er hatte eine Glatze und ihm fehlten Augenbrauen. Er trug ein hellblaues Seidengewand, das zu seinen hellblauen Augen passte. »Thilotrosophenik von Nordsteed«, sagte er mit hohler Stimme und verbeugte sich kurz. »Es ist mir eine Ehre.« Dann setzte er sich wieder.

Amunh wandte sich an seine Gäste. »David brauche ich euch nicht vorzustellen. Es war sein Vater, der sich für Yagrolor opferte und so die Cervi-Sonne erschuf. Die Sonne, die die Arya hinter den Myrarbrunen hält und so den Frieden in Yagrolor aufrechterhält.« Er wies zum Wandteppich, auf dem der Sonnenschaffer abgebildet war. »Gustav Cervi war ein Held mit großem Herzen. Nun ist David hier, um uns an seiner Stelle zu helfen.«

Bisher hatten die Yagrolaner ihrem König schweigend zugehört, doch plötzlich sprang ein kleinwüchsiger Mann auf. »Aber schaut ihn Euch an, mein König! Er ist doch noch ein Kind!« Als hätte man auf dieses Stichwort gewartet, brach heftiges Gemurmel aus. Die Gäste steckten ihre Köpfe zu hitzigen Diskussionen zusammen.

David sackte in seinem Stuhl zusammen. Er hatte befürchtet, dass dies geschehen würde. Anscheinend war sein Erscheinungsbild ein solcher Skandal, dass nicht einmal die Wirkung Anks die Gemüter besänftigen konnte.

»Bitte beruhigt euch!«, rief Amunh, doch die Gespräche an der Tafel waren zu geladen, um ihm Aufmerksamkeit zu schenken.

Auf einmal knallte Dimitrios die Fäuste auf die Stuhllehnen und sprang auf. »Ruhe, verdammt!«, donnerte er. Es wirkte. »Was redet Ihr für einen unverfrorenen Schwachsinn, Valgardur!«, fuhr er den kleinwüchsigen Mann an, der zur Unruhe angestiftet hatte. »Würdet Ihr mich als Kind bezeichnen? Zieht bei der Erwägung Eurer Antwort die Tatsache in Betracht, dass ich bereits ein Alter erreicht habe, das mir erlaubt, Euer König zu sein. Nennt Ihr mich auch ein Kind?«

Valgardur starrte den Königssohn betreten an. »Selbstverständlich nicht.«

»David ist ein junger Mann meines Alters und in ihm fließt das Blut des Mannes, dem Ihr Euer Leben zu verdanken habt. Wie könnt Ihr es wagen, über ihn zu urteilen, ohne ihn auch nur zu kennen?«

Valgardur stand da wie ein getretener Hund. »Entschuldigt, mein Prinz.«

Amunh lächelte amüsiert und gebot dem Yagrolaner, sich zu setzen. »Lasst uns mit den Erfahrungsberichten beginnen.«

Thilo erhob sich, in den Händen ein beschriebenes Blatt Papier. »Hiermit eröffne ich die Versammlung des Großen Rates zur Berichterstattung der Regionen. Alle Anwesenden seien daran erinnert, dass sie zum Wohle des Volkes der Schweigepflicht unterliegen. Nach Vernehmung aller Berichte wird unter der Leitung von König Amunh die Diskussion eröffnet. Es beginnt General Valgardur, Ankscher Krieger aus Ank-Liin.« Er setzte sich wieder.

Der kleinwüchsige Mann von eben stand auf. Es war ihm sichtlich unangenehm, als erneut alle Aufmerksamkeit auf ihn gerichtet war. Er räusperte sich verlegen. »Mein König«, begann er. »Ich spreche im Namen der Ankschen Krieger. Seit Monaten auf der Jagd und seit wenigen Tagen bei der Verteidigung unserer Stadt – ja, gestern noch widerfuhr es mir selbst. Ich schoss mit Cervi-Pfeil und Cervi-Bogen ... und es gab mehrere Querschläger! Die Cervi-Waffen sind nicht länger treffsicher.«

Einige Gäste starrten ihn entsetzt an, während andere ihm durch kräftiges Kopfnicken beipflichteten.

»Vielen Dank, Valgardur«, sagte König Amunh. »Wir haben Euren Bericht zur Kenntnis genommen und werden im Anschluss darüber beraten. Der Nächste, bitte.«

Thilo las den nächsten Namen vor. »Eleison, Entsandter Nundors.«

Ein unscheinbarer Mann stand auf und verbeugte sich tief. »Es ist mir eine Ehre, dem Rat meinen Bericht zu erstatten«, sagte er.

Ehrfurcht schwang in seiner Stimme mit. »Ich bin Vater dreier Kinder. Sie sind vier, fünf und sieben Jahre alt. Ich ließ sie im Innenhof spielen, als meine Gemahlin nach mir rief. Ich ließ meine Kinder einen Moment unbeaufsichtigt. Nur die Elfen wissen, wo sie ihn aufgetrieben hatten, aber als ich wiederkam, hielt mein jüngstes Kind einen Cervi-Pfeil in der Hand. Es weinte, denn es hatte sich die Handfläche aufgeschnitten.«

»Das ist unmöglich!«, erzürnte sich jemand und löste damit eine allgemeine Unruhe aus.

»Ich schwöre es bei den Elfen«, beteuerte Eleison, die rechte Hand auf seiner Brust. »Ich konnte es selbst kaum glauben, darum habe ich es an mir selbst ausprobiert.« Er hielt demonstrativ seine linke Hand vor.

David konnte von seinem Platz aus nichts erkennen, aber Eleisons Sitznachbar starrte auf dessen Handrücken und bestätigte: »Er trägt eine Narbe auf der Hand.«

»Woher sollen wir wissen, dass diese Narbe tatsächlich von einem Cervi-Pfeil herrührt?«, rief jemand.

Eleisons Lippen verzogen sich zu einem schmalen, grimmigen Lächeln. Er schien diesen Einwand erwartet zu haben. »Weil ihr nun selbst Zeugen werdet.« Er griff unter den Tisch und holte einen Cervi-Pfeil hervor, den er nahezu anklagend in die Höhe hielt. Dann, ohne mit der Wimper zu zucken, schnitt er sich damit in den Arm.

Blut tropfte auf den Tisch. Es wurde so still im Saal, dass David hören konnte, wie die Tropfen auf dem Holz aufschlugen. Doch diese Stille dauerte nur zwei, drei Sekunden an, ehe heftige Diskussionen entlang der gesamten Tafel ausbrachen, während Eleison ein Sendazeablatt aus seiner Gewandtasche zog und die Schnittwunde mit dessen Saft versorgte.

König Amunh mahnte seine Gäste zur Ruhe, doch es dauerte einige Minuten, ehe er den Saal unter Kontrolle hatte und Eleison wieder das Wort ergreifen konnte.

»Neben meinem eigenen Bericht überbringe ich die Nachricht unseres Stadtpräsidenten. Er lässt ausrichten, dass er zutiefst beunruhigt sei über eine zunehmende Nervosität in Nundor. Die Stadtbewohner spüren, dass sich unser Land verändert. Da bedarf es keiner Narben mehr, um zu demonstrieren, dass etwas Seltsames in unserem Land vorgeht. Auch wenn niemand es in Worte zu fassen vermag.«

»Danke, Eleison«, sagte Amunh. »Auch darüber werden wir im Anschluss sprechen.«

Ein junger Yagrolaner mit zerzaustem Haar und verwegenem Blick stand auf. Eine tiefe Schnittwunde zog sich über seine linke Wange. Er bat um Erlaubnis, zu sprechen, und der König nickte. »Arien, Ankscher Krieger«, stellte er sich vor. »Ich befürchte, dass Eleison und sein Kind nicht die Einzigen sind, die Blut durch einen Cervi-Pfeil gelassen haben.« Er schien sich dafür zu schämen, doch er fuhr fort: »Es war in der Nacht, in der Prinz Dimitrios und seine Gefährten in Ank-Liin eintrafen. Wir verteidigten das östliche Stadttor, um ihnen den Weg freizugeben. Ich war als Bodenkämpfer eingesetzt, als ich sah, wie David aus dem Sattel stürzte. Ich trieb die Gnome fort, aber als ich ihn auf meine Schultern lud und einen Moment wehrlos war, zog ich mir diese Verletzung zu.« Arien strich mit seinem Finger über die Wunde in seinem Gesicht. »Eines dieser Biester sprang auf uns zu, mit einem Cervi-Pfeil in der Hand. Bevor ein Bogenschütze den Gnom stoppen konnte, schnitt es meine Wange auf.«

Ein Mann sprang erregt auf und lehnte sich auf die Tafel, als würde er ansonsten den Halt verlieren. »Ein *Gnom* hat Euch mit einem Cervi-Pfeil verletzt?« Die anderen Yagrolaner waren nicht minder entsetzt, und wieder brach ein heilloses Durcheinander aus.

»Bitte«, rief Amunh gereizt. »Die Diskussion erfolgt erst im Anschluss. Der nächste Bericht, bitte!«

Thilos Finger flog gehetzt über das Papier. »Colin, Nomade!«, rief er.

David sah auf, als Milas Vater sich erhob. »Mein König«, begann der Haokah. »Es tut mir leid, dass ich diesmal mit schlechten Nachrichten in Eurem Saal auftrete. Als Gaukler lebe ich mit meiner Familie überall und nirgendwo. Die Straßen und Wanderpfade sind unser Zuhause, die Felder unsere Betten. Ich spreche mit Yagrolanern aus allen Regionen und ich sehe viel von unserem Land. Ich habe seit Längerem das Gefühl, dass sich etwas verändert. Und ich bin nicht der Einzige. Nundors Bewohner bilden keine Ausnahme – ganz Yagrolor spürt, dass in unserem Land etwas vorgeht. Es liegt ein Schatten über Yagrolor.« Viele der Gäste nickten, während sie seinen Worten lauschten. »Doch mein Beitrag zu dieser Versammlung stammt nicht von mir selbst. Ich spreche im Namen meiner Tochter.«

David warf Dimitrios einen Blick zu. Der setzte sich neugierig auf.

»Ich denke, dass Mila den meisten Anwesenden bekannt ist«, fuhr der Haokah fort. »Ebenso ihre Fähigkeit, Träume zu deuten und Ereignisse teilweise vorherzusehen.«

»Ihr wollt uns doch nicht etwa eine dunkle Prophezeiung auftischen?«, rief jemand erbost. »Dies ist eine Versammlung des Großen Rates. Hier werden Tatsachen besprochen, keine Visionen!«

Colin ignorierte den Einwurf. »Es geht um einen Traum. Er handelt von einem zerbrochenen Cervi-Pfeil. Es ist ein wiederkehrendes Thema!«

David schluckte, als ihm bewusst wurde, dass Mila ihrem Vater von seinem Traum erzählt hatte. Nervös klammerte er sich an seine Stuhllehnen. Hatte sie ihm erzählt, dass er derjenige war, der den Traum gehabt hatte? Würde der Haokah ihn etwa als den Träumenden enthüllen? Ein unreifer Junge sollte die Welt retten, obwohl allein der Gedanke daran ihm Albträume bereitete – wer sollte da noch Vertrauen in ihn haben?

Zu seiner Erleichterung sagte der Haokah nur noch: »Die Cervi-Waffen sind der Schlüssel zum Problem.« Er setzte sich und warf David einen kurzen Blick zu. Dieser Blick reichte aus, um ihm bewusst zu machen, dass der Gaukler wusste, dass es sein Traum gewesen war.

Thilo las den nächsten Namen vor. Es folgten vierzehn weitere Berichte, die den vorherigen ähnelten und die Gäste gleichermaßen beunruhigten. Unter den Rednern war auch Rhithik, der Bote aus dem Dorf, der den alten Mann vertrat. David fragte sich, ob der alte Mann die Versammlung auf irgendeine übersinnliche Weise mitbekam und in diesem Moment die Geschichte Yagrolors protokollierte.

»Die letzte Berichterstattung gibt Dimitrios, Königssohn aus Ank-Liin«, verkündete Thilo und legte sein Blatt zur Seite.

Dimitrios erhob sich. »Auch meine Erlebnisse reihen sich bei den bisherigen Berichten ein. Wir waren in der Endlosen Ebene, als mein Cervi-Bogen in zwei Stücke zerbrach. Und im Grünen Teppich gelang es Gnomen, mir meine Cervi-Pfeile zu entwenden ... und sie zu zerstören.«

Ein Raunen ging durch die Menge. Sogar die größten Skeptiker in der Runde waren spätestens jetzt überzeugt, da selbst der Königssohn persönlich bestätigte, was andere berichteten.

»Aber das ist noch nicht alles«, fuhr Dimitrios fort. Er legte David seine Hand auf die Schulter. »Ich habe David in Árion aufgelesen und ihn beinahe an einen Troll verloren. Als wir uns ins Freie retten konnten, wiegte ich uns in Sicherheit. Doch der Troll verfolgte uns – obwohl beide Sonnen schienen.«

Die versammelten Ratsmitglieder und Vertreter der Regionen starrten ihren Prinzen entgeistert an. Stille legte sich über sie wie eine schwere Decke. Bisher hatten sie von mangelnder Treffsicherheit und versehentlichen Verletzungen durch die Cervi-Waffen gehört, sowie von nicht greifbaren Veränderungen in ihrem Land, die man nur vage zu beschreiben wusste. Doch der Bericht ihres Prinzen über das Versagen der Cervi-Sonne hob das Problem auf ein ganz anderes Level.

»Dazu kommt, dass die Gnome zum ersten Mal ihre Stollen verlassen haben«, fügte König Amunh hinzu. »Ihr Wille hat sie durch die Endlose Ebene geführt. Und jetzt belagern sie das Herz Yagrolors. Zwar können sie die Stadtmauern nicht überwinden, doch es ist das erste Mal in der Geschichte Yagrolors, dass wir die Tore zu seinem Herzen schließen mussten.« Er ließ seinen Blick über seine Gäste schweifen und gab ihnen Zeit, seine Worte zu verdauen. »Ich möchte allen Berichterstattern dafür danken, dass sie den Weg hierher gefunden haben, um ihre Erlebnisse mit uns zu teilen.« Er wandte sich an Thilo. »Ich halte eine Unterbrechung für angemessen, bevor wir mit der Diskussion beginnen.«

Thilo nickte. »Die Mitglieder des Großen Rates werden gebeten, sich pünktlich in zwei Stunden zum Meinungsaustausch wieder im Königssaal einzufinden. Die Berichterstattenden und anwesende Ank-sche Krieger sind herzlich eingeladen, daran teilzunehmen.«

Damit war der erste Teil der Versammlung offiziell beendet, doch die meisten blieben regungslos sitzen. Hier und da wurden Köpfe zu leisen Gesprächen zusammengesteckt.

Dimitrios packte David am Arm. »Komm mit.« Er zerrte ihn mit sich vom Podest.

»Wo willst du hin?«

»Colin wird zu seinem Wagen zurückkehren, wir werden ihm folgen. Ich muss unbedingt mit Mila sprechen.«

In Windeseile verließen sie den Königssaal und durchquerten die große Eingangshalle, um aus dem geschäftigen Burghof zu treten.

David warf einen Blick gen Himmel. Ank ragte bis in unerkennbare Höhen hinauf. Es war ein sonniger Tag, sodass man nicht behaupten konnte, dass die Spitze der Burg sich in den Wolken verbarg. Sie ragte schlicht bis in die Unendlichkeit des Himmels auf.

Ein heftiges Schwindelgefühl übermannte ihn. Er verlor sein Gleichgewicht und wäre gestürzt, hätte Dimitrios ihn nicht am Arm gepackt. »Schneller, sonst verlieren wir ihn«, drängte er. Er deutete voraus.

David entdeckte den Haokah, wie er geschwind in einer Gruppe von Yagrolanern untertauchte. Zwar rannte er nicht, aber er schien es eilig zu haben. Leichtfüßig tanzte er durch Lücken in der Menge, während David und Dimitrios sich mehr schlecht als recht einen Weg erkämpften. Trotzdem verloren sie ihn nicht aus den Augen, während sie ihm eine Treppe hinab und durch verwinkelte Straßen und Gassen folgten, bis sie in eine verlassene Seitengasse traten, in der die beiden Wagen der Haokah im Schatten zweier Gebäude standen. Sie waren schwer beschädigt. Die Planen waren mit zahlreichen Schnitten übersät und auch das Holzgestell trug Einkerbungen, als hätte ein unbegabter Künstler versucht seine Schnitzereien darin zu verewigen.

»Mila!«, rief Dimitrios und schlug gegen die Planen beider Wagen, da er nicht wusste, welcher der Wohnwagen war.

Es dauerte nicht lange, bis eine Plane zurückgeschlagen wurde, doch es war nicht Mila, die mit düsterer Miene heraussprang. »Was wollt Ihr?«, fuhr Sergej ihn an.

»Wir müssen mit Mila sprechen«, antwortete Dimitrios, der sich von dem Haokah nicht einschüchtern ließ.

»Das geht nicht. Es ist Mila verboten, den Wagen zu verlassen.«

»Dann lasst uns rein.« Dimitrios machte Anstalten, an Sergej vorbeizutreten.

Der Haokah legte warnend seine Hand auf Dimitrios' Brust. »Das dürft Ihr nicht«, sagte er forsch. »Mila ist es sowohl untersagt, den Wagen zu verlassen, als auch mit euch zu reden. Und jetzt geht.«

»Colin!«, rief Dimitrios.

»Verschwindet von hier«, fuhr Sergej ihn erbost an.

In diesem Moment erschien das Gesicht seines Bruders aus dem Wagen. »Schon gut, Sergej«, sagte er resigniert. »Lass sie herein.«

Sergej wollte protestieren, doch schließlich rollte er nur mit den Augen und gab ihnen den Weg frei.

»David.« Mila sprang von ihrem Bett auf und fiel ihm in die Arme, kaum dass er den Wagen betreten hatte. »Ich habe mir solche Sorgen gemacht.«

David löste sich verlegen aus ihrer Umarmung. »Es ist alles in Ordnung«, versicherte er ihr. »Wie geht es dir?«

Mila warf nur einen vielsagenden Blick zu ihrem Vater.

Colin bat seine Frau, einen Spaziergang mit Benji zu unternehmen.

Haryana verstand, nahm ihren Sohn an die Hand und führte ihn nach draußen, damit sie unter sich sein konnten.

»Setzt euch«, lud Colin sie ein. Er setzte sich selbst auf eins der Sitzkissen und schenkte ihnen Tee ein. »Ich hatte mir gedacht, dass ihr mir folgen würdet«, meinte er mit einem Lächeln auf dem Gesicht.

»Warum habt Ihr mich nicht verraten?«, fragte David.

Colin deutete mit einem Kopfnicken zu seiner Tochter. »Weil sie mich darum gebeten hat.«

Das Mädchen saß im Schneidersitz auf dem Bett und hatte einen unschuldigen Blick aufgesetzt.

Dimitrios' Blick wechselte verwirrt zwischen ihnen hin und her. »Was geht hier vor? Eigentlich sind wir gekommen, weil ich mehr über diesen Traum erfahren wollte«, sagte er.

Die anderen sahen ihn stumm an, und dann schien der Groschen zu fallen. Er sah David überrascht an. »Das war dein Traum? Warum hast du mir das nicht erzählt?«

»Für mich war es nicht mehr als ein Traum«, gestand er.

Dimitrios wandte sich an Mila. »Und du meinst, Davids Traum hat etwas mit unserer Zukunft zu tun?«

»Wenn wir nichts unternehmen«, erwiderte sie. »Mehr kann ich dir leider nicht sagen. Ich kann Träume besser deuten, wenn es meine eigenen sind. Doch Davids Traum zerrt außergewöhnlich hart an meinem Herzen. Ich spüre, dass die Zukunft unserer Welt in Gefahr schwebt.«

Dimitrios seufzte schwer. »Die Befürchtung haben wir alle.«

Colin nickte. »Bloß weiß niemand, was wir dagegen tun können.«

»Dafür ist David hier.« Mila lächelte.

David fühlte sich, als hätte sie ihm einen kräftigen Schlag in den Magen verpasst. Nicht nur sie, alle Yagrolaner setzten auf seine Hilfe. Seine Eingeweide verkrampften sich allein bei der Vorstellung, in zwei Stunden gestehen zu müssen, dass er keine Ahnung hatte, was er tun sollte. Wenn die Bewohner dieser Welt nicht einmal selbst das Problem identifizieren konnten, wie sollte er dann eine Lösung dafür finden? Zudem hatte er noch ein ganz anderes, persönliches Problem – den Hirsch, der draußen auf ihn wartete, um ihn zu töten. Auch davon wussten seine Freunde nichts, bis auf Mila.

»Ich …«, begann er. Er fasste sich an die Stirn, als ihm all diese Gedanken Kopfschmerzen bereiteten.

»Du bist nicht allein«, beruhigte Dimitrios ihn. »Ich werde dir nicht von der Seite weichen.«

»Ich werde dir auch helfen«, versprach Mila.

»Das kommt nicht infrage.« Colin richtete einen strengen Blick auf sie. »Vor wenigen Tagen dachten wir noch, dich für immer verloren zu haben. Deine Mutter weinte bitterlich, als wir beschlossen, nach Ank-Liin zu reisen, statt umzukehren und dich zu suchen. Der Grüne Teppich ist zu groß, als dass wir dich ohne Hilfe hätten ausfindig machen können. Kaum waren wir in Ank-Liin angekommen, hat deine Mutter eine ganze Schar Anksche Krieger auf die Suche nach dir entsenden lassen. Wir hatten solche Angst, dass die Gnome dich in ihre Hände bekommen.« Er schüttelte entschlossen den Kopf. »Das tust du uns nicht noch einmal an. Du hast Wagenarrest.«

Mila verschränkte trotzig ihre Arme, doch sie wagte keinen Widerspruch. Allein ihre Augen sprühten Funken.

Colin wandte sich an Dimitrios. »Ich war der Überzeugung, dass es eine Herausforderung sein würde, den Großen Rat davon zu überzeugen, dass ein Schatten über Yagrolor liegt. Ich konnte nicht ahnen, dass mehr als ein Dutzend Yagrolaner mit derselben Nachricht nach Ank-Liin kommen, und dies nicht einmal mehr das größte Problem ist, vor dem wir stehen. Seid ihr Euch überhaupt bewusst, dass Ank-Liin in diesem Moment belagert wird? Das Herz Yagrolors … belagert!« Er fuhr sich stöhnend mit beiden Händen durch sein Gesicht. »Ich frage mich, wie all dies miteinander zusammenhängt. Warum haben die Gnome gerade jetzt die Myrarbrunen verlassen?«

»Das ist ein Rachefeldzug«, gestand Dimitrios. Man konnte ihm ansehen, dass es ihm unangenehm war, als er sagte: »Sie trachten nach meinem Leben, da ich das Leben ihres Häuptlings nahm.«

Colin sah den Königssohn ungläubig an. »Das wirft ein ganz anderes Licht auf diese Situation.«

Dimitrios nickte. »Zumindest das Erscheinen der Gnome hat nichts mit dem Schatten über Yagrolor zu tun, von dem Ihr redet. Trotzdem habt Ihr recht, Yagrolor wird bedroht. Aber dafür ist David ja hier.« Es sollte eine Aufmunterung sein, doch weder Colin, noch David war mit dieser Aussage geholfen. »Die Gnome werden bald einsehen, dass sie die Stadtmauern nicht überwinden können und werden zu den Myrarbrunen zurückkehren«, fügte er hinzu.

Das Schweigen aller Anwesenden sagte mehr aus, als Worte es vermocht hätten.

Dimitrios seufzte, leerte seinen Becher Tee in einem Zug und stand auf. »Wir sehen uns beim zweiten Teil der Versammlung, Colin.«

David ließ seinen Becher stehen. »Bis bald«, sagte er zu Mila.

»Auf Wiedersehen«, entgegnete Mila, und er las in ihrem Blick, dass es ein Versprechen war.

Die Liebe

»Wenn jemand noch etwas zu sagen hat, möge er jetzt sprechen.«

Der Thronsaal blieb still. Die Anwesenden waren sichtlich erschöpft. Sie hatten stundenlang diskutiert, jedes Argument angehört und sich darüber beraten, was zu tun war. »Wenn niemand mehr etwas zu sagen hat«, schloss König Amunh, »bitte ich um eine Zusammenfassung des Schriftführers.«

Thilo legte seine Schreibfeder beiseite, ohne den Blick von seinem Blatt zu heben. »Es wurde zu Beginn dieser Sitzung darauf hingewiesen, dass die Belagerung von Ank-Liin durch das Gnomenvolk nicht Gegenstand dieser Versammlung ist. Die erforderlichen Maßnahmen bezüglich der Verteidigung unserer Stadt und unseres Landes werden im Anschluss an diese Sitzung durch den Krisenrat besprochen.

Der Große Rat wurde zusammengerufen, da in Yagrolor Stimmen laut werden über besorgniserregende Geschehnisse. Einigen Volksvertretern wurde die Audienz gewährt. Ihre Berichte wurden angehört.

Nach allen Berichterstattungen ist deutlich, dass wir eine wachsende Unruhe in sämtlichen Regionen des Landes beobachten. Eine wiederkehrende Sorge betrifft die Cervi-Waffen. Sie zeichneten sich stets durch ihre Treffsicherheit, Unzerstörbarkeit und besondere Effektivität in den Händen Ankscher Krieger aus. Doch nun verfehlen sie ihr Ziel, sind zerstörbar und können uns verletzen, selbst durch ungeübte oder falsche Hände. Überdies wurde beobachtet, dass ein Troll dem Licht der Cervi-Sonne trotzen konnte. In Anbetracht der Tatsache, dass Waffen und Sonne Geschenke der Elfen waren, lässt sich nur eines schlussfolgern ... Ihre Magie schwindet.

Das Volk fühlt sich nicht mehr sicher. Ohne unsere Cervi-Waffen sind wir angreifbar, was sich nun schon durch den Angriff der Gnome zeigt. In naher Zukunft könnte es den Arya gelingen, aus ihrer Verbannung zurückzukehren.«

Der Saal füllte sich mit unruhigem Gemurmel. König Amunh mahnte seine Gäste zur Ruhe, damit Thilo fortfahren konnte.

»Wir wissen nicht, wie viele es nach all den Jahren sind. Wir wissen nicht, ob sie bereits Pläne schmieden. Wir wissen auch nicht, ob sie es jemals über die Myrarbrunen schaffen werden. Doch wir wissen, dass sie eine Gefahr für Yagrolor darstellen. Das Volk kann es fühlen. Wir müssen handeln. Wir müssen herausfinden, warum die Gaben der Elfen ihre Wirkung verlieren und was wir dagegen tun können. Doch eine Antwort ... können uns nur die Elfen selbst geben.«

Davids Herz begann schneller zu schlagen. Es war nicht schwierig, eins und eins zusammenzuzählen. Sein Vater hatte einst die Elfen gefunden und erfolgreich um Hilfe für Yagrolor gebeten. Nun verloren ihre Gaben an Kraft und er war hier, um in seine Fußstapfen zu treten. Er würde im wahrsten Sinne des Wortes den gleichen Weg gehen müssen. Nur ... welchen Preis würde er dafür bezahlen?

»David Cervi, der Sohn des Sonnenschaffers, hat sich bereit erklärt, uns zu helfen«, erklärte Amunh feierlich und nickte ihm zu. »Allein für deinen Willen sind wir dir zu größtem Dank verpflichtet. Du beweist, dass du der Sohn eines Helden bist.«

»Ich ... ich weiß leider nicht, wie ich die Elfen finden kann«, gab David kleinlaut zu. Es war nicht mehr als ein Flüstern. Trotzdem sah er, wie sich bei den Gästen nahe am Podest ein paar Augenbrauen hoben.

Amunh lachte. »Niemand weiß, wo die Elfen sind. Selbst dein Vater wusste es nicht. Dennoch gelang es ihm, sie zu finden. Er ist seinem Herzen gefolgt. Und in dir schlägt das gleiche Herz, David. Also folge ihm, und du wirst sie finden.«

David wusste mit diesem Rat herzlich wenig anzufangen. Doch er wagte es nicht, zu widersprechen.

Der König wandte sich dem Großen Rat zu. »Natürlich wird David sich nicht allein auf die Suche begeben. Er soll Gefährten an seiner Seite wissen, die ihn beschützen und beraten werden. Es soll eine ausgewählte, kleine Einheit aus Freiwilligen sein. Leider können wir nicht viele Ankschen Krieger entbehren, da Ank-Liin sie momentan selbst für die Verteidigung der Stadtmauern benötigt.«

Thilo hielt ein unbeschriebenes Blatt in die Höhe. »Euch steht der restliche Tag und die Nacht zur Verfügung, euch in diese Liste einzutragen. Mit einer Unterschrift versprecht ihr David Loyalität. Ihr werdet ihm beiseite stehen ... wenn es sein muss, bis zum Tode.«

David schluckte. Er wusste nicht, ob er sich darüber freuen sollte.

»Die Einheit wird in den Morgenstunden vereidigt und am Nachmittag aufbrechen. Vielen Dank, die Versammlung ist hiermit beendet.«

Während sich die Gäste erhoben, rutschte David tiefer auf seinem Stuhl. Er schloss die Augen und seufzte.

Samt schmiegte sich an seinen rechten Arm und ließ ihn aufschrecken.

Thilo stand neben ihm. »Es ist mir eine Ehre«, sagte er und reichte ihm die Hand.

Zögerlich nahm David sie an. »Hallo.«

»Ich denke, Euch liegen einige Fragen auf dem Herzen. Vielleicht habe ich ein paar Antworten. Würdet Ihr mich in die Bibliothek begleiten?«

David warf Dimitrios einen fragenden Blick zu.

Der grinste. »Keine Sorge, ich komme mit.«

Während er dem königlichen Berater aus dem Saal folgte, betrachtete er den Mann interessiert. Thilo hatte eine außergewöhnlich helle Haut, als hätte er noch nie das Sonnenlicht gesehen. Wahrscheinlich verbrachte er all seine Zeit in der Bibliothek – wie sonst sollte man in solch jungen Jahren den Titel des weisesten Mannes von Ank verdient haben können? Vielleicht sah er auch nur jünger aus als er war.

Als sie die Bibliothek betraten, schlug ihnen der unverkennbare Geruch von altem Papier und gegerbtem Leder entgegen. Thilo bedeutete ihnen, sich an einen Tisch im Eingangsbereich zu setzen. »Es ist mir eine Ehre, ein Gespräch mit dem Sohn des Sonnenschaffers führen zu dürfen. Fragt, was Euch beliebt.« Mit einem Lächeln wartete er auf Davids erste Frage.

David sah den königlichen Berater unsicher an. Er konnte ihn kaum fragen, ob er wirklich existiert oder nur ein Hirngespinst war, ohne sich wie ein Depp vorzukommen.

Dimitrios stupste ihn ermutigend mit dem Ellbogen an. »Du kannst ihn alles fragen, was dir auf dem Herzen liegt.«

Als Davids Schweigen anhielt, winkte Thilo ab. »Es war sicherlich nicht einfach, zu begreifen, dass Ihr Euch in einer fremden Welt befindet, von deren Existenz Ihr nichts wusstet. Hat Prinz Dimitrios Euch aufklären können?«

David erinnerte sich an ihr Gespräch, kurz nachdem sie die Myrarbrunen verlassen hatten. »Das war diese Sache mit der Realität als gedanklichem Konstrukt ... oder so.« Er warf Dimitrios ein entschuldigendes Lächeln zu.

Der Königssohn gab das entschuldigende Lächeln an Thilo weiter. »Ich habe mein Bestes gegeben.«

Thilo lachte. »Lasst mich zunächst anhand eines Beispiels demonstrieren, dass die Realität weiter reicht, als viele annehmen. Sicherlich kennt Ihr das Gefühl, geliebt zu werden oder selbst zu lieben?«

David nickte zögerlich. »Natürlich.«

»Dann verratet mir, kann die Existenz der Liebe bewiesen werden?«

David blinzelte. Worauf wollte er hinaus?

»Wir sagen, dass wir lieben, und uns wird gesagt, dass wir geliebt werden. Doch können wir wirklich beweisen, dass es Liebe als solche gibt? Wir können mit Gesten unsere Gefühle zum Ausdruck bringen, oder das Glänzen in den Augen unseres Gegenübers sehen. Doch was sagt uns, dass unsere Gefühle keine Einbildung sind, und dass das Glänzen in den Augen des Gegenübers keine gekonnte Inszenierung ist?«

»Wir ... fühlen es«, sagte David.

Thilo nickte. »Die Liebe ist ein Abstraktum, das schwer zu begreifen ist. Unsere Sinne befähigen uns, unsere Umgebung durch Sicht, Gehör, Geruch, Geschmack und Tastsinn wahrzunehmen. Wir nutzen unsere Sinne, um die Wirklichkeit zu definieren. Doch wie passt die Liebe, in ihrer puren Form, in dieses Bild der Realität? Man sieht, hört, riecht und schmeckt sie nicht. Genauso wenig kann man sie berühren. Trotzdem wissen wir, dass es sie gibt. Es ist unser Bewusstsein, unser Verstand, der uns dazu befähigt, die Realität jenseits unserer Sinne wahrzunehmen. Das ist der transzendente Teil der Wirklichkeit.«

»Transzendent?«

»Transzendent ist, was jenseits der normalen Sinneswahrnehmung liegt. Liebe als solche ist nicht von unseren Sinnen abhängig. Wir kommen ihrem Wesen allein durch unser Bewusstsein am nächsten.«

»Das bedeutet, real ist, worüber ich mir bewusst bin?«

Thilo nicke. »Liebe überschreitet die endliche Erfahrungswelt. Sie könnte eine Illusion sein, doch Liebende werden dem widersprechen. Und selbst, wenn sie nur eine Illusion wäre, wäre es ihnen egal. Denn für sie ist die Liebe so echt, wie sie nur sein kann.«

David nickte.

»Nun verratet mir Folgendes ... Ihr glaubt an die Liebe, obwohl sie nicht greifbar ist. Es ist wesentlich einfacher, unseren Sinnen Glauben zu schenken. Und all Eure Sinne erzählen Euch, dass Yagrolor existiert, trotzdem zweifelt Ihr an der Existenz unserer Welt. Warum?«

David zuckte mit den Schultern. »Weil ... das alles neu für mich ist.«

»Yagrolor widerspricht also Eurem Wissen, das Ihr Euch bisher angeeignet habt. Doch wie habt Ihr Eure eigene Welt als kleines Kind wahrgenommen? Ihr wurdet in eine Welt geboren, die damals genauso neu für Euch war, wie Yagrolor es jetzt ist. Habt Ihr als Kind gedacht, Eure Welt sei nicht real?«

David schüttelte den Kopf. »Aber als Kind war ich wie ein leeres Stück Papier. Jetzt bin ich beschrieben, mit dem Wissen, das ich in meiner Welt gesammelt habe. Andere Welten und ihre Kreaturen waren nie mehr als Produkte unserer Fantasie, Märchen und Träume. Wie kann ich mir sicher sein, dass ich nicht bloß träume?«

»Sind nicht auch Träume ein Teil der Realität?«, entgegnete Thilo. »Wenn wir träumen, nimmt der Traum unser Bewusstsein ein. Und wenn wir aufwachen und uns bewusst wird, dass es *nur* ein Traum war, nimmt er noch immer einen Platz in der Wirklichkeit ein ... in Form eines Traums. Es war vielleicht kein reales Erlebnis, das wir durch unsere Sinne wahrgenommen haben, aber wir bleiben uns des Erlebten bewusst. Ist somit nicht auch ein Traum Teil unserer Wirklichkeit?«

»Träume sind vielleicht als Träume real, aber das macht sie nicht zur Realität.« David fühlte sich nicht wohl bei dem Gedanken, dass alles um ihn herum nur ein Traum sein könnte. Er blickte Thilo nahezu flehend an. »Gibt es denn keinen Weg, zu beweisen, dass all das echt ist?«

Der Yagrolaner schüttelte mitfühlend den Kopf. »Es ist durchaus möglich, dass Prinz Dimitrios, ich und ganz Yagrolor nur ein Produkt Eurer Fantasie sind. Vielleicht seid Ihr aber auch nur ein Produkt *unserer* Fantasie.«

David lachte. »Das glaube ich kaum.«

Thilo lächelte. »Spielt es wirklich eine Rolle, auf welche Art Yagrolor existiert? Egal ob als Traum, in einer anderen Dimension oder als Planet in einer fremden Galaxie ... tatsache ist, dass Ihr Euch in diesem

Moment bei uns befindet, und Ihr seid Euch Eurer eigenen Existenz bewusst. Euer Vater sagte damals, er habe seinen Frieden in den Worten eines weisen Menschen gefunden. *Cogito ergo sum.*«

David erinnerte sich an das Buch seines Vaters, das er während des Gesprächs mit seinem Großvater aus dem Bücherregal genommen hatte. Damit hatte dieses ganze wahnsinnige Abenteuer begonnen. »Ich denke, also bin ich«, übersetzte er. »Das war Descartes.«

Thilo nickte. »Euer Vater war ein guter Mann, David. Ich erkenne ihn in Euch wieder. Euer Vater hat damals die Elfen ausfindig gemacht und ich habe keine Zweifel, dass es auch Euch gelingen wird.«

»Ich danke Euch für Euer Vertrauen. Aber woher kann ich wissen, dass die Elfen existieren? Dimi sagte, dass kein Yagrolaner sie jemals gesehen hat. Seid Ihr Euch sicher, dass mein Vater sie damals gefunden hat?«

Thilo seufzte. »Das ist eine sehr gute Frage. Tatsächlich ist Euer Vater ... nicht mehr von den Elfen zurückgekehrt. Er muss sie gefunden haben, denn sie schenkten uns die Sonne und den Zauber unserer Waffen. Beide Geschenke waren plötzlich da. Aber ... Gustav Cervi hatte niemals die Chance, uns von seinen Erlebnissen zu berichten. Wir gehen davon aus, dass es die Elfen gibt, und dass er sie gefunden hat. Wie sonst lässt sich die plötzliche Erscheinung der Sonne und der Magie erklären? Doch mit Sicherheit wissen wir es nicht.«

»Ich kann fühlen, dass es sie gibt«, warf Dimitrios ein. »So wie es die Liebe gibt, gibt es auch die Elfen.«

»Angenommen, es gibt sie«, sagte David. »Wieso könnt ihr sie dann nicht finden? Und wie soll ausgerechnet ich das schaffen?«

Thilo zuckte mit den Schultern. »Ich weiß es nicht. Die Antwort nicht zu kennen, bedeutet allerdings nicht, dass es keine Antwort gibt.«

David seufzte niedergeschlagen. Er wusste noch immer nicht mehr, als zu Beginn seines Abenteuers. Zwar hatte er ein Ziel, aber ihm fehlte der Weg dorthin. Er konnte doch nicht einfach in die Welt hinausziehen und ziellos durch die Gegend streifen, bis er zufällig einer Elfe über den Weg lief! Wahrscheinlicher war es, dass er dem Hirsch begegnete. Und David wusste, dass das ihre letzte Begegnung sein würde. Er haderte mit sich selbst. Sollte er Thilo und Dimitrios vom Todesboten erzählen? Sollte er ihnen seine Botschaft verkünden?

Dimitrios sah ihn aufmerksam an. »David, ist alles in Ordnung?«

»Ich … bin müde.«

»Liegt Euch irgendetwas auf dem Herzen?«, fragte Thilo. Beide schienen zu spüren, dass ihn etwas bedrückte. Dies war der beste Moment, um das Geheimnis um den Hirsch zu teilen. Und wer wäre besser geeignet, als sein Freund, der ihn mit seinem Leben schützte, und der weiseste Mann Ank-Liins?

»Nein.« Ihn ließ das Gefühl nicht los, dass er selbst eine Lösung finden musste.

Für einige Sekunden herrschte unangenehme Stille. Dann stand Thilo auf und reichte ihm die Hand. »Solltet Ihr doch noch Fragen haben, könnt Ihr mich jederzeit hier in der Bibliothek finden. Ferner stehen euch selbstverständlich auch all unsere Bücher zur Einsicht zur Verfügung. Ich studiere das Wissen unserer Vorfahren seit vielen Jahren, und doch bleibt der Informationsreichtum dieser Bibliothek überwältigend. Man sollte meinen, jeder Gedanke und jedes Ereignis sei in irgendwelchen Büchern zum Nachschlagen verewigt worden.«

David starrte Thilo an. Es war, als hätte der Yagrolaner einen Schalter in seinem Kopf umgelegt, wodurch ihm buchstäblich ein Licht aufging. »Die Tagebücher des alten Mannes«, rief er aufgeregt. Er sah Dimitrios an. »Du sagtest doch, er schreibe die gesamte Geschichte Yagrolors nieder. Er muss beschrieben haben, wie mein Vater die Elfen fand. Wir müssen zum Dorf, um den Weg zu den Elfen zu finden!«

Dimitrios' Augen wurden groß. »Bei den Elfen. David, du bist ein Genie!«

Thilo wurde blass. »Wie konnte mir diese Lösung nur entgangen sein?«

Dimitrios lachte. »Ihr habt David auf den richtigen Gedanken gebracht«, tröstete er den weisen Mann. Er grinste breit. »Komm David, ich bring dich zu deinem Schlafgemach. Und morgen brechen wir zum Dorf auf.«

Er stand da und wartete. Es war nur eine Frage der Zeit, bis die Stadttore sich öffneten und der Junge sich auf den Weg machte. Und ob er es wollte oder nicht, sein Weg würde ihn zu ihm führen. Ihre Wiedervereinigung war unausweichlich, denn er gehörte zu ihm. Wenn er das nicht akzeptierte, dann würde er den Jungen töten. Dann würde er endlich ein autonomes Leben führen. Dann würde er endlich diesen Albtraum beenden, den sie vor sechzehn Jahren begonnen hatten.

Er schreckte auf. Schweißperlen standen auf seiner Stirn und sein Herz raste, als hätte er eben erst die Ziellinie eines Marathons überschritten.

Ein Traum, mahnte er sich selbst zur Ruhe. Er ließ sich zurück in sein Kissen sinken und schloss seine Augen, doch sein Versuch, wieder einzuschlafen, war sinnlos. Er war hellwach, als weigerte sich sein Geist, zurück in den seltsamen Traum gedrängt zu werden, der nicht sein eigener gewesen war. Dabei täte er gut daran, zu schlafen, immerhin war dies seine letzte Nacht in einem warmen Bett. Seine letzte Nacht hinter sicheren Wänden. Am nächsten Tag schon würde ihn ein riesiges Heer empfangen, sobald er einen Fuß vor die Stadtmauern setzte. Er fragte sich, wie es ihnen gelingen sollte, unversehrt die Stadt zu verlassen. Und selbst wenn es ihnen gelang, waren hunderttausend Gnome harmlos im Vergleich zum Hirsch, der ihn ebenfalls dort draußen erwartete. Allein der Gedanke an die Macht des Hirsches jagte ihm einen Schauder über den Rücken. Bei ihrer Begegnung in Nundor hatte er die absolute Kontrolle über seinen Körper gehabt. Bei ihrer zweiten Begegnung, im Grünen Teppich, hatte er ihm deutlich gemacht, dass er, obwohl seine Freunde bei ihm waren, auf sich allein gestellt war. Dieser Konflikt war etwas Persönliches. *Ihre Wiedervereinigung war unausweichlich, denn er gehörte zu ihm.* Ja, der Hirsch gehörte nicht zur Geschichte Yagrolors, er war Teil seiner eigenen Geschichte. Dieser verfluchte Hirschkopf im Wohnzimmer seiner Großeltern und Alberts Pfeife waren ein eindeutiges Zeichen gewesen. *Wenn er das nicht akzeptierte, dann würde er den Jungen töten. Dann würde er endlich ein autonomes Leben führen.* War der Hirsch an ihn gebunden? In seiner Welt hatte er ihn gewarnt, nach Yagrolor zu gehen. In Nundor hatte er verlangt, sich wieder mit ihm zu vereinigen. Und wenn David nicht darauf einging, würde er ihn töten, um frei zu sein. *Dann würde er endlich diesen Albtraum beenden, den sie vor sechzehn Jahren begonnen hatten.* Vor sechzehn Jahren ... als David geboren wurde? Oder als sein Vater seine Gabe als Weltenwanderer nutzte, um nach Yagrolor zu gehen? David wusste nicht, warum der Hirsch es auf ihn abgesehen hatte, aber er wusste, dass er es schon bald herausfinden würde.

Kurz entschlossen stand er auf, um sich die Beine zu vertreten und auf andere Gedanken zu kommen.

Ungewöhnlich heller Mondschein beleuchtete den Korridor. Er schlenderte wahllos durch die Gänge Anks und passierte unzählige Wandteppiche. Er fragte sich, ob jedes Ereignis in der Geschichte Yagrolors als Stickerei auf Ank verewigt worden war, wovon die größten einen Platz im Königssaal fanden. Und dann fragte er sich, ob vielleicht auch seine Geschichte irgendwann an einer dieser Wände ihren Platz finden würde.

Seine Füße trugen ihn wie von selbst zum Königssaal. Das Bronzetor stand einen Spaltbreit offen. Er spähte hindurch und erblickte die lange Ratstafel und den gewaltigen Felsenthron, die im Mondschein silbrig schimmerten. Am Ende der Tafel lag ein Blatt Papier. Von Neugierde gepackt betrat er den Saal. Er sah sich kurz um, um sich zu vergewissern, dass er allein war. Dann eilte er zu dem Stück Papier, das darüber entschied, wer ihn am nächsten Tag begleiten würde. Erleichtert stellte er fest, dass es beschrieben war.

Dimitrios hatte als Erster seinen Namen in großen Buchstaben auf die Liste gesetzt. Obwohl David wusste, dass der Königssohn ihm nicht von der Seite weichen würde, war er froh, seinen Namen zu lesen.

Der zweite Name war, zu Davids Erstaunen, Valgardur. Der kleinwüchsige Mann, der ihn als Kind beschimpft hatte, wollte ihn begleiten? Vielleicht fühlte der Ankscher Krieger sich durch Schuldgefühle ihm gegenüber verpflichtet. Oder er wollte sein Schicksal lediglich nicht in die Hände eines Kindes legen.

Es folgten ein paar Namen, die David nicht kannte. Dann sah er den letzten Namen auf der Liste und konnte sich sein Grinsen nicht verkneifen. Mila hatte es geschafft, sich auf diese Liste zu mogeln.

Auf einmal raschelte etwas hinter ihm. Erschrocken wirbelte er herum. Jäh erschien ihm der Mondschein düsterer, und er wurde sich der zahlreichen Schatten bewusst, in denen sich alles Mögliche vor ihm verbergen konnte.

Das Rascheln hatte sich schwer angehört, als … hätte sich einer der Wandteppiche bewegt. Da versteckte sich jemand hinter einem der Teppiche! Wer sollte ihm mitten in der Nacht auflauern? Einen schrecklichen Augenblick dachte er, der Hirsch würde ihn unter dem Ehrenmal seines Vaters zum finalen Duell auffordern, als sich das Abbild seines Vaters bewegte – und Mila sich zu erkennen gab.

Davids Herz schlug unverändert schnell weiter. »Warum versteckst du dich vor mir?«, fragte er.

»Ich habe Schritte gehört und Panik bekommen. Ich dachte, du wärst mein Vater.« Mila trat etwas verlegen zu ihm. »Ich musste warten, bis meine Familie schlief. Mein Vater wollte sich einfach nicht schlafen legen. Ich glaube, er wusste, dass ich etwas im Schilde führe. Irgendwann schlief er dennoch ein. Ich hätte ihm auch zugetraut, das nur vorzutäuschen, um mir zu folgen. Wir Haokah sind alle aus dem gleichen Holz geschnitzt.« Sie lächelte und legte ihre Hand auf seinen Arm. »Ich habe dir versprochen, dass ich dir nicht von der Seite weichen werde. Ich lasse dich nicht allein.«

»Glaubst du nicht, dass dein Vater das verhindern wird?«

»Selbstverständlich wird er das verhindern wollen, aber das ist mir egal.« Auf einmal verschwand ihr Lächeln und machte einem undefinierbaren Ausdruck Platz. Das silberne Mondlicht funkelte in ihren Augen wie auf einem ruhigen See bei wolkenloser Nacht. Sie kam zögerlich näher, bis er ihren Atem in seinem Gesicht spüren konnte. Ihre Hand wanderte seinen Arm empor zu seiner Brust, bis sie auf der Stelle seines Herzens liegen blieb. Ihre Worte waren nur ein Hauch, als sie sagte: »Ich gehöre zu dir.«

Ihre Hand mochte nicht weiter vordringen, als sein Körper es erlaubte, aber ihre Worte reichten tiefer. Sie nestelten sich in seinem Herzen ein und würden für immer dort bleiben.

David legte seine Hand auf ihre und genoss die innige Verbundenheit, die ihn beschwingte. Noch nie zuvor hatte er sich einer Person so nahe gefühlt. Sie kannten einander erst seit wenigen Tagen und hatten nur wenige Worte miteinander gewechselt. Trotzdem hatte er das Gefühl, sie schon sein Leben lang zu kennen. Er fühlte sich ... vollkommen. Allerdings hatte er wider Erwarten nicht das Bedürfnis, sie zu küssen. Er hatte in den vergangenen Tagen befürchtet, sich in sie zu verlieben, doch nun realisierte er, dass ihre Verbundenheit frei von körperlichem Begehren war. Da war nur ... Liebe.

Eine Weile standen sie beide einfach nur da, ohne dass sich jemand regte. Dann entzog Mila sich seinem Griff und schenkte ihm ein warmes Lächeln, ehe sie sich umwandte und lautlos den Königssaal verließ.

Die Einheit

David hielt seinen eigenen Blick auf das bronzene Tor gerichtet, um die zahllosen Blicke der anderen zu ignorieren, die ihm immer wieder zugeworfen wurden. Der Große Rat war vollständig. Sie warteten lediglich auf den König und seinen Berater, um den letzten Teil der Versammlung zu beginnen. Als die beiden endlich durch das Bronzetor schritten, kamen sie in Begleitung einer dritten Person.

Als Colin seine Tochter erkannte, sprang er so abrupt auf, dass sein Stuhl davonschlitterte und seine Sitznachbarn erschrocken vor ihm zurückwichen. Colins Miene verdüsterte sich, als ihm bewusst wurde, was der Auftritt zu bedeuten hatte. Er setzte dazu an, auf Mila zuzugehen, doch der König bedeutete ihm mit ausdrucksloser Miene, sich zu setzen. Widerwillig sammelte der Haokah seinen Stuhl wieder ein, setzte sich und starrte seine Tochter zähneknirschend an.

Mila nahm auf einem freien Stuhl Platz, möglichst weit von ihrem Vater entfernt.

»Willkommen«, sagte Amunh, kaum dass er das Podest betreten hatte. »Der Rat hat noch vor Sonnenaufgang über die Eignung der Freiwilligen geurteilt, die sich auf der Liste eingetragen haben. Wir haben beschlossen, David vier Begleiter an seine Seite zu stellen. Wir werden die Einheit vereidigen und noch heute verabschieden.« Er gab Thilo einen kleinen Wink und setzte sich.

Thilo stand auf, die Liste in der Hand. »Möge derjenige, dessen Namen ich aufrufe, aufstehen und sprechen. *David Cervi, ich gelobe dir meine Treue. Ich werde dich führen, beraten und beschützen, und dir mit all meiner Kraft dienen.*« Er warf einen kurzen Blick auf seine Liste. »Dimitrios, Königssohn aus Ank-Liin.«

Dimitrios erhob sich und legte seine Hand auf sein Herz. Die andere legte er auf Davids Schulter. »Ich habe David auf seinem Weg begleitet seit er seinen ersten Schritt in unsere Welt setzte. Ich werde ihm nicht von der Seite weichen, bis er seinen letzten Schritt getan hat. David Cervi, ich gelobe dir meine Treue. Ich werde dich führen, beraten und beschützen, und dir mit all meiner Kraft dienen.«

David lächelte und nickte dankbar.

»Mögen die Elfen dir beistehen«, sagte der König und gab Dimitrios damit seinen Segen.

Thilo warf einen Blick auf die Liste. »Valgardur, Ankscher Krieger aus Ank-Liin.«

Der kleinwüchsige Mann hatte seinen krausen Bart zu zwei Zöpfen geflochten. Er war ein Krieger, der bereit war, in die Schlacht zu ziehen. »Als Ankscher Krieger ist es meine Pflicht, mein Land zu schützen. Wenn dies Davids Aufgabe ist, so ist es meine Pflicht, ihm dabei zu helfen.« Er schlug sich grimmig gegen die Brust. »David Cervi, ich gelobe dir meine Treue. Ich werde dich führen, beraten und beschützen, und dir mit all meiner Kraft dienen.«

»So soll es sein«, erwiderte der König. »Mögen die Elfen dir beistehen.«

»Hayri, Ankscher Krieger aus Ank-Liin«, rief Thilo.

Ein blondbärtiger, junger Mann stand auf. Er konnte nur wenige Jahre älter sein als David. Das Glänzen in seinen Augen zeugte von Lebenslust, als er sich die Hand auf sein Herz legte. »Mein Vater Hayri,

Ankscher Krieger aus Ank-Liin, hat seinerzeit Gustav Cervi auf seiner Reise begleitet. Diese Ehre soll Generationen überschreiten. David Cervi, ich gelobe dir meine Treue. Ich werde dich führen, beraten und beschützen, und dir mit all meiner Kraft dienen.«

»Vielen Dank, Hayri. Mögen die Elfen dir beistehen, sowie sie damals deinem Vater beigestanden haben.«

Thilo tauschte einen kurzen Blick mit dem König aus, bevor er den letzten Namen vorlas. »Mila, Nomadin.«

»Abgelehnt!« Colin knallte die Fäuste auf den Tisch und stand auf. Sein Gesicht war gerötet vor Zorn. »Mila steht unter meinem Vormund.«

Amunh bat ihn zur Ruhe. »Bitte haltet Euch zurück, Colin. Mila soll die Möglichkeit bekommen, ihre Beweggründe darzulegen.«

Colin schnaubte, seine Hände auf dem Tisch noch immer zu Fäusten geballt. Es fiel ihm offenkundig schwer, Amunhs Anordnung Folge zu leisten. Wutentbrannt starrte er seine Tochter an, die sich schüchtern erhob und sich die Hand auf ihr Herz legte.

»Es ist meine Bestimmung, David auf seiner Suche zu begleiten«, sagte Mila. »Vor einigen Tagen hatte ich schreckliche Visionen, die stärker waren als ich selbst. Sie prophezeiten das Ende unserer Welt und machten mich krank.«

Mit Ausnahme einiger skeptischer Blicke, hingen die Versammelten gebannt an ihren Lippen. David erinnerte sich daran, dass Mila bekannt war für ihre hellseherische Gabe.

»Ich sah, wie Yagrolor zerfiel, und zerbrach beinahe selbst an meinen Visionen. Doch dann kam David, und ich konnte sie bezwingen. Als ich ihn sah, wusste ich sofort, dass er es ist, den wir brauchen, um zu überleben. David machte mich gesund. Und nun zieht er los, um unsere Welt zu genesen. Doch diese Abhängigkeit beruht auf Gegenseitigkeit. Er braucht auch uns, um in dieser Welt zu überleben. Ich fühle mich ihm verbunden. David Cervi, ich gelobe dir meine Treue. Ich werde dich führen …«

»Das reicht!« Colin machte eine Geste, als wollte er die Luft entzweien. »Mein König, meine Tochter gibt selbst zu, dass sie krank ist. Das waren keine Visionen, das waren Halluzinationen! Sie hat sich zuvor in Lebensgefahr gebracht, indem sie aus unserem Wagen sprang und sich allein in den Grünen Teppich begab.«

»Ich wusste, dass David mich finden würde«, warf Mila ein.

»Mein König, sie weiß nicht, wovon sie spricht.«

Amunh musterte ihn und seine Tochter. »Den Eindruck habe ich nicht«, urteilte er schließlich. »Und ihre Fähigkeiten könnten sehr nützlich sein auf der Suche nach den Elfen.«

Colin schüttelte entschieden den Kopf. »Sie ist ein Mädchen, ein Kind!«

Amunh setzte zu einer Antwort an, doch Mila kam ihm zuvor. »Das Schicksal unserer Welt, und somit auch meines, liegt in Davids Händen. Du predigst selbst immerzu von den Veränderungen in unserer Welt. Wir müssen etwas dagegen tun, und ich spüre, dass ich meinen Teil dazu beitragen kann. Ich wusste, dass du es mir nicht erlauben würdest, weil du nur das Kind in mir siehst.« Ihre Augen füllten sich mit Tränen. »Deswegen bin ich schon einmal vom Wagen gesprungen, und ich würde es wieder tun.«

Colin sah seine Tochter bestürzt an. »Du würdest es wieder tun?«

»Ich verstehe deine Sorgen. Ich verstehe deine Wut. Aber du verstehst mich nicht. Ich bin nicht nur deine Tochter, ich bin auch jemand, der deine Warnungen hört. Wir müssen für eine bessere Welt einstehen. Und ich weiß, wie.«

Colin rang mit sich selbst. Es war der Kampf eines Vaters gegen einen patriotisch gesinnten Prediger. Schließlich senkte er resigniert den Kopf. »Wenn es dein Wille ist«, murmelte er leise. Dann verließ er ohne ein weiteres Wort den Saal.

»David Cervi«, sagte Mila mit fester Stimme und blickte David direkt an. »Ich gelobe dir meine Treue. Ich werde dich führen, beraten, und beschützen, und dir mit all meiner Kraft dienen.«

Amunh nickte. »Und die Elfen mögen dir dabei helfen.«

Mila dankte dem König und setzte sich rasch. Ihre Miene blieb starr, dennoch glaubte David zu sehen wie sich ihre Mundwinkel um eine Winzigkeit zu einem selbstzufriedenen Grinsen anhoben.

»Die Freiwilligen haben ihren Eid geleistet«, sagte der König und wandte sich an David. »David Cervi, bist du mit der Zusammenstellung deiner Einheit zufrieden?«

»Auf jeden Fall«, beteuerte er. »Es fehlt nur noch Gazzel.«

Amunh hob eine Augenbraue. »Wer?«

David beugte sich vor und flüsterte: »Unser Freund Gazzel, der Gnom.«

Der König lachte. »Dein Freund, der sich die ganze Zeit über in der Küche aufhält? Ich denke, er hat seine Treue bereits zur Genüge unter Beweis gestellt.« Er wandte sich an die Versammelten. »Auf Davids Schultern lastet eine enorme Bürde, die er in vollkommener Selbstlosigkeit auf sich genommen hat. In ihm fließt das Blut des Sonnenschaffers, Gustav Cervi. In seiner Brust schlägt das gleiche Herz. Und mit Dimitrios, Valgardur, Hayri, Mila und Gazzel hat er fähige Krieger und außergewöhnliche Freunde an seiner Seite, die ihn nach besten Kräften unterstützen werden. Mögen die Elfen ihnen beistehen!«

David grub seine Hand in Enyas weißes Fell und kraulte sie – nicht zuletzt, um das Zittern seiner Hände zu verbergen. Im Gegensatz zu ihm schien Enya die Ruhe selbst zu sein. »Wir schaffen das«, sprach er aufmunternd und mehr zu sich selbst.

Die Einheit stand im Schatten der monumentalen Stadtmauern. Angespannt warteten sie darauf, dass man ihnen das Stadttor öffnete. Sie verließen die Stadt über das nördliche Stadttor, da die meisten Gnome sich am südlichen und östlichen Stadttor befanden.

»David!« Thilo war völlig außer Atem, als er bei Enya angelangte. »Welch Glück, dass ich Euch noch antreffe.« Sein Gesicht war gerötet und auf seinem Kopf glänzten feine Schweißperlen. Er zog einen versiegelten Briefumschlag aus seiner breiten Armkrempe hervor.

»Was ist das?«

»Eine persönliche Nachricht. Vielleicht kann sie Euch auf Eurer Reise behilflich sein.« Mit einem nervösen Blick zu den Toren fügte er hinzu: »Mögen die Elfen Euch beistehen.« Kaum hatte er den Satz beendet, eilte er auch schon fort.

»Kapuzen über!«, rief jemand.

David steckte hastig den Brief in seine Manteltasche und zog sich die große Kapuze über. Dann stülpte er seinen Mantelsaum über Gazzel.

»Achtung!«

Er klammerte sich an die Zügel. Valgardur und Hayri strafften die Sehnen ihrer Bögen und richteten ihre Pfeile auf das Tor, das sich wie von Geisterhand zu öffnen begann. Dann ging alles schnell.

Immerhin hatten sie das Element der Überraschung auf ihrer Seite. Zudem versuchten die Gnome schon seit Tagen, in die Stadt einzudringen, wodurch ihr Kampfgeist etwas nachgelassen hatte. Dennoch bäumte sich das Meer vor ihnen auf, in das sie eintauchten wie lebensmüde Wellenreiter.

Die erste Wucht wurde mit Pfeilen gekontert, sowohl durch Valgardur und Hayri, als auch die Ankschen Krieger, die ihnen von den Stadtmauern aus Rückendeckung gaben. Links und rechts prasselte ein wahrer Pfeilregen auf die graue Masse, während die Reiter selbst unversehrt blieben.

Das anhaltende Surren der Pfeile klang wie die elektrisch geladene Luft eines Gewitters, das sich ausnahmslos über den Gnomen entlud. David vernahm ersticktes Keuchen auf allen Seiten, während ein Gnom nach dem anderen zu Boden fiel. Er war froh, dass Gazzel unter dem Mantel nichts von dem grauenerregenden Schauspiel mitbekam.

Auch wenn Gazzel seinem Volk den Rücken zugekehrt hatte, waren es Gnome wie er.

Selbst für David fühlte es sich fürchterlich falsch an, sie zu töten. Er versuchte sich einzureden, dass es ihre eigene Schuld war, weil sie sie angriffen. Dass es Dämonen waren, deren Leben nicht denselben Wert hatte wie das Leben von Menschen oder Yagrolanern. Mit einem niedrigeren moralischen Status wäre es leichter, das Töten der Gnome zu rechtfertigen ... doch das beste Gegenargument saß direkt in seinem Schoß. Gnome waren keine wilden Tiere. Es waren intelligente Wesen, die der Sprache mächtig waren, die ihr eigenes Handeln reflektierten und Beziehungen aufbauten – freundschaftlich oder feindlich. Sie hatten denselben Wert wie die Yagrolaner und er.

David zog seine Kapuze tiefer ins Gesicht, um das Gemetzel um sie herum nicht mitansehen zu müssen. Es nützte nichts – die schrillen Schreie, die Befehlsrufe der Krieger, das beständige Surren der Pfeile und das erstickte Keuchen der Getroffenen ließen das Geschehen vor seinem inneren Auge so lebendig wirken, dass das Augenverschließen keine Erleichterung darstellte.

Er sah sich nach dem Zustand seiner Gefährten um. Sein erster Blick fiel auf Mila. Sie war in ihrem Mantel vergraben wie ein Kind unter der Bettdecke. Valgardur und Hayri hingegen waren in ihrem Element. Während ihnen die Ankschen Krieger auf den Stadtmauern den Weg bahnten, konzentrierten die beiden sich auf die Gnome, die es dennoch schafften, die Pferde zu bespringen. Ein gezielter Pfeilschuss löste das Problem. David konnte keine Angst oder Hektik in ihren Gesichtern und Bewegungen erkennen. Sie waren ausgebildet für Momente wie diesen.

Dimitrios hatte seinen Bogen zwar in der Hand, doch er hielt seinen Kopf gesenkt und die Kapuze tief in seinem Gesicht, damit die Gnome ihn nicht erkannten. Aber die Gnome waren nicht dumm.

Dimitrios war der Einzige, der einen Bogen trug und ihn dennoch nicht benutzte. Außerdem war er der Einzige, der auf einem schwarzen Hengst ritt.

Der Angriff der Gnome richtete sich zunehmend auf ihn.

Als sie außerhalb der Schussweite von den Stadtmauern und somit auf sich selbst gestellt waren, schaffte es eines der Biester, Dimitrios auf den Rücken zu springen und die Kapuze vom Kopf zu reißen.

Mit einem verärgerten Schrei wimmelte Dimitrios ihn ab und zog sich die Kapuze wieder über, doch es war zu spät.

»Er ist es! Er ist es!« Die Gnome richteten ihren Angriff nun einzig auf ihn.

Die Ankschen Krieger waren mit dem jähen Massenangriff überfordert. Ihre Rufe erklangen wild durcheinander, und aus dem eben noch perfekten Zusammenspiel wurde ein heilloses Durcheinander.

Dimitrios gab seine Tarnung auf und zog einen Pfeil aus seinem Köcher. Kaum spannte er seinen Pfeil auf die Sehne, durchbohrte er den Bruchteil einer Sekunde später schon den Gnom, der ihm am nächsten war. Und kaum schlug der getroffene Körper auf dem Boden auf, hatte Dimitrios den nächsten Pfeil auf der Sehne liegen. Doch es waren zu viele. Vor allem die Gnome, die es auf Taran schafften, wurden zu einer Gefahr, denn weder er noch die Ankschen Krieger konnten sie mit ihren Pfeilen treffen, ohne Dimitrios in Gefahr zu bringen.

»Enya, wir müssen ihm helfen!«, rief David. Er griff unter seinen Umhang und zog sein Kurzschwert hervor, während Enya aufholte. Als sie an Dimitrios' Seite waren, holte David zum Schlag aus. Seine Klinge blitzte auf, als sie das Sonnenlicht reflektierte. Er verharrte mitten in der Bewegung. Seine Gedanken überschlugen sich. Wenn er zustach, würde er töten.

Dimitrios warf ihm einen drängenden Blick zu. »Mach schon!«

Er schlug mit dem Griff statt der Klinge nach den Gnomen, die wie Kletten an Dimitrios und Taran hingen.

Durch seine Hand sollte kein Blut vergossen werden.

David wusste nicht wie, aber irgendwann brachten Valgardur und Hayri die Situation unter Kontrolle. Schließlich lichtete sich das graue Meer vor ihnen. Sie wimmelten die letzten Angreifer ab und ritten davon.

Noch ein Brief

Ein Bach wand sich durch das Gras wie eine gläserne Schlange, die das rote Sonnenlicht in all seinen Tönen reflektierte. Wispern und Plätschern hatte sie angelockt und zum Verweilen eingeladen. Zwei Hainbuchen, die dem unfruchtbaren Boden trotzten, dienten als Rastplatz und Schutz vor den niedrigen Sonnenstrahlen der Abendsonne.

Sie befanden sich im mittleren Teil des Grünen Teppichs. Ihr Vorsprung zu den Gnomen war inzwischen zu groß, als dass das Volk sie bis in den nächsten Stunden zu Fuß einholen könnte. Zunächst hatten sie sich östlich gehalten. Erst als sie außer Sichtweite gewesen waren, hatten sie den südöstlichen Kurs auf das Dorf genommen, in der Hoffnung, dass die Gnome weiterhin gen Osten und somit direkt in den Finsterwald liefen statt zum Dorf.

Dimitrios hatte den anderen erzählt, dass das Dorf ihr Ziel war, jedoch nicht, dass sie dorthin ritten, weil der alte Mann die Vergangenheit protokollierte. Das war ein gut behütetes Geheimnis, von dem nur die Dörfler, das Königshaus und der Große Rat wussten. Zum Glück respektierten Valgardur, Hayri, Mila und Gazzel diese Entscheidung ohne weitere Fragen.

Hayri hatte eine kleine Feuerstelle errichtet, auf der sie Mondfalkeneier kochten und Stockbrot buken. Sie alle starrten wortlos in die Flammen, als wäre jeder für sich. David fand es bedauerlich, dass sie nicht miteinander redeten. Er selbst hatte nicht den Mut, ein Gespräch zu beginnen; stattdessen musterte er seine Gefährten unauffällig. Sein Blick fiel auf Mila und er stellte fest, dass sie nicht so unbeschwert war wie sonst.

Als Mila bemerkte, dass David sie ansah, stand sie auf und entfernte sich von der Gruppe.

Er sah ihr nach. Nachdem er sich sicher war, dass sie nicht nur ihre Blase leeren ging, sondern sich an den Stamm einer dritten Hainbuche setzte, die etwas abseits stand, entschloss er sich, ihr zu folgen. Er ging zu ihr und setzte sich neben sie. »Was ist los?«

Sie zuckte nur mit den Schultern.

Er fuhr sich verlegen durch sein Haar. »Hast du noch einmal mit deinem Vater gesprochen?«

»Nicht wirklich.«

»Hat er versucht, dich aufzuhalten?«

»Nicht wirklich.«

»Und deine Mutter?«

Mila seufzte. »Natürlich hat sie versucht, mich umzustimmen. Sie ist sehr besorgt. Und mein Onkel …« Sie zog eine Grimasse. »Er hätte mich wahrscheinlich mit Gewalt zurückgehalten, hätte König Amunh nicht noch einmal persönlich mit ihnen gesprochen.«

David wollte sie aufmuntern, doch er wusste nicht wie. »Ich weiß es sehr zu schätzen, dass du mich begleitest«, sagte er zögernd.

Mila sah ihn traurig an. »Mir gehen die schrecklichen Bilder einfach nicht mehr aus dem Kopf. Ich fürchtete mich vor den Gnomen, aber es graut mich mindestens genauso sehr, dass wir imstande sind, sie einfach so zu töten. Ich frage mich, wer die wahren Monster sind … Vielleicht hätte ich nicht mitkommen sollen.« Sie presste ihre Lippen zusammen, als bereute sie, das gesagt zu haben. Sie schenkte ihm einen letzten betrübten Blick, bevor sie aufstand, zu den anderen zurückkehrte und ihn allein zurückließ.

David sah ihr nach, folgte ihr aber nicht. Hatte sie das ernst gemeint? Vielleicht hätte sie nicht mitkommen sollen? Er fühlte sich wie geohrfeigt, nur dass sein Herz die Schmerzen zu ertragen hatte. Auch er verurteilte das Töten der Gnome, aber sie hatten keine andere Wahl gehabt. Realisierte Mila jetzt erst, worauf sie sich eingelassen hatte? Sie hatte ihm doch vor Kurzem erst gesagt, dass sie zu ihm gehörte ... Bereute sie diese Worte etwa?

Mit einem Seufzen lehnte er seinen Kopf gegen den Baum und schloss die Augen. Als er sie wieder öffnete, stellte er verwundert fest, dass es dunkel war. Er gähnte und fuhr sich mit den Händen über sein Gesicht. Er war eingeschlafen.

Einige Meter von ihm entfernt glomm das kleine Restfeuer, an dem nur noch ein Mann saß. Er glaubte zu erkennen, dass es Hayri war, der Wache hielt, während der Rest um ihn herum verstreut schlief.

Plötzlich bemerkte er eine Bewegung neben sich. Er konnte gerade noch einen Aufschrei unterdrücken, als er erkannte, dass die Gestalt neben ihm bloß Gazzel war, der friedlich an seiner Seite schlummerte.

David lächelte, während sein Herzschlag sich langsam beruhigte.

Gazzels Mund stand halb offen, sodass seine spitzen Zähne zum Vorschein kamen. Zähne, die dazu bestimmt waren, Fleisch zu zerreißen. Doch der Gedanke, dass Gazzel ihm etwas antun könnte, war geradezu lächerlich. Sein Brustkorb hob und senkte sich im langsamen Rhythmus des tiefen Schlafes, wodurch seine Rippen hervorstachen und wieder verschwanden. Er war noch immer dürr, doch seit ihrem Kennenlernen hatte sich sein Zustand deutlich verbessert.

Wie viele Tage waren vergangen, seit er Gazzel aus seiner Zelle in den Myrarbrunen befreit hatte? Er hatte jegliches Zeitgefühl verloren. Sein erster Tag in Yagrolor schien bereits in ungreifbare Ferne geraten zu sein. Hatte er sich die ganze Zeit über als Fremder in dieser Welt gefühlt, so konnte er sich inzwischen kaum mehr daran erinnern, wie es sich angefühlt hatte, als ahnungsloser Junge in seiner eigenen Welt zu leben. Einer Welt, die zum größten Teil aus Langeweile und Tagträumen bestanden hatte. Er fragte sich, ob seine Welt nicht in Wirklichkeit viel weniger real war als die, in der er sich jetzt befand. Die Welt, in der er sich mit seinen neuen Freunden und ein paar Kriegern auf einer abenteuerlichen Reise befand. Die Welt, in der er der Held sein musste. Die Welt, in der ihm ein Hirsch nach dem Leben trachtete.

Er blickte sich um, als könnte er das Böse allein mit seinen Gedanken heraufbeschwören. Doch die Nacht war still. Kein Hirsch weit und breit ... aber ... warum? Warum hatte er ihn noch nicht angegriffen?

David wurde misstrauisch. *Er wartet auf etwas*, schoss es ihm durch den Kopf. Oder spielte er mit ihm? Wollte der Hirsch zusehen, wie er verzweifelte, an seiner Angst oder an seiner Aufgabe, bevor er ihn tötete?

Er spürte wie Wut in ihm zu brodeln begann und ballte die Hände zu Fäusten. Er wusste, dass er der Schwächere war, aber er würde sich nicht auf irgendwelche Spielchen einlassen. Und er würde nicht kampflos aufgeben. Diesen Gefallen würde er dem Hirsch nicht tun. »Niemals«, murmelte er, als lauerte das Tier irgendwo in seiner Nähe. Unweigerlich, wie um mentale Unterstützung zu erhalten, tastete er nach seinem Kettenanhänger. Dabei strich er mit seinem Arm an seiner Manteltasche entlang. Etwas raschelte. Überrascht hielt er inne und zog den zerknitterten Brief hervor, den Thilo ihm zugesteckt hatte.

Er lächelte über diese Ironie des Schicksals: Die ganze Geschichte hatte mit einem Brief begonnen; sollte nun auch alles mit einem Brief enden? Er kratzte das Siegel ab und zog das Papier aus dem Umschlag. Der Mond schien hell genug, um die Worte lesen zu können:

Geliebter Sohn ...

Vor Überraschung glitt ihm das Papier aus der Hand. Eine Nachricht seines Vaters? Eilig hob er den Brief wieder auf und las:

Geliebter Sohn ...

Ich wünschte, du hieltest diesen Brief niemals in Händen. Denn wenn du ihn liest, bedeutet das, dass ich versagt habe. Bitte verzeih mir, dass ich deine Mutter und dich zurückgelassen habe und niemals für dich da sein konnte.
Deine Geburt war der glücklichste Moment meines Lebens und ich konnte mir nichts Schöneres vorstellen, als dich aufwachsen zu sehen. Aber dann wurde ich nach Yagrolor gerufen. Jahrelang quälten mich diese Träume, die mich glauben ließen, dass ich meinen Verstand verliere. Ich musste dem Ruf folgen, um mir selbst zu beweisen, dass es keine Einbildung war. Erst jetzt verstehe ich, dass all das real ist, und ich mit meiner Entscheidung mein Leben aufs Spiel gesetzt habe. Doch es gibt kein Zurück mehr, die Yagrolaner sind auf meine Hilfe angewiesen.
Mein Sohn, wenn du diesen Brief liest, bist du wahrscheinlich in derselben Situation. Es gibt etwas, was du dir unbedingt verinnerlichen musst: Der Mächtigere gewinnt, doch manchmal muss man eine Macht verlieren, um mächtiger zu sein. Cernowain scheint mächtiger zu sein als du, doch seine Macht ist gleichzeitig seine Schwäche. Vielleicht erinnerst du dich an ein Zitat aus den Geschichten des kleinen Prinzen, aus denen ich dir öfter vorgelesen habe: ›Man sieht nur mit dem Herzen gut. Das Wesentliche ist für die Augen unsichtbar‹.
David, vollende, was ich nicht geschafft habe. Vergiss niemals, dass ich stolz auf dich bin. Auch wenn ich dir kein Vater sein konnte, werde ich dich immer als dein Vater lieben. Ich glaube an dich, mein Sohn. Besiege Cernowain, hilf den Yagrolanern und kehre zurück nach Hause. Und bitte sag deiner Mutter, dass ich sie liebe.

In Liebe,
Dein Vater

Erneut entglitt der Brief seinen Händen und eine Träne folgte ihm zu Boden. Sein Leben lang hatte David in der Annahme gelebt, dass sein Vater ihm nichts hinterlassen hatte. Er hatte sich verlassen gefühlt; aufgegeben, ohne jemals die Chance erhalten zu haben, seinen Vater stolz zu machen. Er griff nach seiner Kette, die über all die Jahre sein einziger Halt gewesen war. Vor einigen Tagen erst hatte er von einem Brief an ihn erfahren, der noch am selben Tag ungelesen verbrannte – und mit ihm war Davids Hoffnung verbrannt, jemals zu erfahren, wer sein Vater gewesen war. Stattdessen hatte es ihn in eine fremde Welt verschlagen, in der er die wahre Geschichte seines Vaters erfuhr. In Yagrolor hatte er nicht nur seine Geschichte, sondern auch eine Nachricht an David hinterlassen. Als hätte er gewusst, dass sein Sohn ihm folgen würde.

David lächelte, als ihm bewusst wurde, dass er seinen Vater nicht enttäuschte. Er war hier, um in seine Fußstapfen zu treten, und um zu beweisen, dass er sein Sohn war – der Sohn eines Helden. Sein Vater hatte sich lediglich in der Hinsicht geirrt, versagt zu haben, obwohl David seinen Brief in Händen hielt. Es war nicht Davids Aufgabe zu vollenden, was er nicht geschafft hatte. Es war seine Aufgabe, Sorge zu tragen, dass sein Opfer nicht umsonst war.

David hob den Brief auf und suchte nach der Stelle, an der sein Vater eine scheinbar wichtige Information preisgab. *Der Mächtigere gewinnt, doch manchmal muss man eine Macht verlieren, um mächtiger zu sein.*

Was sollte das bedeuten? Eine Macht verlieren, um mächtiger zu sein. War das nicht ein Widerspruch? Er wiederholte den Satz mehrmals in Gedanken, ohne ihn entwirren zu können. Warum hatte sein Vater in solchen Rätseln geschrieben? *Cernowain scheint mächtiger zu sein als du, doch seine Macht ist gleichzeitig seine Schwäche.* Wer war Cernowain? Und welche Macht sollte seine Schwäche sein?

Er hörte Schritte und sah, dass Hayri auf ihn zukam. Er steckte den Brief zurück in seine Manteltasche und blickte dem Ankschen Krieger entgegen.

»Darf ich?« Hayri deutete neben ihn.

David nickte.

Kaum hatte er sich gesetzt, sagte er: »Weißt du … als mein Vater von seiner Reise mit deinem Vater zurückkehrte, gab es für mich nur noch diese eine Gute-Nacht-Geschichte.« Er lächelte. »Es war eine gute Geschichte, aber ich bin zuversichtlich, dass ich nach meiner Rückkehr eine neue Geschichte für meine Kinder mit nach Hause bringen werde.«

David lächelte schwach. »Kam in deiner Gute-Nacht-Geschichte zufällig vor, wie mein Vater die Elfen fand?«

Hayri lachte. »Leider nein. Es war dein Vater allein, der die Elfen fand, und dieses Geheimnis hatte er mitgenommen. Er ist einfach verschwunden und … nicht mehr zurückgekehrt.«

»Er hinterließ so viele Rätsel.« David seufzte. »Weißt du, wer Cernowain ist?«

Hayri blinzelte erstaunt. »Niemand weiß, woher er kam und was er wollte, aber er folgte deinem Vater wie ein Schatten.«

David nickte, er hatte es geahnt. »Der Hirsch.«

»Als Kind habe ich seine Rolle in der Geschichte nie verstanden, aber ich habe ihn gefürchtet. Nun bin ich erwachsen, und ich weiß noch immer nicht, wer er wirklich war. Und ich fürchte ihn noch immer.« Er lächelte verlegen.

David wagte es nicht, dem Ankschen Krieger zu erzählen, dass der Hirsch zurückgekehrt war und jeden Augenblick auftauchen konnte. »Hat mein Vater ihn gefürchtet?«

»Die Geschichte deines Vaters ist die Geschichte eines Helden. Er hatte über den Hirsch gesagt, dass er keine Seele besäße, und dass er ihn deswegen nicht fürchten müsse. Gustav Cervi soll über all seine Ängste hinausgewachsen sein. Mein Vater behauptete, dass er nur so die Elfen finden und uns ihre Magie schenken konnte. Selbst vor seinem eigenen Tod hatte er keine Angst.«

David seufzte. »Ich gebe mein Bestes, um seinem Erbe gerecht zu werden. Aber im Gegensatz zu ihm … habe ich Angst«, gestand er.

Hayri klopfte ihm ermutigend auf die Schulter. »Wir alle haben Angst. Wenn unser Abenteuer zu einer Gute-Nacht-Geschichte wird, ändern wir diesen Teil einfach.«

Als sie am nächsten Tag frühstückten und weiter in Richtung des Dorfes ritten, verschwieg David seinen Gefährten, dass sein Vater ihm eine Nachricht hinterlassen hatte. *Manchmal muss man eine Macht verlieren, um mächtiger zu sein.* Obwohl die Möglichkeit bestand, dass sie wussten, was sein Vater ihm mit seiner rätselhaften Aussage hatte sagen wollen, wollte David die Botschaft für sich behalten. Der Brief war eine persönliche Verbindung, die er, so kindisch es sich auch anhören mochte, mit niemandem teilen wollte. Er spürte den Kettenanhänger unter dem Mantel auf seiner Haut. Er war der Sohn des Sonnenschaffers – er war es, der seine Nachricht entschlüsseln musste.

Er hatte keine Ahnung, wie spät es war. Bereits seit dem Morgengrauen hatte die Sonne sich nicht blicken lassen. Sie versteckte sich hinter immer dichter und dunkler werdenden Wolken, die schwer über ihnen hingen und auf ihre Stimmung drückten. Ein heftiger, kalter Windstoß fegte über die freie Ebene, woraufhin sich das Gras um sie herum hastig duckte und David die Kapuze von seinem Kopf gerissen wurde.

»Nicht doch«, murrte Valgardur und schüttelte seine Faust, als wollte er der Natur den Kampf ansagen.

Eine zweite Böe pfiff ihnen um die Ohren und sandte kalte Stiche auf ihre Haut. »Regen«, brüllte Valgardur erzürnt. »Bei den Elfen, womit haben wir das verdient.« Er bekam einen Blitz zur Antwort, gefolgt von grollendem Donnerschlag.

David zog sich hastig die Kapuze auf. Gerade noch rechtzeitig. Ein Platzregen ergoss sich über sie.

»Das hat keinen Sinn«, rief Dimitrios. Seine Worte wurden von einem kräftigen Donnerschlag begleitet. »Lasst uns einen Unterstand bauen.«

Mit Feuerholz und Decken bauten sie sich einen notdürftigen Unterschlupf und zwängten sich hinein.

David fröstelte, doch nicht nur wegen des plötzlichen Temperatursturzes. Wenn er eines von Büchern und Abenteuerfilmen gelernt hatte, dann, dass ein aufziehender Sturm ein verlässliches Anzeichen dafür war, dass etwas Schlimmes passierte. Kündigte der Hirsch mit diesem Wetterspiel seine Ankunft an? Dass er die Natur beherrschen konnte, hatte er bei ihrem letzten Treffen bereits demonstriert. War dies der Startschuss zu ihrem finalen Duell? David gegen Cernowain. Und der Mächtigere würde gewinnen. *Doch manchmal muss man eine Macht verlieren, um mächtiger zu sein.*

Er brauchte Rat. Doch wie konnte er danach fragen, ohne Besorgnis oder Verdacht zu erregen? Und wen?

Sein Blick fiel auf den Gnom, der direkt vor ihm saß. »Gazzel, ihr habt so viele Lieder über mächtige Häuptlinge«, sagte er. »Gab es einen Häuptling, dessen Macht seine Schwäche war?«

Gazzel dachte nach. »Häuptling Ghob ist seine Macht ziemlich schnell zu Kopf gestiegen. Er hatte kaum den Thron bestiegen, da ließ er sämtliche Gesetze ändern, um zu beweisen, dass er der mächtigste Gnom in den Myrarbrunen war. Er ließ Gazzel foltern, nur weil Gazzel einen Eindringling *gesehen* hat«, erzürnte er sich. »Gazzel ist sich sicher, dass über Ghob keine Lieder gesungen werden.«

»Glaubst du, dass Ghob von Grund auf böse war? Dass er deshalb seine Macht missbrauchte?«

Zu seiner Überraschung schüttelte sein Freund den Kopf. »Macht verändert. Ghob hatte einfach einen zu schwachen Charakter für die Macht, die ihm durch sein Erbe zuteilwurde.«

David dachte über diese Worte nach. Sein kleiner Freund hatte recht. Macht veränderte den Besitzer. Gepaart mit falschen Charakterzügen konnte das katastrophale Konsequenzen haben, so wie im Falle Ghobs. Doch wäre Ghob mächtiger gewesen, wenn er seine Macht verloren hätte? Nein, das ergab keinen Sinn. »Meinst du, es gibt Wesen, die mächtiger wären ohne ihre Macht?«

Gazzel grübelte. »Das ist eine schwierige Frage. Zumindest gibt es ein Wesen, das mächtig ist, ohne irgendwelche Macht zu haben.«

»Was meinst du damit?«

»Der Bergstutzen«, antwortete Gazzel. »Er hat seinen See noch nie verlassen, und so lange wir ihm nicht zu nahe kommen, hat er keine Macht über uns. Trotzdem ist er das mächtigste Wesen, das Gazzel kennt.«

Die Erinnerung an das Urwesen traf David wie ein Schlag in die Magengrube. Durch all die Geschehnisse der letzten Tage hatte sie sich irgendwo in seinem Unterbewusstsein eingenistet, doch mit Gazzels Worten schlängelte sie sich wie ein aufgescheuchter Aal zurück in den Vordergrund. Er erinnerte sich an die Gedanken des Tatzelwurms, die bei ihrer Begegnung den Weg in seinen Kopf gefunden hatten.

Das Urtier war kein Geschöpf Yagrolors. Es hatte seit jeher in seiner eigenen Welt gelebt, die durch einen schrecklichen Fehler des Schicksals mit Yagrolor verbunden war. Im See war David in seine Welt eingetaucht. Er hatte gefühlt, was der Tatzelwurm fühlte, und sein Hass hätte beinahe auch ihn eingenommen. Der Tatzelwurm hatte die Verbindung zu Yagrolor nicht ertragen, sich dem Hass hingegeben und sich selbst aufgegeben.

Zu dem Schrecken und der Furcht vor dem Tatzelwurm mischte sich ein weiteres Gefühl: Mitleid. David hatte durch den Einblick in seine Vergangenheit die Möglichkeit bekommen, den Tatzelwurm zu *verstehen*. Er war ein mächtiges Wesen, vielleicht das mächtigste Wesen der Myrarbrunen, und doch war er nicht mehr als ein Schatten seiner selbst. Die Verbindung zu einer fremden Welt mit fremdem Leben hatte ihn zerstört. Der Hass auf das andere Leben hatte selbst ihn, den mächtigen Leviathan, überwältigt. Sein Hass machte ihn zur Gefahr für die Gnome, doch war der Hass gleichzeitig eine Macht, die er verlieren müsste, um seine ursprüngliche, volle Macht über sich selbst und seine Welt zurückzuerlangen.

War es das, worauf sein Vater in dem Brief anspielte? Es war deutlich, dass der Hirsch es auf seinen Vater und nun auf ihn abgesehen hatte. War der Hass, den der Hirsch ihm und seiner Familie gegenüber empfand, seine Schwäche? Wie sollte David das verstehen? Wenn Hass eine Schwäche war, wie sollte er seinen eigenen Hass dem Hirsch gegenüber aufgeben, um mächtiger zu sein? Er konnte ihm wohl kaum seine Freundschaft anbieten. Hätte er sich auf diese Art etwa mit ihm vereinigen sollen, so wie der Hirsch es verlangt hatte? Allein der Gedanke war absurd. Der Hirsch würde ihn töten, ob David ihn nun hasste, oder nicht.

Ein Donner grollte. Seine Mahnung war deutlich: Bald war es so weit.

Der Erbfeind

Er schreckte auf, als ihm etwas in sein Gesicht tropfte – doch diesmal war es nicht der Speichel eines Gnoms, der ihn im Schlaf überraschte. Direkt über ihm hing tief und schwer die Decke, die gleichzeitig das Dach ihres Unterschlupfes bildete. Der Regen hatte sich auf ihr gesammelt und sickerte langsam hindurch.

Seine Gefährten schliefen seelenruhig. Liegend nahmen sie noch mehr Platz ein, sodass es unangenehm eng in ihrem Unterschlupf war. Die Luft war feucht und stickig.

David wunderte sich, dass niemand Wache hielt. Er wusste, dass Dimitrios den Anfang gemacht hatte, doch er hatte keine Ahnung, wie spät es nun war und wer an der Reihe gewesen wäre. Er beschloss, die Aufgabe zu übernehmen – und zwar an der frischen Luft.

Es nieselte noch etwas, aber seine Kleidung war bereits so klamm, dass ihm die wenigen Tropfen nichts mehr ausmachten. Stumme Blitze in der Ferne zeugten von dem heftigen Gewitter, das kurz zuvor noch direkt über ihren Köpfen gewütet hatte. Den Höhepunkt hatten sie überstanden. *Vielleicht also doch nur ein normales Unwetter*, dachte David. Kein Zeichen des Weltuntergangs.

Ein gleißender Blitz durchschnitt den Himmel und erhellte die Ebene für den Bruchteil einer Sekunde.

Und dann, wie aus dem Nichts materialisiert, stand er da.

Davids Nackenhaare sträubten sich. Das musste er dem Hirsch lassen, der dramatische Auftritt war ihm gelungen.

Es war so weit. David gab sich einen Ruck und ging auf den Hirsch zu. Mit jedem Schritt begann sein Herz schneller zu schlagen und das Atmen wurde schwieriger, als schnürte sich mit jedem Schritt die Schlinge eines unsichtbaren Galgens enger um seine Kehle. Sein Herz riet ihm zur Flucht, aber seine Gedanken waren wundersamerweise klar, sein Blick fokussiert auf seinen Gegner.

Der Hirsch regte sich nicht. Er sah ihn mit einer Ruhe an, die nahezu unverschämt war. David wusste, dass das Tier lange auf diesen Augenblick gewartet hatte. Es hätte ihn auf der Stelle töten können, aber es schien, als wollte es erst Davids Furcht genießen. Doch diese Befriedigung wollte er ihm nicht geben. »Hallo, Cernowain«, sagte er mit möglichst fester Stimme.

»Du kennst meinen Namen.« Seine feinen schwarzen Lippen kräuselten sich zu einem Lächeln, das nicht tierisch war. »Du weißt auch, warum ich hier bin, nicht wahr?«

David antwortete nicht.

»Warum rufst du deine Freunde nicht zu Hilfe?«

»Weil sie mich nicht hören würden.« Er spürte, wie sich eine leise Wut in ihm aufbaute. Der Hirsch spielte mit ihm. »Außerdem ist das eine Sache zwischen dir und mir.«

»Du spielst den Helden«, stellte Cernowain amüsiert fest. »Dabei bist du nur ein törichtes Kind, das sich hinter der Mauer des Übermuts versteckt. Überschätze ihren Schutz nicht, David. Deine Mauer ist so dünn wie Papier und so durchsichtig wie Glas.« Ein Blitz erhellte die Nacht und warf ein kurzes Spiel von Licht und Schatten auf sein schauriges Antlitz.

»Weigerst du dich, das Werk gemeinsam zu verrichten,
werde ich die ganze Welt durch dich vernichten.
Da allein an dir ihr Schicksal hängt,
bekommst du von mir den Tod geschenkt.«

David schüttelte entschieden den Kopf. »Da habe ich noch ein Wörtchen mitzureden.« Er riss sein Schwert aus der Scheide und sprang direkt auf den Hirsch zu.

Cernowain sah ihn mit einem Ausdruck unverschämter Gelassenheit an und ...

Es war, als knallte er gegen eine unsichtbare Wand. Der unerwartete Aufprall warf ihn zu Boden, der vom Regen völlig verschlammt war. Nur durch Glück entglitt das Schwert nicht seiner Hand. Sofort sprang er auf und wischte sich den Dreck und seine nassen Haare aus dem Gesicht. »Das ist feige«, empörte er sich. »Stell dich und kämpfe fair, du Mistvieh!« Mit einem gellenden Schrei riss er sein Schwert in die Höhe und stürmte ein zweites Mal auf den Todesboten zu.

Cernowains Augen glommen auf, und plötzlich hatte David das Gefühl, statt seines Schwertes ein glühendes Stück Eisen in der rechten Hand zu halten. Mit einem schmerzerfüllten Aufschrei warf er es fort, ohne die Konsequenzen zu bedenken. Fassungslos starrte er auf seine leere Handfläche, auf der sich hässliche Brandblasen bildeten. Tränen schossen ihm in die Augen, verursacht durch eine wilde Mischung brennenden Schmerzes und verzweifelter Wut. »Mehr hast du nicht drauf?«, fragte David verbittert. »Du benutzt billige Tricks, um einen fairen Kampf zu vermeiden?«

Das Glühen in den Augen des Hirsches verschwand. »Du willst einen fairen Kampf? Den sollst du bekommen. Aber beschwere dich im Nachhinein nicht, ich sei zu grob mit dir umgegangen.« Er wies mit einem Nicken zu seinem Schwert. »Hol deine Waffe.«

David bewegte sich nicht von der Stelle, aus Angst vor einer weiteren List. Seine Handfläche pochte, als brodelte das Blut unter seiner Haut. Wie sollte er mit solchen Schmerzen ein Schwert führen?

»Willst du mit leeren Händen kämpfen?« Cernowain klang ungeduldig.

Er hatte recht. Auch wenn er das Schwert nicht vernünftig halten konnte, ohne Waffe hatte er überhaupt keine Chance. Er lief zu seinem Schwert und bückte sich langsam, wobei er den Hirsch nicht aus den Augen ließ.

Auch Cernowain beobachtete jede seiner Bewegungen. Als David sich mit dem Schwert in der Hand erhob, neigte der Hirsch seinen Kopf und präsentierte ihm sein prachtvolles Geweih, das aus hunderten Speeren zu bestehen schien – allesamt auf ihn gerichtet. »Bist du bereit zu sterben und die gesamte Welt im Stich zu lassen?«

David nahm allen Mut zusammen. Er umklammerte den Schwertgriff mit beiden Händen und stürzte mit einem gellenden Kampfschrei auf Cernowain zu.

Der Hirsch wich ihm mühelos mit einem Sprung zur Seite aus, sodass David, von seinem eigenen Schwung mitgerissen, an ihm vorbeistolperte. Geschwind drehte er sich herum und hob sein Schwert, auf einen Gegenangriff gefasst.

Doch der Hirsch sah ihn lediglich spöttisch an. »Ist das alles?«

David spürte, wie sein Zorn wuchs. Er riss sein Schwert erneut in die Höhe und stürzte vor. Als der Hirsch ihm wie zuvor seitlich auswich, beschrieb er einen Bogen mit der Klinge und stach nach. Er traf nur wenige Zentimeter daneben.

Cernowain, überrascht und sichtlich verärgert darüber, seinem Hieb nur knapp entkommen zu sein, setzte zum Gegenangriff an. Ruckartig schoss er vor und prallte mit dem Geweih gegen Davids Brust. Der Aufprall riss ihn von seinen Füßen. Er landete unsanft auf seinem Rücken und schnappte nach Luft. Instinktiv hob er sein Schwert zur Verteidigung, doch der Hirsch setzte wider Erwarten nicht nach.

»Eins zu null«, höhnte er nur. »Sei nicht dumm, David, du hast keine Chance. Vereine dich mit mir und ich werde dich verschonen.«

David dachte an Vaters Brief. *Manchmal muss man eine Macht verlieren, um mächtiger zu sein.* Sollte er seinen Hass auf den Hirsch aufgeben und sich mit ihm vereinen, so wie Cernowain es ihm vorschlug? Allein der Gedanke verursachte ihm eine Gänsehaut. Das ergab keinen Sinn. Der Hirsch war böse. Er konnte sich nicht mit diesem Untier vereinen. David rappelte sich auf und reckte entschieden sein Kinn vor. »Niemals.«

Plötzlich täuschte Cernowain einen Angriff vor, woraufhin David mit einem erschrockenen Japsen zurückwich und beinahe auf dem matschigen Boden ausgerutscht wäre.

Der Hirsch lachte amüsiert.

Das ließ David sich nicht gefallen. Mit einem Schrei hob er sein Schwert und griff an.

Cernowain senkte den Kopf, um seinen Hieb zu parieren. Als Davids Klinge durch sein Geweih stach, warf er plötzlich seinen Kopf zur Seite, wodurch er David seine Waffe aus der Hand riss.

Entsetzt sah er zu, wie sein Schwert durch die Luft geschleudert wurde. Es kam nur wenige Meter von ihnen entfernt zum Liegen, doch es hätte ebenso gut auf dem Mond landen können. Es war so unerreichbar wie die Aussicht auf einen Sieg.

»Mich amüsiert deine einfältige Kampfweise. Es wäre schade, dem ganzen Schauspiel jetzt schon ein Ende zu setzen. Hol deine Waffe, aber das wird deine letzte Chance sein.«

David zögerte. Der Himmel schien schwärzer geworden zu sein. Auch der Regen war zurückgekehrt. Er prasselte auf sie nieder, als weinte Mutter Natur über die Aussichtslosigkeit seiner Lage. Er hatte nur noch eine Chance. Er musste schnellstens eine neue Strategie entwickeln. Einen Schwachpunkt finden. Wie konnte er dem Hirsch überlegen sein?

»Hol deine Waffe«, wiederholte Cernowain ungeduldig. Regen tropfte von seinem Geweih.

David blickte zögernd zu seinem Schwert. War das Schwert wirklich seine einzige Waffe? Plötzlich bemerkte er, dass es sacht zu zittern begann.

»Hol deine Waffe!«

Auf einmal drehte die Spitze der Klinge sich wie eine sich richtende Kompassnadel zu ihm – und dann schoss sie, von Geisterhand geführt, direkt auf ihn zu.

Mit einem entsetzten Schrei warf David sich mit einem Hechtsprung zur Seite. Er spürte den Windhauch, mit dem das Schwert um Haaresbreite an seinem Ohr vorbeischoss. Er fiel zu Boden, rollte sich über seinen Rücken ab, und landete auf Händen und Knien. Erschrocken sah er dem Schwert nach, das wenige Meter von ihm entfernt im Boden steckte.

»Hol deine Waffe«, zischte Cernowain.

David hielt es für besser, keine weitere Sekunde zu zögern. Eilig krabbelte er zu seinem Schwert, nahm es in die schmerzende Hand und erhob sich.

Er richtete die Spitze auf Cernowain und umklammerte den Griff mit beiden Händen, so fest er konnte. Noch einmal durfte er seine Waffe nicht verlieren.

Mit weiten Schritten sprang er auf Cernowain zu und täuschte einen Hieb von oben an. Der Hirsch wich, wie erwartet, zur linken Seite aus. David nutzte seinen Schwung aus, drehte sich um die eigene Achse und riss die Klinge mit einem diagonalen Hieb durch Cernowains Schulter.

Der Hirsch grunzte und sprang von ihm fort. Auch David wich ein paar Schritte vor ihm zurück. Beide starrten sie auf die Wunde, aus der schwarzes Blut quoll, das sich mit Regenwasser vermischte und zu Boden tropfte. Die Wunde war nicht tief genug, um den Hirsch ernsthaft zu beeinträchtigen, aber allein die Tatsache, *dass* David ihn getroffen hatte, ließ ihn innerlich aufjubeln. Das Wissen, dass Cernowain verwundbar war, gab ihm neue Kraft. »Eins zu eins«, sagte er.

»Das wirst du mir büßen«, flüsterte Cernowain.

Plötzlich wurde alles um sie herum schwarz. Es wurde kalt und er konnte nur noch den Hirsch sehen. Der Atem des Todesboten kondensierte in der eisigen Luft, als spie er jeden Augenblick ein Feuer der Zerstörung. Sein Gesicht wurde ausdruckslos und hart – Cernowain transformierte von einem majestätischen dunklen Wesen zu einem tollwütigen Tier. Er stürmte auf David zu wie ein Stier, der ein rotes Tuch erblickt hatte.

David wich vor ihm zurück und hielt ihm sein Schwert entgegen, doch das kümmerte den Hirsch herzlich wenig. Mit dem kolossalen Geweih schlug Cernowain ihm das Schwert aus den Händen und traf ihn an Oberkörper, Schultern und Kopf. Er stürzte hart zu Boden, mit einem erstickten Schrei in der Kehle, Tränen und Dreck in den Augen und ohne Waffe in der Hand. Da lag er nun, unter dem Körper eines Raubtieres, und es gab kein Entkommen. Wimmernd schloss David seine Augen. Das war das Ende.

Der kalte Atem des Todesboten schlug ihm ins Gesicht, als sich seine Schnauze bis auf wenige Zentimeter zu ihm herabsenkte. »Du bist zu weit gegangen«, zischte Cernowain. Und plötzlich wusste David, dass er sterben würde.

Das Bewusstsein des Todes füllte ihn derart aus, dass er nicht einmal mehr versuchte, sich aus seiner misslichen Lage zu befreien. Er war todgeweiht. Ihm wurde schwindelig und er bekam die absurde Angst zu stürzen.

»Ab hier trennen sich unsere Wege endgültig«, flüsterte Cernowain. Er hob den Kopf, um zum Gnadenstoß auszuholen ...

Die Muskeln des Hirsches erschlafften, er fiel zur Seite und gab David die Sicht auf den Nachthimmel frei – und auf eine schemenhafte Gestalt, die vom milchigen Licht des Mondscheins umrandet wurde.

Sein Blick war getrübt von Tränen, Regen und Schlamm, und doch sah er so klar wie nie zuvor. Der Engel ohne Flügel hatte ihm das Leben gerettet.

Als er seinen Kopf zur Seite wandte, sah er den Leichnam des

Todesboten neben sich. Ein Pfeil prangte in seinem Nacken. Der Engel hatte Cernowain getötet.

David wollte sich bedanken, aber die Bewusstlosigkeit kam ihm zuvor. Sie hüllte ihn ein wie eine warme Decke. Nicht wie ein Leichentuch, das für ihn bestimmt gewesen war.

Das Totengericht

Der Tod kratzte an ihm, kratzte an seinem Herzen, aber er konnte es nicht umfassen. David lebte.

Es war, als hätte sich ein dichter Nebel über seine Sinne gelegt. Er glaubte, verschwommene Gestalten zu sehen, doch er erkannte sie nicht. Er glaubte, bekannte Stimmen zu vernehmen, doch er verstand sie nicht. Er glaubte, sich zu bewegen, dabei rührte er sich nicht.

Er ließ sich wie von einer Wolke tragen. Die Wolke hüllte ihn ein und wärmte ihn. Ein Engel war bei ihm, ließ ihn nicht allein. Sanfte Finger fuhren über seine Wange. Er seufzte vor Glück und lächelte.

Das Lächeln verging ihm, als er sich vor dem Totengericht wiederfand und seine Rüge erhielt. Wie hatte er es wagen können, sich seinem Schicksal zu widersetzen?
Sein Herz lag auf der Waagschale, eine Feder auf der anderen.
Sie wogen sich nicht auf.

Sein Körper brannte. Seine Kehle brannte. Der Engel setzte ihm eine Flasche an seine Lippen. Er nahm gierige Schlucke und verschluckte sich prompt. Der Engel strich mit kühlen Fingern über seine Lippen.

David bewegte seine Lippen, um sich zu bedanken, doch dazu fehlte ihm die Kraft. Er hob seine Hand, um das Engelsgesicht zu berühren. Der Engel fing sie ab und legte sie auf seine Brust. Wollte er seinen Dank nicht annehmen? Bereute er etwa, dass er ihn gerettet hatte?

Wenn der Engel ihn abgelehnt hatte, konnte der Tod nicht weit entfernt sein. Er sah sich nach ihm um, doch er war allein. Erst hatten Engel und Tod um ihn gerungen, und nun wollte keiner von beiden ihn haben? Er hatte sein Gleichgewicht verloren. Er fiel.

Er landete in der Wirklichkeit und vernahm ein Wort, von dem er wusste, dass er es kannte, obwohl ihm die Bedeutung verborgen blieb.

»David?«

Das war sein Name.

»David?«

Das war Dimitrios. Er öffnete seine Augen und sah seinen Freund.

»David, wir müssen fort von hier. Kannst du mich hören?«

Ja, er hörte ihn. Er nickte schwach.

»Das Gnomenheer hat uns eingeholt. Dein Körper brennt noch immer, aber wir können nicht länger warten. Kannst du mit Unterstützung reiten?«

»Enya«, murmelte er.

Dimitrios schüttelte den Kopf. »Du wirst mit Hayri auf Tivajax reiten, er wird dich im Sattel halten. Sei unbesorgt, du musst nur wieder gesund werden.«

»Wo ist der Engel?« Er sah sich um, doch der Engel war nicht da.

Er bekam keine Antwort. Vier Hände gruben sich unter seinen Körper und hoben ihn an. Ihm wurde schwindelig und er spürte, wie er zurück in die Bewusstlosigkeit driftete.

Sein Herz lag auf der Waagschale, eine Feder auf der anderen.
Sie wogen sich nicht auf.
Dem Herzen fehlten zwei Stücke.

Erst dachte er, der Engel wäre zurückgekehrt. Dann erkannte er, dass es Mila war, die neben ihm saß, während die anderen um sie herum schliefen.

»David? Bist du wach?«

»Wie … lange habe ich geschlafen?«

»Zwei Tage und Nächte. Du warst sehr krank. Es war, als würdest du in unsichtbaren Flammen stehen. Oh, ich bin so erleichtert, dass du endlich zu dir gekommen bist.«

Er starrte das Mädchen an. Das schöne Mädchen … das engelsgleiche Mädchen … »Du hast mich gerettet«, stellte David fest. Mila war der Engel, dem er sein Leben verdankte. »Wie?«

»Als ich schlief, hatte ich eine Vision. Ich wachte auf und handelte, ohne nachzudenken.«

»Ohne dich hatte ich keine Chance gegen ihn.«

Mila sah ihn traurig an. »Dabei hättest du es schaffen müssen.«

»Was meinst du damit?«

»Das war *dein* Kampf. Mit meinem Eingriff habe ich das Gleichgewicht gestört … Du musst den Kampf selbst gewinnen.«

David spürte, wie sich seine Augen langsam gegen seinen Willen schlossen. Sein Körper forderte den Schlaf, den er benötigte, um sich erholen zu können. »Ich hatte den Kampf doch bereits verloren«, murmelte er.

»Du kannst ihn noch für dich entscheiden.« Sie fuhr mit ihren Fingern über seine Wange. »Manchmal muss man eine Macht verlieren, um mächtiger zu sein.«

Sein Herz lag auf der Waagschale, eine Feder auf der anderen.
Sie wogen sich nicht auf.

Dem Herzen fehlten zwei Stücke.
Da begriff er, dass er das Gleichgewicht selbst wiederherstellen musste.

Als er aufwachte, stand die Sonne hoch am Himmel. Seine Gefährten machten die Pferde zum Aufbruch bereit, aber Mila saß noch immer neben ihm. Hatte sie die ganze Zeit über ihn gewacht?

Als sie bemerkte, dass er wach war, lächelte sie. Sie reichte ihm ein Stück Brot. »Du musst Hunger haben, iss was.«

Er setzte sich auf und nahm das Brot dankend entgegen. »Ich muss ihn sehen«, sagte er.

Mila nickte stumm.

»David!« Dimitrios kam aufgeregt zu ihnen, als er sah, dass er nicht länger schlief. »Wie fühlst du dich?«

»Besser«, antwortete er. »Wir müssen zurück, Dimi.«

»Wohin?«

»Zum Hirsch.« David wusste, wie irrsinnig seine Forderung klingen musste, doch ebenso gut wusste er, dass das der richtige Weg für ihn war.

Der Yagrolaner starrte ihn an. »Der Hirsch ist tot, David. Deine Krankheit hat dir anscheinend deinen Kopf vernebelt. Uns hängen die Gnome im Nacken. Willst du ihnen in die Arme laufen, damit du eine *Leiche* sehen kannst?«

»Du musst mir vertrauen. Ich glaube, dass Cernowain der Schlüssel zur Welt der Elfen ist.«

Dimitrios musterte ihn schweigend. Dann seufzte er und rief die anderen zusammen, um sie über ihre neuen Pläne zu informieren.

»Bei den Elfen«, rief Valgardur. »Glaubst du etwa, dass sich eine Himmelspforte öffnen wird und die Elfen dich mit Lobgesang empfangen, sobald du seine Leiche erblickst?« Er lachte und erwartete offensichtlich, dass die anderen mit einstimmten. Als das nicht geschah, verstarb auch sein Lachen. »Ist das euer Ernst?«

Auch Hayri sah David zweifelnd an, sagte aber nichts.

»Ich finde, wir sollten auf Davids Gefühl hören«, sagte Mila.

Valgardur verdrehte die Augen.

»Natürlich glaubt das Gauklermädchen mit den Visionen, dass an diesem Wahnsinn etwas dran sein könnte.«

Mila stemmte trotzig die Hände in die Hüften. »Ja, das tue ich.«

Valgardur seufzte und wandte sich hilfesuchend erst zu Hayri und dann zu Dimitrios. »Bitte sagt mir nicht, dass ihr diesem Unsinn Glauben schenkt.«

Hayri kratzte sich verlegen am Kopf und sagte nichts.

Dimitrios zuckte mit den Schultern. »Ich habe David meine Treue geschworen. Auch wenn ich nicht verstehe, welchen Sinn das ergeben soll, werde ich ihm folgen.«

David war seinem Freund dankbar für seine bedingungslose Loyalität. Er hoffte inständig, dass er letzten Endes nicht wie ein Idiot vor der Leiche des Hirsches stand, nur um ihnen mitzuteilen, dass er sich geirrt hatte.

»Lasst uns zurückkehren, Valgardur«, sagte Dimitrios. »Wenn Ihr recht behaltet, dürft Ihr es uns unter die Nase reiben und das Kommando übernehmen.«

Valgardur murmelte leise Flüche vor sich hin, machte sich aber auf den Weg zu seinem Pferd.

David wäre gern auf Enya geritten, doch er war zu schwach, um sich allein im Sattel zu halten. Stattdessen saß Gazzel bei Dimitrios und er saß mit Hayri auf Tivajax, dem roten Hengst. Der Yagrolaner legte seine Arme schützend um ihn. Im ersten Moment fand David die Situation unangenehm, doch nach wenigen Minuten übermannte ihn seine Müdigkeit und er schlief in seinen Armen ein.

Er erwachte, als Hayri ihm auf die Schulter tippte. »Wir sind da.«

David stellte überrascht fest, dass er stundenlang geschlafen hatte, denn es war bereits dunkel. Er sah sich um.

Da lag er. Durch das monströse Geweih war sein Kopf etwas angehoben, sodass David einen entsetzlichen Augenblick dachte,

Cernowain sähe ihn an. Doch natürlich stimmte das nicht. Der Hirsch war tot. Er würde seinen Blick nie mehr erwidern. Mila hatte mit einem Pfeil in seinem Nacken das Höllenfeuer in den Augen für immer ausgelöscht. Selbst wenn Cernowain es gewusst hätte, konnte er David nicht mehr verraten, wie er die Elfen finden würde.

Was jetzt? David spürte die Blicke der anderen auf sich ruhen. Genau wie er warteten sie darauf, dass etwas geschah.

Eine sanfte Brise bewegte sein Haar. Ansonsten geschah nichts. Er räusperte sich verlegen. »Ich … ähm …«

Valgardur knurrte verärgert. »Verrate mir, was du dir hiervon erhofft hast.«

David schwieg. Was hatte er erwartet? Dass der Leichnam ihm die Lösung zu all seinen Problemen preisgab? Eine plötzliche Eingebung?

Der Ankschе Krieger verdrehte die Augen. »Das dachte ich mir.«

»Es war einen Versuch wert«, sagte Dimitrios, konnte seine Enttäuschung jedoch nicht ganz verbergen. Er sprang von Taran ab. »Lasst uns das Nachtlager hier aufschlagen. Morgen geht es zurück in Richtung des Dorfes.«

»Und zwar unter meinem Kommando«, brummte Valgardur.

Dimitrios half Hayri dabei, David vom Pferd zu hieven. David selbst war zu schwach dazu. Als er auf wackeligen Beinen den beiden Yagrolanern gegenüberstand, schenkten sie ihm mitleidige Blicke, die David beinahe mehr schmerzten als Valgardurs Ärgernis.

Sie verzehrten schweigend ihr Abendbrot und ließen sich alsbald zum Schlafen nieder. Mila erklärte sich bereit, die erste Wachschicht zu übernehmen.

Obwohl David sich ausgelaugt fühlte, gönnten seine Gedanken ihm keine Ruhe. Auch wenn alles darauf hinwies, dass sein Gefühl ihn auf eine falsche Fährte gelockt hatte, blieb es an ihm haften. Er war sich sicher, dass der Hirsch der Schlüssel war. Warum hätte sein Vater ihm sonst den Brief hinterlassen?

Hätte er seine Nachricht doch bloß nicht in solch geheimnisvollen Worten verfasst.

Was hatte er über Cernowain gewusst, was David nicht wusste?

Er erinnerte sich an Hayris Worte über seinen Vater. Er hätte erkannt, dass Cernowain keine Seele besaß und dass er ihn deswegen nicht hatte fürchten müssen.

Auf einmal begriff David. Cernowain besaß keine Seele, weil er kein unabhängiges Lebewesen war. Er war erst an Gustav Cervi und nun an ihn gebunden gewesen. Cernowain hatte gesagt, dass er sich wieder mit ihm vereinigen wollte. Er war nicht erst seit Yagrolor ein Teil von ihm. Seit David denken konnte, war der Hirsch in seinem Leben präsent gewesen. Er hatte Cernowain in Form des Hirschkopfs über dem Kamin und in Alberts Pfeife gesehen. Seine Familie trug ihn bereits über Generationen in sich.

David nahm seinen Kettenanhänger in die Hand und schloss sie zur Faust. Seine Abneigung und Angst gegenüber Cernowain hatten ihn geblendet. So, wie der Hass den Tatzelwurm eingenommen hatte. Cernowain war ein Sinnbild des Hasses und all der schlechten Eigenschaften, die er in sich trug. Doch dadurch, dass er ihm mit Angst und Hass begegnet war, hatte der Hirsch nur an Kraft gewonnen. David hatte sprichwörtlich versucht, Feuer mit Feuer zu bekämpfen.

Manchmal muss man eine Macht verlieren, um mächtiger zu sein. Sein Vater hatte ihm mit dem Brief dabei helfen wollen, zu erkennen, dass Cernowain ein Teil von ihm war. Er hatte sich nicht mit ihm vereinen müssen, wie Cernowain es vorgehabt hatte. Doch er hatte ihn als Teil von sich akzeptieren müssen. Nur, wenn er dies erkannte, und seine Furcht und den Hass ihm gegenüber aufgab, konnte er über ihn – über *sich* – hinauswachsen. So wie der Tatzelwurm seinen Hass aufgeben müsste, um zurück zu sich selbst zu finden, musste David seine negativen Gefühle für Cernowain aufgeben, um zu sich selbst zu finden.

Adrenalin pumpte durch seine Adern. David setzte sich auf und sah zum Hirsch, der einige Meter von ihnen entfernt im Gras lag. Er musste den Hirsch als Teil von sich akzeptieren. Als Mensch war er nicht unfehlbar. Er durfte die dunkle Seite in sich nur nicht verleugnen.

Er musste sich all seiner Eigenschaften bewusst sein, der guten *und* der schlechten, um vernünftig handeln zu können.

Er sah zu Mila und ihre Blicke trafen sich. Sie schenkte ihm ein kleines Lächeln und beobachtete ihn stillschweigend, als er aufstand und wankend zum Leichnam lief.

David kniete vor Cernowain nieder und strich über das Geweih. Es war glatt und kalt, und doch hatte er das unheimliche Gefühl, einen schwachen Puls des Lebens in ihnen zu spüren. Als seine Finger an einer Spitze anlangten, durchfuhr ihn ein kalter Schauder. Das Geweih war messerscharf. Es glich einem Wunder, dass er nicht aufgespießt worden war.

Mit respektvoller Scheu zog er seine Hand zurück und berührte stattdessen Cernowains Hals. Das Fell war weich. Bald würde sein Körper verwesen, zu Erde zerfallen und zum Teil dieser Welt werden.

Doch damit wäre er nicht verschwunden. Denn während sein Körper in dieser Welt verging, würde er für alle Zeit in David weiterleben.

Seine Hand fuhr den Hals entlang, bis sie den Pfeil erreichte, der tief im Fleisch steckte. Vorsichtig, als könnte er den Hirsch verletzen, zog er den Pfeil aus seinem Nacken.

Er blickte in seine leeren Augen und seufzte. Vor ihm lag der Hirsch, doch er war nicht länger sein Feind. Er konnte keinen Hass mehr für ihn empfinden – er hasste vielmehr sich selbst für seine Blindheit. Er spürte, wie Tränen seine Wangen hinabliefen und vergrub sein Gesicht in Cernowains Fell, als Geste seiner Reue. Er wünschte, er könnte ihr Duell ungeschehen machen. Er wollte doch nur zu den Elfen, um Yagrolor zu helfen ...

Plötzlich spürte er, wie die Welt sich um ihn herum zu drehen begann. Erschrocken krallte er sich an Cernowains Körper, der das Einzige war, was ihm Halt geben konnte. Die Konturen seiner Umgebung verschwammen zu einem Wirrwarr, bis er nur noch schwarze und graue

Ströme an sich vorbeiziehen sah wie ein gewaltiger Fluss, der ihn mitriss und verschlang.

Er geriet in Panik, als ihm bewusst wurde, dass dies kein gewöhnlicher Schwindelanfall war. »Mila«, keuchte er. Auf einmal mischten sich andere Farben in die dunklen Farbströmungen. Neben den verschlungenen Farben der Nacht sah er grüne, rote und gelbe Töne.

Und dann …

… stand er vor der Waage. Dahinter standen Cernowain und der Engel, der ihm Milas Lächeln schenkte.

Sein Herz lag auf der Waagschale, eine Feder auf der anderen.

Sie wogen sich aus.

Das Gleichgewicht war wiederhergestellt.

Die Elfe

Sonnenlicht weckte ihn durch seine geschlossenen Lider, und der süße Gesang von Vögeln, sowie weiche Polster unter seinem Körper verrieten ihm, dass er an einem anderen Ort aufwachte. Mit einem Seufzen setzte er sich auf. Er war angenehm überrascht, als dabei weder seine Knochen ächzten, noch seine Muskeln protestierten. Er fühlte sich seltsam unbeschwert, was den unguten Verdacht in ihm weckte, dass er sehr, sehr lange bewusstlos gewesen sein musste. Er blinzelte und gab seinen Augen ein wenig Zeit, sich an das Sonnenlicht zu gewöhnen.

Er befand sich in einem Wald. Die goldenen Strahlen der Sonne brachen durch die Baumkronen, deren Blätter in einer leichten Brise hin und her wehten, wodurch sie flüchtige Schattenspiele auf den Boden warfen. Sie boten Pollen und Staubpartikeln ein Scheinwerferlicht, indem sie einen schwerelosen Tanz zum Gesang der Vögel aufführten. Das Sonnenlicht war ungewöhnlich warm, sodass es angenehm auf Davids Haut prickelte.

Die Luft war reich an süßen und würzigen Düften, denen ein erdiges Aroma unterlag. Es roch nach Sommer. Er genoss ein paar erfrischende Atemzüge, die ihn mit neuem Leben zu füllen schienen.

Das Moos unter seinen Handflächen war benetzt mit feinem Morgentau und die winzigen Wasserperlen rannen wild davon, als David mit nahezu kindlicher Freude darüberstrich.

Wenige Lücken des auslaufenden Moosteppichs erlaubten knolligen Pilzen in Kolonien aus der Erde zu sprießen. Vor allem in unmittelbarer Nähe der Bäume bedeckten sie jeden freien Zentimeter des Waldbodens. Sie umgaben die alten Stämme wie Kinder, die sich im Schutz ihrer Eltern am wohlsten fühlten. Die Bäume waren alt und knorrig, aber wirkten dennoch kräftig und gesund. Pilze aller Art hafteten an ihnen wie auf den Arm genommene Kinder.

David hatte das Gefühl, sich in einem Wald des ewigen Frühlings zu befinden, der seit seiner Entstehung blühte und gedieh. Es war ein Wald von wilder Architektur, konstruiert von Mutter Natur mit einem ausgeprägten Sinn für Romantik.

Trotz seiner Wildheit war der Wald perfekt. Jeder Baum, jeder Pilz, jeder Strauch, jede Blume, jedes Blatt und jeder Halm hatte seinen Platz, sodass sie alle so gewürdigt werden konnten, wie sie es verdienten. Es war das einwandfreie Zusammenspiel so vieler Komponenten, das die Schönheit des Waldes definierte.

David war überwältigt von all den natürlichen Wundern, die ihn umgaben. Und er fühlte sich fehl am Platz ... als gäbe es hier keinen Platz für ihn. Als er aufstand, kam er sich ungelenk vor und er beneidete die Schlingpflanzen für ihre Grazie, mit der sie sich um die Baumstämme wickelten. Sogar die Gewandtheit der knorrigen Wurzeln, die hier und da aus dem Boden ragten, kam ihm eleganter vor als seine Bewegungen. Er hätte nie zuvor gedacht, jemals Neid auf einen *Wald* zu verspüren. Doch es gab einen weiteren Grund, warum er sich fehl am Platz fühlte. Es dauerte einige Sekunden, bis er bemerkte, dass er das einzige Lebewesen war, das nicht zum festen Inventar des Waldes gehörte. Er entdeckte keinen einzigen Käfer, der aus dem Schutz des Laubes kroch, oder Mücken, die sich in den Tanz der Staubkörner drängten. Er sah keinen Bau, keine Höhlen oder Nester.

Auch die Vögel, die er hörte, blieben vor ihm verborgen.

Abgesehen von den Bewegungen, die der Wind verursachte, brachte David die einzige Bewegung in diese Szenerie. Auf einmal fühlte er sich einsam und er fragte sich, wo seine Gefährten waren. Er erinnerte sich noch daran, wie er beim Leichnam des Hirsches gesessen und ihn als Teil von sich erkannt hatte ... Und dann? Plötzlich überkam ihn die Befürchtung, dass auch er tot war. Befand er sich ... im Paradies? Er kniff sich prüfend in den Arm und spürte eindeutig Schmerz. Also war er nicht tot ... oder konnte man im Paradies Schmerzen spüren?

Er wagte es nicht, nach seinen Gefährten zu rufen, aus Angst damit das Lied des Vogelorchesters zu unterbrechen. Er war ein Eindringling, und es wäre eine Unverschämtheit gewesen, die Akustik des Waldes mit seinen Rufen zu stören. Er beschloss, sich auf die Suche nach Dimitrios und den anderen zu machen.

Er setzte jeden Schritt mit Bedacht, aus Angst, versehentlich eine Pflanze zu zertrampeln. Dadurch kam er nur langsam voran, und die Zeit, in der er tiefer in den Wald drang – *eindrang* –, dehnte sich über mehrere Stunden.

Zwischenzeitlich kam die Frage in ihm auf, ob es nicht vernünftiger gewesen wäre, auf seine Freunde zu warten. Die Chancen standen hoch, dass sie einander verpassten. Allerdings ließ ihn das Gefühl nicht los, dass seine Gefährten gar nicht hier waren. Hätten sie ihn anderswo hingebracht und mitten in einem Wald zurückgelassen, wäre mindestens eine Person bei ihm geblieben. Es war wahrscheinlicher, dass sie auf eine unerklärliche Weise getrennt worden waren. Vermutlich durch seinen Tod, doch das wollte David nicht wahrhaben, also führte er seine Suche fort.

Irgendwann legte er eine Pause ein. Er setzte sich an einen Baum, der mit einer dicken Schicht Moos bewachsen war. Als er sich gegen den Stamm lehnte, drückte sich sein Hemd klamm an seinen Rücken. Erfreut wirbelte er herum und presste seine Handfläche gegen das Moos, woraufhin Wasser wie aus einem vollgesogenen Schwamm zwischen seinen Fingern hervorquoll. Er ließ die Tropfen in seine freie Hand träufeln und stillte seinen Durst. An einem kleinen Strauch neben ihm wuchsen Beeren. Erst sträubte er sich gegen den Gedanken, dem Wald etwas zu nehmen, aber dann überwog sein Hunger und er pflückte sich eine Handvoll.

Während er die Beeren aß, ließ ihn plötzlich ein Geräusch aufhorchen, das nicht zur Harmonie des Vogelorchesters passte. Als er genauer hinhorchte, bemerkte er, dass es schnelles Flügelschlagen war. Ein Insekt vielleicht? Er versuchte, das Geräusch zu orten, als wie aus dem Nichts eine kleine, bläuliche Gestalt direkt vor seiner Nase auftauchte. Er quiekte und ließ vor Schreck seine Beeren fallen.

Das Wesen, das wenige Zentimeter vor seinem Gesicht schwebte, hob seine winzige Hand an den Mund und kicherte. »Sei gegrüßt.«

David war zu verblüfft, um zu antworten. Erst als die Gestalt sich räusperte und ihre Begrüßung etwas lauter wiederholte, antwortete er: »Hallo. Bist du ... eine Fee?« Sie schien einem Märchenbuch entsprungen zu sein. Sie war so groß wie sein Zeigefinger, und verteilte feinen Feenstaub mit jeder ihrer Bewegungen, während feine Flügel sie summend in der Luft hielten. Sie trug ein winziges Kleidchen mit einer geflochtenen Kordel um ihre schmale Taille. Wahrlich, sie war eine Fee, wie sie im Buche stand.

Trotzdem schüttelte sie den Kopf. »Ich bin eine Elfe.«

David zog überrascht seine Augenbrauen hoch. Ayatsuriyaa, eine angeblich ausgestoßene Elfe, hatte ganz anders ausgesehen. »Bist du wirklich eine Elfe?«

Das Wesen kicherte. »Selbstverständlich«, entgegnete es, als hätte er gefragt, ob das Körperteil auf seinem Hals ein Kopf wäre. Es drehte sich um die eigene Achse, um stolz seinen Körper zur Schau zu stellen. »Was denn sonst?«

David hob ratlos die Schultern. »Ich dachte, Elfen seien größer. Das heißt aber nicht, dass du zu klein bist«, fügte er rasch hinzu, als die Elfe eine beleidigte Miene aufsetzte.

»Aber ich habe einmal eine Elfe gesehen, die so groß war wie ich und keine Flügel besaß.«

»Pah.« Die Elfe wedelte abweisend mit der Hand, womit sie eine beträchtliche Ladung Glitzer auf Davids Schoß verteilte. »Du hast bestimmt eine *Elbe* gesehen. Wir werden so oft miteinander verwechselt«, sagte sie entrüstet. »Dabei ist der Unterschied doch kaum zu übersehen, oder etwa nicht?«

»Eigentlich nicht«, gab David zu.

Die Elfe nickte zufrieden. »Die Elben wollen sich anscheinend nicht eingestehen, dass sie nicht solch bezaubernde Wesen sind wie wir«, flüsterte sie hinter vorgehaltener Hand, als verriete sie ihm ein Geheimnis. »Ich kann es ihnen kaum verübeln. Sieh sie dir an, und dann sieh dir mich an.« Sie drehte ein zweites Mal eine Pirouette in der Luft. »Trotzdem ist es unverschämt, dass sie sich als Elfen ausgeben. Und uns nennt man stattdessen Feen. Sie rauben unsere Identität.«

David wusste keine Antwort. »Ich verstehe«, entgegnete er zögerlich. »Das ... würde mich auch ärgern.« Er war verwirrt. Er konnte sich kaum vorstellen, dass dieses kleine, selbstverliebte Wesen ihm dabei helfen konnte, eine Welt zu retten.

Die Elfe lächelte ihn zuckersüß an, doch plötzlich gefror ihr Lächeln. »Ich habe mich ja noch gar nicht vorgestellt«, bemerkte sie und sauste plötzlich so schnell auf Davids Gesicht zu, dass er vor Schreck vor ihr zurückwich. »Hast du etwa Angst vor mir?«, fragte sie verwundert. Sie ging rücksichtsvoll auf Abstand.

»Nein, nein, du hast mich bloß überrascht«, versicherte David ihr verlegen. »Mein Name ist David.« Er hob seine Hand, ließ sie dann aber schnell wieder sinken, als er bemerkte, dass sie größer war als die Elfe selbst.

»Iluuka«, entgegnete sie und deutete einen Knicks in der Luft an. »Mein vollständiger Name lautet Iluukamuukaamaluuk, aber du darfst mich Iluuka nennen.«

»Es freut mich, dich kennenzulernen, Iluuka.« Er war sich sicher, dass der vollständige Name einen Knoten in seiner Zunge verursacht hätte. »Iluuka, ich habe meine Freunde verloren. Bist du zufällig meinesgleichen begegnet?«

Iluuka nickte. »Es ist gar nicht so lange her, da war tatsächlich jemand hier, der große Ähnlichkeit mit dir hatte. Ich dachte im ersten Moment sogar, dass du er seist. Aber er war ein bisschen älter, denke ich.«

Ein Funken Hoffnung glomm in ihm auf. Sprach sie von Dimitrios? Oder Hayri? »Wohin ist er gegangen? Wann genau hast du ihn gesehen?«

»Er wollte zu den Elben, weil sie ihm angeblich mit seinem Problem helfen konnten. Das war vor ungefähr … zehn, fünfzehn Jahren?«

Zuerst war David enttäuscht. Doch dann regte sich ein Gedanke in seinem Kopf. Er starrte die Elfe an. »Das war mein Vater«, entfuhr es ihm. Und plötzlich begriff er, wo er sich befand. Er hatte nicht nur eine Elfe, sondern die Elfen*welt* gefunden. Er hatte keine Ahnung, wie er hierher gelangt war – doch wenn sein Vater damals hier gewesen war und nach den Elben gesucht hatte, dann war er am richtigen Ort.

Ein Grinsen breitete sich auf seinem Gesicht aus. »Ich fasse es nicht, ich bin in der Elfenwelt. Muss ich tatsächlich nur noch die Elfen finden und Yagrolor ist gerettet?«

Iluuka hob verwirrt eine ihrer haarfeinen Augenbrauen. »Siehst du mich etwa nicht?« Sie winkte ihm zu, als überprüfte sie, ob er blind war. »Du hast eine Elfe direkt vor deiner Nase.«

David hätte lauthals gejubelt, hätte der Wald ihn nicht so befangen. Am liebsten hätte er Iluuka in die Arme genommen und einen Freudentanz mit ihr aufgeführt. »Sind die Elfen irgendwo in der Nähe?«, fragte er aufgeregt.

Iluuka zog eine Grimasse. »Hallo, ich *bin* eine Elfe!«

»Sind die *Elben* hier irgendwo?«, berichtigte David sich mit einem entschuldigenden Lächeln.

Iluuka stemmte beleidigt die Hände in die Hüften.

»Was habt ihr bloß alle mit diesen Elben?«, fragte sie empört. »Sie sind viel zu groß, viel zu schweigsam und viel zu ernst. Nur weil sie so geheimnisvoll tun und Magie besitzen, will jeder sie sprechen. Sie können nicht fliegen und mit unserer Schönheit können sie erst recht nicht mithalten. Warum will jeder diese langweiligen, eigenartigen *Elben* sehen, die sich als Elfen ausgeben, statt uns *echte* Elfen?«

David hob beruhigend seine Hand. »Bitte verstehe mich nicht falsch, Iluuka. Ich freue mich sehr, deine Bekanntschaft gemacht zu haben. Aber ich benötige die Hilfe der Elben.«

Iluuka beruhigte sich keineswegs. »Elben hier, Elben dort. Immer geht es um diese blöden Elben!«, keifte sie. »Dabei sind wir Elfen viel interessanter und viel hübscher und überhaupt viel besser.«

David lachte. »Du musst zugeben, dass das ein wenig eingebildet klingt.«

Iluuka zog einen Schmollmund – und schwirrte fort.

»Warte«, rief David erschrocken, sprang auf und streckte seinen Arm nach ihr aus, obwohl sie längst verschwunden war. »Iluuka! So meinte ich das gar nicht! Bitte, komm zurück!«

Er stand verlassen im Wald. Minutenlang wartete er auf die Rückkehr des kleinen blauen Wesens, aber es ließ sich nicht mehr blicken. Er seufzte, lehnte sich gegen den knorrigen Baum und schalt sich in Gedanken für seine unüberlegten Worte. Er hatte soeben erfolgreich seine potenzielle Führerin verscheucht. Nun würde er die Elfen in diesem riesigen Wald auf eigene Faust suchen müssen. *Elben*, korrigierte er sich in Gedanken.

Ein blauer Lichtball kam geradewegs auf ihn zugeschossen und verpasste ihm eine Kopfnuss.

»Aua«, rief David und rieb sich die Stirn. Es war, als hätte man ihm eine hohle Walnuss an den Kopf geworfen. Es hatte nicht wirklich wehgetan, aber der Angriff hatte ihn überrascht.

Iluuka schwebte knapp vor seinem Gesicht. Tiefe Zufriedenheit glitzerte in ihren Augen. »Jetzt sind wir quitt«, meinte sie. »Komm mit.«

Und schon flog sie davon.

»Warte!« David musste sich ein Grinsen verkneifen, während er ihr hinterherhastete. »Nicht so schnell!« Er wollte sie nicht verlieren, aber andererseits wollte er auch keine Pflanzen zertreten. Er hatte das Gefühl, als würde der Wald ihm das übel nehmen.

Die Elfe drehte sich herum und wartete ungeduldig auf ihn. »Warum kannst du nicht fliegen?«, murrte sie. »Es muss ziemlich unpraktisch sein, keine Flügel zu haben. Fühlst du dich nicht nackt am Rücken?«

»Ich war mir noch nie darüber bewusst, dass mein Rücken nackt ist. Ich habe kein Problem damit.«

»Ich habe aber ein Problem damit. So kommen wir gar nicht voran.«

David lächelte. Er war unsagbar erleichtert, nicht länger allein durch den Wald gehen zu müssen. Er übersprang eine Pilzkolonie, nur um sich beinahe in einem Vorhang verknoteter Lianen zu verheddern. Er schob den Vorhang beiseite und stolperte beinahe über eine Baumwurzel. Der Wald ließ ihn eindeutig spüren, dass es keinen Platz an diesem Ort für ihn gab.

»Wobei sollen dir die ach-so-tollen Elben denn helfen?«, fragte Iluuka.

»Die Hilfe gilt nicht mir«, antwortete David. »Sie gilt einer anderen Welt, die auf mich angewiesen ist, weil niemand von dort hierhergelangen kann. Yagrolor, kennst du sie?«

»Dieses Wesen, das dir so ähnlichsah, kam auch im Auftrag dieser Welt«, erinnerte Iluuka sich. »Wenn du aus demselben Grund hier bist, scheinen die Elben ja keine große Hilfe gewesen zu sein. Du solltest dir besser keine großen Hoffnungen machen.«

David biss sich auf die Unterlippe und schwieg. Er hatte es bereits so weit geschafft, sie mussten ihm einfach helfen können. Er wollte gar nicht erst darüber nachdenken, was geschähe, wenn dem nicht so wäre.

Iluuka schien zu bemerken, dass sie einen wunden Punkt getroffen hatte. »Was bist du eigentlich für ein Wesen?«, wechselte sie das Thema.

»Ein Mensch.« Er übersprang einen dicken Baumstamm, der den Kampf gegen das Alter verloren hatte und quer über den Weg gefallen war, teilweise aber noch mit den Wurzeln in der Erde hing, als klammerte er sich verzweifelt an das Leben, das er längst verloren hatte.

Iluuka überlegte, doch das schien ihr nichts zu sagen. Schließlich zuckte sie nur mit ihren kleinen Schultern und flog weiter voraus. »Es ist gar nicht mehr weit«, rief sie. Dann drehte sie sich um und zog eine Grimasse. »Zumindest, wenn du fliegen könntest. Es muss ja so unpraktisch sein, keine Flügel zu haben.«

David zog es vor, nichts zu erwidern.

Irgendwann fiel ihm auf, dass er besser vorankam und keine Angst mehr zu haben brauchte, dem Wald mit jedem Schritt zu schaden. Die verwilderten Schneisen zwischen den Bäumen wurden mehr und mehr zu begehbaren Pfaden. Armdicke Ranken schlängelten sich an den Bäumen empor, die den Weg säumten, wanderten die niedrigsten Äste entlang und verknoteten sich mit den Ranken der anderen Seite. Durch diese pflanzlichen Gebilde formten sich regelrechte Tore, die David mit Ehrfurcht durchschritt. »Ist das alles auf natürliche Weise entstanden?«, fragte er Iluuka fasziniert, als er glaubte, gar regelmäßige Muster in den Verflechtungen zu erkennen.

»Was soll das heißen?«, fragte Iluuka verwundert. »é-Shenmyr‘onaii ist ein Meister seiner Art. Er ist zwar alt, und seine Kinder mögen eine vergängliche Blütezeit haben, aber für é-Shenmyr‘onaii ist die Zeit selbst seine Blüte.«

David blieb verwirrt stehen. »é-Shen-was?«

Iluuka schwebte ihm vor der Nase und hob ihre feinen Augenbrauen, als begänne sie an seiner Intelligenz zu zweifeln. »é-Shenmyr‘onaii?« Sie machte eine ausschweifende Geste. »Du scheinst wirklich blind zu sein. Du stehst *in* ihm.«

»Der Wald?«

Iluuka schüttelte erst den Kopf, aber dann sah sie sich um und nickte verstohlen.

»Ja, aber du solltest é-Shenmyr'onaii nicht als Wald bezeichnen, das hört er nicht gern.«

Es dauerte einige Wimpernschläge, bis David begriff, dass er die Elfe richtig verstand. »Willst du etwa behaupten, dass der Wald ...«, er wagte es kaum, seine Gedanken auszusprechen. Er senkte seine Stimme zu einem Wispern. »... dass der Wald lebt? Als eine Art Organismus, wie ein ... Wesen?«

»Natürlich. Wie soll er sonst existieren?«

Das Gefühl, ein Eindringling zu sein, bekam eine ganz neue Bedeutung. Er hatte die ganze Zeit über instinktiv keine Schäden verursachen wollen, als hätte er gespürt, dass é-Shenmyr'onaii mehr als nur ein Wald war. Verstohlen sah er sich um, darauf gefasst, dass Bäume sich plötzlich zu ihm neigten, oder dass Lianen sich um seine Gelenke legten. Er erschauderte und unterdrückte das Bedürfnis, auf der Stelle zu fliehen. Fortzurennen, soweit ihn seine Füße trugen. Nein, er konnte – *wollte* – sich den Wald nicht als Lebewesen vorstellen. Wie konnte der Wald sie *hören*? Konnte er sie dann etwa auch *sehen*? Oder fühlen? David hoffte inständig, dass é-Shenmyr'onaii ihn nicht als buchstäbliche Last auf der Brust wahrnahm. Welchen Körperteil repräsentierte seine unmittelbare Umgebung, wenn man den Wald anatomisch betrachtete? Die Vorstellung, sich in seiner Handfläche zu befinden, in der er mühelos zerquetscht werden konnte, war gleichsam schaurig wie absurd.

»Du brauchst é-Shenmyr'onaii nicht zu fürchten«, beruhigte Iluuka ihn, die seine Gedanken besser las, als ihm lieb war. »Er lebt nicht so wie du und ich. Ihm wohnt ein Geist inne, der ... Wie auch immer, é-Shenmyr'onaii hat ein gutes Herz.«

Hat? David hätte die Formulierung, *é-Shenmyr'onaii hätte ein gutes Herz*, bevorzugt. »Lass uns weitergehen«, bat er.

Bald endete ihr Weg an einer Lichtung.

»Wir sind da.«

David trat an der kleinen Elfe vorbei und ein paar Schritte auf die von é-Shenmyr'onaii eingekesselte Lichtung hinaus.

»Und wo sind die Elfen?«, fragte er verwirrt und sah Iluuka fragend über seine Schulter hinweg an, die noch immer im Schatten der Bäume schwirrte.

»*Elben*«, mahnte Iluuka und zuckte mit den Schultern. »Irgendwo und nirgendwo. Sie sind Einzelgänger und gehen irgendwo ihren seltsamen Interessen nach. Manchmal sehe ich sie mit geschlossenen Augen auf einem Fels sitzen, wo sie sich tagelang nicht regen. Wie gesagt, sie sind ein unverständliches Eigenvolk.«

David starrte die kleine Elfe irritiert an. »Und warum führst du mich dann hierher?«

»Weil sie sich manchmal zur Dämmerung hier versammeln. Ich weiß nicht, wann, aber deine Chance, ihnen zu begegnen, ist hier am größten. Du musst nur auf sie warten.«

David stand unschlüssig am Rand der Lichtung. Einerseits fühlte er sich dort etwas aus é-Shenmyr'onaiis drückender Atmosphäre befreit, aber gleichzeitig fühlte er sich wie auf einem Präsentierteller – und das Gefühl gefiel ihm genauso wenig, wie in der abstrakten Hand des Waldes zu stehen. Obgleich er die Elben unbedingt finden wollte, behagte ihm die Vorstellung nicht, dass die Elben *ihn* fanden.

Goldenes Licht färbte den wolkenlosen Himmel, der sich nicht länger hinter é-Shenmyr'onaiis Blättern verbarg. Wenn Davids Zeitgefühl ihn nicht täuschte, hätte der Tag sich längst seinem Ende neigen müssen. Wie lange dauerte ein Tag in der Elfenwelt? Wenn die Elben tagelang reglos auf irgendwelchen Felsen saßen, und Tage hier Wochen dauerten … Er wandte sich Iluuka zu, um sich über den Einbruch der Dämmerung zu erkundigen, als die kleine Elfe aus dem Schatten der Bäume heraus auf ihn zugeflogen kam – und ihm die Sprache verschlug. Als das goldene Licht sie traf, verlor sie ihren bläulichen Schimmer. Stattdessen bot sich ihm ein Farbspiel aus Türkis und Jade, das in immer neuen Variationen durch ihren gläsern erscheinenden Körper flackerte. »Wow, Iluuka«, rief er. »Du bist wahrlich ein zauberhaft schönes Wesen.«

Iluuka blieb mitten in der Luft stehen und legte sich die Hand auf die Brust. David hätte schwören können, dass sie leicht errötete. Ihre Selbstverliebtheit stand außer Frage, trotzdem war sie sichtlich gerührt, als sie dieses Kompliment bekam. Mit einem breiten Grinsen schwebte sie zu ihm und setzte sich auf seine Schulter. Er spürte ihr Gewicht gar nicht.

»Wann bricht die Nacht hier an?«, fragte er.

»Wann immer é-Shenmyr'onaii es möchte.«

David blickte die Elfe nahezu verstört an. »Wann immer der Wald es *möchte*?«, wiederholte er.

»Manchmal geht es schnell und ehe man sich's versieht, ist man von Dunkelheit umgeben. An anderen Tagen lässt é-Shenmyr'onaii den Tag tagelang andauern.« Sie kicherte über ihre Wortwahl.

David seufzte und setzte sich auf den Boden, nicht zuletzt, weil seine Knie sich plötzlich weich anfühlten. Er redete sich ein, dass es am langen Fußmarsch lag, den er hinter sich hatte. »Ich befinde mich also in einem lebendigen Wald, der seine Umgebung wahrnimmt und die Gesetze der Natur beeinflussen kann, sodass sich intelligente Strukturen bilden und Zeit eine Laune ist«, resümierte er.

Iluuka schüttelte den Kopf. »é-Shenmyr'onaii ist kein Wald und er beeinflusst keine Gesetze. Er *ist* das Gesetz. Er ist unser Vater.«

»Euer Vater?« David lachte. Sein Bild von é-Shenmyr'onaii wurde immer absurder, allerdings verlor es nicht an Schaurigkeit.

»Alles, was é-Shenmyr'onaii beherbergt, hat er erschaffen. Das schließt auch uns Elfen und die Elben ein. Er bestimmt unser Leben, er prägt uns und wir sind gehorsam. Du solltest é-Shenmyr'onaii eher als unseren Vater bezeichnen und nicht dauernd als Wald.«

David starrte die Elfe unsicher an. Es fiel ihm schwer, é-Shenmyr'onaiis Wesen zu begreifen, auch wenn er zu verstehen glaubte, was Iluuka ihm sagen wollte. »Bleibst du bei mir?«, fragte er sie. Alles in ihm sträubte sich dagegen, als Eindringling allein am Rande dieser Lichtung inmitten eines lebendigen Waldes zu sitzen und zu warten, dass seine Kinder eintrafen.

Iluuka grinste. »Du magst mich«, stellte sie entzückt fest. Als David zu einer Antwort ansetzte, winkte sie ab. »Man kann es dir nicht verübeln, dem Charme einer Elfe unterlegen zu sein.« Sie zwinkerte ihm zu.

David lächelte. Er war lieber von hundert selbstverliebten Iluukas umgeben, als dass Einsamkeit sein Herz zerfraß.

Iluuka tätschelte ihm beruhigend seine Schulter. »Hab keine Angst, ich leiste dir Gesellschaft, bis die Elben eintreffen. Aber wenn sie kommen, mache ich einen Abgang.«

»Ihr vertragt euch nicht sonderlich, was?«

»Wir sind alle é-Shenmyr'onaiis Kinder, aber wir sind keine Geschwister«, erklärte die Elfe, als machte es Sinn. Sie überschlug ihre dünnen Beinchen, lehnte sich etwas zurück und begann ihm ausführlich von der Beziehung zwischen den Elfen und Elben zu berichten. David lernte, dass es keine Feindseligkeit oder anderweitige Spannungen zwischen ihnen gab. Sie waren so unterschiedlich wie Tag und Nacht, doch sie lebten friedlich nebeneinander. Sie machten é-Shenmyr'onaii mit ihrer Koexistenz aus, wie Tag und Nacht gemeinsam die Zeit ausmachten. Iluuka konnte es lediglich nicht leiden, wenn man sie miteinander verwechselte. »Die Elben machen und sagen ständig komische Dinge. Zum Beispiel behaupten sie, dass sie sich nicht als einzelnes Wesen sehen, sondern mit é-Shenmyr'onaii zu einer Einheit verschmelzen wollen. Sie suchen eine tiefe Verbindung zu ihm, um damit erleuchtet zu werden, oder so ähnlich«, sagte sie und kicherte. »Das ist wohl ihre seltsame Art, zu sagen, dass sie so sein wollen wie wir Elfen. Immerhin leuchten wir im Sonnenlicht.« Sie wies auf ihren funkelnden Körper. »Sie könnten uns um Rat fragen, aber nein, sie denken, dass sie diejenigen sind, die immer den besten Rat für andere parat haben. Sie sind davon überzeugt, dass sie das mit der Erleuchtung hinbekommen, indem sie tagelang regungslos auf einem Fels sitzen. Ziemlich blöd, oder?«

David nickte. »Vielleicht könnten sie tatsächlich etwas von euch Elfen lernen.«

Iluuka lächelte glücklich. Dann warf sie ihren Kopf in den Nacken, um einen Blick gen Himmel zu werfen. Der Himmel war noch immer golden, aber es schien, als hätte ihn ein gräulicher Schleier überzogen. Iluuka begann leicht mit den Flügeln zu flattern. »Sie werden bald eintreffen.« Sie stieß sich von Davids Schulter ab und schwebte vor seinem Gesicht. »Es ist an der Zeit. Viel Glück.« Und dann surrte sie davon.

»Warte«, sagte David bestürzt und sprang auf.

Die kleine Elfe drehte sich nicht mehr zu ihm um und verschwand als kleiner, bläulicher Schimmer in den mächtigen Schatten des Waldes.

Er war allein, sah man von der Präsenz des Waldes ab, die ihn umgab und beengte. So schön er auch war, seine Macht überwältigte ihn. Sein Herz begann ihm schmerzhaft gegen seine Brust zu schlagen. Seine Instinkte rieten ihm, zu fliehen, obgleich er wusste, dass er den Wald niemals verlassen konnte, egal wie weit er rannte. é-Shenmyr'onaii schien unablässig einen Blick auf ihn zu werfen und auf einen winzigen Fehltritt von ihm zu warten, der die Beseitigung des Eindringlings rechtfertigte. Vielleicht wäre er fortgerannt, wäre nicht in genau diesem Augenblick eine Gestalt auf die Lichtung getreten.

Die Reinheit

Iluukas Behauptung, dass es bloß weniger hübsche *Elben* waren, vergaß er in dem Moment, in dem er sie erblickte. Elfe, Elbe ... keiner der beiden Begriffe wurde diesem Wesen gerecht. Vor ihm stand ein Geschöpf von absoluter Reinheit. Die Erfüllung seiner stillen Hoffnung, die ihn tagelang beherrscht hatte, während eine gesamte Welt ihre Hoffnung in ihn gelegt hatte. Das Ziel seiner Reise und die Befreiung von der unerträglichen Last, die ihm auf den Schultern ruhte. David entschied, dieses Wesen *Elfe* zu nennen. Denn Elfen waren die Hoffnung, die Götter der Yagrolaner. Und er hatte sie gefunden.

Ohne jegliche Kontrolle über sich selbst sank er auf die Knie hinab. Er traute seinen Augen kaum, konnte nicht glauben, dass er das unerreichbare Ziel erreicht hatte. Er hätte jauchzen können vor Glück und weinen vor Erleichterung, doch er fürchtete, dass die Tränen seinen Blick trübten und sich die Elfe als trügerisches Scheinbild entpuppte. Er vergaß seine Angst vor é-Shenmyr'onaii, seine Angst vor dem Versagen und alles, was er hatte durchmachen müssen. Tagelang hatte sein Leben ihm Cocktails der Gefühle serviert, doch für diesen Moment hatte sich das schwere Schlucken gelohnt. Das Gefühl der Entlastung durchströmte seinen Körper wie eine warme Welle, die allen Schmerz und Unmut fortschwemmte.

Nachdem die Elfe ihren unerwarteten Besucher einige Sekunden lang betrachtet hatte, schritt sie langsam auf ihn zu. David sah ihr mit großen Augen entgegen und wagte es nicht zu blinzeln.

Optisch glich die Elfe Ayatsuriyaa, doch ließ ihre Aura sie hundertmal schöner erscheinen. Sie trug ein weites Gewand, das die Rundungen ihres Körpers verbarg. Trotzdem konnte David, wenn sie sich bewegte, anmutige Konturen erkennen, als trüge sie nichts. Tatsächlich empfand er betörenden Scham, als er sie anstarrte, aber er konnte den Blick nicht senken.

Am meisten faszinierte ihn das schmale Gesicht der Elfe. Es war jung und erhaben, und doch gezeichnet von Weisheit und einem langen Leben. Ihr Alter war vor David verborgen wie der Boden eines zu tiefen Abgrunds. Der Glanz in ihren Katzenaugen war distanziert, aber nicht abweisend. Ihr weißes Haar, das wie seidene Wasserfälle über ihre Schultern fiel, schimmerte ähnlich wie Iluukas Körper im goldenen Licht der Dämmerung.

Die Elfe blieb vor ihm stehen und sah auf ihn herab. David konnte in ihrem Gesicht nicht lesen, was sie dachte. Sie konnte erbost sein über seine Anwesenheit, verwirrt, überrascht oder gar erfreut – David wusste es nicht. Sie war in der Lage, ihre Gedanken vor einem Unbefugten wie ihm vollständig zu verschließen. Anders als David, der das Gefühl hatte, dass die Elfe mehr seine Seele musterte als sein Äußeres. Auch dieses Gefühl weckte einen leichten Anflug von Scham in ihm, doch dann erinnerte er sich daran, dass er nichts zu verbergen hatte.

Lange Zeit blickte die Elfe ihn an wie ein interessantes Gewächs, das in é-Shenmyr'onaii seine Wurzeln geschlagen hatte. »Sei willkommen«, begrüßte sie ihn schließlich.

David seufzte erleichtert. Sie sah ihn nicht als ungebetenen Gast. Mit diesen Worten fühlte er sich etwas weniger als Eindringling in é-Shenmyr'onaii.

»Du bist ein Mensch«, stellte sie fest. »Es ist nicht lange her, da war ein Mensch hier, der dir ähnlichsah. Doch etwas an dir ist anders.« Sie kniete sich zu ihm und streckte ihre Hand nach seinem Gesicht aus, als beginge sie einen ersten Versuch, sich mit einem scheuen Fuchs anzufreunden.

Sie berührte seine Wange. Die Berührung war angenehm, sodass David die Augen schloss und einen Moment den körperlichen Kontakt genoss.

»Du bist noch ein Kind«, stellte die Elfe mit leichtem Erstaunen fest, während ihre zarten Finger zu seinem Kinn wanderten und sich dann zurückzogen. »Wie lautet dein Name, Menschenkind?«

Er öffnete die Augen wieder. Seine Haut kribbelte, wo die Finger der Elfe ihre Spur gezogen hatten. »David Cervi«, antwortete er.

»Willkommen, David Cervi. Mein Name ist Nirmanakayaa. Was führt dich zu é-Shenmyr'onaii?«

»Ich ... benötige Hilfe.«

»Was sollte in unserer Macht stehen, aber nicht in deiner?«

Die Antwort erschien ihm so offensichtlich, dass ihm die Erklärung dazu fehlte. Sie war ein Geschöpf, dessen Fähigkeiten über seine hinausgingen. Er war nicht in der Lage, ohne ihre Hilfe Sonnen zu erschaffen und Waffen zu verzaubern. Das musste die Elfe doch so gut wissen wie er.

Nirmanakayaa wartete auf eine Antwort, aber er schwieg. »Du wurdest gesandt«, vermutete sie. »Wie der Mensch vor dir, weil nicht jeder den Weg hierher findet.«

David nickte. »Mein Vater wurde von den Yagrolanern gesandt, und auch ich wurde von ihnen gebeten, Euch zu suchen. Die Magie der Cervi-Waffen und der Cervi-Sonne, die Ihr meinem Vater mitgegeben habt, verliert ihre Wirkung.« Er sah der Elfe direkt in die Augen. Er hoffte ihr damit den Ernst der Lage zu verdeutlichen, und gleichzeitig das unsichere Zittern seiner Stimme wettzumachen. »Wenn wir nichts unternehmen, werden die Arya den Vulkan verlassen und Yagrolor angreifen.«

»Warum sollten wir in das Schicksal einer Welt eingreifen, wenn wir nicht davon betroffen sind?«, wunderte sie sich und stand plötzlich auf.

David sah sie erschrocken an und befürchtete, sie würde ihn verlassen, doch die Elfe wartete auf seine Antwort. Seine Gedanken überschlugen sich. Er hätte ihr am liebsten mit einer Gegenfrage geantwortet: Warum habt ihr es vor sechzehn Jahren getan? Er musste seine Worte vorsichtig wählen. Wenn er jetzt etwas Falsches sagte, würde die Elfe ihm seine Bitte abschlagen und Yagrolor wäre verloren. »Weil ...«, begann er und endete mit einem verzweifelten Händeringen. »Weil manche Dinge zu Unrecht geschehen. Yagrolor war gesegnet mit ewigem Frieden, bis die Arya ihre egoistischen Ziele mit unrechten Mitteln verfolgten. Nur durch Eure Hilfe konnte der Frieden in Yagrolor über die letzten Jahre aufrechterhalten werden.« David nahm allen Mut zusammen und stand auf, um der Elfe auf Augenhöhe zu begegnen. »Ich bin selbst nicht von diesem Konflikt betroffen, aber manchmal muss man eingreifen, wenn Unrecht dadurch verhindert werden kann. Ich sehe es als meine Pflicht, den Yagrolanern zu helfen. Auch Ihr habt Euch bereits einmal dazu entschieden. Warum wollt Ihr dieses Mal Eure Hilfe verwehren?«

»Wir gaben ihm die Magie. Nicht, was er daraus gemacht hat. Sie verliert ihre Wirkung, da sie das Schicksal einer Welt beeinflusst. Das Schicksal selbst ist jedoch unausweichlich.«

David schüttelte den Kopf. Es graute ihm, der Elfe widersprechen zu müssen, aber dies war nicht der Zeitpunkt für Feigheit. »Nirmanakayaa, ich bitte Euch.« Er sank erneut auf die Knie. »Damals gab mein Vater sein Leben für Eure Hilfe. Auch ich biete Euch mein Leben als Gegenleistung.«

Zum ersten Mal zeigten sich Emotionen in Nirmanakayaas Gesichtszügen. Sie sah ihn überrascht an. »Warum sollte ich dir dein Leben nehmen wollen?«

David hob hilflos die Schultern. »Mein Vater opferte sich für

Yagrolor. Wenn Ihr auch diesmal ein Opfer verlangt, so nehmt mein Leben. Mehr kann ich euch nicht bieten.«

David schien mit seinen Worten eine Pforte zu den Gefühlen der Elfe zu öffnen. Nirmanakayaas Bestürzung war offensichtlich. »Menschenkind, was hast du für ein Bild von uns?«, hauchte sie. Sie kniete sich zu ihm und nahm sein Gesicht in ihre Hände.

David schmiegte sich in ihre Handflächen und in dem Moment wusste er, dass solche Hände niemals Leben nehmen würden. Obschon er Halt in ihrer Geste fand, riss die Erkenntnis ihm den Boden unter den Füßen weg. Was hatte es dann mit der Heldengeschichte seines Vaters auf sich? Der Gedanke, dass sein Vater nicht der Mann war, den er in den Erzählungen der Yagrolaner kennengelernt hatte, nahm ihm einen Teil seiner eigenen Identität.

Tränen füllten seine Augen. Er sah Nirmanakayaa flehend an. »Was geschah mit meinem Vater?«

»Weißt du, wie du hierher gelangt bist?«, entgegnete sie. Als David den Kopf schüttelte, sagte sie: »Es gibt nur sehr wenige Weltenwanderer, David Cervi. Du solltest dir bewusst sein, dass deine Gabe ein seltenes Geschenk ist.«

David sah betrübt zu Boden. Er war sich nicht sicher, ob er diese Fähigkeit als Geschenk bezeichnen würde.

Nirmanakayaa strich seine Tränen fort und hob sein Kinn, damit er ihr in die Augen sah. »Die Gabe allein ist allerdings nicht hinreichend. Du benötigst immer deinen eigenen Willen und die Hilfe eines anderen, um in eine andere Welt zu gelangen.«

David dachte über ihre Worte nach. »Dimitrios hat mir geholfen, nach Yagrolor zu gelangen.« Plötzlich schlängelten sich die Gedanken des Tatzelwurms zurück in sein Bewusstsein. Da begriff er, dass er für kurze Zeit auch in die Welt des Leviathans eingedrungen war. Das Wissen des Tatzelwurms hatte ihm offenbart, dass dessen Welt durch einen Unfall des Schicksals mit dem See in den Myrarbrunen verknüpft worden war.

Und hatte Wren ihm nicht erzählt, dass auch Ayatsuriyaa in eine Zwischenwelt verbannt worden war? Anscheinend war er unbewusst in ihre Welten gewandert. Er konnte sich nur nicht erklären, wie und warum er den Weg zu Ayatsuriyaa gefunden hatte. Was er mit Sicherheit wusste, war, dass er niemals freiwillig dorthin gegangen wäre.

»Es ist möglich, dass du versehentlich in eine andere Welt gerätst«, erklärte Nirmanakayaa, nachdem David ihr von seinen Erlebnissen berichtet hatte. »Die Welt des Tatzelwurms und Ayatsuriyaas Exil lagen dir in Momenten der Furcht am nächsten. Du wolltest nicht bewusst zu ihnen, aber du wolltest einer gefährlichen Situation entfliehen. Auf gleichem Wege kehrtest du nach Yagrolor zurück. Durch deine noch größere Angst vor dem Tatzelwurm und Ayatsuriyaa warst du bereit, zu den Gnomen und den Räubern nach Yagrolor zurückzukehren.« Ihre Erklärungen klangen einleuchtend, doch sie riefen eine neue Frage in David auf.

»Warum konnte ich dann nicht zurück in meine eigene Welt, als ich mich in Yagrolor überfordert fühlte und Heimweh hatte?« Er wusste, dass keine Sekunde vergangen war, in der seine Mutter und sein Großvater sich ihn nicht zurückwünschten, und allein der Gedanke an seine Familie weckte in ihm die Sehnsucht nach zu Hause.

»Der Wille mancher Wesen lässt sich auf ihren Überlebensinstinkt reduzieren. Andere Wesen sind sehr viel komplexer, und damit auch ihr Wille. Du bist dir nur eines kleinen Teils deines Willens bewusst, David Cervi. Dein Verlangen nach deiner Identität war größer als dein Heimweh. In Yagrolor warst du auf den Spuren deines Vaters und somit auf den Spuren deiner selbst.«

»Und die Elfenwelt?«, fragte er. »Habt Ihr mich hergeholt?«

Nirmanakayaa schüttelte den Kopf. »Das war Iluukamuukaamaluuk.«

»Iluuka?«, fragte David verwirrt. »Bis vorhin kannte sie mich doch gar nicht.«

»Die kleine Iluukamuukaamaluuk brauchte jemanden, der

unparteiisch ist und ihr Bestätigung geben konnte. Sie hat sich mit dir einen Gesprächspartner hierher gewünscht.«

Auf einmal war David dankbar für Iluukas Selbstverliebtheit und dafür, dass sie Bestätigung für ihren Liebreiz benötigte. Wenn die kleine Elfe nicht gewesen wäre, hätte er jahrelang sinnlos in Yagrolor umherstreifen können, ohne jemals nach é-Shenmyr'onaii zu gelangen.

»Es gibt noch eine dritte Bedingung für einen Weltenwanderer, um andere Welten betreten zu können.« Nirmanakayaa legte ihm die Hand auf die Brust, und David spürte, wie ihm warm ums Herz wurde. »Reinheit.« Der Klang ihrer Stimme bei diesem Wort bereitete David eine Gänsehaut. »Nur, wenn die Reinheit deines Herzens der Reinheit der Welt gerecht wird, kannst du sie betreten. Kaum einem Weltenwanderer gelingt es, den Weg nach é-Shenmyr'onaii zu finden.«

»Bedeutet das, ich habe ein reines Herz?«, fragte David unsicher.

Nirmanakayaa lächelte warm. »Ansonsten würde Dharmakayaa, der Geist, der é-Shenmyr'onaii innewohnt, dich auf der Stelle vernichten.«

Unwillkürlich blickte er in die Schatten des Waldes. Die ausschweifenden Äste in den dunklen Kronen winkten ihm verführerisch zu. Er schauderte. Nur ein Fehltritt würde genügen ... »Wieso habe ich ein reines Herz?«

»Du hast dich von den Geistesgiften gereinigt.«

»Den Geistesgiften?«

»Verblendung, Gier und Hass sind drei unheilvolle Geistesgifte, denen viele Wesen verfallen. Man muss stets auf sie achten, sie erkennen und ihnen die Kraft nehmen. Du gehst durch die Welten mit offenen Augen, David Cervi, ansonsten wärst du kein Weltenwanderer. Und ich sehe keine Gier in dir ... doch erst vor Kurzem hast du den Hass in dir erkannt und ihm die Kraft genommen.«

Es dauerte eine Weile, bis David begriff, dass ihre Worte mehr als nur eine Metapher waren. »Ihr sprecht von Cernowain.«

»Das ist der Name, den du ihm gibst. Hass nimmt die unterschiedlichsten Namen und Gestalten an. Tatsache ist, dass man das Geistesgift erkennen muss, um Reinheit zu erlangen. Das hast du geschafft, und Dharmakayaa hat dir erlaubt, nach é-Shenmyr'onaii zu kommen.«

»Aber ich habe Cernowain nicht selbst besiegt«, gab David zu bedenken.

Die Elfe lächelte. »Hättest du ihn getötet, hättest du niemals herfinden können. Du hast deine Furcht vor Cernowain aufgegeben und ihn als Teil von dir anerkannt. Erst dadurch wurde dein Herz rein.«

David erinnerte sich an die Worte seines Vaters. *Manchmal muss man eine Macht verlieren, um mächtiger zu sein.* Dieser Rat hatte ihm nicht nur helfen sollen, Cernowain zu besiegen. David hatte seine Angst und seinen Hass verlieren müssen, um sein Herz zu reinigen und dadurch die Elfen zu finden. Und sein Vater hatte ihm diesen Rat in verschleierten Worten gegeben, weil man Hass nur durch Selbsterkenntnis ablegen konnte. Er verspürte einen Hauch von Scham in sich aufkommen. Er hätte versagt, wäre Mila nicht gewesen ... Nur dank ihr hatte er noch eine Chance bekommen, zu verstehen, wer Cernowain war.

David seufzte, da sein Unwissen endlich von ihm abfiel wie welkes Laub und die Erkenntnis in Form von frischen Blüten spross. Endlich erkannte er, wie all die Ungereimtheiten zusammenpassten, an denen er die letzten Tage verzweifelt war. Die gesamte Reise durch Yagrolor war ein Reifungsprozess gewesen. Erst hatte der Wille in ihm reifen müssen, die Elfenwelt zu erreichen, dann hatte er ein reines Herz erlangen müssen, indem er die dunkle Seite in sich erkannte und akzeptierte. Endlich ergab alles einen Sinn – es blieb nur noch eine letzte Frage: »Nirmanakayaa, wieso musste mein Vater sterben?«

»Dharmakayaa vernichtet jeden, der é-Shenmyr'onaii mit unreinem Herzen betritt.«

»Bedeutet das ... mein Vater hatte kein reines Herz?« David weigerte sich, das zu glauben. »Wie hat er es dann überhaupt hierher geschafft?«

Nirmanakayaas Augen verrieten aufrichtige Trauer. »Er hatte ein reines Herz, bis zu dem Augenblick, in dem er unsere Magie anwandte. Mit dem Eingriff in Yagrolors Schicksal hat er Unrecht getan. Er hat den Arya und auch den Trollen nicht die gleiche Wertigkeit zugestanden wie den Yagrolanern. Das Geistesgift der Verblendung nahm ihn ein. Das ist der Grund, warum er sterben musste.«

David spürte, wie hilflose Wut in ihm heranwuchs. »Nennt Ihr es unrecht, Frieden zu schaffen?« Diesmal waren es Tränen des Zorns, die seinen Blick verschleierten. Er wischte sie fort, bevor Nirmanakayaa es tun konnte. »Wollt Ihr mir damit sagen, dass mein Vater gestorben ist, weil er *helfen* wollte?«

»Du bist erbost und das ist verständlich. Doch versuche zu verstehen, David Cervi, nicht zu verblenden. Es gibt immer mindestens zwei Seiten in einem Konflikt. Du kennst nur die Seite der Yagrolaner.«

David starrte die Elfe fassungslos an. »Wie kann es unrecht sein, ein gefährliches Volk daran zu hindern, ein unschuldiges Volk anzugreifen? Mein Vater war ein Held! Seine Tat zeugt von einem reinen Herzen.«

»Lass mich dir eine Frage stellen. Woher kannte dein Vater die Absichten der Arya?«

»Von den Yagrolanern.«

Nirmanakayaa nickte. »Die Yagrolaner erzählten ihm, was damals aus ihrer Sicht geschehen war. Doch würde ein Arya dieselbe Geschichte erzählen?«

»Wahrscheinlich nicht, aber ...«

»Nehmen wir einmal an, die Arya seien tatsächlich ein verblendetes, gieriges und hasserfülltes Volk gewesen und zu Recht verbannt worden. Die Arya, die heute in Árion leben, sind nicht mehr dieselben Wesen von einst. Woher willst du wissen, dass sie dieselben Absichten hegen wie ihre Vorfahren?«

David schwieg.

»Mit der Magie, die wir Gustav Cervi gaben, hat er eine Sonne und Waffen erschaffen, die das Schicksal der Welt geändert haben. Seine Absichten mögen gut gewesen sein, doch sein Eingriff war es nicht.«

David wollte nicht wahrhaben, dass das der Grund dafür sein sollte, dass er keinen Vater mehr hatte. Er sah Nirmanakayaa durch einen Schleier aus Tränen und Verzweiflung an. »Warum musste mein Vater sterben, und nicht ihr?«, fragte er. »Ihr habt ihm die Magie gegeben, tragt ihr damit nicht eine Mitschuld?«

»Seine Bitte an sich war wertfrei. Wir gaben ihm die Magie, um die er uns bat, da er mit reinem Herzen vor uns stand. Jedoch hatten wir keinen Einfluss auf ihre Anwendung. Wir wussten nicht, welche Konsequenzen die Nutzung unserer Magie haben würde. Wir wissen über andere Welten mehr als ihr Menschen, aber auch wir sind nicht allwissend.« Sie seufzte. »Gustav Cervi mag vielleicht durch ein unreines Herz gestorben sein, doch er nahm seinen Tod in Kauf, mit der Überzeugung, Gutes zu tun. Er hat sich für Yagrolor geopfert, und das macht ihn dort zu einem Helden.«

Die Tatsache, dass die Elfe das Heldentum seines Vaters anerkannte, war wie eine kleine Entschädigung für seinen viel zu großen Verlust. Sein Vater war tot, doch immerhin blieb ihm dessen Heldengeschichte. David hätte es nicht verkraftet, hätte man ihm auch noch die Geschichte genommen. Er nahm seinen Kettenanhänger in die Hand. »Wenn ich Euch um Hilfe bitte, werdet Ihr sie mir abschlagen«, vermutete er.

Ein Blick in Nirmanakayaas gelbe Katzenaugen sagte ihm genug. Eine neue Flut an Tränen rann über seine Wangen. Er war dem Ziel so nahe gekommen und nun soll alles umsonst gewesen sein?

Seine Niedergeschlagenheit schien Nirmanakayaa zu berühren. Die Elfe öffnete ihre Arme, um ihm Halt und Trost zu spenden, und David ließ sich in ihre Umarmung fallen.

»Vielleicht gibt es noch eine andere Möglichkeit, dir zu helfen«, tröstete sie ihn. »Wenn jemand Rat weiß, dann Sambhogakayaa.« Sie strich ihm sanft durch sein Haar und er verharrte in ihren Armen, während der Himmel sich langsam verdunkelte und weitere Gestalten auf die Lichtung traten.

Als David die Elfen sah, sahen sie ihn ihrerseits an, als wüssten sie schon längst Bescheid.

Er erkannte Sambhogakayaa in dem Moment, in dem sie auf die Lichtung trat. Auch ihr Erscheinungsbild war geprägt von zeitloser Schönheit, doch dominierte ihre Aura alle anderen. Im Gegensatz zu den anderen Elfen trug sie ein grünes Gewand, das an ihrer Taille durch eine Liane zusammengehalten wurde. Erst als sie näher kam, fiel David auf, dass das gesamte Gewand aus Pflanzen bestand. Blätter schmiegten sich an ihren Körper wie eine zweite Haut, durch unsichtbare Nähte miteinander verbunden. Filigrane Ranken umwickelten ihren schmalen Hals und schlängelten sich zu beiden Seiten die Arme hinab. In ihrer rechten Hand hielt sie einen knorrigen Wanderstab. Ihr Haar schimmerte so grünlich wie Iluukas Körper im Sonnenlicht, obwohl die Dämmerung bereits fortgeschritten war. Sie trug ihr Haar in einem geflochtenen Zopf, in den feine Lianen eingeflochten waren. Ihre Katzenaugen waren von stechendem Grün.

Alle Blicke waren auf Sambhogakayaa gerichtet. Ihr Blick galt hingegen nur einer einzigen Person.

David erhob sich und deutete eine Verbeugung an. Er wusste nicht, ob die Elfe diese Geste verstand, aber er hatte dadurch wenigstens das Gefühl, ihrem Blick etwas entgegenzubringen.

Ihr Blick war stechend, aber ihr Gesicht blieb ausdruckslos. »Ein Kind der Menschen hat den Weg nach é-Shenmyr'onaii gefunden«, stellte sie fest.

»Er ist sein Sohn«, flüsterte Nirmanakayaa, als wäre es Erklärung genug.

Sambhogakayaa nickte. »Wir können dir nicht helfen, David Cervi.«

»Bitte, hört mich erst an«, bat David.

Sambhogakayaa hob ihre Stimme und ihre Antwort galt allen. »Es ist eine dunkle Macht. Sie ist unauffällig, unberechenbar und gefährlich. Unauffällig, weil sie sich hinter den besten Absichten versteckt.

Unberechenbar, weil sie keine Unterschiede macht. Wenn ihre Finger uns streifen, sind wir alle gleichsam verletzlich. Und ihre Finger reichen weit. Sie überschreiten selbst weltliche Grenzen. Was ich als Weltenschauerin in anderen Welten sehe, entsetzt mich. Es wäre leicht, wegzusehen, doch diese Macht zu ignorieren wäre eine Sünde. Sie ist gefährlich, weil sie das Gleichgewicht auf allen Ebenen stört. Das Gleichgewicht lässt sich von außen nicht richten. Ich sehe, wie sie sich ausbreitet, doch ich bin machtlos.«

Ihre Worte ließen David erschaudern. Auch die Elfen hatten ihre Masken der Ausdruckslosigkeit fallengelassen. Tiefe Besorgnis stand in ihren Augen geschrieben, während sie der Weltenschauerin lauschten.

»Es ist unmöglich, der Verbreitung dieser dunklen Macht ein Ende zu setzen. Selbst é-Shenmyr'onaii wurde einmal von ihrem Schatten gestrichen. Ihr alle wisst, was mit Ayatsuriyaa geschah.« Sambhogakayaas Blick verriet David, dass sie wusste, dass er ihr begegnet war und ihre Geschichte kannte. »Das Kind der Menschen ist den Fußspuren seines Vaters gefolgt, um unsere Hilfe zu erbitten. So wie Gustav Cervi wurde nun David Cervi von einer Welt gesandt, die im Schatten der dunklen Macht zu versinken droht. Beide bitten uns um ein Heilmittel für denselben kranken Freund. Doch die Magie, die wir Gustav Cervi gaben, glich der Amputation eines befallenen Körperteils, während die Krankheit selbst bestehen blieb und genährt wurde.«

Sambhogakayaa wandte sich direkt an David. »Dein Vater nutzte unsere Magie um Gutes zu tun, doch in Wahrheit hat die dunkle Macht ihn geblendet, ohne dass er sich dessen bewusst war. Es war ein Fehler, ihm die Magie zu geben. Ich habe keine Kontrolle über die magischen Gaben, die dein Vater Yagrolor gab. Doch scheint die Magie von selbst zu verglühen.«

»Dann ist Yagrolor nicht mehr sicher!« David sah die Elfe flehend an. »Die Cervi-Sonne und Cervi-Waffen sind das Einzige, was den Frieden dort wahrt.«

Sambhogakayaa entgegnete seinem Blick lange Zeit mit Schweigen.

»Die Arya sind nicht der wahre Feind. Ich sehe in dir, dass du das verstehst«, sagte sie schließlich. »Der wahre Feind ist unsichtbar.«

»Was ist es für eine dunkle Macht, die ihren Schatten auf Yagrolor wirft und gar Wesen wie Euch das Fürchten lehrt?«

»Es ist ein Kuckuckskind. Einmal aufgenommen, kann man es nicht mehr verbannen. Ihr Menschen habt es bereits vor langer Zeit in eurer Welt aufgenommen. In é-Shenmyr'onaii soll es keinen Einzug erhalten, daher gebe ich ihm keinen Namen.«

»Aber wie sollen wir gegen einen Feind kämpfen, ohne ihn zu kennen?«

»Man kann ihn nicht bekämpfen.«

»Sambhogakayaa, Ihr sagtet selbst, es zu ignorieren sei eine Sünde.«

Die Elfe schloss die Augen.

David befürchtete, dass er mit seinen Widerworten zu weit gegangen war. »Verzeiht mir, ich ...«

»Ich habe nicht gesagt, dass du die dunkle Macht ignorieren sollst. Du kannst sie lediglich nicht bekämpfen. Dennoch gibt es etwas, was du tun kannst.«

Er blinzelte. »Wirklich?«

Sambhogakayaas öffnete ihre Augen und sah ihn an, als richtete sie über seine Eignung, ehe sie antwortete. »Mit jedem Tropfen vergossenen Blutes gewinnt die Macht an Stärke. Jeder vermeintliche Sieg über ein vermeintlich boshaftes Volk ist in Wahrheit ein Sieg der Macht. Yagrolor muss die Waffen niederlegen und die Arya mit offenen Armen empfangen. Kind der Menschen, bring Yagrolor zur Vernunft.«

David starrte die Elfe an. »Aber, wenn die Arya angreifen ...« Er brach ab, als Sambhogakayaa ihm mit einer herrischen Geste buchstäblich das Wort abschnitt.

»Niedere Gefühle wie Neid und Hass, niedere Begierden wie Habgier und Vergeltung, niedere Handlungen wie Gewalt und Mord ... sie sind entbunden aus dunklem Leibe, genährt von dunklen Sehnsüchten, aufgezogen von manchen und akzeptiert von den meisten.

Ihr dürft das Kuckuckskind nicht länger tolerieren. Wascht eure Hände in Unschuld, indem ihr die Waffen niederlegt.

Es ist deine Aufgabe, David Cervi, den Schatten zu verdrängen, indem du Licht bringst. Kind der Menschen, bringe Yagrolor zur Vernunft.«

David wagte es nicht noch einmal Widerworte zu geben, doch er hatte keinen Schimmer, was die Elfe ihm gerade auftrug. Sambhogakayaas fordernder Blick bereitete ihm beinahe körperliche Schmerzen.

Auf einmal wurde ihm schwindelig. Die Farben seiner Umgebung verschwammen und drehten sich spiralförmig um ihn herum wie ein reißender Strudel, der ihm jegliche Orientierung nahm. Sambhogakayaas jadegrüner Schimmer verzog sich vor seinen Augen zu langen Ranken, die ihn einkreisten, umschlangen und beengten. Er wurde von den Farben mitgerissen, verschwand mit ihnen, schwebte eine Zeit lang im zeitlosen Nichts und verlor sein Bewusstsein.

Der Verrat

Als er seine Augen öffnete, war er nicht mehr im Elfenwald. Rosa Sterne funkelten am Himmelszelt. Er war zurück in Yagrolor. Die Nacht war sichtbar fortgeschritten, doch würde es noch ein wenig dauern, ehe die erste Morgenröte den Platz der Sterne einnahm und den Sonnenaufgang verkündete.

Sein Arm lag auf Cernowains weichem, kalten Fell. Er setzte sich auf und bemerkte, dass Mila neben ihm saß. Ihr Blick verriet, dass sie wusste, was geschehen war.

»Und?«

David konnte ein Grinsen nicht unterdrücken. »Ich habe sie gefunden«, antwortete er und schloss Mila in eine wilde Umarmung. Dann stand er auf und lief zurück zu ihrem Rastplatz, wo die anderen noch schliefen. »Ich habe die Elfen gefunden!«

Dimitrios, Gazzel, Hayri und Valgardur setzten sich schlaftrunken auf und sahen ihm verwirrt entgegen.

»Ich habe die Elfen gefunden«, wiederholte er aufgeregt. Er hatte damit gerechnet, dass Erheiterung und Erleichterung ihre Blicke füllten, doch das Einzige, was die Blicke seiner Gefährten ihm mitteilten war ... Mitleid?

»Bist du dir sicher, dass du nicht bloß geträumt hast?«, fragte Dimitrios einfühlsam, doch gerade die Sanftmut in seiner Stimme traf David wie eine Ohrfeige.

Mila stellte sich an Davids Seite und legte ihre Hand auf seine Schulter. »Was haben die Elfen gesagt, David?«, fragte sie. »Werden sie uns helfen?« Hoffnung glomm in ihren Augen.

»Sie haben mir einen Rat mitgegeben. Ihr müsst Frieden schaffen, indem ihr die Waffen niederlegt.«

Valgardur verdrehte die Augen. »Vor uns steht ein Erlöser, wahrhaftig. Du hast fantasiert, Junge.«

»Was, wenn David die Wahrheit spricht?«, warf Mila ein.

»Es ist die Wahrheit«, beteuerte David und dankte ihr in Gedanken für die Unterstützung.

Valgardur grunzte. Er stand auf, um mit ihnen auf Augenhöhe zu sein. »So wollen wir dem Wort der Elfen folgen und ohne unsere Cervi-Waffen nach Ank-Liin zurückkehren, um diesen grauen Dämonen unsere Freundschaft anzubieten«, spottete er. »Dann laden wir noch die Arya zum Bankett ein und leben glücklich bis an unser Lebensende.«

Auch Dimitrios erhob sich. Er packte David an den Schultern und sah ihn eindringlich an. »David, wenn du sie wirklich gefunden hast, warum helfen sie uns nicht wie damals? Warum erneuern sie nicht die Magie unserer Waffen?«

»Ihr dürft nicht mehr kämpfen«, entgegnete David. »Das ist der Kern ihrer Botschaft. Ihr müsst auf anderem Wege für Frieden sorgen.«

»Die Elfen ... helfen uns also nicht?« Es war, als zerbräche etwas im Blick seines Freundes.

Da wurde David bewusst, dass er seinen Gefährten mit diesem eher nutzlosen Rat der Elfen ihre letzte Hoffnung genommen hatte. Dimitrios glaubte ihm, dass er die Elfen gefunden hatte. Er wollte nur nicht wahrhaben, dass er mit leeren Händen zurückgekehrt war.

»Es ist noch immer möglich, den Frieden in Yagrolor zu bewahren«, versicherte David ihnen. »Die Gnome müssen in die Myrarbrunen zurückkehren und ihr müsst Árion als Teil von Yagrolor anerkennen. So könnt ihr euch noch vor der dunklen Macht retten, die ihren Schatten auf Yagrolor wirft.«

»Wie sollen wir das anstellen?«, warf Hayri ein. »Wie sollen wir die Gnome zurück in die Myrarbrunen zwingen? Und selbst wenn wir Árion als Teil unseres Landes akzeptieren, wird das die Arya nicht davon abhalten, uns zu überfallen.«

»Die Gnome und die Arya sind nicht das wahre Problem. Die Elfen sprechen von einer dunklen Macht, die all dem zugrunde liegt.« Er erinnerte sich an Sambhogakayaas Worte, als spräche sie in seinen Gedanken zu ihm. »Niedere Gefühle wie Neid und Hass, niedere Begierden wie Habgier und Vergeltung, niedere Handlungen wie Gewalt und Mord ... sie sind entbunden aus dunklem Leibe, genährt von dunklen Sehnsüchten, aufgezogen von manchen und akzeptiert von den meisten. Ihr dürft das Kuckuckskind nicht länger tolerieren. Wascht eure Hände in Unschuld, indem ihr die Waffen niederlegt.«

»Die Gnome werden aber nur mit einem neuen Häuptling in die Myrarbrunen zurückkehren«, erinnerte Gazzel.

»Und dafür muss ich sterben«, fügte Dimitrios hinzu. »Nur über meine Leiche werde ich meinen Bogen niederlegen.«

David schüttelte den Kopf. »Das ist der Grund, warum die Magie der Elfen versiegt. Sie haben sich selbst eingestanden, dass es ein Fehler war, euch ihre Magie zu geben.«

»Sie haben *was*?«, ächzte Dimitrios.

»Ketzerei!«, erboste sich Valgardur – und stürzte mit erhobener Faust vor.

Ehe David reagieren konnte, warf Dimitrios sich zwischen sie, und auch Hayri sprang erschrocken auf, um Valgardur davon abzuhalten, seine Fäuste auf David niederprasseln zu lassen.

»Bei den Elfen, wir sind Krieger!«, brüllte der gedrungene Mann zornig und schubste Dimitrios und Hayri fort. »Wir wurden ausgebildet, um zu kämpfen! Wir bekamen die Cervi-Waffen, um unser Land zu verteidigen!«

David ließ sich nicht einschüchtern. Entschlossen schritt er auf den Krieger zu. »Seid kein Narr, Valgardur. Eure Welt wird von einem Feind bedroht, den Ihr mit Euren Waffen nicht schlagen könnt.«

»Wie kannst du es wagen, die Fähigkeiten eines Ankschen Kriegers anzuzweifeln, du törichtes Balg!« Valgardur versetzte ihm einen Stoß vor die Brust und setzte zum Angriff nach.

Sofort schritten die anderen erneut ein, um Handgreiflichkeiten zu unterbinden. Hayri hakte sich von hinten unter Valgardurs Arme und hielt ihn zurück, während Dimitrios sich schützend vor David aufbaute und Valgardur mit scharfen Worten zurechtwies. Gazzel sprang an Davids linke Seite und Mila klammerte sich an seinen rechten Arm, als wollte sie ihn schützen und gleichzeitig selbst Schutz in diesem heillosen Durcheinander suchen.

Davids Herz verkrampfte sich. Die Situation war außer Kontrolle geraten. Ihre Einheit wurde entsandt, um die Welt zu retten – stattdessen prügelten sie sich untereinander. Da begriff er, dass es genau das war, wovor Sambhogakayaa ihn gewarnt hatte. Er war davon ausgegangen, dass die dunkle Macht von außen kam wie eine Seuche. Dabei kam sie von innen und fraß sich langsam durch ihre Herzen. »Es ist die dunkle Seite in uns«, flüsterte er. Und plötzlich ergab alles einen Sinn.

Damals hatte die dunkle Seite der Arya überhandgenommen und ihre Gedanken und Handlungen bestimmt. Doch wie Nirmanakayaa gesagt hatte, waren die Arya von heute nicht ihre Ahnen. Wenn die Yagrolaner sie weiterhin hinter den Myrarbrunen gefangen hielten und ihre Waffen gegen sie richteten, wurde ihr Handeln von der dunklen Seite gelenkt. Dass jeder eine solche Seite in sich trug, hatte David am eigenen Leib erfahren. Er hatte Cernowain als Teil von sich anerkennen müssen, um ihn dadurch unter Kontrolle zu bringen. Das hatte sein Herz gereinigt und das Gleiche mussten nun die Yagrolaner tun.

Wenn sie die Arya weiterhin unterdrückten, wäre das Yagrolors Untergang, egal welche Seite letztlich gewinnen würde.

»Eure Wut macht Euch blind, Valgardur«, sagte David mit ruhiger Stimme. »Und genau das ist die wahre Gefahr in dieser Welt. Wenn Ihr versucht, das Böse mit Gewalt zu bekämpfen, unterschreibt Ihr Eure Niederlage. Ihr versucht, Feuer mit Feuer zu bekämpfen, doch statt es zu löschen, schafft Ihr damit nur ein noch größeres Inferno.« Er sah seine Gefährten einen nach dem anderen eindringlich an, um seine Worte wirken zu lassen. Dann stutzte er. »Wo ist Gazzel?«

Er lag da und starrte in den Himmel hinauf, der mit sanften roten Tönen die baldige Morgensonne ankündigte. Trotz der fortgeschrittenen Stunde hatten sie sich noch einmal schlafen gelegt. David hatte Dimitrios angefleht, Gazzel eine Chance zu geben, zu ihnen zurückzukehren. Wenn sie sich nun auf den Weg machten, würden sie nie mehr zueinanderfinden. Dimitrios hatte ihm drei Stunden Wartezeit gewährt. Wenn Gazzel sich bis dahin nicht blicken ließ, würden sie aufbrechen und über einen weiten Bogen zum nördlichen Stadttor von Ank-Liin zurückkehren, in der Hoffnung, das Gnomenvolk damit zu umgehen.

David wusste nicht, was ihn mehr enttäuschte – die Tatsache, dass Gazzel sie ohne ein Wort verlassen hatte oder dass es scheinbar niemanden seiner Gefährten überraschte. Selbst Dimitrios hatte sein Verschwinden nur damit kommentiert, dass Gnome die Gesellschaft ihresgleichen brauchten.

Seit sie Gazuri vor den Stadtmauern Ank-Liins verloren hatten, musste Gazzel bewusst geworden sein, dass er nicht zu ihnen gehörte. Dimitrios hatte sogar gesagt, dass sie froh sein konnten, dass Gazzel keine der unzähligen Gelegenheiten genutzt hatte, ihn im Schlaf zu töten. David hatte nicht fassen können, wie Dimitrios über ihren Freund sprach – doch ebenso wenig konnte er fassen, was ihr Freund ihnen antat.

Sein Kurzschwert steckte nicht länger in der Scheide an seinem Gürtel. Während des Konflikts zwischen ihm und Valgardur hatte Gazzel anscheinend den Aufruhr genutzt, um ihm sein Kurzschwert zu entwenden und damit zu fliehen. David bezweifelte, dass der Gnom den Helden spielen und sich dem Gnomenheer im Alleingang entgegenstellen wollte. Allerdings blieb damit nur noch Dimitrios' Erklärung übrig: Ihr Freund hatte sie verraten und war zu seinem Volk zurückgekehrt.

David machte sich Vorwürfe, da er sich nicht ausreichend um Gazzel gekümmert hatte. Der Gnom hatte sein einhundertzweiunddreißigjähriges Leben in den Myrarbrunen aufgegeben, um ihn auf einer gefährlichen Reise durch eine Welt zu begleiten, die für ihn genauso unbekannt war wie für David. Und er war zu blind und beschäftigt gewesen, um das Leid seines Freundes nach dem Verlust seiner Schwester zu erkennen. Wäre er für ihn da gewesen, hätte Gazzel vielleicht nicht das Bedürfnis gehabt, zu den Gnomen zurückzukehren.

David riss ein Büschel Gras aus der Erde und schmiss es fort. Statt fortzufliegen, stoben die Halme auseinander und fielen auf ihn. Wütend wischte er sich über sein Gesicht und starrte mit leerem Blick und leerem Herzen in den Himmel, bis die Müdigkeit gewann und ihn einschlafen ließ.

»Wacht auf, die Missgeburten sind da!«

Entsetzt riss David die Augen auf und sprang auf die Füße. Der Schlaf saß ihm noch in den Gliedern, sodass er sein Gleichgewicht verlor, noch bevor der erste Gnom ihn angriff. Er rollte sich über die Schulter ab, während sein Angreifer haltlos fortschlitterte.

Sofort sprang er auf, fasste sich diesmal und sah sich um. Überall gewahrte er dieselbe Farbe, die er langsam aber sicher zu hassen begann.

Schmutziges Grau lag über seinen Freunden wie eine klebrige

Schicht, von der sie sich verzweifelt zu befreien versuchten. Mila fing mit angsterfüllten Augen seinen Blick auf, bevor ihr ein Gnom ins Gesicht sprang und sie unter sich vergrub.

»Mila!« David war mit wenigen Schritten bei ihr und trat den Gnom mit einem Tritt fort, der ihn meterweit davonschleuderte. Er griff dem Mädchen unter die Achseln und half ihm auf.

»Danke, ich …« Ihre Augen weiteten sich, als ihr Blick auf etwas hinter ihm fiel. Keine Sekunde später prallte ihm etwas Schweres gegen seinen Rücken.

Er fiel vornüber auf Mila, die sein Gewicht nicht halten konnte und unter ihm begraben wurde.

David rollte sich auf die Seite und erblickte den hinterlistigen Gnom, der bereits im Begriff war, ihn erneut anzugreifen. David empfand eine tiefe Genugtuung, als er seinen Fuß hob und der Gnom keine Zeit mehr fand, seinen Angriff abzubrechen, und mit seiner Fratze auf Davids Sohle klatschte.

Kaum standen er und Mila auf den Beinen, sahen sie sich neuen Monstern gegenüber, die sich um sie scharten wie Motten um das Licht. David sah sich nach Dimitrios um. Er war es, den die Gnome suchten. Tatsächlich entdeckte er einen grauen Berg an jener Stelle, an der der Königssohn geschlafen hatte. »Dimi!«

Er rannte los, dicht gefolgt von Mila, während sich eine immer dichter und aggressiver werdende Wand vor ihnen aufbaute, die sie für jeden gewonnenen Meter mit einer neuen Wunde bezahlen ließ.

Mila bewies, dass sie eine Akrobatin war. Leichtfüßig sprang sie über Gnome hinweg, überholte David und entwand sich geschickt den Angriffen. Mit einem Anflug von Neid eilte David ihr nach und watete durch die graue Masse wie ein grotesker Vogel, als sich ein dreister Gnom auf die Schultern eines anderen stellte, ihn als Sprungbrett nutzte und David mit einer Wucht auf den Kopf sprang, die ihn hilflos hintenüberkippen ließ.

Die unzähligen Gnome hinter ihm dämpften den Aufprall. Wütende

Schreie und wüste Beleidigungen erklangen aus gurgelnden Kehlen unter ihm.

Im ersten Moment erschrak David. Er hatte verdrängt, dass die Gnome keine Monster waren, sondern intelligente Wesen mit Sprache und Kultur, auf der Suche nach Vergeltung für ihren getöteten Häuptling. Allerdings steuerte die dunkle Seite ihr Handeln und ließ sie in dem Glauben, damit auf der Seite der Gerechtigkeit zu stehen. Was soeben geschah, war ein weiterer Siegeszug des Bösen, das sie gegeneinander aufhetzte.

Entschlossen stand er auf und drängte sich weiter vor, wobei er es vermied, die Gnome zu verletzen. Sie mussten Dimitrios retten und fliehen, ohne unnötiges Blut zu vergießen.

Der Königssohn hatte sich aufrappeln und mit seinem Bogen bewaffnen können. Er war von unzähligen Gnomen umzingelt. Hätten sie ihn gleichzeitig angegriffen, wäre er längst tot, doch sie standen da wie leblose Zinnsoldaten, die eine Momentaufnahme ihres Kampfes darstellten. Dimitrios drehte sich kontinuierlich um die eigene Achse, sodass er seine Gegner im Blick hatte. Die Gnome wichen respektvoll zurück, sobald die Pfeilspitze auf sie wies.

Sie alle wollten den todbringenden Schlag gegen den Mörder ihres Häuptlings ausführen und somit der neue Häuptling werden. Aber sie alle wussten auch, dass der erste Angreifer von einem Pfeil durchbohrt werden würde.

»Dimi!« David durchdrang den Kreis und stellte sich an die Seite seines Freundes.

»David, bist du wahnsinnig? Du bist unbewaffnet!«

Er hob unbeholfen seine Fäuste. Er würde seinen Freund nicht im Stich lassen – aber er würde es auch nicht zulassen, dass sein Freund noch einmal zum Mörder wurde. Nervös betrachtete er ihre Gegner, die sie mit Gier in den Augen ansahen, als lechzten sie geradezu nach ihrem Blut. Das Erschreckendste in ihren Blicken war allerdings nicht der tierische Appetit auf einen Sieg – es war die Entschlossenheit, die sich in ihren Augen widerspiegelte, und die David bis ins Mark erschütterte.

Es waren so viele. Wie sollten sie aus dieser Situation herauskommen, ohne dass Blut floss? Er fragte sich, ob Gazzel sich unter ihren Angreifern befand, als das Licht der Morgensonne irgendwo in der grauen Menge reflektiert wurde. Es war, als riefe sein Kurzschwert nach ihm.

Die Gnome mochten tierische Ähnlichkeit zueinander aufweisen – aber zwei von ihnen kannte David gut genug, um sie selbst aus der Masse heraus zu identifizieren. Sie hätten nicht einmal das Kurzschwert und einen von Dimitrios' Pfeilen in den Händen halten müssen. David wollte seinen Augen nicht trauen, aber Gazzel und Gazuri erwiderten seinen Blick.

Sein Herz verkrampfte sich. Zwei Freunde, die sich als Feinde entpuppten. Gnome waren ein hinterlistiges Volk, hatte Dimitrios ihm schon in den Myrarbrunen gesagt. Von Anfang an hatte er ihn vor ihren Intrigen gewarnt, doch David hatte Gazzel und Gazuri gutgläubig als Gefährten aufgenommen. Er hätte Dimitrios vertrauen müssen, immerhin war dies die Welt des Yagrolaners und nicht seine. Die Tatsache, dass Gazuri überlebt hatte, konnte ihn kaum erfreuen. Er hätte es vorgezogen, sie weiterhin als eine tote Freundin zu wissen, als sie dort als einen Teil der mordlustigen Meute zu entdecken.

Dimitrios hatte recht gehabt, sie hatten unzählige Möglichkeiten nicht genutzt, um ihn im Schlaf zu töten. Warum? Ihm fiel ein, dass Gazzel als Verräter gegolten hatte und sie beide Außenseiter unter ihresgleichen waren. Ihre Strategie war genial – sie hatten sich dem Feind angeschlossen, um bei passender Gelegenheit zu ihrem Volk zurückzukehren und es zu ihnen zu führen. So gewannen sie das Vertrauen ihrer Artgenossen zurück – und bekamen die Möglichkeit, vor ihren Augen den Feind zu töten. Mit seiner eigenen Waffe.

Es passte alles zusammen, auch wenn David es nicht wahrhaben wollte. Er biss sich auf die Lippe, um seine Wut unter Kontrolle zu bringen.

Gazuri und Gazzel drängten sich vor, in die vordersten Reihen des erstarrten Gnomenkessels. Wie zum Hohn blitzte die Klinge in Gazuris Händen auf, als wollte die Klinge David sagen, dass auch sie die Seiten gewechselt hatte. Der Cervi-Pfeil in Gazzels Händen verhöhnte ihn nicht minder, weil sich das Geschenk seines Vaters im wahrsten Sinne des Wortes gegen sie richtete.

Als Dimitrios mit dem Rücken zu ihnen stand, bot sich ihnen der perfekte Moment zum Angriff. Und zu Davids großem Entsetzen geschah genau das.

Wie auf ein unsichtbares Zeichen hin brachen Gazuri und Gazzel aus dem Kreis und preschten mit erhobenen Waffen vor.

»Dimi!«, schrie David. Er hätte sie beide verteidigen können, doch die Tatsache, dass seine *Freunde* ihre Waffen gegen sie hoben, lähmte ihn.

Während Gazzel mit einem gellenden Schrei auf den Königssohn zusprang, richtete Gazuri das Schwert auf ihn. David war unfähig, sich zu regen. Er sah, wie Dimitrios auf seine Warnung reagierte. Der Yagrolaner wirbelte herum und ließ die Sehne seines Bogens schnappen, doch er zielte viel zu hoch. Der Pfeil schoss in den Himmel und verfehlte sein Ziel um Längen. Und so schnell er auch nach seinem Köcher zu greifen vermochte, um einen neuen Pfeil zu ziehen – es dauerte zu lang.

Es kam David vor, als hätte man die Rasanz des Angriffs auf Zeitlupe gedrosselt, sodass er alles – wirklich *alles* – mitbekam, ohne selbst reagieren zu können. Er sah aus dem Augenwinkel, wie Gazuris Körper und ein stählerner Blitz auf ihn zugeflogen kamen. Von irgendwoher hörte er, wie Mila seinen Namen schrie. Er sah zu, wie Gazzel den Pfeil mit beiden Händen umklammerte, seine Muskeln sich unter der dürren Haut spannten und die messerscharfe Pfeilspitze direkt auf Dimitrios zu schnellte.

Der Yagrolaner blickte dem Gnom entgegen, als wüsste er, dass es kein Entkommen für ihn gab. Er ließ seinen Bogen fallen und hob die Arme vor das Gesicht, aber Gazzel zielte auf seinen Bauch. David hätte niemals geglaubt, dass der Gnom solche Kräfte aufbringen konnte, doch als die Pfeilspitze auf Dimitrios' Körper traf, drang sie tief in sein Fleisch.

David schrie, als hätte der Pfeil sein eigenes Herz durchstoßen. Er schrie den Namen seines Freundes, während Dimitrios' Gesicht sich zu einer qualvollen Grimasse verzog. Der Yagrolaner stürzte zu Boden, mit Gazzel auf und dem Pfeil in seinem Körper.

Plötzlich wurde Davids Sichtfeld grau und Gazuris Gewicht riss ihn von den Füßen. Er schlug mit dem Kopf auf den Boden und sah einen Augenblick nur bunte Sterne. Aus der brennenden Verzweiflung heraus verdrängte er sie, stieß Gazuri von sich und kroch auf allen vieren auf Dimitrios und Gazzel zu. Dieser verdammte Verräter sollte für Dimitrios' Tod bezahlen!

Gazzel sah ihm mit großen Augen entgegen und schüttelte wild den Kopf.

David spürte, wie ihm jemand auf den Rücken sprang und eine Klinge an den Hals legte. Er verharrte mitten in der Bewegung. Er befürchtete einen scharfen Schnitt durch seine Kehle, woraufhin sein Leben aus ihm fließen würde. Stattdessen spürte er einen dumpfen Schlag an seiner Schläfe. Sein Blick wurde so schwarz wie seine Gedanken, und er brach bewusstlos zusammen.

Das Ende

Er hatte das grässliche Gefühl, dass sein Kopf unter eine Dampfwalze geraten war. Diese verfluchten Verräter. Er wusste, dass er mit seiner Rache an Gazzel genau das getan hätte, was Sambhogakayaa ihnen verboten hatte. Doch das Feuer in ihm hatte jede Moral in Asche verwandelt und glühte noch immer nach. Er bekam am eigenen Leib zu spüren, wie schwierig es war, das Kuckuckskind zu verbannen, obgleich er wusste, dass es ihn von innen zerfraß.

Er kam sich nahezu töricht dabei vor, gedacht zu haben, allein durch das Niederlegen der Waffen die dunkle Macht bekämpfen zu können. Es gehörte so viel mehr dazu. Sie hatte sich tief in ihre Gedanken eingenistet und steuerte in jedem günstigen Moment ihre Taten, ohne dass sie sich dessen überhaupt bewusst waren. Ihre dunkle Seite beherrschte sie nicht völlig und war selbst von ihnen abhängig wie das Kuckuckskind von seinen vermeintlichen Eltern. Doch sie nährten es ahnungslos, machten es stärker und glaubten, dass es ihr eigen war. Selbst jetzt konnte er nichts dagegen tun. Sein Wille, die dunkle Seite in sich zu besiegen, vermochte das Feuer der Wut nicht zu löschen.

Er blinzelte und erblickte ein graues Gesicht neben sich, das einen

Kurzschluss in ihm auslöste. »Du! Du Verräter!« Wutentbrannt griff er dem Gnom an die Kehle.

Gazzel quietschte panisch und versuchte, den Würgegriff zu lösen. Er grub ihm seine Krallen in die Hände, doch David ignorierte den Schmerz und drückte fester zu. Dem Gnom fielen seine Glubschaugen beinahe aus den Höhlen, während er röchelnd nach Atem rang.

»David!« Der Stimme folgte ein heftiger Schlag auf seinen Unterarm, sodass Taubheit bis in seine Finger schoss und er Gazzel losließ.

Der Gnom stürzte hilflos zu Boden und verschwand mit einem dumpfen Aufprall unter der Bettkante. Nein, dieses Monster sollte ihm nicht entkommen. David sprang ihm nach. Er sollte für die Ermordung seines Freundes bezahlen.

Kräftige Hände legten sich auf seine Schultern und rissen ihn gewaltsam fort.

Zornig wirbelte David herum. Erst als seine Faust mit voller Wucht auf der Nase seines Gegenübers auftraf, erkannte er seinen Freund.

Der Yagrolaner schlug sich mit einem klagenden Laut die Hände vor sein Gesicht. Als er sie wieder sinken ließ, klebte Blut an seinen Fingern.

»Dimi?«, sagte David verstört. »Wie kann das sein? Ich dachte, du ... ich habe doch gesehen, wie ...« Er warf einen verstörten Blick zu Gazzel. Der Gnom lag noch immer auf dem Boden und hielt sich den Hals, als wollte er Davids Plan fortführen und sich selbst erdrosseln. »Er hat dich doch ...«

Dimitrios fuhr sich mit dem Ärmel der linken Hand über sein Gesicht, während er sich mit der anderen Hand den Bauch hielt. »Alles ist gut.« Es war offensichtlich, dass er Schmerzen hatte, doch er lächelte. »Ich habe sowohl Gazzels als auch deinen Angriff überlebt.«

David schüttelte entgeistert den Kopf. »Wie kann das sein?«

»Überschätz dich nicht, so heftig war dein Schlag nun auch wieder nicht«, scherzte Dimitrios. Er bedeutete ihm, sich auf die Bettkante zu setzen.

Erst jetzt realisierte David, dass er sich in einem Zimmer auf Ank befand. Sein Kopf pochte. »Wieso … lebst du?« Er hatte doch mit eigenen Augen gesehen, wie Gazzel ihm den Pfeil in den Bauch gestoßen hatte.

Dimitrios hob sein Hemd an und entblößte einen breiten Verband aus Sendazeablättern. »Gazzel hat gut gezielt und keine lebenswichtigen Organe getroffen. Es war zwar ziemlich schmerzhaft, aber ich habe es überlebt. Zumindest für manche.« Er grinste unergründlich. »Gazzel hat mir das Leben gerettet.«

David starrte Gazzel ungläubig an, der sich aufgerappelt hatte und sich zu einem Lächeln durchrang, obwohl ihm noch sichtlich Luft fehlte. »Aber …«

»Eins nach dem anderen«, fiel Dimitrios ihm ins Wort.

David hatte das Gefühl, sich im falschen Film zu befinden.

»Die Gnome hätten das gesamte Land verwüstet, bis sie mich gefunden hätten. Auf lange Sicht gab es nur zwei Möglichkeiten – meinen Tod oder den Tod des gesamten Volkes.«

Der Gnom übernahm das Wort. »Gazzel hatte eine Idee, doch erst als du den Rat der Elfen überbracht hattest, wusste Gazzel, dass Gazzel handeln musste. Um die Waffen niederzulegen, brauchten die Gnome einen neuen Häuptling.«

»Also sollten sie ihren Häuptling bekommen«, endete Dimitrios.

»Aber wie?« David verstand nicht. »Du lebst doch noch.«

Dimitrios schüttelte den Kopf. »Nicht für die Gnome.«

»Ihr … habt deinen Tod inszeniert?«

Seine Freunde nickten.

»Es war ein schwieriges Schauspiel. Immerhin hatte ich einen Pfeil in meinem Bauch stecken und durfte mich nicht mehr bewegen. Zum Glück haben die Cervi-Waffen ihre Wirkung verloren.« Dimitrios zwinkerte ihm zu.

»Also war das alles abgesprochen?«

Sie nickten.

»Warum … habt ihr mich nicht eingeweiht?«

»Gazzel hat mir seine Idee unterbreitet, als du so krank gewesen bist und die Gnome uns dicht auf den Fersen waren. Aber zu dem Zeitpunkt war es nicht mehr als das. Eine Idee. Als du jedoch mit dem Rat der Elfen kamst, hat Gazzel gehandelt.«

»Aber ihr hättet mich doch wenigstens einweihen können.« David war wütend, vor allem jedoch enttäuscht. Er fühlte sich verraten. Wie hatten sie ihn bloß glauben lassen können, dass einer von ihnen ihn verriet und den anderen Freund ermordete.

»Es tut mir leid, dass wir dich im falschen Glauben gelassen haben. Aber seien wir ehrlich, David. Du hättest es Gazzel niemals erlaubt, zu den Gnomen zurückzukehren, um sie zu uns zu führen und mir dann einen Pfeil in den Bauch zu rammen. Außerdem ... hat deine Reaktion das ganze Schauspiel sehr überzeugend aussehen lassen.«

David sprang auf. »Ich dachte, du wärst tot, verdammt!«

»Genau das denken auch die Gnome.« Dimitrios stand auf und legte ihm seine Hand auf die Schulter. »Vergib uns, David. Immerhin hat auf diese Weise alles ein gutes Ende genommen.« Er lächelte ihn verzeihend an.

»Das heißt, die Gnome sind heimgekehrt?«

Gazzel nickte. »Auf Befehl ihres Häuptlings.«

Es dauerte einen Augenblick, ehe David begriff. »*Du*?«

Das Grinsen seines Freundes wurde so breit, dass er sämtliche gelbe Zähne entblößte. »Gazzel wird ein guter Häuptling sein«, versprach er. »Gazzel wird in Gulrads Fußstapfen treten und für Frieden mit den Yagrolanern sorgen. Genau, wie du es gesagt hast, David. Wir legen die Waffen nieder und nutzen die Chance, um alles besser zu machen. Gemeinsam!«

»Gemeinsam!«, versprach er und schüttelte feierlich König Amunhs

Hand, wobei die seine gänzlich im Griff des Königs verschwand.

Die Ratsmitglieder klatschten verhalten. Ihre Zweifel daran, dass der Vertrag mit den Gnomen ihre Zukunft sorgenfrei machte, waren offensichtlich. Selbstverständlich hatten sie erwartet, dass mit Davids Rückkehr aus der Elfenwelt die Cervi-Pfeile ihre Treffsicherheit zurückerhielten und die Cervi-Sonne mit glühender Stärke der Vergangenheit scheinen würde. Stattdessen hatte er ihnen lediglich Sambhogakayaas Worte übermittelt und seine eigene Meinung dazu geäußert. Die Ratsmitglieder hatten ihm aufmerksam zugehört und weder Widerspruch noch andere skeptische Äußerungen angebracht. Trotzdem hatte er in ihren Augen lesen können, dass sie enttäuscht waren. Er schämte sich jedoch nicht, ihnen nicht mehr geben zu können. Er hatte getan, was in seiner Macht stand, und ihnen gebracht, was sie benötigten – eine Erkenntnis. Auf lange Sicht war dies wertvoller als eine Erneuerung der Waffen- und Sonnen-Magie.

David lehnte sich zurück und warf einen Blick auf den gewaltigen Wandteppich mit dem Abbild seines Vaters. Er mochte zwar keine nachweisbare Heldentat vollbracht haben wie der Sonnenschaffer, aber er wusste, dass die Yagrolaner ihm irgendwann ebenso dankbar sein würden wie seinem Vater. Denn durch die Identifizierung des wahren Feindes hatten sie die Chance erhalten, ihren Frieden nachhaltig zu sichern und den Schatten, der über Yagrolor hing, zu vertreiben.

Davids Blick fiel auf Gazuri, die neben Thilo saß und begeistert klatschte. Gazzel hatte sie in das Amt der Häuptlingsberaterin gehoben und gemeinsam mit ihr, König Amunh und Thilo einen Friedens- und Handelsvertrag ausgehandelt, um neue Beziehungen zwischen den Yagrolanern und den Gnomen zu etablieren.

Es hatte sich herausgestellt, dass Gazuri, nachdem sie vor den Stadtmauern in die Hände ihrer Artgenossen gefallen war, diese davon hatte überzeugen können, dass sie sich Dimitrios und den anderen Flüchtlingen als Spion angeschlossen hatte. Ihr Plan war es gewesen, so hatte sie behauptet, herauszufinden, wo sie sich verstecken würden, um sie anschließend zu verraten. Wie Dimitrios bereits in den Myrarbrunen gesagt hatte: Gnome konnten hinterlistige Biester sein.

Davids Blick wanderte weiter an der Tafel entlang. Als er Mila fand, trafen sich ihre Blicke. Das Mädchen lächelte ihn an. Er erwiderte das Lächeln, doch es hinterließ einen bitteren Beigeschmack. Sie saß dort unten, zwischen all den Yagrolanern. David wusste, dass genau dies ihr Platz war. Sie war eine von ihnen, während er schon bald in seine eigene Welt zurückkehren würde. Er freute sich darauf, seine Familie endlich wiederzusehen und ihnen die Sorgen um ihn nehmen zu können. Aber allein der Gedanke, sich von Mila, Dimitrios, Gazzel, Gazuri, Enya und den anderen Gefährten verabschieden zu müssen, stimmte ihn traurig.

Nach Abschluss der Versammlung blieben nur noch der König, sein Berater und die Gefährten im Saal.

»Deine glorreichen Taten werden ewig in unserer Erinnerung leben«, schwor König Amunh feierlich. »Yagrolor ist dir zu größtem Dank verpflichtet, David Cervi. Der Wert deiner Taten ist mit nichts aufzuwiegen. Wenn du uns verlässt, so gehe mit dem Wissen, ein Held zu sein.«

»Ich bin kein Held«, entgegnete David. »Der Feind wurde vielleicht erkannt, aber nicht besiegt. Und das, was ich erreichen konnte, konnte ich nur mithilfe meiner Freunde erreichen.«

Amunh nickte anerkennend. »Yagrolor ist dir nicht nur dankbar für das, was du erreicht hast. Yagrolor ist dir dankbar für deine Loyalität. Du hast dein Leben riskiert, um uns zu helfen. Es gibt nur wenige Wesen, die dazu bereit wären. Du hast ein reines Herz, David Cervi. Das Herz eines Helden.«

David lächelte. Auch er verspürte großen Dank, denn neben einem fantastischen Abenteuer hatte er wahre Freunde, die Geschichte seines Vaters und sich selbst gefunden. Er hatte für Yagrolor sein Leben riskiert und im Gegenzug ein fehlendes Stück seines Lebens erhalten.

»Dein Vater wäre stolz auf dich«, sagte Thilo.

David bedankte sich nacheinander beim König, seinem Berater und seinen Gefährten. Zuletzt nahm er Mila in die Arme.

Das Mädchen drückte ihn fest an sich.

»Du wirst mir fehlen«, flüsterte David.

Mila lächelte ihn an und legte ihre Hand auf sein Herz. »Ich werde immer bei dir sein.« Ihr Finger wanderten seine Brust hinauf und tippten auf seinen Kettenanhänger. »Hat das Symbol eigentlich eine Bedeutung?«

David nickte. »Es sind Engelsflügel, die mich an dich erinnern sollen.«

Sie lachte und gab ihm einen flüchtigen Kuss auf die Wange. Dann sah sie zum bronzenen Tor, wo Colin ungeduldig an der Pforte lehnte und auf seine Tochter wartete.

Als Mila und er einander wieder anblickten, glänzten ihre blauen Augen wie schmelzendes Eis. »Auf Wiedersehen«, wisperte sie. Sie schenkte ihm ein letztes wunderbares Lächeln und eilte aus dem Saal.

David sah ihr wehmütig nach. Sie hatte recht, sie würde für immer einen Platz in seinem Herzen haben.

Plötzlich umarmten zwei graue Knäuel sein Bein.

»Auch Gazzel muss zu seinem Volk zurückkehren. Es gibt viel zu tun.« Der Gnom sprach mit dem Selbstbewusstsein eines Häuptlings und grinste sein breitestes Grinsen zu ihm herauf.

Auch Gazuri lächelte glücklich. »Danke für alles, David.«

David staunte nicht schlecht, als ausgerechnet Valgardur sich dazu bereit erklärte, die beiden Gnome zu den Myrarbrunen zu begleiten. »Ich bin ein Ankscher Krieger. Es ist meine Pflicht, endlich einen Schlag gegen den wahren Feind zu setzen«, erklärte er feierlich.

»Lebt wohl, meine Freunde«, sagte David, als die drei den Königssaal verließen. Gazzel drehte sich am Torbogen um, entblößte seine gelben Zähne mit einem letzten Grinsen und winkte ihm zu. Dann verschwand er mit seinen beiden Gefährten aus Davids Sicht.

Kurz danach verließen auch David und Dimitrios den Saal.

Der Königssohn begleitete ihn in sein Gemach und zog sich einen Stuhl heran, als David sich auf sein Bett fallen ließ. »Deine letzte Nacht hier?«, fragte er mit einem traurigen Lächeln.

David zuckte mit den Schultern. Er hatte keine Ahnung, wie er den Weg zurück in seine Welt finden sollte. Nach Yagrolor, in die Welt des Tatzelwurms, in Ayatsuriyaas Zwischenwelt und nach é-Shenmyr'onaii war er durch seinen eigenen Willen und den Wunsch eines Wesens aus jener Welt gelangt, doch jedes Mal hatte er diese Welten mehr oder weniger unwissentlich betreten. Wenn beidseitiger Wille das Prinzip der Weltenwanderung war, müsste das auch der Weg zurück zu seiner Familie sein. Doch warum war er dann noch hier? Seine Arbeit war getan und er wünschte sich nach Hause – dennoch begann die Welt sich nicht in einem Strudel aus Farben aufzulösen. Das Einzige, was er mit seiner Willensanstrengung erreichte, war ein verwirrter Blick seines Freundes.

»Was machst du da?«

David gab es auf und lachte nur. Er war müde.

»Ich denke, Thilo würde sich freuen, wenn du ihm über die Elfenwelt berichtest.«

David nickte. »Morgen.« Er hatte keine Kraft mehr für stundenlange Berichterstattungen. Thilo würde ihn nicht mehr gehen lassen, wenn er das Gespräch einmal begonnen hatte.

Sein Freund verstand und erhob sich. »Natürlich, du bist müde.« Er lächelte. »Gute Nacht, mein Freund. Danke für alles.«

Irgendwann wachte er auf. Draußen war es noch dunkel. Er fragte sich, was ihn geweckt hatte, denn bei seiner Müdigkeit hätte er wie ein Stein durchschlafen müssen. Er horchte auf. Hatte er soeben ein *Pling* gehört?

Er setzte sich auf und bemerkte, dass der Korridor beleuchtet war. Das Licht war kalt und flackerte nicht wie Feuerschein. Neugierig stand er auf, um herauszufinden, was die Quelle dieses Lichts war. Was er antraf, war alles andere als fremd, und doch war es das Letzte, was er erwartet hätte.

Im uralten Gemäuer der Burg, direkt gegenüber von seinem Gemach, befand sich eine stählerne Kabine mit elektrischer Beleuchtung. Die Maschinerie des Fahrstuhls surrte leise und wartete darauf, ihn auf Knopfdruck in andere Etagen zu befördern.

David zögerte. Er hatte Dimitrios noch nicht Lebewohl gesagt. Gleichzeitig spürte er, dass er niemanden mehr auf Ank antreffen würde, wenn er sich auf die Suche machte. Es war an der Zeit, nach Hause zu kehren. Er betrat die Kabine und lächelte dünn, als er auf den Knopf mit *E* drückte – zurück zur Erde.

Die Türen schlossen sich und verwehrten ihm den Blick ins Innere der Burg Ank – dem Herzen einer Welt, in der er sich nicht länger befand. Mit einem leichten Ruck setzte die Kabine sich in Bewegung. Sie fuhr mit beträchtlicher Geschwindigkeit in die Höhe. Trotzdem zogen sich die Minuten, bis auf der Anzeigetafel das *E* aufleuchtete.

Die Türen gaben den Weg frei und David trat auf den Krankenhausflur des einundzwanzigsten Jahrhunderts seiner Welt. Er war so leer und dunkel wie vor vielen Tagen, als er seine Welt verlassen hatte. Nur eine einzige Tür stand offen und ließ Licht auf den Gang fallen. David wusste, dass es sein Krankenzimmer war.

Als er eintreten wollte, verharrte er überrascht im Türrahmen. »Was tun Sie denn hier?«

»Ich habe auf dich gewartet«, antwortete Doktor Rosenthal. Er saß lächelnd auf dem Bett und setzte seine Hornbrille ab. »Willkommen zu Hause.«

Unsicher schloss David die Tür hinter sich, als könnte ein Dritter ihr Gespräch mitbekommen. »Sie ... wissen Bescheid?«

Doktor Rosenthal lachte herzhaft. Wenige Tage zuvor hatte er auf

David den Anschein eines alten Mannes gemacht, dessen Tage als praktizierender Arzt bereits seit Jahren gezählt waren. Ohne die Brille strahlten seine Augen ewige Jugend aus. David hegte den stillen Verdacht, dass er die Brille gar nicht benötigte.

»Ich bin ein Weltenschauer«, behauptete der Arzt, als wäre es Erklärung genug.

»Wie Sambhogakayaa.«

Doktor Rosenthal nickte. »Jede Welt hat einen Weltenschauer. Ich bin der Weltenschauer unserer Erde, Sambhogakayaa ist die Weltenschauerin von é-Shenmyr'onaii. Unsere Aufgabe ist es, über das Geschehen in anderen Welten, sowie über das Geschehen zwischen unseren Welten zu wachen.« Er lud ihn mit einer Geste dazu ein, sich zu ihm auf das Bett zu setzen.

David folgte der Einladung und sah den Doktor erwartungsvoll an.

»Weißt du, wer Yagrolors Weltenschauer ist?«

David dachte nach. »König Amunh?«

Doktor Rosenthal schüttelte den Kopf. »Der alte Mann.«

»Oh.« Jetzt, da David darüber nachdachte, ergab es Sinn. Er war so alt wie Yagrolor selbst und hielt alle Ereignisse in Tagebüchern fest. *Das Herz beherbergt mehr, als wir ahnen.* Plötzlich begriff David, dass die Aussage des alten Mannes eine Hilfestellung gewesen war. Wie sein Vater mit dem Brief, hatte der alte Mann in Rätseln zu ihm gesprochen.

»Er ist schon sehr alt«, fuhr der Doktor fort.

»So alt wie die Zeit selbst«, sagte David und erschrak, als ihm plötzlich der Gedanke kam, dass vielleicht auch Doktor Rosenthal unendlich alt war und davon nichts wissen durfte.

Aber Doktor Rosenthal nickte unbekümmert. »Es ist komplizierter, als du denkst, aber das spielt jetzt keine Rolle. Jedenfalls weiß der alte Mann nicht mehr, dass er Yagrolors Weltenschauer ist. Er geht der Aufgabe nach, ohne sich dessen wirklich bewusst zu sein. Daher hat er zwar erkannt, dass es eine dunkle Macht gibt, deren Schatten sich über unsere Welten legt, doch er ist unfähig, zu handeln. Er kann Yagrolor nicht mehr ausreichend schützen. Die Yagrolaner haben die Veränderungen gespürt. Sie waren verzweifelt, und so wandten sie sich erst an deinen Vater und später an dich.«

David sah den Arzt ungläubig an. »Doktor Rosenthal, Sie wissen über alles Bescheid? Ich hätte also gar nicht die Elfen finden müssen, um Yagrolor zu helfen? Ich hätte die Antwort auch einfach von Ihnen erhalten können?«

Doktor Rosenthal schüttelte den Kopf. »Wir Weltenschauer dürfen nur sehr begrenzt mit Weltenbewohnern kommunizieren. Die Yagrolaner wissen mehr über uns und andere Welten als die Menschen, doch auch ihnen ist nicht das gesamte Wissen gegeben. Selbst dir als Weltenwanderer kann ich nicht alles erzählen. Nach unserem Gespräch wirst du dich schlafen legen, und ab morgen wirst du dein normales Leben weiterführen wie bisher. Wir werden uns kein weiteres Mal wiedersehen und du wirst niemandem von mir erzählen.« Er klang freundlich, doch sehr bestimmt.

David nickte. »Aber warum musste ich die Elfen finden, um Antworten für die Yagrolaner zu erhalten?«

»Es gibt eine gewisse ... Rangordnung zwischen Welten. Je höher der Weltenrang, desto höher das Wissen der Bewohner. Die meisten Welten wissen jedoch nichts von anderen Welten. Zumindest ... nicht mehr. Doch das Wissen ihrer Ahnen wird oftmals noch über Generationen und Generationen weitergegeben. Aus Wissen werden Sagen, aus Sagen werden ... Religionen. Viele Weltenbewohner erklären sich Unerklärliches in ihrer Welt mit dem Einfluss von Wesen aus Welten höheren Ranges. Sie beten zu ihnen und erhoffen sich Beistand, wenn sie nicht mehr weiterwissen.«

»Die Yagrolaner verehren die Elfen.«

»Sie verehren die Elfen und vertrauen auf ihre Hilfe in schwierigen Zeiten. Sie haben in dir jemanden gesucht, der mit ihnen kommunizieren kann. Sie erwarteten, dass du ihnen eine Botschaft der Elfen verkündest, nicht etwa von mir.«

David verstand. »Und diese dunkle Macht«, sagte er. »Es ist das Böse, nicht wahr? Die dunkle Seite in uns selbst.«

Doktor Rosenthal dachte eine Weile nach, ehe er nickte. »Einfach ausgedrückt, ja.«

»Sambhogakayaa meinte, die Yagrolaner hätten nur dann noch eine Chance, wenn sie ihre Waffen niederlegten«, sagte David und wagte es kaum, die Frage auszusprechen, die ihm auf der Seele brannte. »Wie ... ist es dann bei uns?« Er blickte Doktor Rosenthal nahezu flehend an. »Ich meine, wir führen seit Jahrtausenden Kriege und unsere Waffen sind so viel verheerender als die Cervi-Waffen der Yagrolaner. Täglich geschehen grausame Dinge auf der ganzen Welt. Es gab ... gibt ... so viele skrupellose Menschen. Haben wir ... schon verloren?«

Doktor Rosenthal seufzte und sah ihn traurig an. »Ich denke nicht, dass wir endgültig verloren haben. Aber der Schatten ist zu groß, als dass wir ihn noch verdrängen könnten. Viele Menschen sind machtsüchtig, engstirnig und verblendet. Aus diesem Grund wurde die Erde in ihrem Rang heruntergestuft und sozusagen abgekapselt. Wir Weltenschauer wollen auf diese Weise verhindern, dass der Schatten auf andere Welten übergreift. Daher weiß die Menschheit nichts mehr über die Existenz anderer Welten. Außerdem gibt es nur noch sehr wenige Weltenwanderer des menschlichen Geschlechts. Ihr Herz muss rein genug sein, um andere Welten betreten zu können. Du bist einer der wenigen, die übrig sind.«

David schluckte. Er war sich bewusst, dass die Welt kein Paradies war. Doch die Tatsache, dass sie deshalb von anderen Welten abgekapselt werden musste, brachte das Problem auf ein ganz anderes Niveau. Es gab so viele Welten und so viel Wissen, das für immer vor der Menschheit verborgen bleiben würde. Der Gedanke stimmte ihn traurig. Gab es da überhaupt noch Hoffnung für seine Welt? Und für Yagrolor, wo der Schatten bereits seinen Einfluss hatte? Würden die Elfen für immer geschützt bleiben? Ihm war zum Weinen zumute. »Ist der Kampf dann nicht bereits verloren?«

Doktor Rosenthal sah ihn fragend an.

»Wir können uns auf der Erde nicht mehr wehren, Yagrolor ist betroffen und auch é-Shenmyr'onaii hat der Schatten bereits einmal gestrichen. Werden all diese Welten bald untergehen?«

Doktor Rosenthal lächelte dünn. »Mach dir darüber keine Sorgen, David.« Er erhob sich und setzte sich seine Hornbrille auf, hinter der er sein Allwissen verbarg. »Du hast sehr gute Arbeit geleistet, indem du die Gefahr erkannt hast. Selbst wir Weltenschauer brauchten Zeit, um sie zu erkennen und zu verstehen. Doch kümmere dich nicht weiter darum, das ist nicht mehr deine Aufgabe.« Er wandte sich zur Tür.

»Warten Sie!« David wollte sich mit dieser Antwort nicht abfinden. »Es muss doch irgendetwas geben, was wir tun können.«

Doktor Rosenthal schüttelte den Kopf. »Dunkelheit ist niemals absolut, wenn auch nur die kleinste Kerze brennt. Bleibe so, wie du bist. Dann wird das Böse niemals vollends gewinnen.«

David nickte entschlossen und nahm seinen Kettenanhänger in die Hand. »Ich werde niemals zulassen, dass Cernowain mächtiger wird als ich selbst.«

Doktor Rosenthal lächelte wissend. »Das Herz beherbergt mehr, als wir ahnen.« Und dann wiederholte er, was er vor geraumer Weile bereits gesagt hatte, bevor er das Krankenzimmer verließ und die Tür hinter sich schloss: »Ich sehe keinen Grund, dich hier weiterhin festzuhalten. Ich denke, du bist bereit, die Welt zu retten. Morgen werde ich dich entlassen.«

Ende

Danksagung

Liebe Weltenwanderer,

es freut mich sehr, dass ihr den Weg nach Yagrolor gefunden habt. Dieses Buch ist ein Herzensprojekt, an dem ich viele Jahre gearbeitet habe. Mein besonderer Dank gilt meinen Eltern, Mary, Oli, Carla, Alex, Vero, der gesamten Familie und den liebsten Freunden, die mich bei der Veröffentlichung unterstützt haben – ohne euch hätte ich diesen Schritt wahrscheinlich nicht gewagt. Außerdem möchte ich dem fantastischen Lektor Stephan Berg und der scharfsichtigen Korrektorin Veronika Moosbuchner, sowie Juliane Buser, Ryvie Fux, Aleksandra Gammer und Adriano Bezerra dafür danken, dass sie zusammen mit mir das Beste aus dieser Geschichte herausgeholt haben.
Ich hoffe, dass das Abenteuer in Yagrolor euch gefallen hat. Auf die Gefahr hin, dass ich wie Iluuka klinge: Ich würde mich sehr über eure Rezensionen freuen. Ob auf Amazon oder anderen Plattformen, sie sind ein wichtiges Medium für Autor:innen, denn über Rezensionen erhalten wir sowohl Sichtbarkeit als wertvolles Feedback.

Vielen Dank!

Zur Autorin

Katja Jansen wuchs wohlbehütet in der Schwanenstadt Kleve auf. Schon damals zogen fantastische Welten und Kreaturen sie magisch an. Vor allem die Bücher von Wolfgang und Heike Hohlbein hatten es ihr angetan, und ihr Zimmer war gefüllt mit schwarzen Drachenfiguren. Mit Schatten über Yagrolor veröffentlicht sie die Geschichte, die sie sich schon als Jugendliche ausdachte. Beruflich schlägt ihr Herz für den Mikrokosmos des menschlichen Körpers. Sie trägt einen Doktortitel in Biomedizin und liebt es, die Wissenschaft mit Storytelling zu verbinden.

ISBN 978-3-7565-0253-0
9 783756 502530 00001
www.epubli.de